ÜBER DEN AUTOR

Tony Park wurde 1964 geboren und wuchs in den westlichen Vorstädten von Sydney, Australien, auf. Er arbeitete als Zeitungsreporter, Pressesprecher, PR-Berater und freiberuflicher Schriftsteller. Ausserdem diente er 34 Jahre lang in der australischen Armee-Reserve, darunter im Jahr 2002 während sechs Monaten als Offizier für Öffentlichkeitsarbeit in Afghanistan. Er und seine Frau Nicola leben sowohl in Australien wie auch im südlichen Afrika. Von Tony Park sind über zwanzig weitere Afrikaromane und diverse Sachbücher, teilweise in Zusammenarbeit, erhältlich.

www.tonypark.net

AUCH VON TONY PARK IN DEUTSCH ERHÄLTLICH

Geister der Vergangenheit

Sambesi

Okavango

Rote Erde

Lautloser Jäger

Menschenjagd

Blutrache

Beschützer

Afrikanische Magie

DAS SCHWERT

TONY PARK

Übersetzt von
MAYA VON DACH

Ingwe
PUBLISHING

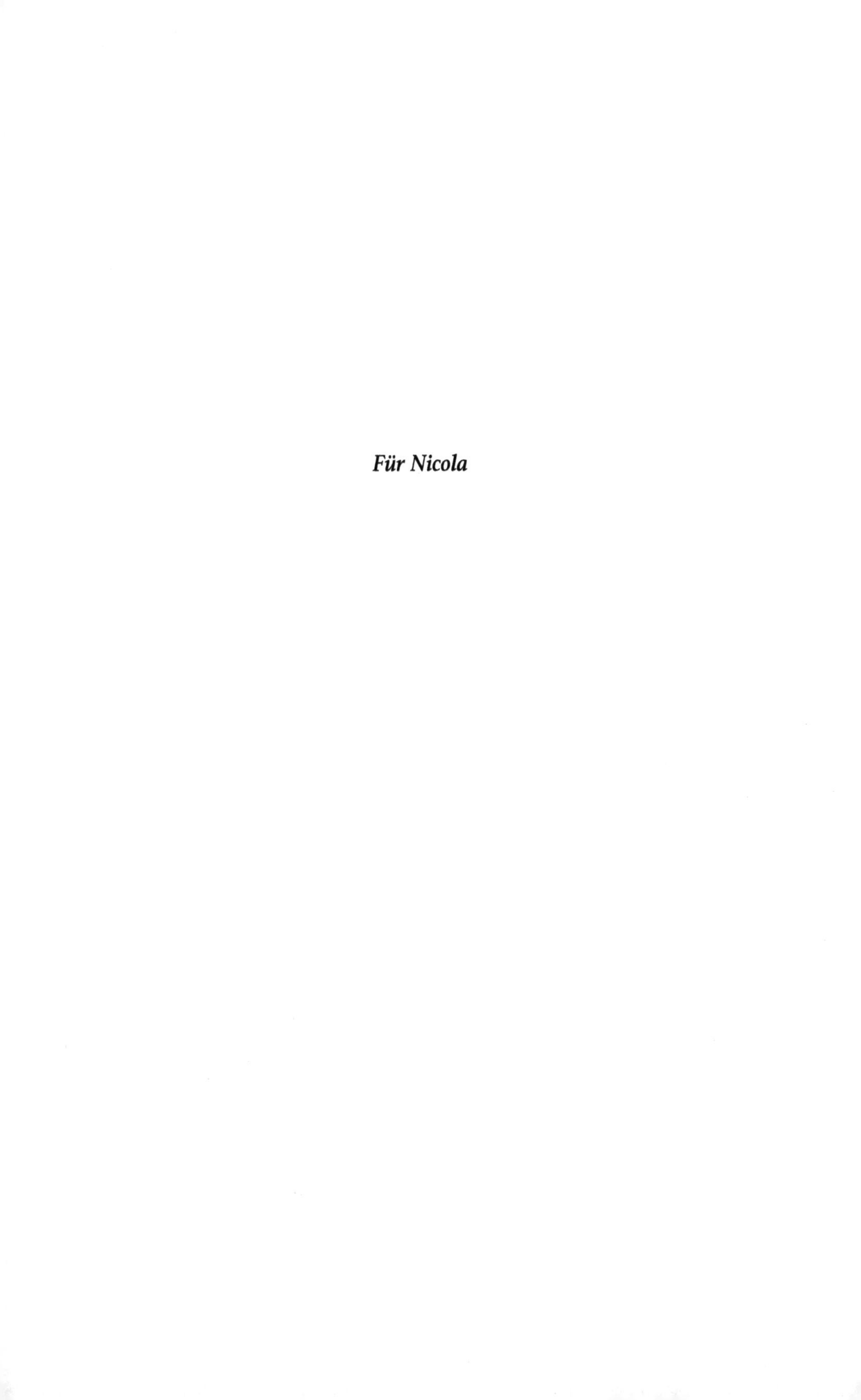

Für Nicola

PROLOG

Jetzt schlägt mein letztes Stündlein.

Für einen kurzen Moment, nur einen Sekundenbruchteil, verstummten das Pochen seines Blutes, das Krachen der Gewehre, das Dröhnen der vorbeifliegenden Kugeln, die Schreie der Verwundeten und die Schlachtrufe der Zulu in Peter Gregorys Ohren.

Der beissende Geruch verbrannten Pulvers und Rauchs wirkte wie Riechsalz auf ihn, denn auf einen Schlag wurde ihm die Todesnähe bewusst wurde. All das Schreckliche rund um ihn liess ihn zusammenzucken, doch gleichzeitig lähmte ihn die Angst vor dem Unbekannten und fesselte ihn an diese Stelle am Fuss des sphinxförmigen Hügels hinter ihnen. Dieser Felsen würde Jahrtausende weiterbestehen und Gregorys Blut tränkte den Boden zusammen mit dem von Johnson neben ihm und dem Krieger zu seinen Füssen, dessen Herz er mit seinem Bajonett durchbohrt hatte.

Die Zulus waren direkt hinter ihnen und ihr Schicksal somit besiegelt. Sub-detective Peter Gregory, stellvertretender Inspektor, griff in die Ledertasche an seinem Gürtel, zog mit schmauchgeschwärzten Fingern eine Patrone heraus und steckte sie ins Magazin des Martini-Henry-Karabiners. Er hob das Gewehr an die Schulter. Zu zielen brauchte er kaum, denn die nahende Phalanx der Zulu war schon beinahe über ihm. Er drückte den Abzug und spürte den Rückstoss, der seine bereits schwarz-blaue Schulter zusätzlich malträtierte. Gnädigerweise verdeckte Rauch das zerschmetterte Gesicht des Kriegers, als er nach hinten stürzte.

Rund um Gregory brüllte verängstigtes Vieh und schrien verzweifelte Menschen.

»Lauft! Wir sind erledigt!«

Links und rechts von Gregory standen Männer, die er kannte. Das 'Strandgut der Kolonie', wie ihr Kommandant sie, halbwegs liebevoll, betitelt hatte, bestand aus alten Soldaten, Bergleuten, Gaunern und gescheiterten Farmern. Aus Männern also, für die die sanften Hügel Natals das Leben bedeuteten. Mit einem Lagerfeuer unter dem sternenklaren Himmel, unter dem über glühenden Kohlen frisches Fleisch brutzelte und wo der Ruf des Löwen durch die Nacht hallte.

Aber nun herrschte Krieg und die 'Natal Mounted Police', Natals berittene Polizei, war mitten in der Schlacht. Einige in der Kolonie hassten die NMP, aber Peter Gregory war die Einheit ans Herz gewachsen.

»Dreh den Kopf nach links!«, befahl Jenkins, der über Gregorys Schultern hinweg zielte. Sein Gewehr dröhnte, als er einen weiteren Zulu niederschoss, den Peter im Getümmel übersehen hatte. »Dafür schuldest du mir ein Bier, Peter, und ...«

Der Assegai eines Kriegers brachte Jenkins abrupt zum Schweigen und statt Worten strömte Blut aus seinem Mund. Gregory wandte sich um und drehte dabei das Gewehr herum, so dass er dem Zulu den Kolben in die Schläfe rammen konnte. Dieser stürzte zur Seite. Während des Falls zog der Kämpfer das Gewehr, das halb unter Jenkins' Brustkorb eingeklemmt war, heraus, doch Gregory konnte es ergreifen und liess den Kämpfer gegen seine eigene Waffe anrennen. Er zog den Speer aus dem Körper seines Freundes und schlug dem taumelnden Feind die Klinge quer über das Gesicht. Dabei fiel ihm auf, wie jung der Mann, der seinen Freund getötet hatte, war, vielleicht sogar unter zwanzig. Voller Wut und Verzweiflung stiess ihm Gregory den Speer in den Bauch, wodurch an seinen Händen sowohl das Blut des Freundes wie auch das des Feindes klebte.

Gregory und die übrigen Männer der NMP, die in ihren dunkelbraunen Kitteln inmitten der britischen Rotmäntel auffielen, hatten sich um Durnford geschart. Er war der einzige ranghohe Offizier an diesem blutdurchtränkten Hang, der eine Ahnung davon hatte, was er tat – dem aber gleichzeitig bewusst war, dass er nun dem Tod geweiht war.

»Munition, hier!«, hörte man plötzlich eine hohe Stimme rufen.

Gregory warf den Assegai beiseite und griff nach einer der wenigen verbliebenen Patronen in seiner Tasche. Er blickte auf und sah, dass der Ruf von einem Trommlerjungen kam, der wohl noch jünger als der letzte Krieger war, den Gregory getötet hatte und eine schwere Kiste mit Patronen halb zog, halb trug. Der Junge hatte ein Bajonett in der Hand und versuchte, nachdem er die Kiste abgesetzt hatte, die Spitze der Klinge unter den Deckel zu schieben, um diesen aufzuhebeln. Obwohl er vom Gewehrlärm halb taub war, hörte Gregory einen weiteren Schuss und sah, dass dieser den Tambour in die Schulter traf und nach hinten stürzen liess. Ein Polizist übernahm seine Arbeit, hob das Bajonett auf und machte sich an der Kiste zu schaffen.

Stahlklingen klirrten gegen Gewehre und Männer schrien. Ein britischer Offizier feuerte mit einer Pistole in die entgegenkommende Masse muskulösen Fleisches und glitzernder Klingen, bis der Hammer in der leeren Kammer seiner Waffe einrastete. Dann wurde er überrannt.

Gregory betätigte den Hebel des Gewehrs erneut und liess die leere Patrone davonfliegen. Er nahm eine neue aus seiner Tasche, lud, zielte und schoss. Seine Kugel durchschlug zuerst den Hals eines Kriegers, dann die Brust eines zweiten. Aber das alles nützte nichts, denn die Welle von Zulus schob sich weiter den Hang hinauf, auf den sie sich zurückgezogen hatten. Die Polizisten, die den Grossteil dieser einen von mehreren Stellungen im Kampf gegen die Menschenflut bildeten, standen Schulter an Schulter. Gregory sah sich um und erblickte den schluchzend am Boden liegenden Tromm-lerjungen.

Zwei Zulus zerrten den Körper eines toten Kameraden gemeinsam hoch und hielten ihn jeweils an einem Arm zwischen sich. Sie versteckten sich halb hinter dem Leichnam, bis sie ihn schliesslich auf die Bajonette zweier Rotmäntel warfen, die dadurch nach hinten geschleudert wurden. Einer der Krieger rannte, über das Wirrwarr aus Lebenden und Toten hüpfend, davon, während der andere die halbtoten Soldaten mit Abwärtsstössen seines Assegai erledigte.

Der Mann, der durch die Linien gebrochen war, näherte sich mit seinem erhobenen Speer dem Trommlerjungen, um ihn zu erste-chen. Gregory kramte in seiner Tasche, hatte aber gerade seine letzte Patrone abgefeuert. Er rannte mit erhobenem Gewehr auf den Schwarzen zu, der sich aber, vielleicht weil er den Feind hinter sich wahrnahm, in letzter Sekunde umdrehte, so dass Gregorys Bajonett die Luft knapp vor dessen Rumpf durchschnitt.

Ein Assegai blitzte auf. Seine Spitze zerriss den Stoff von Gregorys Kittel und drang in die Haut seiner Brust. Gregory spürte den Stich und taumelte rückwärts. Er versuchte, sein leeres Gewehr zu heben, aber der Krieger war schon zu nah. Der Zulu war bereit, seinen Speer in Gregorys Nieren zu rammen, denn dieser wurde von seiner eigenen Waffe behindert. Er liess das Gewehr fallen und hämmerte dem Zulu stattdessen in letzter Sekunde die Faust gegen die Schläfe.

Rundum ging das Schlachtgetümmel unaufhörlich weiter - Schüsse, Kriegsgeschrei, nutzloses Fluchen und, während Klingen in Fleisch gerammt wurden, das Flehen um Gnade. Das Rauschen des Blutes kehrte in Gregorys Ohren zurück und er blickte in die Augen des Mannes, der ihn eben zu töten versucht hatte: Dunkle Pupillen und blutunterlaufenes Weiss. Der Atem beider Männer vermischte sich und der Schweiss des Gegners stach Gregory in die Nase. In einer schrecklichen Umarmung gefangen, tanzten sie auf dem Schlachtfeld. Gregory spürte sowohl die Kraft des Kriegers, dessen Muskeln hart wie Stahlseile waren, wie auch die berechtigte Wut eines Mannes, der seine Heimat verteidigte. Gregory fand allerdings, er kämpfe hier, weil es genauso sehr seine Heimat sei.

Obwohl die Rotröcke den richtigen Namen des Felsvorsprung über sich, den sie 'Kleines Haus' nannten, nicht aussprechen konnten, kannte Gregory diesen bestens. Zu einem anderen Zeitpunkt hätten er und der Mann, gegen den er kämpfte, vielleicht Nachbarn oder sogar brüderliche Freunde sein können. Jetzt jedoch krallte sich Gregory an ihm fest und hob das Knie in die Richtung seines Unterkörpers. Gleichzeitig stach der Zulu zu. Obwohl er keinen richtigen Treffer landen konnte, weil ihn Gregory dafür zu nahe hielt, spürte Gregory, dass die Klinge die Haut hinter seiner linken Schulter aufschlitzte.

Der zornige Zulu bedrängte ihn und Gregory machte zuerst einen, dann einen zweiten Schritt nach hinten. Er hörte weitere Schüsse von Rotröcken und Polizisten, jetzt in schnellerem Rhythmus. Möglicherweise war es ihnen gelungen, die Kiste mit den Patronen, die der Trommlerjunge heraufgebracht hatte, zu öffnen. Vielleicht bestand also trotzdem noch Hoffnung? In diesem Moment rutschte Gregory, als er mit dem Absatz seines rechten Stiefels auf einen von Blut und Eingeweide glitschigen Felsen trat, aus und fiel zu Boden. Durch den Sturz und das auf ihm lastende Gewicht des Zulus wurde die Luft aus seinen Lungen gepresst und als er einzuatmen versuchte, spürte er nichts als Schmerz. Trotzdem schwang er erneut die Fäuste und versuchte, das kurze Haar des Mannes mit einer Hand zu ergreifen.

Diesmal musste sein Stündlein geschlagen haben.

Der Mann über ihm hob den rechten Arm und als der Stahl die Sonne reflektierte, blitzte die Klinge seines Assegai auf. Gregory stiess seine Handfläche gegen die nackte, schweissnasse Brust des Mannes, der auf ihm lag und in der Gewissheit, diesen ultimativen Kampf gewonnen zu haben, auf ihn hinunter grinste. Gregory sah den Assegai wie in Zeitlupe herunterstossen. Er schloss die Augen.

Weil er das Gefühl hatte, zerquetscht zu werden, öffnete Gregory die Augenlider wieder. Die Wange des Zulukriegers lag an seine gepresst, und der Körper des Mannes bebte unvermittelt, als das

Leben mit hörbarem Rasseln im Brustkorb aus ihm wich. Gregory drehte den Kopf nach links und sah, den Trommlerjunge, der mit von Tränen und blutigen Linien gezeichnetem Gesicht auf ihn hinunterblickte. Das Bajonett, das er in der rechten Hand hielt, triefte von Blut.

Gregory rollte den leblosen Zulu von sich. Der Junge hatte den Mann von hinten ins Herz getroffen. Die Augen des Tambours waren vor Entsetzen über das, was er gesehen und getan hatte, weit aufgerissen und sein Gesicht vom Blutverlust aus der Wunde in seiner linken Schulter leichenblass. Erschöpft von der Anstrengung, die es ihn gekostet hatte, Gregory zu retten, sank der junge Trommler auf ein Knie. Gregory stemmte sich auf die Beine.

Nein, er würde diesen Jungen nicht sterben lassen.

EIN PFERD, in dessen Sattel ein blau gekleideter Transportoffizier sass, kam auf ihn zu und Gregory streckte die Hand vor sich hoch, um den Mann anzuhalten.

»Aus dem Weg, verdammt noch mal!«, bellte dieser.

Als der Offizier an ihm vorbeigaloppieren wollte, griff Gregory hinauf, packte den Mann am Pistolengürtel, wobei ihm die Wucht des Schwungs fast den Arm auskugelte, und zerrte ihn aus dem Sattel. Das Pferd bäumte sich erschrocken auf und der fliehende Reiter landete, eine Staubwolke aufwirbelnd, hart auf dem Boden.

Dreck spuckend versuchte der Offizier aufzustehen. »Scheisse, Mann, was soll denn das?«, fluchte er.

Gregory schnappte sich sein Martini-Henry-Gewehr und richtete die Waffe, obwohl sie leer war, einhändig auf den Kopf des am Boden Liegenden. »Helfen Sie mir, den Jungen aufs Pferd zu heben, oder Ihr Leben ist zu Ende.«

Der Mann wischte sich mit dem Handrücken über das vom Sturz verdreckte Gesicht. »Mach das doch selbst und verschwinde, solange du noch kannst, denn ich warne dich: Wenn du dieses blutige Chaos überlebst, lasse ich dich wegen Ungehorsamkeit verfolgen. Wir sind erledigt, denn die Zulu stehen bereits hinter dem Hügel und wir sind umzingelt. Nun ist jeder auf sich allein gestellt!«

Der Trommlerjunge war kaum bei Bewusstsein und der Transportoffizier schwang sich wieder in den Sattel. Wenn Gregory nicht beide Hände unter den Achseln des Jungen gehabt hätte, um ihn mitzuschleppen, hätte er den Mann wahrscheinlich erdolcht.

Die rundum tobenden Kampfhandlungen rückten immer näher und Gregory befürchtete, den verwundeten Trommler fallen lassen zu müssen, weil er zu schwer war - kein Kind mehr, sondern ein Teenager.

»Lassen Sie mich Ihnen helfen!«, erklang auf einmal eine sonore Stimme.

Gregory schaute sich um und sah einen Zulu. Im ersten Moment dachte er, jetzt müsse er sterben, dann erkannte er den Waffenrock des Mannes. Er gehörte zur berittenen Armeeeinheit der 'Natal Native Horses', der einheimischen Soldaten, und war eben von seinem Pferd gesprungen. Er nahm einen Arm des Trommlerjungen, so dass es den beiden gemeinsam gelang, diesen hochzuheben und hinter dem Transportoffizier über den Rücken von dessen Pferd zu legen. Gregory gab diesem einen Klaps und es galoppierte mitsamt seinem Reiter und der Fracht davon.

Jeder ist nur noch auf sich gestellt! Gregory spuckte seine Abscheu über diese Worte in den Staub und die Felsen. Er blickte auf die immer kleiner werdende Gruppe von Polizisten und Rotröcken, die Oberst Durnford schützten, sowie auf die Zulu, die sich für den entscheidenden Angriff sammelten.

»Kommen Sie mit mir, Nkosi«, sagte der dunkelhäutige Reiter, den Gregory jetzt wiedererkannte: Er hatte ihn in der Donga, dem trockenen Flussbett, an Oberst Durnfords Seite kämpfen und Feinde töten sehen, bevor dieser den allgemeinen Rückzug befohlen hatte. Trotz des Rückzugsbefehls stand er nun in seiner khakifarbenen Jacke, mit Stiefeln und einem Assegai in der Hand hier, Auge in Auge mit Gregory. In einem am Sattel festgeschnallten Köcher standen, die Spitzen nach oben, zwei Wurfspeere.

Gregory schüttelte den Kopf. »Nein, lass mich und geh!« Er kniete sich neben die Leiche eines Rotrocks, der einen Schuss in die Stirn bekommen hatte, kramte die letzten drei Patronen aus dessen Tasche und klaubte zwei heruntergefallene Patronen aus dem Staub. Er blickte zum dunkelhäutigen Soldaten auf, der nun wieder im Sattel sass, aber zögerte. Für einen kurzen Moment war Gregory zu fliehen versucht, doch die Abscheu, die er bei den Worten des Transportoffiziers empfunden hatte, führte ihn zu seiner unumstösslichen Haltung zurück: Sein Platz und sein Schicksal waren bei Durnfords Männern, die ihre Gewehre immer wieder luden und sie zum Schiessen, Schlagen und mit dem Bajonett zum Stechen verwendeten. Ausser der Uniform, die er am Leib trug und seiner Ehre gab es nichts von Wert in seinem Leben - weder Emily noch nennenswerten Besitz.

Er blickte in die Ferne und sah den Rücken des fliehenden Transportoffiziers sowie den Hinterteil von dessen Pferd, das über eine Anhöhe zum Fluss hinunter verschwand. Immerhin war der Trommlerjunge in Sicherheit.

Hinter ihnen ertönte ein Schrei. Ein junger Zulu, der zur Vorhut der sie umzingelnden rechten Angriffsfront gehörte, sprang über einen Felsen und rannte mit vorgestrecktem Speer in ihre Richtung.

Der Reiter wendete sein Pferd, womit er sich beinahe zwischen dem entgegenkommenden Krieger und Gregory positionierte. Dieser betätigte währenddessen den Verschluss seines Martini-Henry-Gewehrs, lud eine Patrone und entriegelte es. Er hob die Waffe an die Schulter, zielte am tapferen Mann, der ihn deckte, vorbei und betätigte den Abzug.

Klick.

»Verdammt!« Gregory zog den Ladehebel, um die klemmende Patrone auszuwerfen und sah, dass mit dieser zusammen Dreck und Staub zu Boden fielen. Wenn der dunkelhäutige Reiter jetzt davonritt, wie es ihm befohlen war, könnte er sich retten, während Gregory seinen Angreifer mit dem Bajonett entgegentreten müsste. Seine Glieder waren schwer und seine Kehle ausgedörrt.

In diesem Moment liess der Reiter seinen Assegai fallen, griff nach hinten, zog einen der längeren Wurfspeere aus der Satteltasche und hob diesen in die Höhe. Im selben Moment, in dem der Krieger an ihm vorbeirannte, holte der Zulusoldat mit dem Arm Schwung und schleuderte den Speer vorwärts und nach unten, in den Rücken des sich Gregory nähernden Zulu, so dass der Mann diesem vor die Füsse fiel.

»Nkosi, kommen Sie mit mir«, wiederholte der Reiter, diesmal drängender. Doch Gregory schüttelte den Kopf. »Nein, danke, ich ...«

1

—

KWAZULU-NATAL IN DER GEGENWART

Der Vollmond hob sich aus der Wolkenschicht am Horizont und warf beim Aufsteigen eine goldene Strahlenbahn auf den Indischen Ozean. Es war wunderschön, schon fast perfekt, aber Adam Krüger runzelte trotzdem die Stirn.

Er schritt über den leeren weissen Sand des Strandes von Bhanga Nek, wobei er seine Augen suchend nach links und rechts schweifen liess, wie er dies während seiner Zeit bei der Armee in Angola getan hatte, wenn er auf Patrouille war. Heute Abend hielt er jedoch nicht nach etwas Tödlichem, sondern nach neuem Leben Ausschau. Barfuss, in lockerer kurzer Hose und einem T-Shirt war ihm weder heiss noch kalt. Er fühlte sich mit seiner Umgebung eins, genauso als Teil von ihr, wie die Schildkröten, die er suchte.

Obwohl Adam nun im Frieden lebte, spürte er, dass er seinen rechten Arm beim Gehen anwinkelte, während sein linker Arm gestreckt und entspannt blieb. Es war dasselbe wie vor drei Wochen bei der Wanderung mit Sannie in den Drakensbergen: Wenn er im Busch oder an einem ruhigen, abgelegenen Ort, wie dem Strand, spazieren ging, setzte unwillkürlich das Muskelgedächtnis ein und während seine Augen das Gelände nach einer Gefahr absuchten, hielten seine Hände eine nicht vorhandene Waffe.

Um die sinnlose Anspannung zu vertreiben, schüttelte er im Gehen den Kopf und die Arme, doch dafür war es bereits zu spät. Die Stofftasche, die Adam sich über die Schulter gehängt hatte, hüpfte bei jedem seiner kräftigen Schritte auf dem Rücken. Er hörte fernes Donnergrollen und blickte erneut zum Horizont. Wie er in der Wettervorhersage gesehen hatte, bildete eine Wolkenwand die Vorhut einer Gewitterfront, welche auf die Küste und seine Schildkröten zusteuerte.

An seinem T-Shirt zupfend, nachdenkend und fluchend, lief Adam weiter. Selbst um neun Uhr abends war die Luftfeuchtigkeit immer noch hoch. Er hatte den Strand bereits einmal hinauf und hinunter abgesucht und dabei acht Kilometer zurückgelegt. Der Strand bog sich in der Form einer sanften Sichel, dessen nördlichem Ende sich Adam zum zweiten Mal an diesem Abend näherte. Hier war der Sandstrand am schmalsten und stieg steil zu einer hohen Düne hoch. Dahinter befand sich ein dichter Vegetationsgürtel, ein verworrener Dschungel aus Lalapalmen, Strelitzien und Umdoni-Bäumen.

Der bevorstehende Sturm beunruhigte ihn und verstärkte das bereits vorhandene Unbehagen, welches allerdings nichts mit dem Schlüpfen der Schildkröten zu tun hatte: Er und Sannie hatten sich am Telefon schon wieder gestritten.

Hier draussen gab es kein Netz. Er hatte nur im Camp der Nationalparkbehörde von KwaZulu-Natal, das am südlichen Ende von Bhanga Nek lag, in den Forschungsgebäuden von KZN Ezemvelo, Wi-Fi-Zugang und selbst dort nicht verlässlich.

»Ja, Adam, ich habe gehört, dass du bleiben willst, um den neuen Studierenden zu helfen. Letzte Woche hast du noch erklärt, deine Arbeit dort sei für diese Saison beendet«, hatte sie gesagt, als sie das letzte Mal miteinander gesprochen hatten.

Eigentlich hätte er in seinem Bakkie, dem Pick-up, sitzen und auf dem Weg zurück nach Pennington sein sollen - zu Sannie, ins Haus, das sie seit mehr als einem Jahr teilten.

Adam hatte sie heute wieder anrufen wollen, aber es gab kein Netz. Er hätte ihr von den ungewöhnlich hohen Flutwellen und dem

Nest mit den Eiern erzählen wollen, die beim letzten Sturm weggespült worden waren. Und nun deutete alles darauf hin, dass die Front, die auf die Gegend zusteuerte - er blickte erneut nach rechts, als er einen weit entfernten Blitz zucken sah, - noch schlimmer würde.

In diesem Moment entdeckte Adam Spuren. »Mist!«

Er beschleunigte den Schritt, bis er zu einer Stelle kam, an der eine Lederrückenschildkröte eben ein Gelege von vielleicht 100 Eiern abgelegt hatte. Das musste passiert sein, während er am anderen Ende des Strandes entlang gestapft war. Adam ärgerte sich über sich selbst. Hätte er über die Schulter zurückgeblickt, wäre ihm die aus der deutlich erkennbaren Strömung zu seiner Rechten auftauchende Schildkröte möglicherweise aufgefallen, aber er war zu sehr in seine Gedanken an Sannie vertieft gewesen.

Er stand verärgert, mit in die Hüften gestemmten Händen, vor den Flossenabdrücken, die im hellen Mondlicht deutlich zu erkennen waren. Der Donner im Osten wurde lauter und als er in diese Richtung blickte, sah er, dass sich die Wolken bis zum Mond auftürmten. Eine steife Brise liess den schweissnassen Rücken seines T-Shirts trocknen.

Obwohl es keinen weniger geeigneten Ort gab, hatte die Schildkröte ihre Eier an der gleichen Stelle abgelegt, die sie wahrscheinlich schon seit 20 Jahren dafür nutzte. Es war die schmalste Stelle des Strandes und Adam wusste, dass dieser Bereich bei der letzten Serie von Unwettern überflutet und alles weggefegt worden war. Es war ein offenes Geheimnis, dass an der Küste nicht nur immer häufiger Stürme eintraten, sondern diese auch heftiger wüteten. An Ostern vor ein paar Jahren, bevor Adam aus Australien nach Südafrika zurückgekehrt war, hatten mehr als 300 Menschen bei verheerenden Stürmen, die Durban und die Küste der Provinz Natal heimsuchten, das Leben verloren.

Adam schaute auf die Uhr. Die Flut begann hereinzuströmen. Er schaute sich um und sah zwei auf dem harten, nassen Sand knapp oberhalb der Brandung gehende Personen, die sich aus der Richtung des Forschungslagers im Süden näherten. Er erkannte, dass es Jenny und Thabo waren und winkte den beiden. Vielleicht spürten sie, dass er in Bedrängnis war, denn sie begannen zu laufen.

Adam liess sich auf die Knie fallen, nahm die Tasche von der Schulter und begann, an der Stelle, an der die Schildkröte ihr Nest gegraben hatte, mit den Händen im Sand zu schaufeln. Als die beiden Forschungsstudierenden eintrafen, hatte er den Sand zu einem Berg angehäuft.

»Was ist los, Professor?«, fragte Thabo Radebe. Der stämmige junge Mann in Schwimmshorts und einem langärmeligen Busch-hemd beugte sich, die Hände auf die Knie gestützt, keuchend nach vorn.

Adam winkte mit einer Kopfbewegung über seine Schulter. »Ein Sturm ist im Anzug und wenn er eintrifft, spülen die Wellen dieses Nest weg.«

»Aha, und jetzt wollen Sie die Eier umquartieren.« Jenny Ellis, in abgeschnittener Jeansshorts und einem weissen Trägertop, beugte sich vor und schaute ins Loch hinunter, das er aushob. Dabei fiel ihr das lange, glatte rote Haar wie ein Vorhang über das Gesicht und sie strich sich eine Strähne davon zur Seite.

Adam sah zu ihr auf. »Ja. Aber es bleibt uns nicht viel Zeit. Die Flut steigt zwar nicht ganz bis hierher, aber dieser Sturm löst bestimmt riesige Wellen aus.« Ein Blitz, der in den Ozean schlug und ein ihm folgender knallender Donnerschlag unterstrichen Adams Worte.

»Also brauchen wir eine Kiste und am besten eine Decke«, stellte Jenny fest.

Adam nickte. »Genau. Jemand von Ihnen muss zurück ins Lager und alles holen, was wir brauchen.«

Thabo warf einen Blick auf den langen Strand.

»Thabo, du bleibst hier und hilfst Adam, äh, ich meine, dem Professor«, bestimmte Jenny. Sie griff in die Hosentasche, zog ein Gummiband heraus und band sich das Haar zu einem Pferde-schwanz. »Ich laufe derweil zum Camp zurück und hole den Polaris. Einverstanden, Prof?«

»Ja«, nickte Adam. Sie war schlau. »So schnell Sie können, bitte, Jen.«

Sie lächelte bei der vertraulichen Anrede und joggte los. Trotz seinen 55 Jahren war Adam wahrscheinlich am fittesten von ihnen.

Thabo liess sich neben Adam nieder.

»Seien Sie vorsichtig beim Graben, Thabo. Wir sind bestimmt schon recht nahe an den Eiern. Sie sind ungefähr...«

»Fünfzig bis sechzig Zentimeter unter der Oberfläche, ich weiss.« Thabo schaufelte mit seinen grossen Händen schnell, aber wie Adam bemerkte, vorsichtig Sand weg.

»Sie machen das gut, Thabo.«

Thabo nickte. »Wie schätzen Sie unsere Chancen, sie zu retten, ein, Professor?«

Adam hatte sich zwar noch nicht daran gewöhnt, 'Professor' genannt zu werden, mochte es aber. Wie sollte er Sannie klar machen, dass er, obwohl er eigentlich nicht für diese Studierenden verantwortlich war, gern ein paar zusätzliche Tage damit verbrachte, ihnen zu helfen, einfach weil er ihr Interesse an der Wissenschaft, den Schildkröten und der Umwelt schätzte? Und was sollte er sagen, wenn sie wissen wollte, warum er mitten in der Nacht lieber hier am Strand als zu Hause bei ihr im Bett war? Ach, es war wirklich bedeutend einfacher, über Schildkröten nachzudenken, als über Beziehungen.

»Ich habe das schon einmal gemacht, Thabo. Gewisse Leute sagen, wir sollten die Eier nicht künstlich auszubrüten versuchen, aber manchmal gibt es gute Gründe dafür – beispielsweise jetzt, wo wir annehmen müssen, dass das Nest höchstwahrscheinlich durch einen Sturm zerstört werden wird.«

»Und ausserdem gilt das Argument, dass wir angesichts der steigenden Temperaturen einige Eier in eine kühlere Umgebung bringen müssen. Nur so können wir sicherstellen, dass die notwendige Anzahl von Männchen vorhanden ist, um eine lebensfähige Population in freier Wildbahn zu erhalten.«

»Genau.« Thabo hatte Recht - die Temperatur des Sandes, in den die Schildkröteneier gelegt wurden, entschied darüber, ob die Jungtiere männlich oder weiblich waren. Da die Temperaturen an den Küsten weltweit stiegen, schlüpften mehr Weibchen als Männchen. »Da der Mensch dieses Problem geschaffen hat, ist es auch seine Pflicht, es zu lösen zu versuchen und dafür einzugreifen.«

Adam öffnete seine Stofftasche und zog einen wasserfesten schwarzen Filzstift heraus.

»Ich spüre die Eier, Professor.« Thabo hatte das Graben verlangsamt und bürstete nun von den ersten der tischtennisballgrossen weissen Eiern im Nest, die sichtbar wurden, einzelne Sandkörner weg. Die Eier herauszuheben und umzuplatzieren war eine zeitraubende Aufgabe.

»Es sind die Eier von Lederschildkröten«, erklärte Adam, »weshalb es umso wichtiger ist, sie zu retten. In Bhanga Nek nisteten 'Unechte Karettschildkröten' wie auch 'Lederschildkröten', doch letztere sind sowohl seltener wie auch stärker gefährdet. Während nämlich erwachsene unechte Karettschildkröten in den Gewässern vor der Küste ihres Geburtsortes bleiben, durchstreiften Lederschildkröten die Weltmeere und sind deshalb einem weitaus grösseren Risiko ausgesetzt, als unerwünschter Beifang im Netz von kommerziellen Fischern hängen zu bleiben und zu sterben.«

Als sie das Geräusch eines sich von Süden her nähernden laut dröhnenden Motors hörten, drehten sich die beiden Männer um. »Das ist Jenny«, sagte Adam. »Sie muss zum Camp gesprintet sein.«

Jenny raste mit dem Vierradquad dem Ufer entlang und hielt kurz vor der Stelle, an der sie gruben, an. Sie sprang vom Strandquad und brachte drei Kisten. »Ich habe den Anhänger montiert«, erklärte sie.

»Gute Idee«, lobte Adam. Er nahm den Deckel des Permanentstifts ab und Thabo rückte im Sand etwas zur Seite, um ihm Platz zu machen. Adam kniete sich hin und begann damit, sorgfältig einen schwarzen Punkt auf die Oberseite jedes Eis zu malen. »Wissen Sie, warum wir das tun?«

Jenny beantwortete die Frage: »Im Gegensatz zu einem Huhn kann eine Schildkröte ihre Eier nicht umdrehen. Die Jungtiere halten sich deshalb während ihrer Entwicklung an der Innenseite der Eierschale fest und entziehen dieser Nährstoffe, worauf sich über ihnen, oben im Ei, Flüssigkeit ansammelt. Das bedeutet, dass wenn man jetzt ein Ei aus dem Nest nehmen und umdrehen würde, die kleine Schildkröte im Inneren des Eis ertrinken müsste.«

»Das ist genau richtig erklärt.« Vorsichtig nahm Adam ein Ei nach dem anderen heraus, markierte es und reichte es entweder Thabo oder Jenny. Diese legten die Eier, den schwarzen Punkt nach oben gerichtet, in die mit einem Strandtuch ausgekleideten Boxen. Adam klaubte ein Thermometer, das, genau wie die Schildkröteneier, die Grösse und Form eines Tischtennisballs aufwies, aus seiner Tasche. Als sie alle Eier aus dem Nest gehoben, markiert und in die drei Kisten gelegt hatten, legte er das eiförmige Thermometer dazu, nahm es etwas später wieder heraus und notierte die gemessene Temperatur.

Schliesslich luden sie die Kisten in den Anhänger, worauf Adam Thabo anwies, sich neben Jenny auf den Beifahrersitz des Quads zu setzen. »Ich gehe zu Fuss.«

»Sind Sie sicher, Professor?«, fragte Thabo.

Adam grinste. »Klar, so alt bin ich nun auch wieder nicht, jedenfalls noch nicht. Ausserdem will ich neben dem Polaris herlaufen und ein Auge auf die Eier haben. Fahren Sie bitte langsam, Jenny.«

Die Studentin nickte, stieg ein, startete den Motor und fuhr, sich an die Laufgeschwindigkeit, die Adam eingeschlagen hatte, anpassend, in zügigem Schritttempo auf dem festen Sand knapp oberhalb der steigenden Flut.

Während des Laufens spürte Adam Tropfen auf seinem Gesicht. Der Himmel hatte sich verdüstert, die Wolken den Mond verschlungen, der Wind aufgefrischt und Adam fröstelte ein wenig. Der Donner klang wie ständiges fernes Mörsergeschütz und ein erneuter Blitzeinschlag liess ihm den Atem stocken. Zum Glück unterhielten sich die Studierenden miteinander und sahen nicht zu ihm hin.

Jenny achtete aber beim Fahren aufmerksam auf die Umgebung. »Professor?«

Adam blickte vom mit Schildkröteneiern beladenen Anhänger auf und sah, dass Jenny den Strand hinunter deutete.

»Ist das eine ... Schildkröte?«, fragte Thabo mit lauter Stimme, um das Tosen der Brandung zu übertönen. Jede der Wellen schien höher als die vorangehende zu sein und ausserdem prasselten jetzt dicke Regentropfen auf Adam herunter, während Thabo und Jenny unter dem Dach der kleinen Kabine des Fahrzeugs etwas geschützt waren.

Während Jenny verlangsamte und den Polaris in den Kriechgang schaltete, schaute Adam in die Richtung, in die sie zeigte.

»Was zum Teufel ist das?« Unvermittelt hob Jenny eine Hand vom Lenkrad des Vierradgefährts und hielt sie sich vor den Mund. »Oh, nein! Ist das eine Leiche?«

»Fahren Sie weiter, Jenny!«, wies Adam sie an, denn ihm schien, sie habe recht. »Und Sie, Thabo, steigen bitte aus, gehen neben dem Anhänger her und behalten die Eier im Auge.«

Jenny hielt das Fahrzeug an und Thabo kletterte hinaus. »Wir kommen mit Ihnen, Adam, dann können wir Ihnen helfen.«

Adam ging zu ihrer Seite des Quads und hinderte sie am Aussteigen. »Jenny, Sie sind jung - beide. Ersparen Sie sich den Anblick eines gewaltsamen Todes, denn Sie können solche Bilder weder rückgängig machen noch sie je vergessen.«

Sie sah ihm in die Augen und deutete gleichzeitig auf die Tätowierung auf seinem Arm, die ein Fallschirm-Emblem zeigte. »Sie waren in den alten Zeiten in der Armee und im Krieg, ja?«

»Ja, ich war ein 'Parabat', ein Fallschirmjäger. In Angola.«

Thabo schluckte hörbar, als er an ihm vorbei zu dem dunklen, leblosen Objekt blickte, das nun das Ufer erreicht hatte und von den Wellen auf den Sand gerollt wurde. »Komm, Jenny, bringen wir die Eier zurück.«

Adam klopfte Thabo auf den Arm. »Guter Entschluss, mein Freund. Dieses Wetter ist zum Kotzen, also bringen Sie bitte die Eier in Sicherheit, damit die kleinen Schildkröten eine Chance erhalten.« Wenn sie die Schildkrötenembryonen retten wollten, war es wirklich notwendig, die Eier unter Dach und Fach zu bringen.

Thabo nickte und Jenny drehte den Anlasser.

»Ich komme auch gleich«, sagte Adam. »Aber rufen Sie bitte die Polizei, wenn Sie im Lager ankommen.«

»Wird gemacht, Professor.«

Als Adam zum Ufer ging, malträtierte ihn heftiger Regen. Die Brandung hatte nachgelassen, doch der auflandige Wind peitschte weisse Kappen auf den Wellen zu wilder Raserei. Jetzt konnte er mehr erkennen.

Es war ein dunkelhäutiger Mann, der aber nicht wie ein Schwarzer aussah. Er trug Jeans, sein rechtes Bein war unterhalb des Knies abgetrennt und der Kopf nur noch zur Hälfte vorhanden, was die Identifizierung erschweren würde. Das Hemd war ihm vom Körper gezerrt worden und ein Hai hatte den Torso geöffnet. Adam stand über den Überresten. 'Sein Herz ist nicht mehr da', ging es ihm durch den Kopf.

Adam watete bis zu den Knöcheln ins Wasser, packte einen Arm und das unversehrte Bein und zog den Körper auf trockeneren Sand hinauf. Er durchsuchte die Hosentaschen - nichts. Der Mann trug eine Taucheruhr mittlerer Reichweite und sein noch vorhandener Fuss war nackt. Was Adam aber überraschte, war die Jeans. Dieser Mann war bestimmt weder ein unglücklicher Fischer noch ein Einheimischer, der nach übermässigem Alkoholkonsum schwimmen gegangen war.

Adam richtete sich auf und schaute den Strand entlang. Jenny und Thabo hatten das Camp beinahe erreicht. Er wollte auch dorthin, um den Polaris und eine Plastikplane, in die er die Leiche einwickeln konnte, zu holen. Die Polizei würde den Toten untersuchen müssen, aber da er vom Meer angespült worden war, gab es, jedenfalls hier am Strand, keinerlei Spuren, die besondere Hinweise geben konnten. Somit gab es auch keinen Tatort zu sichern. Er hätte gern Sannie angerufen und sie gefragt, ob er sonst noch etwas tun solle, bis die lokale Polizei eintraf, was Stunden dauern konnte.

Adam blickte wieder auf den Mann hinunter, dann schloss er die Augen. Er atmete den Geruch des Meeres tief ein, lauschte dem Rauschen der Wellen und konzentrierte sich auf den auf seine Haut prasselnden Regen. Trotzdem schaffte er es nicht, dem Rat seines Psychiaters zu folgen und im Hier und Jetzt zu bleiben, sondern wurde wieder nach Angola versetzt. Das Donnergrollen wurde zum

Krachen von Mörsern und die Reinheit und der Frieden des Meeres vom Gestank des Todes und von Kordit verdrängt.

Er drehte sich um, ging ein paar Schritte und atmete die Nachtluft tief ein. Regen tropfte ihm von der Nase auf die Lippen und liess das Hemd und die Shorts an seinem Körper kleben. Adam fuhr sich mit den Händen durch das kurzgeschnittene silberblonde Haar und versuchte, die Erinnerungen aus dem Kopf zu drängen.

Als er sich umdrehte, bemerkte er, dass etwas halb unter Wasser in den Wellen herumgewirbelt wurde. Er watete erneut ins Meer und streckte die Hand nach dem viereckigen, unförmigen Gegenstand aus, der in mehrere Lagen Luftpolsterfolie gewickelt war, die ihn über Wasser hielt.

Adam machte einen grossen Bogen um die Leiche und versuchte, sie nicht anzuschauen. Dann nahm er das Paket mit sich auf den trockenen Sand. Der Regen hatte nachgelassen und hörte schliesslich ganz auf. Die Wolken öffneten sich wie ein Spalt in den Vorhängen eines neugierigen Nachbarn und ein Strahl von Mondlicht fiel auf das aufgewühlte Meer und den Gegenstand in seinen Händen.

Er war unförmig und ziemlich schwer, etwa drei bis vier Kilogramm schätzte Adam. Mit nassen, vom Regen aufgeweichten Fingern, zerrte er umständlich am Klebeband und versuchte, den Inhalt auszuwickeln. Offensichtlich wollte jemand, dass das Ding unbedingt trocken blieb.

Als er das Paket in den Händen drehte, löste sich der Plastik und gab eine Art Gehäuse frei, das alt aussah. Es bestand aus einem im Mondlicht schimmernden Metall, vielleicht Messing oder Kupfer, und als er es schliesslich gänzlich ausgewickelt hatte, durchzuckte ihn der Gedanke, es sehe wie eine Requisite aus einem alten Geschichts- oder Fantasyfilm aus. Es wirkte wie eine mit unechten Edelsteinen oder Halbedelsteinen besetzte, mit dekorativen Metallarbeiten verzierte Mini-Schatztruhe.

Plötzlich ertasteten Adams Finger einen Riegel und als er diesen betätigte, öffnete sich die Truhe. Ein Buch kam darin zum Vorschein, das wie eine mittelalterliche Bibel aussah. Als er den harten, abgegriffenen Ledereinband aufklappte, sah er mit Worten bedeckte Pergamentseiten, die ihn an die kalligraphischen Schriften von Mönchen erinnerten. Allerdings waren die Texte weder in englischer noch lateinischer Sprache, sondern in arabischer Schrift geschrieben.

Adam warf einen weiteren Blick auf die Leiche, deren Haut trotz ihrer Blässe die Farbe hellen Kaffees hatte. Die Jeans, die der Mann trug, bewies, dass er weder schwimmen noch tauchen wollte, aber nichts verriet, ob das gut verpackte Buch, möglicherweise eine antike Ausgabe des Korans, ihm gehörte.

2

NACH DEM ZULUKRIEG, NATAL, 1880

Es klopfte an der Tür. »Ich bringe Grüsse von Hellfire Jack, Mister Gregory, Sir «, rief die Stimme von draussen. »Sie haben einen Termin mit einer Leiche und einer Journalistin.«

Peter Gregory öffnete ein Auge im schummrigen, strohgedeckten Zweizimmer-Bauernhaus, das nach Holzrauch, Schimmel und Frau roch. Preeti, mit vollem Namen Harpreet Naidoo, die jetzt Grace genannt werden wollte, bewegte sich neben ihm warm unter dem Laken und der Decke.

»Verschwinden Sie, Phillips«, krächzte Gregory. »Heute ist Sonntag, Tag des Gebets und der Ruhe.«

Sergeant Gavin Phillips brummte. »Gut, Sir. Aber der Major war sehr unnachgiebig, er verlangt nach Ihrem sofortigen Kommen, Sir. Darf ich ins Haus kommen? Hier draussen regnet es ziemlich stark.«

Phillips war zwanzig, siebzehn Jahre jünger als Gregory. In der britischen Armee wäre er Second Lieutenant gewesen, ein Frischling in seinem ersten Kommando. Da er jedoch als Sohn eines wohlhabenden Zuckerrohrbauern in der Kolonie aufgewachsen war, hatte er sich den örtlichen Streitkräften angeschlossen. In der Hoffnung, in den Einsatz zu kommen, hatte sich Gavin Phillips bei der berittenen

Polizei gemeldet, aber es war zu spät - der Krieg wurde beendet, bevor er im Zorn einen Schuss abfeuern konnte. Allerdings waren in Isandlwana so viele Polizisten ums Leben gekommen, dass Phillips in kürzester Zeit vom Constable zum Sergeant aufgestiegen war.

»Nein.« Gregory fuhr sich mit der Hand durch seine ungewaschene, dicke, dunkle Mähne, die ihm bis auf den Kragen hing.

Schwarze, von einem passenden Vorhang aus seidigen Fransen umrahmte Augen lugten über die Decke und zwinkerten ihm zu. Gregory blinzelte zurück.

Phillips klopfte an die Tür. »Sir, der Major hat mir gesagt, ich dürfe nicht ohne Sie ins Lager zurückkehren, sonst reisse er mir den Kopf ab.«

Gregory griff nach seiner Taschenuhr, die auf dem abgesägten Baumstumpf lag, der als Nachttisch diente. Dabei streifte er mit dem Handrücken die quadratisch geformte leere Ginflasche, die umkippte und klirrend auf dem schieferharten Boden aus poliertem und gehärtetem Kuhmist landete. Grace schreckte auf und zog die Decke erneut über ihren Kopf.

Er schwang seine Beine über die Seite des Betts aus Holz und Seilen und zog seine Kavalleriehosen und Stiefel an. Als er stand, zog er die Hosenträger über die Schultern seines kragenlosen, schmutzigen Unterhemdes. Donner grollte wie Chelmsfords in der Ferne abgefeuerte Vierpfünder und ein Blitzschlag knallte wie eine berstende Granate.

Gregory hob den hölzernen Riegel aus seiner Verankerung und öffnete die Tür einen Spalt. Phillips stand, die Faust bereits für ein weiteres Klopfen erhoben, davor und hielt nun inne. Regen tropfte von seinem cremefarbenen Helm auf den dicken Kord seiner dunkelbraunen Natal Mounted Police-Uniform. Gregory nahm einen Hauch von Pferd und Schweiss wahr.

»Ich bin in fünfzehn Minuten draussen, Phillips. Warten Sie in der Scheune und fragen Sie Samuel, ob er ...«

»Ich habe es dem verdammten ...«

Gregory hielt einen Finger hoch. »Bitten Sie Constable Khumalo, mein Pferd zu satteln.«

»Das habe ich bereits getan, Sir. Und wenn Sie mir gestatten, das zu sagen: Dieser Typ, Khumalo, hat so etwas von einer arroganten, für einen Schwarzen völlig unpassende Haltung.«

Gregory griff nach seiner Polizeiuniform, die an einem Haken hing. »Das liegt daran, dass er ein Prinz ist, Phillips, das Mitglied einer königlichen Zulu-Familie. Am besten vergessen Sie das nicht. Wenn Sie zu Hause in London wären, würde er Sie wegen Ungehorsam kassieren und auspeitschen lassen. Ich komme gleich raus.«

Gregory wartete lange genug, um Phillips durch den Schlamm zur Scheune stapfen zu sehen, dann schloss und verriegelte er die Tür. Er warf die Uniformjacke auf das Bett, ging zur Feuerstelle und stiess mit der Spitze eines verrosteten Martini-Henry-Bajonetts in die fast erloschene Glut des Feuers.

Es war Mai und in den Midlands von Natal war es im nahenden Winter kälter, als es sich Gregorys entfremdete Familie in England je hätte vorstellen können. Der für die Jahreszeit untypische späte Regen, der teilweise durch das Strohdach drang, machte die Situation noch ungemütlicher. Gregory legte einen Zapfen auf die glimmenden Kohlen, bis eine Flamme daraus züngelte und zündete sich damit eine dünne Zigarre aus einer Zinnkiste auf dem einfachen gemauerten Kaminsims an. Er hustete.

Grace tauchte wieder auf und schlängelte sich die Matratze hinauf, bis sie mit dem Rücken am Kopfende des Bettes lag. Obwohl sie das Laken hochhielt, sah Gregory den Schatten einer dunklen Brustwarze unter einer verrutschten Falte hervorlugen. Er spürte ein Ziehen in seinem Unterleib.

Sie runzelte die Stirn. »Ich neige dazu, den aktuellen medizinischen Erkenntnissen, Rauchen sei der Gesundheit und einer besseren Atmung zuträglich, zu widersprechen.«

»Preeti ...«

Sie runzelte die Stirn. »Grace.«

»Dein indischer Name hat mir besser gefallen. Jetzt, wo du eine gottesfürchtige, getaufte Christin bist, solltest du bereuen, was wir vor einer Stunde getan haben, und mich nicht über das Rauchen belehren.«

Sie zog das Laken hoch, um ihr Gesicht vollständig zu bedecken. »Sie sind ein ganz und gar furchtbarer Mensch, Captain Peter Gregory. Ich werde für Ihre Seele beten.« Grace sprach ihn gern mit seinem früheren Armeedienstgrad, Captain, an, den er innehatte, bevor er zur Polizei ging. Sie fand, er klinge wichtiger als sein Polizeidienstgrad als Sub-Inspector. Grace war noch in ihren Zwanzigern und legte grossen Wert auf gesellschaftliches Ansehen. Sie blinzelte ihn erneut an, wobei das Bettlaken nur noch ihre Augen freigab. »Musst du gehen?«, säuselte sie.

Er legte seine Zigarre in einen Aschenbecher aus dem Rückenwirbel einer Giraffe, die Löwen am Ufer des Umfolozi-Flusses gerissen hatten und den er aus ihren Überresten geklaubt hatte. Dann zog er sich seine Uniformjacke über und knöpfte sie zu. »Wenn Hellfire Jack Dartnell ruft, sagt man nicht nein.« Gregory nahm seinen Pistolengürtel von der Lehne des Stuhls und schnallte ihn um. »Ausserdem würde mich sonst niemand einstellen.«

Gregory zog den Revolver, schlug den Hahn zurück und drehte die Kammer. Als er sich vergewissert hatte, dass sie sauber war, schob er sie ins Holster.

»Du hattest wieder Albträume, Peter«, sagte Grace.

Er schaute in ihre Richtung, liess seine Augen aber auf der weiss getünchten Wand über ihrem Kopf ruhen. Sein Geist projizierte wie eine Laterna Magica das Bild mit einem Feld voller nackter Körper, die vom Brustbein bis zur Leiste aufgeschlitzt waren und aus denen die Eingeweide quollen. Feuer flackerten in den Ecken der Szene und ein einzelner Schuss liess das Wiehern eines sterbenden Pferdes verstummen. Er kniff die Augen zusammen, denn er erinnerte sich jetzt daran, dass er in den frühen Morgenstunden schreiend aufgewacht war.

»Peter ...«

Er öffnete die Augen und brachte ein Lächeln zustande. »Wahrscheinlich der Fisch aus der Dose, den wir zum Abendbrot hatten.«

Grace schüttelte den Kopf. »Es gibt keinen Grund, es auf die leichte Schulter zu nehmen. Deine Seele ist verletzt, aber dein Schmerz stammt vielleicht aus einem deiner früheren Leben.«

Gregory schnaubte. »Ich bezweifle, dass dein neuer Freund, der Baptistenpastor, an deine hinduistische Vorstellung von Reinkarnation glaubt, Preeti.«

»Grace ...«

Er setzte seine Pickelhaube auf und justierte den Kinnriemen. »Ich glaube nicht an frühere Leben.«

»Als wir das erste Mal zusammen waren, Peter, hattest du schon Probleme. Das Karma lehrt uns, dass wir unsere Situation, unser gegenwärtiges Leben ändern können, ganz gleich, was wir im letzten Leben an Leid erlitten haben.«

Gregory nahm seine Zigarre in die Hand und nahm einen weiteren Zug. Der Tabak belebte ihn, auch wenn er wieder hustete. Er drückte sie aus. Gregory sah die im Bett liegende Grace an und schwelgte einige Augenblicke lang in unreinen Gedanken. Er seufzte. »Ich muss gehen.«

Sie liess das Laken ein wenig herunter, um ihn die bessere Sicht geniessen zu lassen und lächelte. »Willst Du es dir nicht anders überlegen?«

Wenn er die Schrecken der letzten zwölf Monate nicht gerade in Gin ertränkte, war Grace das Einzige, das ihm helfen konnte, diese zu vergessen. Es fühlte sich wie ein Fluch an, dass die schlimmen Erfahrungen selbst in ihren Armen und in ihrem warmen Bett, wie ein Krebsgeschwür in ihm hochkochten und ihn von innen her auffrassen.

Es war eine Teufelsspirale, aber er wusste auch, dass es half, etwas zu tun, selbst wenn dies bedeutete, im Regen zu reiten. »Phillips wird bald zurück sein und nach mir suchen. Dann ist es am besten, wenn er dich in den Kleidern eines Dienstmädchens beim Staubwischen antrifft.«

Mit der übertriebenen Langsamkeit einer Varieté-Schauspielerin senkte sie den Blick. »Ja... Sir.«

Am liebsten hätte er sich die Jacke wieder vom Leib gerissen, aber stattdessen öffnete er die Tür und ging in den Regen hinaus. Grace war endlich auf dem richtigen Weg in ihrem Leben. Sie brauchte ihn und seine Melancholie, die sie herunterzog oder ihren Ruf ruinierte, nicht, wenn sie sich schon so sehr bemühte, diesen zu retten.

Grace war dankbar für sein Angebot, auf seiner Farm Zuflucht zu finden. Trotzdem hatte sie ihm höflich und geschäftsmässig klargemacht, dass sie trotz der Anziehung, die sie füreinander empfanden, nicht zu bleiben beabsichtigte.

»Ich bin dem Leben als Zwangsarbeiterin auf einem Bauernhof entflohen, also habe ich keinerlei Absicht, den Rest meiner Tage damit zu verbringen, Ställe auszumisten oder Kühe zu melken«, hatte sie ihm halb im Scherz erklärt. »Um Himmels willen, Peter, du kannst dir ja nicht einmal Arbeitskräfte leisten.«

Ihre Worte hatten ihn geschmerzt, aber sie waren wahr. Er lebte von seinem Gehalt als Polizist und in letzter Zeit unterstützte er auch sie. Er wusste, dass ein Teil seines Problems darin bestand, dass er sich weder all das Blut aus dem Gedächtnis noch den Klecks der Schuld von der Seele waschen konnte, so sehr er sich auch bemühte. Wenn er nicht gerade auf der Suche nach einem Verbrecher ausritt, fiel es ihm schwer, überhaupt aus dem Bett zu kommen, geschweige denn, auf dem Hof zu arbeiten.

Grace hatte auch keinen Hehl aus ihren Absichten mit dem Baptistenpastor gemacht. »Er sieht gut aus und ich glaube, er mag mich«, hatte sie gesagt, und es waren offene, beiläufige Bemerkungen wie diese, die ihn wissen liessen, dass sie sich bald auf den Weg machen würde. Und das war wahrscheinlich auch gut so.

»Hauptmann«. Samuel führte ihre Pferde aus dem Stall, als Gregory sich näherte. Der Regen hatte nachgelassen, es nieselte nur noch. Phillips kam heraus, die Hände um einen Zinnbecher mit dampfendem Tee geschlungen.

»Sawubona, Eure Hoheit, guten Tag«, sagte Gregory.

Samuel lächelte. »Sergeant Phillips sagt, wir haben zu tun.«

»Dann lassen Sie uns beginnen.« Gregory stellte einen Fuss in Bullets Steigbügel und hievte sich in den Sattel auf dem Rücken des schwarzen Hengstes. Er schob seinen Martini-Henry in den Gewehrhalter. »Kommen Sie, Phillips.«

Samuel sass bereits im Sattel und war Gregory, schon bevor der junge Sergeant überhaupt aufgesessen war, dicht auf den Fersen.

SIE RITTEN zwei Stunden auf schlammigen Pisten, die die smaragdgrünen Hügel Natals wie frisch gefurchte Narben durchschnitten. Schliesslich erreichten sie die Mischung aus baufälligen strohgedeckten Hütten, Holzhäusern und Backsteinbauten der kolonialen Hauptstadt Pietermaritzburg.

Die Luft war drückend schwer vor Feuchtigkeit und wenn sich zwischendurch einmal ein Sonnenstrahl durch die Wolken zwängte, brachte dieser sie in der dicken Wolle der Uniformen und auf den Decken der Pferde zum Schwitzen. Allerdings war es immer noch besser als an der Küste, wo Grace herkam, und wo die indischen Arbeiter in der drückenden Hitze und Feuchtigkeit schwitzten, wenn sie das Zuckerrohr hackten, das die Taschen der Farmer füllte und den Motor des Imperiums antrieb.

Der Krieg gegen die Zulu hatte zusätzliche Gebäude, Menschen, Strassen, Kolonisten, Soldaten und mehr Sünden gebracht, und nachdem das Volk des Himmels, wie sich die Zulu selbst nannten, besiegt wurde, warfen mehr als ein Mann und eine Frau vom Strassenrand her einen Seitenblick auf Samuel. Diejenigen, die es taten, konnten seinem grimmigen Blick nicht lange standhalten. Er trug zwar die Kleider eines weissen Mannes, aber mit seiner aufrechten Haltung, seinen Speeren und seinem Gewehr war er der Inbegriff eines Kriegers.

Als sie das imposante zweistöckige Backstein-Hauptquartier der Natal Mounted Police, der berittenen Polizei Natals, erreichten, blieb Samuel draussen, um auf die Pferde aufzupassen. Ein uniformierter Sergeant führte Gregory und Phillips hinein und eine ältere Zulufrau folgte ihnen über den polierten Holzfussboden des Flurs und wischte Wasser und Schlamm auf, den sie hinterliessen.

»Major Dartnell wird Sie jetzt empfangen, Unterinspektor Gregory«, meldete der Sergeant, als sie die Tür des Kommandanten erreichten.

»Gut, danke.« Phillips verlagerte das Gewicht von einem Fuss auf den anderen und wartete darauf, ebenfalls hereingebeten zu werden, aber es gab keine weiteren Anweisungen. »Wir sehen uns gleich.«

Gregory nickte und klopfte.

»Kommen Sie.«

Er öffnete die Tür, salutierte und nahm seinen Helm ab. Dartnell sass hinter einem grossen Mahagonischreibtisch. Das wolkengedämpfte Licht von draussen wurde durch eine heisse und rauchende Öllampe ergänzt, die auf dem Schreibtisch des Majors brannte. Er blickte von seinen Papieren auf und strich sich mit Daumen und Zeigefinger der rechten Hand über seinen kurzen, spitzen Bart.

»Gregory.«

»Sir.« Gregory setzte sich.

Obwohl Dartnell nur ein oder zwei Jahre älter war als Gregory, hatten sich seine Haare bereits gelichtet. Seine Augen starrten Gregory an, als wäre er eine Beute. Hellfire Jack hatte sich den Respekt seiner Männer nicht nur durch seine geradlinige Art und seine Loyalität ihnen gegenüber verdient, sondern auch durch seine Dienstvergangenheit. Während der indischen Rebellion war er, nachdem er als erster ein feindliches Fort gestürmt hatte, für das Victoria-Kreuz vorgeschlagen worden und später hatte er in Bhutan und im Zulu-Krieg gedient. Dartnell stützte die Ellbogen auf die Schreibunterlage und lehnte sich vor.

»Sind Sie bei klarem Verstand, Gregory?«

Peter Gregory war verblüfft, hielt aber lässig eine Hand vor den Mund und tat, als streichle er seinen Schnurrbart. »Ich habe heute Morgen nicht getrunken, wenn Sie das meinen, Sir.«

»Nein, das meine ich nicht, Gregory. Aber manche Männer werden von ihren Erfahrungen auf dem Schlachtfeld geplagt und in ihnen breitet sich ein Unwohlsein aus, das sie nicht abschütteln können. Sie ziehen sich aus der Gesellschaft zurück und flüchten sich in die eine oder andere unangemessene Substanz oder Tätigkeit.«

»Ich bin bei guter Gesundheit, Sir.«

Der Major musterte ihn von oben bis unten und schnaubte.

»Wenn Ihr Verstand noch funktioniert, habe ich eine Aufgabe für Sie. Ich erinnere mich, dass Sie diesen Kerl, Blundell, vor Gericht gebracht haben.«

Gregory nickte. »Ja, er hatte ausgesagt, seine Frau habe sich mit der rechten Hand in den Kopf geschossen, obwohl einige einfache Nachforschungen ergaben, dass sie Linkshänderin war. Er war ein Glücksspieler und hatte hohe Schulden und eine Geliebte.«

»Hmmm. Wohl nicht der schwierigste Fall, aber Sie haben ihn bis zum Ende durchgezogen und der Kerl hat sein Verbrechen zugegeben.«

»Ja, Sir«, sagte Gregory und fragte sich, was dieses Kompliment bezwecken solle.

»Es hat einen weiteren Mord gegeben«, berichtete Dartnell. »Ein ehemaliger Armeeoffizier wurde ermordet und nach Art der Zulu aufgeschlitzt.« Der Major nahm einen Stift in die Hand, tauchte ihn in Tinte und kritzelte etwas auf ein Stück Papier. »Dies sind der Name des Verstorbenen und der seiner Farm, an der Strasse nach Dundee.«

»Ja, Sir.«

Dartnell hörte auf zu schreiben und sah zu ihm auf. »Einige Farmer in der Gegend sind in Aufruhr, da es den Anschein macht, es handle sich um das Werk abtrünniger Zulus.«

»Mir ist nicht bekannt, dass wir seit ihrer Niederlage im letzten Jahr irgendwelche Probleme mit den Zulu hatten, Sir«, bemerkte Gregory, »und schon gar nicht hier, auf der Natal-Seite der Grenze zu Zululand.«

Der Major schob den Zettel über den Schreibtisch und Gregory nahm ihn entgegen. »Die haben wir auch nicht und deshalb schicke ich Sie, um den Mord zu untersuchen.«

Gregory warf einen Blick auf den Zettel. Er kannte die ungefähre Lage des Hofes. Dann sah er zu Dartnell auf. »Phillips sagte etwas von einem Journalisten, Sir?«

»Vermutlich eine Journalistin«. Dartnell wühlte sich durch einen Stapel Papiere auf seinem Schreibtisch, bis er das gesuchte fand, und sah es sich an. »Ja genau. Eine Frau, und erst noch eine Amerikanerin.« Er zog eine Grimasse, blickte von dem Papier auf und zog die Augenbrauen hoch. »Eine Frau mit Titel, Lady Beecham, aber eigentlich Teresa O'Kane. Sie reist allein, ist von ihrem früheren Ehemann, Lord Beecham, getrennt und behauptet, eine enge Bekannte von Kaiserin Eugénie zu sein.«

Gregory brauchte einen Moment, um sich an etwas zu erinnern, das er im 'Natal Witness' gelesen hatte. »Die Mutter des verstorbenen französischen kaiserlichen Prinzen, Sir? Ist sie nicht auf dem Weg in die Kolonie, Sir?«

»Sie ist schon hier.« Dartnell holte tief Luft, wobei seine Brust anschwoll, runzelte die Stirn und nickte. »Ihre Majestät ist gekommen, um Prinz Louis' ersten Todestags zu gedenken, der sich am ersten Juni, also sehr bald, jährt. Die Kaiserin hat sich auf eine Gedenkreise begeben, um auf den Spuren ihres Sohnes zu wandeln und an der Enthüllung eines neuen Denkmals am Ort seines Todes teilzunehmen.«

Gregory nickte. Vor etwas mehr als einem Jahr hatte sich ihr Leben verändert. War es schon ein Jahr her? Nur ein Ereignis konnte die unauslöschliche Schande überstrahlen, dass dreizehnhundert britische, koloniale und einheimische Truppenangehörige an diesem verdammten Felsen, Isandlwana, überrannt und getötet worden waren, nämlich der Tod eines einzelnen Franzosen. Napoleon Bonapartes Grossneffe war in einem unbedeutenden Scharmützel in einem namenlosen Donga, einem ausgetrockneten Nebenfluss des Tshotshosi-Flusses in Zululand, umgebracht worden.

»Miss O'Kane«, fuhr Dartnell fort, »oder Lady Beecham, scheint sich mit der Kaiserin treffen und an der Gedenkfeier teilnehmen zu wollen. Aber zuerst müssen wir uns von der Richtigkeit ihrer Behauptungen überzeugen. Die Nachforschungen dauern noch an, aber die Dame benötigt eine Eskorte, da sie anscheinend auch die wichtigsten Schlachtfelder des letzten Feldzugs besuchen will.«

»Sir ...«

Dartnell hob eine Hand. »Immer noch Ihr unvermeidlicher Protest, Gregory? Ja, ich muss einen armen Kerl als Anstandswauwau für die gute Dame abstellen. Aber es gibt noch einen zusätzlichen

Grund, warum ich möchte, dass Sie den Schritten von Lord Chelmsfords Feldzug folgen.«

Gregory drückte mit Daumen und Zeigefinger auf seinen Nasenrücken. Er fühlte sich schwindlig und selbst wenn er die Augen schloss, erschienen silberne Flecken am Rande seines Blickfeldes.

»Gregory!«

Er öffnete die Augen. »Sir.«

»Hören Sie zu!«

»Ja, Sir.«

Dartnell seufzte und seine Schultern sackten ein wenig nach vorn. »Sie sind einer meiner besten Offiziere, Peter, und zweifellos der schlauste, wenn dies auch nicht für Herzensangelegenheiten gilt.«

Gregory holte tief Luft und wollte etwas erwidern, doch Dartnell hielt ihn mit einer erhobenen Hand davon ab.

»Schon gut, was zwischen Ihnen und Ihrer indischen 'Haushälterin' vorgeht, geht mich nichts an. Nein, Gregory, es gibt noch etwas anderes, das Sie für mich tun müssen.«

Gregory schwieg, während Dartnell in weiteren Dokumenten blätterte, bis er das Gesuchte fand. »Ich habe hier ein Schreiben von Lord Chelmsford. Was ich Ihnen jetzt sage, Gregory, ist allerdings streng vertraulich und niemand sonst darf vom Inhalt dieser Korrespondenz etwas erfahren. Haben Sie das verstanden?«

Gregory nickte. »Ja, Sir.« Chelmsford war zu Beginn des Krieges im Januar 1879 Oberbefehlshaber der Invasion in Zululand gewesen. Er hatte den schrecklichen Fehler begangen, seine Truppen bei Isandlwana aufzuteilen und die Nachschubwagen ungeschützt und unterverteidigt zurückzulassen, so dass seine Leute bis fast auf den letzten Mann niedergemetzelt wurden. Nicht einmal die heldenhafte Verteidigung und der britische Sieg bei Rorke's Drift, der auf die Katastrophe bei Isandlwana folgte, reichten aus, um Chelmsfords Posten zu retten, aber obwohl er seines Kommandos enthoben wurde, führte er, zurück in Zululand, einen letzten Vorstoss. Bevor Chelmsfords Nachfolger Garnet Wolseley eintreffen konnte, um die Ehre zu übernehmen, besiegte Chelmsford den

Zulu-König Cetshwayo kaMpande in seiner kaiserlichen Hauptstadt Ulundi.«

Dartnells Augen überflogen die Seite, dann blickte er auf. »Bevor Lord Chelmsford nach dem Sieg von Ulundi nach England zurückkehrte, ersuchte er um eine Audienz bei Kaiserin Eugénie, die ihm auch gewährt wurde. Er wollte ihr nicht nur sein Beileid zum Tod des Kaiserlichen Prinzen übermitteln, sondern der Mutter auch das Schwert des jungen Prinzen zurückgeben.«

Gregory zog überrascht den Kopf ein wenig zurück. »Sie haben Napoleons Schwert gefunden, Sir?« So wie er es gehört hatte, hatten die Zulu, die den kleinen Spähtrupp, mit dem der Prinz unterwegs gewesen war, überfallen hatten, den Erben der Bonaparte-Dynastie sowie zwei britische Soldaten und einen Zulu-Späher, der im Dienst der Briten stand, getötet. Anschliessend zogen sie die Leichen aus, verstümmelten sie und nahmen ihre Waffen und Uniformen an sich.

Dartnell zog die Augenbrauen hoch. »Sie sagen: ʻNapoleons Schwertʼ, Gregory. Was meinen Sie damit? Die Waffe des Prinzen oder die seines berühmteren Vorfahren?«

Gregory zuckte mit den Schultern. »Letzteres. Ich erinnere mich an einige Geschichten, Sir. Ein Freund von mir in der Königlichen Artillerie, dessen jüngerer Bruder mit dem Prinzen in England ausgebildet wurde, sagte, Prinz Louis trage das Schwert seines Grossonkels Napoleon Bonaparte. Er erzählte, es handle sich um die Klinge, die der französische Kaiser in der Schlacht von Austerlitz getragen habe.«

»In der Tat.« Dartnell betrachtete das Dokument erneut. »Aber Chelmsford schrieb mir Folgendes: ʻAls ich Ihrer Majestät das Schwert überreichte, machte die Kaiserin zuerst einen überraschten, dann einen zutiefst bestürzten Eindruck. Daraufhin teilte sie mir mit, dies sei weder das Schwert ihres Sohnes, noch das Napoleon Bonapartes, des Onkels ihres Ehemanns.ʼ Offenbar hatte Chelmsford also das falsche Schwert.«

»Wie ist Lord Chelmsford denn zu dem Schwert gekommen?«, fragte Gregory und lehnte sich, die Ellbogen auf den Knien, nach vorn. Rätsel, Geheimnisse und seltsame Fragen fand er aufregend.

Sie hatten auch den willkommenen Effekt, alle anderen Probleme oder Schwierigkeiten seines Lebens in den Hintergrund zu drängen.

»Erinnern Sie sich an die Situation zwischen den Zulu und unseren Truppen im Vorfeld von Ulundi?«, fragte Dartnell zurück.

»Ja, Sir.« Gregory nickte. »Wir wollten uns nach Isandlwana rächen, aber selbst bei der zweiten Invasion stürzten sich die Zulu nicht erneut in den Kampf.«

»Ja«, bestätigte Dartnell. »König Cetshwayo mag sich kurz in seinen frühen Siegen gesonnt haben, aber er wusste, wie die Reaktion ausfallen würde. Deshalb sandte er mehrere Gesandte aus, um mit Chelmsford zu verhandeln. Seine Lordschaft war allerdings fest entschlossen, die Zuluarmee zu zerschlagen. Eine Gruppe Zulu unter der Führung eines hohen Offiziers namens Mfunzi näherte sich unter weisser Flagge einer britischen Patrouille unterhalb der Mthonjaneni-Höhen auf dem Weg zum Weissen Umfolozi-Fluss. Sie übergaben unseren Leuten das Schwert des Kaiserlichen Prinzen und behaupteten, es sei die Waffe, die sie nach dem Kampf bei ihm gefunden hätten. Inzwischen hätten sie erfahren, dass ihre Männer einen grossen Krieger, einen Adligen aus Europa, getötet hätten. Sie boten das Schwert als Zeichen des guten Willens an. Chelmsford nahm das Schwert entgegen, weigerte sich aber zu verhandeln und der Rest ist Geschichte, ausser ...«

»Ausser, dass es nicht das Schwert des Prinzen war?«, wollte Gregory wissen.

Dartnell schüttelte den Kopf. »Oh, es war tatsächlich ein französisches Schwert, aber die gewöhnliche Waffe eines Kavallerieoffiziers. Nach Aussage der Kaiserin war es sicher nicht die wertvolle Klinge, die Bonaparte bei Austerlitz trug, denn diese war offenbar mit kunstvollen Gravuren versehen.

Gregory dachte einen Moment nach. »Aber wie zum Teufel sollte ein französischer Kavalleriesäbel in Zululand landen?«

Dartnell lehnte sich in seinem Stuhl, der bei jeder Bewegung knarrte, zurück. Draussen kreischten, jetzt, da der Regen vorbei war, die Zikaden in der Sonne. Er faltete die Hände über seinem Bauch, die Finger ineinander verschränkt. »Genau. Und wo ist Napoleon Bonapartes berühmtes Schwert jetzt?«

Gregory sah seinem Kommandanten in die Augen. »Sir?«

Dartnell stützte sich wieder auf seine Ellbogen und verringerte damit den Abstand zwischen ihm und Gregory. »Ich möchte, dass Sie diskret, aber zügig, einige Nachforschungen anstellen, Gregory. Da die Kaiserin jetzt hier ist, ist es Lord Chelmsfords Wunsch, dass wir unser Möglichstes tun, um das echte Napoleonschwert zu finden und es ihr zu überreichen.«

»Aber die Armee, Sir ...«

Dartnell hob eine Hand. »Wie Sie sehr wohl wissen, wurde Lord Chelmsford kurz vor der Schlacht von Ulundi offiziell seines Postens enthoben und sollte das Kommando an General Wolseley abtreten. Wie sich herausstellte, hat Chelmsford den Sieg aus den Fängen seiner eigenen Niederlage gerissen und Wolseley kam zu spät zur letzten grossen Schlacht des Krieges. Zwischen den beiden Männern herrscht böses Blut und wenn Wolseley herausfinden würde, dass Chelmsford sich durch die Übergabe des falschen Schwertes blamiert hat, würde er dessen Ruf noch mehr in den Dreck ziehen. Für Lord Chelmsford ist es eine Frage der Ehre.«

Gregory nahm die Informationen auf. Seiner Erfahrung nach endeten der törichte Stolz und die Ehre von Generälen nicht selten mit dem Tod von Soldaten.

»Die Kaiserin ist in London als Frau von äusserster Grosszügigkeit bekannt, die die Gunst derjenigen, die ihr gut dienen, belohnt«, fügte Dartnell hinzu.

Eine zusätzliche Gunst? Der liebe Gott - und seine frischgebackene Dienerin Grace - wussten, dass Gregory in der Landwirtschaft versagt hatte. Vielleicht hatte auch Dartnell von Gregorys prekärer finanzieller Lage erfahren. Die Gelder aus England waren mit dem Tod seiner Mutter versiegt und obwohl noch nichts offiziell mitgeteilt worden war, konnte Gregory nicht umhin, sich zu fragen, ob der Rest seiner entfremdeten Familie von seiner Schande erfahren hatte.

»Was geht Ihnen durch den Kopf, Hauptmann?«

Gregory merkte, dass er sich in seinen eigenen Sorgen verloren hatte. »Äh, nichts, Sir. Haben Sie eine Idee, wo ich mit der Suche nach dem verschwundenen Schwert beginnen kann?«

Dartnell ignorierte die Frage. »Ich weiss, was Sie beunruhigt, Gregory. Ich habe den vollständigen Bericht über die Geschehnisse in Isandlwana und die Berichte der wenigen Überlebenden der Schlacht gelesen.«

Eher von Geflüchteten, schoss es Gregory durch den Kopf. »Sir.«

Dartnell strich sich über seinen gepflegten Bart. »Ich wünschte, mehr Menschen in der Kolonie hätten das Dokument lesen können - dann wären einige der Anspielungen nicht mehr so ... Sie und ich wissen, was passiert ist.«

»Bei allem Respekt, Sir, ich war die meiste Zeit bewusstlos.«

Er nickte. »Ja, ja, ja, das weiss ich. Aber wir wissen beide, dass diejenigen mit untätigen Händen und einfältigen Gemütern tratschen und mir ist nicht unbekannt, wie sich das auf Ihr gesellschaftliches Ansehen in der Kolonie ausgewirkt hat, Gregory. Diese Mission, diese Aufgabe, oder wie auch immer Sie es nennen wollen, der Kaiserin zu helfen, ist eine gute Gelegenheit, Ihre Gründlichkeit, Ihr Pflichtgefühl sowie Ihre Ehrenhaftigkeit zu zeigen. Ich weiss, dass Sie all das besitzen.«

Gregory wusste nicht, was er sagen sollte. Da war er, der Tintenklecks seines Lebens. Nicht nur unauslöschlich, sondern sich auch immer noch ausbreitend. Peter Gregory, Schuft, Säufer und Feigling. Er musste das Thema wechseln, sonst würde er sich den Lauf seines Revolvers an die Schläfe setzen, wie er es schon einmal getan hatte, nachdem er zu viel getrunken hatte. »Und der Mord, Sir?«

Dartnell lehnte sich wieder zurück und wühlte in seinen Papieren. »Ja, hier sind die Einzelheiten und das wäre auch der erste Ihrer Ermittlungsansätze. Ein vorbeikommender Reisender fand den Mann gestern tot auf seinem kleinen Anwesen an der Strasse nach Dundee. Es scheint, dass er erstochen und dann auf Zulu-Art behandelt wurde, das heisst, sein Bauch wurde aufgeschlitzt. Sie wissen ja, wie das geht.«

»Ja, Sir. Wissen wir, wer der Tote ist?«

Dartnell sah auf seinem Zettel nach und reichte ihn Gregory. »In der Tat, Gregory, in der Tat, tun wir das. Es handelt sich um Major Harry Morrison, der im wahrsten Sinne des Wortes ein Spätberufener der 17th Lancers war. Ausserdem war er einer von mehreren Offizieren, die nach Beendigung der Feindseligkeiten hierbleiben und ein Stück Land bewirtschaften wollten.«

Gregory richtete sich in seinem Stuhl auf. »Ich weiss von diesem Mann, Sir. Im Zuge meiner Ermittlungen im Fall Blundell erfuhr ich von einigen abstossenden Behauptungen über einen Mann gleichen Namens. Ich hatte vor, ihm einen Besuch abzustatten.«

Dartnell nickte. »Finden Sie alles über diesen Morrison heraus, was Sie können, Gregory.«

»Ja, Sir. Und das fehlende Schwert, Sir?«, fragte Gregory.

»Morrison war zufällig der Adjutant der 17. Und ausserdem war er, gemäss Lord Chelmsfords Brief, der Offizier«, Dartnell unterbrach, lehnte sich wieder in seinem Stuhl zurück und erlaubte sich ein kleines Lächeln, als geniesse er es, diese Information abzugeben, »dem der Zulu-Abgesandte Mfunzi den Degen des Prinzen überreichte.«

3

KWAZULU-NATAL IN DER GEGENWART

Oberstleutnant Sannie van Rensburg bog von der N2 auf die M7 ab, womit sie sich vom Indischen Ozean und den ausgedehnten Industriegebieten von Durban wegwandte.

Sie liess den entspannten Lebensstil der Südküste, den sie zu schätzen gelernt hatte und gleichzeitig die erdrückende Feuchtigkeit und die Büropolitik hinter sich. Ausserdem verliess sie Adam Krügers Haus, wenn auch nur vorübergehend.

Ihre Arbeitspartnerin, Warrant Officer Marilyn Msani, streckte ihr mit einem verschmitzten Lächeln einen Schokoriegel vom Beifahrersitz von Sannies Toyota Fortuner entgegen.

»Nein, danke.« Die Antwort kam intuitiv, denn sie hatte in den letzten Wochen verstärkt auf ihre Ernährung geachtet, mehr Sport getrieben und weniger getrunken. Sie wollte sechs Kilogramm abnehmen und im Urlaub, den sie mit Adam geplant hatte, gut aussehen. Allerdings gab es jetzt keinen Urlaub, denn dieser war wegen Adams Arbeit auf unbestimmte Zeit verschoben worden. Sie änderte ihre Meinung. »Doch, gerne. Was soll's.«

Marilyn brach die Leckerei aus Schokolade und Karamell in zwei Hälften und Sannie biss verzückt hinein und schloss für einen kurzen Moment die Augen.

»Ich weiss nicht, warum du dir Sorgen um dein Gewicht machst, Colonel«, sagte Marilyn.

»Wer sagt denn, dass ich mir darüber Gedanken mache?«

Marilyn schüttelte den Kopf. »Ai, ai, ai, du sagst immer nein. Zu Chips, zu Pralinen, zu was-weiss-ich, einfach zu allem.«

Sannie runzelte die Stirn, genoss aber die Schokolade. Sie blinkte, um einen der vielen Lastwagen, die es auf dieser Strecke gab, zu überholen und beschleunigte in einer langgezogenen Aufwärtskurve. »Wir essen auch bald Pommes frites! Wir halten bei der 'Windmühle' und du kannst eine der hausgemachten Pasteten probieren, das sind die besten in ganz KwaZulu-Natal.«

»Ja, lass uns das tun, denn das ganze Gerede über gestohlene Rinder macht mich hungrig. Ich freue mich darauf, aufs Land zu fahren und der Hitze zu entfliehen. Ausserdem sind mir Viehdiebe allemal lieber als Geldtransporte und Morde«, freute sich Marilyn.

Sannie schaute auf das Thermometer auf dem Armaturenbrett des Toyotas, das zeigte, dass die Temperatur bereits von dreissig auf sechsundzwanzig Grad gefallen war und mit jeder Minute weiter zu sinken schien. Sie war weniger begeistert von der vorübergehenden Aufgabe als ihre neue Arbeitspartnerin, aber vielleicht kam sie, wenn auch nicht sehr erwünscht, gerade zur rechten Zeit.

»Du hast früher in der Abteilung für Viehdiebstahl und gefährdete Arten gearbeitet, Sannie, also bist du genau die Richtige für diese Aufgabe«, hatte ihre Vorgesetzte bei der Abteilung für prioritäre Verbrechensbekämpfung, Gita Kapahi, in ihrem Büro im Hauptquartier der 'Hawks' in Port Shepstone von dem neuen Fall berichtete.

»Aber Frau Oberst, Gita, als ich diese Einheit in Skukuza leitete, waren wir mehr an der Nashornwilderei im Krügerpark interessiert als an gestohlenen Rindern«, hatte Sannie protestiert. »Ich kann das eine Ende einer Kuh nicht vom anderen unterscheiden.«

Gita hatte die Stirn gerunzelt. »Ich dachte, Du hättest mir gesagt, du seist auf einem Bauernhof aufgewachsen, Sannie?«

»Auf einer Bananenfarm, Gita.«

Sannies unmittelbarer Auftrag bestanden darin, die Einheit für Viehdiebstahl und gefährdete Arten zu leiten, bis deren regulärer

Kommandant, Oberstleutnant Sibuya, wieder dienstfähig war. Sibuya war in der Woche zuvor in einen Autounfall verwickelt gewesen und lag in Durban auf der Intensivstation des Krankenhauses. Gita hatte sie darüber informiert, dass Hauptmann Derick le Roux, der stellvertretende Befehlshaber, kurzzeitig einspringe, doch dieser hatte gerade bekanntgegeben, dass er den Polizeidienst verlasse, um nach Neuseeland zu ziehen, weshalb er am Ende dieser Woche aufhöre. Aufgrund all dessen wurde Sannie also von den Hawks in Port Shepstone abgezogen und zusammen mit Marilyn ins Hinterland von KwaZulu-Natal geschickt. Sannie fragte sich immer noch, warum gerade sie, als Gita ihre Bombe platzen liess: »Ich schicke dich, Sannie, dorthin«, hatte Gita erklärt, »weil auf der 'Virginia Farm' nicht weniger als sechzehn tote Nashörner gefunden wurden und es so aussieht, als habe David Gregory, der ältere Besitzer der Farm und des Wildreservats, sie selbst getötet. Ausserdem gab es in letzter Zeit eine Häufung von Viehdiebstählen in der Gegend, hinter denen eine sehr gut organisierte Bande stecken soll.«

Je weiter Sannie auf der N3 fuhr, desto stärker veränderte sich die Landschaft. Das Erstaunliche an der Provinz KwaZulu-Natal - und an Südafrika überhaupt - war, wie schnell sich die Landschaft, die Kultur und die Menschen innerhalb relativ geringer Entfernungen wandelten. Nachdem sie die schwüle Hitze der Subtropen hinter sich gelassen hatten, fuhren sie bald durch grüne Wiesen mit Kühen und Pferden, die ebenso gut auf eine Postkarte aus England gepasst hätten.

Sannie erinnerte sich daran, wie kalt ihr bei ihrem Besuch in London gewesen war, worauf sie als Erstes auf einem Strassenmarkt einen Mantel gekauft hatte. Der Gedanke daran weckte Erinnerungen an ihren zweiten Mann, Tom, den Vater ihres dritten Kindes, Tommy. Sie biss sich auf die Unterlippe.

»Ist bei dir alles okay?«, fragte Marilyn, die die Verpackung eines weiteren Schokoriegels aufriss.

Sannie nickte. »Alles gut.«

»Apropos gut, wie geht es deinem Mann - dem muskulösen Surfer?«

Sannie blies die Backen auf und liess die Luft pustend ausströmen. »Es geht ihm gut«, aber er ist wie mein zweiter Ehemann, hätte sie gern gesagt, hielt sich aber zurück. Tom war in England Polizist gewesen, Personenschützer und Bodyguard. Sie hatte ihn kennengelernt, als er einen Auftrag in Südafrika zu erledigen hatte, der allerdings furchtbar schieflief. Sie hatten sich verliebt, geheiratet, und Tom war zu Sannie und ihren Kindern ins ‘Lowveld’, das Tiefland in der Nähe des Krügerparks, gezogen. Tom hatte sich nur schwer daran gewöhnt, keiner bezahlten Arbeit nachgehen zu können, denn das war ihm mit seinem Ehegattenvisum zunächst nicht erlaubt. So nahm er schliesslich einen Auftrag als Vertrags-Leibwächter für die Vereinten Nationen im Irak an. Er war bei Weitem nicht der einzige ehemalige Strafverfolgungsmitarbeiter oder Militärangehörige, der im Nahen Osten dem grossen Geld nachjagte, aber ihn kostete der Job das Leben, denn er wurde bei einem Raketenangriff von Terroristen getötet. Nun hatte Sannie zu ihrer Bestürzung das Gefühl, mit ihrem neuen Freund Adam würde sie etwas Ähnliches durchmachen.

»Er überwacht im Moment ein Forschungsprojekt oben in Bhanga Nek.«

»Wo ist das?«, wollte Marilyn wissen.

»Zwischen St. Lucia und Kosi Bay, im iSimangaliso Wetlands Park. Ganz oben an der Grenze zwischen KwaZulu-Natal und Mosambik.«

»Ich war noch nie dort.«

Sannie seufzte. »Es ist wunderschön dort und Adam forscht über Meeresschildkröten. Er ist jetzt Professor an der Universität von Durban.«

Sie war so stolz auf Adam und darauf, wie er sein Leben umgekrempelt hatte. Als Student im bereits fortgeschrittenen Alter hatte er, bis er seinen Doktortitel erlangte, als Wachmann in einem Einkaufszentrum arbeiten müssen, um über die Runden zu kommen. Daraufhin wurde ihm eine Festanstellung als Professor angeboten, obwohl sein Alter und seine Herkunft gegen ihn sprachen, weil an der Universität Druck bestand, Menschen aus ehemals benachteiligten Verhältnissen auf feste Stellen zu berufen. Er hatte sich hervorgetan und sich als brillanter Lehrer erwiesen.

Aber wie Tom schien auch er das Gefühl zu haben, ihr etwas beweisen zu müssen und sie konnte sich des Eindrucks nicht erwehren, dass Adam es manchmal vorzog, allein zu sein. Aber immerhin arbeitete er nicht in einem Kriegsgebiet, und Bhanga Nek war wahrscheinlich der sicherste Arbeitsort in Südafrika - obwohl Adam gern mit Haien tauchte.

»Ich mag das Meer nicht«, sagte Marilyn.

Sannie sah sie an. »Aber du wohnst in Ramsgate und trägst bei der Arbeit die Hälfte der Zeit Roxy-Kleider?«

Marilyn lächelte. »Ich mag die Atmosphäre am Strand, werde aber nicht gern nass. Und ausserdem gibt es Haie.«

Als Sannie Adam zum ersten Mal traf, hatte er über Haie geforscht. Sie umfasste das Lenkrad etwas fester. »Ja, ich weiss.«

John Parkers Telefon piepte in der Brusttasche seines khakifarbenen Safarihemdes, auf dem das Logo des 'uBhejane'-Wildreservats mit einem Spitzmaulnashorn prangte. Er stoppte sein Land Rover-Safarifahrzeug, zog das Samsung heraus und las die Nachricht.

Dringend! Eindringlinge auf der Virginia Farm. Die Nachricht kam von Adella Mdluli, der Hausangestellten von David Gregory.

Das Gepardenmännchen hob neugierig den Kopf, als John den Schlüssel umdrehte. Der Anlasser heulte einen Moment lang auf, dann sprang der müde alte Motor endlich an. Die Raubkatze starrte ihn mit ihren eindringlichen rot-goldenen Augen an. John hatte den seltenen Moment der Ruhe genossen, erst recht, weil sein Fahrzeug das einzige bei der Sichtung war. Es gab keine Gäste, so gut wie kein Personal und selbst wenn jemand eine Pirschfahrt hätte machen wollen, gab es nicht genug Diesel in den Tanks des Reservats, um einen weiteren Land Rover zu füllen.

John steckte das Telefon zurück in seine Tasche, legte den Gang ein und beschleunigte, um auf der zerfurchten, ungepflegten Wildbeobachtungsstrasse so schnell zu fahren, wie er konnte. Er überholte eine kleine Zebraherde und fuhr an einem grossen einsamen alten Giraffenbullen vorbei, so dass er innerhalb von zehn Minuten zurück bei der Lodge war. Aus dieser trat eben Jan-Marie Ball, geschmeidig, sexy und immer noch in der Sportbekleidung, die sie bei ihrem morgendlichen Trainingslauf getragen hatte. Sie musste an seiner rasanten Anfahrt erkannt haben, dass etwas nicht stimmte.

»Was ist los?«, fragte Jan-Marie mit immer noch deutlichem, wenn auch durch ihre Zeit in Südafrika etwas abgeschwächtem australischem Akzent. Jan, der erste Teil ihres Namens, war ein Jungenname und sie erklärte den Leuten immer, er werde 'Jan wie in Januar' ausgesprochen. John liebte alles an ihr, sogar ihren Akzent.

»Eindringlinge in Virginia, beim alten David.« Er bemerkte die Besorgnis in ihrem Gesicht und fragte sich zum hundertsten Mal in den letzten zwei Wochen, wie eine Frau wie sie sich in ihn verlieben und zu ihm ins Bett kommen konnte. Sie strich sich eine Strähne verirrter aschblonder Haare aus den blauen Augen.

»Oh, verdammt, nicht schon wieder! Fährst du hin?«, fragte Jan-Marie.

John war bereits aus dem Land Rover gestiegen und schritt an ihr vorbei ins Haus des Lodgemanagers, in dem er wohnte. Jan-Marie hatte zwar immer noch eine eigene kleine Wohnung auf einem Landgut ausserhalb von Dundee, aber nach der Trennung von Deon bereits einige Dinge in seinem Haus untergebracht. Ausserdem hatten sie bereits darüber gesprochen, dass sie richtig bei ihm einziehen würde. »Ich komme natürlich mit.«

»Nein, bitte nicht«, wehrte er ab, während Jan-Marie ihm ins kleine Zwei-Zimmer-Haus folgte.

Als sie ins Schlafzimmer kam, stand John mit dem halbautomatischen LM5-Sturmgewehr aus dem Waffensafe da und legte ein gebogenes Magazin mit dreissig Schüssen ein. Er griff nach dem Spannhebel und zog ihn zurück, um eine Patrone zu laden.

Jan-Marie legte ihm eine Hand auf den Arm. »Die Polizei und bewaffnete Verstärkung werden gleich da sein, also brauchst du nicht zu gehen.«

Er schüttelte den Kopf. »Doch, natürlich, denn David würde bestimmt ebenfalls kommen, wenn es um mich ginge.«

Jan-Marie kniff die Augen zusammen. »Diese verdammten Farmüberfälle. Ich hoffe, David versucht nicht, sich zu wehren. Soll ich mitkommen?«

»Nein«, erwiderte John. »Hoffentlich dauert es nicht lange.«

John nahm das bereits gefüllte Ersatzmagazin aus dem Safe und trat zur Tür hinaus. Er stieg in den Land Rover, holte sein Telefon heraus und tippte auf die WhatsApp-Gruppe 'Farm Watch'. *Parker, ich komme.*

Also waren auch andere schon auf dem Weg. Die örtliche bewaffnete Sicherheitsfirma hatte eine Sprachnachricht für die Gruppe aufgesprochen, auf die John nun tippte, um sich die Aufnahme, während er die unbefestigte Zufahrtsstrasse von der Lodge zum Haupttor hinunterfuhr, anzuhören.

»Hier ist Deon von Viking Security. Ich komme, aber ich bin gerade auf der anderen Seite von Dundee, weil ich einen weiteren Einsatz hatte, der sich allerdings als Fehlalarm herausstellte. Ich bin in ... zehn Minuten bei David.«

John runzelte die Stirn. Er hatte keine Lust, Deon zu sehen, aber es liess sich nicht vermeiden. Er warf einen Blick auf seine Uhr, schaltete einen Gang zurück und gab Vollgas. Am Tor angekommen, musste er aussteigen, das Vorhängeschloss öffnen, die schwere Schranke aufschieben und sie dann hinter sich wieder schliessen. Draussen auf der Teerstrasse beschleunigte er den alten Land Rover auf neunzig Stundenkilometer, seine Höchstgeschwindigkeit.

Davids Farm lag fünf Kilometer weiter die Strasse hinunter und die beiden Grundstücke waren miteinander verbunden. David gehörte sowohl das 'uBhejane Game Reserve' wie auch die 'Virginia Farm', aber die heruntergekommenen internen Strassen zu befahren, hätte länger gedauert. Schliesslich erreichte John das verrostete Eingangstor und sah auf den ersten Blick, dass es aufgebrochen worden war.

Er folgte der sich in Richtung von Davids Haus schlängelnden Strasse, hielt jedoch dreihundert Meter vor dem Gebäude, in der

Nähe eines Erddammes, an. Er nahm sein LM5-Gewehr vom Beifahrersitz und stieg aus. Als John sich, den Gewehrkolben an der Schulter, vorwärtsbewegte, glotzten ihn hinter einem Zaun stehende Milchkühe an.

John, alle seine Sinne in voller Alarmbereitschaft, drückte den Griff der Waffe fester zu. Er hatte sich nicht mehr so konzentriert gefühlt, seit er bei einer geführten Wanderung mit Gästen von uBhejane einem Löwen gegenüberstanden hatte. Im Gegensatz zu David, der im Grenzkrieg gedient hatte, war der erst 28-jährige John erst nach der Abschaffung von Südafrikas Wehrpflicht geboren worden. Bei der Ausbildung zum Safari-Führer hatte er jedoch auch das Schiessen gelernt und war ein guter Schütze.

Ein Mann stürmte durch die Vordertür von Davids Haus auf die überdachte *Stoep,* die Holzveranda.

John hob den Gewehrlauf und visierte den Unbekannten an. »Hände hoch!«

Der Mann war jung, trug eine tiefhängende Trainingshose, ein weisses T-Shirt und ein Gewehr. Er drehte sich um und starrte John an.

»Waffe runter, sofort!«

Der junge Mann hob das Gewehr. Es sah aus wie eine Waffe mit schwerem Kaliber – möglicherweise gehörte sie David. John gab einen Doppelschuss ab und der junge Mann stürzte zu Boden. John bewegte sich vorsichtig zu ihm hin. Eine Kugel hatte den Mann ins Herz getroffen, die andere seine Schulter gestreift. Johns Körper wurde von Adrenalin durchströmt und er keuchte.

Er rannte zum Haus, doch im Moment, in dem er es erreichte, zersprang das Fenster neben Davids Haustür und drei Schüsse hallten durch den Hof. John liess sich zu Boden fallen, rollte sich ab und suchte hinter Davids rotem Toyota HiLux Bakkie, dem Pick-up, der in der Einfahrt geparkt war, Schutz.

Ein Schatten bewegte sich hinter dem zerbrochenen Fenster und John, der flach auf dem Bauch lag, zielte und schoss zweimal. Eine Hand, die eine Pistole hielt, erschien, worauf John das Gesicht ins Gras senkte. Vier Schüsse gingen über ihm ins Fahrzeug, ein fünfter schlug neben seinem Kopf ins Gras. John rollte sich weg und kroch zum Heck des Fahrzeugs.

Eine Kugel prallte von der Karosserie des Toyotas ab und eine zweite zerschmetterte ein Fenster über John. Er zuckte zusammen und schaute auf die Uhr - Deon von der Sicherheitsfirma sollte bald da sein. So sehr sie sich auch nicht ausstehen konnten, konnte John es kaum erwarten, dass der grosse Afrikaner die Farm erreichte.

»Scheisse!«, fluchte John, stand auf, holte tief Luft und sprintete zum Haus. Er rechnete jede Sekunde damit, den Bewaffneten am Fenster zu sehen oder den Aufprall einer Kugel zu spüren, die ihn von den Füssen riss. Das Blut rauschte in seinen Ohren und er keuchte heftig, als er sich gegen die verputzte Aussenwand des Hauses lehnte.

Plötzlich hörte John splitterndes Glas, vielleicht von der anderen Seite des Bauernhauses. Er schlich sich der Wand entlang in Richtung Rückseite, duckte sich unter einem Schlafzimmerfenster hindurch und hielt inne, als er die hintere Ecke des Gebäudes erreichte.

John hob erneut den Lauf seines Gewehrs, bereit, bei Sichtkontakt zu schiessen, und schlich sich um die Ecke.

Dort stand, Glasscherben auf dem Boden neben sich, ein Mann, der offensichtlich ein Fenster eingeschlagen hatte und hindurchgesprungen war. Im Moment, in dem er sich umdrehte, bemerkte er John und hob gleichzeitig seine Pistole.

John schoss zweimal und der Mann stürzte nach hinten. John ging zu ihm, doch als er über ihm stand, hob der Mann erneut die Waffe, so dass John ein drittes Mal schoss.

Er ging zur Hintertür, die er verschlossen fand, so dass er dagegentreten musste, um sie zu öffnen, wobei der Holzrahmen erst beim dritten Versuch zersplitterte. John erkannte, dass David die Tür von innen verriegelt haben musste, was den Mann dazu gezwungen hatte, die Scheibe einzuschlagen und hinauszuspringen.

John ging, sein Gewehr nach wie vor im Anschlag, den Flur entlang und in Davids Wohnzimmer.

»Nein!«

. . .

ALS SANNIE nur noch zehn Kilometer von der Stadt entfernt war, rief sie über die Freisprecheinrichtung ihres Autos die Einheit für Viehdiebstahl und gefährdete Arten in Glencoe an. Ein Sergeant namens Nyathi meldete sich, dem sich Sannie vorstellte. »Kann ich bitte mit Captain Le Roux sprechen?«

»Es tut mir leid, Colonel, aber es sind alle weg, auch der Captain. Es gab einen Zwischenfall auf der Virginia Farm.«

Sannie kam der Name bekannt vor. »Das ist doch der Ort, an dem die sechzehn Nashörner getötet wurden?«

»Genau, Frau Oberst. Der Hauptmann sagte, Sie würden ihn besuchen wollen und wies mich an, Ihnen bei Ihrer Ankunft zu sagen, dass Sie direkt zum Hof fahren und ihn dort treffen sollen.«

»Ja, gut«, sagte Sannie. »Können Sie mir den Standort schicken?«

»Wird gemacht, Frau Oberst«, bestätigte Nyathi und legte auf.

Sannie reichte Marilyn ihr Telefon und als es klingelte, schaute Marilyn auf die Route. »Du kannst da vorne rechts abbiegen, Sannie, es ist nicht mehr weit.«

Sannie bog ab und beschleunigte erneut. Marilyn führte sie durch eine ländliche Gegend mit bescheidenen Häusern aus Ziegeln und Blech, an grünen Feldern und Bauernhöfen vorbei. Ziegen und Kühe grasten auf kleinen Weiden und am Strassenrand, so dass sie zweimal abbremsen musste, um Tiere passieren zu lassen.

Marilyn zeigte durch die Windschutzscheibe. »Da ist es, auf der linken Seite.«

Sannie sah ein Schild mit der Aufschrift *David und Zelda Gregory, Virginia Farm* und darunter befand sich das Logo der Agrarchemiefirma, die das Schild gesponsert hatte. Sannie fuhr durch das weit geöffnete Tor und der Fortuner holperte über eine bucklige Schotterstrasse.

Einen Kilometer weiter näherten sie sich einem Bauernhaus. Vor diesem parkten ein Wildbeobachtungsfahrzeug auf der Basis eines grünen Land Rover Defenders, ein Polizei-Bakkie, ein schwarzlackierter Ford Ranger mit Funkantennen und der

Aufschrift 'Viking Security' auf der Seite, sowie ein roter HiLux älteren Modells.

Sannie hielt kurz vor den Fahrzeugen an und beide Frauen stiegen aus. Als sie in die Richtung des Hauses gingen, kamen zwei uniformierte Polizeibeamte, ein Mann und eine Frau, um die Ecke. Sannie stellte sich vor und zeigte ihren Ausweis.

Die ranghöhere der beiden, eine Offizierin, begrüsste zuerst Sannie auf Englisch, dann Marilyn auf Zulu.

Sannie schaute an den Polizisten vorbei und sah einen jungen Mann im Gras liegen, wahrscheinlich tot. »Was ist hier passiert?«

Die Beamtin sah zu dem Mann hin und deutete mit einer Kopfbewegung in Richtung Rückseite des Hauses, aus dem sie gerade gekommen waren. »Da hinten ist noch einer. Aber Sie sprechen besser mit Hauptmann Le Roux. Er und die anderen sind drinnen.«

Sannie dachte, es hätten wohl schon genug Stiefel die Spuren am Tatort zertrampelt, weshalb sie und Marilyn vor dem Bauernhaus warteten. Eine Minute später tauchte eine Prozession auf.

Einer von ihnen, ein Mann in den späten Fünfzigern oder frühen Sechzigern - Sannie konnte sich nicht mehr erinnern, wie alt er war – ging voran. Ein grauer Haarkranz fasste seine glänzende Glatze ein, er trug ein blaues Poloshirt, eine hellbraune Cargohose und Wanderschuhe. Seine Glock hing in einem Holster an der Hüfte und sein Polizeiausweis der SAPS baumelte an einem Band um den Hals. Er lächelte sie breit an. »Oberst van Rensburg, schön, Sie wiederzusehen.«

Sie schüttelten sich die Hände. Sannie hatte den freundlichen, jovialen und bei der SAPS hoch angesehenen 'Oom Derick' Le Roux im Laufe der Jahre ein paar Mal auf Konferenzen der Einheit für Viehdiebstahl und gefährdete Arten, EVGA, getroffen.

»Sie auch, Oom, aber bitte nennen Sie mich Sannie. Und das ist meine Partnerin, Warrant Officer Marilyn Msani.« »Guten Tag, Sir.«

»Sawubona, Marilyn«, antwortete er und reichte ihr die Hand. »Es tut mir leid, an diesem Ort herrscht ein einziges Chaos. Da drin ist ein Toter und ausserdem der alte David. Auch er ist tot.«

»David Gregory, der Besitzer der Farm?«, fragte Sannie.

Le Roux nickte.

»Und seine Frau... Zelda?«

»Sie starb vor zwei Jahren an Krebs«, gab Le Roux zurück.

Zwei weitere Männer traten aus dem Haus, der erste von ihnen ein zwei Meter grosser, muskelbepackter junger Mann mit Bürstenhaarschnitt, der mit einer Schutzweste und einer Pistole in einem Holster auf der Brust herumlief. Sannie brauchte das Uniformabzeichen nicht zu sehen, um zu wissen, dass er von 'Viking Security' war. Der zweite Mann war wohl ebenfalls Ende zwanzig, aber kleiner, von schlankerer Statur, blond und gutaussehend, mit einem khakifarbenen Safari-Hemd, Shorts und Vellies, Lederschuhen. Le Roux stellte ihn zuerst vor.

»Das ist John Parker, der Leiter des 'uBhejane Wildreservats', das auch in Davids Besitz ist – äh, war. Es ist etwa dreitausend Hektar gross und grenzt an die 'Virginia Farm'. John war als erster vor Ort.«

Parker hob zu Sannies Begrüssung die Krempe seiner uBhejane-Baseballmütze an und sah sie an, wobei er jedoch durch sie hindurchzublicken, oder einen Punkt weit vorn zu fixieren schien. Sein Gesicht war blass. Diese Zeichen kannte sie.

»John hat sich um die beiden da draussen gekümmert, aber für den alten David kam er zu spät.«

Parker blinzelte Sannie an. »Ich war ...«, begann er, dann schluckte er, als wolle er sich zusammenreissen. »Ich habe mir Sorgen um David gemacht und dachte, ich könnte ihm vielleicht helfen.«

Le Roux legte Parker eine Hand auf die Schulter. »Es ist alles in Ordnung, John. Sie müssen das nicht noch einmal durchmachen, denn ich habe Ihre Aussage bereits aufgenommen. Es sieht aus, als hätten es die Diebe auf Davids Waffen abgesehen - einer der toten Männer hatte sein .375er Jagdgewehr und ein anderer seine Pistole. Ausserdem waren sie damit beschäftigt, seinen Fernseher und andere Sachen zu stehlen. Typischer Überfall auf eine Farm.«

»Ich würde gerne einen Blick hineinwerfen«, sagte Sannie.

»Natürlich, Sannie«, sagte Le Roux. »Ab sofort ist es sowieso Ihr Fall.«

»Danke«, gab Sannie zurück, »ich möchte auch mit Herrn Parker und dem Sicherheitsbeamten sprechen.«

Parker, der langsam zu seinem Wildbeobachtungsfahrzeug unterwegs war, drehte sich um, als er seinen Name hörte. Er sah aus, als stehe er immer noch unter Schock.

»Ich habe seine Aussage bereits aufgenommen, Sannie«, sagte Le Roux, »aber ich weiss ja, wie gründlich Sie sind.«

Sannie lächelte und nickte. Es war schade, dass Oom Derick den Dienst und das Land verlassen wollte. Er wäre die beste Wahl gewesen, um die örtliche Einheit für Viehdiebstahl zu leiten - er lebte seit Jahrzehnten in der Gegend -, aber bei der SAPS war es unwahrscheinlich, dass er in eine Führungsposition befördert wurde. Sie würde die Aussage, die der ältere Polizist geschrieben hatte, lesen und Parker danach selbst befragen.

Le Roux nickte in Richtung des grossen, durchtrainierten Wachmanns hinüber, der jetzt telefonierend an seinem Bakkie lehnte. »Das ist Meyer. Ich sage ihm, er solle auf Sie warten. In der Zwischenzeit bleibe ich hier draussen, während Sie einen Augenschein nehmen, Sannie.« Le Roux zog ein Päckchen Zigaretten aus der Tasche. »Ein zweites Paar Augen ist immer hilfreich.«

Als Sannie das Haus von David Gregory betrat, schalteten all ihre Sinne einen Gang höher. Das Haus roch muffig, war aber sauber und gepflegt. Die Wände des Flurs waren mit Bildern vollgehängt, Drucken, die Soldaten und Schlachtfeldszenen aus längst vergangenen Zeiten zeigten. Marilyn hielt inne, um ein Trio von Porträts von Zulu-Kriegern, die aus dem neunzehnten Jahrhundert zu stammen schienen, zu betrachten. Auf beiden Seiten befanden sich Schlafzimmer mit bezogenen Gästebetten, aber sonst waren keine Anzeichen von Leben zu sehen. Das Wohnzimmer befand sich im hinteren Teil des Hauses.

Sie umrundeten einen Flachbildfernseher, der an der Wand des Flurs lehnte.

»Dieses Haus ist wie ein Museum«, sagte Marilyn, als sie ins Wohnzimmer traten.

Doch sein Wächter war tot. David Gregory, so vermutete Sannie, sass mit hinter dem Rücken an ein Stuhlgestell gefesselten Händen in der Mitte des Wohnzimmers.

Sannie schluckte. Das war eine der grausamsten Mordszenen, die sie je gesehen hatte. David Gregory, falls es sich um ihn handelte, war vom Brustbein bis zur Leiste aufgeschlitzt und die Eingeweide hingen aus seinem Körper heraus. Die Wand und der reich gemusterte Teppich unter einem antiken Couchtisch waren voller Blut. Sannie ging zur Leiche, atmete dabei aber nur durch den Mund, während Marilyn ihre Hand drückte.

Sannie schaute auf den Boden und sah neben Gregory einen blutigen Assegai liegen, den Stossspeer der Zulu.

Marilyn ging langsam um die Leiche herum, wobei sie genau darauf achtete, wo sie mit den Füssen hintrat, dann beugte sie sich nach vorn, um sich die Leiche genauer anzusehen. »Da ist eine Austrittswunde in seinem Rücken und es sieht aus, als wäre er erschossen worden.«

Sannie nickte nur und begann dann damit, die weiss gestrichene Gipswand hinter ihm zu untersuchen. Wie im Flur waren auch hier weitere antike Drucke zu sehen, alle mit einem militärischen Hintergrund. Daneben hingen ein halbes Dutzend Zulu-Schilde, längliche Ovale aus Rindsleder, sowie gekreuzte Assegais und ‘Knobkerries’, hölzerne Schlagstöcke der Zulu. Auf beiden Seiten eines grossen offenen Kamins waren zwei Gewehre angebracht, jedes in einem Winkel von fünfundvierzig Grad über den Kaminsims nach innen gerichtet und unter beiden Waffen befand sich eine weitere passende Sammlung von jeweils sechs um einen zentralen Punkt herum gefächerten Assegais.

Über dem Kaminsims standen zwei zu beiden Seiten eines Hohlraums in der Wand angebrachte dicke Holztüren offen und darin befanden sich zwei Regale, von denen Sannie annahm, sie hätten den Fernseher getragen. Auf dem Boden vor dem Kamin lag ein offenes Vorhängeschloss.

»Die Diebe müssen den Fernseher in dem Moment, in dem sie John Parker kommen hörten, fallen gelassen haben«, sagte Marilyn.

Sannie nickte. »Aber sie waren lange genug hier, um David zu zwingen, ihnen die Schlüssel für die beiden Schränke für die Waffen und den Fernseher zu geben.«

Das Mobiliar bestand aus Chesterfield-Sofas und zwei Ohrensesseln aus dunklem Leder. Ausserdem gab es drei Vitrinen mit Glasfronten, in denen Medaillensätze und Tropenhelme im alten Stil aufbewahrt wurden, von denen Sannie vermutete, dass sie von der britischen Armee stammten. Auch verschiedene antike Tassen, Flaschen, Utensilien sowie alte Kugeln und Patronenhülsen waren darin ausgestellt. An einer Wand hinter ihr hing ein gerahmter roter Uniformrock.

Sie wandte ihre Aufmerksamkeit dem toten Mann zu. Er trug ein Senqu-T-Shirt, Shorts und Sandalen, was irgendwie unpassend aussah. Er sass auf einem der hölzernen Esszimmerstühle, an den seine Hände mit langen Plastikkabelbindern gefesselt waren.

Sannie hörte ein Klopfen an der Tür.

»Das Tatortteam ist da, Colonel«, rief Le Roux vom Ende des Flurs her.

Sie gingen den Weg, den sie gekommen waren, zurück und Sannie führte Marilyn nach links in ein Zimmer, das das Hauptschlafzimmer zu sein schien. Dort stand ein ordentlich gemachtes Doppelbett aus Messing, mit Kissen darauf.

Sannie ging zu einem Kleiderschrank und öffnete ihn. »Hier ist nichts, nur leere Kleiderbügel.«

»Es könnte das Zimmer seiner Frau gewesen sein«, bemerkte Marilyn.

Sannie nickte und ging zur Tür auf der anderen Seite. Darin hingen David Gregorys Kleider und ein Waffensafe stand offen. Da sie genug gesehen hatten, gingen Sannie und Marilyn in die Sonne hinaus. Während es an der Südküste von KZN heiss und dunstig war, schien man hier der Sonne näher, ja sogar zu nahe, zu sein. Sie spürte ihr Brennen im Gesicht.

»Meneer Meyer?«, rief sie der Gruppe von Männern zu, die bei den Fahrzeugen stand.

Der zwei Meter grosse Mann in Uniform kam zu ihr herüber.

»Hallo, ich bin Oberst van Rensburg.«

»Goeie middag, Tannie«, begrüsste er sie.

Sie runzelte die Stirn. »Ich bin nicht Ihre Tante sondern die ermittelnde Polizeibeamtin«, erwiderte sie auf Afrikaans. »Name?«

»Deon Meyer, Ma'am.«

Sannie hob die Augenbrauen. »Rerig? Wirklich?«

Er lächelte. »Nein, eigentlich nicht.« Dann fuhr er auf Afrikaans fort: »Mein richtiger Name ist Matteo Meyer. Aber ich mag die Bücher des Krimiautors Deon Meyer seit meiner Schulzeit und so begannen mich meine Klassenkameraden 'Deon' zu nennen, was hängen blieb. Ich wollte sogar wie sein Held Benny Griessel zu den Hawks, der Spezialeinheit der Polizei, aber diese wollte mich nicht.«

»Ich mag seine Bücher auch«, sagte Sannie lächelnd und schrieb Meyers richtigen Namen in ihr Notizbuch. Aus der Nähe fiel ihr auf, wie gross und kräftig er war - seine Brust erinnerte sie an ein Fass und die Hemdsärmel spannten sich über enorme Bizeps. »Erzählen Sie mir, was hier passiert ist ... Deon.«

Er stemmte die Hände in die Hüften. »Ich habe meine Aussage bereits bei Oom Derick gemacht.«

»Ja, nun, wie Sie vielleicht wissen, scheidet Hauptmann Le Roux aus dem Dienst aus und ich übernehme diesen Fall.« Sie musste die Leute wissen lassen, dass sie jetzt hier war und die Verantwortung für die Einheit sowie für alles, was diese untersuchte, übernahm. »Ich werde mich bald wieder mit Ihnen darüber unterhalten, was heute hier passiert ist. Aber sagen Sie mir bitte zuerst, welche Sicherheitsvorkehrungen es auf dieser Farm gab, als die Nashörner getötet wurden?«

Er wich einen Schritt vor ihr zurück. »Damit habe ich nichts zu tun!«

Sie hob eine Hand, um seine Befürchtungen zu zerstreuen. »Keine Sorge, ich suche nicht nach Schuldigen - jedenfalls noch nicht. Aber hat Mister Gregory hier einen Sicherheitsdienst eingesetzt?«

Deon wippte von einem Fuss auf den anderen. »Ja und nein.«

»Was wollen Sie damit sagen?«

»Ich meine, er hat eine Zeit lang mit unserer Firma, Viking, gearbeitet und wir haben gute Arbeit geleistet. Wir kennen die Leute hier in der Gegend und haben vertrauenswürdige Informationsquellen in den örtlichen Gemeinden. Wir wissen auch, wer die örtlichen Tsotsis, die Schurken, sind. Einmal, als einer dieser Verbrecher durch den Zaun kommen wollte, haben wir vorher davon erfahren, konnten einen Hinterhalt legen und den Kerl fangen. Es gab nicht einmal eine Schiesserei, sondern wir haben ihn verhaftet. Er kam auf Kaution frei, aber die Einheimischen haben ihn daraufhin verprügelt. Herr Gregory beschäftigte viele Leute und er spendete der örtlichen Kinderkrippe und der Schule Geld. Die Leute mochten ihn.«

Sannie wies mit einer Kopfbewegung auf das Haus. »Aber diese Leute nicht.«

Deon schüttelte den Kopf. »Ich habe mir die Leichen angeschaut, aber ich erkenne keinen von beiden. Es sind keine der uns bekannten Skelms.«

»Warum hat David später nicht mehr mit Viking Security gearbeitet?«

Deon seufzte. »Leider konnte er seine Rechnungen nicht mehr bezahlen und so musste er fast alle seine Mitarbeiter entlassen. Wissen Sie, alle leiden darunter. Mister Gregory, den alle Oom David nennen, hat früher als Führer auf den Schlachtfeldern der Zulu gearbeitet. In Rorke's Drift und Isandlwana, an diesem Ort, an dem dieser französische Typ getötet wurde und was weiss ich wo sonst noch. Es war ein guter Nebenerwerb für ihn, denn die Kunden übernachteten in seiner Lodge in uBhejane. Aber nach COVID hat sich sein Geschäft nie wirklich erholt. Weil ich Nashörner liebe, habe ich an den Wochenenden trotzdem ein bisschen für ihn gearbeitet, aber mein Chef hat mir dafür Kak gegeben, also musste ich aufhören.«

»Er hatte also niemanden, der für die Sicherheit verantwortlich war?«

Deon wiegte seinen grossen Kopf hin und her. »Ja und nein. Er arbeitete mit diesen ...«, er malte Anführungszeichen in die Luft, »'Freiwilligen' von irgendeiner Veteranenorganisation in Übersee. Sie kamen alle aus der britischen und amerikanischen Armee und hatten in Afghanistan, im Irak und in anderen Kriegsgebieten gedient. Oom David setzte sie auch ein, um sich um die jüngeren Nashörner zu kümmern. Ich kam einmal zu Besuch, da haben diese grossen, harten Männer und Frauen die kleinen Nashörner gefüttert und dabei geweint. Es war berührend. David sagte, es helfe ihnen bei ihrer PBTS oder wie auch immer sich das nennt.«

»Sie meinen PTBS, posttraumatische Belastungsstörung«, korrigierte Sannie.

Deon strich sich mit der Hand über den Bürstenschnitt und gähnte. »Ja, das war es.«

Sannie konzentrierte sich auf eine der Leichen, die gerade von einem Tatorttechniker fotografiert wurde. Sie konnte sich nicht vorstellen, dass Big Deon wegen der Ermordung Davids und der beiden Verdächtigen schlaflose Nächte haben werde. »War die Aktion schon vorbei, als Sie hier ankamen?«

Deon zuckte mit den Schultern. »Ja, ich musste zu einem Alarm, auf der MacGregory-Farm auf der anderen Seite des Tals. Kate, Macs Frau, rief an und sagte, sie habe vor der Umzäunung ihres Farmhauses einen bewaffneten Eindringling gesehen. Als ich dort ankam, konnten wir allerdings keine Anzeichen für sowas finden. Schade, wenn das nicht passiert wäre, hätte ich diese Kerle vielleicht aus dem Weg räumen können.«

Sannie sah sich um. »Sieht aus, als hätte John Parker das getan, obwohl er zu spät kam, um David zu helfen.«

Deon grinste. »Ich hätte nicht gedacht, dass dieser Soutie das Zeug dazu hat.«

»Was meinen Sie damit?« Sannies Frage bezog sich keineswegs auf den abwertenden Afrikaans-Begriff für einen englischsprachigen Südafrikaner. Ein 'Soutie' oder 'soutpiel' war jemand, der mit einem Fuss in Afrika und mit dem anderen in England stand, so dass sein 'Piel', sein Glied, ins Meer hing.

»Parker ist ein 'Bunny-Hugger', ein Tierschutzaktivist«, erklärte Deon und ballte die Hände an seinen Seiten zu Fäuste. »Er hasst Jäger und hält es für lekker, super, mit der Freundin eines anderen zu schlafen und sie ihm wegzunehmen.«

Sannie sah von ihren Notizen auf. »Ihre Freundin?«

Deon nickte kurz und heftig. »Meine Jan-Marie. Diese Schlange hat sie mir gestohlen.«

Sannie machte sich eine Notiz. »Jan-Marie ...?«

»Ball«, sagte Deon. »Sie arbeitet als Kellnerin in 'The Shed', dem Pub in Dundee, aber sie ist gleichzeitig ein echtes Genie. Sie studiert an der Universität für ihren Doktor oder was auch immer, in Geschichte.«

Sannie blickte zu Parker, der Deon offenbar Jan-Marie ausgespannt hatte und nun in ein Gespräch mit Captain Le Roux vertieft war. Deon schaute ebenfalls in Parkers Richtung und Sannie bemerkte, dass eine Ader an der Seite des Kopfes des grossen Mannes heftig pulsierte. Sie musste ihn ruhig halten und zum Reden bringen. »Also, was ist mit dem Sicherheitsdienst auf der Farm passiert?«

»Ja«, wandte sich Deon wieder an Sannie, »da kamen also die Veteranen und machten ihr Ding und es wurde viel fotografiert. Es kam sogar ein Fernsehteam aus England oder so und alles war Friede, Liebe und Kumbaya, bis David beschloss, er verzichte auf 'Viking Security', weil er sowieso nicht das Geld hatte, um uns zu bezahlen. Aber es hat nicht geklappt.«

»Warum nicht?« Sannie hatte nicht den ganzen Tag Zeit, doch Deon schien sich beim Erzählen einer Geschichte gerne Zeit zu lassen.

»Ich habe von Jan-Marie gehört, dass David und der für die Veteranen zuständige Mann sich vor ein paar Wochen im Schuppen gestritten haben.«

»Wer ist dieser Chef der Veteranen?«

»Ein Rooinek, ein echter ehemaliger britischer Armeeoffizier, wenn auch ein Waliser oder so etwas. Der Typ heisst Tustin.«

»Ein echter 'Rotrock'?«, fragte Sannie, den alten Begriff aus dem Zweiten Buren-Krieg für einen britischen Soldaten verwendend.

»Ja. Dieser hier ist aus Grossbritannien hergezogen. Er ist ein weiterer Bewunderer des Zulukriegs, sagt er zumindest, und hat sogar schon ein paar Bücher geschrieben. David und er haben sich die ganze Zeit gestritten.«

»Worüber? Über die Sicherheit? Oder den Schutz der Nashörner?«

Deon schüttelte den Kopf. »Nein, es ging immer um Schlachtfelder, so etwa wie 'Soldat Smethurst war hier, Corporal Jones war dort' und solchen Quatsch. Ich bin ein paar Mal mit ihnen mitgegangen, als ich mich noch für all das interessiert habe, doch das ganze Gezänk ging mir auf die Nerven.«

»Oh, dann war das in der Kneipe also kein ernsthafter Streit?«, hakte Sannie nach.

Deon leckte sich über die Lippen und warf einen wachsamen Blick zurück auf das Haus, als wolle er keinen bösen Geist heraufbeschwören. »Jan-Marie - das war, bevor sie ihren Verstand verlor und mich verliess - sagte, dieser Chef der Veteranenorganisation, Major Richard Tustin, hätte den alten David im Restaurant beinahe umgebracht.«

»Ihn getötet? Warum?« Sannie wedelte sich eine Fliege aus dem Gesicht und stellte sich dabei vor, wie diese die Leiche bereits umschwirrten. Obwohl ihr nicht klar war an was, erinnerte sie die Fliege an etwas Wichtiges. Vielleich an etwas, das sie bei ihren eiligen Blicken in David Gregorys Farmhaus übersehen hatte? Aber Deon kam gerade zum spannenden Teil seiner Geschichte, für den er sich näher zu ihr lehnte und grinste.

»Jan-Marie erzählte, Tustin habe David umbringen wollen, weil David bereits vorher damit gedroht habe, diesen zu töten.«

»Und was war der Grund für all das?«, fragte Sannie.

In diesem Moment stürmte Marilyn zu ihr. »Colonel, wir müssen gehen.«

»Was ist los?«, wollte Sannie wissen.

»Captain Le Roux hat gerade einen Anruf erhalten. Auf einer Farm in der Nähe wurde geschossen, dort ist ein Viehdiebstahl im Gang.«

4

NATAL, 1880

Der Regen liess nach und die hervortretende Sonne liess die Steppe hellgrün leuchten, als Peter Gregory, Samuel Khumalo und Sergeant Gavin Phillips sich auf den Weg zur Farm des pensionierten Majors Morrison am Stadtrand von Dundee machten.

Riedböcke, von Natur aus scheue Geschöpfe, ergriffen quiekend die Flucht, als sie sich näherten. Gregory atmete tief ein und wandte sein Gesicht zum azurblauen Himmel. Genau so war es im letzten Jahr gewesen, vor Isandlwana.

Als er auf seinem Pferd 'Bullet' dahingaloppierte, hatte Peter das Gefühl, der Luftzug in seinem Gesicht blase die Erinnerung an den Gestank beinahe weg. Diese Hügel waren einst wunderschön, ein Paradies, aber eines, das auf Narren wartete. Wie hatten er und so viele andere glauben können, es ohne Konsequenzen einnehmen zu können und dann gehöre es ihnen?

Es war das Land der Zulu, des Volks des Himmels und diese Leute würden es genauso wenig einem Fremden überlassen, wie Peters Vater seine Ecke von Buckinghamshire den Mitgliedern einer eindringenden Nation überlassen hätte. Erst recht nicht, wenn die, die Anspruch darauf erheben wollten, eine andere Hautfarbe hatten.

58

Natürlich war Cetshwayo kein Heiliger, aber genauso wenig ein verantwortungsbewusster Herrscher. Der einzige Grund, warum Samuel an Peters Seite war und der Kolonie in den letzten zwei Jahren zunächst als Soldat, später als Polizist gedient hatte, war, dass sein eigener König seinen Tod gewollt hatte.

Sie erklommen einen Hügel, von dem aus sich ein Tal auftat, das so malerisch war, dass Gregory beinahe wieder an Gott zu glauben begann und das Grace dazu gebracht hätte, vor ihm auf die Knie zu fallen und ihm zu danken. Er lächelte, als er an sie dachte. Er war nicht zum Bauernhaus zurückgekehrt, um ihr zu sagen, dass er weggehe, aber das würde sie nicht beunruhigen. Grace war in die Armut hineingeboren worden und ihr Leben hatte sich seitdem immer weiter verschlechtert. Nach Südafrika verfrachtet zu werden, um entweder einem Zuckerrohrarbeiter Gesellschaft zu leisten oder als Sklavin niedere Arbeiten zu verrichten, hätte eine schwächere Person umgebracht. Grace jedoch war eine Überlebenskünstlerin. Das schlitzohrige Mädchen war seinem Schicksal entkommen, indem es sich selbstständig gemacht hatte: Tagsüber arbeitete sie als zerzauste Schlampe in einem Curryhaus, nachts dagegen als verführerische Kurtisane. Obwohl sie seit kurzem eine anständige Christin mit einer Vorliebe für den Hirten ihrer neu gefundenen Herde war.

Während er ritt, erinnerte sich Gregory an die erste Begegnung mit ihr und an das erste Mal, dass er den Namen Morrison gehört hatte.

Er neigte den Kopf, um durch die niedrige Balkentür ins abgedunkelte Innere der Taverne 'Rote Laterne' in Pietermaritzburg zu gelangen. Es duftete nach Rauch, Pfeifentabak und etwas anderem, vielleicht Opium. Die Laternen im Inneren umschmeichelten die Hände, Gliedmassen, Knöchel und bemalten Gesichter, die im Schatten warteten, eher, als dass sie sie beleuchteten. Ein Klavier, das ein beliebtes Musikstück spielte, verstummte.

»Da ist der verdammte Schnupfer«, warnte eine Stimme.

»Aber hier gibt es bestimmt nichts Ungewöhnliches zu sehen«, beruhigte Gregory, dessen Kasernenhof-Stimme das Getümmel übertönte. Ein Mann fluchte im Dunkeln, eine Frau lachte, das Gelage ging weiter. Er ermittelte gegen einen Mann, Alfred Blundell, dessen Frau Selbstmord begangen zu haben schien. Gregory verdächtigte allerdings ihren Mann und hatte erfahren, dass dieser häufig in der 'roten Laterne' zu Gast sei. Das Lokal war nicht nur ein Pub, sondern gleichzeitig ein bekanntes Bordell und eine illegale Spielhölle.

»Hallo, ich bin Scheherazade.«

Gregory drehte sich um, als er die Stimme der Frau hörte - einer Frau, die er später als Grace kennenlernen sollte - und ihre Hand auf seinem Arm spürte. Er hielt, von ihren Augen in Bann gezogen, inne. »Möchtest du mir eine Geschichte erzählen?«

Sie lächelte ihn an und er fühlte sich gefangen wie eine Fliege im Honig. Sie reichte ihm einen Krug mit Bier. »Vom Herrn des Hauses. Er sagt, wir sollen Sie herzlich willkommen heissen.«

Gregory nahm den Becher. »Ich werde zu gegebener Zeit zu ihm gehen. Aber sagen Sie, kennen Sie einen Mann namens Alfred Blundell, der hier Stammgast sein soll?«

Sie klimperte mit den Wimpern. »Die meisten ziehen es vor, hier keine Namen zu nennen, Sir, zumindest nicht ihre echten. Aber vielleicht könnten wir irgendwo hingehen und dort privat reden?«

Er hatte sich aufgerichtet »Dafür bin ich nicht hier.« Das war allerdings bedauerlich und er ertappte sich dabei, dass er sich wünschte, mehr Zeit mit ihrem Verhör zu verbringen. »Wollen Sie nicht wissen, warum ich diesen Mann suche?«

Scheherazade hatte ein wenig mit den Schultern gezuckt und Gregory dabei fasziniert ihre nackten Schultern über einem Mieder, das kaum ihre Brustwarzen zu bedecken vermochte, betrachtet. Von der Taille abwärts trug sie einen Reifrock aus rotem Samt. Sie schwenkte einen Fächer vor dem Gesicht und liess ihn schliesslich vor dem Mund schweben, als wäre sie zur Verschwiegenheit verpflichtet.

»Er hat seine Frau getötet.«

Ihre bezaubernden Augen weiteten sich vor Überraschung. »Nein.«

»Ein Arzt untersuchte die Leiche der guten Frau und fand Hinweise auf Quetschungen und andere unaussprechliche Erniedrigungen.«

»Blundell.«

Er starrte sie an. Wie sie den Namen gesagt hatte, war es weder eine Frage noch verriet der Tonfall irgendetwas. Als sie jedoch den Fächer senkte, sah Gregory, dass sie sich auf die Unterlippe biss. Sie drehte sich um und ging tiefer in den Mief hinein, wohin Gregory ihr folgte, während er darum kämpfte, den Blick nach vorne zu richten.

Scheherazade winkte einer Dunkelhäutigen zu, schnippte mit den Fingern, setzte sich an einen Tisch und bedeutete Gregory, sich auch zu setzen. Die Serviererin kam zurück und stellte ein Glas vor Scheherazade hin.

»Gin?«, wollte er wissen.

»Rosenwasser. An einem Ort wie diesem muss man seine Sinne bewahren.« Scheherazade schlang die Hände um ihr Glas und starrte, ohne zu trinken, hinein. »Ab und zu gibt es nette Männer, aber sehr viele sind schlecht.«

Gregory nippte an seinem Bier. Musik, Gesang und Lachen konnten den Geruch dieses Ortes nicht überdecken. Nach Schweiss, Parfüm, verschüttetem Bier ... Sünde.

»Es gibt Männer ...«, sie hielt, unfähig, ihn anzublicken inne, »die den Mädchen hier gerne Schmerzen bereiten. Sie schlagen sie heftig, denn sie kommen deswegen hierher.« Sie schauderte.

»Es tut mir leid.«

Sie blickte zu ihm auf und fixierte ihn mit Augen, die jetzt kalt und hart wie Stein waren und alles kontrollierten. »Aber es gibt auch Männer, die es mögen, wenn ihnen Schmerzen zugefügt werden.«

Er steckte einen Finger in den Kragen, um diesen in der herrschenden Hitze im Raum von seiner Haut zu lösen. »Und welcher Typ ist Blundell?«

»Ersterer. Und so schlimm er auch ist, gibt es noch schlimmere.«

»Was gibt es Schlimmeres, als das Schlagen einer wehrlosen Frau?«

Ein kleines Lächeln umspielte ihren Mund. »Wir sind nicht alle wehrlos, Mister ...«

»Gregory, Unter-Inspektor Peter Gregory. Zu Ihren Diensten, Madam ...?«

»Misses. Normalerweise ist es hier andersherum. Aber wenigstens scheinen Sie, im Gegensatz zu den meisten, ein Gentleman zu sein. Aber in der 'roten Laterne' sind selbst Gentlemen nicht gerade zimperlich, jedenfalls solche wie Blundell und Co nicht.«

»Schlimmer, sagten Sie?«

Sie nickte und nahm einen Schluck ihres Getränks. »Es gibt«, diesmal schauderte sie vor Abscheu, »einige, die nach Jüngeren fragen. Mädchen und Jungen. In meiner Kultur kann ein Mädchen mit zwölf Jahren verheiratet werden, aber es gibt Männer, die sich an Kindern erfreuen, die noch jünger sind. Der Chef sagt, hier gebe es nichts für solchen Männer, was diese allerdings nicht davon abhält, nach Kindern zu fragen, oder anderswo arme Kinder zu suchen, die dann ...«

Gregorys Bier schmeckte sauer und er stellte es ab. Solche Abscheulichkeiten gegen die Natur gab es nicht nur in der Kolonie oder in Afrika, sondern es gab auch in Grossbritannien solche Übel. Es war gegen die Gesetze des Menschen und der Natur und der Gedanke daran widerte ihn genauso an, wie diese Frau. »Und Blundell? Ist er einer dieser Männer?«

»Er spielt, Inspektor Gregory. Glücksspieler verlieren, und wenn sie ihre Gewinne ausgegeben haben, tun sie alles. Sie finden alles und verkaufen alles, um genug Geld zu bekommen, damit sie wieder an den Kartentisch gehen oder die Würfel wieder in die Hand nehmen können.«

Nach dem Bericht über den offensichtlichen Selbstmord seiner Frau hatte Blundell bei der Befragung durch Phillips und Gregory kaum ein Zeichen von Trauer gezeigt.

Gregory hatte Blundell zur Rede gestellt und erklärt, er habe noch nie gehört, dass eine Frau sich selbst umgebracht habe, indem sie sich mit einer Pistole in den Kopf geschossen habe. Daraufhin hatte Blundell ihn mit der Behauptung abgespeist, seine Frau sei depressiv gewesen, wahrscheinlich, weil sie nicht in der Lage gewesen sei, Blundell ein Kind zu schenken. Als Gregory und Phillips später noch einmal bei ihm waren und ihm von den blauen Flecken auf der Leiche seiner Frau berichteten, erklärte Blundell, seine Frau sei schon immer unfallgefährdet gewesen und vor kurzem vom Pferd gefallen.

»Ich glaube, dieser Blundell hat seine Frau ermordet und die Szene danach so arrangiert, dass es aussah, als hätte sich die arme Frau selbst erschossen. Ich weiss mit Sicherheit, dass die Verstorbene Linkshänderin war, doch der Revolver ihres Mannes wurde in ihrer rechten Hand gefunden.«

Während Gregory sprach, hatte Scheherazade über seine Schulter nach hinten geschaut. »Er ist hier.«

Gregory drehte den Kopf. »Wer?«

»Ihr Mister Blundell«, führte Scheherazade aus, hob eine Hand, lächelte und winkte mit den Fingern. »Er hat mich gesehen. Er mag mich«, sagte sie und hängte mit leiser Stimme an: »diese lästige Kröte.«

»Werden Sie ihn unterhalten?«

»Nicht freiwillig«, gab Scheherazade zurück.

Gregory machte eine Faust und schlug sie auf die Tischplatte. »Wenn ich ihn nur dazu bringen könnte, das mit seiner Frau zuzugeben und ein Geständnis abzulegen.«

Scheherazade stellte ihr Getränk ab. »Er ist ein Schwätzer. Wenn er ... naja, wenn er in der Gesellschaft einer Dame ist, gibt er gerne an. Er kann die Klappe einfach nicht halten. Die Mädchen sagen, es sei besser, wenn er rede, denn dann schlage er nicht.«

Gregory sah Scheherazade, die offensichtlich einen Plan schmiedete, an. »Nein. Und selbst wenn es Ihnen gelänge, ihn zum Reden zu bringen, bräuchten wir einen weiteren Zeugen. Jemanden ...« Er unterbrach sich, aber es war zu spät.

Sie warf einen Blick nach unten. »Jemanden anständiges.« Dann schaute sie auf: »Oder einen Weissen.«

»Fräulein Scheherazade, ich wollte nicht ...«

»Halten Sie die Klappe, Inspektor. Wollen Sie diesen Bastard erwischen oder nicht?«

Er holte tief Luft. »Ja, das will ich. Aber wie soll uns das gelingen?«

Scheherazade winkte der schwarzen Serviererin zu, die zu ihr kam und lächelte. »Fräulein Scheherazade?«

»Tombi, bring den Inspektor bitte in den Sonderraum.« Scheherazade zwinkerte. »Du weisst, was ich meine.«

Die junge Frau fuhr sich, vielleicht aus falscher Bescheidenheit, mit der Hand über das Gesicht, nickte aber und ging davon.

»Folgen Sie Tombi. Sie wird Sie an einem vorteilhaften Ort positionieren.«

»Ich ...«

Sie machte eine scheuchende Bewegung mit den Händen, stand dann auf, richtete ihr Mieder und schritt durch alle Männer und Frauen in Blundells Richtung.

Auch Tombi schlängelte sich zwischen den Gästen hindurch und gelangte in einen Korridor mit Räumen auf beiden Seiten. Am anderen Ende brannte eine Laterne mit rotem Glas, die sowohl verlockendes, aber auch gefährlich anmutendes Licht verströmte.

»Kommen Sie hier entlang, Sir«, sagte Tombi.

Als er an einer der Türen vorbeikam, hörte Gregory ein Bettbrett rhythmisch gegen eine Wand hämmern, dann einen hohen Schrei sowie ein animalisches Grunzen.

Tombi öffnete eine Tür am Ende des Flurs und führte Gregory in einen Raum.

»Was zum ...?«

Er hatte ein Zimmer mit einem grossen Bett, einem Waschbecken und vielleicht einem strategisch platzierten Spiegel erwartet, aber damit lag er falsch. Dies war eine Zelle wie im Gefängnis von Durban. »Ich sage ...«

Tombi quetschte sich an ihm vorbei in die nicht mehr als zwei Meter lange Kammer, die kaum breit genug war, dass er seine Arme nach beiden Seiten ausstrecken konnte. An einem Haken hing eine brennende Petroleumlaterne, die das Innere des Verstecks aufheizte und stinken liess. An einer Seite stand eine Bank und an der gegenüberliegenden Wand schob Tombi eine kleine Holzplatte, die in zwei Schienen geführt wurde zur Seite.

»Sehen Sie, Sir«, sagte sie und zeigte auf eine Öffnung.

Gregory ging näher und richtete sein Auge auf das kleine Loch, das gerade freigelegt worden war. Auf der anderen Seite der Wand befand sich ein Schlafzimmer, das eher dem entsprach, was er erwartet hatte. Die Tür zu dem Zimmer öffnete sich, und zu seiner Überraschung sah er Scheherazade eintreten, die Alfred Blundell an der Hand führte. In der anderen Hand trug dieser eine Brandyflasche, aus der er einen langen Zug nahm.

Tombi verbeugte sich erneut, dann hakte sie die Laterne aus, verliess mit dieser die Kabine, schloss die Tür hinter sich und liess ihn in der Dunkelheit zurück. Gregory fühlte sich sehr merkwürdig dabei, hier ganz allein eingeschlossen zu sein. Scheherazade war, das Gesicht ihm zugewandt, ganz nah an die Wand herangetreten und spielte an ihrem Haar herum. Gregory erkannte, dass sich irgendwo an der Wand ein Spiegel platziert sein musste, der das Guckloch wahrscheinlich zum Teil verdeckte. Sie zwinkerte ihm zu und er spürte, dass er errötete.

Blundell, ein grosser Mann mit einem fleischigen, rötlichen Gesicht und üppigen Koteletten, begann, seine Hosenträger von den Schultern zu schieben.

»Wie kann ich Ihnen behilflich sein, mein Herr?«, fragte ihn Scheherazade. Gregory hörte ihre Stimme durch eine Reihe kleinerer Löcher, die neben dem Guckloch in die Wand gebohrt worden waren. Er vermutete, der Putz der Schlafzimmerwand auf der anderen Seite sei so marode, dass die Gucklöcher darin nicht auffielen.

Blundell schnallte seinen Ledergürtel ab. »Beug dich über das Ende des Betts, Frauenzimmer und mach dich für deine Bestrafung bereit.«

Scheherazade legte den Handrücken an ihre Stirn. »Oh, nein, gütiger Herr, ich bitte Sie um Gnade.«

Gregory erlaubte sich ein kleines Lächeln über Scheherazades laienhafte Theatralik. Er hatte das Gefühl, es sei nicht das erste Mal, dass sie eine solche Show abzog. Scheherazade ging zum Ende des Betts und tat, was er ihr befohlen hatte.

Blundell wich zur Tür des Schlafzimmers zurück, drehte den Schlüssel im Schloss und steckte ihn ein.

Scheherazade blickte zur Seite. »Mein Herr, bitte lassen Sie den Schlüssel hier …«

Er legte einen Finger an seine Lippen. »Pst, meine Hübsche. Das gehört doch zum Spass, oder? Du hast nichts von mir zu befürchten, wirklich. Jedenfalls nichts, was du nicht verdienst.« Blundell faltete den Gürtel in seinen Händen, hob den Arm und liess ihn mit einem blitzschnellen Hieb hinuntersausen.«

»Sir!«

Er lachte. »Das Korsett und die Unterröcke haben dich geschützt, Frauenzimmer. Du könntest keinen Peitschenhieb auf deinem hübschen Hintern einstecken.«

»Oh, mein Herr«, gurrte Scheherazade, »ich bezweifle, dass Sie diesem sehr schlechten Mädchen wirklich etwas antun würden. Ich bin nicht so unschuldig, wie ich aussehe und habe ausserdem die Werke des Marquis de Sade gelesen. Ich bin mir sicher, dass Sie zu sehr ein Weichei sind, um Sie sich tatsächlich solchen Vergnügungen hinzugeben.«

Blundell trat zurück, nahm den zusammengefalteten Gürtel in beide Hände und zog die beiden Längen mit einem Schnalzen straff. »Du weisst nicht, wozu ich fähig bin, Mädchen.«

Scheherazade drehte ihren Kopf von der Matratze weg, um Blundell in die Augen zu sehen. »Versuchen Sie es mit mir«, sagte sie mit tonloser Stimme.

Blundell schritt über den Fussboden des Schlafzimmers, beugte sich vor, hob Scheherazades Röcke und Unterröcke hoch und schlug sie über ihren Rücken hoch. Gregory war schockiert, als er bemerkte, dass sie keine Unterwäsche trug. Er drückte sich im Dunkeln mit beiden Händen an die Wand und bemerkte erst jetzt, dass auf seiner Seite der gesamte Putz und der grösste Teil der Holzlatten entfernt worden waren. Er spürte, dass der Putz auf der anderen Seite etwas nachzugeben begann, denn die Wand dazwischen war sehr schwach. Er spürte, dass seine Wangen brannten und sein Herz beim Anblick der Nacktheit der Frau pochte.

Der Anblick der makellosen Haut erregte Blundell und brachte ihn zur Gewalt. Er schlug mit dem Gürtel zu, wodurch Scheherazade nach vorne geschleudert wurde und in die schmutzige Bettdecke schrie.

»Bezweifelst du immer noch, dass ich dich wirklich verletzen könnte?«

Scheherazade schüttelte den Kopf erneut und schniefte. »Ich habe Kindermädchen gekannt, die härter geschlagen haben als du, du Dödel.«

»Ha!« Blundell nahm die Herausforderung an und versetzte ihr kurz hintereinander drei weitere Hiebe auf die Rückseite ihrer Schenkel. Gregory hätte dieser sadistischen Farce gern ein Ende bereitet, doch Scheherazade wandte sich erneut an Blundell.

»Gefällt Ihnen mein Leiden, Sir?«

»Sehr sogar, du freche kleine Schlampe.«

Sie wackelte, um ihm zu trotzen, mit ihrem Hintern. »Stellen Sie sich vor, mein Herr, wie es wäre, die ganze Zeit so zu leben. Mit einer willigen Sklavin, die Ihnen Tag und Nacht zur Verfügung stehen und Ihnen jeden Wunsch erfüllen würde und das sogar bereitwillig.«

Blundell hielt in seinem Unterfangen inne, um die Brandyflasche von einem Beistelltisch zu holen und einen weiteren grossen Schluck zu nehmen. Er stellte die Flasche wieder ab und Gregory bemerkte, dass er unsicher auf den Beinen war. Blundell wischte sich mit dem Handrücken über Mund und Schnurrbart und rülpste. »Ja, das ... würde mir gefallen. Eine Frau zu haben, die nachgiebiger ist.«

»Ich könnte sogar ...« Scheherazade hielt inne und ihr Mund verzog sich zu einem kleinen Lächeln: »Allenfalls könnte ich auch eine andere Dame für dich suchen, vielleicht eine jüngere – sogar viel jünger.«

Blundell räusperte sich. »Nein, wenn du das meinst, ich bin nicht an Kindern interessiert.«

»Aber eines der anderen Mädchen hat erzählt, Sie hätten danach gefragt, Sir.«

»Das war für jemand anderes, einen pensionierter Major der Armee, Harry Morrison, der in der Nähe von Dundee Landwirtschaft betreibt. Wenn du für ihn ein Kind finden würdest, läge da viel Geld für dich drin, Mädchen.«

Scheherazade nickte, als wolle sie die Information für sich behalten und Gregory tat das Gleiche. Er würde dem ehemaligen Major bald einen Besuch abstatten. Wie eine Schauspielerin im Varieté schlüpfte Scheherazade wieder in ihre Rolle. »Sind Sie nicht verheiratet, Sir?«

Gregory bemerkte, wie Blundell sich versteifte. Der Körper seiner Frau war noch kaum kalt und er hätte eigentlich der trauernde Witwer sein sollen, doch er war hier in einem Bordell und frönte seinen Laster. »Ich war.«

Scheherazade blickte immer wieder zur Rückwand und Gregory hatte das Gefühl, sie nehme durch die Mauer Blickkontakt mit ihm auf. »Konnten Sie Ihre eigene Frau nicht dazu bringen, sich Ihren Willen zu fügen, Sir? Wäre es nicht ihre Pflicht gewesen, Ihre besonderen Wünsche zu respektieren und Ihnen so zu Gefallen zu sein, wie Sie es für richtig hielten?«

Blundell nahm die Flasche wieder in die Hand und sein Adamsapfel wippte, als er sich einen kräftigen Schluck des starken Getränks einverleibte.

»Oder waren Sie vielleicht sogar unfähig, Herr«, fuhr Scheherazade fort, »Ihre eigene Frau zur Vernunft zu bringen?«

Gregory holte tief Luft, griff nach seinem Gürtel und öffnete schliesslich die Klappe des Pistolenholsters.

Blundell leerte die Flasche und stellte sie so ab, dass sie einen Moment lang auf der Tischplatte schwankte. Er stand mit dem Rücken zu Gregory und ballte die Fäuste. Gregory hoffte, Scheherazade schweige jetzt.

Aber sie stand langsam auf und drehte sich halb zu Blundell hin. »Und ich dachte, Sie wüssten, wie man eine Frau behandelt. Dabei könnten Sie nicht einmal einen Hund bändigen.«

Nun stiess Blundell ein animalisches Brüllen aus und ging auf Scheherazade los. Sie hob die Hände, um ihn abzuwehren, aber er stürzte sich auf sie und nutzte sein beträchtliches Gewicht und seine Masse, um sie rückwärts auf das Bett zu stossen, wo er eine fleischige Hand um ihre Kehle legte.

Gregory zog seinen Revolver, denn genug war genug.

»Warten Sie!«, keuchte Scheherazade und Gregory sah, dass sie rund um Blundell herumzuschauen versuchte und ihr Blick zum Loch in der Wand ging. Gregory schlug den Hahn seiner Waffe zurück.

Mit durch den Druck von Blundells Hand verstellter Stimme quäkte sie: »Wenn Sie keine Frau hätten und ich ihre Stelle einnehmen könnte, dürften Sie mit mir machen, was Sie wollen. Mir gefällt das, ich will den Schmerz, Sir.«

»Ich werde sowieso mit dir machen, was ich will«, sagte Blundell, »auch wenn du versuchst, nein zu sagen ...«

»Wenn ich versuche, nein zu sagen, was geschieht dann, Sir?« Die Kraft seiner Hand liess sie würgen und zusätzlich zwang Blundell nun ihre Beine auseinander.

»Ich werde ...«

»Was wirst Du? Du redest bloss. Du stürmst und windest dich wie ein verlogener Politiker, schlaff wie ein nasser Lappen.«

Blundell brüllte erneut und tastete nach den Knöpfen seiner Hose. »Sei still und nimm, was du verdienst, oder ich töte dich, so wie ich sie umgebracht habe. Ich halte dir eine Waffe an den Kopf und niemand wird je erfahren, dass ich es für dich getan habe.«

Das war's. Die Frau hatte Gregory zu dem verholfen, was er brauchte. Er zog seine Waffenhand zurück und verpasste der Wand einen heftigen Schlag, der ein faustgrosses Loch hinterliess und den Putz auf der anderen Seite herunterrieseln liess. »Natal Mounted Police!«, rief er durch das Loch. »Blundell, lassen Sie die Frau sofort los!«

Blundell löste seinen Griff von Scheherazade, die sich von ihm wegrollte. Er stürzte vom Bett weg, drehte sich um und zog seine Hose hoch, als er die Waffe auf sich gerichtet sah. Dann riss Blundell mit einer fleischigen Hand die Bettdecke hoch und warf sie gegen die Wand. Sie blieb einen Moment lang an Gregorys Hand hängen und Blundell nutzte diesen Moment der Ablenkung, um zum Beistelltisch zu gehen, eine leere Brandyflasche am Hals der zu schnappen und sie gegen die Schlafzimmerwand zu schlagen.

Scheherazade eilte zur Zimmertür und rüttelte verzweifelt, aber erfolglos an der Klinke. Als sie sich umdrehte, bemerkte sie, dass Blundell die zerbrochene Flasche in ihre Richtung schwang. Sie sprang zu ihm und packte sein Handgelenk. Sie war stark, doch während sie ihn daran hindern konnte, sie aufzuschlitzen, schlug Blundell ihr mit seiner freien Hand ins Gesicht.

Gregory trat so weit zurück, wie es in dem kleinen Raum möglich war, hob das rechte Bein und trat kräftig gegen die Holzlatten und den Putz. Sein Bein ging geradewegs durch. Frustriert zog er es in die verborgene Kammer zurück, drehte sich zur Seite und schleuderte sein ganzes Gewicht gegen die Wand. In einer Wolke aus weissem Staub stürzte er ins Schlafzimmer, liess sich auf ein Knie fallen und hob seinen Revolver.

»Lassen Sie ihn fallen«, forderte Blundell ihn auf. Da er nicht genug Zeit hatte, die Tür aufzuschliessen und zu fliehen, hielt er Scheherazade, die er auf die Beine gezogen hatte, als Geisel fest. Sein Arm lag um Scheherazades Hals und er presste das gezackte Ende der zerbrochenen Flasche gegen ihre schlanke Kehle. Sie blutete aus der Nase. »Legen Sie Ihre Waffe auf den Boden und treten Sie sie zu mir.«

»Nein, tun Sie es nicht«, schniefte Scheherazade, deren Augen in unerwünschten Tränen schwammen. »Lassen Sie diesen Scheisskerl nicht entkommen!«

Als er Peter durch die Staubwolke hindurch erfasste, zeigte Blundells Gesicht, dass ihm die Erkenntnis dämmerte. »Ah, Sie! Dieser verdammte Schnüffler, der sich in meine Angelegenheiten eingemischt hat.« Blundell zog Scheherazade fester zu sich, so dass ihr dort, wo die Glasscherbe sie geritzt hatte, ein Rinnsal von Blut den Hals hinunter rann. »Lass die Waffe fallen, Bulle, oder ich töte sie ...«

Gregory hielt seinen Revolver auf den Mörder gerichtet, doch

Blundell hatte Scheherazade so positioniert, dass sie praktisch seinen ganzen Körper verdeckte. Gregory war ein guter Schütze, aber er traute weder sich selbst noch der Präzision seiner Pistole zu, Blundell ins Auge zu treffen.

»Ich bringe sie um«, sagte Blundell erneut und drückte die Flasche tiefer in den Hals der Frau.

Sie zuckte zurück und schien ihre Meinung zu ändern. »Gut, Inspektor, tun Sie bitte, was er verlangt.«

Gregory sah ihr in die Augen, in denen er keine Angst entdeckte, sondern die aussahen wie in Feuer geschmiedeter Stahl, was ihn komplett überraschte. Sie war schön, klug, selbstbewusst und gewitzt und trotz allem hatte sie ihre Gefühle und ihre Umgebung so gut unter Kontrolle. Er fragte sich, welches Unglück sie an diesen Ort gebracht haben mochte. Blundell hielt einen ihrer Arme an ihre Seite gepresst, doch ohne dass ihr Entführer es bemerkte, hob sie ihre freie Hand an ihr Haar, als fasse sie sich an den Kopf. Gregory erkannte, dass die Finger ihrer rechten Hand sich bewegten, wogegen Blundell sich währenddessen ganz auf ihn konzentrierte.

Gregory hielt seine linke Hand mit der Handfläche nach oben. »In Ordnung, Mister Blundell, ich komme Ihrer Bitte, sobald Sie die junge Dame gehen lassen, nach.«

Blundell lächelte ihn halbwegs an. »Langsam, jetzt.«

Gregory beugte sich vor und liess den Revolver auf den Boden fallen.

Blundells Blick – sein rechtes Auge lag direkt neben Scheherazades linker Wange - folgte Gregorys Hand. Als dieser den Kopf drehte, um ihn einen Moment abzulenken, zog Scheherazade eine lange Haarnadel aus ihrem Haar und trieb diese blitzschnell in Blundells Augapfel.

Ihr Entführer schrie und hielt sich die Hand vor das Auge, so dass sich Scheherazade aus seinem Griff befreien konnte. Blundell drehte sich ihr allerdings wieder zu und verfolgte sie zur Tür. Gleichzeitig hob er die zerbrochene Flasche und liess sie auf die Fliehende niedersausen, wobei das zerbrochene Glas Scheherazade im Nacken erwischte. Gregory griff nach seinem Revolver, zielte und schoss.

· · ·

GREGORY SCHLEPPTE BLUNDELL, der wegen der Schusswunde in seiner Schulter und dem zerstochenen Augapfel wie ein Zweijähriger quiekte, aus der 'roten Laterne', wobei ihnen Scheherazade folgte. Eine ganze Meute von Zuschauern verfolgte das Geschehen. Die Frau hatte gesagt, mit ihr sei alles in Ordnung, aber als sie draussen waren und sich Samuel um Blundell kümmerte, fiel sie in Ohnmacht.

Der Hausherr, der schon so manche Schiesserei, Messerstecherei und Schlägerei miterlebt hatte, verband zuerst Blundells Auge, dann die Schusswunde. Er blieb bei ihm und Samuel sitzen, bis zwei weitere Runden Schnupftabak geholt werden konnten. Nach seinem Besuch in der 'roten Laterne' wurde Blundell vom betrunkenen Chirurgen der Stadt, den man in einer anderen Taverne fand, verarztet und schliesslich in eine Zelle gebracht.

Gregory trug Scheherazade vom Ort des unerfreulichen Geschehens weg und wiegte sie wie ein Kind in seinen Armen, wobei er bemerkte, dass sie nicht viel schwerer als ein solches war. Als sie zu sich kam, schaute sie ihm tief in die Augen, doch keiner von beiden sagte etwas. Er hatte sich weder um die teilweise anzüglichen Bemerkungen gekümmert, noch um den Beifall der arbeitenden Mädchen, die froh darüber waren, Blundell und seine brutalen Methoden los zu sein. Scheherazade drängte sich während des folgenden Ritts auf seinem Sattel an seinen Rücken und ihr Herz schlug an seinem. Gregory nahm sie auf seine Farm mit, badete ihre Wunden, kochte ihr Tee und Suppe und fand heraus, dass sie es vorzog, Grace genannt zu werden, anstatt ihres richtigen indischen Namens.

Zu Beginn der darauffolgenden Tagen war sie nervös gewesen, wie ein misstrauisches wildes Tier, das im Haus bleiben musste, damit seine Verletzung behandelt werden konnten. Aber Gregory legte sie in sein Bett und schlief bei Samuel in den Nebengebäuden.

»Sie sind verrückt, Captain«, sagte Samuel in der ersten Nacht, in der Gregory sein Zimmer teilte, zu ihm. »In Ihrem Bett liegt eine wunderschöne Frau, bei der sie jetzt sein sollten. Wenn Sie das aber nicht tun, biete ich ihr eine halbe Krone an, damit sie herkommt und bei mir schläft und Sie können auf Ihre weiche Matratze zurück.«

»Du wirst nichts dergleichen tun, Samuel«, erwiderte Gregory, doch als Samuel die Laterne ausblies, lag Gregory auf dem Rücken und stellte sich vor, wie es wäre, neben der Frau zu liegen.

Graces's Wunden waren tiefer als die der Glasscherbe und sie war mehrere Tage lang sehr still. Unaufgefordert putzte sie das Bauernhaus - es hatte es nötig - und begann, für die beiden Männer zu kochen. Morgens machte sie Tee, dann war das Haus dank ihr vom Duft aromatischer Currys und frisch zubereiteter Rotis erfüllt und ausserdem wusch sie ihre Wäsche.

»Es ist an der Zeit, dass du dein Bett zurückbekommst«, sagte sie nach einer Woche zu Gregory.

»Aber wo wirst du dann schlafen?«, fragte er.

»Nun ja, ich finde das Bett eigentlich auch ganz bequem.«

GREGORY, Samuel und Phillips näherten sich dem Morrison-Farmhaus und als er aus seiner Tagträumerei erwachte, zog Gregory an Bullets Zügeln.

Seinen Informationen zufolge lag die Leiche noch im Haus. Die Aussicht, einen Toten zu sehen, beunruhigte Gregory nicht sonderlich, hatte er doch während des Krieges hunderte Leichen gesehen und im Rahmen seiner Tätigkeit als Polizeibeamter auch einige.

Aber heute wäre es wohl anders, denn der Tote war weder ein unschuldiges Mordopfer noch ein Soldat oder Schnupfer, einer der Helfer, der vor seiner Zeit hatte sterben müssen.

In diesem Haus wartete die Leiche eines kürzlich pensionierten Majors der britischen Armee auf ihn. Die eines Mannes, der anderen angeblich Geld angeboten hatte, um seine sündigen Gelüste zu befriedigen und möglicherweise ausserdem gewusst hatte, was mit dem verschwundenen Schwert eines Kaisers geschehen war.

5

KWAZULU-NATAL IN DER GEGENWART

In der offenen, strohgedeckten Küche des in dichter Vegetation hinter den Dünen liegenden Forschungscamps von Bhanga Nek schenkte Adam Krüger Jenny und Thabo Kaffee ein. Eine Grüne Meerkatze, ein kleiner Affe, sprang auf den Tresen, schnappte sich einen Zwieback und huschte davon.

»Frecher kleiner Kerl«, kommentierte Jenny.

Adam lächelte. »Seine Art war zuerst hier, vor uns allen.«

Es war noch früh, nicht einmal sieben Uhr, aber sie standen alle mit der Sonne auf, die in ihre Unterkunft schien, ein Zelt aus Segeltuch auf einem Holzdeck mit einem Strohdach. Der Sturm hatte sich gelegt, der Morgenhimmel war wolkenlos, die Temperatur lag bereits in den mittleren Zwanzigern und kein Hauch eines Windes war zu spüren. Adam trug Badehorts, sein Rip-Curl-T-Shirt und war barfuss und seine Studierenden waren ähnlich gekleidet. In einem Umdoni-Baum irgendwo in der Nähe krähte, wie ein Baby, ein Trompeterhornvogel.

»Sie sind spät dran, Professor«, sagte Thabo, der seine Tasse aus Adams Hand nahm und sich einen Zwieback vom Teller schnappte. Er schaute über die Schulter, wo Adams persönlicher *Bakkie*, der Ford

Ranger Pick-up, weiter weg als sonst geparkt war. Sie wussten alle, dass auf der Ladefläche, in eine Plastikplane eingewickelt, eine Leiche lag.

Adam nickte und sah auf seine Armbanduhr. »Die Polizei sollte in etwa einer Stunde hier sein.«

»Und wie war es mit der Leiche?«, fragte Jenny.

»Es war, wie es war, nicht wirklich schön. Die Haie hatten es auf ihn abgesehen.«

Jenny nickte. »War er schwimmen?«

Adam nippte an seinem Kaffee. Er wollte seine Studenten nicht in das hineinziehen, was er getan hatte, denn damit würden sie zu Mitschuldigen, was bedeutete, dass auch sie von der Polizei befragt werden würden. Er hatte solchen Mist schon einmal durchgemacht und wünschte es niemandem, obwohl es für ihn immerhin etwas Gutes mitgebracht hatte, denn er hatte Sannie auf diese Weise kennengelernt. »Nein, ich vermute eher, dass er von einem Boot gefallen ist.«

Thabo schaute zum Meer, von wo sie die Brandung am Strand hörten. »Mitten in der Nacht da draussen? Fischen sie im Meeresschutzgebiet?«

Adam zuckte mit den Schultern. »Vielleicht. Ich weiss es nicht«, antwortete er, wobei er bei sich dachte: Nein, bestimmt nicht, denn dafür waren die Kleider völlig unpassend und zu gut. Ausserdem war die Hand, nicht nur, weil der Mann im Wasser lag, weich und weder vernarbt noch schwielig, wie die eines Fischers. Was zum Teufel hatte er also da draussen gemacht?

»War es ein Einheimischer?«, wollte Jenny wissen und nahm sich einen Zwieback.

Adam wollte gerade sagen, er denke nicht, als sein Telefon einen Ton von sich gab. Er schaute auf den Bildschirm und las die Whats-App-Nachricht, die hereingekommen war.

»Die Polizisten sind gerade an einen schweren Autounfall gefahren, mit einem Toten und einem Schwerverletzten«, sagte er zu den Studierenden. »Sie kommen ein paar Stunden später. Ausserdem kommt jemand, um die Leiche abzuholen, aber auch das kann noch dauern. Die Polizei gibt mir Bescheid, wenn sie wieder hierher unterwegs sind.«

»Eisch«, bemerkte Thabo kopfschüttelnd.

Adam war nach der nächtlichen Arbeit unruhig und etwas verunsichert, zudem war er neugierig, wie die Leiche angeschwemmt wurde. »Ich fahre eine Weile mit dem Schlauchboot raus«, sagte Adam, und meinte damit das Festrumpf-Schlauchboot, ihr Forschungsschiff.

»Cool«, nickte Jenny, »dann hole ich meine Sachen.«

Thabo schlürfte seinen Kaffee. »Genau, ich auch.«

Adam stellte seine Tasse ab und hob die Hände. »Wartet, immer mit der Ruhe, ihr zwei. Diesmal möchte ich allein rausfahren.«

»Warum?« Er bemerkte Unverständnis in Jennys Augen.

Sollte er sie anlügen? Wenn er ihnen sagte, er wolle nach vor der Küste schwimmenden männlichen Schildkröten Ausschau halten, würden sie zu Recht mitkommen wollen, weil das mit ihren Studien zu tun hatte. Aber er könnte sagen, er wolle einfach etwas Zeit für sich haben - was teilweise stimmte.

»Jemand muss auf die Bullen warten.«

»Sie haben uns doch gerade darüber informiert, dass die noch mindestens zwei Stunden brauchen«, zweifelte Jenny mit zusammengekniffenen Augen über ihren Wangen voller Sommersprossen. »Sie wollen nach Beweisen suchen, nicht wahr, Prof?«

Er war nicht gut darin, Frauen anzulügen und war es noch nie gewesen, also versuchte er es zu vermeiden. Das half ihm ebenso oft, wie es ihn einschränkte. Sannie war Polizistin und ihr konnte man sowieso nichts vormachen, weshalb ihr bestimmt klar war, dass er nicht nur wegen der Uni-Termine immer noch hier war. »Ich bin mir ehrlich gesagt nicht sicher, wonach ich suche.«

»Der Typ vom Strand, glauben Sie, dass er Schiffbruch erlitten hat, Herr Professor?«, erkundigte sich Thabo.

Adam konnte diese Möglichkeit nicht ausschliessen. »Ich weiss es nicht. Ich denke aber, dass es, wenn ein Mann angeschwemmt wurde, noch weitere geben könnte.«

»Oder andere könnten in Schwierigkeiten sein«, spann Jenny den Faden weiter. »Aber dann sollten wir auf jeden Fall mitgehen, weil Sie mehr Augen auf dem Meer brauchen.«

Thabo leert seine Tasse. »Ich bin in fünf Minuten wieder da!«, sagte er zu Adam und dann wandte er sich an Jenny: »Geht nicht ohne mich.«

Sie nickte. »Klar, BHuthi, du kannst dich auf mich verlassen.«

»Aber beeilen Sie sich«, sagte Adam. »Ich will bevor die Polizei kommt, zurück sein.«

Als Thabo gegangen war, streckte Jenny eine Hand aus und legte sie auf Adams Unterarm. Die Geste überraschte ihn und er zuckte beinahe zurück.

»Herr Professor?«

Er sah auf ihre Hand hinunter.

Sie zog sie weg. »Geht es Ihnen gut?«

»Was meinen Sie, Jenny?«

»Entschuldigung. Aber ich schätze, es war wohl nicht leicht für Sie, letzte Nacht. Ich dachte nur, Sie würden eine Nachfrage nach Ihrer geistigen Gesundheit vielleicht schätzen.«

Er begann zu lachen, hörte aber abrupft auf, als er Schmerz in ihren Augen bemerkte. »Oh, tut mir leid, Jenny. Es ist nett, dass Sie fragen.«

Sie verzog den Mund und runzelte die Stirn. »Mein Vater war im Krieg, in Angola, und hatte dort eine schwierige Zeit. Danach ging er eine Zeit lang zu einem Psychiater. Heutzutage sprechen immer mehr Leute über die Auswirkungen des Krieges und von PTBS.« Er lächelte über ihre Besorgnis. »Danke, aber es geht mir gut. Wie geht es den Schildkröteneiern?«, wechselte er das Thema.

»Gut. Thabo und ich haben heute Morgen die Temperatur überprüft und sie ist genau so, wie sie sein sollte.«

»Prima.« Er hatte das Gleiche getan, wollte aber sehen, ob die Studierenden in der Lage waren, ihre Arbeit selbständig zu erledigen.

Ein wenig ausser Atem kehrte Thabo zurück. »So, ich bin bereit.«

Adam trank seinen Kaffee aus und während die beiden Studierenden zum Strand liefen, stieg er in den HiLux des Camps und zog das Boot auf dem Anhänger in den Sand hinaus. Unter Jennys Anleitung schob er das Festrumpf-Forschungsboot rückwärts ins seichte Wasser und die beiden Studierenden koppelten es ab. Bevor er zu den anderen stiess, stellte Adam den Pick-up in den Schatten der Bäume. Zu dritt hoben sie die luftgefüllten Seiten des Bootes an und Adam sprang hinein. Jenny und Thabo standen hüfttief im Wasser und hielten das Boot mit der Nase in die entgegenkommenden Wellen.

»Steigen Sie ein!«

Während Adam den grossen Aussenborder anschmiss, zogen sich die beiden über die Bordwand hoch. Adam hatte das Timing gut gewählt und die Studierenden setzten sich an die Seiten des Bootes. Als sich der Bug über eine Welle aufbäumte und auf der anderen Seite hinunterrollte, hielten sie sich an den Seilen fest. Adam gab Gas und schon bald hatten sie die Brandung hinter sich gelassen und befanden sich auf glasklarem Morgenwasser.

»Wonach suchen wir?«, rief Thabo über das Dröhnen des Aussenborders hinweg.

»Nach allem, was auf dem Wasser treibt«, erklärte Adam. »Schwimmwesten, Müll, vielleicht ein Treibstofftank, ...« 'Leichen' schluckte er hinunter und fragte sich ausserdem, was dieser Ertrunkene vorgehabt hatte und was es mit dem antiken Buch auf sich hatte.

Adam fuhr, den weiten Bogen des Strandes von Bhanga Nek zu seiner Linken und die aufgehende Sonne zu seiner Rechten, nach Norden. Die Studierenden überblickten das Wasser zu beiden Seiten des Schlauchboots. Vor ihnen, etwa dreissig Kilometer entfernt, lag die Küste Mosambiks. Dass die Grenze zwischen Südafrika und seinem Nachbarland ein Transitkorridor für allen möglichen Schmuggel war, war ein offenes Geheimnis. Hier wurden auf dem Seeweg gestohlenen Autos, Drogen, Waffen, illegal abgebautes Gold, Diamanten, Zigaretten vom Schwarzmarkt sowie Menschen angeliefert.

»War der Mann ein Schleichhändler gewesen?«

»Schauen Sie, dort!«

Adam und Jenny drehten sich um und blickten dorthin, wo Thabos ausgestreckter Arm hindeutete. Als er sich an die Leiche erinnerte, spürte Adam einen Adrenalinstoss.

»Da sind Delphine«, erklärte Jenny.

Adam steuerte das Boot näher an die schlanken grauen Gestalten, die das Wasser durchpflügten, denn wenn sie schon hier draussen waren, konnten sie auch Spass haben.

»Es tut mir leid, Professor«, sagte Thabo, der verlegen aussah.

»Das muss es nicht. Es ist gut, eine solche Sichtung zu dritt geniessen zu können, aber wir müssen gleichzeitig arbeiten. Vergessen Sie nicht, nach Schildkröten Ausschau zu halten.«

Sie folgten der Gruppe von zwanzig Delfinen eine Weile und auf der Rückfahrt zum Strand entdeckte Jenny eine nach Luft schnappende Lederrückenschildkröte und zeigte auf sie.

»Gut entdeckt«, lobte Adam und drehte das Lenkrad. »Thabo, Zeit, den Tauchanzug anzuziehen.«

Thabo zog sich bereits die Flossen an, während Jenny ihr T-Shirt abstreifte und sich den Bleigurt umschnallte. Adam behielt die Stelle, bei der er den Kopf der Schildkröte hatte abtauchen sehen, im Auge und stellte den Gashebel auf Leerlauf, um dorthin zu gleiten.

»So schnell Sie können über die Kante«, wies er. die beiden an.

Thabo zog die Maske und den Schnorchel an, zerrte den Gurt fest, legte eine Hand über das Glas, dann liess er sich mit einem Platschen rückwärts ins Wasser fallen. Adam lehnte sich über den Rand des Schlauchboots, suchte nach der Schildkröte und beobachtete Thabo, während Jenny auf der anderen Seite des Bootes ausstieg.

Beim Abtauchen stiess Jenny die Lauft aus ihren Lungen und glitt mit den Flossen mühelos zum Grund. Das Wasser war warm und über ihr strahlte die Morgensonne.

Sie spürte reine Glückseligkeit.

Sie war so stolz, die Schildkröte entdeckt zu haben und suchte sie beim Abtauchen rund um sich. Wenn sie die Schildkröte fand und es ein Männchen war, würden sich alle freuen und der Professor wäre stolz auf sie. Das wäre das Tüpfelchen auf dem i.

Unvermittelt riss eine blitzartige Bewegung Jenny aus ihrer Träumerei. Als sie nach links blickte, sah sie eine ausgewachsene Lederschildkröte an sich vorbeischweben und auf den Meeresboden zusteuern. Sie drehte sich zu ihr, wedelte mit den Flossen und folgte ihr. Der Panzer der Schildkröte war mehr als zwei Meter lang, also musste es sich um ein Männchen handeln. Jenny benötigte Luft, wurde langsamer und schwamm an die Oberfläche.

»Prof!« Sie winkte Adam zu und dieser drehte sich um und sah sie. Jenny hörte das Dröhnen eines Motors, aber es kam nicht von ihrem Boot. »Ich habe sie gefunden. Eine riesige Lederrückenschildkröte, ein Männchen.«

»Gute Arbeit. Schnappen Sie sie sich!«

Sie trat Wasser. »Wirklich?«

»Ja, holen Sie sie, Jen. Es kommt ein weiteres Boot. Ich setze eine Boye und halte das andere Schiff von hier fern, denn wir wollen doch Ihren Lederrücken nicht verlieren, oder?«

Mein Lederrücken, grinste Jenny. »Gut, drücken Sie mir den Daumen.«

Er bedeutete ihr, wegzutauchen, worauf sie tief Luft holte und durch das klare grüne Wasser schwebte. Sie glitt an Thabo vorbei und zeigte ihm einen Daumen hoch. Er würde bald herausfinden, weshalb, und ihr hoffentlich helfen.

Mit den Augen nach Gefahren Ausschau haltend, schwamm sie direkt zum Meeresgrund und suchte nach der Schildkröte. Schliesslich sah sie die grosse ovale Form und den mit Seepocken überzogenen Panzer, der sich dunkel vom helleren Sand unter ihr abhob. Das Tier dümpelte neben etwas, das wie ein Fels oder ein Mini-Riff aussah, herum. Als Jenny weiter nach unten schwamm und sich der Schildkröte näherte, erkannte sie gerade Linien und scharfe Winkel, die nicht natürlich aussahen.

Die Schildkröte schwebte mit ausgestrecktem Kopf im Wasser und schien an etwas zu knabbern oder zu fressen. Als sie besser durch die Dunkelheit der Meerestiefer sehen konnte, verlangsamte Jenny ihre Flossenbewegung. Da unten, auf dem Meeresgrund, war ein Boot.

Sie folgte der Schildkröte, wegen der sie schliesslich in erster Linie hier unten war. Das grosse Männchen war beschäftigt, so dass sie sich ihm von hinten nähern konnte, ohne dass es dies bemerkte. Erst als sie die Schildkröte beinahe anfassen konnte, erkannte Jenny, woran sie knabberte.

ADAM HIELT sich die Hand vor die Augen und sah das Boot auf sich zukommen. Es war ein schwarzes Schlauchboot der Marke Zodiac, dem Forschungsschiff ähnlich, aber ohne Glasfaserrumpf und mit nur einem Aussenborder am Heck, einem siebzig-PS-Motor, wie es schien. Vier Männer waren an Bord und Adam versuchte, den Skipper wegzuwinken, doch das andere Boot fuhr weiter direkt auf ihn zu.

Adam zeigte auf die orangefarbene Boje mit der Flagge, die zehn Meter von ihm entfernt im Wasser schwamm und anzeigte, dass sich unter ihm Taucher befanden. Immerhin schien dies der Skipper des anderen Bootes bemerkt zu haben, denn schliesslich senkte sich die Nase des entgegenkommenden Bootes im Wasser und es wurde langsamer.

»Taucher unter Wasser!«

Der Mann am Steuer gab ihm einen Daumen nach oben. »Morgen.«

»Howzit«, rief Adam als Antwort zurück.

»Gut, danke. Taucht ihr wegen etwas Interessantem?«

Der andere Skipper sprach mit englischem Akzent. Seine Passagiere, alles Männer, schienen in den Dreissigern oder vielleicht Anfang Vierzig zu sein und sahen, wie viele Sporttaucher, fit aus. Zwei von ihnen, darunter der Skipper, trugen Badeshorts, die anderen tarnfarbige Neoprenanzüge, die bis zur Taille hinuntergerollt waren, so dass man die Muskeln ihrer Waschbrettbäuche erkennen konnte. Alle trugen die Haare kurz geschnitten und ihre

Haut war einheitlich gerötet und tätowiert. Touristen, dachte Adam.

»Wir forschen für die Universität von KwaZulu-Natal, im Fachbereich Meeresbiologie«, sagte Adam, als das andere Boot, einen grossen Bogen um die Boje machend, langsam heranglitt.

»Seid ihr die Schildkrötenleute?«, fragte der Engländer, der schwarzes Haar und einen Bart hatte und wie ein umgedrehtes Dreieck gebaut war - breite Schultern, aus denen umfangreiche Bizeps herausstanden und eine schmale Taille.

»Ja, das kann man so sagen.«

»Dann taucht ihr heute nach Schildkröten?«

Adam lächelte. »Immer.« Es war nicht ungewöhnlich, dass andere Taucher oder Touristen ihn und die Studierenden über ihre Arbeit ausfragten und normalerweise war Adam gerne bereit, kurz zu erklären, was sie taten. Aber heute war es anders. »Es tut mir leid, aber ich habe gerade zwei Studierende im Wasser und muss ein Auge auf sie haben.«

»Kein Problem«, gab der Engländer zurück. »Wir werfen auch gern einen Blick darauf.«

Der Ozean war ein öffentlicher Raum und Adam konnte nichts tun, um sie daran zu hindern, zu tauchen, wo sie wollten. Dennoch konnte er keine Schaulustigen brauchen, die ihm in die Quere kamen. »Wir versuchen gerade, ein Schildkrötenmännchen zu fangen und zu markieren. Vielleicht können Sie uns das zuerst machen lassen? Bis dahin können Sie gerne an der Oberfläche schnorcheln und zusehen oder warten, bis wir das Tier an Land bringen«

»Was ist falsch daran, wenn wir tauchen und zusehen?« Der Mann lächelte, während zwei seiner drei Kameraden bereits ihre Neoprenanzüge zu schliessen und ihre Tauchwesten und Flaschen anzuziehen begannen.

»Nichts, ausser dass Sie unsere Arbeit ruinieren könnten. Mit Tauchflaschen nach Schildkröten zu tauchen ist etwa, wie wenn man mit einem Staubsauger auf dem Rücken Vögel beobachten wollte.

Der Lärm und die Luftblasen erschrecken sie, weshalb wir freitauchen.«

Der Captain schien dies zur Kenntnis zu nehmen und wandte sich an die anderen. »Jones, Willis, zurücktreten.«

»Danke«, sagte Adam, als er bemerkte, dass die Männer ihre Schwimmwesten wieder ablegten. »Es wird nicht lange dauern.«

Der Skipper des anderen Bootes zog sein Hemd aus und nahm einen Bleigürtel in die Hand. »Ich mache auch einen Freitauchgang, wenn es Ihnen nichts ausmacht ...«

Adam winkte mit einer Handbewegung. »Seien Sie unser Gast.«

»Danke.« Der Mann zog seine Maske, einen Schnorchel und Flossen an.

In diesem Moment tauchte Jenny auf und schob die Maske vom Gesicht. »Prof!« Sie trat Wasser und drehte sich im Kreis, um sich zu orientieren. Adam erkannte, dass sie gerade das andere Boot bemerkt hatte.

»Wir haben Besuch«, sagte er.

Jenny nickte und Adam kam es vor, als wollte sie ihm unbedingt etwas sagen, habe aber aus irgendeinem Grund beschlossen, dies nicht zu tun. Vielleicht fühlte sie sich unsicher, weil sie ihre Aufregung nicht vor Fremden zeigen wollte. Adam schaute sie an und sah, wie sie nach unten und zur Seite blickte, als ob sie ihn auf etwas unter Wasser hinweisen wolle.

»Brauchen Sie da unten Hilfe?«, fragte Adam.

»Ähm, ja, bitte.«

Thabo tauchte auf. »Ich habe die Schildkröte gesehen, Prof. Sie geht wieder runter.«

»Nein, warten Sie, Thabo. Ich brauche Sie hier oben auf dem Boot. Bereiten Sie alles für die Markierung vor, denn ich gehe mit Jenny.«

»Oh, okay.« Thabo sah ein wenig enttäuscht aus, nahm aber seine Maske ab und hievte sich ohne fremde Hilfe wieder über die Seite des Forschungsboots.

Adam klopfte ihm auf den Arm. »Das. Das wird für Sie interessant zu sehen sein, denn sie an Land zu bringen ist schwieriger als sie zu fangen.«

Adam streifte sich die Maske über, zog Schwimmflossen an und liess sich rückwärts über den Rand des Boots fallen. Im Wasser tauchte er mit den Flossen hinter Jenny, einer geborenen Freitaucherin, die den Abstieg mühelos aussehen liess, her. Adam sah die Schildkröte, die zufrieden auf der Seite schwamm, doch Jenny ignorierte sowohl das Tier wie auch ihn. Er folgte ihr weiter nach unten.

Als Adam den Meeresboden erreichte, erkannte er, was Jenny gefunden hatte. Es war ein gesunkenes Schiff, das wie ein kleines Fischer- oder Sportboot aussah, vielleicht vierundzwanzig Fuss lang, schätzte er, mit einer halben Kabine, in die Jenny gerade hineinschaute.

Adam schwamm hinüber und als er sich ihr näherte, wich Jenny zur Seite. Jetzt sah er, was sie ihm hatte sagen wollen - im Inneren des Schiffs lag die Leiche eines Mannes. Adam sah, dass dessen Gesicht von Meerestieren angefressen worden war, möglicherweise von einer Schildkröte. Der Körper schien halb in der Kabine gefangen und teilweise in einem Netz aus Seilen verheddert zu sein. Jenny blickte ihn an und Adam deutete mit seinem Daumen zur Oberfläche. Jenny nickte.

Als sie aufstiegen, sahen sie den Mann aus dem anderen Boot auf sich zukommen. Adam zeigte zuerst wild auf die Schildkröte, die in der Nähe schwebte, dann deutete er zur Oberfläche. Der Mann blickte nach unten, aber da er seinen Abstieg bereits verlangsamt hatte, blieb ihm nicht genug Luft, um den Grund zu erreichen und so tauchten die drei im Abstand von ein paar Sekunden auf.

Adam zog seinen Schnorchel aus dem Mund. »Ich habe dort unten auf dem Boden noch eine Schildkröte gesehen, aber wir kümmern uns nicht darum.«

»Sonst noch etwas?«, fragte der Mann.

Adam fragte sich, was er meinte. Hätte er sich über ein vermisstes Boot oder Besatzungsmitglieder Sorgen gemacht, hätte er etwas gesagt. »Was zum Beispiel?«

Der Mann im Wasser zuckte zusammen. »Vielleicht Haie, Rochen oder was auch immer?«

Adam schüttelte den Kopf. »Nur die üblichen Verdächtigen, plus die Schildkröte. Wollen Sie uns helfen, sie zu fangen und zu markieren?«

Der Mann sah zu Jenny und zwinkerte ihr zu. «Klar.«

Adam streckte eine Faust aus. »Ich bin Adam.«

»Andy.« Sie stiessen im Wasser ihre Fäuste aneinander.

Adam konnte nicht genau sagen, warum er dem Mann nicht traute. Er hätte ihn bitten können, ihnen zu helfen, zum Wrack zu tauchen und die Leiche zu bergen, aber irgendetwas an den Blicken des Quartetts von fitten Tauchern schien nicht zu passen. Die meisten Taucher, die Adam kannte, wären begeistert gewesen, wenn sie eine ausgewachsene Meeresschildkröte gesehen hätten. Auf die Aussicht, beim Fangen und Markieren einer solchen zu helfen, hätte erst recht für Aufregung gesorgt, doch dieser Mann verhielt sich wie bei einem Routinetauchgang. Ausserdem war es seltsam, dass er, wenn er als Skipper des Bootes gleichzeitig der Tauchführer war, die anderen auf seinem Boot nicht rief, um sie an seiner Entdeckung teilhaben zu lassen.

»Gehen wir, bevor uns das Tier abhaut«, forderte Adam.

Die drei tauchten hintereinander zu der Schildkröte hinunter, die sich nicht bewegte. Adam vermutete, sie schlafe, also umkreiste er das Tier und als er fast bis auf Armlänge herangekommen war, öffnete die Schildkröte die Augen. Adam lächelte. Er liebte es, diesen prähistorischen Kreaturen so nahe zu sein.

Jenny war zusammen mit Andy hinter der Schildkröte geblieben und als die Schildkröte erwachte, tat sie, was Adam gehofft hatte: Das riesige Männchen drehte sich auf die Seite, präsentierte ihm seinen Panzer, während es Jenny den Bauch zuwandte. Adam und Jenny hielten das Reptil zwischen sich fest, während sie sich mit den Flossen an die Oberfläche bewegten. Adam beobachtete, dass Andy einen Blick in die Tiefe warf, doch das Schiffswrack lag zu tief, dass er es aus dieser Entfernung sehen konnte. Andy stieg ebenfalls zur frischen Luft auf.

Beim Boot ergriff Adam die beiden vorderen Flossen der Schildkröte und hob sie nach oben, wo Thabo sich über den Bootsrand lehnte, und auf sie wartete. Thabo ergriff die Flossen und Adam hievte sich eilige ins Boot, so dass er und Thabo sie hochziehen konnten, während Jenny und Andy den Panzer von unten hochschoben.

»Ai, das Ding ist ja verdammt schwer«, stellte Andy fest.

»Ja, vielleicht etwa sechshundertfünfzig Kilogramm«, erklärte Adam. Als er und Thabo die Schildkröte über die Bordwand hievten und auf dessen Boden setzten, grunzte er und fiel halb nach hinten. Thabo half Jenny, ins Boot zu klettern.

Andy schwamm zu seinem Boot, das die anderen Männer am Forschungsschiff befestigt hatten und von wo aus sie zusahen.

»Was macht ihr jetzt damit?«, erkundigte sich Andy, nachdem er wieder an Bord seines Bootes war.

Adam hatte bereits einen batteriebetriebenen Bohrer in der Hand und setzte ihn seitlich des Mittelgrats des Panzers der Schildkröte an. »Bei Lederschildkröten wie dieser bohren wir durch den Panzer und befestigen einen Satellitensender.«

Der Bohrer surrte und Jenny fädelte den Tracker durch das neu gebohrte Loch. »Jetzt decken wir ihn mit etwas Epoxid zu und glätten das Ganze. Damit können wir die Schildkröte so lange verfolgen, wie die Batterie hält, das sind erfahrungsgemäss etwa sechs Monate. Ausserdem nehmen wir, bevor wir sie wieder freilassen, noch einige Blut- und Gewebeproben.«

»Wie lange bleiben Sie hier?«, fragte Andy.

»Etwa eine Stunde«, antwortete Adam. »Sie auch?«

Andy blickte zuerst zu seinen Passagieren, dann auf das Wasser um sie herum. »Nein, ich denke, wir fahren weiter. Vielleicht finden wir eine andere Stelle zum Tauchen.«

Was wohl mit dieser hier nicht stimmte? »Bestimmt, denn schliesslich gibt es hier draussen viel Meer.«

»Ja, genau«, lachte Andy. »Aber in letzter Zeit war das Wetter schlecht.«

Adam beugte sich über die Schildkröte, von deren Panzer Thabo in der Nähe der Stelle, an der sie den Peilsender befestigen wollten, Seepocken wegkratzte. Sie mussten jetzt ihre Arbeit erledigen. »Ja, das stimmt.«

»Ihr sucht doch den Strand nach Schildkröteneiern ab, oder?«, fragte Andy.

Adam hielt den Blick gesenkt. »Ja, das tun wir.«

»Da findet Ihr doch bestimmt alles Mögliche, das angeschwemmt wurde.«

Thabo reichte Adam eine Dose Epoxidharz, mit der sich Adam ausführlicher als notwendig beschäftigte, um nicht aufschauen zu müssen. »Manchmal schon.« Dies war Andys Chance, ihn zu fragen, ob er das Wrack eines Bootes oder die Leiche eines vermissten Freundes entdeckt habe.

»Also, wir lassen euch nun in Ruhe arbeiten«, sagte Andy.

Adam blickte zum Engländer auf. Vielleicht war er paranoid, aber es kam ihm vor, als starre Andy ihn an und versuche, seine Reaktion zu lesen. »Aber vielleicht suchen Sie ja nach etwas, bei dem ich Ihnen helfen kann? Haie oder Schildkröten?«, sagte Adam leichthin.

»Oh, wir tauchen nur so zum Spass.« Andys Lächeln liess zwar seine Zähne blitzen, erreichte aber seine Augen nicht.

»Dann viel Freude«, wünschte Adam und arbeitete weiter.

Einer von Andys Begleitern - Jones, ein Bär von einem Mann - zog die Leine und es sah für Adam aus, als wisse er genau, was er tue. Dabei fiel Adam eine der Tätowierungen auf Jones' Arm auf: Eine gekrönte und beidseitig von Lorbeerkränzen flankierte Weltkugel.

»Viel Glück bei Ihrer Forschung«, wünschte Andy, legte den Rückwärtsgang ein und setzte zurück.

»Danke.«

Nun kümmerte sich Adam um die Schildkröte, denn sie mussten die Zeit, die sie ausserhalb des Wassers war, so kurz wie möglich halten. Jenny sah zu, wie die anderen Taucher wegfuhren, danach kehrte sie zurück und half Adam, das Epoxidharz um den Sender herum zu verteilen und an die Konturen des Panzers anzupassen, damit eine glatte Oberfläche entstand.

Adam sah, dass alle Männer an Bord des sich entfernenden Boots rittlings auf den aufblasbaren Seiten des Bootes sassen und auf den Ozean hinausschauten. Sie bewegten die Köpfe, als hielten sie nach etwas Ausschau.

Sie mochten auf der Suche nach den Flossen von Haien oder Delfinen sein, vielleicht fahndeten sie aber auch nach etwas anderem, wie dem Wrack eines gesunkenen Schiffes. Oder, überlegte Adam, nach fehlender Fracht. Er selbst hatte jedenfalls fürs Erste eine weitere Leiche zu bergen.

6

KWAZULU-NATAL IN DER GEGENWART

Sannie und Marilyn rasten durch die Landschaft von KZN, an den Feldern kommerzieller Farmen mit fetten Rindern vorbei und an Kraals, aus denen zwischen bescheidenen Blech- und Ziegelhäusern Ziegen auf die Strasse liefen.

»Eine Ziege erwischt man nicht so leicht«, sagte Marilyn, als Sannie wieder einmal bremste.

»Das ist beruhigend«, nickte Sannie.

Marilyn lächelte. »Kühe dagegen schon und Esel - nun, mein Vater sagte immer, Esel hätten einen Todeswunsch. Kühe sind dumm und laufen aus Versehen vor ein Auto, während Esel einfach mitten auf der Strasse stehen und darauf warten, überfahren zu werden. Aber eine Ziege ..., nein, Ziegen sind schnell und klug.«

Obwohl Sannie auf einer Farm aufgewachsen war, hatte sie als Kind nur wenig mit Vieh zu tun gehabt und in ihrer erst kurzen Zeit im ländlichen KwaZulu-Natal hatte sie eine Menge lernen müssen.

Marilyn schaute auf ihr Telefon, denn Captain Derick le Roux hatte ihnen auf WhatsApp eine Stecknadel geschickt. »Hier rechts abbiegen.«

Sannie tat wie geheissen und bereits zum zweiten Mal an diesem

Tag fuhren sie eine lange unbefestigte Zufahrt zu einem Bauernhaus hinauf. Diesmal zogen sie ihre Pistolen.

Le Roux's Bakkie war vor dem Haus geparkt. Das Gebäude war einstöckig, der Putz in einem hellen Graublau gestrichen und von einer breiten Stoep umgeben, einer Holzveranda. Der Garten war ein wahrer Farbenrausch.

Derick le Roux kam aus dem Haus, von einer grauhaarigen Frau in Jeans und khakifarbenem Hemd gefolgt, die eine Schrotflinte in ihrem rechten Arm hielt.

»Colonel van Rensburg«, sagte Derick, als Sannie sich näherte, »das ist Lettie Pienaar.«

Sannie begrüsste die Frau auf Afrikaans. »Freut mich. Das ist meine Partnerin, Warrant Officer Msani.«

Die ältere Frau schüttelte beiden die Hand, grüsste Marilyn auf Zulu, fragte dann aber: »Sie sprechen Englisch?«

»Wenn es Ihnen recht ist, Ma'am. Mein Afrikaans ist nicht so lekker, nicht wirklich gut.«

Lettie lächelte knapp. »Gut. Meine Hunde haben zu bellen angefangen«, erklärte sie, als setze sie eine Geschichte fort, die sie begonnen hatte, bevor die Frauen kamen. Wie auf Kommando trotteten ein Jack Russell und ein Rhodesian Ridgeback aus dem Haus. »Sie wissen, dass sie kein Aufhebens machen sollen, ausser wenn es etwas Ernstes ist. Da war ein Mann auf einem der Höfe und hat mein Vieh durch das hintere Tor weggetrieben.« Sie zeigte mit der Spitze ihres Gewehrlaufs dorthin. »Es ist schon das zweite Mal diesen Monat.«

»Dass Ihnen Vieh gestohlen wurde?«, fragte Sannie nach.

Lettie nickte. »Zweifellos. Ich habe noch nicht nachgesehen, aber ich bin sicher, dass die Tiere weg sind.«

»Letties Farm war schon vor drei Wochen betroffen«, erklärte Le Roux.

Sannie zog ihr Notizbuch aus der Gesässtasche ihrer Jeans und begann darin eine neue Seite mit dem Datum, der Uhrzeit und dem Ort. »Wie viele ... Rinder?«

»Ja, Rinder. Brahmanen. Letztes Mal waren es vierundzwanzig

und dieses Mal werden wir es früh genug sehen. Ich nehme an, sie sind inzwischen auf dem Weg nach Lesotho.«

»Lesotho?«, wiederholte Marilyn.

»Das Bergkönigreich ist ein Hauptziel für südafrikanische Tiere«, erklärte Captain Le Roux. »Sie werden dort entweder gegessen, von den örtlichen Landwirten zur Zucht verwendet oder über Südafrika nach Mosambik exportiert. Das ist ein grosses Geschäft.«

»Und wie werden sie von hier aus wegtransportiert?«, fragte Sannie.

»Die Einheimischen treiben sie, manchmal mit Pferden, von hier aus weg«, erklärte Lettie, »dann werden sie in Ruhe irgendwo auf Lastwagen verladen und wenn diese in die Nähe der Grenze zu Lesotho kommen, treiben sie das Vieh über die Grenze. Ach, dieses Land! Unsere Behörden sind hoffnungslos.« Sie warf einen Blick auf Le Roux. »Tut mir leid, Derick, ich weiss, dass du dein Bestes tust, aber wir brauchen weitere Tausend wie dich.«

Le Roux zuckte mit den Schultern und sah zu Sannie. »Was soll ich sagen? Ich brauche Ihnen nicht zu erklären, dass es bei der südafrikanischen Polizei, der SAPS an Geld und Personal mangelt. Ich selbst bin müde, was ja einer der Gründe ist, warum ich nach Neuseeland ziehe.«

Lettie legte ihm eine Hand auf den Arm. »Wir machen dir keine Vorwürfe, Derick. Wir alle wissen, dass du tust, was du kannst. Ich würde dir am liebsten nach Übersee folgen, aber alles, was ich besitze, steckt in dieser Farm. Sie ist alles, was ich habe, seit... Nun, wer möchte eine Tasse Kaffee?«

Sannie hatte noch mehr Fragen, aber Le Roux lächelte Lettie an: »Ja, bitte«, während Sannie und Marilyn höflich ablehnten. Als Lettie, die Hunde im Schlepptau, wieder ins Haus gingt, erklärte Le Roux mit leiser Stimme: »Ihr Mann Johannes wurde letztes Jahr hier umgebracht. Ein Farmer-Mord. Furchtbar für die arme Frau.«

»Du meine Güte«, sagte Sannie und wunderte sich über das Durchhaltevermögen der älteren Witwe, die, abgesehen von ihrem Personal, ganz allein hier draussen lebte.

»Sie ist hart im Nehmen«, sagte Le Roux, ihre Gedanken aussprechend.

»Was ist mit dem Mord?«, fragte Sannie.

Wieder zuckte er mit den Schultern. »Ein noch offener Fall. Es wurden einige Vorräte sowie Schusswaffen gestohlen - ein Jagdgewehr und eine Pistole.«

»Überhaupt keine Hinweise?«

Le Roux schüttelte den Kopf. »Ein Teil der Viehdiebstähle wird von einheimischen Skelms, Schelmen, begangen, die wir früh genug dingfest machen können, aber seit Johannes' Tod, haben wir Schwierigkeiten, so viele Fälle wie früher zu lösen. Ich glaube, es gibt eine professionelle Bande, die durch die Provinzen KwaZulu-Natal und Freistaat zieht und dann denselben Weg wieder zurück. Sie haben Köpfchen, Geld und sie sind gut organisiert. Wir sind sicher, dass sie grosse Fahrzeuge für den Transport der Ware benutzen.

»Diese Verbrecher, die Sie erwähnen«, fragte Marilyn, »woher kommen sie? Aus Lesotho?«

Er schüttelte den Kopf. »Nein, ich glaube nicht, denn wenn dies so wäre, könnten wir ihre Fahrzeuge anhand der lesothischen Kennzeichen leicht aufspüren. Sie scheinen sich jedoch wie Geister zu bewegen. Es ist eine Operation im grossen Stil. Sie handeln nicht mit Dutzenden, sondern mit Hunderten oder vielleicht Tausenden von Rindern jährlich. Die Verluste können wir nicht genau beziffern, sprechen aber allein in diesem Jahr von einem Wert von vielleicht drei Millionen Rand.«

»Ich verstehe.« Sannies Telefon vibrierte in ihrer Tasche und als sie es herausnahm, sah sie, dass Adam sie sprechen wollte. Sie lehnte den Anruf ab.

»Müssen Sie rangehen, Sannie?«, fragte Le Roux.

»Das erledige ich später. Sie sagten, diese Diebesbande operiert in der Provinz Freistaat Was glauben Sie, wie weit ist sie verbreitet?«

Er nickte. »Von hier aus mindestens bis nach Clarens. Sie kennen die Gegend - den 'Green Highway'.«

»Ja«, nickte Sannie, die den Begriff schon gehört hatte. »Die

Hauptschmuggelroute für in Lesotho angebautes Marihuana führt über die Grenze und über die Stadt Clarens nach Südafrika.«

»Genau, und wenn man den Geschichten, die man so hört, Glauben schenkt, ausserdem Diamanten«, erklärte Le Roux, »von denen es heisst, sie stammten aus der Demokratischen Republik Kongo.«

Sannie hatte auch Gerüchte gehört, dass dort illegal geförderte Konflikt- oder 'Blut-Diamanten' gewaschen und danach über andere Diamanten produzierende Länder auf den Weltmarkt gebracht würden. Mord, Drogen, Diamanten, Viehdiebstahl - es schien, als sei sie in einer Brutstätte des organisierten Verbrechens gelandet und nicht im verschlafenen Dorf, das sie erwartet hatte.

Lettie kam mit einer Tasse Kaffee für Le Roux wieder nach draussen. »Sind Sie sicher, meine Damen, dass Sie keinen wollen?«, fragte sie Sannie und Marilyn, die erneut ablehnten.

»Wie schnell können Sie herausfinden, wie viele Rinder fehlen?«, fragte Sannie die ältere Frau.

»Mein Manager, Desmond Sibisi, ist gerade unterwegs und führt eine Zählung durch. Ich denke, er sollte in einer halben Stunde wieder hier sein. Er sucht auch nach Spuren und Lücken in den Zäunen.«

»Haben Sie Ihre Schusswaffe benutzt?«, fragte Sannie.

Lettie, die etwa dreissig Zentimeter kleiner war als Sannie und zwanzig oder mehr Jahre älter, reagierte harsch. »Ja, habe ich. Und werde dies das nächste Mal, wenn jemand uneingeladen mein Grundstück betritt, auch wieder tun.«

Sannie hielt nichts von Selbstjustiz, wusste jetzt aber, was auf dieser Farm geschehen war und nickte. »Ich nehme an, Sie haben eine Lizenz für das Gewehr.«

»Selbstverständlich. Und für meine Pistole auch. Ausserdem kann ich mit beiden gut umgehen.«

Daran zweifelte Sannie nicht. »War der Mann, den sie auf Ihrem Hof gesehen haben, bewaffnet?«

Die Farmerin zögerte einen kurzen Augenblick, dann antwortete sie. »Ja, natürlich.«

Sannie schrieb etwas in ihr Notizbuch. »Können Sie die Waffe beschreiben?«

»Eine Pistole. Neun Millimeter, würde ich sagen.«

»Wo standen Sie, und wie weit war der Eindringling von Ihnen entfernt?«

»Ich war auf meiner Veranda und er ... Sie blickte auf die Felder hinaus und zeigte in die Richtung. »Dort drüben am Grenzzaun.«

»Innerhalb oder ausserhalb des Zauns?« Sannie schätzte, der Zaun sei vielleicht siebzig Meter von der Holzveranda, der Stoep, entfernt, was für ein Gewehr oder eine Pistole eine grosse Distanz war.

»Ich wollte kein Risiko eingehen«, erklärte Lettie. »Er hat auf mich geschossen und ich habe ihm beide Läufe gegeben.«

»Haben Sie den Einschlag der Kugel gesehen?«, fragte Sannie, obwohl sie die Antwort kannte.

Lettie schüttelte den Kopf. »Nein. Sie pfiff vorbei.«

»Wo auf der *Stoep* haben Sie gestanden?«

»Bei der Vordertür.«

Sannie betrachtete die breite Fassade des Bauernhauses. »Und er hat das Haus nicht getroffen?«

Lettie schaute zu Le Roux, der den Kopf ein wenig schief legte.

»Wenn er ein schlechter Schütze war, ist das nicht meine Schuld«, sagte Lettie.

Sannie machte sich eine Notiz. »Haben Sie ihn erwischt?«

»Nein. Ich habe über seinen Kopf hinweg geschossen. Es war ein Warnschuss.«

Die Lügen sprudelten nur so aus ihr heraus. »Obwohl er auf Sie geschossen hatte, haben Sie über ihn weg gezielt?«, fragte Sannie, der es keine Freude machte, die ältere Frau auszuquetschen.

»Ja, nun, ich merkte schon, dass ich ihn erschreckte.«

»Ich verstehe.« In Sannie stiegen die Erinnerungen an ihre Zeit in Hazyview auf. Sie und Tom lebten damals auf der Bananenfarm und als eines nachts ein Mann kam, der sie und ihre Kinder hatte umbringen wollen, hatte dieser die Farm nicht lebend verlassen. »Können Sie ihn beschreiben?«

Lettie holte tief Luft und dachte einen Moment nach. »Mittelgross. Dunkle Kleidung ..., schwarze Hose, langärmeliges dunkelgraues Oberteil, Mütze, Handschuhe und eine Skimaske.«

»Ein bisschen zu warm für dieses Wetter«, mischte sich Marilyn ein.

Fast schon komisch, überlegte Sannie, denn es klang wie eine Parodie auf einen Einbrecher. Oder war das schon wieder eine Lüge?

»Aber Sie haben die Person nicht erkannt, weder von der Statur noch von der Grösse her?«, kam Sannies nächste Frage.

Lettie schüttelte den Kopf. »Nein. Überhaupt nicht.«

Irgendetwas war hier im Gange. Sannie schloss ihr Notizbuch. »Danke, Frau Pienaar. Wir bleiben in Kontakt.«

»War's das?«

»Ja«, bestätigte Sannie. »Es sei denn, Sie hätten noch etwas hinzuzufügen und für diesen Fall gibt Ihnen Marilyn ihre Telefonnummer.«

Warrant Officer Msani schrieb ihre Nummer auf eine Seite ihres Notizbuchs, riss es heraus und gab es Lettie.

»Baie dankie«, sagte Lettie, »vielen Dank.« Marilyn nickte.

»Sobald ich von Desmond erfahre, wie viele Tiere gestohlen wurden, melde ich mich per WhatsApp bei Ihnen. Das muss ich auf jeden Fall für die Versicherung, um den Anspruch geltend zu machen.«

Sannie hatte sich bereits auf den Weg zu ihrem Auto gemacht, blieb aber stehen, als sie das hörte. »Eine Versicherung für Kühe?«

Le Roux lachte leise. »Tja, in diesem Land gibt es für alles eine Versicherung, Colonel, denn wie Sie wissen, wird alles gestohlen. Wenn wir hier fertig sind, ist es wohl an der Zeit, dass ich Ihnen Ihr neues Büro übergebe, Sannie.«

Sie gingen auf den Hof hinaus zu ihren Fahrzeugen.

»Wahrscheinlich.« Sannie öffnete die Beifahrertür ihres Fortuners und sagte zu Marilyn: »Bitte fahr du, denn ich muss einen Anruf erledigen.«

. . .

ADAM DRÜCKTE den Gashebel des Bootes voll nach vorne und ritt gegen eine brechende Welle an. Die Kombination vom Schub des Aussenborders und der Dünung des Ozeans liess das Festrumpfschlauchoot den Strand hinaufrutschen, bis es einige Meter ausserhalb des Wassers leicht zur Seite gekippt liegen blieb.

Thabo hievte sich zuerst über die Bordwand, machte ein paar Schritte am Strand und würgte. Er hatte sich, seit sie den Toten an Bord gezogen hatten, bereits zweimal übergeben. Jenny starrte mit blassem Gesicht auf die Leiche hinunter.

Adams Handy vibrierte in der wasserdichten Tasche um seinen Hals und er zog es heraus. Es war seltsam, dass er auf dem offenen Wasser, als er Sannie anrufen wollte, Telefonempfang hatte und dieser hielt offensichtlich immer noch an.

»Howzit?«, fragte er Sannie.

»Gut, und dir?«

Er rutschte über den Rand des aufgeblasenen Bootes, entfernte sich ein Stück von den anderen und fuhr sich mit der freien Hand durch das feuchte Haar. »Lekker, gut. Na ja, um ehrlich zu sein, nicht ganz so lekker.«

»Bei mir ist's ähnlich. Heute Morgen ist viel los.«

In ihrer Stimme lag eine gezwungene Förmlichkeit, aber die hatte er sich selbst zuzuschreiben. »Bist du allein?«

»Ich bin im Auto, mit Marilyn.«

»Sawubona, Marilyn.«

Die junge Offizierin antwortete auf Zulu und fragte ihn, ob es ihm gut gehe, worauf er ihr antwortete, er sei müde und nass.

»Dann kommen Sie nach Hause zu Ihrer Frau, sie vermisst Sie«, sagte Marilyn in isiZulu. Adam erlaubte sich ein trauriges Lächeln. Er wusste ebenso gut wie Marilyn, dass Sannie so gut wie kein isiZulu sprach.

»Wenn ich Ihre Hilfe als Beziehungsberaterin brauche, werde ich Sie darum bitten, Schwester«, antwortete Adam in der Sprache der Zulu, »aber danke für den Tipp.«

»Worüber redet ihr beide?«, warf Sannie ein.

»Über das Wetter.« Gab Marilyn lachend zurück.

»Okay, vielleicht kann einer von euch später den Wetterwitz mit mir teilen. Adam ist bei dir alles in Ordnung?«

Er seufzte laut und schaute zum Boot hinüber. Jenny stand nun neben Thabo und rieb ihm den Rücken. Er hatte gehofft, ihnen das zu ersparen. »Nein, nicht wirklich. Das Meer hat uns hier in den letzten vierundzwanzig Stunden zwei Leichen aufgetischt.«

»Oh, mein Gott«, sagte Sannie. »Ertrunkene?«

»Sieht so aus. Einer wurde letzte Nacht an den Strand gespült und den anderen haben wir gerade in einem gesunkenen Boot gefunden.«

»Ist die örtliche Polizei schon vor Ort?«

»Ich warte immer noch, denn Bhanga Nek ist weit weg von allem. Sie wollten eigentlich schon am Morgen kommen, aber sie haben mich angerufen und gesagt, sie würden wegen eines Verkehrsunfalls aufgehalten.« Adam blickte den Strand hinunter zum Forschungshauptquartier an der Südspitze. »Aber jetzt sehe ich einen weissen Lieferwagen. Das könnte der Gerichtsmediziner, oder der Leichenbeschauer oder was auch immer sein. Die Polizei sagte, jemand anderes werde die Leiche abholen. Kannst du mir irgendeinen Rat geben, was ich tun soll?«

»Adam, führe einfach keine eigenen Ermittlungen durch. Kannst du die Orte, an denen du die Leichen gefunden hast, sichern, bis die Polizei kommt?«

Er ging zum Boot und zu seinen Studierenden zurück. »Der erste war ein Mann, der letzte Nacht an den Strand gespült wurde. Ich konnte ihn nicht über Nacht dort liegen lassen und der zweite Fundort liegt auf dem Grund des Indischen Ozeans, etwa fünfhundert Meter vor der Küste. Letzte Nacht gab es einen heftigen Sturm, bei dem das Schiff dort untergegangen sein könnte, aber der zweite Mann, den wir gefunden haben, war im Wrack gefangen, in einem Netz. Beide Männer sehen wie Ausländer, vielleicht aus dem Nahen Osten, aus, und aus ihrer Kleidung und den Sachen an Bord geht hervor, dass sie keine Fischer sind. Ich denke eher an Schmuggler. Vielleicht finde ich, wenn wir uns noch einmal umsehen, heraus, mit was für Ware sie handeln wollten. Ich habe ein antikes Buch gefunden.«

»Die örtliche Polizei wird das alles untersuchen müssen. Du hast gesagt, 'wir haben' den Mann gefunden?«

»Jenny hat die zweite Leiche gefunden, als wir ein Schildkrötenmännchen gefangen haben.«

Es gab eine Pause. »Nun, dann kommst du wohl nicht so bald nach Hause.«

»Nein.« Er spürte, wie sich eine Mauer aus Abwehr bildete. »Wir haben den gestrigen Abend damit verbracht, etwa hundert Eier vor einer Flutwelle zu retten und eine Leiche zu bergen.«

Vor dem Anruf hatte er sich darauf gefreut, ihre Stimme zu hören, aber jetzt fühlte er sich, als müsse er sich verteidigen.

»Adam, ich bin einfach nur müde. Ich wollte nicht ...«

»Ich sollte jetzt gehen«, sagte er.

Es folgte eine weitere Pause. »Denk daran, die Taschen der Toten zu durchsuchen. Notiere dir die Wertsachen oder Schmuck und ihre Ausweise, falls sie welche haben. So etwas kann verloren gehen, könnte aber später für die Ermittler wichtig sein.«

»Okay.«

»Adam?«

»Ja?«

»Wie stabil ist das Wrack des Schiffs?«

Er rieb sich den stoppeligen Kiefer. »Es kommt noch mehr schlechtes Wetter auf uns zu und die See ist rau. Ausserdem ist es kein Schlachtschiff, sondern ein kleines Boot, eins zum Fischen oder einfach für Vergnügungsfahrten.«

»Vielleicht kannst du es dir noch einmal ansehen, denn wer weiss, wie lange unsere Leute brauchen, um Polizeitaucher zu dir zu schicken. Das wäre bestimmt eine grosse Hilfe.«

»Sicher.« Er versuchte, ihr noch etwas anderes zu sagen, um sie in der Leitung zu behalten, aber sie klang angespannt und beschäftigt.

»Adam ...«

»Ja?« Er versuchte, den Hauch von Hoffnung in seiner Stimme zu unterdrücken. Es war seine Schuld, dass sie getrennt waren, obwohl er sich nicht vorwerfen konnte, etwas falsch gemacht zu haben, indem er noch eine Weile in Bhanga Nek blieb. Sannie hatte deutlich gemacht, dass sie nicht glücklich darüber war, aber nun war sie selbst mitten in eine neue Aufgabe gerutscht und schien in KwaZulu-Natal ziemlich beschäftigt zu sein.

»Ich ... Also, pass auf dich auf und achte auf deine Sicherheit. Du kannst nach Beweisen suchen, aber mach keine Dummheiten.«

Er hatte gedacht, sie sage ihm, dass sie ihn vermisse, aber nun liess es sein Stolz nicht zu, ihr dies zu sagen. »Du auch. Pass auf dich auf und lass dich nicht von einer Kuh überrennen.«

»Was?«

Er lächelte. »Google mal, dann siehst du, dass jedes Jahr mehr Menschen von Kühen als von Haien getötet werden.«

»Ich muss los. Tschüss.«

Sannie beendete das Gespräch und Adam ging den Strand entlang zurück zu ihrem Boot. Thabo stand aufrecht, was eine Verbesserung darstellte. »Wie geht es Ihnen, mein Freund?«

Thabo schluckte heftig, nickte und lächelte, vielleicht wegen der freundlichen Anrede. »Ähm, ich bin okay, Prof. Es tut mir leid.«

»Das ist nicht nötig. Ihre Reaktion zeigt, dass Sie ein Mensch sind.«

Jenny stemmte die Hände in die Hüften. »Und was bin ich, Professor, ein Roboter?«

Er lächelte sie an. »Nein, Sie sind ein Fisch. Vielleicht sollten wir noch einmal zum Wrack tauchen und uns dort umsehen.«

Thabo hustete, verzog das Gesicht, sagte aber tapfer. »Okay.«

»Nein, Thabo, ich möchte, dass Sie nach den Schildkröteneiern sehen, denn diese haben im Moment oberste Priorität. Ich brauche Temperaturkontrollen und alles.« Adam wusste, dass die Rückkehr zum Boot bei Thabo noch mehr auslösen könnte. Er hatte in seiner Zeit bei der Armee alle möglichen Reaktionen auf den Tod gesehen, von Abscheu über körperliche Übelkeit bis hin zu gelegentlicher Grausamkeit. Am schwersten war es für die Denker, die Sensiblen, wie Thabo einer war. Auch für Adam selbst war es schwierig gewesen.

»Ja, Herr Professor«, gab Thabo zurück.

»Und ich hole den Polaris«, schlug Jenny vor.

Adam wollte ihr gerade sagen, sie solle Thabo helfen, aber sie hatte dem Tod ins Gesicht gesehen und die Leiche in den Armen gehalten, als die beiden sie ins Boot gehievt hatten. Es gab genauso wenig Anzeichen dafür, dass Thabos Gene oder seine Erziehung - er war der Sohn eines wohlhabenden Arztes und einer Bankerin aus dem vornehmen Sandton in Johannesburg - ihn leichter mit einem Trauma fertig werden liessen, wie darauf, dass Jenny, die Tochter eines Johannesburger Goldgräbers, weniger anfällig für Traumata wäre.

»In Ordnung«, sagte er zu ihr.

Die beiden Studierenden machten sich auf den Weg zum Strand und Adam kletterte wieder ins Boot.

Wie der Körper des Mannes, der an Land gespült worden war, war auch der zweite Tote weder schwarz noch weiss. Adam vermutete, sie stammten vielleicht aus dem Nahen Osten, wofür auch das antike Buch ein Anhaltspunkt sein konnte. Der Mann, der vor ihm lag, kam vielleicht aus demselben Teil der Welt wie der erste Tote, aber er war anders.

Sein Hemd war grösstenteils aufgeknöpft und Adam sah tief unten auf dem Oberkörper eine alte, runde und faltige Narbe. Er wusste, dass es sich dabei um ein Einschussloch handelte, das aber schon ziemlich alt war. Auf den Armen des Mannes befanden sich ebenfalls Tätowierungen, aber weil dieser Mann älter war als der andere, vielleicht in den Fünfzigern, waren sie verblasst und sahen verschwommen aus. Adam hob einen Arm der Leiche an und untersuchte dessen Unterseite. Dort war ein Gewehr tätowiert, eine AK-47, sowie eine Art Wappen oder Abzeichen. Er zückte sein Handy und machte ein Foto davon.

Er fotografierte auch den goldenen Ehering an der linken Hand des Mannes und eine klobige Goldkette. An seinem Handgelenk prangte eine schwere Uhr aus Weissgold und als er diese heranzoomte, stiess Adam einen leisen Pfiff aus. Es war eine Rolex. Adam kannte sich zu wenig gut mit Uhren aus, um zu wissen, ob sie echt oder gefälscht war, aber der Mann trug eine edel aussehende Markenhose und ein ebensolches Polohemd sowie braune Yachtschuhe.

Adam untersuchte die Taschen des Mannes und fand darin eine Brieftasche ohne Kreditkarten, aber mit einem durchnässten Bündel von US-Dollars. Er machte eine Aufnahme von dem Fächer mit fünf durchnässten grünen Hundertdollarscheinen, zwei Fünfzigern und drei Zwanzigern.

»Was hast du da draussen gemacht, Bru?«, fragte Adam den Toten laut.

Er wollte gerade aus dem Boot steigen, als er zuunterst am Hosenbein des Mannes, direkt über dem Schuh, eine Ausbuchtung bemerkte. Er bückte sich und zog den Saum der Chinohose hoch. Dort, knapp über dem Knöchel, war ein Holster mit einer Pistole befestigt. Er sah sich auf dem Boot um, hob sein T-Shirt auf, legte es über seine Finger und zog die Waffe damit heraus. Es war eine Makarow aus russischer Produktion. Adam wickelte die Pistole in sein T-Shirt, denn er hielt es für besser, sie irgendwo zu sichern und der Polizei zu übergeben, wenn diese eintraf, als sie bei der Leiche zu lassen.

Adam schaute den Strand hinauf, nach Norden, in Richtung Mosambik. Die Grenze war nahe und mit dem Boot war es nur ein Katzensprung die Küste hinunter. Adam war immer sicherer, dass diese beiden Männer nichts Gutes im Schilde geführt hatten. Er bezweifelte, dass sie Touristen oder Fischer waren, weil keiner von beiden entsprechend gekleidet war.

Schmuggler.

Adam dachte über das antike Buch - den Koran oder was auch immer es war - nach, das derzeit in seinem Zelt lag. Er fragte sich, ob es nach Südafrika hinein oder von hier heraus hätte gebracht werden sollen. Er vermutete Ersteres. Aber wer wollte es und aus welchem Grund? Des Geldes wegen, vermutete er. Die Landgrenze zu Mosambik bestand grösstenteils aus Buschland und war sehr durchlässig. Es war bekannt, dass in beide Richtungen illegale Waren transportiert wurden, aber warum waren diese Typen mit dem Boot gekommen? Adam war sich bewusst, dass viel Schmuggelware auf dem Seeweg transportiert wurde, aber warum ein historisches Buch? Der kunstvoll verzierte Text musste wertvoll sein, aber das Paket war nicht sehr gross, also wäre es sicher genauso einfach gewesen, es an Land über einen Grenzposten zu schmuggeln. Adam wusste, dass Touristen und Einheimische, die sich weiter nördlich von Bhanga Nek in der Nähe der Kosi-Bucht aufhielten, manchmal illegal am Strand entlang hinauf spazierten, um in den Bars von Ponta do Ouro mosambikanische Peri-Peri-Garnelen und 2M-Lagerbier zu geniessen. Die Grenzbehörden fühlten sich dadurch kaum dazu veranlasst, mit der Wimper zu zucken. Warum also sollte jemand eine nächtliche Überfahrt bei rauer See riskieren, um etwas so Kleines über den Ozean zu transportieren?

Möglicherweise gab es auf dem Boot noch mehr.

Weil Adam und Jenny damit beschäftigt gewesen waren, die Leiche aus dem Netz zu befreien und an die Oberfläche zu bringen, hatten sie nur einen kurzen Blick auf das gesunkene Boot geworfen. Nun wurde es Zeit, dass sie noch einmal rausfuhren.

Er hörte das Brummen des Polaris und sah Jenny über den harten, nassen Sand entlang der Wasserlinie rasen. Sie fuhr dicht an ihn heran.

»Wie geht es Thabo?«, erkundigte sich Adam.

»Er spielt lieber die Glucke für Schildkröteneier, als Leichen aufzusammeln.«

Adam nickte. »Ich mache ihm keinen Vorwurf. Sind Sie sicher, dass es für Sie okay ist?«

»Seltsamerweise, ja. In der Schule mochte ich Biologie immer, was mit ein Grund dafür ist, dass ich einen naturwissenschaftlichen Studiengang gewählt habe. Ich hatte nie Schwierigkeiten, wenn etwas seziert werden musste. Wie ich mich fühlen würde, wenn ich einen toten menschlichen Körper sähe, wusste ich allerdings bis anhin nicht.«

»Und wie fühlen Sie sich?«, fragte er.

»Ich finde es traurig für ihn, bin aber gleichzeitig neugierig. Ich meine, anstatt dass es mir übel ist wie Thabo, möchte ich wissen, was mit dem Mann passiert ist. Es ist, als wolle ich ihm helfen. Klingt das seltsam?«

Adam schüttelte den Kopf. »Nein.« Er erinnerte sich an das erste Mal, als er einen Toten gesehen hatte - es war ein Kamerad, ein Freund gewesen. Er schloss die Augen.

»Sind Sie in Ordnung, Herr Professor?«

Er holte tief Luft. »Ja, ja, Jenny, danke für die Nachfrage, es ist alles gut, aber so etwas ist nie einfach.« Er deutete auf das Boot. »Ich habe ihn durchsucht. Er hatte eine Waffe bei sich.«

»Ernsthaft?« Sie sah aufgeregt aus.

Adam hörte in der Ferne das Dröhnen eines Aussenbordmotors und schaute aufs Meer hinaus. Er machte die niedrige Silhouette des Zodiacs mit Andy, dem Mann, dem sie zuvor begegnet waren, sowie seinen drei stämmigen Kameraden an Bord, aus, die auf das Ufer zurasten.

7

NATAL, 1880

Er roch den Tod, bevor er das Gebäude erreichte.

Peter Gregory stieg vor dem Bauernhaus ab. Es war ein bescheidenes Gebäude aus mit weiss getünchtem Mist verputzten Lehmziegeln und einem Strohdach. Aus einem nahe gelegenen Kraal hörte er einige hungrige Kühe brüllen, die möglicherweise gemolken werden wollten. Vieh war allerdings nicht Peters Stärke.

Samuel und Phillips folgten ihm zu Fuss. Gregory hörte das Summen der Fliegen, bevor er die Tür öffnete und holte tief Luft, bevor er hineinging.

Der Tote lag auf dem Rücken in der Mitte des Raumes. Dieser war Gregorys Zuhause, wenn man seine Hütte als solches bezeichnen konnte, ziemlich ähnlich. Allerdings war dieses Haus, verglichen mit Gregorys Behausung, die seit Grace dort wohnte, viel gemütlicher aussah, schmutzig. Gavin Phillips drehte sich an der Tür auf dem Absatz um, rannte auf den Hof hinaus und erbrach dort sein Frühstück in einem Schwall. Gregory wusste nicht, ob der Geruch oder der Anblick eines Mannes, der von der Leiste bis zum Brustbein aufgeschlitzt war, den Jungen mehr durcheinandergebracht hatte.

Samuel schaute über Gregroys Schulter. »Das hat ganz bestimmt kein Zulu getan.«

»Woher weisst du das?«, fragte Gregory.

»Er hat seine Jacke noch an. Einer von uns hätte sie mitgenommen.«

Gregory, der durch den Mund atmete, nickte langsam. Er erinnerte sich an das Feld mit den Leichen, die alle, genau wie diese hier, geöffnet worden, jedoch von der Taille aufwärts nackt gewesen waren.

Samuel ging um ihn herum und beugte sich, die Hände auf seine Knie gelegt, nach vorn. »Ausserdem liegt sein Gewehr noch hier. Das hätte einer unserer Krieger mitgenommen.«

Peter fand es interessant, dass Samuel das Wort ‘unserer’ verwendete. Obwohl er aus seiner königlichen Heimat verstossen worden war, betrachtete er die Zulu immer noch als sein Volk. Ob der französische Kronprinz die Bürger Frankreichs auch immer noch als seine Untertanen betrachtet hatte? Wahrscheinlich schon. Das war der Grund, warum Kriege geführt wurden und die Eingeweide von Männern auf Schlachtfeldern verstreut liegen blieben.

Gregory blickte sich um und sah einen hölzernen Esstisch mit einem Stuhl, auf dem ein schmutziger Teller und eine Schüssel standen. Ameisen kletterten auf dem Geschirr herum und suchten nach Resten. Gregory griff nach unten und hob eine der ausgestreckten Hände des Mannes auf. Seine Finger waren steif. »Er ist schon eine Weile tot, sicher ein paar Tage.«

»Kennen wir seinen Namen?«, fragte Samuel.

»Morrison. Er war Major im Ruhestand, früher bei den 17. Lancers«, erklärte Gregory.

»Er sieht für mich nicht sehr alt aus«, stellte Samuel fest.

Gregory ging zu einem Bücherregal aus grob behauenem Holz. »Laut Grace und dem, was ich in der ‘roten Laterne’ mitbekommen habe, hatte Major Morrison einige perverse fleischliche Schwächen. Jedenfalls bewies er kaum das Verhalten, das man von einem Offizier und Gentleman erwarten würde. Und wenn man sich den Zustand dieses Ortes ansieht«, Gregory deutete auf zwei leere Gin-Flaschen auf dem Boden, »scheint er mit seinem Lebenswandel wirklich tief gefallen zu sein.«

Gregory zog ein Buch aus dem Regal, einen Band von Dickens, zwischen dessen Seiten sich Karten- und Papierstücke befanden. Er schlug das Buch auf. »Was haben wir denn da?«

Er zog ein halbes Dutzend Postkarten mit Lithografien und Zeichnungen nackter Frauen und Mädchen in anzüglichen Posen heraus, sowie eine von zwei jungen Männern in arabischer Kleidung, oder besser gesagt, praktisch unbekleidet. Als er das Buch zuklappen wollte, fiel ihm weiter hinten ein Blatt Papier auf, das er herausnahm, auseinanderfaltete und zu lesen begann.

HAROLD,

MIT GROSSER TRAURIGKEIT haben deine Mutter und ich von deinem 'Austritt' aus dem Dienst erfahren. Wir haben inständig gehofft, die Zeit in der Armee heile dich von deinen perversen und abscheulichen Neigungen. Bei gewissen Sünden kann man ein Auge zudrücken, aber nicht bei der Art von Verhalten, das du an den Tag gelegt hast. Ich habe deinem befehlshabenden Offizier, den ich noch aus meiner Zeit beim Militär kannte, geschrieben. Wenn man in seiner Antwort zwischen den Zeilen liest, macht es den Anschein, dass deine Zeit in den wärmeren Gefilden der Kolonien deine ungesunden Leidenschaften erst recht entfacht hat. Ich verstehe zwar, dass du jetzt mittellos bist, muss dir aber mitteilen, dass deine Mutter und ich beschlossen haben, deine Bitte um Geldüberweisungen abzulehnen. Es ist an der Zeit, dass du dich wie ein ehrlicher und moralisch anständiger christlicher Gentleman zu verhalten lernst, und wir glauben nicht, dass eine Überweisung von Almosen dies fördert. Du hast Schande und Entehrung über unsere Familie gebracht. Es hat sich bereits in Whitechapel herumgesprochen, dass du 'zurückgetreten' bist, und es kursieren Gerüchte darüber, dass Feigheit und moralische Verwerflichkeit damit verbunden seien. Du bist in London nicht willkommen.

Dein Vater.

· · ·

OFFENSICHTLICH WAR Morrisons Rücktritt also erzwungen worden. Gregory überprüfte das Datum auf dem Brief und las daraus, dass er vor sechs Monaten geschrieben worden war. Dem Zustand des Hauses nach zu urteilen, in dem Morrison lebte und nach den verbliebenen fadenscheinigen und schmutzigen Kleidungsstücken an seinem Körper, hatte der ehemalige Major als armer Landbewohner ein Leben am Rande des Existenzminimums geführt.

Und war schliesslich ermordet worden.

Phillips erschien an der Tür, wischte sich den Mund ab und blickte zu den rauchverschmierten Sparren und dem geschwärzten Gras auf dem Dach hinauf. »Abtrünnige Zulu, nehme ich an?«

»Nein«, widersprach Gregory. »Samuel?«

»Ja, Peter?«

Gregory bemerkte, dass Phillips über Samuels Vertrautheit die Stirn runzelte, aber das störte ihn nicht. »Ich möchte, dass Sie und Sergeant Phillips diesen Ort sorgfältig durchsuchen. Stellen Sie alles auf den Kopf.«

»Wonach suchen wir, Sir?«, wollte Phillips wissen.

Gregory sah sich im Zimmer um. »Ich weiss es nicht«, gab er zurück, schob den Dickens-Band wieder ins Regal und wählte den nächsten Wälzer, ein in Leder gebundenes Notizbuch. Als er es öffnete, sah er, dass es ein Tagebuch war. Das war gut. Er hielt es nahe an sich heran.

»Sir?«, fragte Phillips, der verblüfft zuschaute.

Samuel lächelte Phillips an. »Das ist seine Art, denn der Captain will, dass wir nicht nur mit den Augen sehen.«

»Womit denn sonst, Mann?«, richtete Gavin Phillips seine Verzweiflung gegen den Zulu.

»Mit unserem Verstand«, erklärte Samuel, »so dass wir alles finden, was hier ist - und womöglich auch das, was nicht hier ist.«

Gregory nickte zustimmend. »Genau.« Als Phillips mit ratlosen Blick verharrte, gab Gregory ihm einige Hinweise. »Mordwaffe, Beweise für Diebstahl, Beweise für andere Verbrechen. Hinweise auf den Geisteszustand, die soziale Stellung und die Mittel des Toten. Wie Samuel sagte, benutzen Sie Ihren Verstand.«

»Jawohl, Sir.«

Gregory ging nach draussen an die frische Luft und atmete tief ein. Er brauchte einen Moment, um sich zu beruhigen. Der süssliche Geruch der Verwesung versetzte ihn in die Vergangenheit, in die Zeit vor mehr als einem Jahr. Er hatte ein Ziel, mahnte er sich: Herauszufinden, wer den nicht ganz unschuldigen Major Morrison getötet hatte, und gleichzeitig in Erfahrung zu bringen, was der Tote über den Verbleib des verschwundenen Schwertes gewusst haben könnte.

Während er in Richtung des Viehstalls ging, schlug Peter Gregory das Tagebuch auf und begann darin zu blättern. Die Einträge begannen Ende 1878, als Morrison anscheinend zu seiner Reise von England nach Afrika aufbrach. Peter überflog die Berichte über die Seereise, den Urlaub in Kapstadt (bei dem er mit einigem Unbehagen in der Magengegend die Erwähnung eines ‘hübschen jungen Mädchens’ zur Kenntnis nahm) und hielt inne, als er zu einem Bericht über den Besuch Morrisons auf dem Schlachtfeld von Isandlwana nach dem Gemetzel kam.

Obwohl er weitergehen wollte, blieb Gregory stehen und lehnte sich an einen grob behauenen Zaunpfahl und las weiter. Er ignorierte die Kuh, die auf ihn zukam und ihn durch das Geländer zu beschnuppern versuchte.

WIR WARFEN einen Blick in die Hölle, wie sie kein Mensch auf der Welt je gesehen hat. So weit ich sehen konnte, lagen überall um mich herum die verwesenden Leichen britischer und kolonialer Soldaten. Die Eingeborenen hatten jeden einzelnen von ihnen geschändet und aufgeschlitzt. Man sagt, dies sei ein Zeichen des Respekts, aber für mich war es reine Grausamkeit. Ich muss allerdings gestehen, dass ich, als ich über die Charakterstärke nachdachte, die nötig ist, um solche Gräueltaten zu begehen, fasziniert war. Hat ein Krieger, der einen gefallenen Feind so erbarmungslos beseitigt, nicht etwas Reines, etwas Bewundernswertes an sich?

. . .

GREGORY SCHÜTTELTE DEN KOPF. Morrison hatte das Zulu-Ritual, bei dem es darum ging, den Geist des gefallenen Feindes zu befreien, damit er nicht auf der Erde bleiben und den Krieger, der ihn getötete hatte, heimsuchen und in den Wahnsinn treiben konnte, missverstanden. Ja, die Zulu erlaubten ihren Opfern, in ihre Version des Himmels aufzusteigen, aber sie gaben sich damit auch einer Form der Selbsterhaltung hin. Gregory hatte keine Ahnung, ob solcher Aberglaube überhaupt eine Grundlage hatte, war aber an diesem Punkt seines Leben bereit, alles zu versuchen, um sich von den Geistern, die ihn verfolgten, zu befreien. Wenn nichts anderes half, fiel er Dank starkem Alkohol in Schlaf, aber die Albträume überfielen ihn trotzdem.

Obwohl Gregory vor dem kriegerischen Können der Zulu und ihrer Treue zu ihren Clans Respekt empfand, las er aus Morrisons Tagebuch eine ziemlich verdrehte Sichtweise auf die Fähigkeiten der Zulu, einen Feind ohne Gnade zu erledigen. Das Wort Reinheit hätte Gregory in diesem Zusammenhang jedenfalls bestimmt nicht gewählt.

Er blätterte weiter. Auf einigen Seiten gab es Skizzen, bei denen sich ihm fast der Magen umdrehte. Er hatte tatsächlich ein Fenster in die innersten Gedanken eines Mannes vor sich, der seine moralische Orientierung im Leben verloren hatte - sofern er je eine gehabt hatte. Schliesslich fand Gregory einen umgedrehten Milcheimer, auf den er sich setzte. Von einer Seite sprang ihm ein Wort ins Auge: Schwert.

WÄHREND DER PATROUILLE wurden wir von zwei Eingeborenen angesprochen. Ihrem Alter und ihrer Haltung nach zu urteilen, handelte es sich um ranghöhere Männer, was sich bestätigte, als sie sich als Abgesandte von König Cetshwayo vorstellten. Der ältere der beiden hiess Mfunzi und gab an, die Zulu seien an einer Unterredung interessiert. Das war nicht verwunderlich, da wir mit Gewalt in ihr Land eingedrungen waren. Ausserdem war es allgemein bekannt, dass wir kamen, um für die Gräueltaten von Isandlwana und die Unverfrorenheit des Rebellenherrschers, England zu trotzen, Gerechtigkeit zu fordern.

Mfunzi sagte, Cetshwayo wolle mit Lord Chelmsford verhandeln und bot ein Geschenk an, das dieser unserem Kommandanten als Zeichen des guten Willens überbringen wolle. Daraufhin brachte er ein Schwert ohne Scheide hervor und erzählte unserer Gruppe, die Klinge habe einem bedeutenden Adligen gehört, der in der Schlacht auf äusserst tapfere Weise gestorben sei. Das Schwert war nach Art der alten sarazenischen Waffen gebogen und in den Stahl waren Worte in französischer Sprache graviert.

GREGORY LECKTE sich über die Lippen. Die Kuh neben ihm muhte und steckte ihren Kopf wieder durch den Zaun, um ihn abzuschlecken. Das Innere ihres Kraals bestand nur noch aus matschigem Schlamm. Das Tier musste allerdings warten, denn er spürte bei der Erwähnung der französischen Schrift ein Ziehen in der Brust. Er befeuchtete seinen Finger mit der Zunge und blätterte die Seite um.

Wir nahmen das Schwert in Besitz und an diesem Abend herrschte grosse Aufregung im Hauptquartier, wobei wir hofften und sicher waren, dass es bei einer Verhandlungslösung für die bevorstehende Beilegung der Feindseligkeiten keine Rolle spielen würde. Es machte tatsächlich den Anschein, als seien wir zu Hütern des Schwerts des jungen französischen Kaiserprinzen geworden, der Waffe, die der berühmte Grossonkel des verstorbenen Prinzen, Napoleon Bonaparte selbst, getragen hatte!

Natürlich fühlte ich mich geehrt, als der befehlshabende Offizier verfügte, ich solle den wertvollen Besitz des Kaisers in Verwahrung nehmen und sicher aufbewahren, bis er an Lord Chelmsford übergeben werden könne. Dieser Besitz, dessen Wert für einen Bonapartisten unermesslich sein musste, war an seinen Erben weitergegeben worden, verloren gegangen und nun wiedergefunden worden. Ich muss gestehen, dass ich dieses Vertrauen, das man mir entgegenbrachte, als besondere Auszeichnung betrachtete.

»ZWEIFELLOS.« Gregory schüttelte den Kopf. »So ein aufgeblasener Arsch.«

Gregory las weiter, dann überflog er die nächsten Seiten, doch das Schwert wurde nicht mehr erwähnt.

»Sir?«, rief Phillips aus der Hütte und trat hinaus.

Es gab noch viel zu lesen, aber Gregory klappte das Tagebuch zu, stand auf und steckte es in die Tasche seines Mantels. »Was gibt es?«

»Ich ...«

Samuel kam aus der Tür, stellte sich neben Phillips und starrte den jungen Wachtmeister an.

»Äh, ... Samuel hat etwas Interessantes entdeckt, Sir.«

»Was?«

»Dieser Mann, Morrison, wurde erschossen«, sagte Samuel.

»Wirklich?« Gregory ging zu ihnen.

Samuel ging auf dem Weg zurück ins Haus voran und liess sich neben der Leiche auf ein Knie nieder. Er griff nach Morrisons linkem Arm und drehte den Toten um, wobei eine Wolke von Fliegen aufflog. »Sehen Sie hier«, forderte Samuel Peter Gregory auf und deutete auf drei Löcher auf der Rückseite von Morrisons Mantel. »Der Mörder hat ihm einen Assegai in den Rücken gestossen, direkt hinter dem Herz und ich glaube, dass er damit die wahre Todesursache verschleiern wollte.«

Gregory ging neben der Leiche in die Hocke und versuchte den Gestank zu ignorieren. Er schaute dorthin, wo Samuel hinwies. »Sein Mantel ist hier in der Mitte der Brust verbrannt und ich erkenne den Rand eines Einschusslochs.«

Samuel nickte und hob Morrisons Mantel und das blutverschmierte Hemd hoch. »Hier, an der Leiche ist es das Gleiche. Der Mörder hat den Speer benutzt, um seine schmutzige Arbeit zu verdecken, aber dieses Loch in der Haut, da wo die Kugel ausgetreten ist, ist zu gross.«

»Es wäre interessant, die Kugel zu sehen«, sagte Gregory.

Samuel griff lächelnd in eine Tasche seiner Uniformjacke, öffnete dann seine Faust und Gregory konnte das abgeflachte Bleigeschoss von seiner offenen Handfläche nehmen.

Gregory stand auf und hielt sie gegen das schwache Sonnenlicht, das durch das Fenster hereinfiel. »Sieht aus wie ein Kaliber .44, vielleicht aus einem Adams-Revolver. Jedenfalls kleiner als eine Kugel aus einem Martini-Henry-Gewehr.«

»Ausgabe der britischen Armee«, ergänzte Phillips.

Gregory nickte. »Wo hast du sie gefunden, Samuel?«

Dieser erhob sich nun ebenfalls und ging zur der Tür gegenüberliegenden Rückwand, wo er auf einen teilweise freigelegten senkrechten Holzbalken zeigte. »Ich habe sie hier herausgeholt.«

Gregory schaute auf die Stelle, wo Morrison hingefallen war. »Unser nicht sehr guter Major öffnet also die Tür, jemand schiesst ihm ins Herz und lässt es danach so aussehen, als habe ihn ein Zulu-Krieger umgebracht.«

»Genauso sieht es aus«, sagte Phillips, als wäre er irgendwie an dieser Entdeckung beteiligt gewesen. »Steht etwas Interessantes in dem Buch, das Sie mitgenommen haben, Sir?«

Gregory schüttelte den Kopf. »Nichts, was mit diesem Vorfall zu tun hat.« Das stimmte und Hellfire Jack hatte ihn angewiesen, bei seinen Nachforschungen über das verschwundene Schwert diskret zu sein. Samuel und Phillips brauchten also vorerst nichts davon zu erfahren. Dennoch: War es nur ein bizarrer Zufall, dass einer der Männer, die Gregory zum verschwundenen Erbstück befragen wollte, schon bevor er seine Ermittlungen begonnen hatte, tot war? »Ich nehme an, unser Mann lebte allein?«

Samuel nickte und warf einen Blick ins verwahrloste Hausinnere. »Keine Spur von einer Frau hier drin. Keine Ehefrau und nicht einmal eine Hausangestellte.«

»Dann ist das also eine Art Klause, Sir? Von einem Einsiedler?«, wagte Phillips einen Gedanken zu äussern.

Gregory schnupperte. »Schlimmer. Kein Mensch, der etwas auf sich hält, würde hier leben wollen. Durchsucht die Scheune und den Hof. Und unternehmt etwas wegen der Kuh. Sie scheint irgendwie ... verstört zu sein.«

Samuel lachte. »Ach, Sie werden nie zum Bauern.

Gregory schaute finster drein. »Gehen Sie jetzt Ihren Pflichten nach oder ich lasse Sie von Phillips auspeitschen.«

Samuel machte einen drohenden Schritt auf Phillips zu, der zurückwich. Samuel lachte.

Die beiden gingen nach draussen und Gregory sah sich weiter um. Neben dem Hauptraum befand sich ein Schlafgemach, das sogar ohne den von der Leiche ausgehenden Gestank noch schlimmer roch als das schmutzige Wohnzimmer. Die gelben Laken waren zerwühlt und die Matratze umgedreht worden.

An der Wand über dem Kopfende des Bettes befand sich eine Sammlung von sechs auf Holzgestelle montierten Schwertern. Gregory beugte sich über das schmutzige Bett und begutachtete die Waffen. Er erkannte einen Standard-Kavalleriesäbel, ein Entermesser der Royal Navy mit gebogener Klinge und ein weiteres, von dem er vermutete, es stamme aus Indien. Keines der Regale war leer und hätte die Waffe eines französischen Kaisers aufnehmen können. Aber Gregory bezweifelte, dass der Ex-Major, falls er Napoleons Schwert tatsächlich besessen hätte, dumm genug gewesen wäre, dieses zur Schau zu stellen. Auch im hölzernen Schrank war kein Schwert versteckt, nur Morrisons Kleidungsstücke befanden sich darin und die mit weissem Schimmelpilz bedeckte Kavallerieuniform.

Morrison war offensichtlich ein Sammler gewesen. Hatte er zufällig ein Standardschwert der französischen Kavallerie besessen und im letzten Jahr gegen Bonapartes Waffe ausgetauscht? Hatte Chelmsford der Kaiserin diesen Ersatz geschenkt?

Selbst in der Todesblässe zeigte sich klar, dass Morrison das Gesicht eines Trinkers hatte, was die Ansammlung leerer Flaschen neben seinem Bett bestätigte. Gregory erinnerte sich an die Passage im Brief von Morrisons Vater, in der dieser seinem Sohn mitteilte, er sei in London nicht willkommen.

London. Es schien ihm ein ganzes Leben her zu sein und hätte dies auch sein können. Gregory hatte Soldaten gekannt, die insgesamt weniger Jahre gelebt hatten, als er von seinem Geburtsort bei den grünen Feldern Buckinghamshires weg war. Manchmal, wenn die Sonne nicht zu heftig schien, der Himmel nicht von Blitzen durchzuckt war und die Flüsse von Zululand nicht vor Blut und Schlamm rot waren, kniff er die Augen zusammen und sah dann in den sanften Hügeln von Natal den Flickenteppich aus Wiesen und Feldern seiner Heimat.

Peter Gregory war in den zwanzig Jahren, seit er als siebzehnjähriger Fähnrich in die Armee eingetreten war, nur ein einziges Mal nach England zurückgekehrt. Den Adelstitel seines Vaters hatte sein älterer Bruder geerbt, weshalb Peter, der zweite Sohn, wie es üblich war, in die Armee eingetreten war. Um nach der Meuterei von 1859 in Indien eingesetzt zu werden, war es zu spät, doch acht Jahre später wurde er im mittelamerikanischen Honduras, das sich in britischem Besitz befand, 'mit Blut gewaschen', wie es sein kommandierender Offizier im British West India Regiment ausdrückte.

Der Einsatz hatte sich auf Scharmützel mit indianischen Stämmen beschränkt, die im Rahmen aufkeimenden Widerstands gegen die Kolonialmacht weisse Pflanzer entführten. Während einer Aktion zur Befreiung eines Siedlers hatte er einen Mann mit seinem Schwert durchbohrt und einen anderen mit seiner Pistole erschossen. In der Messe hatten seine Offiziersbrüder auf ihn angestossen und sich über das Morden lustig gemacht, aber Peter hatte sich in sein Zelt zurückgezogen und seine Gefühle in Briefen an seine Mutter so gut wie möglich zu verarbeiten und zu erklären versucht. Einerseits war er stolz darauf, seine Pflicht getan zu haben, andererseits kehrten die Männer, die er getötet hatte, in seinen Träumen zu ihm zurück. Dies passierte vor allem bei einem späteren Einsatz an der Goldküste, wo er ein einsames Fort ausserhalb von Accra kommandierte, als die Malaria ihn erwischte.

Da er den Kampf der Menschen für ihre Freiheit, ihr Land und ihren Glauben persönlich erlebte, hatte er Respekt vor den Kriegs- und Kampftraditionen der Zulu. Er betete sonntags bei Armee-Gottesdiensten, aber das verhinderte die nächtlichen Schrecken nicht. Was waren Zulu-Praktiken wie die Befreiung der Geister eines toten Feindes durch dessen Ausweiden anderes als ein blutiges Gebet? Samuel jedenfalls schien die Erinnerung an die Männer, die er in den Kämpfen zwischen den Stämmen getötet hatte, nicht übermässig zu belasten, denn für ihn gehörte das zum Leben eines Kriegers.

Gregory sah durch die schmutzige Fensterscheibe, dass Phillips tat, als übernehme er das Kommando, während Samuel dies in Tat und Wahrheit tat.

Gregory ging den Wänden entlang, klopfte gegen sie, um nach einem verborgenen Hohlraum zu suchen und bewegte einen geöffneten Schiffsfkoffer, um zu sehen, ob sich darunter etwas verbarg. Der Boden war, genau wie der in Gregorys Haus, fest, aus mit Wasser und Erde vermischtem Kuhdung, der zu einer steinharten Oberfläche getrocknet war. An ihm hatte sich niemand zu schaffen gemacht.

In einer Ecke des Raumes stand neben dem Bücherregal ein ramponierter Schreibtisch, dessen Schubladen Samuel und Phillips durchwühlt hatten und auf der Schreibtischplatte lagen einige verstreute Papiere. Gregory nahm zwei davon in die Hand und untersuchte sie genauer.

»Chips für Glücksspiele«, rief Samuel durch die offene Tür hinein. »Ich wollte sie Ihnen gegenüber erwähnen, aber das Einschussloch in der Leiche schien mir wichtiger.«

Gregory nickte. »Ja, war es auch. Aber es ist alles wichtig. Gibt es draussen etwas?«

Samuel schüttelte den Kopf. »Ich bin kein guter Bauer, etwa so gut wie Sie.« Gregory lächelte. »Aber in der Scheune ist es genauso eklig wie im Haus. Sogar noch schlimmer. Da liegen Ketten, Gürtel und sogar ein paar Fusseisen.«

»Wirklich?«

»*Yebo*. Ich mag diesen Ort nicht. Hier gibt es jede Menge Müll und noch mehr leere Schnapsflaschen. Übel.«

Gregory spürte einen kalten Schauer im Nacken. Allein der Herr - oder der Satan - wusste, was an diesem Ort alles geschehen war. Er hätte den Hof am liebsten abgefackelt, hatte aber das ungute Gefühl, er müsse hierher zurückkehren.

Er blätterte in den Papieren und sortierte die Spielscheine auf einen Stapel. Insgesamt beliefen sie sich auf fünfzig Pfund, eine beachtliche Summe. Einige waren auf die 'Rote Laterne' ausgestellt, andere Chips auf Einzelpersonen, von denen Gregory einige Namen wiedererkannte - einen Anwalt und einen Mann, der unten in Bluff ein Import-Export-Geschäft betrieb und Lagerhäuser hatte.

»Keine anderen Waffen als die Pistole an seiner Seite, die Schwerter im Schlafzimmer und die Schrotflinte in der Ecke?«, fragte Gregory und nickte in Richtung der Langwaffe, die neben dem Kamin an der Wand lehnte.

»Nein, Sir«, sagte Phillips.

Samuel schüttelte den Kopf. »Draussen hat Sergeant Phillips ein paar Spuren entdeckt - ausser unseren.«

Gregory sah ihn an und hob die Augenbrauen. »Ja?«

»Von zwei Männern auf Pferden. Einer gross und schwer, der andere kleiner und leichter.«

Gregory rieb sich das Kinn. »Nicht vielleicht ein Mann und eine Frau?«

»Nein«, erwiderte Phillips.

»Und was wissen Sie über Fährtenlesen, Sergeant?«, fragte Gregory.

»Äh, nicht sehr viel, Sir. Aber in der Armee gibt es ja keine Frauen und beide Spuren, die ich gefunden habe, stammen von britischen Militärstiefeln.«

Gregory schaute zu den beiden hin und nickte kurz. Das war gute Arbeit, auch wenn sie dem Mörder nicht nähergekommen waren. Einem Teil von Gregory war es egal, ob der Mörder von Major Morrison jemals gefunden würde oder nicht - aber nun hatte er ein weiteres Rätsel zu lösen.

»Samuel, auf ein Wort, wenn ich bitten darf?«

Gregory führte Samuel von Phillips weg, der die verzweifelte Kuh ansah und ein mitleidiges Schnalzen von sich gab. Als sie ausser Hörweite waren, informierte Gregory Samuel über seinen Auftrag, das verschwundene Schwert Napoleons zu finden. Samuel war älter als Phillips und Gregory vertraute darauf, dass sein Freund die Informationen für sich behielt, wenn er ihn darum bat, während der junge Sergeant Phillips möglicherweise versucht wäre, bei seinem nächsten Besuch in einer Taverne die Klappe aufzureissen. Gregory sah in Phillips ein vielversprechendes Talent, musste sich aber erst ein umfassenderes Bild von ihm machen. Er teilte Samuel mit, was er in Morrisons Tagebuch gefunden hatte, und erzählte ihm ebenfalls von seiner zweiten Aufgabe, nämlich die Amerikanerin Lady Beecham zu eskortieren. Phillips würde das sowieso bald erfahren.

»Ich kenne Mfunzi, den Abgesandten des ehemaligen Königs, von dem Sie sagten, er habe den Briten das Schwert dieses Prinzen gebracht«, erklärte Samuel. »Er war ein Freund meines Vaters.«

»Können Sie ihn finden?«, fragte Gregory.

»Wenn er noch am Leben ist, ja. Doch im Krieg sind so viele Männer gefallen - man sagt, jeder Haushalt hat jemanden verloren.«

»Ist es für Sie sicher, zu seinem Haus zu reiten?«

Samuel zuckte mit den Schultern. »Der König ist zwar im Exil, aber es gibt immer noch Leute, die ihn unterstützen. Alles, was ich zu meinem Schutz habe, ist meine Uniform, aber vor Mfunzi habe ich keine Angst, denn er ist ein ehrenhafter Mann. Und wenn er lebt, finde ich ihn.«

»Sehen Sie zu, dass Sie etwas über das Schwert herausbekommen und finden Sie heraus, ob sich jemand daran erinnern kann, wie es aussah.«

»Glauben Sie, die Zulu hätten vielleicht nicht das Schwert des Prinzen zurückgegeben, das dieser französische König früher getragen hatte?«, fragte Samuel.

»Es ist eine Möglichkeit, also müssen wir sie ausschliessen.«

»Ich verstehe«, sagte Samuel. »Treffen wir uns am Tag vor dem Vollmond bei Kwa Jim.«

Kwa Jim's war der gebräuchliche Zulu-Name für die alte Missionsstation und das einstige Zuhause des Händlers Jim Rorke in Rorke's Drift, das zu einem Fort umfunktioniert worden war. Gregory schüttelte seinem Freund die Hand.

»Hamba gahle, Samuel, gute Reise.«

»Sala gahle, Peter, machen Sie's gut«, gab Gregory die guten Wünsche zurück, als Samuel aufsass und davonritt. »Und passen Sie auf sich auf!« Denn wie Samuel festgestellt hatte, lag etwas Böses in der Luft.

8

KWAZULU-NATAL IN DER
GEGENWART

Der Posten der südafrikanischen Polizei in Glencoe war ein einstöckiges, mit einem Blechdach gedecktes Backsteingebäude. Marilyn parkte auf der Hinterseite, dann gingen sie und Sannie hinein. Im Inneren sah es aus wie auf jedem anderen Revier, das Sannie je betreten oder in dem sie gearbeitet hatte. Es roch schwach nach Desinfektionsmittel, Schweiss und schlimmeren Gerüchen, obwohl eine rasselnde, ineffiziente Klimaanlage vergeblich versuchte, den Gestank abgestandenen Nikotins loszuwerden.

Eine Unteroffizierin hinter dem Empfangstresen begrüsste sie.

»Guten Tag, Oberst van Rensburg und Stabsfeldwebel Msani. Willkommen, wir haben Sie schon erwartet. Schön, dass Sie hier sind«, sagte die Beamtin.

»Danke, schön Sie kennenzulernen, Feldwebel …«

»Nyathi, Eva.«

»Ah ja, wir haben telefoniert«, bemerkte Sannie, während Marilyn sie auf Zulu begrüsste.

Derick le Roux, der vor ihnen angekommen war, trat aus einem Korridor und winkte ihnen, zu ihm zu kommen.

»Willkommen«, sagte er.

Während sie durch den Flur gingen, wies Le Roux auf die Mitar-

118

beitenden in den Büros auf beiden Seiten hin, liess ihnen jedoch kaum für mehr Zeit als für ein Winken. Am Ende des Korridors befand sich ein Konferenzraum. An dessen Tür hing ein Poster mit dem Bild einer Figur, die je zur Hälfte aus einem Nashorn und einem halben Mann bestand und mit einem roten X darüber durchkreuzt war. Der Mann trug eine Uniform wie ein Soldat und war mit einer AK-47 bewaffnet, die er auf den Betrachter richtete.

Marilyn zeigte auf das Plakat. »Das ist gut gemacht.«

Le Roux lächelte, als er sie in den Raum führte. »Ja, meine Frau kann mit Photoshop zaubern. Bitte nehmen Sie doch Platz, dies ist der Besprechungsraum für Viehdiebstahl.«

Eine Frau in der einfachen Uniform einer Hausangestellten, einem dunkelblauen Polyesterkleid, kam herein. »Kaffee oder Tee?«

Sannie und Marilyn begrüssten die Frau und baten um Kaffee, während Le Roux bereits eine Tasse in der Hand hielt, auf der 'BOSS' prangte. »Ich werde Sie vermissen, Precious«, sagte Le Roux zu der Frau.

Sie lächelte ihn an, schniefte und hob eine Hand an ihre Augen. Le Roux durchquerte das Zimmer und schlang seine Arme um sie. »Nein, nein, bitte nicht weinen, Precious.«

Die Frau wischte sich über die Augen. »Es tut mir leid, Captain, aber Sie wissen ja, dass wir Sie alle vermissen werden.«

Er nickte und Sannie bemerkte, dass Dericks Adamsapfel wippte. Precious verliess den Raum während Derick in seine Hand hüstelte und sich räusperte.

»Verzeihen Sie einem alten Mann«, sagte er zu Sannie und Marilyn. »Ich will nicht emotional werden, aber nach so langer Zeit zu gehen, ist schwierig. Lassen Sie uns diese Besprechung also zu Ende bringen.« Er zwang sich zu einem Lächeln. »Ich habe heute Nachmittag einen Abschieds-*Braai*.«

»Wir werden versuchen, Sie nicht aufzuhalten«, sagte Sannie.

»Gut, aber wo soll ich nur anfangen?«, fragte er.

»Wie Sie wissen, wurden wir hergeschickt, um das Kommando über die Einheit vorübergehend zu übernehmen und bei den Ermittlungen des Tötens der Nashörner auf David Gregorys Grundstück zu helfen. Dieser Fall hat ja, weil er ermordet wurde, eine unerwartete Wendung genommen«, erklärte Sannie. »Gibt es da eine Verbindung?«

Le Roux setzte seine Tasse ab. »Ja, die Anschuldigung lautete, David habe alle sechzehn seiner Nashörner in ihren Bomas auf der Virginia Farm, die an sein uBhejane-Wildreservat angrenzt, erschossen. Um es kurz zu machen: Weil es sich um eine laufende Untersuchung handelte, habe ich die Presse nicht informiert, aber jemand in der Provinzregierung hat Details durchsickern lassen. Wie Sie wissen, hat die Provinzregierung viel Kritik einstecken müssen, weil im Hluhluwe-iMfolozi-Park in diesem Jahr so viele Nashörner gewildert wurden. Nun wollte sie beweisen, dass sie gegenüber der Nashornwilderei eine harte Haltung einnimmt.«

Sannie nickte. Aus ihrer eigenen Erfahrung mit dem Nashornwildern wusste sie, dass sowohl der Krüger-Nationalpark, in dem sie mehrere Jahre gearbeitet hatte, wie auch die an ihn angrenzenden Wildreservate ihre Sicherheitsvorkehrungen verbessert und die Bemühungen zur Bekämpfung der Wilderei verstärkt hatten. Allerdings hatten sich die Probleme mit der Wilderei daraufhin einfach in andere, weniger gut ausgerüstete Teile des Landes verlagert. Wie 'Oom Derick' angedeutet hatte, spielten dabei auch hochpolitische Aspekte hinein.

»David behauptete, er sei das Opfer von Wilderern geworden, die nachts in seine Nashorn-Bomas eingedrungen seien und all seine Nashörner getötet und die Hörner gestohlen hätten. Er erzählte, die Wilderer hätten zwar schallgedämpfte Gewehre benutzt, doch wie wir ja alle wüssten, könne in Wirklichkeit keine Waffe so leise gemacht werden, wie dies in den Filmen und im Fernsehen gezeigt werde. Er sei jedenfalls, sobald das Abschlachten begonnen habe, vom Knallen von Schüssen und dem Quieken der Nashörner aufgewacht.«

»Deon Meyer hat ausgesagt, David habe seinen Sicherheitsdienst gekündigt«, sagte Sannie.

Le Roux nickte mit ernstem Gesicht. »Armer alter David. In gewisser Weise tat er mir leid. Weil ihm das Geld ausging, konnte er es sich nicht mehr leisten, für Anti-Wilderei-Patrouillen zu bezahlen. Mit den ausländischen Rambos, die er auf dem Grundstück hatte, zerstritt er sich und selbst der junge Deon, den Sie kennen gelernt haben, konnte nicht als Freiwilliger bleiben. Unsere Theorie ist, dass David den Angriff inszeniert, aber die Nashörner in Wirklichkeit selbst getötet hat.«

Sannie nickte. »Wie Sie wissen, ist es nicht das erste Mal, dass ein privater Nashornbesitzer beschuldigt wird, seine Nashörner selbst getötet zu haben und es so aussehen zu lassen, als hätten es Wilderer getan.«

»Ja«, bestätigte Derick, »die Kosten für den Schutz der Nashörner sind mittlerweile ins Astronomische gestiegen, was die Besitzer dazu treibt, Gesetze zu brechen und Hörner aus dem Land zu schmuggeln, oder noch verrücktere Dinge zu tun.«

»Ich verstehe das«, sagte Marilyn. »Manche Nashornbesitzer enthornen ihre Tiere, um sie für Wilderer weniger attraktiv zu machen, aber dann müssen sie das Horn bei den Behörden registrieren und sicher aufbewahren. Wenn sie die Tat selbst begehen und behaupten, Wilderer hätten die Hörner gestohlen, können sie das Zeug auf dem Schwarzmarkt verkaufen. Aber wo sind die Beweise?«

Le Roux zuckte mit den Schultern. »Wir haben nicht sehr viel in der Hand, weshalb ich um Unterstützung gebeten habe - und natürlich, weil ich in den Ruhestand gehe.« Er legte seine Hände ausgebreitet vor sich hin. »Um ehrlich zu sein, braucht es hier jemand anderes, einen frischen Blick, der sich den Fall ansieht. Eine Person von aussen, die David und die, die ihn kannten, befragt. Ich konnte jedenfalls kein Geständnis aus ihm herausbekommen.«

»Aber Sie haben doch Rhinozeros-Horn gefunden?« Obwohl noch nicht alles an die Presse weitergegeben worden war, kannte Sannie einige Details des Falls von Gita.

»Ja, das ist richtig. Wir haben in einem Plastikmülleimer, der etwa zweihundert Meter von Davids Haus entfernt in einem Feld vergraben war, sechs Hörner gefunden. Zuvor erhielten wir per E-Mail einen anonymen Hinweis. Jemand schrieb, er habe früher auf der Farm gearbeitet und David habe sein Bargeld und andere Wertsachen in einem Loch im Boden versteckt. Es gab ein Nachtsichtvideo von einer Kamerafalle, auf dem zu sehen war, dass David mit einem Spaten zu einer Stelle ging, dort ein Loch grub und im entstandenen Versteck etwas deponierte. Das Video war körnig und deshalb war nicht zu erkennen, was er dort versteckte, doch man konnte sehen, dass das in eine Decke gewickelte Paket länger als sein Arm, zylindrisch und leicht gebogen war. »Eines seiner Nashörner war eine grosse, alte Kuh mit einem riesigen Horn.«

»Und waren die Hörner in der vergrabenen Abfalltonne?«, wollte Sannie wissen.

»Ja und nein«. Le Roux stand auf und ging zur an einer Wand des Konferenzraums angebrachten Pinnwand. Sannie hatte sie bereits vorher bemerkt und angenommen, Le Roux werde zu gegebener Zeit dorthin gehen. »Das ist David«, erklärte er und deutete auf das oben in der Mitte aufgehängte, farbige Porträtfoto eines distinguierten, grauhaarigen Herrn in einem Button-Down-Hemd. »Einige Sachen hatte er in einem vergrabenen Kessel aufbewahrt«, erläuterte Le Roux und tippte auf ein Bild, das die Sicht auf ein ausgehobenes Loch zeigte, in das ein Plastikbehälter eingelassen war. »Darin bewahrte er den Schmuck seiner verstorbenen Frau sowie 200'000 Rand in bar auf. Das war schon genug, um uns leicht misstrauisch zu machen, doch ausserdem fanden wir die Urkunden für seine Farm und zwei kleine Goldbarren darin. Er nahm die hohe Anzahl der Farmüberfälle und Morde als Vorwand dafür. Er erklärte, für den Fall, dass bei ihm eingebrochen würde, bewahre er im Haus billigen Schmuck, Uhren und etwas Bargeld auf. Wie bereits erwähnt, fanden wir ausserdem sechs Hörner in verschiedenen Grössen.«

Sannie stand auf, ging zur Tafel und sah sich das nächste Bild, das Le Roux zeigte, genauer an. Es war ein Tatortfoto, auf dem der geöffnete Plastikbeutel und die Wertsachen daraus auf einer Bank lagen und daneben, zusammen mit einem Lineal als Massstab, die Nashornhörner ausgebreitet waren. »Aber kein grosses Horn?«

»Nein«, schüttelte Le Roux den Kopf. »Unsere Theorie ist, dass er dieses und neun andere Nashornhörner verkauft hat und die auf dem Foto sichtbaren sechs die restlichen Hörner seiner sechzehn toten Tiere waren.«

»Dann hätte er sich also zumindest des illegalen Handels mit Nashornhorn schuldig gemacht«, fasste Marilyn zusammen.

Derick zuckte mit den Schultern. »Obwohl es gegen das Gesetz verstösst, sind viele private Nashornbesitzer der festen Überzeugung, sie hätten das Recht, ihre Nashörner human zu enthornen und die Hörner zu verkaufen. Es ist die uralte Debatte zwischen Befürwortern und Gegnern des Handels mit solchen Produkten. Allerdings könnte ihm die Umweltbehörde auf die Schliche gekommen sein, denn diese beschlagnahmte vor einiger Zeit am Flughafen OR Tambo einige Hörner. Sie meldete an, bei verschiedenen Populationen DNA-Tests durchführen zu wollen, um festzustellen, ob die Hörner von in Privatbesitz lebenden Nashörnern stamme. David war darüber im Bilde, denn sie wollten kommen und seine Herde überprüfen.«

Precious kam, ein Tablett mit zwei Tassen Kaffee und einem Kännchen Milch in den Händen, zurück. Sie stellte alles vor den Frauen ab, die sich bei ihr bedankten.

An einer anderen Stelle der Tafel waren Fotos der toten Nashörner zu sehen. Sannie hasste solche Bilder - als sie im Krüger-Park arbeitete, sah sie mehr als genug abgeschlachtete Tiere. Ihr fiel auf, dass die Tiere auf den Fotos gelbe Markierungen in ihren linken Ohren trugen.

»Hat er alle seine Nashörner markiert?«, fragte Sannie.

Le Roux nickte. »Ja, in den Anhängern, die er vor ein paar Jahren von einer Nichtregierungsorganisation geschenkt bekam, befanden sich kleine GPS-Tracker.«

»Was sagte Farmer David zu Ihrer Theorie über die Hörner im Versteck?«, wollte Marilyn wissen.

Le Roux sah sie an. »Er hatte sich inzwischen einen Anwalt genommen, Marilyn, und weigerte sich, Fragen zu beantworten - zumindest gab dies der Anwalt so an. Als wir David bei der Befragung nach den Nashornhörnern fragten, ist ihm allerdings ein Fehler unterlaufen. Er sagte aus, dass er ungefähr 2012, als sich das Wildereiproblem zu verschärfen begonnen habe, einige seiner Nashörner enthornt habe. Seit damals bewahre er sechs der entfernten Hörner in seinem unterirdischen Versteck auf.

»Und was wollte er mit diesen Hörnern machen?«, fragte Sannie.

»Genau in diesem Moment wies ihn sein Anwalt an, den Mund zu halten, was er auch tat. Er sass einfach mit verschränkten Armen da und schaute uns wütend an.«

»Er könnte also illegale Geschäfte gemacht haben«, sinnierte Sannie und setzte sich wieder. »Aber hat er selbst seine Nashörner getötet?«

»Er beteuerte in jeder Befragung, er habe es nicht getan. Allerdings gab es weitere Beweise, die gegen ihn sprachen. Alle Nashörner wurden mit einer Kugel aus Davids Jagdgewehr Kaliber .375 getötet. Die den Tieren entnommenen Kugeln stimmten ballistisch genau überein und das Gewehr befand sich in Davids Haus.«

Marilyn schüttelte den Kopf. »War er so dumm?«

Sannie nahm ihr Notizbuch heraus und begann, einige Einträge darin zu machen. Das Aufschreiben der Fakten, die sie bereits kannte oder gerade erfahren hatte, half ihr, diese zu ordnen und Anomalien oder Muster zu erkennen. »Sie erwähnten, er sei unter finanziellem Druck gestanden?«

»Ja«, nickte Le Roux und setzte sich. »Er hatte kurz vor COVID einen hohen Kredit aufgenommen, um im Wildschutzgebiet seiner Farm ein neues Lager zu bauen. Er geriet mit der Rückzahlung in Verzug und die Bank drohte ihm mit der baldigen Zwangsvollstreckung.«

»Warum hat er denn seine Nashörner nicht einfach verkauft, wenn er knapp bei Kasse war und sich ihren Schutz nicht mehr leisten konnte?«, fragte Marilyn.

Sannie erriet die Antwort, aber Le Roux kam ihr mit der Erklärung zuvor. »Niemand will Nashörner, denn sie sicher zu halten kostet genauso ein Vermögen, wie sie auszuwildern oder umzusiedeln. David sagte, er verhandle mit den Leuten von 'African Parks', einer Nichtregierungsorganisation, die eine Reihe nationaler Parks auf dem ganzen Kontinent verwaltet und manchmal in Tiertransfers involviert ist. Er musste aber zugeben, dass er nicht viel Glück damit hatte.«

»Was war er für eine Person?«, wechselte Sannie das Thema.

»Er war ein guter Mensch.« Le Roux hob dabei die Hände in die Luft, als könne er sich nicht erklären, wie manche Menschen zu Verbrechern werden. »Seine Familie lebt seit jeher auf diesem Hof. Sein Ur-Ur-Ur was auch immer, Grossvater oder Onkel oder so, kämpfte in den Zulu-Kriegen bei der Natal Mounted Police und er bot Führungen zu den wichtigsten Schlachtfeldern an. Er war bei den Einheimischen sehr beliebt und unterstützte mit den Einkünften aus seiner Farm und des Wildreservats verschiedene Gemeindeprojekte. Jedenfalls tat er das, bis ihm das Geld ausging, aber dann begannen die Dinge schief zu laufen.«

»Schief?«, hakte Marilyn nach.

»Als David keine Finanzierungshilfe für die Grundschule des Dorfs mehr leisten konnte, begann ein hohes Tier des ANC in der Gemeinde zu agitieren. Er behauptete, Davids Vorfahren hätten das Land gestohlen und forderte, er solle die Farm und das Wildreservat als Entschädigung an das Dorf abtreten. Dann meldete dieser ANC-Mann, George Tshabalala, einen Landanspruch auf Davids Grundstück an.

»Dieser Name kommt mir bekannt vor«, kommentierte Sannie.

»Ja«, sagte Le Roux, »er war vor einem Jahr in den Zeitungen, als er wegen des Mordes an einem ANC-Bürgermeister der Provinz, dessen Posten er offensichtlich haben wollte, verhaftet wurde. Es gelang ihm zwar, die Mordanklage abzuwehren, aber nicht, die Gemeinde zu übernehmen. Obwohl er dem ANC angehört, ist George ein Zulu und er behauptete, seine Vorfahren seien beraubt worden. Allerdings wollte er die Farm und das Wildreservat natürlich für sich selbst, nicht für die Gemeinde. Er durchbrach sogar den Zaun des Wildreservats und trieb einige seiner Rinder ins Reservat, so dass wir David helfen mussten, sie von dort hinaus zu treiben.«

»Hatte sonst noch jemand ein Problem mit David?«, wollte Sannie wissen.

»Als bekannt wurde, dass wir wegen der Tötung der Nashörner

gegen David ermittelten, löste das in den sozialen Medien einen Sturm der Entrüstung aus«, berichtete Le Roux, »und Leute von Australien bis Simbabwe sowie viele aus der Umgebung forderten, ihn zu kastrieren, lebenslang einzusperren oder aufzuhängen. Auch seine Sicherheitsleute verliessen ihn unter schlechten Umständen.«

»Ja«, nickte Sannie und blätterte in ihren Notizen, »Meyer sagte auch aus, es habe einen Streit mit einer NRO gegeben, die von einem Richard Tustin geleitet worden sei.«

Le Roux schüttelte abweisend den Kopf. »Major Tustin, wenn Sie so wollen. David hat diesen Haufen Verrückter, die sich WildForce nennen, etwa sechs Monate lang eingesetzt. Das Ganze endete allerdings schlecht.«

Sannie machte sich eine Notiz und sah dann auf. »Inwiefern?«

»Eines Nachts sassen Tustins Männer mit ihren schicken Nachtsichtgeräten und Gewehren in einem Beobachtungsposten und beobachteten, wie ein siebzehnjähriger Junge aus dem örtlichen Dorf auf Davids Land eindrang. Er schlüpfte an einer Stelle, an der ein Warzenschwein gegraben hatte, unter einem Zaun durch und lief durch den Busch, als diese Ex-Soldaten ihm zuriefen, er solle stehen bleiben. Der Junge geriet in Panik und rannte davon, worauf einer der Freiwilligen auf ihn schoss.«

Sannie machte grosse Augen. »Was? War der Verdächtige bewaffnet?«

Le Roux schüttelte den Kopf. »Nein. Zum Glück haben sie ihn nicht umgebracht, sondern ihm nur ins Bein geschossen. Die Freiwilligen haben erste Hilfe geleistet - laut dem alten Doktor Nel in Glencoe haben sie das sogar ziemlich gut gemacht, aber danach war die Kacke natürlich am Dampfen.«

»Das kann ich mir vorstellen, denn solche Freiwilligen dürften gar keine Schusswaffen tragen«, erklärte Sannie.

»Natürlich nicht«, stimmte Le Roux zu. »Der Schütze, ein ehemaliger Soldat der US-Marine, verletzte das Gesetz, das besagt, dass Ausländer in Südafrika keine Waffe besitzen dürfen, indem er seine eigene Waffe aus den Vereinigten Staaten mitbrachte. Bei seiner Ankunft am Flughafen gab er am Zoll an, er sei für einen Jagdausflug

hier. Diese Geschichte hat auch David bestätigt, denn als wir nach-
forschten, merkte ich, dass er wütend war, aber keinen Ärger
bekommen wollte. Er hatte sich zuvor unter anderem durch E-Mails
abgesichert, in denen er schrieb, er biete auf diesem Grundstück
Jagden an. Major Tustin und David sagten beide aus, die WildForce-
Männer wären auf einer nächtlichen Leopardenjagd gewesen und
der Eindringling habe einen Stock bei sich getragen, der wie ein
Gewehr ausgesehen habe - wenn man das glauben kann - und
diesen, als sie ihn zur Rede stellten, gegen sie gerichtet.«

Sannie hielt diese Vertuschung für lächerlich und war sich sicher,
dass in Südafrika jeder halbwegs vernünftige Anwalt diese vor
Gericht abgeschmettert hätte. »Und was ist mit dem Schützen
passiert?«

»Er nahm am nächsten Tag den ersten Flug von Südafrika nach
New York. Ich erhielt eine eidesstattliche Erklärung von ihm, in der
noch mehr Quatsch stand, aber wir konnten keine Anklage erheben.
Der Junge, der auf das Grundstück eingedrungen war, gab an, er
habe eine Schlinge überprüfen wollen, die er für Buschfleisch ausge-
legt hatte, doch er habe weder einen Stock noch eine andere Waffe
bei sich gehabt. Letztendlich wollte das Opfer jedoch keine vollstän-
dige Aussage machen und David keine Anzeige wegen Hausfriedens-
bruchs erstatten.«

»Das ist seltsam. Warum?«

»Ich vermute, Tustin hat die Familie des Jungen bestochen. Er ist
wohlhabend und hat sein Geld, nachdem er aus der Armee ausge-
schieden war, mit privaten Militärverträgen im Irak und in
Afghanistan verdient. David wollte keine schlechte Publicity, weil
einer seiner freiwilligen Sicherheitsleute auf einen unbewaffneten
Jungen geschossen hatte und George Tshabalala tat bereits sein
Bestes, um die Einheimischen wegen des Vorfalls in Aufruhr zu
versetzen. Doch danach legte sich alles.«

»Hmmm.« Sannie überprüfte erneut ihre Notizen. »Meyer sagte,
seine frühere Freundin, Jan-Marie Ball, die im 'The Shed' in Dundee
arbeitet, habe ihm erzählt, dass sie gehört habe, wie David und
Tustin einander gedroht hätten, sich umzubringen.«

»Davon weiss ich nichts, aber jedenfalls haben sie sich nicht im Guten getrennt. In der einen Minute spielten Tustins Leute noch ihre Anti-Wilderer-Kriegsspiele und in der nächsten waren sie weg.«

Le Roux schaute schon wieder auf die Uhr und Sannie merkte, dass er die Besprechung abschliessen wollte, um zu seinem Abschieds-Braai gehen zu können. Dafür hatte sie zwar viel Verständnis, aber gleichzeitig mussten sie hier einen Auftrag erledigen. »Was war der Grund für den Anruf auf Davids Farm heute Morgen?«

»Davids Hausangestellte, Adella Mdluli, kam, um das Haus zu reinigen und sah einen unbekannten Mann an der offenen Haustür. Sie rannte in Panik davon und schickte eine entsprechende Nachricht in die örtliche WhatsApp-Gruppe 'Farm Watch'.

Sannie ärgerte sich im Geiste darüber, dass sie diese Frage nicht schon bei ihrer Ankunft auf dem Hof gestellt hatte. »Haben Sie sie befragt?«

»Ja, natürlich«, antwortete Le Roux. »Sie kam zurück auf den Hof, bevor Sie und Marilyn ankamen, war aber in einem schrecklichen Zustand, weshalb ich sie nach Hause geschickt habe. Ich nehme nicht an, dass sie viel mehr aussagen kann, gebe Ihnen aber ihren Kontakt, falls Sie sie auch befragen wollen. Ich fürchte, der Raubüberfall auf Davids Grundstück war Teil eines Musters, denn Tshabalalas Unterstützer wussten, dass David in den Seilen hing. Bereits letzte Woche brach jemand in seinen Gartenschuppen ein und stahl einen Trimmer und einige Werkzeuge. Vor zwei Wochen gab es Berichte über Wilderer, die mit Hunden in uBhejane auf Antilopenjagd gingen und es wurde erneut Vieh ins Reservat getrieben. Es war fast, als würde er belagert. Bis auf seine treuesten Mitarbeiter waren alle weg – er konnte sich nicht mehr alle leisten und die Löhne derer, die er behalten konnte, musste er kürzen.«

»Sie glauben also nicht, dass die Mörder zur von Ihnen erwähnten organisierten Bande von Viehdieben gehören?«, fragte Marilyn.

Le Roux schüttelte den Kopf. »Da wir den Anruf von Lettie später erhalten haben, würde ich sagen, nein. Dass sie zwei Farmen mehr oder weniger zur gleichen Zeit überfallen, scheint mir ziemlich unwahrscheinlich und David hatte sein Vieh ohnehin verkauft, um über die Runden zu kommen. Lettie dagegen ist eher ein Ziel für Viehdiebe, auch weil sie allein lebt und ihre Herde zu den besten in der Gegend gehört. Sie wurde schon einmal überfallen.«

Sannie versuchte, all diese Informationen zu begreifen, denn hier schien mehr vor sich zu gehen, als sie je erwartet hatte.

»Wissen Sie, wo ich diesen Major Richard Tustin jetzt finden kann?«, fragte sie Le Roux.

»Da bin ich mir nicht sicher«, sagte Le Roux. »Als ich das letzte Mal auf der Facebook-Seite von 'WildForce' nachgeschaut habe, war die Rede davon, dass sie in ein anderes Wildreservat irgendwo in Küstennähe ziehen, ich glaube, in der Nähe des 'iSimangaliso Wetland Parks'. Das ist irgendwo in der Gegend von Phinda und Mkuze. Es gab Bilder von seinen Revolverhelden bei einem Angelausflug und beim Tauchen, doch war auch vom Schutz der Schildkröten die Rede und von der Durchführung 'maritimer Operationen' zum Schutz der Küste, wenn man so einen Blödsinn glauben kann.«

»Ich schaue mal auf ihrer Facebook-Seite nach.« Marilyn holte ihr Handy heraus und begann zu suchen.

Le Roux stand auf und ging zur zweiten Pinnwand. Oben, in der Mitte, war der glänzende Farbdruck eines Geparden zu sehen. Die Grosskatze starrte sie aus roten, fast leuchtenden Augen an.

»Das ist alles, was wir über die Bande der Viehdiebe wissen, oder zumindest visuell dargestellt haben, denn mehr finden Sie natürlich in den verschiedenen Akten«. Le Roux tippte oben auf das Bild. »Wir nennen sie die Cheetahs, denn sie sind schnell - viel schneller als wir - und richtige 'cheater', also Betrüger. Verstehen Sie?«

»Ja«, lächelte Sannie höflich über Oom Dericks abgedroschenen Witz.

Le Roux deutete auf eine Karte von KwaZulu-Natal und tippte, während er sprach, auf sechs verschiedene Punkte. »Sie überfallen eine Farm nach der anderen. Manchmal liegen weniger als zwei Tage zwischen zwei Überfällen, dann hören wir vielleicht einen Monat lang nichts mehr von ihnen. Wir vermuten, dass sie die Rinder,

Schafe oder sogar Ziegen zuerst in ein Lager und später in einem oder zwei grossen Transporten an ihren Bestimmungsort bringen.« Er blickte die beiden Frauen an. »Diese sechs Punkte zeigen nur die Ereignisse der letzten zwei Monate, aber das geht schon seit einem Jahr so.«

Sannie studierte die Tafel. Zufällige Bilder von Kühen und Schafen waren darauf zu sehen, wahrscheinlich nur, um das Problem jedem Beamten, der zufällig dorthin sah, vor Augen zu führen. Ausserdem war ein Bild von einer Überwachungskamera dazu gehängt, das einen grossen Lastwagen zeigte, der Vieh transportierte. Sannie deutete darauf. »Ist dies das Fahrzeug?«

Le Roux warf einen Blick auf das Bild. »Ja. Dieser Teil des Landes hier ist nicht wie Joburg oder Kapstadt. Wir haben nicht überall Kameras, aber in einigen Städten gibt es eine aktive Bürgerwehr und Leute, die genug Geld haben, stellen manchmal Kameras auf. Nachdem vor drei Monaten eine Farm überfallen wurde, haben wir einen Aufruf zum Sichten von Kamerabildern gestartet und fanden, dass einige Viehtransporter gefilmt wurden - genau genommen fünf. Bei vier von ihnen konnten wir die Nummernschilder lesen und sie schienen seriöse Viehtransporter zu sein. Dieser hier«, er zeigte auf das Bild, »hatte jedoch ein Nummernschild, das wegen Schlamm oder Farbe unlesbar war. Wir befragten anschliessend alle Spediteure, die wir finden konnten, aber keiner von ihnen hat diesen Transporter erkannt. Deshalb glauben wir, dass die Diebe ihn benutzt haben.«

Es klopfte erneut an der Tür und es war wieder Precious. Sie hatte jedoch ihre Hausangestelltenuniform abgelegt und trug nun ein gelbes Sommerkleid mit Blumenaufdruck. »Tut mir leid, Sie zu stören, Sir, aber nun haben sich alle zu Ihrem Grillfest versammelt.«

»Danke, Precious. Ich komme sofort.« Precious ging zufrieden nickend. Le Roux hob die Hände mit gespreizten Fingern vor sich hin. »Es tut mir leid, Sannie, wirklich. Ich wünschte, ich hätte mehr Zeit, um mit Ihnen zu reden, aber wie gesagt, ich halte es wirklich für einen Segen, dass jemand wie Sie sich das alles noch einmal ansehen – sowohl die Nashornhörner wie auch die viehraubenden Cheetahs.«

Sannie hatte noch viele Fragen, hatte aber das Gefühl, es wäre unfair, Le Roux an seinem letzten Arbeitstag länger hier zu halten. »Natürlich, Oom Derick«, sagte sie.

»Selbstverständlich sind Sie beide herzlich eingeladen, mit uns zu grillen«, sagte er.

Sie standen alle auf und Le Roux lächelte, dann entschuldigte er sich und verliess den Raum. Marilyn blickte von ihrem Telefon auf. »Sannie, Dein Freund ist nicht zufällig in einem Ort namens Bhanga Nek?«

»Doch, ist er.« Es fühlte sich immer noch seltsam an, Adam so genannt zu hören, vor allem, weil sie sich in letzter Zeit so wenig gesehen hatten.

»Diese 'Major Richard Tustin's veteran anti-poaching strike force', die Veteranen-Anti-Wilderei- Truppe, oder wie auch immer sie sich nennen, befinden sich jetzt ebenfalls dort.«

»Wirklich?«

Marilyn reichte Sannie ihr Handy und diese schaute auf den Bildschirm. Sie sah ein Video, das auf einem schwarzen Schlauchboot aufgenommen worden war. Männer, die in verschiedenen Grautönen gefärbten tarnfarbigen Neoprenanzügen mit dem Gesicht nach unten auf den Seiten des Bootes sassen oder lagen und wie Navy SEALS, die einen Überfall auf ein fremdes Land planen, posierten. Die auf dem Bildschirm eingeblendete Bildunterschrift lautete: *Bereit für den Einsatz! Patrouille an der Küste des Indischen Ozeans auf der Suche nach Bösewichten.*

Wer die 'Bösewichte' waren oder worauf sie es abgesehen hatten, wurde nicht erklärt, aber das Video, das mit Musik aus dem ersten 'Top-Gun'-Film unterlegt war und an die sich Sannie vage erinnerte, war am selben Morgen gepostet worden und hatte bereits mehr als tausend Likes. Der nächste Clip zeigte Dutzende winziger junger Meeresschildkröten, die auf dem Weg von ihrem Nest zum Wasser über den Sand krabbelten.

»Was für ein Blödsinn«, sagte Sannie.

Marilyn nahm ihr Telefon zurück. »Irgendwie sexy, würde ich sagen. Vor allem der grosse Kerl am Bug des Bootes.«

Sannie schloss ihr Notizbuch. »Die Gewässer vor Bhanga Nek sind ein Meeresschutzgebiet, Marilyn, und dieser Küstenabschnitt wurde schon vor deiner Geburt von südafrikanischen Park-Rangern patrouilliert und von Forschern überwacht. Die Einheimischen sind mit an Bord und die grösste Bedrohung für die kleinen Schildkröten sind Krabben und andere Raubtiere. Wenn sie heranwachsen und den Ozean überqueren können sie sich allerdings in den Netzen von Fischtrawlern verfangen. Diese Clowns hier tun nur, als würden sie etwas Nützliches machen.«

»Warum?«, wollte Marilyn, die ihre Sachen ebenfalls zusammenpackte, wissen. »Wegen Geld?«

Sie gingen auf die Tür zu. »Möglicherweise«, antwortete Sannie. »Ich kenne einige Leute von Nichtregierungsorganisationen, die im Lowveld rund um den Krügerpark gearbeitet haben, und sie sprachen von 'Nashornmüdigkeit'. Bei uns und im Ausland wird so viel über Nashörner berichtet, die wegen ihrer Hörner getötet werden, dass die Spender es leid sind, immer wieder für dieselbe Sache zu spenden. Wir wissen, dass Tustin und seine Veteranen ihren Auftrag auf David Gregorys Farm verloren haben, also versuchen sie jetzt vielleicht, sich als Seekrieger oder Marinesoldaten neu zu positionieren.«

»Wollen wir jetzt wirklich zum Grillfest eines Polizeipostens gehen, von dem wir niemanden kennen?«, fragte Marilyn.

Sannie nahm ihre Autoschlüssel aus der Handtasche. »Nicht, wenn es einen Mord aufzuklären und eine Viehdiebesbande dingfest zu machen gibt.«

9

KWAZULU-NATAL IN DER GEGENWART

»Jenny, helfen Sie mir, die Leiche zuzudecken«, bat Adam.

Sie zog an einem Ende der Bootspersenning aus Vinyl, welche im Heck des Boots verstaut war und half Adam, diese zu entfalten und über den Toten zu legen.

»Kein Wort davon«, wies er sie an, worauf sie nickte.

Andy steuerte das Zodiac-Schlauchboot mit der gleichen Geschicklichkeit, die Adam an den Tag gelegt hatte, ans Ufer und auf den Sand. Das leichtere Boot glitt noch weiter den Strand hinauf als das Forschungsschiff.

Alle Männer stiegen aus und während die anderen das Zodiac schweigend aufhoben und durch die Dünenvegetation vom Strand in Richtung des kommunalen Campingplatzes trugen, kam Andy winkend und lächelnd zu Adam. »Hallo noch einmal.«

»Gut getaucht?«, erkundigte sich Adam.

Andy streckte eine Hand mit der Handfläche nach unten aus und bewegte sie hin und her. »Nicht schlecht, aber die Sicht ist wegen des Sturms nicht besonders gut. Wie ist es Ihnen mit Ihrer Schildkröte ergangen?«

»Gut, danke.« Adam entfernte sich, genau wie Jenny, langsam von der Seite des Festrumpfschlauchboots weg. »Wir haben einen Peilsender an ihr angebracht.«

Andy hob seine rechte Hand erneut zum Gruss. »Nochmals hallo, Ma'am.«

»Hallo«, gab Jenny zurück.

»Ich bin Andy.« Er hielt ihr die Hand hin und sie nahm sie.

»Jenny.«

Er lächelte. »Schön, Sie kennenzulernen. Sind Sie auf Ihrer Reise noch auf etwas anderes Interessantes gestossen?«

Jenny sah zu Adam und dann wieder zu Andy. Sie strich sich eine Haarsträhne hinter das Ohr. »Was wäre denn etwas Interessantes?«

Er grinste noch breiter. »Ich weiss nicht. Vielleicht ein vergrabener Schatz? Oder Schiffswracks?«

Jenny lachte gezwungen. »Was? Nein.« Sie blickte über die Schulter auf den weiten Ozean. »Nicht da draussen.«

Andy sah wieder zu Adam. »Das Meer ist ein hungriges Biest und man weiss nie, wann und was es fressen will, stimmt's nicht, Adam?«

Sowohl Andys Tonfall wie auch sein Lächeln erweckten den Anschein, sie seien alte Freunde, aber der Blick des anderen Mannes wirkte wie ein Laser, der ein Ziel anvisierte. Adam musste darum kämpfen, ihn halten zu können. »Ja, stimmt.«

Andy zeigte auf eine Tätowierung auf Adams Arm. »Aha, 1. Fallschirmjägerbataillon. Man nennt euch auch die Bats, die Fledermäuse, ja, kurz für Parabat?«

Adam nickte.

»Respekt, Kumpel. Ich habe im Irak mit ein paar Ihrer Veteranen, Ex-Bats, gedient. Harte Kerle. Waren Sie an der Grenze?«

»Ja«, sagte Adam. Er war, wie alle weissen südafrikanischen Männer seines Alters, wehrpflichtig gewesen und hatte einige Zeit im südafrikanischen Grenzkrieg gedient. Allerdings war die neue südafrikanische Verteidigungsarmee nicht in den amerikanischen Irak-Krieg involviert gewesen, weshalb Adam vermutete, die Männer, von denen Andy sprach, seien private Militärunternehmer. Er erinnerte sich an die Tätowierung eines der anderen Männer in Andys Boot. »Ich war 1987 in Angola. Seid Ihr alle Ex-Militärs?«

»Royal Marines und SBS. Ich hatte zwei Einsätze in Afghanistan, einen Auftrag im Irak und war danach im Bereich der maritimen Sicherheit auf Frachtschiffen tätig. Gutes Geld, wenn Sie daran interessiert sind. Da draussen auf dem grossen Ozean gibt es jede Menge Piraten.«

»Nein danke«, sagte Adam. Die Erklärung war gegeben, aber Adam fragte sich nach wie vor, was Andy und seine Bande von Seekriegern vorhatten. »Und nun hier im Urlaub? Auf Erholung?«

»Teilweise, obwohl derzeit keiner von uns arbeitet. Wir sind mit WildForce, einer Wohltätigkeitsorganisation hier. In einem Wort aber mit zwei Grossbuchstaben geschrieben. Vielleicht haben Sie schon von uns gehört?«

Adam schüttelte den Kopf. »Ich fürchte nicht.«

»Wir rekrutieren Militärveteranen für Anti-Wilderei-Projekte in Afrika. Meistens geht es dabei um den Aufbau von Kapazitäten und die Ausbildung lokaler Ranger in grundlegenden militärischen Fähigkeiten und Erster Hilfe. Wir geben auch strategische Ratschläge und einige von uns«, er deutete mit dem Daumen auf seine Kameraden, die gerade über eine Düne in den Bäumen verschwanden, »verfügen über Kenntnisse in der amphibischen Kriegsführung, so dass wir nach neuen Projekten an der Küste Ausschau halten, bei denen wir helfen können.«

»Wir haben hier keine Bedrohung durch bewaffnete Wilderei, falls Sie das interessiert«, erklärte Adam. »Die grösste Bedrohung für Meeresschildkröten ist, wenn sie in die Netze kommerzieller Fischer geraten, zu sogenanntem Beifang werden. Vielleicht haben Sie in Mosambik mehr Glück, wo die Marine und die maritimen Strafverfolgungsbehörden härtere Zeiten erleben als unsere hier.«

Andy nickte. »Danke für den Tipp. Wir haben vor, Mosambik auf dieser Erkundungstour irgendwann zu besuchen. Er warf einen Blick auf das Forschungsboot. »Haben Sie geangelt, während Sie draussen waren?«

»Nein.« Adam war sich dauernd der grossen, unregelmässigen Form der Leiche unter der Bootsdecke bewusst.

Andy hielt seinen Blick, der sich in seinen Verstand zu bohren schien, wie um herauszufinden, ob er lüge, noch ein paar Sekunden lang. Schliesslich streckte er seine Hand wieder aus und lächelte. »Wir sind noch ein paar Tage hier. Schauen Sie auf dem Campingplatz vorbei und lassen Sie mich wissen, falls Ihnen jemand einfällt, der unsere Unterstützung brauchen könnte. Oder kommen Sie einfach auf ein Bier vorbei.«

Adam schüttelte Andys Hand. »Ja, mach ich.«

Andy wandte sich wieder an Jenny. »Schön, Sie kennengelernt zu haben, Jenny. Das Angebot gilt natürlich auch für Sie und Ihren Freund ...«

»Thabo«, sagte Jenny.

Die Tatsache, dass Andy nun alle ihre Namen kannte, beunruhigte Adam, insbesondere, weil er bemerkte, dass der andere Mann leicht nickte, als ob er sich alle Namen gemerkt hätte.

Andy warf noch einen langen Blick auf das Forschungsboot, bevor er sich umdrehte und den Strand in die Richtung hinaufging, in die die anderen ihr Boot gebracht hatten.

»Mit diesem Kerl stimmt irgendetwas nicht«, murmelte Jenny. »Haben Sie ihm deshalb nichts von den Toten erzählt?«

Adam sah zu, wie Andys Rücken verschwand. »Ja. Und auch weil er weder gefragt noch gesagt hat, er suche nach vermissten Freunden oder so etwas.«

»Apropos tote Typen ...«, begann Jenny.

Adam rieb sich das Kinn. »Planänderung. Können Sie bitte den Polaris zurück zum Camp bringen und mit dem HiLux und dem Anhänger kommen?«

»Ich darf den Wagen fahren?« Sie öffnete vor lauter Erstaunen den Mund. »Und Sie fragen nicht einmal, ob ich mit einem Anhänger rückwärtsfahren kann, Herr Professor? Aber zum Glück war mein Vater, wenn er nicht unter der Erde bei der Arbeit war, ein begeisterter Fischer und so habe ich, seit ich fünfzehn war, Boote zu Wasser gelassen und herausgezogen.«

»Perfekt, dann so schnell wie möglich, bitte, Jen.«

. . .

Jenny drückte auf das Gaspedal des Strandquads und raste zur Forschungsbasis zurück.

Thabo kam aus dem Laborgebäude gelaufen. »Was ist los?«

»Ich kann nicht dableiben«, rief Jenny, sprang aus dem Polaris und sofort in den Toyota-Bakkie hinein. Sie fand die Schlüssel im Aschenbecher, wo sie normalerweise aufbewahrt wurden, schob den Fahrersitz nach vorne und stellte den Rückspiegel ein.

Gerade als Jenny losfahren wollte, ging die Tür auf der Beifahrerseite auf. »Ich komme auch mit.«

Sie warf Thabo einen Blick zu und ihr wurde klar, dass es keinen Grund gab, warum er nicht mitkommen sollte. »Okay, aber beeil dich.«

»Wo brennt's denn?«

Jenny erzählte ihm von Andy und seinen neugierigen Fragen. »Er erwähnte sogar Wracks versunkener Schiffe oder so etwas Ähnliches.«

»Ich dachte mir schon, dass irgendetwas an diesem Kerl seltsam ist.«

Als sie die schmale Naturstrasse, die zur Strasse hinter dem Strand führte, hinunterfuhren, kam ihnen unvermittelt ein Auto entgegen, so dass Jenny heftig bremsen musste. Niemand von ihnen hatte sich die Mühe gemacht, einen Sicherheitsgurt anzulegen und ihre Köpfe wurden nach vorne geschleudert.

»Pass auf!«, warnte Thabo.

»Polizei.« Jenny hatte keine Lust, zurück zum Labor zu fahren, also zog sie die Handbremse an und stieg aus. Ein Beamter in einem Golfhemd und mit Chinohose kam ihr entgegen. »Entschuldigung«, rief Jenny ihm zu.

»Ich bin Warrant Officer Mkhizi. Guten Tag, wie geht es Ihnen?« Sie schätzte ihn auf Anfang dreissig, er sah fit aus, mit einem ordentlich gestutzten Bleistiftbart und kräftigem Bizeps.

»Jenny Ellis. Gut, danke.«

»Ich habe gehört, es gäbe eine Leiche?«

»Zwei, um genau zu sein.«

Der Beamte strich sich mit der Hand über den kahlgeschorenen Kopf. »Zwei?«

»Mein Kollege Thabo kann Sie zur ersten, ähm, verstorbenen Person bringen«, sagte Jenny, »während ich die andere hole.«

»Wir dürfen den Tatort nicht zerstören, also komme ich mit Ihnen.«

»Herr Wachtmeister«, sagte sie, »der Tatort liegt zwanzig Meter unter Wasser und der andere Tote liegt in einem Boot, das wir gerade holen wollten.«

Mkhizi seufzte. »Also gut.«

Thabo hatte zugehört und stieg nun wieder aus dem Pick-up. »Ich zeige Ihnen den Weg, Sir.« Er öffnete die Tür des Polizeifahrzeugs, stieg ein und Mkhizi fuhr los.

Nun, da der Polizist nicht mehr da war, setzte Jenny die Fahrt fort und diesmal schnallte sie sich an. Sie waren zwar nicht in Johannesburg, aber die Strasse von und nach Bhanga Nek war auf dem grössten Teil der Strecke einspurig und manchmal rasten Touristen oder Einheimische über die raue Fahrbahn.

Die schmale Sandstrasse schlängelte sich hinter den Dünen, die dem Strand vorgelagert waren, durch einen Dschungel aus dichtem Buschwerk. Obwohl sie Meeresbiologie studierte, war Jenny von den meisten Dingen in der Natur fasziniert, auch von Bäumen. Knorrige Umdonis, Wasserbeerbäume, bogen sich über die Strasse und bildeten einen kühlen, grünen Tunnel, dessen Äste von üppigen Palmen umschlungen wurden. Dieser grüne Gürtel an der Küste bot Lebensraum für Affen, die durch die Äste huschten, sowie für Heerscharen von Streifenmangusten, die auf der Suche nach Käfern, Eidechsen und dem unvermeidlichen menschlichen Müll durch den Sand patrouillierten.

Jenny seufzte, als sie an den öffentlichen Picknickplätzen vorbeifuhr. Bierflaschen und Dosen quollen aus den Kehrichteimern oder lagen in der Nähe der Grillplätze, wo Feuer gemacht worden waren, verstreut auf dem Boden. Dort, wo Picknickende so 'rücksichtsvoll' gewesen waren, ihre Abfälle in Plastiktüten zu verpacken, hatten Wildtiere diese auf der Suche nach Essbarem durchwühlt. Einwegwindeln, Teller und Besteck quollen heraus. Später am Tag würden Sie und Thabo zurückkehren und eine ihrer freiwilligen Müllsammeltouren absolvieren.

Sie passierte den Campingplatz und sah, dass zwischen den Bäumen in einem Kreis grüne Zelte standen, die fast wie ein Militärlager wirkten. An dessen Seite waren ein paar Toyota HiLux Pick-ups neueren Modells geparkt, mit Tarnfolien und der Aufschrift *Wild-Force* auf den Seiten. Als sie verlangsamte, sah sie die Männer, die auf dem Wasser gewesen waren und ihr schwarzes Zodiac-Schlauchboot. Sie drehten sich um und sahen sie an. Einer trug immer noch den Tarnanzug, während die anderen unterschiedlich gekleidet waren, von einfachen Badeshorts bis zu Shorts mit T-Shirts. Sie waren durchtrainiert, muskulös und tätowiert. Zwei winkten ihr zu, worauf sie zurückwinkte.

Andy, ihr Anführer, kam auf dem schmalen Weg, der durch den Busch zum Strand führte und winkte ihr ebenfalls zu. Sie lächelte und erwiderte den Gruss, dann fuhr sie ein Stück weiter, um die Zufahrtsstrasse zum Strand zu erreichen.

Die Neuankömmlinge sahen alle gleich gut aus, wenn man den Anblick solch übermässig muskulöser Männer mochte - und ein Teil von ihr tat das -, aber sie schauderte trotz der drückenden Hitze vor dem offenen Fenster. Vielleicht war es Adams Erzählung, die auf sie abgefärbt hatte, oder die Art und Weise, wie präzis der Abstand zwischen den Zelten aussah und wie ihre Ausrüstung in grünen Plastikkoffern aufgestapelt war. Sie fragte sich, was in diesen Koffern war.

Jenny fuhr die Zufahrtsstrasse hinauf, griff nach unten und schaltete, wie Adam es immer tat, den Allradantrieb ein, bevor sie den Strand erreichte.

Sie schwenkte den HiLux in einem weiten Bogen und fuhr rückwärts zur Stelle, an der Adam wartete.

»Haben Sie unseren Freund Andy gesehen?«, fragte Adam sie, als sie anhielt und ausstieg, um ihm zu helfen, das Boot an der Winde des Anhängers zu befestigen.

»Ja, gerade eben. Sie sollten das Lager, das sie errichtet haben, sehen. Es sieht wie eine Militärbasis aus. Die Polizisten sind endlich da und Thabo bringt sie zur anderen Leiche.«

»Gut.«

»Der arme Thabo.« Adam sah sie an. »Ich glaube, er ist sehr sensibel, Herr Professor. Sie haben doch gesehen, wie er sich verhalten hat, als wir den anderen Kerl geborgen haben.«

Er nickte. »Und was macht Sie so widerstandsfähig?«

Dass sie in diesem Moment keinen Blickkontakt mit ihm aufnehmen wollte, sondern sich stattdessen dem Meer zuwandte, dem einzigen Ort, an dem sie sich wirklich wohlfühlte, war speziell. »Ich habe schon einmal eine Leiche gesehen, wollte aber gestern Abend nichts sagen und möchte eigentlich auch nicht darüber reden ...«

»Schon gut, Jen. Tut mir leid, dass ich gefragt habe. Ich wollte nicht taktlos sein.«

Als sie ihm den Kopf zuwandte, begegnete sie seinen mitfühlenden Augen und war sich sicher, dass sich ihre Erinnerungen an die Trauer in seinem Blick spiegelten. »Nein. Es ist schon in Ordnung. Ich meine, es hilft, wenn ich mit jemandem ..., äh, mit jemandem, der mich versteht, rede.«

Er sagte nichts, wehrte sie aber auch nicht ab und sie war sich sicher, dass er sie verstand.

»Mein Vater hat sich das Leben genommen«, sagte sie. Jetzt war es gesagt. Während sich der Film in ihrem Kopf abspielte, zwang sie sich, fortzufahren. »Er war ein Glücksspieler und trank zu viel. Er verspielte so ziemlich alles, was wir - Mom, er und ich - hatten. Er erschoss sich zu Hause im Badezimmer. Ich hätte ihn eigentlich nicht finden sollen, aber weil ich mich nicht gut fühlte liess mich die Lehrerin früher von der Schule nach Hause gehen. Ich war die erste am Tatort ...«

»Das tut mir sehr leid. So wie Sie über ihn gesprochen haben, hatte ich den Eindruck, Ihr Vater lebe noch.«

»Manchmal kommt es mir so vor.« Sie hielt eine Hand hoch. »Es ist in Ordnung. Ich habe mir Hilfe geholt und mit einem Psychiater über all das gesprochen. Ich weiss, dass ich keine Schuld hatte, dachte aber: Wie konntest du mir das antun? Ich weiss, dass es egoistisch war, aber er hat nie etwas zu mir gesagt und mich auch nicht um Hilfe gebeten. Er und Mom stritten sich zu diesem Zeitpunkt ständig, aber ich hätte ihm doch etwas bedeuten sollen. Er hat mir immer gesagt, ich sei der wichtigste Mensch in seinem Leben und er ...« Jenny schniefte und schliesslich liefen ihr Tränen über die Wangen.

Adam ging zu ihr und nahm sie in die Arme.

Einen Moment lang dachte Adam, er hätte einen Herzinfarkt, denn nachdem er sich von Jenny löste, spürte er echten Schmerz in der Brust. Sein Mitgefühl war so gross, dass sein eigenes Herz wehtat.

Er hatte im Krieg Freunde verloren, deren Blut seine Uniform benetzt hatte, und nun drohten Jennys Tränen, auch ihn weinen zu lassen, aber er blieb für sie stark. Sie waren alle gebrochen - er, Jenny und Sannie, alle trugen ihren eigenen Kummer.

Nachdem sie das Boot auf den Anhänger geladen und zur Forschungsbasis zurückgefahren hatten, stellte Jenny ihn dem Polizeibeamten vor.

»Jenny, wie wäre es, wenn Sie eine Pause machten, vielleicht Thabo suchen könnten und Sie beide ein paar Sandwiches für uns alle organisieren würden?«, fragte Adam.

»Natürlich, Herr Professor.« Sie lächelte ihn an und der Kummer, der sie vorher übermannt hatte, schien vergessen.

Thabo war nirgends zu sehen, denn offensichtlich hatte er sich, bevor die erste Leiche aus ihrer Plastikhülle ausgepackt wurde, aus der unmittelbaren Umgebung zurückgezogen. Diese war nun der Sonne ausgesetzt und blähte sich, während der Polizeibeamte, Warrant Officer Mkhizi, mit Gummihandschuhen die Untersuchung durchführte, bereits auf.

Adam öffnete den Reissverschluss seines Rucksacks, zog die in sein T-Shirt eingewickelte Pistole heraus, hielt Warrant Office Mkhizi das Päckchen hin und liess den Stoff aufklappen.

»Eine Pistole? Wo haben Sie die gefunden?«

»Beim anderen Toten«, berichtete Adam.

»Ah, ja, ich habe gehört, dass wir im Boot eine zweite Leiche haben.«

Adam nickte.

Mkhizi ging in Richtung des Bootes. »Wann haben Sie die erste Leiche gefunden?«

»Letzte Nacht. Es war nach Mitternacht und wir haben Schildkrötennester und ausschlüpfende Junge beobachtet.«

»Und diesen zweiten Mann haben Sie im Wrack eines Bootes auf dem Meeresgrund gefunden?«

»Ja«, bestätigte Adam. »Heute Morgen. Neben der Leiche befinden sich noch einige wasserdichte, tresorähnliche Kisten, im Boot.«

Mkhizi liess seinen Blick über den zweiten Toten gleiten und entblösste mit seinen behandschuhten Fingern das leere Knöchelholster des Verstorbenen. Er sah wieder zu Adam auf. »Haben Sie eine Ahnung, wie lange es dauert, bis ein Tauchteam der Polizei hierherkommt, wenn ich eins organisiere, Professor Krüger?«

Adam zuckte mit den Schultern. »Ich nehme an, das reicht für heute nicht.«

Der Detektiv lachte. »Nicht diese Woche. Meinen Sie, Sie könnten von Ihrem Boot einen Tauchgang machen, um zu bergen, was da unten ist? Es ist wichtig, dass wir herausfinden, was diese Männer vorhatten, denn Fischer tragen weder solche Hosen noch haben sie versteckte Schusswaffen bei sich.«

»Selbstverständlich«, sagte Adam, »wir haben ja die ganze Ausrüstung.«

Mkhizi untersuchte die Leiche weiter. »Hatte er keinen Ausweis bei sich?«

Adam schüttelte den Kopf.

»Warum nicht?«

Es war eindeutig eine rhetorische Frage, aber Adam fragte sich das Gleiche. »Glauben Sie, es könnten Schmuggler sein?«

»Wenn wir herausfinden, was sich auf ihrem Boot befindet, werden wir mehr wissen«, sagte Mkhizi.

Adam dachte an das antike Buch. Er wusste, dass er dem Detektiv davon erzählen sollte, aber rechtfertigte das Zurückhalten der Information vor sich selbst, weil das Paket ja an den Strand gespült worden war. Theoretisch konnte es von überall herkommen und ausserdem war es technisch gesehen jetzt Adams Eigentum. Er war kein Dieb, aber er liebte Bücher und sein Arbeitszimmer im Haus in Pennington war voll mit Lehrbüchern, Romanen und einer Sammlung wissenschaftlicher und naturkundlicher Bücher, die bereits seinem Grossvater am Herz gelegen hatten.

»Sie wohnen hier, ja?«, fragte der Detektiv, seine Gedanken unterbrechend.

»Vorübergehend, ja«, bestätigte Adam. »Ich bin immer hier, wenn die Universität, wie jetzt, Forschungsstudenten im Camp unterbringt. Diesmal bin ich seit einem Monat hier.« Es war komisch: die Gedanken an seine Bücher liessen ihn sein Zuhause vermissen und die damit verbundene Vorstellung weckte das Bild von Sannie, die an einem Sonntagmorgen lesend im Sessel am Fenster sass, eine Tasse Kaffee auf dem niedrigen Tisch neben sich. Er vermisste sie.

»Haben Sie hier in letzter Zeit irgendwelche verdächtigen Personen gesehen?«

Adam hätte obenhin antworten können, es gäbe in jeder Strasse, in jedem Dorf und in jeder Stadt des Landes 'verdächtige Personen', aber die Frage führte ihn zu den Ereignissen des Morgens zurück. »Haben Sie den Campingplatz auf dem Weg hierher gesehen?«

»Eisch, das sah eher wie ein Armeelager aus, mit Tarnkoffern, grünen Armeezelten und so weiter. Wer sind diese Leute, das A-Team?« Er lachte.

»Es sind ehemalige Militärs und sie gehören zu einer gemeinnützigen Veteranenorganisation namens WildForce. Sie sind auf der Suche nach Arbeit im Bereich der Wildereibekämpfung. Ich habe ihnen gesagt, dass wir sie hier nicht brauchen.«

Mkhizi rieb sich das Kinn. »Das gesunkene Boot, das Sie erwähnten - haben Sie irgendetwas bemerkt, das darauf schliessen lässt, dass diese ausländischen Veteranen ein Interesse daran hatten? Vielleicht an den wasserdichten Kisten, die Sie erwähnten?«

Adam überlegte. »Ich müsste noch einmal nachsehen. Aber die Kisten, die ich auf dem Boot gesehen habe, könnten vom Militär sein. Sie haben eine dunkle Farbe, aber es war schwierig zu erkennen. Wir sind Freitaucher, also konnte ich nicht lange dort unten bleiben, aber wenn wir mit der Tauchausrüstung zurückgehen, sehe ich sie mir genauer an.«

»Ja, bitte tun Sie das«, sagte Mkhizi. »Ach, und Professor?«

»Ja?«

»Die Untersuchung, die ich durchführen muss, wird für mich schwierig. Ich muss zwei Stunden pro Strecke fahren, um hierher und zurück zur Polizeistation zu gelangen. Ausserdem habe ich wenig Personal und praktisch keine Ressourcen.«

»Ich verstehe.«

Er nickte in Richtung des öffentlichen Zeltplatzes. »Ich werde den Männern in den Armeezelten einen Besuch abstatten und sie fragen, ob sie etwas darüber wissen, was Sie am Strand und im Wasser gefunden haben.«

Adam holte tief Luft. »Ich habe ihnen nichts von den beiden Leichen gesagt. Ich war mir bei ihnen nicht sicher.«

»Warum? Halten Sie sie für gefährlich?«

Adam straffte seine Schultern. »Ich kann schon auf mich aufpassen.«

Mkhizi nickte langsam. »Das kann ich mir anhand Ihrer Tätowierung denken. Aber ich will damit sagen, Professor, dass Sie und Ihre Studenten weit von jeglicher Hilfe entfernt sind. Wenn an der Küste bewaffnete Schmuggler ihr Unwesen treiben und Sie diesen zufällig in die Quere kommen, kann ich nicht hier sein, um Sie zu schützen. Verbrechen aufzuklären ist die Aufgabe der Polizei, nicht die von wohlmeinenden Amateuren.«

»Ich würde meine Studierenden niemals einem Risiko aussetzen.«

»Gut. Bitte überprüfen Sie das Wrack für mich und rufen Sie mich an, falls Sie etwas finden. Er zog eine Visitenkarte aus der Tasche, reichte sie Adam. Er winkte den beiden Männern, die des kühlenden Luftzugs wegen mit geöffneten Türen im Fahrzeug der

Gerichtsmedizin sassen, zu. Diese hatten offenbar auf dieses Signal gewartet, stiegen nun aus und kamen mit einer Trage. »Und denken Sie bitte daran: nur weil ich Sie bitte, für mich zu einem gesunkenen Boot zu tauchen, sind Sie noch lange kein - wie würden die Amerikaner es nennen – 'Hilfssheriff'.«

»Ja, das ist mir klar«, sagte Adam erneut.

»Passen Sie auf sich auf, Herr Professor und rufen Sie mich bitte an, wenn Sie etwas finden, sei es auf See oder an Land.«

Als Adam sich umdrehte und den Polizisten verliess, um hineinzugehen, kam Jenny aus dem Forschungsgebäude.

»Das Essen ist fertig. Wie ist es gelaufen?«, erkundigte sie sich.

Adam zuckte mit den Schultern. »In diesem Stadium können sie nicht viel sagen.«

Andy und seine fröhliche Truppe würden schon bald erfahren, dass Adam ein gesunkenes Boot und zwei Leichen gefunden hatte. Es war nur zu hoffen, dass die Anti-Wilderei-Freiwilligen nichts von dem Wrack wussten und nichts mit Schmugglern oder wertvollen nahöstlichen Artefakten zu tun hatten. Das bezweifelte Adam jedoch irgendwie.

10

NATAL, 1880

Gregory und Sergeant Phillips wickelten Morrisons Leiche in eine Plane aus Ölzeug, die sie in der Scheune gefunden hatten, schnallten sie auf den Rücken eines der beiden Pferde, die dort untergebracht waren und ritten dann zurück nach Pietermaritzburg.

»Wohin ist Constable Khumalo gegangen?«, fragte Phillips.

»Zu einer Familienangelegenheit«, antwortete Gregory.

Als sie sich der Hauptstadt näherten, sagte Gregory: »Wir lassen den alten Doktor Hughes einen Blick auf die Leiche werfen - mal sehen, ob er uns noch etwas über den Mann sagen kann. Versorge dich und dein Pferd mit Futter und Wasser, Gavin, ich habe eine Verabredung mit einer Dame. Wir treffen uns in zwei Stunden im Hotel Kaiserhof, um weiterzureiten.«

»Oh, sehr gut, Sir.« Phillips' Mund verzog sich und Gregory dachte, eine Mordermittlung sei für den jungen Sergeant der bisherige Höhepunkt des Jahres.

Gregory machte sich allein auf den Weg durch die Stadt. Ein streunender Hund kläffte sein Pferd an, wich ihm dann aber aus. Zwei junge Burschen zeigten auf das verdächtige Bündel, das Gregory quer über das Pferd, das er führte, gebunden hatte. Als ihm eine Frau, die mit ihrem Dienstmädchen auf der hölzernen Promenade am Rande der schlammigen Strasse spazierte, einen Blick zuwarf, berührte er die Krempe seines Tropenhelms, um sie zu grüssen. Alles roch nach Mist, denn vor ihm wurde eine Rinderherde durch die Stadt getrieben und das Knallen der Peitsche ihres Besitzers hallte wie Gewehrschüsse. Dann hörte Gregory das Klirren eines Schmiedehammers und der Geruch von Curry, das ein Strassenhändler in einem Topf kochte, liess seinen Magen knurren.

Er folgte einer Seitenstrasse zur Praxis des Arztes, musste aber feststellen, dass Hughes nicht da war. 'Wahrscheinlich ist er in einer Bar', dachte sich Gregory, liess das Ersatzpferd und die Leiche bei zwei der Bediensteten des Arztes und trug ihnen auf, dem Arzt seine Grüsse auszurichten und er käme später wieder.

Er ritt weiter und band sein Pferd vor dem Hotel an, das er für sich immer noch 'Hotel Eiche' nannte. Es war ein weitläufiges Backsteingebäude mit weissen Säulen an der Fassade, das ursprünglich als Rathaus erbaut, aber später zu einer Unterkunft umgebaut worden war. Zu Ehren des verstorbenen kaiserlichen Prinzen Louis Napoleon, der hier übernachtet hatte, bevor er zu seinem unglückseligen Ausflug nach Zululand aufgebrochen war, hatte man es umbenannt und nun stand der neue Name des Hauses über den Doppeltüren: 'Hotel Kaiserhof'. Ein Zulu in der Uniform eines Lakaien öffnete ihm die Tür und als er eintrat, nahm Gregory seinen Helm ab. Er ging mit auf dem Fliesenboden klappernden Stiefeln zu einem polierten hölzernen Empfangstresen, hinter dem ein lächelnder Mann mit einem Kittel, geöltem Haar und Zwickerbrille stand. Die beiden begrüssten sich.

»Ich bin Unterinspektor Peter Gregory und werde von Lady Beecham, die bei Ihnen zu Gast ist, erwartet.«

Das Lächeln des Mannes wurde von seinem Blick zunichte gemacht. »Ah ja, unser amerikanischer Gast. Er tippte auf eine Messingglocke auf seinem Schreibtisch und der Pförtner schritt hinzu. »Jacob, bitte seien Sie so freundlich und sagen Sie Ihrer Ladyschaft, dass Unterinspektor Gregory hier ist, um sie zu sehen.«

»Sir.«

»Lady Beecham reist heute Morgen ab.« Der Mann klang erleichtert. »Vielleicht möchten Sie im Innenhof auf sie warten?«

»Ja, danke, ich kenne den Weg.« Gregory ging zu einer anderen Tür und trat in den umschlossenen Aussenbereich des Hotels. Ein Arbeiter tünchte die Wände frisch und eine Frau wischte den Boden. »Dieses alte Haus sieht jetzt schick aus«, bemerkte er zu dem Maler. Dieser sah zu ihm hinunter. »Ja, mein Herr. Ich musste auch das Innere für die französische Königin neu streichen.«

Gregory nickte. Er war sich sicher, dass der Mann mit 'Königin' Kaiserin Eugénie meinte, die Witwe des verstorbenen Kaisers Napoleon III. und Mutter des im letzten Jahr gefallenen Prinzen.

»Hauptmann Gregory?«

Gregory drehte sich um. Zuerst fielen ihm ihre Augen auf, die im leuchtendsten Grün blitzten, das er je gesehen hatte und von kastanienbraunen Locken, welche auch eine Schleife nicht ganz bändigen konnte, hervorgehoben wurden. Sie trug eine Jacke in nahezu militärischem Schnitt, deren Farbe zu diesen Augen passte und das Weibliche darunter trotz der strengen Form nicht verbergen konnte. Ihr zur Jacke passender Rock endete gerade hoch genug, dass darunter braune Lederreitstiefel zu sehen waren.

»Ja, in der Tat.« Sie war ziemlich auffällig – sogar so sehr, dass er vergass, sie bei der Verwendung seines früheren Ranges zu korrigieren. »Lady Beecham, nehme ich an?«

Sie kam zu ihm und reichte ihm die Hand, die er ergriff, bevor er sich verbeugte. Er nahm sich zusammen, denn obwohl sie attraktiv war, hatte er keine grosse Lust, das Kindermädchen für eine Fremde zu spielen. »Zu Ihren Diensten, wie es scheint, Ma'am.«

»Wie es scheint?« Sie tat ihr Bestes, um seinen kolonialen Akzent zu imitieren. »Meine Güte, höre ich da etwa einen leisen Hauch von Unmut?«, sagte sie mit einem Akzent, den Gregory von den aus Amerika in die Kolonie gereisten Goldsuchern kannte. »Ich weiss, dass ich anstrengend sein kann«, sagte sie mit leiser Stimme, »fragen Sie nur den Papagei an der Rezeption. Aber Sie ärgern sich doch sicher nicht schon jetzt über diesen Auftrag, nur weil ich eine Frau bin?«

Obwohl eine freimütige Frau nichts Neues für ihn war - das hatte sie mit Grace gemeinsam - war Gregory einen Moment lang verblüfft. Er schimpfte mit sich selbst, hatte sie doch seine Gefühle aus dem Tonfall in seiner Stimme herausgelesen. »Ganz im Gegenteil, Madam, und falls es so aussah, entschuldige ich mich.«

Sie legte den Kopf schief. »Ich sage nicht, dass ich Ihnen vergebe, denn das müssen Sie sich verdienen. Aber da ich weiss, dass ich allein nicht weit komme, bleibe ich bei Ihnen im Sattel.«

Im Sattel? überlegte er. »Möchten Sie vielleicht eine Tasse Tee?«, schlug er vor.

»Kaffee für mich.« Gregory gab einem Hotelangestellten, der über den Hof ging, ein Zeichen, bestellte, und die beiden setzten sich im Innenhof an einen Tisch.

»Man hat mir gesagt, dass Sie eine Bekannte von Kaiserin Eugénie sind?«

Sie strich sich über die Haare und schaute in Richtung des Malers. »Ja, natürlich. Das bin ich.«

»Ausserdem habe ich gehört«, fuhr Gregory fort, »die Kaiserin sei bereits durch Maritzburg gereist. Haben Sie sie verpasst?«

Diesmal klaubte sie nicht vorhandene Fussel von ihrem Rock. »Es scheint so. Ich könnte schwören, sie habe gesagt, sie übernachte hier in diesem Hotel, aber in Wirklichkeit ist sie nur durch die Stadt gefahren und hat einige der Orte besichtigt, an denen ihr Sohn, Louis, im Einsatz stand.« Jetzt richtete sie ihre grünen Augen auf ihn. »Aber ich zähle auf Sie, Herr Hauptmann, dass Sie für uns eine Abkürzung durch die Wildnis Afrikas finden, damit ich meine liebe Freundin, die Kaiserin, treffe. Und natürlich vor allem bei ihr sein kann, wenn sie die Stelle erreicht, an der der Kaiserliche Prinz ums Leben kam.«

Während seiner Zeit als Polizist hatte Gregory gelernt, eine Person, die lügt, auf hundert Schritte Entfernung zu erkennen. Er hatte noch nie eine so attraktive Frau wie Lady Beecham getroffen, die allerdings, wie all die Hochstapler und Taschendiebe, denen er begegnet war, etwas zu sein vorgab, das sie nicht war.

»Eure Ladyschaft ...«

Sie lächelte ihn an und ihre Augen leuchteten wie gleissende Smaragde. »Bitte, nennen Sie mich Teresa, und Sie sind...?«

Er räusperte sich. »Sub-Inspector Gregory, Ma'am.«

»Man sagte mir, Sie seien Captain Gregory.« Sie wickelte eine verirrte Haarlocke um einen Finger.

»Das war mein früherer Dienstgrad in der Armee, Madame. Manche Leute nennen mich immer noch so und ich denke, es wäre das Beste, wenn wir uns gegenseitig so nennen ...«

»Ich denke«, unterbrach sie ihn, »dass wir weder in London noch in New York sind. Wir sind hier in Afrika und ich finde, dieses wilde, ungezähmte Land verdient es, dass man alte Zöpfe abschneidet oder ein wenig umschreibt. Ich nenne Sie Peter und Sie mich Teresa.«

»Wie haben Sie ...?«

»Woher ich Ihren Namen kenne? Nun, dieser griesgrämige alte Major Dartnell sagte mir, er beauftrage einen seiner besten Offiziere damit, mich durch Zululand zu begleiten, und man würde mir seinen Namen zu gegebener Zeit mitteilen. Natürlich habe ich mich im Polizeigebäude umgehört und herausgefunden, dass Sie zu Major Dartnell bestellt worden waren. Ausserdem passen Sie auf die Beschreibung, die mir meine Quelle gegeben hat.«

»Ihre Quelle? Wie haben Sie einen Polizeiangehörigen dazu gebracht, all diese Informationen an Sie, eine Zivilistin, weiterzugeben, Ma'am?«

Sie schenkte ihm ein süsses Lächeln. »Ich habe meine Wege, Peter.«

»Sub-Inspector Gregory, Ma'am«, verbesserte er steif.

Ihr Lächeln wurde breiter. »Wir werden sehen.«

»Sie sagen, Sie sind eine Bekannte der Kaiserin, Ma'am?«

»Ja, das bin ich.«

»Vielleicht können wir den Trupp, mit der die Kaiserin reist, benachrichtigen. Der Unteroffizier, der uns begleitet, ist ein recht zuverlässiger junger Mann. Er kann uns vorausreiten, um diese Gruppe einzuholen und ihr mitzuteilen, dass Sie auf dem Weg sind.«

Der Kaffee wurde serviert und Teresa wartete, bis der Diener sich entfernt hatte. »Wir wollen doch die Überraschung nicht verderben.«

Gregory nippte an seiner Tasse. »Die Überraschung, Ma'am?«

Sie schlug eine Hand vor das Gesicht. »Ach, diese Eugénie. Sie und ich sind solche Spassvögel. Wir lieben es, einander kleine Streiche zu spielen und uns gegenseitig zu überraschen, indem wir unangekündigt auftauchen. Ausserdem«, sie beugte sich verschwörerisch zu ihm vor, »weiss ich nicht, Peter, ob ich jeden Zentimeter des Bodens, den der arme Prinz Louis betreten hat, sehen möchte. Dennoch möchte ich gern bei der Kaiserin sein, wenn sie an den Ort kommt, wo ... nun, wo es passiert ist.«

»Wo der Kaiserliche Prinz getötet wurde?«

»Äh, ja.«

»Und dort, am Ort des Todes ihres Sohnes, wollen Sie Ihre Freundin, die Kaiserin, überraschen, weil Sie Spassvögel sind?«

Sie räusperte sich, nahm noch einen Schluck Kaffee, kniff dann die Augen zusammen und blickte ihn starr an. »Sind Sie ein guter Offizier, Captain Gregory?«

Er erwiderte ihren Blick, diesmal ohne zu lächeln. »Das hängt davon ab, wie man 'gut' definiert.«

»Befolgen Sie Befehle?«

»Ordnungsmässige Befehle, ja.«

»Und wie lauten Ihre Befehle in Bezug auf mich im Moment?«

»Ich treffe Sie, um ...«

»Sie sollen, ich zitiere, 'eine Eskorte für Lady Beecham durch Zululand bereitstellen, damit sie sich, vorbehaltlich weiterer Klärungen, mit Kaiserin Eugénie und ihrer Gruppe treffen kann.«

Sie musste dieselbe Mitteilung gelesen haben, die Hellfire Jack ihm vorgelesen hatte, oder man hatte ihr von dieser erzählt.«

»Nun, Captain Gregory?«

Er strich sich den Schnurrbart glatt. »Sie scheinen bemerkenswert gut informiert zu sein, Ma'am.«

Von ihrem Lächeln war keine Spur mehr zu sehen. »Dann lassen Sie uns die Pferde satteln, Cowboy.«

»Wie bitte?«, fragte Gregory verblüfft.

Teresa schaute über ihre Schulter. »Gut. Wenigstens einer in diesem verdammten Land kann die Zeit lesen.«

In der Hofeinfahrt standen zwei Gepäckträger und hinter ihnen bemerkte Gregory einen Hügel von Gepäckstücken: Dampferkoffer, Teppichbeutel, Hutschachteln und Holzkisten. Lady Beecham schien nicht mit leichtem Gepäck zu reisen.

»Schliessen Sie Ihr Maul, Captain, ich habe für Pferd und Wagen bezahlt.« Sie schob ihre halb ausgetrunkene Tasse Kaffee über den Tisch und stand auf. »Dann wollen wir mal.«

Aus Gewohnheit stand er ebenfalls auf, doch Gregory sollte verdammt sein, wenn er wie ein dressierter Affe nach der Pfeife dieser Frau tanzen sollte. »Ich habe noch Pflichten zu erfüllen, bevor ich Maritzburg verlasse, Ma'am.«

»Die können bestimmt warten, bis Sie zurückkommen.« Sie wandte sich zum Gehen.

»Madame.«

Teresa blieb stehen und sah ihn an.

»Nein, meine Pflichten können nicht warten«, widersprach Gregory »denn sie betreffen eine äusserst wichtige Angelegenheit.«

Ein Anflug von Erkenntnis verwandelte ihr Gesicht, das nun grosse Freude zeigte. »Oh, ja. Der Mord! Dann ist ja alles klar und ich bekomme zwei Geschichten für den Preis von ...«

Er hob eine Augenbraue. »Geschichten, Ma'am? Ich habe gehört, Sie seien Korrespondentin für eine oder mehrere Zeitungen in Amerika. Aber Ihr Treffen mit Ihrer 'Freundin', der Kaiserin, ist doch bestimmt keine so fadenscheinige oder triviale 'Geschichte'?«

Ihre Wangen röteten sich. »Nein, nein. Natürlich nicht. Ich meine, ich bin hier, um über die Kolonie Natal, deren vielfältige Tierwelt und ihre ... ihre edlen und faszinierenden Menschen zu schreiben.«

»Ich bin sicher, dass das Hotelpersonal Ihnen beim Beladen des Wagens helfen kann. Mein Unteroffizier und ich werden in einer Stunde zurück sein, dann können wir losreiten.«

»Aber ...«

Er setzte den Helm auf und verbeugte sich kurz vor ihr. »Ich habe eine polizeiliche Angelegenheit zu erledigen, Eure Ladyschaft, aber ich werde so schnell wie möglich zurückkehren.«

Gregory ging durch die Rezeption auf die Strasse, wo in der Tat ein Pferd mit Wagen stand, der vermutlich darauf wartete, beladen zu werden. Ausserdem war eine schöne Fuchsstute mit einem teuren Sattel hinten an den Wagen angebunden. Er löste sein eigenes Pferd, Bullet, stieg auf und machte sich auf den Weg.

Er ritt durch die Stadt, wich Menschen und streunenden Tieren aus, überquerte die Hauptstrasse und kam an der Taverne vorbei, in der er und Grace den brutalen Blundell gefangen genommen hatten. Gregory machte einen Umweg zum Hauptquartier der NMP, der Natal Mounted Police, Natals berittener Polizei.

Der diensthabende Offizier, ein anderer junger Sergeant, teilte ihm mit, Dartnell sei nicht anwesend, so dass Gregory ihn nicht über die Spionage und Hinterhältigkeit der seltsamen Amerikanerin berichten konnte. Andererseits konnte er sich auch nicht darüber informieren, ob sich die französische Kaiserin tatsächlich mit Lady Beecham treffen wollte oder nicht. Frustriert, aber mit seinem anderen Auftrag im Kopf, machte er sich auf den Weg durch das Gebäude zu den Zellen.

»Häftling Blundell«, sagte er zu Lloyd, der als Sergeant der Wache für das Stadtgefängnis zuständig war. Lloyd war ein fröhlicher, rundlicher Kerl, der Gregory durch einen mit Steinplatten ausgelegten Korridor zu einer Stahltür führte und diese aufschloss.

»Vor dem Beamten gibt es keinen Ärger«, sagte Lloyd zum Gefangenen, der sich nicht von seinem Bett, das aus einem an der Wand befestigten Brett bestand, erhob.

Gregory nahm seinen Helm ab. »Ihr Freund Morrison ist tot. Er wurde ermordet.«

Blundell spuckte auf den Zellenboden. »Er war kein Freund von mir.«

Der enge Raum roch nach Schimmel und Pisse. »Ich fand ein Bündel Spielschulden in seinem Bauernhaus, die nicht unbedeutend waren. Wie wollte er Sie bezahlen?«

»Wofür?«

»Stellen Sie sich nicht dumm, Mann«, gab Gregory zurück. »Wie wollte er Sie für das Kind bezahlen, das Sie für ihn besorgen sollten?«

Blundell sah Gregory abwägend an. »Und warum sollte ich Ihnen irgendetwas verraten?«

»Sie haben nichts zu verlieren, denn sie werden wahrscheinlich für den Mord an Ihrer Frau hängen.« Gregory hatte keine Lust, diesem abscheulichen Typen, der eine Frau ermordet hatte und bereit war, ein Kind ins Elend zu verkaufen, irgendwelche Gnade zu erweisen. »Aber Morrison war möglicherweise in ein weiteres Verbrechen verwickelt. Wenn ich es aufklären kann, weil Sie der Polizei helfen, dann, nun ja, könnte ein Richter das vielleicht beim Strafmass in Betracht ziehen.«

»Und mich erschiessen, anstatt mich zu hängen?«

Gregory zuckte mit den Schultern. »Wer weiss, vielleicht wird Ihre Strafe in eine lebenslängliche Haftstrafe umgewandelt.«

Blundell spuckte erneut aus. »Keine Chance.« Er schien einen Moment zu überlegen. »Ich kann Ihnen etwas sagen, aber dafür will ich eine Gegenleistung.«

»Welcher Art?«

Er sah Gregory in die Augen und grinste. »Eine Frau. Bevor ich meinen Schöpfer treffe, will ich noch eine Muschi.«

Gregory schauderte. Dieser Mann war ekelerregend, aber ihm kam eine Idee. »Nun gut.«

Blundell kniff die Augen zu Schlitzen zusammen. »Sie haben aber sehr schnell zugestimmt. Habe ich Ihr Wort als Gentleman?«

Als Gentleman? »Ja, als Offizier und Gentleman. Ich verspreche Ihnen, dass ich eine Frau, die sich verkauft, für zwei Stunden zu Ihnen bringen lasse. Ist das lang genug?«

Blundell lachte und klopfte sich auf den Oberschenkel. »Oh, ja. Mein Wort, das ist es.« Er wurde ernst. »Keine Sorge, ich werde sie nicht umbringen.«

Gregory nickte. »Erzählen Sie mir jetzt von Morrison.«

Blundell lehnte sich, den Körper entspannt und die Beine gespreizt, auf seinem Bett zurück und kratzte sich an seinem Gemächt. »Der gute Major«, er schmunzelte über diesen Ausdruck, »hatte seine Schulden. Aber gleichzeitig stand er kurz davor, zu sehr viel Geld zu kommen.«

»Wie das?«

»Er hat nicht genau erklärt, wie, aber er hat mir gesagt, dass er etwas sehr Wertvolles besitze, für das viele Leute, auch Ausländer, einen Haufen Geld bezahlen würden.« Blundell blinzelte. »Er sagte, er habe nun einen Käufer für dieses ... Ding, was auch immer es war, gefunden, und er erwarte, genug Geld zu bekommen, um ein neues Leben zu beginnen.«

»Und seinen ekelhaften Lastern zu frönen«, ergänzte Gregory.

Blundell breitete seine Hände aus. »Wer bin ich, darüber zu urteilen - oder Sie, der sich mit dieser hübschen kleinen Inderin herumtreibt.«

Gregory machte zwei Schritte auf die abstossende Gestalt zu und hob seine zu einer Faust geballte rechte Hand. Er hatte die Genugtuung, zu sehen, wie Blundell ängstlich vor ihm zurückwich. Er schlug nicht zu. »Waren Sie jemals auf seiner Farm?«

Blundell schüttelte den Kopf. »Nein.«

»Haben Sie Major Morrison jemals in Gesellschaft anderer Personen, Männer oder Frauen, gesehen?«

»Nein. Er war ein Einzelgänger. Ein verbitterter. Es schien, als hätte sich die Armee, nachdem er aus dem Dienst entlassen worden war, von ihm abgewandt und ihn selbst seine Familie verleugnet.«

Gregory starrte den Mann an und versuchte herauszufinden, ob überhaupt und wenn ja, was er sonst noch verheimliche. Er wünschte sich seinen Tod, denn er hatte zu viele gute Leute im Krieg sterben sehen und es erschien ihm unglaublich, dass ein so abscheulicher Mensch so lange hatte leben dürfen. Das Gleiche hätte man von Morrison sagen können und obwohl seine Ermordung an sich ein Verbrechen war, war sie vielleicht angemessen gewesen.

»Warum wurde er rausgeschmissen?«

»Warum wohl?« Blundell schmunzelte. »Die Armee war gut darin, Zulu zu töten, aber gewisse Dinge waren sogar für sie unerträglich. Männer sind Männer, wenn Sie so wollen, aber Morrisons, nun ja, Vorlieben, waren selbst für die nachsichtigsten Offiziere zu grober Tabak, um darüber hinwegzusehen.«

Das schien eine Form von Gerechtigkeit. Möglicherweise war

Morrison wirklich von einem Zulu getötet worden, von jemandem, dem er Unrecht getan hatte. Gregory wollte unvoreingenommen bleiben, aber eine solche Theorie passte nicht wirklich. Morrison war erschossen und danach mit dem Assegai durchbohrt worden, um es so aussehen zu lassen, als hätte ihn ein Zulu getötet. Da steckte mehr dahinter. Und wenn es einen Gegenstand gab, der wertvoll genug war, um die Schulden eines chronischen Spielers zu tilgen, hatten Gregory und seine Leute bei ihrer Durchsuchung der Farm nur wenige Hinweise darauf gefunden. Was auch immer es war, möglicherweise war es gestohlen worden, vielleicht sogar von der Person, die es angeblich kaufen wollte.

»Ihre Geschichte klingt äusserst fantasievoll«, sagte Gregory. »Es gibt nicht den geringsten Beweis für das, was Sie sagen. Sie hatten vorhin recht - ich habe Ihrer Forderung zu früh zugestimmt.« Er machte Anstalten, sich umzudrehen. »Auf Wiedersehen.«

»Warten Sie«, rief Blundell und streckte eine Hand aus.

Gregory hielt an der Zellentür. »Ich höre.«

»Da war einmal ein Mann ... Er kam mit Morrison ins Bordell. Die beiden tranken in einer Ecke und blieben für sich, als würden sie etwas aushecken.«

Gregory wartete, aber Blundell meldete sich nicht mehr. »Name?«

Blundell verkündete den Namen in pompösen, grossbürgerlichen Tonfall: »Second Lieutenant 'The Honourable' Llewellyn Walters. Er hat dafür gesorgt, dass alle seinen Namen kennen.«

Gregory nickte. »Und Sie sagen, er und Morrison waren Freunde?«

Blundell nickte. »Im selben Regiment, den 17. Lancers. Hätte der alte Schurke Morrison jemals einen Sohn gezeugt - und ich bin auch der Meinung, dass das keine gute Sache wäre -, hätte dies Walters in puncto Sünden des Fleisches sein können. Walters war oft in der 'roten Laterne', wenn auch nicht auf der Suche nach Kindern. Er war jung und gutaussehend, so dass ihn die Mädchen liebten – zu Beginn.«

»Am Anfang?«

»Später am Abend gab es Tränen und eines der Mädchen sagte,

Walters sei zu grob zu ihr gewesen. Aber, verdammt, wenn sie so etwas nicht ertragen, sollten sie nicht mitspielen, oder, Captain?«

Gregory grinste auf ihn herab. In der Gegenwart dieser Kreatur kribbelte seine Haut. Diesen Leutnant Walters musste er finden und verhören. Er öffnete die Zellentür erneut.

»Sie werden unsere kleine Abmachung doch nicht vergessen, Captain?«

Gregory schaute über seine Schulter. »Nein, ich werde daran denken.« 'Und du wirst sie auch nie mehr vergessen', dachte er bei sich.

Gregory kehrte zum NMP-Hauptquartier zurück. Hellfire Jack war nicht da, aber Gregory fand einen Schreibtisch, schrieb einen Brief, versiegelte ihn in einem Umschlag und requirierte einen jungen Constable, der gerade nichts zu tun hatte.

»Kennen Sie mein Bauernhaus?«, fragte Gregory den Wachtmeister.

»Ja, Sir.«

»Reiten Sie hinaus und bringen Sie dies der Dame, die dort in meinen Diensten steht.« Er reichte dem Wachtmeister den Brief. »Danach begleiten Sie sie zum Stadtgefängnis.«

»Sehr gut, Sir.«

Später an diesem Tag kam Grace mit dem ledernen Angelkoffer, den ihr ein dankbarer Kunde geschenkt hatte, in die Polizeiwache. Sie angelte gern, allerdings waren heute nicht ihre Ruten im Koffer.

Als der Wachtmeister, der einen Brief von Peter brachte, auf dem Hof eingetroffen war, war sie bereits dabei gewesen, ihre Sachen zu packen. In seinem Schreiben forderte sie Peter jedoch auf, sich im Gefängnis zu melden.

Sie lächelte, als sie hinter Sergeant Lloyd den feuchten Steinkorridor entlangging. Der Gefängniswärter hatte sie freundlich begrüsst, als sie ankam, und ihm erklärte, sie sei hier, um einen Häftling, Alfred Blundell, zu besuchen. Grace nahm an, Peter habe Lloyd von ihrem Besuch erzählt.

Lloyd nahm seinen Schlüsselbund vom Gürtel und steckte einen der Schlüssel ins Türschloss.

»Das wurde aber auch Zeit«, rief Blundell von drinnen, als die schwere Stahltür in den Angeln knarrte. »Du kannst mir mein Essen bringen und mir diese verdammten Fuss- und Handfesseln abnehmen. Ich komme auch ohne sie nirgendwohin.«

Lloyd schwang die Tür auf. »Still jetzt, Gefangener. Ich habe Besuch für dich mitgebracht.«

»Was ...?« Blundells finsterer Blick verwandelte sich in ein breites Lächeln, als Grace die Zelle betrat. »Aye. Der gute alte Captain Gregory steht zu seinem Wort und teilt sogar seine Lieblingstorte mit mir. Sie können die Handschellen und Eisen abnehmen, Sarge, ich habe dem Captain versprochen, ein Gentleman zu sein.«

Lloyd ignorierte ihn und sah Grace an. »Zwanzig Minuten, Ma'am?«

Grace nickte zaghaft. »Ich denke, das sollte genügen, Sergeant.«

»Man sagte mir zwei Stunden«, unterbrach Blundell.

Grace gurrte: »Oh, Mister Blundell, ich bezweifle, dass Sie es so lange mit mir aushalten. Lassen Sie uns nun bitte allein, Sergeant.«

Lloyd nickte. »Sehr gut, Ma'am. Dann lasse ich den Gefangenen jetzt, wie von Inspektor Gregory befohlen, in Ketten legen.«

»Danke, Feldwebel.«

Lloyd verliess die Zelle und schloss die Tür hinter sich.

»Was? Nein ...«, begann Blundell, doch der Protest erstarb auf seinen Lippen. Als Grace ihren Rutenkoffer öffnete und eine lange Sjambok-Peitsche aus Nilpferdhaut hervorzog, wurde sein Gesicht blass.

11

KWAZULU-NATAL IN DER GEGENWART

Sannie und Marilyn fuhren von Glencoe zehn Kilometer in die Stadt Dundee und fanden 'The Shed', ein Pub und Restaurant in einer ruhigen Strasse abseits der Hauptstrasse. Sannie hatte, bevor sie die Polizeiwache verliessen, angerufen, um sich zu vergewissern, dass Jan-Marie bei der Arbeit war.

Sie stellten das Fahrzeug auf dem Parkplatz vor dem Lokal ab. Wie dessen Name 'Shed, also 'Schuppen' sagte, befand es sich in einem einfachen einstöckigen Gebäude mit einem Blechdach.

Die meisten Gäste sassen draussen auf einer Holzterrasse mit Blick auf einen See in einer Parkanlage. Sannie und Marilyn gingen in das offene und luftige Lokal, mit einem gefliesten Boden, einer Bar an einem Ende und ein paar Tischen und Rohrstühlen im Inneren. Eine Kellnerin in rotem Hemd und schwarzen Jeans begrüsste sie. Sannie fragte, ob Jan-Marie Ball verfügbar sei.

»Sicher, ich hole sie«, antwortete sie.

Die Kellnerin kam mit einer Frau von vielleicht Anfang bis Mitte zwanzig, mit langem, glattem blondem Haar, zurück. Sie war grossgewachsen, wohl fast zwei Meter und Sannies erster Eindruck war, dass sie ein Model sein könnte.

Die Frau zog ihre Schürze aus. »Hallo, ich bin Jan-Marie. Meine Vorgesetzte hat gesagt, ich könne eine Pause machen.«

Sie stellten sich vor und tauschten Höflichkeiten aus, dann führte sie die Kellnerin, die sie begrüsst hatte, zu einem Tisch im Inneren.

»Danke«, sagte Jan-Marie. »Ich kann eine Pause nun wirklich brauchen.«

Sannie liess sich neben Marilyn in einen Polsterstuhl fallen. »Wenn wir schon mal hier sind, können wir auch ein spätes Mittagessen zu uns nehmen, aber wir wollen Sie nicht zu lange aufhalten.«

Jan-Marie legte ihre Handflächen auf den Holztisch und seufzte. »Lassen Sie sich Zeit. Ich werde mich nicht beschweren.«

Die Kellnerin nahm ihre Bestellungen auf - Cola für Sannie und Marilyn, Leitungswasser für Jan-Marie.

Sannie lächelte und zückte ihr Notizbuch. »Danke, dass Sie sich Zeit für uns nehmen. Darf ich fragen, mit welchem Akzent Sie sprechen?«

Sie verschränkte die Arme. »Australisch. Aber fragen Sie mich nicht nach Rugby, denn ich verfolge es nicht. Mein Vater stammt aus Pretoria, aber seine Familie zog, als er noch klein war, nach Australien. Er lernte meine Mutter, die Australierin ist, kennen und so wurde ich dort geboren. Ich habe in Australien studiert, aber wir kamen in den Ferien ein paar Mal hierher und ich beschloss, in Südafrika zu bleiben und mein Studium hier fortzusetzen. Der Name der Mutter meiner Mutter war Jan - wie in Januar - und deshalb gab sie mir einen südafrikanischen Jungennamen.«

Sannie nickte. So wie es klang, war Jan-Marie es leid, die Geschichte zu erzählen. »Ein Mann namens Deon - Matteo - Meyer sagte, Sie könnten uns vielleicht helfen.«

Jan-Marie lehnte sich in ihrem Sitz zurück. »Deon ist mein Ex-Freund.«

»Das habe ich gehört«, erklärte Sannie und beschloss, direkt zur Sache zu kommen. »Deon erzählte uns von einem Gespräch zwischen Herrn David Gregory und einem Major Richard Tustin, das Sie kürzlich mitgehört hätten. Haben Sie eine Idee, um was es dabei gegangen sein könnte?«

Jan-Marie blickte zum Dach hinauf. »Mein Gott. Kann er nicht seine verdammte Klappe halten? Ich habe ihm gesagt, er solle das für sich behalten, und das Erste, was er tut, ist, zu den Bullen zu gehen.«

Sannie machte sich eine Notiz. Marilyn fragte: »Warum haben Sie Deon gebeten, über zwei Männer, die sich gegenseitig zu töten drohen, zu schweigen? Wissen Sie, was mit Herrn Gregory geschehen ist?«

Jan-Marie nickte. »Ein ... Freund, John Parker, hat es mir erzählt.«

»Natürlich«, sagte Sannie. Der neue Freund. »Erzählen Sie mir von David Gregory und Richard Tustin.«

»David war pleite. Er kam nur hierher zum Essen, weil Richard ihm angeboten hatte, ihn ab und zu zum Mittagessen einzuladen. Wirklich schlimm, denn der arme alte Kerl konnte sich einfach nicht mehr erholen. Erst COVID, dann die Unruhen, schliesslich all die Proteste wegen der Landansprüche, die dieser Tshabalala ausgelöst hat. Deons Firma musste die Bewachung von Davids Wildreservat einstellen. Nachdem David sich mit Richard überworfen hatte, dachte er wohl, der einzige Weg, sich, die Farm und das Reservat seiner Familie zu retten, sei, alle seine Nashörner zu töten, es so aussehen zu lassen, als hätten Wilderer es getan, und dann die Hörner auf dem Schwarzmarkt zu verkaufen. Es war schlimm, dass Richard gegangen ist. Er ...«

Weder Sannie noch Marilyn sagten etwas, sie warteten.

Jan-Maries Blick ging zwischen den beiden Frauen hin und her, doch dann kam die Kellnerin zurück und nahm ihre Essensbestellungen auf. Sannie entschied sich für einen Cheeseburger, Marilyn wählte die Kombination mit Rippchen und Hühnerflügeln, und Jan-Marie bestellte einen Salat. Sannie hatte gespürt, dass Jan-Marie etwas hatte hinzufügen wollen, dank der Kellnerin hatte sie aber eine Galgenfrist gekriegt.

»Sie sagten, Richard ...?«, fragte Sannie.

Jan-Marie zuckte mit den Schultern. »Zu schade, dass er diesen Streit mit David hatte. Dieser ist Ex-Militär und seine Leidenschaft gilt Wildtieren und Geschichte.«

Sannie wartete wieder, während Jan-Marie mit einem silbernen

Ring an ihrem linken Zeigefinger herumspielte. »Der ist schön«, sagte Sannie und nickte in Richtung des Rings.

Jan-Marie blickte auf. »Danke, er ist keltisch.«

»Englisch?«, fragte Sannie.

Sie schüttelte den Kopf. »Nein, irisch.«

»Wo in Dundee findet man ein so schönes Schmuckstück?«, fragte Sannie lächelnd.

»Ich ...« Sie brach ab und liess ihre Hände, die Handflächen nach oben, vor sich schweben, als wolle sie sagen, sie wisse es nicht, was unmöglich war.

Sannie fiel auf, dass sich Jan-Maries Wangen verfärbt hatten. Die junge Frau sah sich um, als suche sie ihren Salat und Sannie schloss daraus, dass sie etwas zu verbergen versuchte.

»Bin ich in Schwierigkeiten?«

»Nein, Jan-Marie, Sie sind nicht in Schwierigkeiten«, sagte Marilyn vom anderen Ende des Tisches.

»Hat Richard Ihnen den Ring gegeben?«, fragte Sannie. »Er kommt aus dem Vereinigten Königreich, ja?«

Jan-Marie senkte den Kopf. »Ja«, sagte sie, wobei ihre Antwort kaum zu hören war. Sie legte ihre rechte Hand über die linke, um den Ring vor ihnen zu verbergen.

»Arbeiten Sie nur hier im 'Shed'?«, fragte Sannie, für einen Moment das Thema wechselnd.

Jan-Marie sah wieder auf. »Ich schreibe meinen Master in Geschichte, gebe Nachhilfe für Schüler und arbeite nebenbei als Reiseleiterin.«

»Oh, da haben Sie aber viel zu tun. Sie haben gesagt, Richard hätte eine Leidenschaft für ...«, Sannie schaute demonstrativ in ihr Notizbuch, »die Tierwelt und Geschichte. Und Sie?«

»Auch für beides.«

Das Essen und die Getränke wurden gebracht, so dass Jan-Marie eine weitere Pause vom Beantworten der Fragen erhielt. Sie hatten immer noch nicht über den Streit zwischen Richard Tustin und David Gregory gesprochen, aber Sannie hielt es für besser, es langsam anzugehen. Sie nahm einen Bissen von ihrem Cheeseburger. »Ich mochte Geschichte in der Schule. Welche Epoche studieren Sie?«

Jan-Marie stocherte in ihrem Salat herum. »Den Zulukrieg.«

»Sie sind eine Führerin für die Schlachtfelder?«

Sie nickte.

»Erzählen Sie mir bitte von dem Streit zwischen Richard und David, Jan-Marie.« Sie ass ein paar Fritten - sie waren grossartig - und wartete.

Die junge blonde Frau legte ihre Gabel nieder. »Was auch immer Deon Ihnen erzählt hat, Richard wollte David bestimmt nicht umbringen.«

»Wurde also das Wort 'töten' oder etwas ähnliches nicht verwendet?«, hakte Sannie nach.

Jan-Marie blies die Backen auf und atmete aus. »Sehen Sie, Colonel, Sie kennen die Männer. Wenn sie wütend sind, sagen sie Dinge, die sie nicht so meinen. Und Richard war richtig wütend. Er und David stritten über den Mann, auf den in Davids Wildreservat geschossen worden war. Sie haben davon gehört, nicht wahr?«

Sannie nickte kauend.

»Richard sorgte dafür, dass der Amerikaner, der den Wilderer angeschossen hatte, im ersten Flugzeug aus Südafrika sass - nicht, um ihn zu schützen, sondern um ihn loszuwerden. Später sagte er mir, dass er es bereue, ihn überhaupt ins Land gelassen zu haben. Er war stinksauer auf den Kerl. Er sagte, der Amerikaner habe gegen die Einsatzregeln verstossen und hätte in dieser Nacht nicht einmal eine Schusswaffe tragen dürfen. Richard entschuldigte sich bei David für den Vorfall. Ausserdem übernahm er die Arztrechnungen des Mannes und zahlte eine Entschädigung an die Familie des verletzten Wilderers.«

»Aber David nahm Richards Entschuldigung nicht an?«, fragte Sannie.

»David war ein starrköpfiger alter Bock. Er sagte Richard, er wolle, dass er aus dem Reservat verschwinde und darüber stritten sie sich. Als Richard zu David etwas wie: 'Okay, und wer beschützt in Zukunft deine Nashörner?' sagte, erwiderte David: 'Ich töte sie lieber alle und verkaufe die verdammten Hörner, als dass es so weit kommt, dass einer deiner Rambos einen Menschen tötet.«

Sannie schrieb die angeblichen Bemerkungen in ihr Notizbuch und währenddessen nahm Marilyn den Faden auf. Sannie vertraute Marilyn, denn obwohl sie jung war, lernte sie schnell und verfügte über einen guten Instinkt.

»Aber David muss doch gewusst haben, welche Risiken mit dem Besitz von Nashörnern und deren Schutz vor bewaffneten Wilderern verbunden sind?« Es war genau die Frage, die auch Sannie gestellt hätte.

Jan-Marie zuckte mit den Schultern. »Ich denke schon, aber der alte David war jemand, der, wenn man ihm sagte, etwas sei weiss, darauf bestand, dass es schwarz sei. Er sprach sich dafür aus, den Handel mit Nashorn-Horn zu legalisieren, um die Art zu schützen, während Richard strikt dagegen war. Er sagte, dies würde die ‘Kommerzialisierung’ der Wildtiere bedeuten, gegen die er und seine Männer sich stellten. Ich bin ganz auf Richards Seite.«

»Hatten Sie viel mit David zu tun?«, fragte Marilyn, während Sannie weiterschrieb.

»Ja«, sagte Jan-Marie. »Er ist wahrscheinlich der führende Experte für die Schlachtfelder des Zulukrieges hier in der Region und hat sogar die Prüfung für meine Qualifikation als Führerin beaufsichtigt. Ausserdem hat - nun ja, hatte - er auch die erstaunlichste Sammlung von Erinnerungsstücken. Sein Urgrossonkel war einer der wenigen Weissen, die die Schlacht in Isandlwana überlebten. David hat mir sogar eines der Tagebücher seines Verwandten gezeigt und ich durfte es benutzen, um eine Arbeit über die ‘Natal Mounted Police’ und ihre Rolle im Krieg zu schreiben.«

Sannie hörte auf zu schreiben. »Sie waren also mit David befreundet?«

Jan-Marie zog eine Grimasse. »Obwohl er der Inbegriff eines mürrischen alten Mannes war, konnte so gut wie jeder ein Freund von ihm sein. Aber ich hatte Respekt vor ihm, grossen sogar. Er wusste unendlich viel über die Schlachtfelder und die damalige Zeit. Ich habe ihm immer wieder gesagt, er sollte ein Buch schreiben, aber er hatte kein Interesse daran. Ich glaube, er war auch nicht glücklich, dass ich ...«

Es war, als hätte die junge Frau gerade gemerkt, dass sie zu viel gesagt hatte. »Dass Sie was?«, hakte Sannie ein. »Dass Sie sich mit Richard angefreundet haben?«

»Wie ...?« Jan-Marie brach ihre Frage ab. »Richard ist auch ein Experte für den Zulukrieg. Wir hatten viele Gemeinsamkeiten, und ja, wir hatten viel zu besprechen.«

Sie drückte sich um eine Beschreibung der Art ihrer Beziehung zum englischen Militärveteranen herum. Aus irgendeinem Grund wollte Jan-Marie nicht darüber sprechen, aber Sannie hatte das Gefühl, dass es tiefer ging, als sie zugeben wollte. Aber warum? Wegen Deon? Oder wegen ihres neuen Freundes, John Parker?«

Sannie nickte und machte sich eine Notiz, dann nahm sie ihren Cheeseburger in die Hand. »War Richard im Krieg?«

Jan-Marie riss überrascht die Augen auf. »Was? Warum fragen Sie das?«

»Es ist einfach eine Frage«, gab Marilyn zurück.

»Ähm, ja. Er war in Afghanistan, bei der britischen königlichen Marine.«

»Wurde Richard jemals wütend oder ängstlich, Jan-Marie? Ich kenne Veteranen. Sie werden manchmal schnell wütend.« Sie dachte an Adam, der, obwohl er ihr gegenüber nie gewalttätig war, gelegentlich eine sehr kurze Zündschnur hatte.

»Sie waren beide aufbrausend«, erklärte Jan-Marie. »Das war der Grund, warum sie sich hier in der Öffentlichkeit stritten, aber sie hatten auch bei Besuchen auf dem Schlachtfeld Meinungsverschiedenheiten - vor allem auf dem Feld. Meistens waren sie aber gutmütig.«

»Und sein Dienst?«, drängte Sannie.

Jan-Marie seufzte. »Er hat zwei Einsätze in Afghanistan hinter sich. Das erste Mal war er 2002 als junger Leutnant mit dem Kommando 40 in Afghanistan, dann kehrte er 2013 als Major zurück. Er erzählte mir, 2002 sei es ruhig zuggegangen, aber als er zehn Jahre später im Einsatz gewesen sei, habe es viel mehr Kämpfe gegeben. Da er zu dieser Zeit aber bereits Kompaniekommandant gewesen sei, habe er in Ernstkämpfen sein Gewehr allerdings nicht mehr abfeuern müssen. Wenn Sie also fragen, ob er jemals jemanden getötet hat, lautet die Antwort definitiv nein.«

Sannie nickte. »Sie sagten, Richards Auseinandersetzungen mit David seien 'meistens gutmütig' gewesen?«

Jan-Marie legte ihre Gabel klirrend auf den Teller. »Hören Sie, ich sage Ihnen, Richard hat David nicht umgebracht. Ich habe Deon erzählt, die beiden hätten sich hier gestritten und sich gegenseitig gedroht, sich umzubringen. Aber ich habe noch etwas wie 'wie immer' dazugefügt. Das hat Deon Ihnen wohl zu sagen versäumt. Das ist alles. Obwohl sie sich zerstritten haben, glaube ich, dass sie sich als Experten für die Geschichte dieser Gegend und als Militärs immer noch gegenseitig respektierten. David diente im Grenzkrieg bei den 'Umvoti Mounted Rifles' und war stolz auf seine Zeit in der Armee.«

Interessant, dachte Sannie. Dann hätte David gewusst, wie er sich im Falle eines bewaffneten Angriffs auf seinen Hof verteidigen musste. Er schien jedoch ohne Vorwarnung überwältigt worden zu sein.

»Wissen Sie, wo wir Richard Tustin heute finden können?«, fragte Sannie. In diesem Moment blickte Jan-Marie über Sannies Schulter und ihr Mund öffnete sich vor Überraschung.

»Der steht hinter Ihnen«, sagte eine Männerstimme.

Sannie drehte sich um und sah einen Mann hinter sich stehen. Er war vielleicht etwas über 1,80 m gross, Anfang bis Mitte vierzig, gut gebaut, mit ordentlich geschnittenem, dichtem dunklem Haar, das mit ein paar grauen Strähnen durchzogen war und einem gleichfarbigen Schnurrbart. Er trug eine braune Cargohose und ein blaues Poloshirt und lächelte. Sie erhob sich.

»Bleiben Sie doch sitzen.« Er streckte eine Hand aus und liess sich Sannie und Marilyn gegenüber, neben Jan-Marie in den Nischensitz fallen. »Ich bin Richard Tustin.«

Sannie war verblüfft, nahm aber seine Hand und schüttelte sie.

»Oberstleutnant Susan van Rensburg vom südafrikanischen Polizeidienst. Major ...?«

Er lächelte. »Im Ruhestand.« Tustin reichte Marilyn die Hand. »Sawubona.«

Marilyn nickte und schüttelte sie. »Stabsfeldwebel Msani.«

»Es ist mir ein Vergnügen«, sagte er. »Kann ich den Damen bei irgendetwas helfen?«

Sannie sah in ihrem Notizbuch nach. »Wir haben gerade mit Jan-Marie über die Ereignisse von heute Morgen gesprochen. Haben Sie davon gehört?«

Er nickte. »Armer alter David. Wissen Sie, er und ich haben uns gestritten wie zwei alte Elefantenbullen, aber ich war schockiert zu hören, was passiert ist. Trotz all seiner Fehler hat er es nicht verdient, so zu enden.«

»Wie denn?«, fragte Sannie.

»Ausgerechnet bei einem Farmüberfall. Er war wirklich gut zu den Einheimischen«, sein Blick huschte zu Marilyn, »auch wenn dieser einheimische Spinner von Politiker, Tshabalala, versuchte, einen mühseligen Landanspruch geltend zu machen, um Davids Besitz zu bekommen.«

Sannie stellte eine offene Frage: »Worüber haben Sie sich gestritten?«

Er lehnte sich im Sessel zurück. »Ich glaube, die Frage, worüber wir uns nicht gestritten haben, würde besser passen ... Über die Disposition der britischen und der Zulu-Truppen in Isandlwana, das Material, das zum Bau der Verteidigungsanlagen in Rorke's Drift verwendet wurde, die Weltpolitik, Rugby, das Wetter - was immer Sie wollen, Colonel. Er war ein streitsüchtiger alter Mann, aber das würden manche Leute auch von mir sagen. Er warf Jan-Marie einen Blick zu.«

Sannie bemerkte, dass sich Jan-Maries Wangen erneut röteten.

»Haben Sie jemals gedroht, ihn zu töten?«, fragte Sannie.

Tustin schnaubte. »Wahrscheinlich schon. Aber warum? Sie wissen nicht ...«

Sannie machte sich eine Notiz und sah dann auf. »Mister Tustin ...«

»Richard genügt.«.

Sie fuhr fort: »Es ist uns bekannt, dass Sie, nachdem ein Eindringling angeschossen worden war, gebeten wurden, Ihre Freiwilligen von der Bewachung des Wildreservats von Herrn Gregory abzuziehen.«

»Das kommt ungefähr hin«, bestätigte Tustin. Die Kellnerin tauchte wieder auf und fragte ihn, ob er etwas wolle. »Kaffee, bitte. Americano ohne Milch.«

Sannie beschloss, den Kurs zu wechseln. Sie hatte mehr als eine Untersuchung parallel am Laufen und fragte sich, ob sie irgendwelche Verbindungen zwischen diesen erkennen könne. »Wer, glauben Sie, hat David Gregorys Nashörner getötet?«

Tustin blies die Wangen auf, dann legte er die Hände mit den Handflächen nach unten auf den Esstisch zurück. »Ich hasse es, schlecht über Tote zu reden ...«

»Sie glauben also, David hat sie selbst getötet.«

»Diese Drohung, hat er mir gegenüber in der Vergangenheit ausgesprochen.«

»Das habe ich gerade gehört. Als Sie beide gestritten haben«, drängte Sannie.

Er nickte. »Ja. Hier, im Restaurant. Es war eine besonders hitzige Debatte, wenn ich mich recht erinnere. David hatte uns nach dem Vorfall mit der Schiesserei den Marschbefehl gegeben und sich gleichzeitig darüber beschwert, dass seine Nashörner ohne Sicherheitspersonal im Reservat wahrscheinlich innerhalb weniger Wochen getötet werden würden. Er sagte, er habe vor, sie selbst zu töten und die Hörner auf dem Schwarzmarkt zu verkaufen.«

Sannie las ihre Notizen noch einmal durch. Jan-Marie hatte das Gleiche gesagt. Sie schaute Tustin in die Augen. »Und was haben Sie dazu gesagt, Richard?«

»Ich antwortete: 'Nur über meine Leiche, David', worauf er erwiderte, er würde mir gerne helfen.«

»Und was war Ihre Reaktion darauf?«, wollte Sannie wissen.

Die Kellnerin kam mit Tustins Kaffee zurück und Sannie nutzte den Moment, um ihren Cheeseburger fertig zu essen. Sie schob ihren Teller beiseite. Tustin nippte an seinem Kaffee und während er sich zurücklehnte, streckte er seinen linken Arm aus und legte ihn hinter Jan-Marie auf die Rückenlehne ihres Stuhls, als wolle er ihn um sie legen. Er schaute die jüngere Frau an. »Was habe ich als Nächstes gesagt?«

Jan-Maries Wangen wurden nun knallrot. »Ähm ... du warst nicht glücklich, Richard. Daran kann ich mich erinnern, aber deine genauen Worte ...«

»Hmm.« Er tippte sich mit dem Zeigefinger der rechten Hand auf die Lippen. »Ah ja, ich erinnere mich, ich sagte: 'Wenn du diese wehrlosen Tiere tötest, jage ich dir persönlich eine Kugel in den Kopf, du dummer alter Bock'.« Er neigte seinen Kopf ein wenig nach vorne, als versuche er, Sannies Notizen zu lesen. »Haben Sie das wortwörtlich aufgenommen, Colonel?«

Sie beendete das Schreiben. »Ziemlich genau, ja.«

»Das war natürlich ein Scherz.«

»Ich habe nicht den Eindruck, dass es sich um ein harmloses Geplänkel unter Freunden handelte.« Sie schaute zu Jan-Marie. »War es das?«

Jan-Marie schüttelte den Kopf. »Nein, aber Richard hat es nicht so gemeint. Natürlich nicht.«

Tustin trank noch etwas Kaffee. »Am Tag nach dieser Auseinandersetzung fuhr ich zu Davids Farm. Ich stellte fest, dass er und seine Mitarbeiter alle Nashörner in den Bomas in der Nähe des Farmhauses zusammengepfercht hatten. Ich fragte ihn, warum er das getan hatte und was er mit ihnen zu tun gedenke.«

Sannie hob die Augenbrauen. »Und?«

Tustin zog eine Grimasse. »Alles, was er zu mir sagte, war: Das geht dich nichts an. Und dann befahl er mir, sein Grundstück zu verlassen oder er würde mich erschiessen. Ich versuchte, ihn zur Vernunft zu bringen und bot ihm unsere Dienste erneut an, verbunden mit der Garantie, dass es keine weiteren versehentlichen Schussverletzungen geben würde. Ehrlich gesagt glaube ich sogar, dass er erste Anzeichen von Demenz zeigte. Meiner Mutter ging es genauso - es ist schrecklich, das mitzuerleben. Ich fragte ihn, ob ich ihm eine Tasse Tee machen könne, worauf er hineinging, eine Schrotflinte holte, herauskam und sie auf mich richtete. Das war der Moment, in dem ich ging.«

Sannie machte sich weitere Notizen und versuchte, sich die Szene vorzustellen, während sie schrieb. »Verzeihen Sie«, sie blickte auf die letzte Seite zurück, »es war klar, dass Sie Ihre Differenzen hatten. Aber wollen Sie mir sagen, David Gregory sei wegen einer Meinungsverschiedenheit mit Ihnen bereit gewesen, alle seine Nashörner zu töten und sein Wildreservat unbewacht gegenüber Wilderern zu lassen, obwohl Sie die Angelegenheit mit den Einheimischen geregelt hatten?«

Tustin zuckte mit den Schultern. »Wie ich schon sagte, meiner Meinung nach hat er nicht richtig nachgedacht. Sie haben Recht - egal, was er davon hielt, dass einer meiner Freiwilligen den Jugendlichen angeschossen hatte, die Sache war geklärt und erledigt. Ich bot kostenlose Sicherheit und bat als Gegenleistung um die Unterbringung meiner Freiwilligen. Er hatte sich allerdings in seiner Position verschanzt.«

»So war er«, fügte Jan-Marie hinzu, »wenn er einmal einen Standpunkt vertrat, egal ob es um die Führung des Hofes oder um einen historischen Punkt ging, verteidigte er diesen bis zum Schluss und gab niemals nach.«

»Wann haben Sie David das nächste Mal gesehen?«, wollte Sannie von Tustin wissen.

»Gar nicht. Nach diesem letzten Streit, ich glaube etwa einen Tag später, erfuhr ich, seine Nashörner seien tot aufgefunden worden. Er hatte die örtliche Einheit für Viehdiebstahl angerufen und gesagt, in der Nacht seien Verbrecher auf seiner Farm gewesen und er habe Schüsse gehört. Als er am nächsten Morgen nachgesehen habe, habe er alle seine Nashörner abgeschlachtet vorgefunden.« Tustin streckte seine Hände, die Handflächen nach oben, aus, als könne er die Geschichte nicht glauben. »Ich habe gehört, David habe den Polizisten erzählt, er habe ein paar Schüsse aus seinem Schlafzimmerfenster in die Nacht abgegeben, in Richtung der Boma, wo die Nashörner waren, und dass er gehofft habe, dies schrecke die Wilderer ab.«

Sannie stellte fest, dass diese Version der Ereignisse von der Aussage abwich, die David Gregory selbst bei der Polizei gemacht hatte. Derick le Roux hatte berichtet, David habe behauptet, die Wilderer seien geräuschlos gekommen und gegangen, vermutlich mit Schalldämpfern auf den Waffen. David hatte also jemanden belogen, was ihn zusätzlich in ein Verbrechen verwickelte. Sannies Erfahrung gemäss hätten sich hartgesottene Nashornwilderer ausserdem nicht von ein paar wilden Schüssen abschrecken lassen, erst recht auf keinen Fall, wenn sechzehn Hörner zum Greifen nahe waren. Wahrscheinlicher wäre, dass sie das Feuer auf dem Gehöft eröffnet und David getötet hätten. In diesem Fall gab es zu viele unbeantwortete Fragen.

»Wahrscheinlicher ist«, fuhr Tustin fort, »dass David die Drohung, seine eigenen Nashörner zu töten, wahr gemacht hat, aber erst zur Hälfte fertig war, als jemand die Polizei anrief und ihr mitteilte, was vor sich ging.«

»Jemand?«, hakte Marilyn nach.

»Vielleicht jemand von seinen Mitarbeitenden?«, äusserte Tustin. »Er hat gute Leute beschäftigt. Wahrscheinlich war mindestens eine Person von ihnen genauso empört darüber, was David getan hatte, wie wir anderen auch.«

»Können Sie uns die Namen von Mitarbeitenden nennen, mit denen wir sprechen könnten?«, fragte Sannie.

»John«, sagte Jan-Marie. »John Parker ist Davids Hauptführer im Wildreservat. Er war am Boden zerstört über den Verlust der Nashörner.« Jan-Marie gab ihnen Parkers Telefonnummer.

Sannie machte sich eine Notiz und sah wieder zu Jan-Marie auf. »Ich habe gehört, Sie und John seien in einer Beziehung?«

Jan-Maries Wangen röteten sich. »Ja.«

Sannie bemerkte, dass Tustin sich abgewandt hatte. »Ihre Männer, Herr Tustin, Ihre Freiwilligen - wo sind sie jetzt?«

Er wandte sich wieder an Sannie. »Es sind nicht mehr 'meine

Männer', wie Sie es ausdrücken, Colonel. Ich habe im Laufe der Jahre viele Freiwillige nach Dundee kommen lassen, aber für die jetzige Generation gibt es keine Arbeit mehr. Sie gingen weg - an die Küste«, erklärte er. »Sie sind dorthin gefahren, um sich zu erholen und neue Möglichkeiten auszuloten, wo 'WildForce' im Kampf gegen das Wildern helfen könnte. Sie befinden sich in der Nähe von Kosi Bay.«

»Wirklich?«, fragte sie. »Wissen Sie, wo genau?«

»In einem Ort namens Bhanga Nek«, präzisierte er. »Kennen Sie ihn?«

Sannie schloss ihr Notizbuch und nickte. »Ja, das tue ich tatsächlich.«

12

KWAZULU-NATAL IN DER GEGENWART

Adam stand vor seinem fest installierten Zelt auf der Holzveranda und atmete den Geruch des Meeres tief ein. Er und Sannie lebten normalerweise am Strand von Pennington, an der Südküste KwaZulu-Natals, aber das war eine lange Fahrt von hier entfernt. Er wäre am liebsten immer bei ihr gewesen, hatte aber gerade erst seinen wahren Lebensinhalt gefunden.

Er wünschte sich, sie könnte jetzt bei ihm sein. Sie war finanziell unabhängig, aber er hatte nicht das Gefühl, von ihr erwarten zu können, dass sie alles fallenlassen und ihren Job aufgeben sollte, um das Leben, das er für sich selbst als das Beste ansah, mit ihm zu leben und zu ihm zu kommen.

Sein Telefon klingelte und als Adam auf das Display sah, stellte er überrascht fest, dass es Sannie war. »Howzit«, fragte er erfreut.

»Gut, und bei dir? «

»Auch. Wo bist du?«

»Ich bin auf der Fahrt zu einem Wildreservat, um dessen Manager zu befragen.«

»Viel Glück«, sagte Adam.

»Eigentlich bin ich hergekommen, um Viehdiebe zu verhaften und herauszufinden, wer eine ganze Herde von Nashörnern getötet hat, aber heute musste ich in einem Mordfall ermitteln«, erklärte sie.

»Oh.« Ihre Arbeit war nicht einfach, aber er wusste aus ihrer bisherigen gemeinsamen Zeit, dass sie ihre Aufgabe sehr ernst nahm, gut machte und stolz darauf war, ihrem Land bei der Verbrechensbekämpfung zu helfen.«

Adam war sich nicht sicher, was er als nächstes sagen sollte, denn er wollte den Streit mit ihr nicht neu entfachen.

Sannie brach das kurze Schweigen. »Ich nehme nicht an, dass du bemerkt hast, dass sich in Bhanga Nek eine Gruppe von Militärveteranen aus Übersee aufhält, oder?«

Er war verblüfft. »Doch, das habe ich in der Tat. Es sind grosse Kerle, fit und mit militärischen Tätowierungen. Sie scheinen hier auf Tauchurlaub zu sein.«

»Sehen sie aus, als wüssten sie, was sie tun? Im Wasser, meine ich.«

»Ja. Sie haben getarnte Neoprenanzügen und ein schwarzes Zodiac-Boot. Eigentlich wirken sie eher, als würden sie sich auf die Invasion eines fremden Landes vorbereiten, als dass sie Speerfischen gehen. Ich habe mit ihrem Anführer gesprochen, einem Typen namens Andy. Er ist Engländer. Sie sind von einer Wohltätigkeitsorganisation ...«

»Namens WildForce«, ergänzte Sannie.

»Ja, genau. Woher weisst du das? Sie suchen hier nach neuen Aufträgen, haben sie erzählt.«

»Ich habe gerade eine Befragung mit einem der Mitarbeiter der Wohltätigkeitsorganisation hier in Südafrika geführt, einem pensionierten Major namens Richard Tustin. Er war früher bei den Royal Marines. Sie arbeiteten in einem Wildreservat hier in der Nähe von Dundee, gerieten aber mit dem Besitzer in einen Streit, und dieser wurde später tot aufgefunden. Es scheint, dass einer der Veteranen einen Wilderer angeschossen und dann das Land verlassen hat. Aber der Vorfall hat sie ihren Vertrag hier gekostet.«

»Ein Nahost-Veteran?«, fragte Adam.

»Ja, Tustin hat in Afghanistan gedient.«

»Sannie, wir haben hier auch zwei Leichen gefunden. Die Toten waren vielleicht aus dem Nahen Osten und einer von ihnen war bewaffnet. Sie könnten Schmuggler gewesen sein«, berichtete er ihr und erzählte ihr ausserdem von dem antiken heiligen Buch, das er am Strand gefunden hatte.

»Gab es noch andere Hinweise darauf, dass es sich um Schmuggler handeln könnte?«, fragte sie.

»Ich bin sicher, dass sie weder auf einem Ausflug noch auf einer Tauchfahrt waren. Die lokale Polizei hat mich gebeten, ihr gesunkenes Boot zu überprüfen. Als wir die zweite Leiche geborgen haben, erkannte ich Plastikkisten an Bord, aber zu diesem Zeitpunkt hatten wir keine Tauchausrüstungen dabei und konnten uns das nicht genauer anschauen. Jenny und ich werden sie uns noch einmal ansehen.«

»Jenny? Ist das die Frau, die Beiträge von deiner Facebook-Seite geteilt hat?«

»Ja, eine meiner beiden Studierenden. Ich bin mir sicher, dass ich sie dir gegenüber schon erwähnt habe. Sie ist im Wasser ein Naturtalent.«

»Hmm, ja, aber pass auf, dass du deine Studis nicht in alles hineinziehst, was du tust, um der Polizei zu helfen, Adam. Du solltest dir deiner Verantwortung bewusst sein, denn du hast diesen jungen Leuten gegenüber eine Fürsorgepflicht.«

»Ja, Frau Oberst.«

»Adam!« Er hörte sie seufzen. »Erzähl mir von dem Buch - dem Koran oder was immer es ist«, bat ihn Sannie.

»Ich habe ein paar Fotos davon gemacht und sie einem Kollegen geschickt, einem Geschichtsprofessor an der Universität - er ist Muslim und sein Spezialgebiet ist Religionsgeschichte. Ich hoffe, er weiss, worum es sich handelt und welche Bedeutung es hat.«

»Und du sagst, es war eingepackt?«, fragte Sannie.

»Ja, es sah wasserdicht verpackt aus. So, als ob es vielleicht an Land gebracht werden sollte.«

»Schade, dass Tote nicht erzählen können«, bemerkte Sannie.

»Denkst du, es ist ein Zufall, dass diese Gruppe ehemaliger Spezialeinheiten am selben Strand taucht, an dem das alles passiert ist?«

»Das werde ich herauszufinden versuchen«, antwortete Adam.

»Aber nur im Wasser, Adam. Tauche am Wrack, sieh nach, was du finden kannst, und gib mir bitte den Namen und die Nummer des mit den Ermittlungen beauftragten Detektivs. Schnüffle nicht im Lager der Soldaten herum, ja?«

»Okay«, sagte er. Und nach einer Pause: »Sannie, ich liebe dich.«

»Ich liebe dich auch, Adam«, sagte sie und legte dann auf.

ALS SIE SICH der Stelle näherten, an der das Wrack lag und die Adam auf dem GPS des Bootes aufgezeichnet hatte, schob Adam den Gashebel zurück und übergab Jenny die Kontrolle über das Festrumpfschlauchboot. Adam hielt sich an das, was Sannie über seine Verantwortung für die Sicherheit seiner Studierenden gesagt hatte, aber es wäre genauso unverantwortlich und dazu unpraktisch gewesen, allein zu tauchen.

»Bleiben Sie in dieser Richtung«, sagte er zu Jenny, die nickte.

Adam ging zum hinteren Teil des Bootes und zog sich, auf dem Boden sitzend, seine Taucherbrille und die Tauchflasche an. Er schnallte sich sein Tauchermesser an die rechte Wade und schob ein Stemmeisen zwischen den Gurt und sein Bein. Schliesslich zog er sich die Flossen über.

»Wir erreichen jetzt das Wrack«, informierte ihn Jenny.

Von hier aus konnten sie das Ufer gerade noch sehen. Adam blieb unten im Boot, während er sich neben Jenny auf die vom Strand abgewandte Seite des Bootes bewegte.

»Halten Sie an.«

Sie nickte und drosselte den Gashebel, während Adam sich langsam auf die luftgefüllte Seitenwand des Boots schob und die Hand auf seine Maske legte, sie aber noch einmal losliess. »Sie wissen, was Sie zu tun haben, Jenny?«

Sie nickte erneut. »Ich fahre der Küste entlang auf und ab, als würde ich nach Schildkröten suchen. Das tue ich auch tatsächlich, denn ich möchte heute auch wieder ins Wasser gehen.«

»Gut«, sagte er.

»Adam?«

Er senkte seine Hand. »Ja?«

»Seien Sie vorsichtig.«

Jenny schaute auf den GPS-Bildschirm und zeigte ihm einen Daumen hoch. Adam hielt seine Maske wieder fest und rollte rückwärts ins Wasser.

Ruhe legte sich um ihn, als er mit den Flossen nach unten glitt. Das war immer so. Im Wasser fühlte er sich vollständig, war selbstsicher und in Frieden. An Land, in der Nähe von anderen - sogar von Menschen, die er liebte, wie Sannie - machte er sich oft Sorgen, dass er das Falsche sagte oder zunehmend die Fähigkeit verlor, Menschen zu lesen. Vor allem Sannie. Vielleicht lag es nicht nur an ihm sondern möglicherweise auch an ihr. Und manchmal, wie in den letzten paar Tagen, erinnerte ihn alles an Angola und den Krieg. Leichen und Waffen, um nur etwas davon zu nennen.

Aber hier, in der warmen, grünen Umarmung des Indischen Ozeans, fühlte er sich zu Hause, war er in seinem Element. Er änderte seinen Kurs leicht, als er das Wrack auf dem Meeresgrund erblickte. Die Sicht war heute besser, wenn auch noch nicht perfekt. Das Wasser hatte sich noch nicht vollständig von den Turbulenzen des Sturms geklärt, der das Boot der Schmuggler - wenn sie solche waren - wahrscheinlich zum Sinken gebracht hatte.

Aus Gewohnheit schwenkte er den Kopf hin und her, um nach Haien oder anderen Anzeichen von Gefahr Ausschau zu halten und sah einige Fische, rote Trommler, vorbei schwimmen.

Adam liess mehr Luft aus seiner Schwimmweste, um weiter abtauchen und das Wrack erreichen zu können. Ein Stachelrochen, der durch seine Anwesenheit aufgeschreckt wurde, schoss aus der Halbkabine und Adam musste sich nach hinten lehnen, um nicht von ihm gestreift zu werden.

Auf dem Deck des Boots sah er die wasserdichten Kisten, die Jenny und er bereits entdeckt hatten, als sie die Leiche des zweiten Mannes bargen. Er griff nach der grössten, Kiste, die eine lange, schmale Form hatte. Sie war grün, sah militärisch aus und ihren Massen nach hätte sie ein Gewehr enthalten können. Adam griff nach dem Tragegriff an einem Ende und versuchte, die Kiste anzuheben. Sie war schwer – der Grund dafür, dass sie, als das Boot sank, nicht geschwommen war. Er fuhr mit den Fingern an der Seite des aufklappbaren oberen Deckels entlang und ertastete ein Vorhängeschloss. Als er weiter der Kante des Deckels entlang tastete, fand er eine weitere Verriegelung mit einem zweiten Schloss und danach sogar noch ein drittes.

Adam hob das rechte Knie zur Brust und zog das Stemmeisen hinter seinem Tauchermesser hervor. Er dachte einen Moment lang nach. War das, was sich in der Kiste befand, wertvoll? Wahrscheinlich. Würde es, wenn er die Box öffnete, durch das Meerwasser beschädigt oder zerstört werden? Vielleicht. Er dachte an den antiken Koran, der sicher verpackt gewesen war. Vielleicht waren für alles an Bord die gleichen Vorsichtsmassnahmen getroffen worden. Er konnte diese Kiste nicht selbst an die Oberfläche schleppen, denn um sie nach oben zu befördern, bräuchte es eine Winde oder eine Art aufblasbare Boje und ein Seil. Schliesslich übermannte ihn seine Neugier.

Adam schob das schmale Ende des Stemmeisens zwischen den Kunststoff des Kistendeckels und die Metallverriegelung, die diesen sicherte und begann, den schweren Stahlhebel auf und ab zu bewegen.

Als er Halt fand, gab es einen kräftigen Ruck und das erste der drei Vorhängeschlösser löste sich von der Kiste. Er machte sich an das zweite, denn wenn er so lange brauchte, um einen der Verschlüsse zu öffnen, bliebe ihm, nachdem er alle drei geöffnet hatte, nicht viel Zeit, um den Rest des Bootes zu durchsuchen. Als er sich umschaute, sah er zwei weitere, kleinere Kisten, beschloss aber, mit dem Versuch, die grösste Kiste zu öffnen, fortzufahren.

Adams Gedanken wanderten wieder zu Sannie. Er wollte mit ihr zusammen sein, aber gleichzeitig war ihm wichtig, dass sie verstand, dass er manchmal, aus welchen Gründen auch immer, allein sein musste, obwohl das bedeutete, gelegentlich voneinander getrennt zu sein.

Plötzlich nahm er in seinem peripheren Blickfeld eine Bewegung wahr.

Adam unterbrach seine Arbeit und blickte mit klopfendem Herzen nach rechts. Dort schwamm seelenruhig ein kleiner Riffhai. Er atmete erleichtert in seinen Atemregler. Der kleine, wohl neugierige, Raubfisch störte ihn nicht und Adam nahm seine Arbeit wieder auf. Er rüttelte mit der Brechstange unter dem zweiten Schloss und da er nun spüren konnte, wo die schwächste Stelle des Schlosses war, arbeitete er schneller. Der zweite Verschluss gab nach.

Er fragte sich, was Jenny oben machte und ob sie eine Schildkröte gefunden hätte, nach der sie später tauchen und die sie fangen konnten.

Das dritte Schloss erwies sich aus irgendeinem Grund als hartnäckiger, oder vielleicht verlor er die Geduld, je mehr er an Sannie dachte, überlegte Adam. Als das Brecheisen abrutschte, fluchte er vor sich hin.

Der Riffhai zog wieder vorbei und Adam versuchte, sich vollständig auf seine Arbeit zu konzentrieren und die Frustration nicht wieder hochkommen zu lassen. Er verlangsamte seine Atmung und überprüfte dann seine Taucheruhr. Die Zeit war für ihn in Ordnung, doch er musste langsamer werden und seine Aufmerksamkeit vollständig auf das richten, was er tat, um sich dann wieder auf den Weg an die Oberfläche machen zu können. Jenny würde in zwanzig Minuten zu ihm zurückkommen. Streng genommen entsprach es nicht dem Sicherheitsprotokoll, sich auf dem Meeresgrund aufzuhalten, wenn er kein Boot über sich hatte, welches ihn im Fall, dass etwas schief ging, unterstützen konnte. Doch er hatte dem Tod während des Kriegs mehrmals ins Auge geblickt und war vor ein paar Jahren beinahe ums Leben gekommen, als auf ihn geschossen und er überfahren worden war.

Adam schob das spitze Ende der Stange wieder hinter den Verschluss, zerrte sie nach hinten und spürte schliesslich, dass das Schloss nachzugeben begann.

Plötzlich hatte er das Gefühl, zu ersticken, denn er konnte nicht mehr atmen.

Adam holte tief Luft, doch anstatt die lebenserhaltende Mischung aus Sauerstoff und Stickstoff einzuatmen, füllte sich sein Mund mit Meerwasser. Er drehte sich um und bemerkte, dass ein Strom eiliger Luftblasen aus seinem Luftschlauch aufstieg. Dieser musste gerade durchtrennt worden sein. Adam versuchte zu sehen, was oder wer seine Versorgung gekappt hatte, aber bereits lag ein in einen schwarzen Neoprenanzug gekleideter Arm um seinen Hals.

Als ihm klar wurde, dass hinter ihm ein anderer Taucher erschienen war und ihn würgte, zuckte Adam zusammen. Als er nach hinten griff, um nach seinem Angreifer zu fassen, registrierte er an der Hand des Mannes weisse Haut. Adam bemerkte einen glitzernden Lichtschimmer, als wäre gerade ein silberner Fisch in Sicht gekommen, erkannte aber, dass es die Klinge eines Messers war, das einen Sonnenstrahl von weit oben auffing und zurückwarf. Als die scharfe Klinge über seine Brust fuhr und seinen Neoprenanzug zerschnitt, krümmte sich Adam im Griff des Mannes. Aus der Wunde rann sofort Blut.

Der Mann versuchte, ihn zu erstechen, doch die Spitze der Klinge verfing sich in Adams Weste. Adam wurde bewusst, dass er sein eigenes Tauchermesser, das tief unten an seinem rechten Bein befestigt war, nicht erreichen konnte. Er drehte seinen Oberkörper nach hinten in Richtung des Mannes und löste gleichzeitig die Schnallen, die seine Tarierweste geschlossen hielten. Als Adam seine Bewegung umkehrte und sich abrupt nach vorne lehnte, fielen die Weste und die schwere Tauchflasche auf seinen Angreifer zurück, was diesen zwang, seinen Griff um Adam zu lösen.

Mit seinem Messer, das momentan in der Weste steckte, die auf ihm lag, kämpfte der andere Taucher darum, wieder eine gerade Position einzunehmen. Adam dagegen hing unbelastet, jedoch vom Gewichtsgürtel, den er immer noch trug, gehalten, im Wasser. Er hatte sich gefragt, wie der Mann zu ihm gekommen war, ohne dass ein Bootsmotor zu hören gewesen war, erblickte dann aber auf dem Meeresboden ein schwarzes Taucherantriebsfahrzeug. Das tragbare

Gerät hatte den Taucher mit einem leisen, batteriebetriebenen Propeller durch das Wasser gezogen. Wahrscheinlich war der Mann vom Strand aus gestartet.

Adam musste an die Oberfläche kommen, aber was dann? Wenn er dort oben blieb und auf Jennys Rückkehr wartete, konnte der Mann sich Zeit lassen und ihn unter Wasser wie ein Hai umkreisen, bis er den richtigen Moment fand, um ... Was zu tun? Ihn zu töten?

Adam vermutete, der Mann sei gekommen, um zu holen, was sich im Boot befand. Wenn er ihn also dort auf dem Grund zurückliess, könnte der Taucher im schwarzen Neoprenanzug unbehelligt nehmen, was er suchte. Aber würde er Adam in Ruhe lassen? Auf keinen Fall.

Das war die Grundfrage, doch nun brauchte Adam dringend Luft. Er stieg also an die Oberfläche, wobei er jeden Augenblick erwartete, an seinem Knöchel oder seiner Flosse das Ziehen des Mannes, oder den erneuten Schnitt des Messers zu spüren.

Adams Kopf durchbrach die Wasseroberfläche, wo ihn die Sonne blendete, und er hustete Meerwasser aus. Er schaute sich um. Jenny befolgte seine Anweisungen und war nicht früher zurückgekehrt. Er konnte zum Ufer schwimmen, aber das war wohl genau das, was der Mann von ihm erwartete. Obwohl Adam ein guter Schwimmer war, würde ihn der andere mit seinem Wasserfahrzeug leicht einholen. Er schaute auf die Uhr. Es dauerte noch zwölf Minuten, bis Jenny zurück sein sollte, also tat er das, was der Mann wahrscheinlich zuletzt erwartete.

Adam holte tief Luft, tauchte ab und katapultierte sich zurück in die Tiefe. Bestimmt nahm der Mann an, Adam versuche sofort zu fliehen und werde sich später um ihn kümmern. Wie Adam zuvor machte er sich beim Boot an der Aufbewahrungsbox zu schaffen und richtete seine Aufmerksamkeit auf diese. Allerdings versuchte er nicht, sie zu öffnen, sondern befestigte ein Seil am Tragegriff an einem Ende der Kiste.

Adam griff nach unten und zog sein Tauchermesser aus der Scheide.

Er trat kräftig ins Wasser und glitt mit der Zielstrebigkeit eines weissen Hais durch das Wasser nach unten. Als er beim anderen Taucher anlangte, tat er dasselbe, was der Mann bei ihm gemacht hatte: er durchtrennte den Luftschlauch, der die Flasche des Mannes mit seinem Atemregler verband. Luftblasen strömten heraus und der Mann liess von der Kiste ab und schlug um sich. Adam schwamm weiter und hielt sich vom anderen Taucher fern, um zu beobachten, was er nun tun würde. Adam überlegte, ob er zum Wassergefährt des Mannes schwimmen sollte, aber dieses war zu weit weg.

Der Mann tat das Gleiche, was Adam getan hatte: Er schnallte seine Tauchweste ab und liess sie auf den sandigen Grund des Ozeans fallen. Doch anstatt direkt an die Oberfläche aufzutauchen, schaute er sich um.

Adam schwebte mit ausgestreckter Messerhand im Wasser, fragte sich dann aber: 'Was tust du da?'

Auf der anderen Seite des gesunkenen Bootes erschien ein weiterer Taucher in einem Tarntauchanzug. Er liess sich ebenfalls von einem Unterwasser-Scooter ziehen und an diesem war an einem Seil eine Ersatz-Tauchflasche befestigt.

Nachdem der Mann mit dem Unterwasserzugfahrzeug erkannt hatte, was gerade passiert war, nahm er direkten Kurs zu seinem Kameraden, der ohne Sauerstoff im Wasser schwebte und wartete. Der Typ schien recht cool zu sein, widerstand er doch dem Drang, an die Oberfläche zu kommen. Vielleicht nahm er an, dass Adam ihm folgen und ihn erledigen würde.

Der Taucher mit dem Unterwasser-Scooter hielt sein Fahrzeug neben dem ersten Mann an. Er nahm den Atemregler aus seinem Mund und steckte ihn in den Mund des zweiten Mannes. Dieser saugte etwas Sauerstoff ein, gab dann den Atemregler zurück und übernahm das Fahrzeug mit der Reserveflasche.

Da Adam in der Unterzahl war und seine Luft knapp wurde, stieg er erneut an die Oberfläche auf. Falls er zuvor einen Vorteil erzielt hatte, war dieser nun wieder verloren.

Adam tauchte auf und drehte den Kopf auf alle Seiten, aber Jenny war immer noch nirgends zu sehen. 'Verdammt', dachte er, füllte seine Lungen erneut mit Luft und tauchte noch einmal ab.

Auf dem Weg nach unten sah er, dass der zweiten Taucher auf ihn zukam, während sich der erste Mann hinter ihm mit der Ersatzflasche ausrüstete. Nun waren sie zwei gegen einen.

Adam hätte beinahe zu spät gesehen, dass der Mann, der auf ihn zu schwamm, in der rechten Hand einen Speer hielt. Er griff nach dem Verschluss des Gewichtsgürtel an seiner Taille, löste diesen vom Körper und hielt ihn beim Hinunterschwimmen vor sich.

Sie befanden sich auf Kollisionskurs und Adam sah, dass der andere Mann die rechte Hand ausstreckte und auf ihn zielte. Sie waren kaum mehr zehn Meter voneinander entfernt, als der Mann abdrückte.

Im selben Moment liess Adam, der sich direkt über dem anderen Taucher befand, seinen Bleigürtel los und das schwere Blei- und Gewebeband taumelte, sich drehend, durch das Wasser. Der Speer des Angreifers prallte auf eines der Gewichte und wurde von diesem abgelenkt, so dass sich sein Ende im Gürtel verhedderte. Nur knapp verfehlte die Spitze Adam, der sich mit zwei weiteren kräftigen Tritten auf den anderen Mann zu bewegte.

Adam schlug zu, musste allerdings gegen das Wasser ankämpfen. Der Mann löste die immer noch mit einem Armband an ihm befestigte Speerpistole und versuchte, den Schlag zu parieren, doch Adams Messer durchtrennte den Neoprenanzug des Mannes. Aus seinem Unterarm floss Blut und verteilte sich als Wolke im Wasser. Adam stiess seine Hand ins Gesicht des Mannes, griff nach dessen Tauchermaske und versuchte, sie loszureissen.

Aber der andere Mann war gross, kräftig und muskulös. Während sie miteinander rangen, blickte ihm Adam in die Augen. Es war weder Andy noch einer seiner Männer vom Boot, auf das er und Jenny gestossen waren. Das bedeutete allerdings nichts, denn möglicherweise befanden sich noch mehr Veteranen auf dem Campingplatz.

Der Mann konnte Adams Messerhand abwehren und versuchte im Gegenzug ebenfalls, an Adams Maske zu gelangen. In selben Moment, in dem er seine Arme um Adam schlang, wurde diesem klar, was er vorhatte: Der Mann, der durch einen Atemregler Sauerstoff und Stickstoff einatmen konnte, wollte Adam festhalten, bis er ertrank.

Adam stach erneut mit seinem Messer zu, aber da ihn der andere Tauchers an seine Brust presste, erreichte er nur die Weste und die Tauchflasche seines Gegners. Adam sah ihm in die Augen. Dieser Bastard grinste ihn tatsächlich an. Adam versuchte, tiefer zuzustechen, aber der andere Mann sah seine Bewegung voraus und drehte den Körper weg. Wegen des Wasserdrucks war Adams Schlag weder schnell noch kraftvoll genug. Obwohl er spürte, dass die Messerspitze den Neoprenanzug des Mannes irgendwo tief auf dessen Seite durchbohrte, reichte dies nicht aus, um das Grinsen des Mannes zu tilgen. Er schien ihn zu verhöhnen.

Um sie herum kräuselte sich im Wasser das Blut aus den Wunden, die Adam dem Taucher zugefügt hatte und dem Schnitt in seiner eigenen Brust, den ihm der erste Mann zugefügt hatte. Plötzlich klatschte etwas von hinten gegen ihn und liess ihn durch das kühle grüne Wasser segeln. Der Stoss war rau und kratzte wie Sandpapier an seinem Neoprenanzug. Gleichzeitig sah Adam, dass sich der Ausdruck in den weit aufgerissenen Augen des anderen Mannes wandelte: Aus selbstgefälligem Triumph wurde unermessliche Angst. Sein Kontrahent lockerte den Griff und erlaubte Adam damit, sich zu winden und zu wenden. Adam erkannte die bronzegraue Flanke eines zwei Meter langen Bullenhais, der ihn gerade noch mit dem Schwanz gepeitscht hatte, nun aber vorbeiglitt. Der Mann hatte allen Grund, sich zu fürchten.

Adams Atem war vom Tauchgang und dem Kampf beinahe erschöpft, so dass er dringend zur Oberfläche musste. Mit den Flossen stiess er sich in die Richtung des gesprenkelten Sonnenlichts über ihm, während sich der Hai direkt unter seinen Füssen befand. Adam, der über Haie promoviert hatte, konnte die Situation einschätzen. Er wusste, dass ihm dieser Hai, jedenfalls wenn er ihn nicht frass, möglicherweise das Leben rettete.

Als Adam frische Luft schnappen konnte, hörte er das willkommene Brummen eines Aussenbordmotors und winkte mit dem Arm. Er drehte sich im Wasser und sah, dass Jenny sich im

Forschungsboot näherte und den Kurs leicht änderte, was darauf hindeutete, dass sie ihn gesehen hatte und dann das Gaspedal durchdrückte. Erleichtert schwamm Adam, auf das entgegenkommende Boot zu.

Als er den Kopf hob, sah er, dass sich die Nase des Boots, als Jenny verlangsamte und auf ihn zusteuern wollte, zu senken begann. Er hielt in der Dünung wippend an und winkte sie zu sich. »Weiter!«

»Was?«, rief Jenny zurück.

»Schneller, nicht langsamer! Kommen Sie und holen Sie mich, Jenny!«

Jenny hatte die Botschaft verstanden und der Ton des Motors änderte sich, als sie den Gashebel wieder nach vorne schob. Sie steuerte an seine Seite, bewegte sich zum Rand des Boots und lehnte sich mit ausgestrecktem Arm darüber.

Adam war klar, dass er nur eine einzige Chance hatte, wenn er sie nicht beide in Gefahr bringen wollte. Schon als das Boot auf ihn zu glitt, zerrte er seine Flossen von den Füssen und liess sie wegschwimmen. Er hob den rechten Arm und stöhnte, obwohl sich das Forschungsboot nicht schnell bewegte, auf, als ihn der Haken erfasste und hochhob. Er schob sein rechtes Bein über die luftgefüllte Wand des Bootes und rollte sich hinein. Nun, da Jenny nicht mehr am Steuer stand, begann sich das Boot um sich selbst zu drehen.

»Schnell«, keuchte er, »volle Kraft voraus!«

»In welche Richtung?«

»Egal, einfach weg von hier!«, wies er sie an.

»Warum, was ...?«

Jenny brach mitten in der Frage, was passiert sei, ab und als Adam sich auf die Knie hievte, bemerkte er, was sie gerade gesehen hatte. Der Mann, der ihn verfolgt hatte, war aufgetaucht, hielt seine nachgeladene Harpune in der Hand und trat Wasser.

Jenny zeigte auf ihn. »Wer ist das?«

Adam sprang auf, denn er wollte Jenny hinter dem Lenkrad hervorholen, um sie zu schützen. Er musste einen sicheren Abstand zwischen dem Boot und diesen Männern schaffen und danach der

Küste entlang patrouillieren, um zu sehen, wo sie auftauchten. »Runter, Jenny, geh aus dem Weg!«

Doch Jenny stand wie gelähmt, als der Mann auf sie zielte. Adam versuchte sie aus dem Weg zu stossen, doch der Mann schoss und der Speer sirrte auf sie zu.

Auf Jennys weissem T-Shirt leuchtete Blut und sie stürzte nach hinten.

13

NATAL, 1880

Sie reisten unter einem wolkenlosen, perfekt blauen Himmel. Gregory, Phillips und Lady Beecham - Teresa - ritten, während ein älterer Zulu, Mathias Mpofu, den Wagen, der mit dem beträchtlichen Gepäck der Amerikanerin sowie mit ihrem Zelt und Vorräten beladen war, lenkte. Sie hatten Mehl, je eine Kiste Rotwein und Champagner, Flaschen mit Gin und Bier, Trockenfrüchte und eine Schachtel mit Gemüse und Biltong - getrocknetem Wildfleisch - geladen. Phillips, der sich als guter Schütze erwies, schoss frisches Fleisch und Wildvögel für den Kochtopf und Mathias fungierte als Küchenchef.

Die Morgen waren kühl, die Tage sonnig und warm, aber die Nächte eiskalt. Vor ihnen lag eine Reihe endloser Hügel, deren smaragdgrüner Glanz langsam verblasste, weil die winterliche Trockenzeit Einzug hielt. Die grasbewachsenen Hänge waren von grauen Granitbrocken und felsigen Klippen durchbrochen, in denen sich ein scheuer Leopard hätte sonnen oder verstecken können, während er die Wildnis nach Beute absuchte.

Ein Riedbock-Paar - ein Männchen mit gebogenen Hörnern und zotteligem, hellbraunem Fell mit seinem schlankeren hornlosen Weibchen - gaben ein warnendes Quietschen von sich, als sich die

Pferde näherten und sprangen schliesslich vor ihnen davon, in ein breites Tal.

Lady Beecham ritt wie ein Mann, die Beine beidseitig über den Pferderücken hängend, mit einer Zuversicht und aufrechten Haltung, die Gregory an Grace erinnerte. Er fragte sich, wie es ihr mit ihrem Pastor erging und hoffte, sie geniesse ihre Rache am Gefangenen Blundell. Fürs Erste rechnete er allerdings damit, dass ihm diese Dame mit dem amerikanischen Akzent genug Arbeit mache.

»Sie reiten gut«, sagte Gregory zu Teresa, während er neben ihr galoppierte.

»Danke, gleichfalls.«

Er errötete. »Ich meinte nur ...«

»Entspannen Sie sich, Captain«, sagte sie. »Mein Daddy wünschte sich Söhne, aber alles, was er, bevor meine arme Mutter bei meiner Geburt starb, bekam, war ich. Ich bin in New York aufgewachsen, aber er hat mich auf die besten Bildungseinrichtungen geschickt, für den Abschluss sogar nach Genf. Meine Ferien verbrachte ich mit reiten und auf einer Ranch in Montana, wo ich Vieh zu treiben half.«

»Ich verstehe.«

Sie sah ihn fragend an. »Überlegen Sie sich, warum ich allein reise und woher mein Titel kommt, obwohl ich Amerikanerin bin? Das tun die meisten Leute und manche sind sogar so unhöflich, sich direkt bei mir danach zu erkundigen.«

Er wartete schweigend, bis sie schliesslich fortfuhr.

»Ich wurde nach London geschickt, um mein Debüt zu geben, wo ich bei einer Tante wohnte. Obwohl die Ranch Daddys grosse Liebe war, stammte sein Geld aus dem Ölgeschäft. Er wollte allerdings, dass ich die Manieren einer wohlerzogenen Britin habe und ich glaube, dass er mich insgeheim mit einem vornehmen Herrn verheiraten wollte. Nun ja, sein Wunsch ging tatsächlich in Erfüllung.«

»Lord Beecham?«

Sie stiess einen für eine Lady sehr unpassenden Laut aus, halb Schnauben, halb Lachen. »Freddy? Ja, der unehrenhafte Lord Beecham. Ich habe mich in ihn verliebt, er nahm sich, was er für sein Recht hielt und schon bald waren wir Mann und Frau. Ausserdem war ich, als wir auf einem Schiff nach New York waren, aufgebläht wie eine mit einem Kalb trächtige Färse.«

»Sie haben also ein Kind?« Gregory wusste, dass er vorsichtiger hätte sein sollen, aber sie war ausgesprochen offen und seine Fragen sprudelten einfach so heraus.

Teresa blickte von ihm weg, auf den fernen, gewundenen Drachenschwanz der Berge hinaus. »Nein, wir haben es nicht geschafft.«

»Das tut mir leid«, sagte er.

Sie sah zu ihm zurück. »Danke. Die meisten Männer, finde ich, reden nicht gerne über solche Dinge. Freddy ging längst allein aus, kam nach teurem Schnaps und billigem Parfüm riechend nach Hause und verspielte sein Geld schneller, als seine Mami und Papi es ihm schicken konnten. Nachdem ich das Baby verloren hatte, versuchte er, sich selbst und andere davon zu überzeugen, dass unsere Ehe nicht rechtens sei. Wir hatten, bevor wir an Bord des Schiffes gingen, in einem Gemeindeamt in Portsmouth geheiratet, aber nicht in einer Kirche. Ausserdem fand ich später heraus, dass er den Beamten dort bestochen hatte, damit er die Papiere verschwinden liess.«

»Ach, du meine Güte«, sagte Gregory.

»Genau. Sowohl ein Gauner wie auch ein Schuft, nicht wahr?«

Aus Gewohnheit liess Gregory seinen Blick über die Hügel schweifen. Die Rückkehr in diese Landschaft erinnerte ihn an die Ereignisse von vor einem Jahr. Unterdessen war in Zululand zwar eine Art Frieden eingekehrt, doch bestand immer noch die Gefahr, dass Diebe oder wütende Krieger eine schlecht geschützte Gruppe überfielen. Samuel ritt irgendwo vor ihnen, auf der anderen Seite des Tugela-Flusses, tief in Zululand und suchte nach Mfunzi, dem Abgesandten des Königs. »Ja, so sieht es aus, Eure Ladyschaft.«

»Wir leben jetzt getrennt. Er ist zurück nach England gegangen und ich habe ihn seit ein paar Jahren nicht mehr gesehen. Zur Hölle mit ihm.« Sie schenkte Gregory ein zufriedenes Lächeln.

Gregory runzelte die Stirn, denn obwohl er sich gewöhnt war, dass Männer Schimpfwörter benutzten, befremdetet es ihn bei Frauen. Bei dieser Frau war es allerdings etwas anderes.

Phillips, der vor ihnen ritt, warf einen Blick nach hinten zu Gregory. »Reiter.«

Gregory hob das Gesicht und sah tatsächlich dunkle Flecken, die rechts von ihnen den Hang eines Hügels hinunterkamen. Als sie sich näherten, erkannte er weisse Gesichter über blauen Uniformen.

»Kavallerie«, stellte Gregory fest. An Lanzen, die ein halbes Dutzend der Kavalleristen trugen, flatterten rot-weisse Wimpel und an ihrer Spitze ritt ein Offizier.

Phillips hielt die Gruppe auf Kurs und folgte dem Tal am Rande eines Baches, der zu ihrer Linken einladend plätscherte und gurgelte. An einer seichten Furt verlangsamte sich das Wasser.

»Wir halten hier an, tränken die Pferde und füllen unsere Vorräte auf«, befahl Gregory.

»Ja, Sir«, quittierte Phillips und zügelte sein Pferd in der Nähe der Stelle, an der Gregory und Teresa anhielten. »Was glotzen Sie so, Phillips?«, wollte Gregory wissen.

»Äh, nichts, Sir. Überhaupt nichts.«

Er war eindeutig von Teresa fasziniert, und es war nicht schwer zu erkennen, warum, denn sie stieg mit der Leichtigkeit eines Leoparden, der von einem Ast springt, vom Pferd. Wäre Gregory näher bei ihm gestanden, hätte er Phillips für die Art und Weise, wie er seinen Blick auf Lady Beecham liess, einen Schlag auf den Hinterkopf versetzt.

Gregory brachte Bullet zum Bach, damit er trinken konnte, nahm ebenfalls einen langen Zug des kühlen reinen Wassers, füllte dann seine Flasche auf und verschloss sie. Als er das Klirren von Pferdegeschirren und das Getrappel von Hufen hörte, wandte er sich um, um zu sehen, wie die Kavalleristen am Bach eintrafen.

Ein junger Offizier stieg ab, übergab die Zügel seines Pferdes einem Soldaten, damit er sich um dieses kümmere und fragte: »Wer hat hier das Kommando?«

Gregory richtete sich auf, hängte die Feldflasche an den Knauf seines Sattels und ging um das Pferd herum zum Offizier, der mit in die Hüften gestemmten Händen wartete.

»Guten Tag«, begrüsste ihn Gregory.

»Haben Sie das Kommando?«

Gregory kniff die Augen zusammen. Der Mann - eigentlich eher ein Junge – musste schon eine Weile in Afrika sein, denn seine Wangen waren rot verbrannt und die Lippen rissig von unerbittlicher Hitze und bitterer Kälte. Allerdings schien er noch nichts vom hier herrschenden Lebenstempo gelernt zu haben, und erst recht nicht von der Bedeutung, die die Einheimischen guten Manieren beimassen. Das Abzeichen des Offiziers zeigte einen Totenkopf mit einer Fahne und die Aufschrift unter dem Kopf lautete 'Death or Glory', was bedeutete, dass er den 17th Lancers angehörte, also derselben Einheit, zu der auch Major Harold Morrison gehört hatte.

»Ich bin Sub-Inspector Peter Gregory von der Natal Mounted Police. Wie geht es Ihnen ...«, er schaute auf die Schulter des Mannes, wo er den Dienstgrad an einem einzigen Streifen ablesen konnte, »Leutnant?«

»Mir geht es gut.«

Gregory war sich sicher, ein spöttisches Lächeln in den Mundwinkeln des Mannes zu bemerken. Kavallerieoffiziere, so erinnerte er sich aus seiner eigenen Zeit in der Armee, hielten sich oft für etwas Besseres als gewöhnliche Sterbliche und die 'Death or Glory'-Jungs machten dabei keine Ausnahme. »Mir auch, danke. Und ja, Leutnant ...«

»Walters.«

Gregory bemühte sich, seinen Gesichtsausdruck gleichmütig zu halten, obwohl der Name ihn aufschrecken liess. Dies war der Name des Mannes, den Blundell erwähnt und der mit Morrison die 'Rote Laterne' besucht hatte.

»Ja, ich habe das Kommando über diese Gruppe, Leutnant Walters. Darf ich Sie fragen, was Sie hier draussen«, er machte eine ausladende Handbewegung, »mitten im Nirgendwo, tun?«

»Das wollte ich Sie auch gerade fragen, zumal ich sehe, dass Sie eine Dame begleiten.« Walters berührte die Krempe seines Helms, um Teresa zu grüssen, die Abstand hielt und - nach dem wenigen, das Gregory bereits von ihr wusste - erstaunlicherweise schwieg. »Ma'am.«

Teresa nickte und Gregory richtete seine Aufmerksamkeit wieder auf den Offizier. »Ich begleite die Dame auf eine Reise durch Zululand, damit sie sich mit einer Bekannten treffen kann.«

»Das ist interessant«, sagte Walters, dessen Männer abgestiegen waren und ihre Pferde, wie Gregorys Gruppe, zum Bach führten. »Ich habe den Auftrag, die Gruppe von Kaiserin Eugénie in den Aussengegenden zu sichern. Sie haben zweifellos von ihrer Gedenkreise in die Kolonie gehört.«

Gregory nickte. »Ja, habe ich tatsächlich.« Er winkte mit dem Kopf. »Die Dame, die mich begleitet ...« Er roch Teresas Parfüm, denn sie hatte die Strecke zwischen ihnen in wenigen langen und schnellen Schritten zurückgelegt.

»... ist hier, um Vögel zu fotografieren, Leutnant«, warf Teresa ein.

Gregory war zum zweiten Mal innerhalb weniger Minuten überrascht. Jetzt, wo er wusste, wer Walters war, jedenfalls vorausgesetzt, es handle sich bei ihm um denselben jungen Leutnant, von dem Blundell gesprochen hatte, verspürte er keine Lust, sich bei ihm einzuschmeicheln. Allerdings wollte er ihn aber auch nicht vor den Kopf stossen, da es ihm notwendig schien, Leutnant Walters irgendwann zu befragen.

Teresa fing seinen Blick auf. »Stimmt's, Captain Gregory?«

»Ja, genau.«

»Captain?«, fragte Walters.

»Mein früherer Dienstgrad in der Armee«, erklärte Gregory, womit er deutlich machte, dass er einen höheren Rang als Walters innegehabt hatte.

»Sie haben also eine Kamera?«, wollte Walters von Teresa wissen. »Die sähe ich gerne.«

»Das ist mir ein Vergnügen. Kommen Sie, ich zeige sie Ihnen.« Teresa machte auf dem Absatz kehrt und ging zum Wagen, auf dem sich ihr Gepäck befand. Sie löste einen dicken Riemen, schob einen

Karton nach hinten und hob einen zweiten ab, von dem Gregory annahm, er enthalte einen Hut. Nachdem sie jedoch einen weiteren Verschluss gelöst hatte und den Deckel abhob, nahm sie eine Kamera heraus. »Vielleicht erlauben Sie mir, ein Foto von Ihnen und Ihren Männern zu machen.«

»Wir haben keine Zeit für solche Frivolitäten. Ich brauche …«

»Aber das ist doch eine gute Idee, Sir.« Hinter Walters war ein Kavallerie-Sergeant aufgetaucht, der einem Fass ähnelte, einen beeindruckenden Schnurrbart trug und vielleicht zehn Jahre älter als der junge Bursche war, der ihn befehligte. »Wenn ich Sie wäre, Sir, würde ich das Angebot der Dame annehmen. Ich bin sicher, die Jungs würden sich gerne verewigen lassen, erst recht mit ihrem Offizier.«

Walters blickte mit säuerlichem Blick nach hinten zum Sergeant. Er ärgerte sich, schien sich allerdings einigermassen unter Kontrolle zu haben. »Ja, Sergeant, damit könnten Sie recht haben. Nun gut, lassen Sie die Männer antreten.«

»Wunderbar, Sie werden es nicht bereuen, Leutnant und ich sorge dafür, dass Sie einen Abzug bekommen«, strahlte Teresa.

Sie ging zum Wagen zurück, holte mit Hilfe von Phillips und Mathias eine weitere Kiste hervor, aus dem sie ein Stativ zog, das sie aufstellte. Nachdem sie die Kamera darauf befestigt hatte, ging sie zu Walters, der links von seinem Trupp Kavalleristen stand. Gregory lächelte und strich sich, während er sie beobachtete, den Schnurr-bart glatt.

»Oh, Leutnant«, gurrte sie, »Sie haben da einen Fussel auf Ihrem Waffenrock. Darf ich?«

Walters räusperte sich. »Natürlich.«

Teresa strich über seine Uniform, befeuchtete dann einen ihrer Finger mit der Zunge und pickte ein weiteres imaginäres Staubkorn auf. »Wir müssen doch dafür sorgen, dass Sie gut aussehen, nicht wahr?«

»Ähm, ja, schon.« Walters hustete in seine Hand. »Ich habe den Auftrag, Madam …«

»Ach, nennen Sie mich doch Mary«, bot sie an.

»Ja, nun, Mary, mein Auftrag lautet, den Aufenthaltsort einer Journalistin herauszufinden.« Sein Mund verzog sich vor Abscheu.

»Ja, Reporter sind lästige Geschöpfe«, bekräftigte Teresa. »Oh, eine Locke ihres schönen dunklen Haars hat sich verirrt. Haben Sie etwas dagegen, wenn ich das für Sie in Ordnung bringe, Leutnant...?«

»Llewellyn, Madam ..., äh, Entschuldigung Mary.« Einer der Soldaten in der Reihe hinter ihm kicherte.

Für einen Mann, der den Ruf einer grausamen Bestie im Bordell hatte, schien Walters in der Gegenwart von Teresa, die aus irgendeinem Grund ihre wahre Identität verbarg, unbeholfen wie ein unerfahrener Teenager. Gerade weil Walters ein arroganter junger Sturkopf zu sein schien, genoss Gregory es, ihn so aufgeregt zu sehen.

Teresa strich ihm ein paar Haare hinters Ohr, unter den Rand seines Tropenhelms, worauf Gregory zu sehen glaubte, dass Walters' Brust anschwoll. Er vermutete, dass Llewellyn Teresas blumiges Parfüm, welches Gregory bereits bei der ersten Begegnung mit ihr im Hotel abgelenkt hatte, tief einatme.

»Sie sagen, Sie sind hier, um Vögel zu fotografieren?«, fragte Walters, als Teresa einen Schritt zurücktrat, um ihre Vorbereitungen zu überprüfen.

»Oh ja. Die Vögel hier in Afrika sind die schönsten, die ich je gesehen habe, Herr Leutnant. Haben Sie jemals etwas so Grossartiges wie eine Gabelracke gesehen?«

»Äh, ich kann nicht sagen, dass ich ...«

»Oder den umwerfenden Glanzhaubenturako?«

Walters zupfte an seinem Kragen und warf einem der anderen Soldaten einen Blick über die Schulter zu. Dieser murmelte etwas, was Walters ein Lachen entlockte. »Ich ... bin leider zu sehr damit beschäftigt, als Soldat die Grenze zu schützen, um meine Zeit mit Ornithologie zu verschwenden, Miss ... Mary, sagen Sie?«

»Genau, Mary. Mary O'Brien, Ornithologin und Fotografin.«

»Sie fotografieren nicht zufällig für eine Zeitung oder Zeitschrift, oder?«

»Nein, vergessen Sie es.« Teresa schüttelte den Kopf, drehte sich um und ging zu ihrer Kamera. »Jetzt ganz ruhig, meine Herren.« Sie beugte sich hinter den Apparat und zog sich einen kleinen schwarzen Vorhang über den Kopf. Dann drückte sie auf einen Knopf am Ende eines Kabels und kam wieder zum Vorschein.

Walters machte sich auf den Weg zu Teresa, aber Gregory fing ihn ab. »Auf ein Wort, wenn ich bitten darf, Leutnant.«

»Gewiss, äh ...«

»Ich denke, Sie werden feststellen, dass 'Sir' die richtige Anrede ist, denn ich bin schliesslich ranghöher als Sie, Leutnant, und das war schon so, als ich noch Offizier in der Armee Ihrer Majestät war.«

»Nun gut... Sir.«

Gregory führte ihn von der Frau weg. »Da gibt es eine Angelegenheit, die einige Diskretion erfordert und die ich lieber in Abwesenheit der Dame und Ihrer Männer besprechen möchte.«

Walters blickte zurück, liess sich aber weiter am Bachufer entlangführen.

»Kannten Sie einen Major Morrison?«

Walters reckte das Kinn vor. »Was ist mit ihm?«

»Haben Sie gehört, was mit ihm passiert ist?«

Walters nickte. »Ja, ermordet. Von Zulu. Ich habe gehört, es solle eine Untersuchung geben.«

»Präzis«, bestätigte Gregory »und ich bin der ermittelnde Beamte. Wir haben in den Hügeln diesseits von Pietermaritzburg, wo sich Morrison niedergelassen hatte, weder etwas gehört noch Anzeichen für Zulu-Unruhen bemerkt.«

»Die Bastarde sind überall«, entgegnete Walters. »Sie sind fast ein Jahr nach der Niederschlagung immer noch wütend auf uns.«

»Wären Sie es nicht auch«, fragte Gregory, »wenn eine ausländische Armee Königin Victoria absetzen und in England einmarschieren würde?«

»Sie sprechen von ihnen, als wären sie uns ebenbürtig.«

Gregory schüttelte den Kopf. »Oh nein, Mister Walters, sie sind nicht ebenbürtig, glauben allerdings, uns überlegen zu sein. Ich bewundere sie dafür. Und ich glaube nicht, dass Morrison von einem Zulu-Überfallkommando getötet wurde, das sich an einem Soldaten, der zum Farmer wurde, rächen wollte.« Er deutete auf Walters' Gürtel und das daran hängende Holster. »Und übrigens wurde er mit einer britischen Dienstpistole wie Sie eine tragen, erschossen.«

Walters nickte. »Und wie Ihre.«

»Genau. Diese Waffe wird von den Zulu allerdings nicht gerade geschätzt.«

»Man sagt, Morrison sei mit einem Assegai aufgeschlitzt worden, wie es die Zulu tun, wenn sie einen Feind getötet haben. Egal wie der Mann umgebracht wurde.«

»Wer sagt sowas?«, erkundigte sich Gregory.

Walters zuckte mit den Schultern. »Fragen Sie in der Stadt herum, in Maritzburg.«

»Wo dort?«

»Im Pub, denke ich.« Walters blickte zurück zu seinen Männern. »Ich muss mich auf den Weg machen, Captain.«

»Könnte es sein, dass das Gespräch in der ‘Roten Laterne’ stattgefunden hat? In der Kneipe und dem Bordell, in dem Sie verkehren, Leutnant Walters?«

Walters' Gesicht rötete sich noch mehr. »Da müssen Sie sich irren, denn ich war noch nie an einem solchen Ort.«

Gregory trat einen Schritt näher an den jungen Offizier heran, bis seine Nase nur noch wenige Zentimeter von dessen Nase entfernt war. »Oh, ich glaube nicht, dass ich mich irre. Abgesehen davon, was ich mit einem Mann machen möchte, der sein Vergnügen daran hat, Frauen zu quälen, habe ich einen sehr guten Grund, zu glauben, dass Sie das besagte Etablissement in Begleitung dieses anderen Schweins, Morrison, besucht haben. Warum, Walters, liessen Sie sich mit diesem widerlichen Typen sehen? Träumen Sie auch davon, Unzucht mit Kindern zu treiben?«

»Ich ... nein. Niemals.« Er sah wieder weg. »Das nicht.«

»Aber Sie kannten Morrison. Was hatten Sie mit ihm zu tun?«

Walters nahm den Helm ab, wischte sich den Schweiss von der Stirn und fuhr sich mit der Hand durch das dichte, dunkle Haar.

»Okay, ich kannte Morrison. Er war, als ich in Natal ankam, mein Kompaniechef und wurde später Adjutant. Nun ja, bevor er ... in den Ruhestand ging.«

»Wann sind Sie hergekommen?«, wollte Gregory wissen.

»Letztes Jahr. Mit den Verstärkungszügen, die nach Isandlwana kamen.« Walters hob eine Augenbraue. »Ich habe gehört, Sie hätten ebenfalls Erfahrung mit diesem Einsatz.«

Gregory knirschte mit den Zähnen und suchte den Blick seines Gegenübers.

Walters lächelte spöttisch. »Oder erinnern Sie sich nicht mehr an die Schlacht, da Sie, wie ich hörte, bereits recht früh abgehauen sind?«

Gregory spürte, dass eine Ader in seiner Schläfe zu pulsieren begann. Jetzt war klar, dass Walters die ganze Zeit gewusst hatte, wer er war. Aber wie viel wusste er über Gregorys Mission? Gregory streckte die linke Hand aus, packte Walters vorne am Uniformrock und zog seine rechte, zur Faust geballte Hand, zurück. Dieser verdammte Walters lächelte ihn nur an.

»Machen Sie weiter.« Walters' Worte waren kaum zu hören.

»Sir!«, rief eine Stimme.

Gregory hörte sich nähernde Schritte und das Klappern der Kavallerie.

»Peter«, rief Teresa.

Gregory grub seine Fingernägel so tief in die rechte Handfläche, dass er das Gefühl hatte, es müsse bluten.

Walters stiess ein einziges Wort aus. »Feigling.«

Gregory schob Walters von sich. Der Geruch nach Haaröl und Eau de Cologne, nach Pferd und Leder sowie die Erinnerung daran, auf das Hirn einer toten Rotjacke getreten und fast darauf ausgerutscht zu sein, liess ihn beinahe würgen. Er stand wie ein vom Galopp erschöpftes, durch die Nüstern atmendes Kavalleriepferd da. Als er für einen Moment die Augen schloss, hörte er das Brüllen verängstigten Viehs, das Klappern nutzloser Martini-Henry-Gewehre und den langgezogenen, bedrohlichen Kriegsschrei der Zulu. 'U-su-thu! U-su-thu!'

»Alles in Ordnung, Sir?«, fragte der hochgewachsene Kavalleriesergeant Walters, als Gregory sich wieder auf die Menschen rund um ihn fokussieren konnte und seine Augen öffnete.

Walters strich sich über die Vorderseite der Uniformjacke und setzte seinen Helm wieder auf. »Ja, ja, es ist alles ist in Ordnung, Sergeant. Stimmt's, Captain?«

Beschämt spürte Gregory, dass aus der rechten Seite des Mundes ein Sabberfaden herunterlief und Walters ihn angrinste, als er diesen mit dem Handrücken wegwischte. »Wir sehen uns wieder«, sagte er zu Walters.

Dieser nickte und berührte im spöttischen Zerrbild eines Saluts die Krempe seines Helms mit den Fingerspitzen seiner rechten Hand. »Oh, daran zweifle ich nicht und freue mich sogar beinahe darauf.«

»Peter, kommen Sie.« Teresa griff nach seinem linken Ellbogen, aber er zuckte zurück.

»Und Ihnen, Miss Mary, wünsche ich viel Erfolg bei der Vogelbeobachtung und der Fotografie.«

Teresa starrte ihn, die Hände in die Hüften gestemmt, an.

»Ausserdem habe ich einen Ratschlag für Sie, Ihre Ladyschaft«, sagte Walters.

»Sie erweisen mir die Ehre eines Titels, den ich nicht habe. Aber wie lautet Ihr Rat?«, fragte Teresa.

»Man hat mir gesagt, Kaiserin Eugénie möge Vögel trotz ihrer Schönheit ungefähr so sehr wie neugierige ausländische Journalistinnen.«

»Ich habe keine Ahnung, was Sie damit meinen.«

Walters befahl seinen Männern, aufzusteigen und tat dies schliesslich selbst. Als er sein Pferd wendete, hielt er inne und blickte zu Gregory zurück. »Die Kaiserin hat angeordnet, dass keine Besucher oder Zuschauer ihre Privatsphäre verletzen dürfen, am allerwenigsten eine gewisse amerikanische Journalistin. Halten Sie sie also fern. Ich bin mir sicher, dass ein Mann mit Ihrer Erfahrung gut darin ist, Abstand zu halten und sich mit den Leuten der Entourage im Lager zu unterhalten.« Walters spornte sein Pferd an und galoppierte davon.

Gregory stand da und starrte ihm mit zu Fäusten geballten Händen nach.

Phillips, den Gregory vorhin im Gespräch mit den Kavalleristen gesehen hatte, kam zu ihm. »Ich denke, dieser Bursche ist heute Morgen mit dem falschen Bein aufgestanden. Was war das für ein Gerangel zwischen Ihnen und ihm, Sir?«

»Nichts.« Gregory sah, dass Phillips eine Karte in der Hand hielt. »Worüber haben Sie mit den Kavalleristen gesprochen?«

»Oh, sie haben nur gejammert. Sie wissen ja, wie Soldaten sind. Sie eskortieren die ehemalige Kaiserin von Frankreich zur Gedenkstätte ihres Sohnes, zum Ort, an dem Prinz Louis letztes Jahr erdolcht wurde. Es scheint allerdings, als machten sie einen grossen Umweg durch die Gegend.«

»Zeigen Sie es mir.« Während Phillips die Karte auseinanderfaltete, schaute Gregory zu Teresa, die neben dem Wagen stand, hinüber. Sie war dabei, ihre Kameraausrüstung zu verstauen, bemerkte aber seinen Blick und sah zu Boden, denn aus seinem Blick konnte sie lesen, dass er sich später mit ihr befassen wollte.

Phillips zeichnete die Route mit seinem Finger nach. »Sehen Sie, der direkteste Weg wäre von hier aus, in der Nähe von Greytown, zuerst nach Helpmekaar, dann nordöstlich an Rorke's Drift und Isandlwana vorbei nach Nqutu, wo sich das Denkmal des Prinzen befindet. Sie möchte zweifellos sehen, wo die grossen Schlachten geschlagen wurden, aber die Kavalleristen sagten, ihr Kommandeur führe sie auf einen seltsamen Umweg über Kambula und Hlobane, was ihre Reise um sechzig oder siebzig Meilen durch äusserst unwirtliches Gelände verlängert.«

Gregory studierte die Karte und kratzte sich am Kinn. »General Evelyn Wood ist für die Gruppe der Kaiserin verantwortlich. Lord Chelmsford hatte ihm das Kommando über eine der ersten drei Kolonnen, die nach Zululand einmarschierten, übertragen. Während die Welt noch von der Niederlage bei Isandlwana sprach«, er schluckte unwillkürlich, »wurde Woods Truppe ein paar Monate nach dieser am Hlobane Mountain vernichtend geschlagen. Am nächsten Tag dagegen errang er bei Kambula einen grossen Sieg.

Somit wählt er diese Route wohl genauso sehr für sich selbst wie für die Kaiserin. Wenn ich mich recht erinnere, ist auch Prinz Louis durch dieses Gebiet geritten. Aber Sie und die Kavalleristen haben recht - es ist ein bedeutender Umweg.«

Phillips blickte zu Teresa hinüber und sagte leise. »Und die Lady? Die Kavalleristen sagten, sie seien vor einer Journalistin gewarnt worden, die der Kaiserin folge.«

Gregory nickte langsam. »Wir haben den Befehl, Lady Beecham zu eskortieren, obwohl ihre Geschichte, sie sei eine Freundin der Kaiserin, ein Schwindel zu sein scheint, Phillips.«

Phillips' Gesicht sah aus, als hätte er gerade in eine Zitrone gebissen. »Wirklich? Und was machen wir jetzt, Sir?«

Gregory dachte über die Kette der Ereignisse nach. General Wood und die Kaiserin wussten offensichtlich von Teresas Anwesenheit im Land. Ausserdem kannten sie ihre richtige Identität und den wahren Zweck der Reise. Auch Gregory war sich nun ziemlich sicher, dass es sich um das Bestreben einer schäbigen Journalistin handelte, am Jahrestag des Todes ihres Sohnes zu einem Bericht und dem Foto einer trauernden königlichen Person zu kommen. Es war kaum zu glauben, dass eine aufdringliche Frau aus der Gilde der Schreiberlinge eine Person auf diese Weise jagte und sich so viel Mühe machte, ein Bild von der Kaiserin zu bekommen. Was war nur mit der Welt los?

Teresa liess sich beim Packen Zeit, doch ihre Augen huschten hin und wieder zu ihm. Sie war gerissen und chamäleonartig attraktiv. Wahrscheinlich reiste sie absichtlich hinter der offiziellen Gruppe, wie eine Hyäne, die einen Leoparden verfolgt, oder ein Rudel Wildhunde auf der Jagd, und wartete auf den Moment, in welchem sie die für ihren Lebensunterhalt nötige Beute erwischen konnte. Ihr war sehr wohl bewusst, dass sie am Lagerfeuer der Kaiserin nicht willkommen war.

Und was war mit seiner Mission - oder seinen Missionen? Major Hellfire Jack Dartnell hätte nicht so lange an der Spitze der NMP überlebt, wenn ihm politische Spielchen unbekannt wären. Er hatte Gregory auf die Suche nach einem verschwundenen Schwert geschickt, ihm aber im gleichen Atemzug diesen dummen Auftrag erteilt, eine unerwünschte Journalistin über die unbarmherzigen Hügel und durch die wildesten Täler Zululands zu eskortieren. Die Suche nach dem verschwundenen Schwert eines Kaisers war eine heikle und geheime Angelegenheit, und die Antwort auf die Frage nach dem Verbleib des Schwerts – oder zumindest, wo und wie es verschwunden war – liessen sich höchstwahrscheinlich in denselben Kloofs und Dongas finden, in denen der kaiserliche Prinz gekämpft hatte und getötet worden war. Dort war das Schwert später auch wiedergefunden worden. Die Begleitung einer aufdringlichen Reporterin verschaffte Gregory also den notwendigen Deckmantel, um die für seinen Kommandanten wichtigere Aufgabe zu erfüllen. Als Gregory die Strategie des Majors durchschaute, lächelte er über dessen Gerissenheit.

»Sir?« fragte Phillips.

Gregory atmete tief ein und erinnerte sich daran, dass er sich nicht auf den blutgetränkten Hängen des verfluchten Hügels befand, sondern an einem kühlen, klaren Bergbach unter einem blauen Himmel, von dem ihm die Sonne auf den Rücken schien. »Wir bleiben heute Nacht hier. Hilf Mathias, das Lager zu errichten.«

Phillips blickte, wohl denkend, es sei noch viel zu früh, um anzuhalten, zum Himmel, aber Gregorys Blick bestätigte seinen Befehl. »Sehr gut, Sir.«

Gregory ging zu Teresa, die ihre Kameraausrüstung fertig weggepackt hatte und das Seil wieder über die Kisten spannte. Er trat hinter sie und legte seine Hand auf die ihre, um ihre Bewegung zu stoppen. Es war eine zu vertrauliche Geste, aber sie versuchte nicht, ihre Hand zurückzuziehen, sondern wandte ihm stattdessen ihr Gesicht zu.

»Ich brauche Sie nicht nach dem wahren Zweck Ihrer Reise zu fragen«, sagte er.

»Ich weiss nicht, wovon er gesprochen hat ...«, begann sie, doch ihr Protest erstarb unter seinem Blick und schliesslich zuckte sie mit den Schultern.

»Sie sind weder eine Freundin der Kaiserin noch will diese Sie in ihrer Nähe haben, oder?«

Teresa zog ihre Hand unter seiner hervor, trat vom Wagen und ihm weg und stemmte die Hände in die Hüften. »Und was jetzt? Wollen Sie mich hier draussen in der Wildnis aussetzen?«

Er schüttelte den Kopf. »Nein. Jetzt werden Sie mir helfen.«

14

—————

KWAZULU-NATAL IN DER GEGENWART

Sannie und Marilyn fuhren zu David Gregorys Farm und Wildreservat zurück. Während Sannie fuhr, rief Marilyn John Parkers Nummer an, die sie von Jan-Marie Ball erhalten hatte.

»Biege da vorne rechts ab«, wies Marilyn sie an, die die Position der Stecknadel überprüfte, den John, der Manger, ihr per WhatsApp geschickt hatte.

Sannie folgte einer schmalen, mit Schlaglöchern übersäten geteerten Strasse. Zu ihrer Rechten verlief ein zwei Meter hoher, mit elektrischen Drähten versehener Zaun aus Stacheldraht. Bei genauerem Hinsehen erkannte Sannie, dass der Elektrodraht an einigen Stellen gerissen war oder schlaff herunterhing, ausserdem klafften hier und da an Stellen mit unwegsamem Gelände Gräben unter dem Zaun, etwa dort, wo er über eine ausgewaschene Donga führte. Einige der Lücken waren so gross, dass ein Wilderer leicht hätte darunter hindurchkriechen können. Einen Kilometer weiter erreichten sie ein Schild, das den Eingang zum uBhejane Game Reserve ankündigte.

»uBhejane bedeutet Spitzmaulnashorn auf Zulu«, erklärte Marilyn.

Sannie nickte. Der Eingang sah stattlich aus: Zwei mit einem dekorativen Steinmosaik verkleidete Säulen mit einem stabilen Schiebetor aus Stahl dazwischen. Dahinter befanden sich ein strohgedeckter Laubengang und ein Büro. Es war niemand in Sicht.

Marilyn schickte eine Nachricht und Sannie hupte, für den Fall, dass sich drinnen ein Torwächter aufhielt.

»John ist auf dem Weg«, berichtete Marilyn eine Minute später.

Während des Wartens überprüfte Sannie ihre E-Mails, wobei sie Hudson Brands Antwort auf eine Frage fand, die sie ihm gestellt hatte. Sie überflog diese eilig. Alle Bauernhöfe in der Gegend, bei denen in den letzten sechs Monaten, vermutlich durch die 'Cheetah'-Bande, Vieh gestohlen worden war, waren bei dem Unternehmen versichert, mit dem Hudson in der Vergangenheit zusammengearbeitet hatte. Daran war an sich weder etwas Ungewöhnliches noch Verdächtiges, denn es war eine Selbstverständlichkeit, dass benachbarte Landwirte Einzelheiten über ihre Versicherungen und deren Makler austauschten. Sanny machte ihre Arbeit einfach nur gründlich, aber während sie versuchte, einen Mordfall in den Griff zu bekommen, fehlte ihr die Zeit, sich mit Versicherungsagenturen zu befassen, weshalb sie die Abkürzung mit Hudson zu schätzen wusste. Dieser teilte ihr in seiner E-Mail mit, sein Kontakt bei der Versicherungsgesellschaft stelle die Akten für ihn zusammen und schicke sie ihm. Hudson bot ihr gleichzeitig an, sie sich näher anzusehen.

Sannie schaute aus dem Fenster und was sie sah, bestätigte ihr, was sie bereits gehört hatte: das Reservat war am Boden. Das Haupttor hätte vierundzwanzig Stunden am Tag besetzt sein müssen, aber es gab keinen Wachdienst. Beim Strohdach des Pförtnerhauses hatten wahrscheinlich Paviane gewütet und es aufgerissen, denn das Dach wies klaffende Löcher auf. Sannie öffnete die Tür, stieg aus und streckte sich. Es war ein anstrengender erster Tag auf ihrem neuen Posten gewesen und sie und Marilyn waren noch nicht einmal in ihrer Unterkunft gewesen.

Sie sah auf die Uhr: Es war halb vier. Die Sonne bewegte sich auf eine entfernte Hügelkette zu und tauchte die Landschaft in sanftes Gold. Aus einem Tal auf der anderen Seite des Torhauses war ein

Brummen zu hören und schliesslich kam ein grüner Land Rover in Sicht, aus dessen Auspuff schwarzer Rauch quoll. John Parker stieg aus, er trug eine Art Uniform aus Khaki-Shorts und Buschhemd. Er kam zum Tor, öffnete ein Vorhängeschloss und stiess das Schiebetor auf.

»Fahren Sie rein«, lud er sie ein, »dann kann ich das Tor hinter Ihnen schliessen. Der Motor des Tors wurde kürzlich gestohlen.«

Sannie stieg ein, fuhr durch und stieg dann wieder aus.

Sie beobachtete, wie John das Tor schloss, wobei ihr die Tränensäcke unter seinen Augen auffielen und dass in seinem Gesicht die Stoppeln dreier Tagen standen. Seine Shorts brauchten eine Wäsche und mussten an mehreren Stellen, an denen sie zerrissen waren, geflickt werden. Als er sich umdrehte, erkannte Sannie, dass ausserdem der Kragen seines uBhejane-Uniformhemdes ausgefranst war. An der rechten Hüfte trug er ein Holster mit einer hellbraunen Glock-Pistole.

»Folgen Sie mir, ich bringe Sie zur Lodge«, sagte er.

Sannie stieg wieder in ihr Auto und folgte der Rauchfahne die Strasse hinunter.

»Hier fällt alles auseinander«, sagte Marilyn.

Sannie nickte und zog ihre Sonnenbrille vom Scheitel auf die Augen, um das Blenden der Nachmittagssonne zu verringern. John hielt auf einem Parkplatz, neben dem ein Teil eines zerfledderten und verblassten Schattendachs herunterhing und führte sie zur 'Fish Eagle Lodge', die Aussicht auf einen Fluss bot.

»Das Camp ist mittlerweile etwas mehr als rustikal«, sagte John, als sie aus dem Fortuner stiegen. »Wenn Sie möchten, können Sie mich gern auf eine Fahrt begleiten, zu der ich gerade aufbrechen wollte. Hier gibt es nicht viel, das einem hilft, bei klarem Verstand zu bleiben, aber ich habe eine Kühlbox mit Getränken und eine Kanne mit heissem Wasser, so dass ich uns unterwegs eine Tasse Tee oder Kaffee machen kann.«

Sannie sah Marilyn an, die mit den Schultern zuckte. »Warum nicht, Boss?«, fragte Marilyn, »ich war noch nie auf einer Pirschfahrt.«

John sah überrascht aus. »Noch gar nie?«

Marilyn runzelte die Stirn. »Wissen Sie, nicht alle Leute sind reiche Kapstädter oder zahlungskräftige ausländische Touristen. Einige von uns müssen für ihren Lebensunterhalt arbeiten und ich war die meiste Zeit meines Lebens zu sehr mit dem Studium und der Verhaftung von Kriminellen beschäftigt, um in den Busch fahren und Löwen beobachten zu können.«

»Entschuldigung, ich wollte Sie nicht beleidigen, ich …«

Marilyn grinste. »Ist schon in Ordnung. Ich scherze nur.«

»Eine Pirschfahrt klingt lekker«, sagte Sannie. »Dabei können wir ein Gefühl für die Gegend hier bekommen, während wir uns ansehen, was es zu sehen gibt.«

»In Ordnung. Steigen Sie ein, meine Damen.«

John reichte ihr die Hand und Marilyn liess sich von ihm in die Sitzreihe hinter ihm helfen, was Sannie überraschte, weil Marilyn normalerweise auf ihrer Eigenständigkeit beharrte und äusserst freimütig war, wie ihr unzimperlicher kleiner Scherz gerade bewiesen hatte.«

»Vielen Dank, Herr Safari-Führer«, sagte Marilyn.

Sannie nahm den Platz neben Parker ein. Trotz ihrer Bemerkung war sie nicht hier, um Wildtiere zu sehen, aber sie hatte eine Menge Fragen an den Guide. Sie nahm ihr Notizbuch heraus.

»Es geht also auch um Arbeit, nicht nur um das Vergnügen«, kommentierte John.

»Immer, fürchte ich«, bestätigte Sannie und zückte einen Stift. »Wie lange arbeiten Sie schon hier, John?«

Er legte den ersten Gang ein und sie verliessen die Lodge auf einer holprigen Strasse, die steil von dem Fluss, der hinter ihnen durch das Tal rauschte, anstieg. »Jetzt sind es fast zehn Jahre. Dies war mein erster Job, nachdem ich mein Bachelor-Studium abgeschlossen und meine Qualifikation als Fremdenführer erworben hatte. Ursprünglich dachte ich, ich würde nur ein paar Jahre hier arbeiten, bevor ich weiterziehe, aber dieser Ort wächst einem ans Herz.«

»Und David Gregory? Wie war er als Chef?«

John wandte Sannie das Gesicht zu und schaute sie an - so wie er, ohne nach vorn zu blicken, nach rechts abbog, hatte sie das Gefühl, er hätte diese Strassen auch nachts mit verbundenen Augen fahren können. »Er hat seine Nashörner nicht getötet.«

»Das habe ich nicht gefragt«, erwiderte Sannie.

John liess seine Augen, ohne ihren Blick zu erwidern, wieder nach vorne schweifen und dann, Wild suchend nach rechts und links. »Ich schätze, er war wie jeder andere Boss. An manchen Tagen liebte man ihn, an anderen trieb er einen zur Weissglut, aber vor allem setzte er sich für den Naturschutz ein. Deshalb bin ich auch so lange hiergeblieben.«

»Artenerhalt vor allem anderen?«, fragte Sannie.

John nickte. »Ja. Ich gebe Ihnen gern ein Beispiel. David hat in der Nähe des Flusses«, er deutete mit dem Daumen über seine Schulter nach hinten, »Warburgia salutaris gepflanzt, Pfefferrinden-bäume. Kennen Sie die?«

»Ja«, nickte Sannie. »Ich habe eine Zeit lang im Krügerpark gearbeitet. Im Norden, in der Nähe des Punda Maria Camps, gibt es noch einige wenige. Die Bäume sind, weil es einen Schwarzmarkt für sie gibt, vom Aussterben bedroht. Wir hatten sie unter bewaffneter Bewachung vor Pflanzen-Wilderern.«

»Ernsthaft?«, staunte Marilyn hinter ihnen. »Bäume, die von Rangern bewacht werden?«

John drehte sich um und sah sie an. »Die traditionellen Heiler vermarkten die Rinde als Mittel gegen Erkältungen und Grippe und besonders skrupellose behaupten, sie heilten HIV-AIDS. Jedenfalls entdeckte ich eines Tages einen zwischen den Bäumen jagenden Leoparden und mein reicher Gast, eine Frau aus den Vereinigten Staaten bestand darauf, dass ich abseits der Strasse fahre, damit sie eine Nahaufnahme machen könne. Während wir in den meisten Teilen des Reservats abseits der Strasse fahren können, geht das in diesem Gebiet, wegen der gefährdeten Bäume, natürlich nicht.«

»Was ist dann passiert?« Marilyn lehnte am Geländer vor ihrer Sitzbank und lauschte Johns Worten gebannt.

Er wandte das Gesicht lange genug von der Strasse ab, um sie anzulächeln. »Ich blieb standhaft, worauf die Touristin nach der Pirschfahrt zu David ging und von ihm verlangte, dass er ihr das für die Pirschfahrt bezahlte Geld zurückgebe. Er gab in harschem Ton zurück, sie solle das Reservat verlassen.«

»Wirklich?«, fragte Sannie.

Parker nickte. »Die Dame und ihr Mann hatten fünf Nächte gebucht und dies war ihre erste Fahrt, aber David erstattete ihnen das Geld und gab ihnen den Marschbefehl. Er liess sie und ihren Mann die Koffer packen und rief das Transferunternehmen an, um sie abzuholen.«

Sannie machte sich dasselbe Bild von David, wie Richard Tustin und Jan-Marie Ball es ihr gezeichnet hatten: Das eines ziemlich aufbrausenden alten Mannes, der wenig Zeit für Leute hatte, die er nicht mochte. Dafür, dass er seine eigenen Wildtiere für Geld getötet hätte, gab es aber keinerlei Anzeichen. »Wie stand er zum Handel mit Nashorn-Horn?«

»Sie meinen, ob dieser erlaubt werden sollte?«, hakte John nach.

»Ja.«

»Er war für die Legalisierung, aber das bedeutete keineswegs, dass er seine Nashörner tötete, weil er knapp bei Kasse war. Wie jeder weiss, kann man ein Nashorn, auch ohne es zu verletzen, enthornen.«

»Ja«, sagte Sannie, »aber das bedeutet viel Aufwand und es muss ein Tierarzt anwesend sein, der das Nashorn betäuben und sicherstellen kann, dass es die Enthornung gut übersteht.«

»Das stimmt zwar«, bestätigte Parker, »bedeutet aber nicht, dass David kurzen Prozess gemacht und seine Tiere getötet hat. Auf keinen Fall. Aber David war der Meinung, es sollte privaten Besitzern von Nashörnern erlaubt sein, deren Hörner nachhaltig zu entfernen, sie danach zu verkaufen und das Geld in die Bekämpfung der Wilderei und den Naturschutz zu investieren.«

»Und was ist Ihre Haltung dazu?«

»Ich bin gegen den Handel mit Hörnern«, sagte Parker. »Ich glaube nicht an die Legitimierung eines Scheinmarktes. Ausserdem gibt es so viele Mythen über die Verwendung von Nashorn-Horn, dass niemand weiss, wie hoch die Nachfrage tatsächlich ist. Früher wurde Nashorn-Horn beispielsweise am Horn von Afrika vorbei in den Jemen verschifft, wo es zu Dolchgriffen verarbeitet wurde, aber dieser Markt ist verschwunden. In den sechziger und siebziger Jahren wurden jedes Jahr Tausende von Tieren getötet, deren Hörner auf den Markt kamen und in China sowie in anderen Teilen Asiens und im Jemen verkauft wurden. Ja, die Lage ist mittlerweile schlecht und heutzutage landen weniger als tausend Hörnern pro Jahr auf dem Markt, von denen der grösste Teil nach Vietnam geht. Ich glaube eher, dass die Nachfrage langsam zurückgeht. Ich denke, im Moment ist nicht der richtige Zeitpunkt, den Markt mit lange vorhandenen Hörnern zu überschwemmen. Damit könnte den Abnehmerländern das falsche Signal gegeben werden, nämlich, dass der Handel mit Nashorn-Horn in Ordnung sei.«

Sannie nickte. Genau wie in Südafrika gab es auch in anderen afrikanischen Ländern, in denen Nashörner lebten, endlose Debatten darüber, ob das Überschwemmen des Marktes mit legalem, nachhaltig gewonnenem Nashorn-Horn die Wilderei und den illegalen Handel in Ländern wie Vietnam beenden könnte. Dort wurde Nashorn-Horn immer noch als Statussymbol und wegen seiner angeblichen medizinischen Eigenschaften geschätzt.

»Viele waren schnell bereit, diesen Kak zu glauben, dass David seine Nashörner selbst getötet habe«, erklärte John murrend, »obwohl David lieber verhungert wäre, als eines seiner eigenen Tiere zu schlachten.«

»Wo waren Sie, als die Nashörner getötet wurden, John?«, erkundigte sich Marilyn.

Er blickte nach hinten. »Ich war im Urlaub. Es war das erste Mal seit zwei Jahren, dass ich länger als eine Nacht aus dem Reservat weg war. Seit David nicht mehr für den Sicherheitsdienst zahlt und diese Idioten von WildForce weg sind, arbeite ich mit Volldampf und zwar pausenlos. Mit weniger und weniger Gästen, die ins Reservat kommen, gab es praktisch keinen Bedarf mehr für mich als Führer. So habe ich angefangen, Sicherheitsdienst zu übernehmen, also nachts zu arbeiten und tagsüber zu schlafen.«

»Aber in der Nacht, in der Sie weg waren, wurden sechzehn Nashörner getötet. Ist das ein Zufall? Oder, falls jemand anderes als David die Tiere erschossen hat, verfügte er über Insiderinformationen?«, fragte Sannie.

»Alles miteinander vielleicht«, sagte John und schlug mit der rechten Faust auf das Lenkrad. »Verdammt, ich weiss es nicht. Vielleicht war einer der Angestellten hier bestechlich und hat ein paar seiner Kumpels wissen lassen, dass ich weg war. Aber das bezweifle ich, denn genau wie ich hat so ziemlich jeder hier jahrelang bei David in uBhejane gearbeitet. Und alle von uns, die immer noch hier sind, sind geblieben, weil wir den Ort lieben. David konnte kaum jemandem von uns einen existenzsichernden Lohn zahlen, aber wir hatten einen Platz zum Schlafen und etwas zu essen.«

Bevor Sannie eine weitere Frage stellen konnte, hob John eine Hand, um sie davon abzuhalten. »Elefant.«

Er hielt den Land Rover an und stellte den Motor ab.

Marilyn legte die Hand auf ihren Mund. »Oh, wie grossartig.«

Sannie lächelte über die Reaktion ihrer Kollegin. Der grosse Elefantenbulle war wie von Geisterhand aus einem dichten Buschwerk aufgetaucht und zerrte an einem Ast mit Blättern, den er mit seinem Rüssel festhielt. Er war nicht mehr als zehn Meter entfernt.

»Sind wir zu nah dran?«, flüsterte Marilyn.

John grinste sie an. »Er nimmt das locker. Ist er nicht wunderschön?«

Marilyn öffnete den Mund, um zu sprechen, rang aber um Worte. »Das«, begann sie schliesslich und legte die rechte Hand auf ihr Herz, »ist das Wunderbarste, was ich je in meinem Leben gesehen habe.«

Sannie nahm ihr Handy heraus, drehte die Kamera um und lehnte sich über ihren Sitz in den hinteren Teil des Land Rovers, um ein Selfie von ihnen beiden und dem Elefanten aufzunehmen. Marilyn drehte sich auf die linke Seite, dahin, wo der Elefant stand, und stützte die Ellbogen auf die Karosserie des Fahrzeugs und das Kinn auf ihre Hände. Ihr Lächeln erhellte das Bild.

»Können wir weiterfahren?«, fragte John.

»Nur noch ein paar Minuten, bitte?«, wünschte sich Marilyn.

»Natürlich. Ist das Ihr allererster Elefant, Marilyn?«

Sie nickte und als Sannie sich wieder umsah, bemerkte sie, dass Marilyn sich eine Träne aus dem Auge wischte. Sie beugte sich über den Kasten der Mittelkonsole, um mit John zu sprechen ohne Marilyns Verzückung zu stören. »Es gibt Hinweise darauf, dass ein Raub das Motiv für den Überfall auf Davids Farmhaus und seinen Tod war.«

John schüttelte den Kopf. »Das bezweifle ich. Er hatte weder Bargeldreserven noch Schmuck oder andere wertvolle Dinge in seinem Safe. Man konnte es an seiner Kleidung und dem alten HiLux, den er fuhr, sehen. Alles, was er an Geld abzweigen konnte, steckte er in die Tierwelt und den Unterhalt von uBhejane. Die Farm diente nur der Selbstversorgung, um ihn und seine Frau Zelda, als sie noch lebte, über Wasser zu halten.

»Haben sie keine Kinder?«

»Nein«, sagte John. »Ich weiss, dass sie gerne gehabt hätten. Er hat immer gesagt ...«, John räusperte sich und einen Moment lang dachte Sannie, er beginne gleich zu weinen. »Er sagte immer, ich sei für ihn wie der Sohn, den er nie gehabt habe.«

»Wirklich?«

»Ja.« Er lachte ein wenig. »Aber wie für David typisch, war das sowohl gut wie schlecht. Er dachte, er könne mich wie ein Kind behandeln, indem er mir befahl, ungeliebte Arbeiten zu erledigen. Ausserdem wies er mich auf eine Art und Weise zurecht, wie man es mit einem normalen Mitarbeiter nicht tun würde. Ich bin mir sicher, dass er mich auch geschlagen hätte, wenn er geglaubt hätte, damit durchzukommen. Aber er war auch fähig zu lieben, manchmal.«

Sannie überlegte einen Moment lang, wie sie ihre nächste Frage formulieren sollte. »Wann wird sein Testament verlesen?«

John startete den Motor des Land Rovers und machte sich dieses Mal nicht die Mühe, Marilyn zu fragen, ob sie bereit sei, den Elefanten zu verlassen. Sannie hatte einen Nerv getroffen und er antwortete erst, als sie wieder in Bewegung waren. Als er sprach, blickte er nicht zu Sannie sondern geradeaus.

»Ich weiss es nicht und es ist mir auch egal. Selbst wenn er bestimmt hätte, mir das hier alles zu überlassen, würde ich es nicht wollen, denn wir sind zu hoch verschuldet und es gibt zu viele Münder zu stopfen. Und mit dem Landanspruch, der auf der Farm und dem Reservat lastet, würde das Grundstück auch niemand kaufen wollen.«

»Ich verstehe.«

»Ich hätte nichts dagegen, wenn man mir das alles überliesse«, sagte Marilyn.

John hielt den Land Rover an und drehte sich, den Arm über die Rückenlehne des mittleren Sitzes gelegt, zu ihr um. »Marilyn, es tut mir leid. Ich habe Sie nicht einmal gefragt, ob Sie bei der Elefantensichtung bleiben möchten.«

Marilyn streckte ihre Hand aus und legte sie auf seinen Unterarm. »Das ist schon okay. Das muss eine sehr stressige Zeit für Sie sein, John, also sei es Ihnen verziehen, wenn auch nur dieses eine Mal.«

Er lächelte zu ihr hoch. »Danke. Ich freue mich, dass ich Ihnen Ihren ersten Elefanten zeigen konnte.«

»Ja, es war schön ... aber wo sind die Löwen?«, fragte Marilyn lachend.

»Für Sie werde ich mein Bestes tun.«

»Du meine Güte, flirtet meine Detektivpartnerin jetzt etwa mit dem Mann, den ich befragen muss? Lasst uns besser weitermachen«, bemerkte Sannie lächelnd.

John fuhr wieder los und führte sie durch ein spektakuläres Tal nach dem anderen, über grasbewachsene Hügel mit Koppies, Granitfelsen, und in tiefe, dicht bewachsene Schluchten, in denen Sannie vermutete, Leoparden hielten durch das Laub nach ihnen Ausschau. Es fühlte sich gut an, wieder im Busch zu sein und sie merkte, dass ein Teil von ihr, seit sie an die Küste südlich von Durban gezogen war, wilde Orte wie diesen vermisste.

Der Gedanke führte sie zu Adam. Um sie davor zu bewahren, über ihre Beziehung nachzudenken, wandte sie ihre Gedanken wieder dem Fall zu und der Verbindung, die es darin zu ihrem Partner gab.

»Erzählen Sie mir von WildForce«, bat sie John

Dieser schien zu überlegen, bevor er antwortete. »Sie hatten einen guten Start und waren für David ein Geschenk des Himmels, denn seine Einnahmen waren stark rückläufig. Bevor COVID kam, lebte David von der Hand in den Mund - er hatte sein ganzes Geld in die Modernisierung der Lodge investiert und sogar einen zusätzlichen Bankkredit aufgenommen. Die Vorausbuchungen sahen gut aus, aber dann kam der Virus und alles brach zusammen. Ich sagte ihm, dass wir uns während der Schliessungen Zeit nehmen sollten, um das Camp instand zu setzen, aber er verfiel in eine Art Depression. Alles, was ich tun konnte, war, ihn jeden Morgen zum Aufstehen zu bewegen. Ich tat mein Bestes, um die Lodge zusammen mit dem Personal in Ordnung zu halten, aber der Busch frisst jedes Camp. Es fehlte schlicht das Geld, um nur schon die wichtigsten Instandhaltungsarbeiten wie das Streichen der Decks und das Reparieren der Strohdächer durchzuführen. Alles begann langsam zu zerbröckeln und als wir wiedereröffneten, standen in den TripAdvisor-Bewertungen nur Dinge wie: Heruntergekommen, erneuerungsbedürftig, freundliches Personal, aber schäbige Unterkunft ...«

»Schlimm«, kommentierte Marilyn.

»David musste den Vertrag mit der Sicherheitsfirma schliesslich kündigen, so dass WildForce genau zum richtigen Zeitpunkt kam«, berichtete John. »Zuerst lief es gut, aber dann kam die Sache mit dem Amerikaner, der auf den Einbrecher schoss und diesen verletzte Und anderes Zeugs.«

Sannie machte sich ein paar Notizen, aber das meiste wusste sie bereits. »Was für 'anderes Zeug'?«

John zuckte mit den Schultern. »Einige der Freiwilligen kamen und gingen manchmal mitten in der Nacht. Sie arbeiteten oft nachts, weil dann die Nashornwilderer oft aktiver sind, vor allem bei Vollmond. Allerdings hörte ich nur selten herumfahrende Fahrzeuge. Eines Nachts ging ich zum Tor und sah ein paar WildForce-Mitarbeiter in einem Bakkie davonfahren. Ich fragte sie, wo sie hinwollten und Randy, der Amerikaner, der den Wilderer angeschossen hatte, erklärte, sie wollten in die Stadt, um eine Bar zu suchen. Ich sagte ihm, so spät sei hier nichts mehr geöffnet, aber er nahm das nicht ernst und erklärte mir, sie würden schon etwas finden, selbst wenn es ein Bordell wäre.«

»Haben Sie ihnen nicht geglaubt?«, fragte Sannie.

»Randy war ein Hinterwäldler, der sich offen rassistisch äusserte, so dass ich ihm und Major Tustin sagen musste, er solle auf seine Sprache achten. Tustin hat ihn anschliessend zurechtgewiesen. Umso seltsamer erschien es mir, dass Randy mitten in der Nacht auf der Suche nach einheimischen Frauen war.«

»Glauben Sie, WildForce könnte in etwas Illegales verwickelt gewesen sein?«, horchte ihn Sannie aus.

Wieder liess sich John mit seiner Antwort Zeit und richtete seinen Blick auf die Strasse. »Sie waren ein interessanter Haufen. Als Tustin das erste Mal zur Lodge kam, trafen David und ich uns mit ihm, um die Aufgaben, die sie übernehmen sollten, zu besprechen und fragten, warum sie für die Veteranen wichtig sei. Er erklärte, viele von ihnen litten an posttraumatischen Belastungsstörungen. Die Ausbildung von Rangern in Afrika oder die Unterstützung bei der Bekämpfung des Wilderns gebe ihnen ein Gefühl der Sinnhaftigkeit zurück, das sie vermisst hätten. Tustin sagte auch, sie würden nicht an offensiven Operationen teilnehmen - was bedeutet, dass sie keine Wilderer jagen oder sich beteiligen würden, wenn geschossen werde. Ich wies ihn darauf hin, dass es für sie als ausländische Veteranen nicht gestattet sei, hier Schusswaffen zu besitzen oder sie als Sicherheitskräfte einzusetzen. Aber das wurde natürlich alles ignoriert. Und die Sache mit der PTBS ist Mist.«

Sannie nickte. »Warum sagen Sie das mit der Posttraumatischen Belastungsstörung?«

Er hielt eine Hand hoch. »Oh nein, verstehen Sie mich nicht falsch. Ich weiss, dass es ein echtes gesundheitliches Problem ist. Aber wenn Tustins Jungs in irgendeiner Weise gelitten haben, dann zeigten sie das auf eine komische Art. Ich habe sie eines Tages beim Training auf unserem Schiessstand hier im Reservat beobachtet. Sie waren unter sich und wussten nicht, dass ich sie beobachtete. Ich habe auf einem Hügel geparkt und sie durch das Fernglas beobachtet. Es war, als spielten sie dort unten die Invasion des Irak nach. Sie übten, aus ein paar ihrer Geländewagen, mit Feuer und Bewegung, sowie Schnellfeuer, Fahrzeuge aus dem Hinterhalt anzugreifen. Dabei müssen sie zu fünft etwa fünf- bis sechshundert Schuss abgefeuert haben.«

»Woher haben sie die Waffen?«, fragte Marilyn vom Rücksitz.

»Nicht von uns«, sagte John. »Wir haben ein paar alte Schrotflinten und David besass ein Jagdgewehr. Ich selbst habe die Lizenz für eine LM5. Als Tustin mir erklärte, seine Männer wollten ein paar Scheiben schiessen, dachte ich, sie würden sich mit Randys aus den USA mitgebrachtem Jagdgewehr abwechseln. Ich hatte ihnen gesagt, ich sei auf der anderen Seite des Reservats mit einigen Kunden auf einer Führung, aber die Kunden hatten sich verspätet, so dass ich etwas Zeit totzuschlagen hatte. Sie hatten AK-47 und Pistolen und schossen, als wäre Munition kein Problem. Ich traute meinen Augen nicht - einmal warfen sie sogar eine Handgranate, die explodierte. Ich habe keine Ahnung, woher sie die hatten. Ich ging zu David und berichtete ihm, was ich gesehen hatte. In dieser Nacht hatten er und Tustin einen grossen Streit und ich konnte das Geschrei sogar vom Bauernhaus aus hören.«

»Was ist daraufhin passiert?«, wollte Marilyn wissen.

»Die Veteranen haben alle gepackt und sind am nächsten Tag abgereist. Seitdem sind wir hier im Reservat ohne Sicherheitskräfte und ich selbst kann nicht überall patrouillieren - ich habe sowieso kein Geld für Benzin. Es gibt Teile des Reservats, die ich seit Wochen, ja sogar Monaten, nicht mehr gesehen habe.«

»Halt! Seht doch!« Sannie und John drehten sich um und schauten zu Marilyn, die nach links deutete.

»Zebras«, sagte John, der etwa fünfzig Meter entfernt am Hang eines Hügels eine kleine Herde sah, die graste.

»Ja, aber die meine ich nicht«, sagte Marilyn. »Irgendetwas glitzert in den Felsen dort drüben. Wie wenn sich die Sonne in Glas spiegelt, oder so.«

John drehte den Schlüssel, aber sie hörten nur ein Klicken. »Nein, komm, jetzt darfst du nicht streiken, Baby!«, stöhnte er. Er versuchte es erneut, aber der Motor wollte nicht anspringen.

Plötzlich hörten sie ein Krachen und ein Geschoss durchpfiff die Luft. Der Land Rover vibrierte, als etwas in den linken vorderen Kotflügel einschlug.

»Schüsse!« Sannie zog ihre Z88-Pistole aus dem Holster an ihrem Gürtel und riss die Tür des Land Rover auf. »Raus!«

Marilyn kletterte über die Sitzreihe und begann, über die rechte Seite des Safarifahrzeugs hinunterzusteigen. Ein weiterer Schuss prallte in die Karosserie des Fahrzeugs, dann feuerte eine zweite Waffe. Sie hörten eine Salve von drei Schüssen, diesmal jedoch auf Vollautomatik. Marilyn schrie auf, verlor den Halt und stürzte rückwärts vom Land Rover.

Sannie entsicherte ihre Z88, zog den Schlitten zurück und liess ihn nach vorne fliegen, um einen Schuss abzugeben. Sie huschte um die vordere Stossstange herum und suchte den Hang und die Felsen ab, auf die Marilyn gezeigt hatte, um nach Zielen Ausschau zu halten.

John hatte eine grüne Waffentasche aus der Halterung auf dem Armaturenbrett seines Fahrzeugs gezogen und sich neben der Fahrerseite ins Gras gekniet. Nun öffnete er den Reissverschluss, zog sein LM5, die halbautomatische Zivilversion des R5-Sturmgewehrs der südafrikanischen Armee aus der Tasche und setzte ein bananenförmiges Magazin ein.

Sannie kroch zu Marilyn, die ihr die Hand auf die Schulter legte.

»Mich hat eine Kugel erwischt.« Obwohl Marilyn dies mit ruhiger Stimme sagte, waren ihre Augen weit aufgerissen, als könne sie nicht glauben, was ihr gerade widerfahren war.

John griff ins Fahrzeug, zog eine khakifarbene Fleecejacke heraus und warf sie Sannie zu. »Im Kofferraum ist ein Erste-Hilfe-Kasten. Ich hole ihn, sobald ich kann.«

»Danke.« Sannie fing die Vliesjacke auf, zog Marilyns Hand von der tiefen Furche, die die Kugel in ihren rechten Oberarm gerissen hatte und presste die Jacke dagegen. »Presse deine Hand wieder darauf und halte den Druck aufrecht, Marilyn.«

»Okay.«

»Gib mir deine Ersatzmunition.« Marilyn griff in die Tasche ihrer Jeans, zog ein Magazin heraus und übergab es Sannie.

Sannie streckte ihren Kopf über die Seite des Safarifahrzeugs, um den Schützen zu sehen, was allerdings eine weitere Salve von Schüssen auslöste, die im Fahrzeug einschlugen. Eine Kugel zischte an ihrem Kopf vorbei und nun wurde es ihr zu gefährlich.

»Wer schiesst da auf uns?«, schrie Marilyn, deren Stimme nun von Panik erfüllt war, als hätte sie die Ungeheuerlichkeit dessen, was gerade passierte, zu begreifen begonnen.

»Ich habe keine Ahnung«, sagte John. »Vielleicht Wilderer?«

»Schwer bewaffnete?«, zweifelte Sannie.

Auf der weiter von den Schützen entfernten Seite der Strasse, wo das Land abfiel, rutschte John, ohne etwas sehen zu können, ein paar Meter die Böschung hinunter. Dann drehte er sich um und kroch in der Richtung, in die sie gefahren waren, weiter und auf ein paar Granitblöcke zu. Sannie blickte hinter sich, entdeckte auch auf ihrer Seite solche Felsbrocken, und ahmte Johns handeln nach.

Während des Kriechens atmete sie keuchend, versuchte aber, ruhig zu bleiben und konzentriert zu denken. Da waren zwei bewaffnete Männer mit automatischen Gewehren. Verstärkung war wichtiger als Heldentaten, also legte sie sich im Schutz der Felsen auf den Rücken und zog ihr Handy heraus.

»Fok.« Es gab hier keinen Empfang. Sie steckte das Telefon in ihren BH und kroch weiter, bis sie einen rosafarbenen Granitfelsen erreichte. Sie hörte erneut Schüsse, aber diesmal von ihrer Seite. Sie blickte am Land Rover vorbei weiter der Strasse entlang, und bemerkte, dass John sich hinter den Felsen auf ein Knie erhoben hatte. Er feuerte in schneller Folge drei Schüsse in Richtung der Schützen.

Sannie machte eine gute Schussposition auf der anderen Strassenseite aus, auf der Seite der Bewaffneten. Dort lag auf halber Höhe des Hügels eine Ansammmlung von Felsbrocken.

»Geben Sie mir Deckung!« Sannie holte tief Luft und stand, während John noch fünfmal abdrückte, auf. Sie sprintete über die Strasse und den Hügel hinauf. Beine und Arme flogen und sie stellte sich vor, jeden Moment vom Hammerschlag einer Kugel getroffen zu werden. Als sie sich am Fusse der Felsbrocken auf den Boden rutschen liess, atmete sie heftig.

Als Sannie ihren Kopf vorsichtig über die Felsbrocken hob, erkannte sie einen der Männer, die auf sie geschossen hatten, deutlich von der Seite. Er trug einen Tarnanzug und eine schwarze Skimaske. Johns Verteidigungsschüsse schienen die Männer überrascht zu haben, denn der Mann hatte offensichtlich keine Ahnung von ihrer Anwesenheit. Wahrscheinlich hatte er, während sie rannte, den Kopf gesenkt.

Sannie nahm Marilyns Ersatzmunition aus der Tasche, legte eines der Magazine auf den Felsen, hob ihre Pistole hoch, legte den Arm auf die glatte, warme Oberfläche des Felsens, zielte und schoss.

Einmal, zweimal, dreimal ruckte die Z88 in ihrer Hand, wobei sie jedes Mal langsam abdrückte. Für eine Handfeuerwaffe war die Distanz gross, mehr als fünfzig Meter, aber als der Mann endlich herausfand, woher ihr Feuer kam und sich zu ihr wandte, traf ihn eine ihrer Neun-Millimeter-Patronen in die Brust und er stürzte nach hinten.

Plötzlich sah Sannie aus den Augenwinkeln, dass sich etwas blitzartig den Hügel hinunterbewegte und erkannte, dass John aufgestanden war und zu ihr rannte. Sie feuerte den Rest ihres Magazins in die Felsen, von denen sie wusste, dass der andere Schütze sich noch zwischen ihnen versteckte. Als der Mann sich, vielleicht um ihrem Feuer zu entgehen, bewegte, sah sie einen Arm in einem Tarnanzug.

John schoss im Laufschritt auf eine weitere Felsengruppe zu.

»Treten Sie hervor!«, forderte sie den Mann auf, und rief John zu: »Magazin!«

Sannie drückte auf den Auslöseknopf ihrer Z88, wodurch das leere Magazin herausglitt. Sie rammte Marilyns Ersatzmagazin in den Handgriff, liess den Schlitten nach vorne fliegen und begann erneut zu schiessen.

John liess sich zu Boden fallen, worauf der verbliebene Schütze eine weitere Salve automatischen Feuers auf ihn abgab. Der Schütze, den sie erfolgreich umgangen hatte, hätte seine Deckung verlassen müssen, um auf sie zu schiessen, was er offensichtlich nicht riskieren wollte.

»Polizei, legen Sie Ihre Waffe nieder!«

Ihre Worte lösten nur noch mehr Feuer von den Felsen aus.

Sannie suchte nach einer Möglichkeit, hinter dem Gegner weiter den Hügel hinaufzukommen. Dort, bei einer flachen, trockenen Rinne, in der während der Regenzeit wahrscheinlich ein kleiner Bach floss und die sich den Hügel hinunter auf sie zu schlängelte, gab es eine geeignete kahle Stelle. Um diese zu erreichen, musste sie etwa zwanzig Meter offenes Gras überqueren, aber sobald sie in der Senke anlangte, konnte sie ausserhalb der Sichtweite des Schützen bergauf kriechen.

Auf Afrikaans rief sie John ihren Plan zu.

»Verstaan«, antwortete er und begann zu schiessen.

Sannie stand auf. Sollte der Mann, der auf sie schoss, ebenfalls Afrikaans verstehen, würde er jetzt die Position wechseln, um auf sie schiessen zu können.

Sannie rannte in die kleine Schlucht und obwohl John schoss, war alles, was sie jetzt hörte, ihr Blut, das ihr in den Ohren pochte. Sie dachte an ihre Kinder Ilana, Christo und Tommy und daran, wie traurig es für sie wäre, wenn sie an einem Berghang in KwaZulu-Natal erschossen würde. Ihre Gedanken flogen zu Adam und sie wünschte, sie hätte sich mehr Mühe mit ihrer Beziehung gegeben.

Nun lag der Rand der Senke direkt vor ihr und die erodierte Stelle versprach vorübergehenden Schutz.

Während sie rannte, schaute sie zu den Felsbrocken hinüber und stellte fest, dass sie den verbliebenen Bewaffneten nun sehen konnte. Vielleicht hatte er sie gehört, denn er bewegte den Kopf. Sie hob die rechte Hand und schoss auf ihn, aber der Schuss ging daneben.

Der Mann liess sein Gewehr fallen.

Verdammt, war er dabei, sich zu ergeben? Selbst wenn der Schütze Marilyn verwundet und vor einer Sekunde noch alles gegeben hatte, um sie und John zu töten, konnte Sannie nicht auf einen unbewaffneten Mann schiessen. Sie senkte die Pistole.

»Auf den Boden, das Gesicht nach unten!«

Sie kam an den Rand der Donga, einer Art von flachem Graben und sprang über deren Rand. Von hier konnte sie den Mann gut im Auge behalten. Er griff in die untere Tasche seiner Militäruniform.

»Hände dorthin, wo ich sie sehen kann«, rief sie.

Er schaute sie durch die Augenlöcher seiner Skimaske an und hob beide Hände. Sie hob ihre Pistole so weit, dass sie auf ihn zielen konnte.

»Stellen Sie das Feuer ein, John.« Sie blickte den Hügel hinunter und sah, wie sich der Ranger, das Gewehr immer noch im Anschlag, auf sie zu bewegte.

Der Mann in Tarnuniform zog seinen rechten Arm zurück, wodurch Sannie zum ersten Mal erkennen konnte, dass seine Hände nicht leer waren. Er schleuderte eine grüne Kugel in ihre Richtung und duckte sich sofort. Sannies Gehirn versuchte zu begreifen, was sie sah. So etwas war unmöglich.

»Runter!« Sie feuerte zwei Schüsse auf den Mann, der sich zwischen den Felsen versteckte.

Die Handgranate schlug vor ihr auf dem Boden auf, wirbelte eine Staubwolke auf, hüpfte und rollte durch das Gras. Schliesslich erreichte sie den Rand des trockenen Bachbetts, kippte langsam über diesen und landete etwa drei Meter unter ihr.

Sannie kletterte über den Rand der Schlucht, rannte ein paar Schritte in die Richtung, aus der sie gerade gekommen war und warf sich zu Boden.

Ihre letzten Gedanken galten erneut ihren Kindern.

15

KWAZULU-NATAL IN DER GEGENWART

Adam zog sich für den Krieg an.

Da er in Pennington, an der subtropischen Südküste KwaZulu Natals, lebte, beinhaltete sein Kleiderschrank praktisch keine Wintergarderobe. Sannie hatte ihm allerdings ein langärmeliges grünes Shirt mit einem schwarzen North-Face-Logo gekauft, das er jetzt überstreifte. Dann zog er eine lange schwarze Trainingshose dazu an und schnallte sich einen Gürtel um, an den er die Scheide seines Tauchermesser fädelte.

Marilyn hatte ihn angerufen und ihn benachrichtigt. Der Gedanke an Sannie und das, was mit ihr geschehen war, liess ihn sich auf die Unterlippe beissen.

Adam zog den Korken aus einer fast leeren Rotweinflasche und trank den Rest aus. Dann zündete er den Korken mit dem Feuerzeug, das er neben dem Gasbrenner auf der *Stoep*, der Holzveranda seines Zeltbaus aufbewahrte, an. Bevor er die Flamme ausblies, liess er ihn ein paar Sekunden brennen, dann rieb er sich mit dem noch warmen Ende Schlieren ins Gesicht. Als er mit seiner Tarnung zufrieden war, rieb er seine Handrücken mit derselben schwarzen Farbe ein und zog sich eine schwarze Mütze über das graublonde Haar.

Adam stand auf der *Stoep* und lauschte den nächtlichen Geräuschen. Das Licht war ausgeschaltet und er hatte Zeit, seine Augen an die Dunkelheit zu gewöhnen. Frösche quakten und er hörte den Ruf eines Fleckenuhus, eines Raubtiers, wie er es einst gewesen war.

Sein auf lautlos gestelltes Telefon vibrierte in der Tasche. Er nahm es heraus und schaute auf das Display. Es war Marilyn.

Er nahm ihren Anruf entgegen. »Wie geht es Ihnen?«

»Ich wünschte, ich könnte sagen, es gehe mir gut. Ich nehme zwar Schmerzmittel, fühle mich aber, als wäre ich von einem Taxi überfahren worden. Aber bevor Sie fragen: Sannie ist immer noch nicht bei Bewusstsein.«

Adam griff sich mit Daumen und Zeigefinger seiner freien Hand an die Augen. »Ja, als ich mit ihm sprach, sagte der Arzt, sie würden sie bis morgen schlafen lassen.«

»Sie ist am Leben, Adam, und sie ist zäh. Der Arzt war in den schlechten alten Zeiten in der Armee, in Ihrem Krieg. Er weiss, was er tut. Er meinte, zwei Dinge hätten ihr das Leben gerettet: Dass die Granate in der Donga explodiert sei und Sannie daran gedacht habe, sich flach hinzulegen. Sie hat nichts gebrochen, aber er musste ein paar kleine Splitter der Granatenhülle aus ihr herausholen. Er macht sich mehr Sorgen über ein Schädel-Hirn-Trauma, obwohl er sagt, ihre Werte seien gut.«

Adam schluckte. Für das, was er vorhatte, musste er seine Gefühle unter Kontrolle halten, aber der Gedanke, dass sie bewusstlos in einem Krankenhausbett lag, war fast zu viel für ihn.

»Ich weiss, dass Sie am liebsten hier, an ihrer Seite, sein möchten«, sagte Marilyn, bevor er es selbst sagen konnte. »Aber Sie und ich, wir haben zu tun.«

»Wie geht es Ihrem Arm?«, erkundigte er sich.

»Ich haue so schnell wie möglich hier ab, denn ich will diese Scheisskerle erwischen, Adam.«

»Ich auch.«

»Sannie würde nicht wollen, dass Sie etwas Dummes tun, das ist Ihnen klar, ja?«

»Ja.«

»Aber Sannie und ich denken nicht immer gleich. Von Tustin,

dem Chef der Truppe, wissen wir, dass er Männer in Bhanga Nek hat, die dort angeblich Urlaub machen. Ich glaube jedoch, das ist Kak, Mist.«

Adam nickte, er konnte sich ein Lächeln nicht verkneifen, weil sie so direkt sprach. »Ich glaube, es war einer von ihnen, der mit einer Harpune auf meine Studentin geschossen hat.« Sie hatten sich bereits über WhatsApp Nachrichten ausgetauscht und Adam Marilyn darüber informiert, dass er Jenny mit einem Speer im linken Arm ins Provinzkrankenhaus von Manguzi gebracht hatte. Er hatte ihr den Arm verbunden und sie war auf der holprigen Fahrt von der Küste in die nächstgelegene Grossstadt unglaublich tapfer gewesen. Wahrscheinlich war es ganz gut, dass er sie dorthin gebracht hatte, denn bis ein Krankenwagen zu ihnen gekommen wäre, hätte es Stunden gedauert und er in seinem Zorn ausserdem das Lager der Veteranen wie eine Ein-Mann-Sturmtruppe angegriffen.

»Wir brauchen einen Beweis dafür, dass es die Typen von Wild-Force waren, die Sie und Jenny angegriffen haben, Adam. Und diesen müssen Sie besorgen.«

Die Erwähnung von Jennys Namen löste eine Flut von Schuldgefühlen aus, die ihn beinahe körperlich schmerzten. Sannie hatte ihn darauf hingewiesen, dass er seine Studierenden nicht in Gefahr bringen dürfe, aber mit seiner Neugierde hatte er alles vermasselt. Das musste er wiedergutmachen, sowohl für Jenny wie auch für Sannie. Adam hatte Thabo angewiesen, nach Durban zurückzukehren, also war zumindest er in Sicherheit. »Gut. Haben Sie irgendwelche Erkenntnisse über die Männer, die Sie angegriffen haben?«

»Der Mann, den Sannie angeschossen hat, war dunkelhäutig, trug aber einen Tarnanzug der US-Armee«, sagte Marilyn. »Die Typen waren mit AK-47 und Handgranaten bewaffnet. Der Polizist hier sagte uns, sie seien wohl Nashorn-Wilderer, und fuhr mir übers Maul, als ich ihn daran erinnerte, dass David Gregory seine Nashörner angeblich alle bereits selbst getötet hätte. Wenn man Impalas jagt, nimmt man jedoch weder Sturmgewehre noch Granaten mit, oder? Die Polizei wird sich umhören und ausserdem mit Tustin sprechen. Auch ich selbst werde natürlich, sobald ich aus dem Krankenhaus komme, mit ihm reden, obwohl man mich davor gewarnt hat.«

»Hat man das?«

»Ja. Einer der lokalen Kriminalbeamten untersucht die Schiesserei, aber hier herrscht ein Chaos. Ihr früherer Chef, Captain Le Roux, schien ein guter Kerl zu sein, aber er ist dabei, nach Neuseeland auszuwandern, also ist hier niemand zuständig. Mir wurde gesagt, ich solle mich zurückhalten, angeblich weil ich jetzt sowohl Zeuge wie auch Opfer eines Verbrechens bin.«

»Werden Sie es tun?«, fragte Adam.

»Auf keinen Fall. Aber Sie müssen die Typen, die Sie angegriffen haben, suchen.«

Es gab bestimmt eine Verbindung zwischen all dem. Sannie war sich dessen sicher gewesen und Adam erkannte, in welche Richtung Marilyn dachte.

»Tustin und seine Leute haben etwas vor«, sagte Marilyn. »Ich bin überzeugt, dass sie nicht bloss in Bhanga Nek sind, um zu schnorcheln und nach Nemo zu suchen.«

»Da bin ich gleicher Meinung«, bekräftigte Adam.

»Suchen Sie sie, Adam und finden Sie heraus, was sie vorhaben. Dann schnappen wir sie. Für Sannie. Wir werden ...«

Er spürte und teilte ihre Wut, brauchte aber ihren Satz nicht zu Ende zu hören. »Ich verstehe, Marilyn. Sollten Sie bis morgen früh nichts von mir hören, sagen Sie den örtlichen Polizisten bitte, dass ich hier in Bhanga Nek auf dem kommunalen Campingplatz war.«

»Ja, das passt«, bestätigte Marilyn, die es richtig verstand. Sollte er nicht anrufen, wäre er tot.

NACHDEM SIE DAS Gespräch mit Adam beendet hatte, stand Marilyn auf und zog sich an.

Eine Krankenschwester betrat ihr Zimmer. »Was tun Sie denn da, Frau Msani?«

»Ich gehe jetzt. Ich habe viel Arbeit.«

»Aber der Doktor hat gesagt, Sie müssten zumindest für heute Nacht hier unter Beobachtung bleiben und ...«

Marilyn nahm ihre Pistole vom Nachttisch und die arme Krankenschwester verstummte, als sie sie ins Holster schob. Die Polizistin hielt den Schlüssel zu Sannies Fortuner in den Händen, den ein Kollege ihr ins Krankenhaus gebracht hatte. Es war nach fünf Uhr und sie ging ins goldene Licht des späten Nachmittags hinaus, nahm ihr Handy heraus, überprüfte ihre WhatsApp-Kontakte und rief Captain Derick le Roux an.

»Marilyn, sind Sie noch im Krankenhaus?«

»Ich habe mich gerade selbst entlassen. Mir geht es gut.«

»Sergeant Nyathi rief mich an und hat mir von dem Angriff im Wildreservat berichtet. Ich habe gerade im Krankenhaus angerufen und man hat mich über Sannies aktuellen Zustand informiert. Ich würde sie wirklich gern besuchen, aber meine Frau und ich packen gerade unsere letzten Sachen zusammen. Morgen fahren wir nach Joburg und dann fliegen wir weg. Aber ehrlich gesagt fühle ich mich schrecklich, euch in dieser Situation zu verlassen«, sagte Le Roux.

»Es ist schon in Ordnung, Captain. Aber können Sie mir vielleicht die Nummer von George Tshabalala geben?«

»Natürlich, ich sende Sie Ihnen per WhatsApp. Glauben Sie, er könnte in den Angriff auf Sie verwickelt sein?«

»Glauben Sie das?«, fragte Marilyn zurück.

Am anderen Ende der Leitung gab es eine Pause. »Ich dachte, es sei nur Geschwätz, aber dann war da die Sache mit dem rivalisierenden Ratsmitglied, das getötet wurde. Ausserdem hat George ja keinen Hehl daraus gemacht, dass er die Virginia Farm und das uBhejane Wildreservat unbedingt haben will.«

»Das stimmt. Aber hätte er auch einen Anschlag auf uns verübt? Und wenn ja, warum?«

»Vielleicht dachte er, Sie und Sannie seien irgendetwas zu nahe gekommen.«

»Nach dem, was Sie uns in der Besprechung gesagt haben, hätten wir bald einmal mit ihm gesprochen«, sagte Marilyn, »aber nun muss ich dringend mit ihm sprechen.«

»Sie brauchen Unterstützung, Marilyn. Hören Sie zu, ich kann mit meiner Frau reden und mich vielleicht mit Ihnen treffen. Haben Sie vor, Tshabalala persönlich zu befragen?«

»Ja, das werde ich, Captain, aber ich bin ein grosses Mädchen und kann auf mich selbst aufpassen.«

»Ja, natürlich, Marilyn, aber ich würde mich schrecklich fühlen, wenn ...«

»Ist schon gut, Captain, danke für das Angebot. Bitte schicken Sie mir einfach die Nummer.« Marilyn beendete das Gespräch und ein paar Sekunden später piepte ihr Telefon. Sie stieg in Sannies Auto und rief die erhaltene Nummer an.

»Hallo?«

»George Tshabalala?«

»Ja, ist am Telefon.«

Marilyn stellte sich vor und sagte: »Ich würde Ihnen gerne ein paar Fragen stellen.«

»Ja, selbstverständlich wollen Sie das.« Er lachte ein wenig. »Ich habe auf Ihren Anruf gewartet. Ich habe gehört, dass Sie und Ihre Kollegin in der Stadt sind. Mir entgeht nichts. Ich nehme an, Sie wollen mit mir über das Blutbad mit Davids Nashörnern auf dessen Farm sprechen. Und vermutlich auch über seine Ermordung.«

»Wie kommen Sie darauf?«, fragte Marilyn.

»Die Antwort darauf müssen Sie doch kennen, Wachtmeister Msani. Weil ich dunkelhäutig bin, stufen Sie und Ihre Polizeikollegen mich automatisch als Nashornwilderer und Kriminellen ein. Ihre gesamte Organisation ist immer noch in den Stereotypen der Apartheidsära gefangen.«

»Wie auch immer«, antwortete Marilyn. »Wo können wir uns treffen?«

Er gab ihr eine Adresse im Industriegebiet ausserhalb von Dundee und mit Hilfe ihres Telefons brauchte Marilyn weniger als zehn Minuten, um den Ort zu finden. Sie hielt vor den Toren eines grossen Geländes und einer Lagerhalle, an deren Vorderseite ein Schild mit der Aufschrift 'Tshabalala Transporte' angebracht war.

Marilyn sagte dem Wachmann am Tor, wen sie besuchen wolle, und er liess sie durchfahren.

Der Hof war voller grosser Lastwagen. An einigen waren für den Transport von Kohle bestimmte Anhänger gekoppelt, andere waren für den Transport grosser Waren bestimmt. Ausserdem gab es zwei Tankwagen für Wasser. Marilyn wusste, dass einige Geschäftsleute mit dem schlechten Zustand der Infrastruktur in Südafrika Geld verdienten. In KwaZulu-Natal war ein grosser Teil des Schienennetzes, das bei den verheerenden Überschwemmungen vor einigen Jahren in Mitleidenschaft gezogen worden war, noch nicht wieder instandgesetzt worden, so dass Mineralien, die zuvor mit der Bahn befördert worden waren, nun auf Lastwagen transportiert wurden. Ebenso führte der schlechte Zustand der Wasserleitungen in einigen Gebieten dazu, dass die Regierung Unternehmen für die Lieferung von Trinkwasser an einige Gemeinden bezahlte.

George Tshabalala - sie erkannte ihn vom Bild an der Besprechungswand von Le Roux - kam aus dem Lagerhaus und begrüsste sie.

»Sawubona, Sisi«, sagte er und reichte ihr die Hand.

»Ich bin nicht Ihre Schwester«, gab sie auf Zulu zurück, »ich bin Warrant Officer Marilyn Msani.«

Er lachte. »Okay, halten wir uns an die Regeln. Allerdings kann ich Ihnen nur fünf Minuten geben, ausser Sie wollen mich verhaften. Ich habe gerade erst zugemacht und bin für ein Treffen mit dem Bürgermeister schon jetzt spät dran. Wir können uns unterhalten, während wir zu meinem Auto gehen.«

Er führte sie durch das Lagerhaus zu einem glänzenden schwarzen Ineos Grenadier.

»Aus England importiert. Hat mich fast zwei Millionen Rand gekostet«, sagte er.

Die Uhr an seinem Handgelenk sah wie eine Rolex aus, ausserdem trug er ein Lacoste-Hemd und dazu passende weisse Turnschuhe. Nichts davon beeindruckte Marilyn, auch wenn der Geschäftsmann das zu glauben schien.

»Sieht das für einen Politiker gut aus, einen sogenannten Mann des Volkes?«

Er lächelte. »Kommen Sie, Frau Unteroffizier, Sie sollten mir dafür applaudieren, dass ich meinen südafrikanischen Mitbürgern helfen will, ihre Situation zu verbessern. Ist es denn ein Verbrechen, wenn ein Schwarzer erfolgreich ist?«

»Nein. Herr Tshabalala, wo waren Sie ...«

Er hielt eine Hand hoch. »Lassen Sie mich Ihnen etwas Zeit ersparen, Marilyn. Ich habe felsenfeste Alibis für die Daten und Zeiten, zu denen David Gregorys Nashörner und auch er selbst getötet wurden. Beim einen war ich auf einer ANC-Konferenz - es gibt sogar Fernsehaufnahmen von dort, die mich zeigen - und beim anderen war ich in Pietermaritzburg bei einer Sitzung im Partei-büro. Und nein, soweit ich weiss, war an keinem dieser Tatorte jemand anwesend, der bei mir angestellt oder mit mir verwandt ist und auch niemand, der mir in irgendeiner anderen Weise nahesteht.«

»Ich bin nicht Marilyn für Sie, sondern Stabsfeldwebel Msani«, begehrte sie erneut auf. »Und woher wissen Sie das?«

Er grinste. »Weil ich alles weiss, was in dieser Stadt passiert.«

»Dann können Sie mir auch sagen, wer David Gregory umge-bracht und seine Nashörner getötet hat?«

Er lachte. »Na ja, fast alles. Das jedoch ist Ihr Job und es waren weder ich noch meine Leute. Ich bin ein Ratsmitglied und ein ange-sehener Geschäftsmann, Warrant Officer. Warum sollte ich dies wegen ein paar Nashornhörnern oder einem streitsüchtigen alten Weissen alles aufs Spiel setzen? Gregory war bankrott und es wäre nur eine Frage der Zeit gewesen, bis seine Farm und sein Wildre-servat versteigert oder mein Anspruch darauf genehmigt worden wäre. Nun wird es so oder so ans Volk verteilt werden.«

»Meinen Sie mit 'Volk' sich selbst, Herr Tshabalala?«

Er schlug die Hände zusammen und blickte in den sich nun verdunkelnden Himmel. »Der Herr hilft denen, die sich selbst helfen.«

Sie sah sich auf dem Hof um und betrachtete die Reihen

geparkter Lastwagen, wobei ihr ein Gedanke kam. »Transportieren Sie auch Vieh?«

»Ich transportiere alles, was Geld einbringt. Moment mal ... Wollen Sie mir jetzt auch noch die Welle von Viehdiebstählen in der Gegend in die Schuhe schieben?«

»Geben Sie mir doch bitte eine Liste aller Ihrer Fahrzeuge und deren Kennzeichen.«

Er zuckte mit den Schultern. »Ich wüsste nicht, warum nicht. Ich habe nichts zu verbergen. Rufen Sie morgen früh in meinem Büro an und Phumzile, meine Sekretärin, wird Ihnen helfen.« Er schaute auf seine Uhr. »Aber jetzt muss ich gehen, zu einem Cocktail mit dem Bürgermeister. Möchten Sie mich begleiten?«

Marilyn schüttelte den Kopf. Sie hatte keinen Grund, ihn zu verhaften, jedenfalls noch nicht. Sie nahm ihr Handy heraus und ging langsam über das Gelände, machte von jedem Lkw, den sie sah, ein Foto und notierte dessen Kennzeichen. Sie wollte sichergehen, dass Tshabalalas Sekretärin, wenn sie sie anrief, oder deren Chef, keine Nummer ausliess.

ADAM schlich durch den dichten Dschungel hinter den Sanddünen, die den Strand säumten. Zu seiner Rechten hörte er die Brandung rauschen, was dazu beitrug, das Geräusch seiner Bewegungen zu übertönen, obwohl er auf jeden Schritt achtete.

Wenn es zwei der Veteranen aus dem Lager waren, die ihm im Wasser aufgelauert und auf Jenny geschossen hatten, würden sie wissen, dass er kommen würde. Als Adam mit dem Bakkie vorbeigerast war, Jenny mit blassem Gesicht neben sich, hatte er bemerkt, dass Andy, ihr Anführer, im Lager war. Dieser hatte eine Hand gehoben und halb gelächelt, als Adam auf der Sandstrasse beschleunigte. Als er Jenny ins Krankenhaus brachte, hatte er dort seine eigene Wunde, die schlimmer aussah als sie war, ebenfalls versorgen lassen.

Auf dem Rückweg vom Krankenhaus stellte er fest, dass sie noch da waren, sogar in grösserer Zahl. Allerdings war er sich nicht sicher, ob die Taucher, mit denen er gekämpft hatte, unter ihnen waren. Adam war froh, dass er der Polizei von seiner Theorie, die Veteranen seien für Jennys Schussverletzung und seinen Schnitt verantwortlich, nichts erzählt hatte. Möglicherweise hätten die Polizisten, wenn sie überhaupt die Mittel gehabt hätten, nach Bhanga Nek zu reisen, die Camper weggeschickt. Aber Adam wollte genug Zeit haben, um nach weiteren Beweisen zu suchen und ausserdem eine Chance, sich zu rächen.

Er hörte das Geräusch eines Fahrzeugs und duckte sich tief in den Schatten des Laubes. Es war ein Bakkie der langsam vorbeifuhr und Adam sah, dass er mit der Tarnlackierung von WildForce bedruckt war. Ein Mann hielt mit einer Hand das Steuerrad, während er mit der anderen einen Handscheinwerfer schwenkte, mit dem er die Bäume und Büsche anstrahlte. Jetzt war sich Adam sicher, dass sie ihn erwarteten und das war für ihn in Ordnung.

Er ging weiter, am Campingplatz, der sich auf der linken Seite des Sandweges befand, vorbei und bis an den Rand des Grüngürtels, wo er sich hinkniete und von wo er das Camp beobachtete.

Er sah das Flackern eines Lagerfeuers in der Mitte des Kreises aus gleichmässig verteilten grünen Zelten und hörte Stimmen, die durch die Nacht schallten. Eine Person ging an den Flammen vorbei und Adam sah das Glitzern des Feuerscheins auf Glas. Der Mann hielt eine Flasche in der Hand und füllte Getränke nach. Zwei weitere Männer sassen am Feuer. Adam hörte das Klirren von Eis und jemand lachte. Sie waren ausgelassen und ihrer selbst sicher, wohl weil sie auf die umherfahrende Patrouille im Pick-up vertrauten.

Adam überlegte, was er an ihrer Stelle tun würde, und kam zum Schluss, dass das Fahrzeug, hauptsächlich eine kosmetische Aufgabe übernahm: Es stellte eine Machtdemonstration dar und markierte Präsenz. Er hätte in der Dunkelheit Wachen im Umkreis des Lagers postiert. Soweit er erkennen konnte, unterhielten sich am Feuer drei Männer, die allerdings zu weit entfernt waren, als dass er hätte verstehen können, was sie redeten.

Als Adam ihnen zum ersten Mal begegnet war, hatten sich auf dem Schlauchboot vier Personen befunden. Adam zählte die Zelte.

Es waren sechs. Bis jetzt hatte er vier Männer gesehen, aber wenn er mit einem Mann pro Zelt rechnete, mussten zwei weitere da draussen sein, irgendwo in der Dunkelheit.

Adam suchte nach dem besten Weg, um sich näher ans Lager zu schleichen. Der Pfad machte einen Knick landeinwärts, nach links. Wenn er ihm um die scharfe Kurve folgte, konnte er ihn, ohne dass ihn im Lager jemand sah, überqueren, denn in dieser Richtung erstreckte sich dichtes Buschwerk und Unterholz fast bis zu den Zelten. Dort konnte er sich hindurchbewegen und sich dem Lager unbemerkt nähern.

Er liess sich auf alle Viere fallen und begann zu kriechen.

Trockenes Laub, vertrocknete Früchte und dürre Äste raschelten und knackten unter Adams Händen und Knien. Er hielt sich still. Vor ihm hatte sich gerade etwas bewegt, vielleicht eine Ratte, eine grosse Eidechse oder sogar eine Schlange. Es gab hier vielerlei Gefahren. Er kroch langsam, um keinen Lärm zu machen, weiter. Im Gegensatz zu seinen Feinden, denen die Gegend fremd war, war er hier an der Küste von KZN zuhause und in seinem natürlichen Element.

Adam hob den Kopf ein wenig und schnupperte. Er roch Tabakrauch. Er liess sich noch tiefer fallen und kroch wie ein Leopard um die Biegung. Der Geruch wurde stärker.

Er richtete sich ein wenig auf und bemerkte ein schwaches Glimmen, das einige niedrige Äste erleuchtete.

Dort, auf Adams Seite der Strasse, sass ein Mann im Dschungel und rauchte eine Zigarette.

Adam hatte Recht gehabt - Andy war klug genug, in einiger Entfernung vom Lager eine Wache zu postieren, die den toten Winkel, den Adam für seine Infiltration gewählt hatte, abdeckte. Aber wie schon die fröhlich Trinkenden am Lagerfeuer, schien sich auch dieser Mann zu sicher und vielleicht zu entspannt zu fühlen.

Adam wartete einen Augenblick und beobachtete den Mann, der seine Zigarette ausdrückte, dann beide Hände über den Kopf hob und sich streckte. Er schien müde zu sein oder sich zu langweilen und wollte wahrscheinlich zurück zur Party.

Adam ging in die Hocke, schaute zuerst zum Wachposten, dann

in die andere Richtung, bevor er, tief nach vorne gebeugt, die Strasse überquerte. Auf der anderen Seite kauerte er sich eilig ins Gebüsch, lauschte, beobachtete und wartete angespannt. Niemand hatte ihn gesehen.

Er vermutete, irgendwo im Busch in Richtung des Forschungscamps, am anderen Ende des Zeltlagers, sei ein weiterer Wachposten postiert. Indem er sich durch den dichtesten Teil der Dünenvegetation bewegt hatte, hatte er also richtig gehandelt, denn er musste die andere Wache damit umgangen haben.

Der Busch war hier nicht dicht genug, also kroch Adam weiter vorwärts, wobei er darauf achtete, seinen Kopf knapp unter der Höhe des Grases zu behalten. Hier, abseits der Küstenbrise, war die Luft still, feucht und warm. Er hielt inne, um sich den Schweiss aus den Augen zu wischen.

Er war wachsam, all seine Sinne angespannt und ihm wurde bewusst, dass er sich seit seinen Einsätzen in Angola in den 1980er Jahren nicht mehr so lebendig gefühlt hatte. Obwohl er hier nur einen Steinwurf vom Indischen Ozean entfernt war, ähnelten die Geräusche des afrikanischen Buschs in erschreckender Weise denen von Angola, auch wenn er dort vom harten, brennendheissen Land der Sanddünen umgeben gewesen war.

Der würzige verlockende Geruch von über heissen Kohlen brutzelnder Boerewors, Bratwurst, liess seinen Magen knurren und erneut hörte er Gelächter. Die Gespräche wurden lauter und er schnappte Bruchstücke von Sätzen auf: Einen Teil eines Witzes über Frauen und die Erwähnung von 'fucking Afghan', wie die Briten Afghanistan nannten.

Adam kroch näher heran und blieb dann, kaum drei Meter von der Rückseite eines Zeltes entfernt, still liegen. Er war nahe genug, um die Wärme des Feuers zu spüren und sah Andy, der in einem grünen Regiestuhl aus Segeltuch sass und neben dem sich deutlich die Silhouette einer AK-47 mit ihrem gebogenen Magazin abzeichnete. Was war das für ein Camper, der ein Sturmgewehr bei sich hatte?

Er hörte einen Ton und danach zischte ein Funkspruch. »Neun, hier ist zwei, kommen.«

Andy schnallte ein Handfunkgerät von seinem Gürtel. »Hier ist Neun, kommen.«

»Neun, kann ich zum Feuer zurückkommen? Hier draussen ist niemand und ich werde von Moskitos aufgefressen«, sagte eine Stimme mit britischem Akzent.

Die beiden anderen um das Feuer herum lachten. »Sag dem Weichei, er soll sich verdammt noch mal abhärten, Andy«, bemerkte einer.

Andy hielt eine Hand hoch. »Zwei, hier ist Neun, hör auf zu jammern, Mucker. Ich schicke das Grossmaul hier, damit er dich in fünfzehn Minuten ablöst.«

Der Mann, der gescherzt hatte, zerdrückte eine Aluminium-Bierdose und warf sie ins Feuer.

»Hör auf mit dem Scheiss.« Andy sprach mit tiefer, ruhiger, aber befehlender Stimme. »Wir wissen, dass er da draussen ist, und müssen es nur noch zwei Nächte lang aussitzen.«

»Was ist mit den Bullen?«, fragte der dritte Mann Andy.

»Erinnerst du dich an den Polizisten, den wir im Jemen eingeschleust haben?« Einer der Männer lachte.

Ihr Anführer zuckte mit den Schultern. »Wir können nichts gegen sie tun, aber es war ganz gut, dass wir gerade auf einer langen Buschwanderung waren, als dieser Detektiv vorhin im Lager herumschnüffelte.« Er lachte. »Obwohl wir doch nur ein paar unschuldige Urlauber am Meer sind, oder?« Der Mann gluckste ebenfalls, allerdings ohne dass darin Heiterkeit zu spüren war. »Ja, ich denke schon.«

Adam dachte über das soeben Gesagte nach. Es klang, als hätten sich Andy und die anderen im Busch versteckt, als Detective Mkhizi ihnen einen Besuch hatte abstatten wollen. Vielleicht hatten sie den Bestattungswagen und das Polizeifahrzeug kommen sehen und beschlossen, sich aus dem Staub zu machen.

»Na hört mal«, sagte Andy, »die DPVs, die Tauchantriebsfahrzeuge, sind gut versteckt und eure Tarnanzüge liegen auf dem Meeresgrund. Die Polizisten finden, selbst wenn sie zurückkommen und nach uns suchen, nichts, was uns mit dem Vorfall in Verbindung bringen könnte. Wir haben, was wir wollten.« Er lehnte sich in seinem Stuhl vor und klatschte mit der Hand auf etwas, das sich aber ausserhalb von Adams Sicht befand. »Alles, was wir tun müssen, ist, uns ruhig zu halten und die nächste Lieferung abzuwarten, falls sie kommt. Der ganze Mist wäre nicht passiert, wenn diese saudischen Idioten nicht ertrunken wären.«

Auf den Ellbogen, Zehen und Knien kroch Adam ins Laub zurück und beschloss, weiter zur rechten Seite der Lichtung zu kriechen, von wo er eine bessere Aussicht hätte. Als er etwas tiefer im Busch war, stellte er sich auf alle Viere, damit er schneller kriechen konnte, wobei ein künstlich aufgeschütteter Hügel, der mit einer braunen, wasserdichten Plane, Palmwedeln und abgeschnittenen Ästen bedeckt war, sein Vorankommen behinderte.

Er hob die Plane an, entfernte die improvisierte Tarnung methodisch und fand darunter schliesslich ein halbes Dutzend wasserdichter Plastikkoffer. Er drehte die Schlösser der ersten Kiste auf und entdeckte darin ein grosses kommerzielles Modell einer Drohne mit vier Rotoren. Er machte mit seinem Handy ein Foto davon. Darunter befand sich eine identische Kiste, in der er eine zweite Drohne vermutete.

Er öffnete eine Kiste anderer Grösse und fand darin gestapelte kleine Pappkartons. Er hob einen heraus. Darauf war 'Munition 7.62x39' aufgedruckt. Ihm war klar, dass dies Munition für die AK-47 war, die Andy und seine Männer mit sich führten. Laut Marilyn hatten die Männer, die auf sie und Sannie geschossen hatten, dieselbe Art von Gewehr benutzt. Er machte noch ein Foto, dann schloss er den Deckel.

Als Adam eine dritte Kiste, die kleiner war als die anderen, öffnete, biss er die Zähne zusammen und versuchte, seine Wut im Zaum zu halten. In zylindrischen Schutzbehältern befanden sich darin acht M26-Handgranaten, deren Zünder separat verstaut waren. Auf der Aussenseite der Kiste war die Aufschrift *SANDF* angebracht. Diese Granaten mussten also von jemandem aus der südafrikanischen Armee, der South African National Defence Force, gestohlen oder verkauft worden sein. Adam dachte an Sannie, die im Krankenhaus lag.

Nachdem er auch davon ein Foto gemacht hatte, nahm er zwei Granaten aus ihren Hüllen und schraubte den zweiten Teil ein, der aus Hebel, Stift und Zünder bestand. Faule Camper hatten Müll in dieses Stück Buschland geworfen und Adam zerrte aus einem Gewirr von Blättern eine Shoprite-Einkaufstüte hervor. Er steckte die beiden scharfgemachten Granaten und alle übrigen Zünder in die Tüte. Inmitten der Kisten entdeckte Adam auch die beiden Tauchfahrzeuge, die die Männer, die ihn unter Wasser angegriffen hatten, benutzten. Adam fotografierte auch sie.

Schliesslich kroch er in eine Position, von der aus er Andy und die Männer um das Feuer besser sehen konnte. Er schaute auf die Uhr. Seit er den Funkspruch gehört hatte, waren fünfzehn Minuten vergangen. Der Wachposten, den Adam umgangen hatte, kam, seine AK-47 an der rechten Schulter hängend und eine frische Zigarette in der linken Hand, die Sandstrasse von der Küste hinaufgeschlendert.

»Ich hoffe, du hast nicht geraucht, während du Wache schobst«, sagte Andy.

Der Mann zog an seiner Zigarette und atmete aus. »Natürlich nicht, ich bin doch ein Profi, oder?«

Andy spottete. »Eher ein verdammter TA Bootneck.«

Adam überlegte einen Moment. TA war die Abkürzung für 'Territorial Army', also die alte Bezeichnung für militärische Reservekräfte Grossbritanniens und ein Bootneck, wusste er, war die gebräuchliche Bezeichnung für einen 'Royal Marine'. Diese Gruppe, WildForce, war bestimmt nicht, was sie zu sein vorgab: Eine Gruppe angeschlagener Kriegsveteranen, die ihr Heil in der Hilfe für Afrikas bedrohte Tierwelt suchten.

Aber warum waren sie hier? Und was war die 'Lieferung', die Andy erwähnt hatte?

Adam lag beobachtend und lauschend im Unterholz. Mittlerweile waren die Männer vor ihm allerdings in ein nachdenkliches oder halb betrunkenes Schweigen verfallen und starrten ins Lagerfeuer. Eine Mücke schwirrte um Adams Ohr, doch obwohl er spürte, dass sie landete und an seiner Schläfe Blut zu saugen begann, wagte er nicht, die Hand zu heben, um sie zu zerschlagen.

Neben ihm raschelte etwas, was für ihn in der Stille so laut wie eine vorbeigaloppierende Zebraherde klang. Als er langsam den Kopf drehte, sah er eine Maus, die in die Plastiktüte krabbelte, in der er die Granaten und Zünder transportierte. In der Tüte hatten sich wohl noch Essensreste befunden.

Unvermittelt schoss Andy hoch, sah sich um, liess den Blick in den Busch schweifen und starrte schliesslich in Adams Richtung.

»Was war das?«, fragte einer der anderen Männer.

Andy stand von seinem Stuhl auf, schlängelte sich zwischen zwei Zelten durch und kam auf Adam zu. Er hielt sein Gewehr, die rechte Hand um dessen Griff geschlungen, auf halber Höhe und spähte in die Dunkelheit. Als einer der anderen etwas sagen wollte, hob er Schweigen gebietend die Hand.

Adam hielt den Atem an, als Andy zwei weiter Schritte auf ihn zukam.

Die Maus kratzte weiter, aber als Andy weiterging, fiel sein Schatten auf Adam und den Nager, was das kleine Tier so erschreckte, dass es in ein entfernteres Versteck rannte. Andy blieb am Rande der Lichtung, nicht mehr als zwei Meter von Adam entfernt, stehen. Falls er nach rechts unten schaute, würde er ihn bestimmt dort liegen sehen.

Adams Messer steckte in der Scheide an seinem Gürtel und er konnte nicht geräuschlos danach greifen, so dass alles, was er tun konnte, war, bewegungslos liegen zu bleiben.

Andy durchdrang mit seinem Blick die dichte Vegetation, schwenkte dann seine AK-47 und warf sie sich über die rechte Schulter. Dann öffnete er den Reissverschluss der Tarnhose, zog seinen Penis heraus und begann zu urinieren. Adam schloss die Augen. Er spürte kleinste Tröpfchen von Flüssigkeit im Gesicht, die von den Blättern, auf die Andy Wasser liess, abprallten. Adam drehte sein Gesicht behutsam weg, bis, seine Nase im Sand steckte.

Schliesslich zog Andy den Reissverschluss hoch, drehte sich um und ging zurück zum Feuer.

Adam hob das Gesicht und schaute wieder zum Lagerfeuer. Er liess seinen aufgestauten Atem langsam durch den Mund entweichen. Das war knapp gewesen, zu knapp. Er hatte, was er brauchte und nun war es an der Zeit, sich zurückzuziehen, zu seiner Basis zurückzukehren und die Polizei zu rufen. Marilyns rachsüchtige Worte klangen ihm in den Ohren, aber diese Kerle verfügten über ein ganzes Arsenal an Waffen - zu viel für einen einzelnen Mann, um es damit aufzunehmen. Ausserdem hatte er mit den Bildern von den Granaten und der Munition genug Beweise, um die Polizei einzuschalten.

Adam begann sich langsam rückwärtszubewegen.

»Überprüf das Versteck«, hörte er Andy zu einem seiner Männer sagen, »und macht ein paar Granaten scharf. Ausserdem stellen wir ein paar Stolperdrähte auf, falls jemand hier herumschnüffeln sollte. Dann können wir uns hinlegen und ein wenig schlafen.«

Verdammt. Adam erstarrte erneut und beobachtete, wie der Helfer aufstand, sein Gewehr aufhob und in seine Richtung kam. Er mied den Bereich, in den Andy gepinkelt hatte - zum Glück, denn so war er weiter von Adams Liegeplatz entfernt. In wenigen Sekunden würde er allerdings das versteckte Lager mit der Ausrüstung erreichen und bemerken, dass Adam sich an den Granaten zu schaffen gemacht hatte. Er stapfte hinter Adam durch das Gebüsch, womit er dessen Fluchtweg durch den Ausläufer der Vegetation abschnitt. Adam musste seinen Plan ändern und zwar schnell.

Andy hatte sich ebenfalls erhoben und war auf dem Weg zu einem geparkten HiLux. Er zog auf der Heckablage eine Plastikkiste nach hinten und nahm eine Rolle Angelschnur daraus, mit welcher sie einen Stolperdraht für eine Sprengfalle spannen konnten. Adams Problem war nun, dass er sich innerhalb ihres Lagers befand, aber schnellstens raus und weg musste, denn es war nicht abzusehen, was sie tun würden, wenn sie das Fehlen der Granaten entdeckten. In der Forschungsunterkunft befanden sich unschuldige Mitarbeiter des Nationalparks von Ezemvelo und falls diese Schläger einen bewaffneten Angriff wagten, käme es zum Blutvergiessen. Adam hatte keine Ahnung, warum Sannie angegriffen worden war, denn anscheinend befand sie sich erst im Anfangsstadium ihrer Ermittlungen, doch es klang, als hätte derjenige, der auf Sannie, Marilyn und den Lodgemanager geschossen hatte, keine Zeugen hinterlassen wollen.

Adam blickte erneut zum Lagerfeuer. Andy und der zweite Mann, der bei ihm war, hatten damit begonnen, die Angelschnur um das Lager herum auszurollen, während der Mann, der ihn passiert hatte, zum Munitionslager unterwegs war.

Adam nahm die beiden wurfbereiten Handgranaten aus der Plastiktüte, steckte je eine in jede Hosentasche, dann warf er alle anderen Zünder weit in den Busch. Er zog sein Messer, ging in die Hocke und lief in gebückter Haltung zum nächstgelegenen HiLux-Bakkie. In dessen Kofferraum bemerkte er einen roten Plastikbehälter, der offensichtlich Treibstoff für ein Schlauchboot enthielt. Adam hob ihn heraus und stach mit dem Messer auf ihn ein. Als er die Klinge des Messers zurückzog, strömte Benzin über den hinteren Teil des Fahrzeugs, schwappte ins Fahrerhaus und über die Fahrertür. Langsam ging er rückwärts vom Wagen weg und kippte den restlichen Kraftstoff währenddessen in einer dicken Spur ins Gras und den Sand.

Plötzlich hörte Adam das Geräusch eines Motors. Er warf den leeren Kanister weg und duckte sich hinter das benzingetränkte Fahrzeug, dessen Geruch ihm brennend in die Nase stieg.

Scheinwerfer beleuchteten das Lager, doch das Fahrzeug hielt in der Nähe des Lagerfeuers, etwa zwanzig Meter von Adam entfernt, neben Andy und seinem Helfer. Die Situation wurde immer brenzliger und Adam musste sich davon machen, aber zuerst wollte er noch eine Sache prüfen.

Er benutzte den Pick-up als Sichtschutz, um sich in Deckung zu halten und zu dem langen Plastikkoffer zu gehen, den er auf dem gesunkenen Boot gesehen hatte und der nun nahe der Stelle, an der Andy gesessen hatte, im Sand lag. Adam kniete sich hin und löste den verbliebenen Schnappverschluss, den er beim Tauchen nicht hatte öffnen können. Er hob den Deckel.

Im Inneren lag, auf einem Haufen zusammengeknüllter Luftpolsterfolie und einer Scheide, aus der es gezogen worden war, ein Schwert. Adam zog sein Messer heraus und hob das Schwert damit auf. Der Knauf des Griffs war mit einem roten Edelstein besetzt und die gebogene Klinge etwa einen Meter lang. Auch die Scheide war verziert. Adam kam der Koran, den er geborgen hatte, in den Sinn. Ob dies wertvolle Antiquitäten aus dem Nahen Osten waren? Waren sie es wirklich wert, Menschen dafür umzubringen?

»Andy?« Adam hörte den Ruf, der aus der Richtung des Verstecks im Gebüsch kam. »Boss, jemand war hier! Die Granaten …«

»Was?«, rief Andy.

Adam hob das Schwert auf, entfernte sich aus dem beleuchteten Kreis und wandte sich zum nächstgelegenen Zelt um. Ein achtloser Veteran hatte eine AK-47 gegen die Zeltplane gelehnt und Adam schnappte sie sich. Er musste seine Verfolger, die nun wussten, dass er mitten unter ihnen war, ablenken und danach zu seinem Fahrzeug gelangen, um aus Bhanga Nek zu verschwinden.

Als rund um ihn herum Stimmen in die Nacht riefen, ging er zurück zum Feuer, hob ein brennendes Stück Holz auf und warf es in Richtung des Toyotas. Die Benzinspur entzündete sich wie eine schnell brennende Lunte und raste auf den Bakkie zu. Mit einem dumpfen Knall entzündete sich die Benzinlache auf der Heckablage und im nächsten Moment stand das ganze Fahrzeug in Flammen.

Andy und seine Truppe sowie das umherstreifende Fahrzeug hinderten Adam daran, direkt zur Forschungsbasis zurückzukehren, also beschloss er, vom Lager wegzulaufen, seinem Weg bis zur Kurve auf der Strasse zurück zu folgen, dort in den Dschungelgürtel hinter den Dünen zu verschwinden und sich einen Weg zur Brandung zu bahnen. Von dort konnte er dem Strand entlanglaufen oder sogar ins Meer eintauchen und zur Stelle schwimmen, an der sich sein Zelt und das Fahrzeug befanden. Das war zwar für seine Verhältnisse kein guter Plan, aber alles, was ihm im Moment einfiel.

Er hörte das Aufheulen des anderen Fahrzeugs hinter sich, als dessen Fahrer beschleunigte. Adam warf einen Blick nach rechts und sah Andy mit dem Handscheinwerfer in der Hand auf dem Rücksitz sitzen. Er schwenkte ihn in weitem Bogen und der Leuchtstrahl erfasste Adam.

»Da!«, triumphierte Andy und zeigte auf ihn.

Ein zweiter Mann, der neben Andy sass, eröffnete mit einer AK-47 mit Vollautomatik das Feuer.

Adam stolperte, stürzte und landete hart, doch wahrscheinlich rettete ihn der Sturz, denn nun pfiff eine ganze Salve von Geschossen über seinen Kopf hinweg und ein Schauer aus zerfetzten Blättern und Zweigen rieselte auf ihn hinunter. Adam robbte um sein Leben, denn er war waffenmässig weit unterlegen, so dass sich heldenhaft zu wehren, sinnlos war.

Andy liess das Fahrzeug anhalten und suchte mit dem Lichtstrahl das Gebüsch nach ihm ab.

Vor Adam stand der Anhänger, auf dem das Zodiac-Schlauchboot von WildForce mit dem grossen Aussenbordmotor am Heck, montiert war, damit man es leicht zu Wasser lassen konnte. Wenn sie noch eine weitere Ladung erwarteten, würden sie diese auf dem Wasser entgegennehmen müssen, nahm Adam an. Er stellte sich vor, ihr Plan sei, sich auf See mit einem anderen Schmugglerboot zu treffen.

»Fok jou«, flüsterte er auf Afrikaans vor sich hin.

Dann rammte er die Schwertspitze in den Boden und hing sich das Gewehr um. Er kramte eine Granate aus der Hosentasche, zog den Sicherungsstift heraus und liess ihn davonfliegen. Er erhob sich, zog das Schwert aus dem Boden und rannte, die Granate nach wie vor in der Hand, los. Wie er erwartet hatte, entdeckte ihn Andy und der HiLux setzte sich mit aufheulendem Motor wieder in Bewegung. Er schlingerte der Strasse entlang, traf dann aber auf weichen Sand und wurde langsamer.

Der Mann mit der AK eröffnete erneut das Feuer, aber weil der Fahrer versuchte, näher zu kommen, rüttelte das Fahrzeug heftig, wodurch die Kugeln daneben gingen.

Als Adam die schwarze Gummiflanke des Zodiacs erreichte, liess er die Granate ins Boot rollen, rannte mit pumpenden Armen und

Beinen weiter und tauchte schliesslich, nachdem er weitere dreissig Meter zurückgelegt hatte, kopfüber ins Unterholz.

»Er ist wieder am Boden«, rief Andy.

Der Fahrer hatte die richtige Fahrweise für den weichen Boden gefunden und Adam hörte, dass sich ihm das Fahrzeug, das nun schneller fuhr, näherte, während er sich flach auf den Boden presste und die Sekunden herunterzählte. Er hoffte, den richtigen Zeitpunkt erwischt zu haben.

Mit einem dumpfen Knall, der den Boden erschütterte, detonierte die Handgranate gerade als der HiLux das Boot passierte.

Adam spürte in einer Druckwelle einen Sturm von Trümmern - Dreck, Sand, Felsstücke und zersplittertes Metall - über sich hinwegfegen, der ihm für einen Augenblick die Luft aus den Lungen presste. Dann hörte er Schreie und Flüche, war aber im nächsten Moment bereits wieder auf den Beinen und rannte.

»Stopp!« Andy hustete, »Haltet ihn auf!«

Adam zwang die Luft wieder in seine Lungen und sprang über Baumwurzeln weiter. Äste klatschten ihm ins Gesicht und auf den Oberkörper und ein paar Mal wäre er beinahe erneut gestürzt. Er schaute sich nicht um, um zu sehen, wie viel Schaden er angerichtet hatte, sondern überquerte die Strasse und rannte einen der Zugangswege zum Strand entlang. Als er das Meer erreichte, bog er rechts ab und sprintete so schnell er konnte über den festen, nassen Sand in Richtung Bhanga Nek und der Forschungsbasis.

Schliesslich erreichte er sein Fahrzeug, das dort gepackt und bereit war. Es war an der Zeit, sich wieder bereit zu machen und aufzurüsten.

Die Schlacht war zwar bereits geschlagen, aber der Krieg hatte gerade erst begonnen. Er lachte, während er rannte.

16

NATAL, 1880

»Hauptmann Gregory? Hey, Peter, ist alles in Ordnung?«

Peter Gregory spürte, dass sich sein ganzer Körper anspannte, als wäre er gerade gestolpert und schlage gleich auf dem harten Boden auf. Der Lärm der Schüsse, das Knistern brennenden Grases und die wütenden Schreie der Zulu verklangen. Dann spürte er eine weiche Hand an seiner Wange und erschrak erneut.

Peter zwang sich, die Augen zu öffnen. Er lag halb innerhalb, halb ausserhalb seines Schlafsacks auf dem taufrischen Gras.

Teresa sah stirnrunzelnd zu ihm hinunter. »Sie haben geschrien. Ich dachte, Sie hätten Schmerzen ... Sie wären von einer Schlange oder einem Skorpion oder so gebissen worden.«

Die Morgendämmerung färbte den Himmel über den Drakensbergen grau. Er blinzelte. »Ich ... es ist alles okay, Teresa, es war nur ein Traum.«

Sie lächelte. »Das muss ja ein toller Traum gewesen sein, Captain.«

Er rieb sich die Augen. »Es heisst Sub-Inspector, Ma'am.«

»Wie auch immer. Ihre Männer nennen Sie Captain, und wenn Sie Peter nicht mögen, nenne ich Sie auch Captain.«

Zwei Tage nach dem Zusammentreffen mit Leutnant Walters hatte Gregory sich geweigert, sie auch nur einen weiteren Schritt aus dem Lager am Fluss zu führen, bis sie ihm den wahren Zweck ihrer Mission mitgeteilt hatte. Damit hatte er Teresa endlich die Wahrheit entlockt.

Zuerst hatte sie sich eine Weile geweigert und an ihrer Geschichte, sie sei eine Freundin von Kaiserin Eugénie und wolle diese am Ort des Todes des Prinzen 'überraschen', festgehalten. Erst als Gregory Phillips und Mathias befahl, kein Lager aufzuschlagen, sondern sich auf die Rückkehr nach Pietermaritzburg vorzubereiten, hatte sie schliesslich gestanden.

»Also gut, ich bin Zeitungsreporterin für die 'New York Times'. Naja, die haben mir zumindest versprochen, meine Geschichte und die Fotos zu drucken, wenn ich ein Bild der Kaiserin zum Bericht über ihre Gedenkreise bekomme.«

Gregory hatte den Kopf geschüttelt. »Was, eine amerikanische Zeitung bezahlt Sie dafür, die Fotos einer trauernden Mutter abdrucken zu können?«

Sie verzog das Gesicht und stemmte beide Hände in die Hüften. »Das ist die eine Sichtweise, aber die andere ist, dass die Welt von dem, was dem kaiserlichen Prinzen letztes Jahr passiert ist, schockiert und bewegt war. Die Menschen in Amerika lieben so etwas - vielleicht weil wir keine eigenen Könige haben. Und kann sich nicht jede Mutter auf der Welt mit Eugénie identifizieren und mit ihr fühlen?«

Gregory hatte sich auf die Zunge gebissen. Er war, wenn auch zähneknirschend, ebenso beeindruckt von Teresas Zähigkeit und Entschlossenheit, wie voller Verachtung für ihren Beruf und ihre Arbeitgeber. Auch er hatte abfällige Untertöne ertragen müssen, als der 'Natal Witness', seine eigene Lokalzeitung, im Bericht über seine Flucht und die der anderen, die das Gemetzel in Isandlwana überlebt hatten, nicht gerade begeistert kommentiert hatten. Aber das war nicht Teresa O'Kanes Schuld.

»Hauptmann ..., äh, Peter«, hatte sie gefleht, »wenn wir schon den halben Weg zur Hölle zurückgelegt haben und es aussieht, als sei die halbe britische Armee und Ihre eigene berittene Polizei entschlossen, mich von der Kaiserin fernzuhalten, können Sie mich dann wenigstens zum Denkmal des kaiserlichen Prinzen bringen? Wenn ich davon ein Foto bekomme, könnte ich wenigstens dieses mit meinem Artikel veröffentlichen.«

Sie hatte Recht. Sie hatten bereits einen weiten Weg zurückgelegt und Nqutu, den Ort der Gedenkstätte, zu besuchen, war kein allzu grosser Umweg. Ausserdem wartete er darauf, dass Samuel zurückkehrte, hoffentlich mit Informationen über das fehlende Schwert des verstorbenen Prinzen. Er wollte, sofern sie auffindbar waren, einige der Zulu, die am Gefecht, bei dem der Prinz getötet wurde, beteiligt gewesen waren, befragen und herausfinden, was sie über das Schwert und seine Übergabe an die Briten wussten.

So erklärte er sich bereit, Teresa nach Nqutu zu bringen. »Aber von dort aus werde ich Phillips beauftragen, Sie zurück nach Pietermaritzburg zu begleiten«, hatte er ihr eröffnet.

»Wovon haben Sie geträumt?«, erkundigte sie sich jetzt, womit sie ihn in die Gegenwart zurückholte. Phillips, der die Glut des Lagerfeuers der letzten Nacht zum Leben erweckte, indem er es mit trockenem Gras und dünnen Stöckchen fütterte, warf ihm einen Blick zu.

»Ich kann mich nicht erinnern«, schwindelte Gregory, stand auf, löste ein zwischen zwei Bäumen gespanntes Laken aus cremefarbenem Kattun und rollte es zusammen. Es diente als einfaches, leichtes Dach, das ihn vor Tau schützte, wenn er draussen im Veld war und neben dem Feuer schlief, seinen Martini-Henry-Karabiner an der Seite.

»Ich würde auch gerne Rorke's Drift und Isandlwana sehen«, bat Teresa. »Ich habe gehört, sie seien auf dem Weg dorthin.«

Phillips stellte die Kaffeekanne ins Feuer und Gregory bemerkte, dass er ihr Gespräch belauschte. »Aber der kaiserliche Prinz war bei keiner dieser beiden Schlachten dabei.«

»Ich weiss.« Teresa sah ihn an und fing seinen Blick auf. »Aber Sie waren es.«

Er befeuchtete seine trockenen Lippen mit der Zunge. Vielleicht kam es vom Rausch, den er sich am Vorabend, nachdem die anderen sich schlafen gelegt hatten, angetrunken hatte, denn wie immer hatte er sich eingeredet, der Gin beschere ihm einen ruhigeren Schlaf. Und wie immer hatte er sich geirrt. Er löste sich von Teresas Blick und sah zu Phillips hinüber, der aufstand, gähnte und die Hände wie ein sich ergebender Mann hob. Diese Geste hatte im Krieg, der sich über diese Hügel erstreckt hatte, nicht funktioniert. »In einer halben Stunde brechen wir auf, Phillips. Seien Sie bereit.«

»Yes, Sir«, gab Phillips zurück und ging zum Fuhrmann. »Sieh mal an, das ist ein guter Kerl, er baut das Zelt der Dame ab.«

»Hilf ihm«, forderte ihn Gregory auf.

»Lassen Sie mich zuerst ein paar Sachen holen, Mister Phillips«, sagte Teresa, schob die Überdachung beiseite und ging ins Zelt.

Phillips blickte zu Gregory und schien sich dagegen auflehnen zu wollen, dass ihn dieser zu manueller Arbeit verdonnert hatte, besann sich dann aber eines Besseren.

Teresa kam mit einer kleinen Reisetasche in der einen Hand und einem Badetuch über der Schulter heraus.

»Sie haben meine Frage nicht beantwortet, Captain«, sagte Teresa.

»Meiner Meinung nach war es nicht als Frage formuliert.«

»Touché, Sub-Inspector, wenn wir schon beim Worteklauben sind.«

Er zuckte mit den Schultern. Es war ihm gelungen, nicht darüber zu sprechen, was im letzten Jahr geschehen war. »Ich kann den Fuhrmann bitten, Ihnen Wasser aus dem Spruit, dem Bach, zu bringen, Madam. Wie ich sehe, haben Sie ein Hüftbad auf Ihrem Wagen, wir können also das Zelt stehen lassen, während Sie sich waschen.«

Sie winkte mit einer Hand ab. »Ich würde mich wie ein Baby fühlen, wenn ich mich in diesem kleinen Ding waschen würde. Ich weiss nicht einmal, was mich dazu bewogen hat, es zu kaufen, ausser der Tatsache, dass ein netter indischer Mann in einem Geschäft in Pietermaritzburg unbedingt darauf bestand. Ich werde in diesem Bach ein erfrischendes Bad nehmen. Gestern Nachmittag bin ich dort spazieren gegangen und es sah wunderschön aus.«

»Es ist bestimmt kalt«, warnte er.

»Ich bin widerstandsfähiger, als ich aussehe, Captain, und ausserdem nicht dumm. Letzte Nacht war es eiskalt.«

»Es könnte Krokodile haben.«

»Sehen Sie es von der positiven Seite, Captain: Wenn ich von einem Krokodil gefressen werde, brauchen Sie sich um mich keine Sorgen mehr zu machen«, erklärte sie und marschierte zielstrebig an ihm vorbei.

»Soll ich das Zelt aufschlagen oder nicht, Sir?«, wollte Phillips wissen.

Gregory brummte und nachdem er von Mathias einen Blechbecher mit Kaffee entgegengenommen hatte, ging er in die entgegengesetzte Richtung, in der Teresa war. Er blickte zu den Drakensbergen im Westen und wünschte sich, allein dort oben zu sein und irgendeinen wenig bekannten Pfad oder Gipfel zu erkunden. In diesen grasbewachsenen Hängen oder im eiskalten, klaren Wasser des Beckens eines Wasserfalls fand er das, was erholsamer Einsamkeit am nächsten kam. Allerdings fand er, wenn überhaupt, selten Zeit für sich, denn meistens hielten ihn Polizeiarbeit oder seine armseligen Versuche, Landwirtschaft zu betreiben, in Atem.

Er dachte an Teresa, die im Bach badete, versuchte dann aber, den Gedanken zu verdrängen, indem er Phillips Geschwätz zuhörte, der an einem festsitzenden Zelthering herumhantierte.

»Ich würde lieber Verbrecher jagen oder einen Aufstand der Eingeborenen niederschlagen, als Zelte abzubauen und mich mit Heringen abzumühen «, stöhnte Phillips zu Mathias.

Mathias der mit geübter Leichtigkeit einen Pflock aus dem Boden zog, kommentierte: »Ja, ja, und der Löwe ist ein schönes Tier, wenn man ihn von weitem sieht, Sergeant Phillips.«

Phillips richtete sich auf, streckte seinen Rücken und trat gegen den widerspenstigen Hering. »Wer hat etwas von Löwen gesagt? Wobei ich auch nichts dagegen hätte, auf einen von ihnen zu schiessen. Allerdings scheint es, als wären in diesen Hügeln alle verdammten Löwen bereits geschossen worden, genau wie die widerspenstigen Zu... - äh, ich meine, Verbrecher.«

Mathias ging zum nächsten Hering. »Es bedeutet, dass das

Kämpfen und Töten, wenn man es in den illustrierten Magazinen sieht oder nur aus den Erzählungen anderer kennt, glamourös wirkt. Wenn man jedoch selbst dabei ist, ist es keineswegs das Gleiche.«

»Papperlapapp«, erwiderte Phillips.

»Psst, seien Sie still, Mister Phillips«, bat ihn Mathias, der eine Hand hob und sich aufmerksam umsah.

Nun hörte Gregory ebenfalls etwas, ein leises, raspelndes Geräusch, als arbeite sich eine Säge durch frisches, weiches Holz. Es kam aus der Richtung des Baches, in dem Teresa badete.«

»Was ist das?«, erkundigte sich Phillips.

Gregory ignorierte ihn, schnappte sich jedoch seinen Martini-Henry und begann zu rennen. Er sprang über einen umgestürzten Baum, verlangsamte dann aber wieder und drang ins dichte Gebüsch am Fluss. Einerseits waren die Sträucher zu dicht, um hindurchzu-laufen und andererseits wollte er seine Schutzbefohlene nicht in Panik versetzen.

»Lady Beecham«, rief er deshalb.

Im Gehen öffnete er den Verschluss seines Gewehrs, schob mit der linken Hand eine Patrone hinein und betätigte den Hebel, um die Waffe zu laden.

Die Frau antwortete nicht, aber er hörte das schreckliche Röcheln erneut.

Es war knapp.

Er hielt sein Gewehr mit der rechten Hand fest umklammert und liess den Zeigefinger auf dem Abzugsbügel ruhen. Das Martini-Henry hatte keine Sicherung, sondern nur einen Schalter auf der rechten Seite, dessen Stellung ihm signalisierte, dass es schussbereit war.

Gregory hatte vor mehr als einem Jahr eine Hülle aus nassem Rindsleder um den Lauf gewickelt und angenäht, so dass dieser fest eingepackt war. Als die Haut getrocknet und geschrumpft war, bildete sie eine glatte, enganliegende Hülle um den Schaft, welche seine linke Hand in Isandlwana vor Blasenbildung und Verbren-nungen bewahrt hatte, da beim Abfeuern einer Patrone nach der anderen enorme Hitze entstand. Jetzt saugte das Leder den Schweiss seiner Handfläche auf.

»Teresa?«, rief er.

Wieder ertönte das rasselnde Sägen.

Er hatte erwartet, dass der Klang seiner Stimme das schnarrende Geschöpf verscheuche. Diese Tiere, die meist in der Dunkelheit unterwegs waren, aber eigentlich zu jeder Tageszeit auftauchen konnten, waren gerissen und gefährlich. Gregory wusste von mehr als einem Grosswildjäger oder unglücklichen Hirten, den sie getötet hatten. Allerdings wusste Gregory, dass man ihre Rufe nur dann hörte, wenn sie auf der Suche nach einem Partner oder einer Partnerin waren. Er löste die linke Hand vom Lauf und räumte einen Ast aus dem Weg. Er ging jetzt in langsamem Tempo und prüfte den Boden bei jedem Schritt, bevor er die Sohle seines Stiefels auf den Boden setzte.

Er hörte das Rauschen und Plätschern des Wassers auf den glatten Steinen des Flusses. Von rechts drang Licht in den schmalen Waldstreifen, in dem der Spruit, der Bach, floss und Gregory bahnte sich einen Weg durch die dichte Vegetation, bis er das Wasser schliesslich sehen konnte.

Dann blieb er stehen und lauschte. Das sägende Geräusch war verstummt, dafür hörte er Teresa 'Molly Malone' singen.

»Teresa!«

Der Gesang verstummte.

»Captain Gregory? Es scheint mir, als benehmen Sie sich mittlerweile als ständen wir uns sehr nahe«, rief sie in einem hohen, überraschten Ton, wobei ihre Stimme vom fliessenden Wasser gedämpft wurde. »Ich habe nicht gerade viel an.«

»Bitte bleiben Sie einfach, wo Sie sind, und bewegen Sie sich auf keinen Fall!«

»Nun, ich habe nicht die Absicht, so, wie mich die Natur geschaffen hat, ins Camp zurückzukommen.«

»Bewegen Sie sich keinesfalls, nicht einmal, um Ihre Kleider zu holen.«

Er ging noch ein paar Schritte weiter und blieb dann wieder

stehen. Hinter grauen, vom Hochwasser glatt geschliffenen Felsbrocken sah er blasse Haut. 'Er muss weg sein, denn er wurde bestimmt durch den Klang unserer Stimmen aufgeschreckt', überlegte er.

Gregory öffnete den Mund, um erneut zu sprechen, dann hörte er den Ruf erneut, lauter als je zuvor: »Ah-ah-ah.«

Gregory rannte spritzend durch Schlamm und seichtes Wasser, um den Abstand zwischen sich und Teresa so schnell wie möglich zu verringern. Er hatte das Martini-Henry-Gewehr schussbereit an der Schulter und seine Augen schweiften suchend nach links und rechts.

Teresa stand knietief im Bach. Sie musste gehört haben, dass er sich genähert hatte, denn sie schaute über die Schulter. Ihr glatter, nackter Rücken war perfekt geformt. Sie trug eine weisse Unterhose, deren Baumwolle sich an die Haut ihres Gesässes schmiegte, das knapp über der Wasserlinie zu sehen war. »Captain!«

Er nahm die linke Hand vom Gewehr und legte den Zeigefinger an die Lippen.

Sie öffnete den Mund, als wolle sie 'Was?' fragen, doch er schüttelte den Kopf und griff wieder nach dem Gewehr.

Eine schnelle Bewegung auf der anderen Seite des Baches erregte seine Aufmerksamkeit und er blieb, ebenso wie Teresa, stehen. Langsam bewegte er seinen Kopf und die Spitze des Gewehrlaufs, wobei ihn Teresa genau beobachtete und dann seinem Blick folgte.

Der Leopard tauchte aus dem Busch am anderen Ufer auf.

Die Katze war keine zwanzig Meter von der Stelle entfernt, an der Teresa stand, und Gregory wusste, dass die Leopardin - ihrer Grösse und Statur nach zu urteilen ein Weibchen - diese Entfernung in einem einzigen Herzschlag zurücklegen konnte.

Er nahm die Raubkatze ins Visier.

Der Leopard sah ihm in die Augen, senkte sich auf den Boden, spannte die Beine wie Federn an und wartete sprungbereit.

Gregory legte den Finger um den Abzug.

Teresa hatte sich einen normalerweise schönen Platz zum Baden ausgesucht, ein Becken mit stehendem Wasser. Stromabwärts von ihr, wo sich der Leopard befand, floss das Wasser in Kaskaden zwischen einer Reihe grosser Felsbrocken hindurch.

Unvermittelt sprang der Leopard.

Gregorys schlug das Herz bis zum Hals, als er mit seinem Gewehr den Bewegungen der Katze folgte. Die Katze landete, weiter zu den Menschen hinunterschauend, geschickt auf einem Felsen. Trotz des schwierigen Moments registrierte Gregory winzige Details – etwa den schönen Kontrast, den die schwarzen Rosetten auf dem hellen und gelben Fell bildeten, aber auch dass Teresa im Bach zitternd die Hände ineinanderschlang.

Er hatte nur einen Schuss und diesen musste er abgeben, bevor der Leopard auf den nächsten Felsen sprang, denn von diesem könnte er Teresa noch leichter erreichen. Ausserdem wusste er, dass Leoparden geschickte Schwimmer waren, wodurch die Raubkatze sich aussuchen konnte, auf welchem Weg sie ihre hilflose Beute reissen wollte. Er hatte keine Wahl.

Gregorys Mund war trocken und er leckte sich über die Lippen. Er spähte dem Gewehrlauf entlang und richtete das Visier auf den Punkt, an dem das linke Vorderbein des Leoparden in seinen Körper überging. Er war ein guter Schütze und die Kugel des Martini-Henrys flog auf diese Entfernung schwer, schnell und präzis, so dass der Tod, wenn sich das Blei ins Herz des Tieres bohrte, augenblicklich eintreten würde.

Das letzte Mal, dass er abgedrückt hatte, war mitten in der Schlacht gewesen. Er erinnerte sich an die Männer, die vor ihm gefallen waren: Zulu-Krieger. Zuerst waren sie weit weg gewesen, hundert Meter oder so, aber schon bald hatten sie beinahe Schlagdistanz erreicht. Gregory hatte die schreckliche Wirkung von Gewehrschüssen und Kugeln gesehen und war mit Blut bespritzt worden.

Wenn er und Samuel während der letzten Monate auf Patrouille gewesen waren, und auch in letzter Zeit, mit dem jungen Tabakschnupfer Phillips im Schlepptau, waren es die anderen beiden Männer gewesen, die das Wild für den Kochtopf geschossen hatten. Acht Monate zuvor, auf ihrem ersten Ausritt nach der Schlacht, hatte Gregory einen Bock ins Visier genommen, aber im letzten Moment gesehen, dass der Lauf seines Gewehrs zitterte und sich das Zittern auf seine Hände übertrug. Er spürte den Schweiss von der Stirn und der Nasenspitze tropfen. Damals war er nicht in der Lage gewesen, es zu tun.

Der Leopard rief wieder, blieb aber auf seinem Felsen sitzen.

Nein! Mit einem furchtbaren Gefühl der Furcht erkannte Gregory, dass er wie ein Narr handelte. Leoparden riefen, um miteinander zu kommunizieren, also musste ein Zweites Tier in der Nähe sein.

Er konzentrierte sich wieder auf den Zielpunkt. Teresa war, mittlerweile vor Angst erstarrt, immer noch im Wasser.

Gregory atmete ein und machte sich bereit, abzudrücken. Er hoffte, er könne wieder töten.

Dann hörte er ein weiteres Geräusch und sowohl Teresa wie auch er drehten sich unwillkürlich nach links und schauten auf die Seite des Flusses, auf der Gregory stand. Von dort war allerdings nicht das tiefe, schroffe Grunzen eines ausgewachsenen Leopardenmännchens zu vernehmen, sondern das genaue Gegenteil.

‘Au-au’, erklang ein hohes Quietschen.

Zwischen den Pflanzen eines Farnwäldchens tauchte ein winziges Junges auf, dessen blaue Augen im Sonnenlicht funkelten. Es öffnete sein Mäulchen, zeigte seine kleine rosa Zunge und stiess gleichzeitig ein erneutes Miauen aus.

Die Leopardin hob den Kopf, blickte zu ihrem Kleinen und sprang dann von dem einen Felsen, auf dem sie gestanden hatte, zu einem zweiten in der Mitte der Steingruppe und dann zu einem dritten, keine zehn Meter von Gregory entfernt, auf seiner Seite des Baches. Er folgte ihr mit dem Ende des Martini-Henrys. Mit einem letzten Sprung erreichte sie ihr Junges und nahm das kleine Füllbündel am Genick. Die Leopardin warf Gregory einen kurzen Blick zu, bevor sie sich ins Unterholz schlich.

Gregory hob den Lauf des Gewehrs in die Luft und schritt dem Ufer entlang weg, einerseits, um sich zu vergewissern, dass die Katze weg war, andererseits, um Lady Beecham ein gewisses Mass an Privatsphäre zu gewähren.

Diese eilte jedoch stattdessen aus dem Wasser und zu ihm. Obwohl ihre Arme immer noch über den Oberkörper geschlungen waren, verbarg diese Geste des Anstands ihre nackten Brüste kaum. Als sie bei ihm anlangte, liess sie sich gegen ihn fallen und drückte ihr nacktes Fleisch in die raue Wolle seiner halb aufgeknöpften Uniformjacke.

Er nahm die linke Hand vom Gewehr, konnte die Frau aber nicht ganz umfangen, als sie ihr Gesicht an seine Brust drückte und in sein Hemd weinte.

Nach ein paar Augenblicken hob Teresa ihr tränenüberströmtes Gesicht und sah ihm schniefend in die Augen. »Ich weiss nicht, ob dies das Schrecklichste war, das ich je erlebt oder das Schönste, das ich je gesehen habe.«

Er räusperte sich. »Das ist Afrika, Ma'am.«

Vielleicht aus Angst oder weil sie ihn einfach nicht loslassen wollte, drückte sie ihr Gesicht wieder an seine Brust. Anstandshalber schaute er über ihren Kopf hinweg und suchte den Busch nach den Leoparden ab, obwohl er sich sicher war, dass sie längst weg waren.

Gregory war sich ihrer sehr bewusst - der Wärme ihres Körpers, der an seinem lag, dem Geruch ihres nass Haares, das wie mit Seife gewaschen aussah. Dann spürte er, dass sich ihre Hände zwischen sie drängten und ihre Handflächen zu seiner Brust wanderten. Er öffnete den Mund, um zu sprechen, doch sie kam ihm zuvor.

»Vielleicht können Sie mir einen Moment Zeit geben, Captain?«

»Natürlich, Eure Ladyschaft.«

Er trat einen Schritt zurück, wandte den Blick ab und machte eine elegante Kehrtwendung. Dann hörte er das Rascheln von Kleidern, die sie vom Strauch pflückte, an dem sie sie aufgehängt hatte.

»Ich bin jetzt angezogen, Unterinspektor, Sie dürfen sich umdrehen.«

Er tat dies und sah, dass sie sich das Wasser aus den Haaren wrang. Sie hatte ihren langen Rock, die Bluse und ihre Jacke wieder an, diese war allerdings noch nicht zugeknöpft, so dass er einen weiteren Blick auf die Wölbung ihrer Brüste darunter erhaschte. Aber er hatte sie gesehen und gefühlt. Er hüstelte erneut. Es war ihm nicht entgangen, dass sie gerade seinen korrekten Rang benutzt hatte und nicht die vertraute Bezeichnung, mit der ihn die Männer ansprachen. Auch er war dazu übergegangen, ihren Rang zu verwenden, so dürftig dieser auch sein mochte.

Sie kam wieder zu ihm, aber anstatt ihn in ihre Arme zu schliessen, legte sie diesmal sanft eine Hand auf den Ärmel seines Mantels, was ihm allerdings fast intimer erschien als der Moment, in dem sie ihren nackten Körper an ihn gepresst hatte. Teresa schaute ihm in die Augen. »Ich danke Ihnen. Als ich den Leoparden sah, war mein erster Impuls, zu rennen.«

Er nickte, als sie ihre Hand wegnahm. »Genau das will der Leopard. Dann sieht er Sie als eine Beute, als etwas, das gejagt und erlegt werden muss.«

Sie lächelte ihn mit einem rätselhaften halben Lächeln an und er fragte sich, ob sie etwas Unbeabsichtigtes in seinen Worten las. Oder war es beabsichtigt? Er erinnerte sich daran, wie sich ihr Rücken über den Hüften bis hin zur Taille verjüngte und wie ihre Haut durch die Unterhose hindurch beinahe geglüht hatte. Er schluckte.

»Wir sollten zum Lager zurückkehren, vorausgesetzt, Sie sind fertig«, sagte er.

Teresa warf den Kopf zurück und lachte laut auf. »Oh ja, Captain«, murmelte sie, »zurück zum Vertrauten. Von diesem Bach hier habe ich für das ganze Leben genug.«

Er lächelte, was sich anfühlte, als habe er bei dieser einfachen Handlung Gesichtsmuskeln beansprucht, die mehr als ein Jahr lang nicht mehr hatten arbeiten müssen. Es war ein gutes Gefühl. Als sie sich auf den Weg machten, rückte Teresa kameradschaftlich nah an seine Seite. Er hielt sein geladenes Gewehr quer vor dem Körper. Ein Schwarm von vier im Flug wie weinende Babys rufenden Trompeter-Hornvögel flog über ihnen durch die Baumkronen. Er spürte, dass sich Teresa bei dem unbekannten Geräusch näher zu ihm lehnte und ihr Arm seinen streifte.

Gregory sah eine Bewegung vor sich und blieb stehen. Teresa duckte sich hinter ihm und er spürte ihre Hand auf seiner Schulter. Langsam begann er, sein Gewehr zu heben.

»Ich bin's, Sir.« Mathias tauchte aus dem Gebüsch auf und senkte seine eigene Waffe. »Ich habe den Ingwe, den Leoparden«, fügte er für Teresas Verständnis hinzu, »gesehen. Die Katze ist weg.« Er grinste und Gregory fragte sich, was er wohl, während er durchs Unterholz pirschte, noch alles gesehen habe.

»Wir müssen fertig packen und uns auf den Weg machen.«

»Nachdem ich den Ingwe weggehen sah, ging ich im Bogen zum Lager zurück, um sicherzugehen, dass Sergeant Phillips nicht von einem anderen gefressen worden war. Wir haben Gäste.«

»Besuch?«

Samuel nickte. »Zwei Besucher, um genau zu sein.«

»Wer?«

»Ich weiss es nicht, Sir. Ein Mann und eine indisch aussehende Frau.«

Gregory schloss für einen Moment die Augen. Als er sie wieder öffnete, trat er aus dem Vegetationsgürtel wieder auf den grasbewachsenen Hang, auf dem sie gelagert hatten. Nun konnte er sehen, dass sie es war.

»Peter, wie geht es dir?«, erkundigte sich Grace, die ein nagelneues Rüschenkleid wie eine englische Dame trug. Sie kam zu ihm und küsste ihn auf die Wange.

In ihrem Gefolge befand sich ein Mann mit Tweedjacke, Hemd und Krawatte, Reithosen und polierten Reitstiefeln. Er war jung, vielleicht Anfang zwanzig, mit tiefschwarzem, pomadisiertem Haar und einem ordentlich gestutzten Ziegenbart. Er kam auf Gregory zu und verbeugte sich.

»Erlauben Sie mir, Ihnen den Grafen Ferdinand Rosini aus Italien vorzustellen?«, fragte Grace mit einer schwungvollen Handbewegung.

Gregory nickte ihm zu. »Was verschafft mir die Ehre, Sir?«

»Ferdi ist ein Historiker«, warf Grace ein.

»Tatsächlich?«, hakte Gregory nach.

»Ferdi - Ferdinand - also der Graf, möchte Isandlwana, Rorke's Drift und den Ort, an dem der Kaiserliche Prinz starb, besuchen. Er schreibt gerade ein Buch. Er braucht einen Führer und ich habe ihm gesagt, du wärst der perfekte Mann dafür.«

»Preeti ...«

Sie schnitt ihm eine grimmige Grimasse.

»Tut mir leid, Grace.« Er wandte sich an den Mann, der noch kein Wort gesagt hatte. »Entschuldigen Sie.«

»Sì, ja, natürlich.«

Gregory nahm Grace am Ellbogen und führte sie zur Seite und sagte leise: »Grace, was zum Teufel ist hier los?«

Sie schaute über die Schulter. »Er ist nett«, zischte sie, »er ist ein Gentleman und er ist reich.«

»Grace, ich freue mich sehr für dich, aber ich führe hier keine Reisegruppe an.«

Grace wandte sich den anderen zu und in Teresas Richtung, die sich, wie Peter sah, mit dem eleganten italienischen Adligen unterhielt. »Was machst du denn mit ihr?«

»Das ist etwas anderes.«

Grace stemmte die Hände in die Hüften. »Wie bitte?«

»Das ist eine offizielle Angelegenheit. Sie ist ... Amerikanerin.«

Grace schaute finster drein. »Die offizielle Angelegenheit ist sehr hübsch. Und ausserdem ist sie der Typ Frau, der zu dir passt.«

Gregory fuhr sich mit der Hand durch die Haare. »Was soll das denn heissen? Was ist ein 'Typ' von Frau?«

Grace legte ihre Hände unter ihre Brüste und hob sie hoch.

»Grace!« Er senkte seine Stimme. »Hör auf damit.«

»Bin ich jetzt zu vulgär für dich, Captain Peter? Kaum bin ich fünf Minuten weg, bist du schon in ein reiches amerikanisches Flittchen verknallt.« Sie lächelte ihn halbherzig an.

»Mach dich nicht lächerlich. Ausserdem hast du deutlich gemacht, dass du nicht das Leben einer Bäuerin mit mir führen willst und mir gesagt, du hättest einen Pastor gefunden, der zu die passt.«

»Ich habe Gott gefunden.« Sie schlug die Hände zusammen und blickte zum Himmel. »Der Pastor wollte mich allerdings nur für eine Sache, und zwar weder für die Ehe noch für Ehrbarkeit. Ich war ihm sowieso nicht ganz treu, sondern habe mehrere ausprobiert und bin ausserdem in die katholische Kirche in Pietermaritzburg gegangen. Sie lassen ihre Priester nicht heiraten, aber dort habe ich Graf Ferdinand getroffen, der betete. Wir kamen ins Gespräch und er erzählte mir, dass er einen Führer brauche, der ihn nach Nqutu bringe, wo der französische Prinz letztes Jahr ums Leben kam. Ich sagte ihm, dass ich einen Mann kenne, der in diese Richtung unterwegs sei.«

Gregory seufzte. Vielleicht sollte er ein Geschäft eröffnen, bei dem er dafür bezahlt würde, unbekannte Leute auf Touren durch Afrika mitzunehmen.

Grace sah ihn mit ihren grossen, dunklen Augen an und rückte näher an ihn heran. »Bitte.«

17

KWAZULU-NATAL, IN DER GEGENWART

Adam hatte Bhanga Nek verlassen, als es in Flammen stand. Er hatte in Notwehr gehandelt und - soweit er wusste - niemanden getötet. Das war allerdings erst der Anfang.

Er fuhr durch die Nacht und quer durch KwaZulu-Natal. Von den Lagunen und Wäldern an der Küste schlich er sich durch dunkle, stille Zuckerrohrfelder, deren Grün im Mondlicht wie die Oberfläche eines aufgewühlten Meeres wogte. Er stieg, die Autobahnen meidend, in höhere Lagen auf, durchquerte Städte, in denen der Strom ausgefallen war, sowie Townships, in denen Petroleumlichter und wiederaufladbare Laternen die Kneipen bis spät in die Nacht beleuchteten.

Die zerklüftete Festung der Drakensberge hob sich dunkel gegen den blauschwarzen Himmel ab und als die Sonne hinter ihm aufging, färbten sich die Felswände rosa. Die Strasse schlängelte sich über gewundene Pässe und durch endlose Graslandschaften.

Es blieb jedoch keine Zeit, die Schönheit seines Heimatlandes zu geniessen, da dieses wie so oft Zeuge eines schrecklichen Krieges und von Blutvergiessen war.

Wer waren und was wollten sie? Wie konnte man sie unschädlich machen?

Der antike Koran und das ebenfalls antik aussehende Schwert mussten der Schlüssel sein. Bestimmt war beides arabischer Herkunft, denn auch in die Klinge der Waffe war eine Inschrift graviert. Die toten Männer stammten aus dem Nahen Osten, aber die von Andy angeheuerten Männer waren westliche Militärs, Briten.

Adams Telefon war über Bluetooth mit dem Bakkie verbunden und er drückte eine Taste auf dem Touchscreen.

»Siri, rufe Schalk Smit an«, sagte er laut.

Das Telefon klingelte so lange, dass Adam dachte, es gehe niemand ran.

»Hallo ...«, er hörte ein Gähnen, »wer ... Adam? Mensch, weisst du, wie spät es ist?«

»Tut mir leid, dass ich so früh anrufe, Schalk. Wie geht's, Boet, mein Bruder?«

Schalk hustete. »Ach Scheisse. Eigentlich würde ich ja sagen, lekker, gut, Mann, aber was ist los, mein Junge? Bist du in Schwierigkeiten?«

»Nein ...« Adam dachte wieder nach. »Nun, ja, ein bisschen. Aber du bist zu weit weg, um mir helfen zu können. Bist du in Joburg?«

»Nein, in Hoedspruit«, gab Schalk zurück. »Warte einen Moment und lass mich in die Küche gehen. Rozanne schläft.«

»Entschuldigung.«

»Nein, schon gut. Ich bin wach - jetzt. Rozanne und ich sind nach Hoedspruit gezogen.«

»Wie geht es den Kindern?«

»Den Kindern geht es gut, aber genug der Plauderei, hey. Schliesslich muss ich zu einer warmen Frau zurück. Aber für dich habe ich immer Zeit, Adam.«

So war das mit Armee-Freundschaften. Adam hatte Schalk seit vielen Jahren nicht mehr gesehen, aber ihre Freundschaft stammte aus der Zeit, als Adam im Fallschirmjägerbataillon 1 und Schalk sein Gefreiter gewesen war.

»In Ordnung«, sagte Adam in das Freisprechmikrofon, während er einen Lastwagen überholte. »Du hast im Nahen Osten als Söldner gearbeitet, richtig? Im Irak und in Afghanistan?«

»Ja, genau, Boet. Aber heutzutage nennen wir uns PMCs - Private Military Contractors, also private Auftragnehmer in militärischen Belangen«, erklärte Schalk. Es klang, als öffne er einen Kühlschrank und hole sich etwas zu essen. »Aber der Sandland-Geldbrunnen ist schon vor Jahren versiegt. Ich war vor einiger Zeit in Mosambik, um Erdgasanlagen vor den Fundamentalisten zu schützen. Aber ehrlich gesagt, Adam, ist das eine verdammt ungünstige Zeit, mich nach einem Job zu fragen, Bru.«

»Nein, nein, darum geht es nicht. Ich habe ein bisschen Ärger mit ein paar Kerlen, von denen ich glaube, dass sie ehemalige britische Militärs sind und dass es eine Verbindung zu saudi-arabischen Staatsbürgern gibt. Könnten diese mit den ISIS-Anhängern in Mosambik in einer Verbindung stehen?«

»Hmm, das bezweifle ich - die Saudis stehen nicht auf so einen Mist«, erwiderte Schalk. »Bin Laden mag einer von ihnen gewesen sein, aber er war das schwarze Schaf seiner Familie.«

Adam erinnerte sich, dass einer der Männer einen Witz darüber gemacht hatte, irgendwo einen Polizisten zu erschiessen. »Wie sieht es mit dem Jemen aus?«

Schalk kaute und schluckte. »Ja, schon eher – eigentlich hundertprozentig - der Jemen ist der neue Hotspot.«

»Wirklich?«

»Ja. Am Horn von Afrika. Du hast doch sicher davon gehört, dass die Huthis Schiffe angreifen und das Vereinigte Königreich sie deshalb bombardiert?«

»Ja, daran kann ich mich erinnern. Aber sind die Saudis auch da hinein verwickelt?« Adam erinnerte sich an Andy, der am Lagerfeuer sass und über die ertrunkenen 'saudischen Idioten' sprach.

»Ja, ganz sicher. Aber Adam, es ist, wie fast alles in diesem Teil der Welt, verdammt komplex. Es gab einen Bürgerkrieg, bei dem die Huthi-Fraktion die Regierung stürzte. Die Saudis unterstützen einen Mann namens Hadi, der das Land früher regierte, während die Vereinigten Arabischen Emirate die südliche Provinz des Jemen unterstützen, welche nach Autonomie strebt. Manchmal waren die von Saudi-Arabien und den Vereinigten Arabischen Emiraten unterstützten

Kräfte in einer Koalition, dann wiederum bekämpften sie sich gegenseitig. Wenn man ausserdem den Iran ins Spiel bringt, der die Huthis unterstützt, hat man ein richtiges Kampfdurcheinander.«

»Und Ausländer? Westler?«, bohrte Adam weiter.

»Ja. Das Militär der VAE, der Vereinigten Arabischen Emirate, rekrutiert Spezialeinheiten von ausserhalb des Nahen Ostens - einige australische Ex-SAS, Mitglieder von Spezialeinheiten. Auch Kommandotypen, die ich kenne, haben VAE-Uniformen angezogen. Ausserdem gibt es Berichte, dass sie für ihre eigentliche Drecksarbeit, wie Attentate und Ähnliches, PMCs eingesetzt haben.«

»So was wie die ehemaligen britischen Royal Marines oder den Special Boat Service, vielleicht?«, fragte Adam, der an Andy und seine Männer, ihre Unterwasserausrüstung, ihr Boot und ihre Fähigkeiten als Taucher dachte.

»Genau. Engelsmänner, also Engländer, findest du doch in jedem Kampf.«

Adam überlegte einen Moment. »Weisst du etwas über den Handel mit Antiquitäten - beispielsweise antike Schwerter, Korane und so weiter?«

»Natürlich«, bestätigte Schalk, »dieser ist gross. Das war schon seit den ersten Tagen der Invasion des Irak so. Als Saddam stürzte, waren private Händler fast schneller in Bagdad als die Amerikaner und plünderten Museen, historische Stätten und Ruinen. Dasselbe geschah während des ganzen Kaks in Syrien. Ich habe im Internet gelesen, dass dies auch im Jemen geschieht, allerdings mit einem Unterschied.«

»Der da wäre?«

»An einigen Orten waren es Sammler, die den Handel vorantrieben. Es gab reiche Typen, welche Händler finanzierten, die mit einer ganzen Einkaufsliste an römischem und mesopotamischem Zeug in den Irak und nach Syrien reisten und das sie dort bestellen sollten. Sie wussten genau, was sie wollten und wo es zu finden war. An anderen Orten, wie Afghanistan, hörte ich von Militärangehörigen, die ehemalige Schlachtfelder und sogar Gräber aus der Zeit, als die Briten das Land zu kolonisieren versuchten, aber in den Hintern getreten wurden, aushoben. Sie verkauften alte rostige Gewehre, Mützenabzeichen und Ausrüstungsgegenstände auf eBay, denn wo es eine Nachfrage gibt, gibt es auch einen Handel. Und wo ein solcher vorhanden ist, kann auch Geld gemacht werden.«

Adam nickte vor sich hin. »Und der Jemen?«

»Dort ist es die Huthi-Regierung, die den Handel vorantreibt. Sie haben kein Geld, weil das Land blockiert ist, also verkaufen sie ihre eigenen nationalen Schätze und ihr Erbe, um etwas Geld hereinkriegen und ihren Krieg finanzieren zu können. Natürlich wissen Sie, dass da auch Schelme sich am Spiel beteiligen - Leute, die nebenbei zusätzlich Geld verdienen.«

»Was ist das ganze Zeug wert?«

Schalk gähnte erneut. »Ach, du weisst, wie es läuft. Die Ware ist so viel wert, wie jemand dafür zu bezahlen bereit ist. Millionen von Dollar, schätze ich.«

»Danke, Schalk, dann lasse ich dich jetzt wieder ins Bett gehen.«

»Adam?«

»Ja?«

»Wie tief steckst du in Schwierigkeiten, Bruder?«

Adam überlegte, wie viel er seinem Freund verraten sollte. Schalk lebte zwar sein Leben an der Front anderer, hatte aber eine Frau und zwei kleine Söhne und Adam wollte niemanden in Gefahr bringen.«

»Nichts, womit ich nicht umgehen könnte.«

»Blödsinn.« Schalk lachte. »Du bist ein Südküsten-Surfer, das warst du schon immer. Alles, was ihr Jungs wisst, ist, wie man Wellen und Weiber fängt und DP raucht.«

Adam lächelte. DP, Durban Poison, war eine alte Bezeichnung der südafrikanischen Armee für eine besonders starke Sorte von Marihuana. »Ich komme schon klar.«

»Hör zu, Adam, wir waren früher auch hart im Nehmen. Wir haben in Angola und im Südwesten viel Scheisse gesehen, ehrlich. Aber lass mich dir sagen, mein Freund, dass das, was in Ländern wie dem Jemen passiert, einfach nur brutal ist. Diese Leute kämpfen sowohl um Religionen wie auch um Öl und schlimmer kann es gar nicht werden. Halte deinen Kopf unten und deine Munition trocken.

Wenn du Unterstützung brauchst, rufst du mich einfach jederzeit an, Tag oder Nacht. Alles klar?«

Adam leckte sich über die Lippen. »Wird gemacht, danke, Schalk. Gute Nacht.«

Er beendete das Gespräch und starrte durch die Windschutzscheibe. »Scheisse.«

SANNIE SAH helles Licht und überlegte sich, ob der Himmel so aussehe.

»Sannie?«, sagte die Stimme eines Mannes und jemand berührte ihre Hand. Sie geriet in Panik. Christo, überlegte sie und versuchte, sich das Bild ihres ersten Mannes vor Augen zu führen. Oder Tom? Auch ihr zweiter Lebenspartner war ums Leben gekommen.

»Sannie, bist du wach?«

Sie blinzelte und merkte, dass an der Decke über ihr ein Licht brannte. In der Nähe piepte eine Maschine und es roch nach Stärke und Desinfektionsmittel. Sie öffnete die Augen richtig und schaute nach links. Adam. Ihre Unterlippe begann zu beben und in ihren Augen sammelten sich Tränen.

»Adam ...«

Er beugte sich vor und küsste sie auf die Wange. Sie atmete seinen Surfergeruch aus Sonnencreme, Salz und Sunlight-Seife ein, und diese Mischung erinnerte sie an den Strand. Er trug ein Rip Curl-T-Shirt und Jeans.

Sannie verspürte erneut Angst, die sich in ihre Brust bohrte. »Was ist mit Marilyn?«

»Es geht ihr gut«, beschwichtigte Adam. »Sie ist draussen und spricht mit einigen Polizisten von deiner Einheit.«

»Die Hawks!«, sagte Sannie. »Bitte ruf Colonel Gita Kapahi an. Ihre Handynummer lautet null-acht-zwei ...«

Adam legte besänftigend eine Hand auf ihren Arm. »Schon erledigt, Marilyn hat Gita bereits angerufen. Ich kenne sie, hast du das vergessen?«

»Stimmt«, sagte Sannie, obwohl sie alles andere als sicher war.

Ein Mann in blauer OP-Kleidung kam ins Blickfeld und überprüfte die Akte am Fussende ihres Bettes. Er war schon älter, hatte graues Haar und einen Schnauzbart. Er lächelte. »Susan, ich bin Doktor Charl Strydom. Schön, dass Sie wach sind, sprechen können, und Ihr Gedächtnis offensichtlich in Ordnung ist, wenn Sie sich an den Anfang einer Telefonnummer erinnern können.«

»Ich weiss die ganze!«, berichtigte Sannie und spulte die Nummer ab. »Aber nennen Sie mich doch bitte Sannie.«

Dr. Strydom schaute erneut auf ihre Akte. »Wir müssen noch ein paar Tests machen, bevor ich Sie entlassen kann, Sannie.«

»Nein, keine Tests. Die können wir später machen. Was ist mit John Parker?«

Dr. Strydom seufzte. »Ist das der junge Safari-Führer, der Sie hergebracht hat?«

Sannie nickte. »Es geht ihm gut. Aber im Ernst, Sannie, ich kann Sie noch nicht gehen lassen.«

Sannie griff nach den Kabeln, die sie mit dem Monitor verbanden, tastete nach den Klebestreifen auf ihrer Brust und riss diese ab. »Hol mir bitte meine Kleider, Adam.«

Dieser runzelte zwar die Stirn, ging aber zum Kleiderschrank.

»Herr Krüger ...«, begann der Arzt.

Adam nahm den Kleiderbügel, an dem Sannies Hemd und ihre Hose hingen und reichte ihn ihr. »Versuchen Sie, es ihr zu erklären, Doktor.«

»Redet nicht über mich, als wäre ich nicht im Raum«, begehrte Sannie auf.

Die freundliche Art des Arztes am Krankenbett veränderte sich mit einem Schlag. »Ich lasse Ihnen von einer Krankenschwester die Papiere bringen, die Sie für Ihre Entlassung benötigen.« Er wedelte mit dem Zeigefinger in ihre Richtung. »Aber ich möchte, dass Sie wissen, dass dies gegen meinen Rat geschieht.«

»Ja, sicher. Das ist in Ordnung«, beschwichtigte Sannie.

· · ·

WÄHREND DER ARZT mit wütend verschränkten Armen am Eingang stand, fuhr Adam mit seinem Pick-up vor und Sannie stieg ein.

»Wo ist Marilyn?«, fragte sie ihn, während sie ihren Sicherheitsgurt anlegte und er aus dem Krankenhausparkplatz fuhr. »Ich habe sie anzurufen versucht, während ich auf dich gewartet habe, kam aber nur auf die Mailbox.«

»Als ich sie anrief, sagte sie, sie wolle einen Typen namens Deon Meyer befragen. Bist du sicher, dass das der richtige Name des Kerls ist?«

Sie schüttelte den Kopf. »Nein, das ist ein Spitzname. Sein richtiger Name ist Matteo Meyer und er arbeitet für eine Sicherheitsfirma. Als David Gregory getötet wurde, war er einer der ersten am Tatort. Mist.«

»Ja, das ist richtig. Marilyn sagte, sie wolle zum Büro von Viking Security in Dundee gehen. Willst du jetzt dorthin fahren?«

Sannie nickte, sagte aber nichts.

»Was ist los?«, wollte Adam wissen.

Sannie biss sich auf die Unterlippe und starrte ein paar Sekunden lang aus dem Fenster, bevor sie antwortete. »Ich hatte vor zehn oder elf Jahren eine Partnerin, eine Shangaan-Frau namens Mavis. Ich war bei den Hawks in Nelspruit und wir untersuchten eine Reihe von Wohnungseinbrüchen und Versicherungsbetrügen. Es ging um Personen, die ihren eigenen Tod vortäuschten. Ich liess Mavis damals allein eine Überwachung durchführen und während dieser wurde sie umgebracht. Ich habe Marilyn gesagt, dass wir als Team arbeiten.«

Sannie zog ihre Z88, nahm ein Magazin mit Munition heraus, lud die Pistole und steckte sie ins Holster zurück. Während der Arzt den Raum verlassen hatte und Sannie sich anzog, hatte ihr Adam von seinem Kampf mit Pistole und Granate gegen die Veteranen in Bhanga Nek erzählt.

»Und das gilt von nun an auch für dich«, ermahnte sie ihn.

»Ja, Frau Oberst«, lächelte er.

»Hör auf zu grinsen, Adam. Das ist kein Scherz.«

Er nickte.

Sie schüttelte den Kopf. »Du wirkst, als hättest du dich beinahe amüsiert.«

Er zuckte mit den Schultern. »Ich habe gestern Abend auf dem Weg hierher mit Schalk Smit, einem alten Freund aus der Armee, gesprochen. Er hatte einige interessante Informationen über Söldner im Jemen und den Handel mit Antiquitäten.«

Adam erzählte ihr von dem Schwert, das er während seines Kampfes mit den Veteranen aus deren Camp mitgenommen und zusammen mit dem antiken Koran sorgfältig im Kofferraum seines Bakkie verstaut hatte.

Sannie dachte einen Moment nach, oder versuchte, besser gesagt, einen Gedanken zu erfassen, der am Rande ihres Verstandes, gerade ausserhalb der Reichweite, schwebte. Sie sagte sich, dass es ihr gut gehe und sie diensttauglich sei, aber ihr Gehirn fühlte sich immer noch ein wenig verworren an.

»Am Lagerfeuer sprachen sie davon, dass sie auf eine weitere Lieferung warteten. Deshalb habe ich ihr Schlauchboot zerstört.«

Sie drückte sich mit Daumen und Zeigefinger gegen den Nasen-rücken. Sie liebte Adam und normalerweise war er ein Mann weniger Worte, aber jetzt schien er unaufhörlich zu reden, was es ihr noch schwerer machte, sich auf das zu konzentrieren, was wie ein Mond um einen Planeten in ihrem Gehirn umherkreiste.

War es ein Zufall, dass David Gregory, nachdem er seine sech-zehn Nashörner getötet hatte, ermordet worden war? Sie hatte mit Richard Tustin und John Parker über David gesprochen und beide hatten erklärt, David habe sich für die Legalisierung des Handels mit Nashornhorn ausgesprochen. Aber was hatte das zu bedeuten? Sie blinzelte.

»Handel.«

Adam blickte zu ihr hinüber. »Was?«

»Handel«, wiederholte sie. »Davon habe ich bei der Befragung des Kommandanten der Veteranen gesprochen. Handel hat zwei Seiten, Adam.«

Er nickte. »Ja, natürlich. Aha, ich verstehe. Du denkst, dass Andy und die Veteranen vielleicht darauf warten, etwas ausliefern zu können, anstatt dort zu bleiben, um sich darauf vorzubereiten, eine weitere Warenlieferung zu erhalten?«

»Jemen.« Sie schloss die Augen. Was ist mit Jemen, überlegte sie. »Denk nach.«

»Was ist los mit dir?«, erkundigte sich Adam.

Sie hob eine Hand, um ihn am Weiterreden zu hindern. »Entschuldige. Ja. Jemen und Nashorn-Horn.«

»Nashörner?«

Sie schleuderte den Kopf herum und sah ihn an, erfreut darüber, dass ihre Synapsen endlich funktionierten. »Dass die Hörner von Nashörnern in der traditionellen chinesischen Medizin verwendet werden und dass Vietnam ein grosser Markt für Hörner ist, wissen alle. Aber früher wurden Nashorn-Hörner ausser nach Asien auch in grossen Mengen in Dhaus die Ostküste hinauf zum Horn von Afrika transportiert und insbesondere in den Jemen exportiert. John Parker, der Führer und Manager der Lodge, erinnerte mich, kurz bevor auf uns geschossen wurde, daran.«

»Wirklich?«

Sannie holte ihr Handy heraus und tippte, während sie sprach, etwas in die Internetsuchmaschine. »Ja. Aus den Hörnern wurden die Griffe für zeremonielle Dolche geschnitzt.« Sie fand im Internet einen Artikel darüber. »Hier. Der Dolch heisst ʼJambiyaʼ und der Träger befestigt ihn an einem Gürtel an der Vorderseite des traditionellen Gewandes.« Sie überflog den Artikel und fasste den Inhalt zusammen. »Als der Jemen eine säkulare, linke Regierung hatte, wurden Traditionen wie diese abgeschafft und die Einfuhr von Nashorn-Horn verboten. Jetzt allerdings, wo die fundamentalistische Huthi-Miliz das Sagen übernommen hat, müssen die Menschen, wie in Afghanistan, wieder traditionelle Kleidung tragen. Für das Tragen westlicher Kleidung kann man sogar ins Gefängnis kommen. ʼJambiyasʼ sind wieder in Mode und obwohl sie mit Harz- oder Plastikgriffen hergestellt werden können, wollen Leute mit Geld wieder einen richtigen Dolch mit Nashorn-Horn. Die Huthis haben Museen geplündert und die wertvollen Antiquitäten daraus ins Ausland verkauft, um ihren Krieg zu finanzieren, aber mit Sicherheit sind auch kriminelle Elemente im Spiel.«

»Ja, das entspricht ziemlich genau dem, was Schalk mir gesagt hat«, nickte Adam. »Die Hörner von sechzehn toten Nashörnern wären also eine gute Ware für den Handel mit jemandem, der gerade im Jemen ist. Im Gegenzug könnte man den Koran und das arabische Schwert, die ich gefunden habe, von dort aus verschiffen.«

»Genau.«

Sannie versuchte erneut, Marilyn anzurufen und diesmal antwortete diese.

»Sannie!«, freute sich Marilyn. »Bist du das wirklich? Bist du wach?«

»Ja, und du steckst in Gefahr, Marilyn, denn du solltest nicht allein Leute befragen.«

»Nun ja, du warst schliesslich bewusstlos.«

»Ja, aber jetzt bin ich wieder wach. Was ist los?«

»Ich habe mit Meyer geredet. Zuerst bin ich alle Ereignisse rund um den Tod von David Gregory durchgegangen, danach habe ich mit ihm über seine Zeit als Wachmann auf der Farm und im Wildreservat gesprochen. Es ist nichts Neues aufgetaucht, aber er schien nicht sonderlich überrascht zu sein, dass uns zwei Männer zu töten versucht haben. Er ist scheinbar der Ansicht, dass alle WildForce-Leute ein Haufen verrückter Rambos seien. Ausserdem vermutet er, weil sie nachts kommen und gehen, sie könnten in kriminelle Machenschaften verwickelt sein.«

»Das ist dasselbe, was uns auch John Parker gesagt hat«, sagte Sannie.

»Yebo«, bestätigte Marilyn.

»Hat er eine Ahnung, woran sie beteiligt gewesen sein könnten?«

»Er dachte an Drogen, machte aber eine interessante Beobachtung. Deon, äh, Matteo, meine ich, berichtete, er erinnere sich an einige Vorfälle mit Wilderern in Davids Wildreservat, die zufällig an denselben Tagen oder Nächten stattgefunden hätten, wie Viehdiebstähle und sogar zu den gleichen Uhrzeiten.«

»Ernsthaft?«, hakte Sannie nach. »Hast du das überprüft?«

»Natürlich habe ich das überprüft.« Marilyn konnte aufmüpfig sein, doch Sannie wusste, dass sie ihre Aufgaben sehr gut erledigte. »Ich habe Meyer gebeten, die Computerprotokolle seiner Firma zu überprüfen. Weil 'Viking' den bewaffneten Einsatz durchführt, erhalten sie die Anrufe von Landbesitzern, die zum örtlichen 'Farm-Watch-Programm' gehören. Meyer fand vier Vorfälle, bei denen das diensthabende Fahrzeug eigentlich zu gemeldeten Ereignissen mit Wilderern, die Davids Zaun durchbrochen hatten, geschickt wurden, dann aber zu Vorfällen von Viehdiebstahl ausrücken mussten.

»Und die Wildereivorfälle traten jedes Mal zuerst auf?«

»Jedes einzelne Mal«, bekräftigte Marilyn. »Denkst du, was ich denke?«

Sannie wollte so sicher wie möglich sein. »Gab es bei einem der Wildereivorfälle Vermutungen über Verdächtige?«

»Aikona, Frau Oberst.«

»Also nie. Dann sahen diese hochqualifizierten ausländischen Militärveteranen also Wilderer, meldeten dies, konnten aber bei vier verschiedenen Gelegenheiten keinen einzigen Verdächtigen fangen, obwohl sie bei einem anderen Einsatz einen Einheimischen anschossen.«

»Ja, und das habe ich sogar überprüft. Der Mann wurde beim fünften Wilderei-Vorfall, der gemeldet wurde, verletzt. In dieser Nacht gab es keinen Viehdiebstahl.«

»Die anderen Meldungen über Wilderei könnten also unecht gewesen sein, um die Sicherheitskräfte von den Viehdiebstählen, die im Gange waren, abzulenken. Vielleicht war der junge Mann, der seine Schlingen auf Buschfleisch prüfte, somit der einzige echte Wilderer. Gute Arbeit, Marilyn«, lobte Sannie. »Halte dich bereit, ich melde mich bald wieder bei dir.«

»In Ordnung«, gab sie zurück und die Frauen beendeten das Gespräch.

Mittlerweile hatten sie die Stadt Dundee erreicht und Sannie sah die Abzweigung zum Pub und Restaurant 'The Shed'. Sie zeigte darauf. »Lass uns bitte dorthin fahren, Adam.«

»Sicher. Willst du etwas essen?«

»Nein.« Im selben Moment knurrte ihr Magen. Immerhin war früher Nachmittag, sie war bewusstlos gewesen und hatte seit dem Vortag nichts mehr gegessen. »Doch, eigentlich schon. Vielleicht bestellst du uns getoastete Brötchen für unterwegs. Mit Pommes!«

Die Luft war kühl, als sie ausstiegen, und während Sannie ihre schwarze, kurz geschnittene Lederjacke anzog, zerrte Adam seinen Kapuzenpulli, auf dem ebenfalls ein Logo einer Surfmarke prangte, von der Rückenlehne des Fahrersitzes. Beide waren an die Hitze und Feuchtigkeit, die an der Küste herrschte, gewöhnt.

Sie betraten das Restaurant und während Adam das Essen bestellte, fragte Sannie die Kellnerin, die sie bediente, ob Jan-Marie Ball arbeite, worauf diese antwortete, dass sie sie rufe.

Jan-Marie kam vom Aussendeck herein und zog ihre Schürze aus, während sie zu Sannie kam.

»Hallo noch einmal«, sagte Jan-Marie. »Ich bin für heute gerade fertig.«

»Wo ist Richard Tustin?«, fragte Sannie ohne vorangehende Höflichkeiten. »Ich habe ihn auf seinem Handy zu erreichen versucht, aber er geht nicht ran.«

Jan-Marie nickte. »Er ist in Isandlwana.« Sie schaute auf die Uhr. »Oder in Rorke's Drift. Er hat zwei Kunden aus Übersee bei sich wohnen und macht mit ihnen eine Tour zu den Schlachtfeldern. Der Telefonempfang da draussen ist nicht so gut.«

»Wann wird er zurückerwartet? Er wohnt in einem Haus in Dundee, nicht wahr?«

»Ich weiss nicht, wann er zurückkommt. Er kann sich in die Führungen vertiefen, glauben Sie mir. Vielleicht erst um sechs, und ja, er besitzt ein Haus am Stadtrand. Er ist abwechselnd hier und in England. Ausserdem hat er ein Haus in Kapstadt.«

Also muss er ziemlich wohlhabend sein, dachte Sannie, wobei Immobilien in Südafrika im Vergleich zu denen in England recht erschwinglich waren. Sannie überlegte, wo und wie sie Tustin das nächste Mal treffen sollte. Sie wollte sicherstellen, dass dies an einem öffentlichen Ort geschah und dass sie Rückendeckung hatte.

Dann sagte Jan-Marie: »Eigentlich wollte ich mich jetzt, nach meiner Schicht, mit ihm treffen. Aber heute Morgen sprang mein Auto nicht an und ich musste zu Fuss zur Arbeit gehen.«

»Warum wollten Sie zu ihm fahren?«

Jan-Marie zuckte leicht mit den Schultern und wandte ihren Blick ab. »Manchmal möchte er, dass ich die Führung der Besichtigung des Kaiserlichen Denkmals übernehme, denn damit kenne ich mich ziemlich gut aus. Das bringt seinen Touristen ein bisschen Abwechslung und mir sowohl ein bisschen Geld wie auch einen Teil des Trinkgelds.«

Das gab Sannie die erhoffte Handlungsmöglichkeit. »Sie können mit uns kommen. Ich möchte ihn treffen, und Sie können uns, wenn wir dort ankommen, zum Schlachtfeld, auf dem er sich befindet, führen.«

»Prima, danke«, nickte Jan-Marie. »Wir können in Rorke's Drift anfangen. Ich ziehe mich nur um und hole meine Sachen.«

Sannie ging zu Adam, der auf die bereits bezahlten Sandwiches wartete.

»Für dich habe ich Hühner-Mayo bestellt, dein Lieblingsessen«, sagte er.

»Danke, lieb von dir. Du, hör mal«, sagte Sannie, »du weisst, dass ich nicht damit einverstanden war, dass du es mit den Typen in Bhanga Nek aufnimmst und mit deinen Gewehren und Handgranaten einen auf Chuck Norris machst.«

Adam zuckte mit den Schultern. »Ja.«

»Trotzdem muss ich dir eine Frage stellen.«

»Dann schiess los«, forderte Adam sie auf.

»Naja, hoffen wir, es ist nicht so, aber bist du schwanger?«

Adam sah sich um. Die Frau an der Kasse stand mit dem Rücken zu ihnen und schimpfte mit jemandem in der Küche. An der vorderen Theke waren im Moment keine anderen Kellner oder Kunden zu sehen. Adam grinste Sannie an, dann griff er in die Tasche seines Kapuzenpullis und zog eine Granate heraus.

Sannie entfuhr ein Stöhnen. »Adam!«

»Oh.« Adam packte die Granate wieder ein und hob dann den

rechten Zeigefinger an die Unterlippe, als komme ihm gerade etwas in den Sinn.

»Oh, was?«

»In meiner Tauchtasche auf dem Rücksitz des Rangers befindet sich möglicherweise ausserdem eine AK-47.«

Sannie runzelte die Stirn. Adam war ein wandelndes, sprechendes Arsenal illegaler, nicht lizenzierter Waffen, aber nach dem, was ihnen beiden passiert war, beruhigte sie das ein wenig. Sie nahm ihr Handy heraus und tippte auf dem Bildschirm herum.

»Wen rufst du an?«, wollte Adam wissen.

»Marilyn. Ich sage ihr, sie soll uns in Rorke's Drift treffen, davor aber einen Waffenladen finden und mir mehr Munition kaufen. Wenn wir schon in den Krieg ziehen, sollten wir dafür gewappnet sein.«

18

ZULULAND, 1880

Gregory ritt mit seiner seltsamen Gruppe Reisender durch die Hügel tiefer nach Zululand.

Ferdinand, der italienische Graf, sprach etwas Englisch und Grace schien recht angetan von ihm.

Die Sonne hatte die Morgenkühle vertrieben und stand hoch am Himmel. Gregory - und Teresa - hatten sich von dem Schreck mit dem Leoparden erholt. Allerdings hatte er weder das Gefühl ihrer nassen Haut an seinem Körper noch die Wärme ihrer um ihn gelegten Arme verdrängen können – geschweige denn den Anblick ihres nackten Körpers.

»Einen Penny für Ihre Gedanken, Captain.«

Überrascht blickte er nach rechts und sah, dass Teresa, ohne dass er es bemerkt hatte, auf ihrem Pferd, hinter ihn geritten war. Er zupfte am Kragen seiner Uniformjacke und spürte, dass seine Wangen brannten. Er hob den Blick zu einem zerklüfteten Gebirgszug hinauf, der sich links von ihrem Weg erhob. »Ich halte nur nach möglichen Gefahren Ausschau.«

»Spanner-Leoparden?«

Er lachte, was eine Seltenheit war. »Dafür ist das Land hier perfekt.«

»Ich hatte den Eindruck, sie bevorzugen Bäche und dichtes Buschwerk.«

Er nickte. »Es gefällt ihnen überall, wo sie sich verstecken können - in der Vegetation oder auf Felsen. Sie sind Hinterhaltjäger, die ihrer Beute geduldig auflauern und dann zuschlagen.«

Teresa schaute nach hinten und Gregory, der ihrem Blick folgte, bemerkte, dass sie Grace und den Grafen beobachtete.

»Sie ist sehr hübsch«, sagte Teresa. »Woher kennen Sie sie?«

»Fräulein Naidoo war früher als Haushälterin bei mir angestellt.« Naja, Grace hatte tatsächlich ein paar Mal sein Bauernhaus geputzt. »Sie sind Journalistin ...«, begann er.

»Aha, Sie haben aufgepasst«, sagte Teresa.

Er räusperte sich, dann sagte er leise. »Was ist Ihr Eindruck von unserem italienischen Grafen?«

»Er ist ein hübsches Kerlchen, das muss man ihm lassen. Ausserdem scheint er ziemlich charmant zu sein, soweit ich das beurteilen kann.«

Gregory hob die Augenbrauen.

Teresa runzelte die Stirn. »Aber wenn Sie mich fragen, was ich wirklich vom Grafen halte, sage ich Ihnen, dass es einen Dieb braucht, um einen Dieb zu fangen. Nun, ich bin keine Diebin, aber ich weiss, wann ich ehrlich und offen sein und sagen muss, wer ich bin und was ich will. Selbstverständlich weiss ich auch, dass es manchmal andere Wege gibt, um zu bekommen, was man will.«

»Ganz recht«, sagte Gregory. »Machen Sie weiter.«

»Er hat etwas Verschlagenes an sich. Er kommt mir irgendwie bekannt vor, als ob ich sein Bild schon irgendwo gesehen hätte. Ich glaube, er könnte ebenfalls ein Journalist sein.«

»Meinen Sie?«

»Sehen Sie die grosse Holzkiste, die er da schleppt?«

Gregory drehte sich langsam im Sattel um. Der Graf und Grace waren nicht mit einem Karren, sondern mit zwei Packpferden im Schlepptau gekommen. Auf dem einen befand sich, wie Teresa bemerkt hatte, eine übergrosse Kiste.

»Da drin ist eine Kamera«, erklärte Teresa. »Darauf wette ich meinen nächsten Gin.«

»Ein Journalist, der für eine italienische Publikation schreibt?«

Teresa zuckte mit den Schultern. »Europas Königshäuser sind auf dem ganzen Kontinent - und in Amerika - eine beliebte Quelle für Nachrichten und Klatsch. Ich wette, dass es kein Zufall ist, dass er gleichzeitig wie Kaiserin Eugénie an den Ort von Prinz Louis' Tod kommt.«

»Nun, da wird er nicht viel Glück haben.«

»Natürlich nicht«, nickte Teresa.

Er versuchte, ihren Gesichtsausdruck zu lesen, aber ihr seliges Lächeln zeigte ein Spiegelbild der Unschuld. Gregory nahm an, Teresa werde irgendwann versuchen, sich seinem Schutz zu entziehen und der Kaiserin über den Weg zu laufen, höchstwahrscheinlich, wenn diese an der Gedenkstätte ihres Sohnes eintraf. Er könnte Teresa nicht aufhalten, es sei denn, er würde sie fesseln. Er fragte sich, ob sie Recht hatte und Graf Ferdinand denselben Unsinn zu versuchen im Sinne hatte.

Das war allerdings nicht sein Problem, sondern er musste in erster Linie ein vermisstes Schwert finden. Grössere Sorgen bereitete ihm ein kleiner Berg, kaum mehr als ein Felsvorsprung, der zwischen ihm und Nqutu lag, dem Ort, an dem der Prinz getötet und wo sein Schwert verschwunden war. Seine Gruppe Buschunerfahrener musste den Büffelfluss überqueren und danach, unterhalb dieses schrecklichen Gipfels, das frühere Schlachtfeld von Isandlwana überqueren. Dort würde er sich erneut den Schrecken, die ihn nachts aufweckten, stellen müssen. Um seine Hände am Zittern zu hindern, legte er sie kurz um den Sattelknauf und spannte die Muskeln.

BEI RORKE'S Drift hielten sie an, um die Pferde im seichten Wasser des schnell fliessenden Büffelflusses trinken zu lassen. Weil der Weideplatz mehrere hundert Meter von der Missionsstation entfernt und ausser Sichtweite war, machten sie sich allerdings bald auf den Weg zum Posten zurück, um dort das Mittagessen einzunehmen.

»Hierhin komme ich nach dem Essen zurück, um zu angeln«, erklärte Grace und klopfte auf den ledernen Rutenhalter, der an ihrem Sattel befestigt war.

»Willst du den Fisch damit zu Tode prügeln?«, fragte Gregory, worauf ihm Grace die Zunge rausstreckte.

Gregory hatte die Idee gehabt, sie solle die Sjambok-Peitsche, nachdem sie Blundell im Gefängnis besuchte, in ihrem wertvollen Behälter verstecken. Sie hatte ihm davon erzählt, dass sie den Ruten- halter von einem Kunden erhalten hätte, der sich, nachdem sie ihm ihre Dienste erwiesen hatte, zu zahlen weigerte. Grace hatte ihm mit einem Messer gedroht und ihn gezwungen, ihr ausserdem seinen Sattel zu geben.

»Hüte dich vor den Krokodilen«, warnte er sie. Dann blieb er, froh, dass keiner seiner Schützlinge seine Gesellschaft suchte, hinter diesen zurück und liess Bullet, endlich allein, gemächlich durch das goldene Gras stapfen.

Die Friedlichkeit und Alltäglichkeit des Orts täuschte über die bedeutsamen und schrecklichen Ereignisse hinweg, die sich hier abgespielt hatten. Gregory setzte sich auf eine niedrige Anhöhe mit Blick auf die Stelle, an der die Briten gegen die Zulu gekämpft hatten. Während die anderen auf dem Pfad ins Lager ritten, graste Bullet neben ihm.

Händler Jim Rorkes Haus, das Reverend Otto Witt später als Missionsstation und vor der Schlacht bei Isandlwana als Kranken- haus der britischen Armee gedient hatte, war während der Kämpfe niedergebrannt. Im Gegensatz zum Lager des Kommissariats hatte man es nicht wiederaufgebaut und wo die von den Leutnants Bromhead und Chard angeführten Verteidiger Barrikaden aus Mehl- säcken und Keksdosen errichtet hatten, standen nun Steinmauern. Der neuerdings verstärkte Komplex wurde nach einem der beiden anderen Leutnants, die beim Versuch, die Fahnen des 24. Regiments zu retten, am Ufer des Buffalo River ums Leben gekommen waren, 'Fort Melvill 'getauft. Die gestickten Fahnen mit den Auszeichnungen des Regiments wurden später flussabwärts geborgen.

Weder Gregory noch Samuel waren bei der Schlacht von Rorke's

Drift dabei gewesen, aber die Geschichte war in der ganzen Welt bekannt. Hier hatten 139 tapfere britische Soldaten und ihre Verbündeten viertausend Zulus zurückgeschlagen, die mit ihrem Blut die Hänge von Isandlwana getränkt, aber den Ruhm knapp verpasst hatten.

Gregory war letztmals am Morgen nach der Schlacht in Rorke's Drift angekommen. Als er auf seinem neuen Pferd, das jetzt neben ihm schnaubte, über die offene Ebene unterhalb von Helpmekaar geritten war, hatte er Schüsse gehört. Genau wie Gregory war auch Bullet vor der Schlacht geflohen und die beiden hatten sich nach Isandlwana im Chaos der Nacht gefunden.

Bei den Schüssen, die er vernommen hatte, handelte es sich nicht um den Lärm einer Schlacht, sondern um vereinzelte Schüsse auf den goldenen, aber rot gefärbten Wiesen rund um die Missionsstation. Man hörte die Schreie von Männern und das unangenehme Platschen von Bajonetten, die in Fleisch gerammt wurden.

»Wir haben dreihundertfünfzig von den Bastarden getötet«, sagte ihm ein rotgekleideter Korporal mit einem von Russ und Schiesspulver geschwärzten Gesicht, als Gregory beim noch rauchenden Aussenposten ankam, »aber da liegen so viele Verwundete, die wir loswerden müssen. Kommen Sie, helfen Sie, wenn Sie wollen.«

Gregory war abgestiegen und hatte seinen Durst im Fluss gelöscht, wie er es heute, mehr als ein Jahr später, getan hatte. Er schloss die Augen, hörte das Stöhnen der verwundeten Zulu wieder und sah, wie Rotröcke Leichen, von denen einige noch am Leben waren, in Massengräber rollten und Erde über sie schaufelten.

In Natal, in Grossbritannien und im gesamten Reich wurde in den Bildzeitungen über die tapfere Verteidigung dieses Aussenpostens berichtet - und diese stand ausser Frage -, aber über das Gemetzel, das am nächsten Tag stattfand, war kein Wort zu lesen. Das war nicht Geschichte, sondern einfach Realität.

Er kam zu einer kleinen Anhöhe, von der aus er über das lange Gras blicken konnte, das die Massengräber bedeckte und in welchem die Skelette derjenigen verborgen lagen, die die Briten übersehen hatten. Er blickte auf die alte Mission.

Teresa war damit beschäftigt, ihre Kamera, nachdem sie den Apparat von ihrem Wagen losgebunden hatte, auf das Stativ zu setzen. Grace ging mit Graf Ferdinand, als wären sie auf einer Piazza in Rom, spazieren und Gregory fragte sich, wie sie von dem, was hier geschehen war, nicht bewegt sein konnten.

Teresa setzte Phillips in Pose und zwang ihn, sein Gewehr bereit zu halten und in die Ferne zu starren. Gregory hörte, dass Teresa Phillips zurechtwies, als dieser auf seinem das Fort überblickenden Sitzplatz grinste.

»Schauen Sie grimmig, Sergeant Phillips.«

Gregory riss einen langen Grashalm ab und kaute auf dessen Ende herum. Phillips nahm eine nachdenkliche Pose ein und deutete auf etwas Imaginäres. Der Streifen schnell brennenden Magnesiums im Gerät, das Teresa mit einer Hand hochhielt, explodierte und löste einen Blitz aus. Gregory ballte die Fäuste, um das Zittern, das der Anblick in ihm ausgelöst hatte, zu unterdrücken.

Dort, wo Phillips stand, hatten an einem Holzgestell, das als behelfsmässiger Galgen benutzt worden war, zwei Zulu gebaumelt. Während andere Verwundete mit dem Bajonett aufgespiesst worden waren, hatten zwei Rotröcken einem anderen Gefangenen eine Schlinge umgelegt.

»Der wäre sowieso gestorben«, hatte der Soldat mit dem verschmierten Gesicht, der ihn zuerst angesprochen hatte, gesagt, als er erneut vorbeikam, und dabei auf den Boden gespuckt. Gregory sah Blut an seinen Händen und Stiefeln. »Ihre eigenen Leute haben es nicht für nötig befunden, sie mitzunehmen und wir können sie nicht behandeln.«

Gregory schloss damals wie heute die Augen, um den Anblick zu verdrängen, aber in seinem Kopf hörte er erneut die Schreie der Verwundeten und das Zerfleischen der Körper.

»Peter?«

Teresas Stimme weckte ihn aus den Tagträumen und er öffnete die Augen. Sie hatte ihre Kamera und Phillips hinter sich zurückgelassen und kam, eine Hand vor die Stirn haltend, um ihre Augen vor dem grellen Sonnenlicht zu schützen, auf ihn zu. Der Boden, über den sie ging, war einst mit Leichen übersät, das Gras rot von Blut und glitschig von Hirn und Eingeweiden gewesen.

»Der Tee ist fertig. Möchten Sie welchen?«

Er öffnete den Mund, um zu sprechen, aber es kam nichts heraus. Er nickte, stand auf und bürstete sich den Staub von den Kleidern.

Sie stand da und wartete auf ihn. »Haben Sie hier gekämpft?«

Er schüttelte den Kopf. »Nein.«

Aber er wünschte sich ab und zu, eine Geschichte von Ehre und Ruhm erzählen zu können. Wie hätte er ihr, nachdem sie sich umdrehte und ihn zum Nachmittagstee führte, begreiflich machen können, dass er sich oft wünschte, in Isandlwana gestorben zu sein?

»SCHAUEN SIE, da!« Teresa stand auf und zeigte in eine Richtung.

Gregory hatte sich nach dem Tee, den Waffenrock als Kopfkissen unter den Kopf gerollt, in den Schatten der Felswand gelegt. Nun setzte er sich auf und sah eine Gruppe von einem halben Dutzend Zulu-Kriegern auf sie zukommen. Einer von ihnen sass auf einem Pferd und Gregory erkannte, dass es Samuel war, der zurückkehrte. Gregory stand auf und schnallte seinen Gewehrgürtel um, während Samuel seinem Pferd die Sporen gab und sich von der Gruppe absetzte.

Gregory verliess die Festung, um Samuel, der aus dem Sattel stieg und Gregorys Hand ergriff, zu begrüssen.

»Hattest du Glück, mein Freund?« fragte Gregory.

»Ja, hatte ich.« Samuel schaute an Gregory vorbei, zu den anderen, die ebenfalls ins Freie gekommen waren. »Wie ich sehe, ist Grace hier?«

Gregory nickte. »Ich erkläre es dir später.«

Der Zulu-Trupp kam näher.

»Sanibonani«, begrüsste sie Gregory mit dem höflichen Gruss, der sich an mehr als eine Person richtete.

»Sikhona, Siyaphila«, antwortete der Grösste der Zulu, vielleicht ihr Anführer, womit er sagte, es gehe ihnen gut.

»Sie kommen von weit her«, wies Samuel nach Osten, »aus der Richtung von Mthonjaneni, vom Kraal und der Familie von Mfunzi.«

Gregory nickte.

»Ich fragte sie nach dem Schwert des Franzosen. Sie hatten davon gehört, wie so viele Leute davon wissen.«

»Gute Arbeit«, lobte Gregory, denn dies war ein Durchbruch.

Gregorys Zulu-Kenntnisse waren gut, aber er war froh, Samuel in diesem Fall einbeziehen zu können. »Frag sie, ob sie es beschreiben können«, bat er Samuel, der übersetzte.

Der grösste der Zulu bedeutete einem noch sehr jünglingshaften Krieger, aus dem hinteren Teil der Gruppe nach vorne zu treten. Der junge Mann sprach.

»Sein Vater, Mfunzi, trug das Schwert des Prinzen eine Zeit lang«, übersetzte Samuel.

»Und wie sah es aus?«

Gregory folgte der Erzählung, wobei er das meiste, das gesagt wurde, verstand. Der junge Krieger zeigte mit seinen Händen die Länge des Schwertes an und erwähnte das Wort 'golide'.

»Er sagt, der Griff«, Samuel machte eine Faust und als er den Mann bestätigungsheischend ansah, nickte dieser, »der Knauf und das Heft seien aus Gold. Er beschreibt es als etwas Wunderschönes.«

Gregory nickte. Selbst wenn es sich nur um eine Goldverzierung handelte, war dies keine Klinge für einen Kavalleristen.

»Sein Vater liess ihn das Schwert ein paar Mal halten«, fuhr Samuel fort »und wenn sein Vater nicht im Kraal war, warf er immer mal heimlich einen Blick darauf. Der junge Mann sagte, er hätte es gerne in die Schlacht getragen, hatte aber nie die Gelegenheit, gegen die Briten zu kämpfen. Eines Tages ging sein Vater mit dem Schwert weg, und erzählte seinem Sohn später, das Schwert sei dem Feind zurückgegeben worden, damit dieser es der Familie des berühmten Mannes, der am Tshotshosi-Fluss getötet worden war, schicken könne.«

Gregory nickte. »Ja, dort ist der Prinz gefallen. Frag ihn, warum das Schwert so schön war.«

Der junge Mann kniff Daumen und Zeigefinger seiner rechten

Hand zusammen und zog diese während des Sprechens in einer wilden Bewegung durch. »Es hatte eine Schrift darauf«, erklärte Samuel. »Auf der Klinge waren Worte und Bilder.«

»Eingraviert?«, wollte Gregory wissen.

Samuel sprach weiter, der junge Mann antwortete und Samuel nickte. »Ja, eingraviert. Er sagte, es sehe aus, als wäre eine Geschichte in die Klinge geritzt. Er habe noch nie eine solche Waffe gesehen.«

Gregory erinnerte sich an das, was Hellfire Jack ihm erzählt hatte. Ein französischer Standarddegen, wie ihn Lord Chelmsford Kaiserin Eugénie geschenkt habe, ähnele dem Säbel eines britischen Kavalleristen: Eine schlichte Stahlklinge ohne Verzierungen, nicht zur Schau sondern zum Töten, und ohne Gold. Die Waffe, die der junge Zulu gerade beschrieben hatte, entsprach dieser Beschreibung nicht.

Die Melancholie war vergessen und Gregory spürte, dass seine Sinne zu neuem Leben erwachten. Die Suche nach der Wahrheit im Angesicht von Lügen und Verdunkelung war es, was ihn jetzt antrieb. »Hat er das Schwert nie wieder gesehen?«

Samuel übersetzte und schüttelte den Kopf. »Nein. Sein Vater hat das Schwert den Briten als Geschenk zurückgegeben.«

«Ja«, sagte Gregory. »So wie ich gehört habe, brachten die Zulu das Schwert auf Befehl von Cetshwayo, als Geste des guten Willens. Er hoffte, selbst als Chelmsford bereits auf Ulundi zu marschierte, immer noch auf eine Verhandlungslösung.«

Samuel atmete aus. »Was nie in Frage gekommen wäre, oder? Nicht nach dem, was bei …«

»Frag ihn, was er sonst noch über das Schwert weiss.«

Samuel nickte und unterhielt sich mit dem Krieger. »Wie er sagte, hat er das Schwert nie wieder gesehen. Er wiederholte aber, dass es die wundersamste Waffe sei, die er je gesehen habe. Er erklärte, sein Vater sei bei Ulundi getötet worden.«

Gregory blickte dem jungen Mann in die Augen und sah die Härte und den Groll darin, der sich mit ungebrochenem Stolz vermischte. Der Krieg mochte vorbei sein und diese Menschen lebten immer noch hier, aber Gregory war klar, dass es in diesem Land nie wirklich Frieden geben würde.

»Ngiyabonga«, bedankte sich Gregory, worauf der junge Mann und sein Anführer widerwillig nickten. »Besorge ihnen ein paar Decken und etwas zu essen«, wies er Samuel an.

»Yebo, Nkosi«.

Samuel nannte ihn nur dann vor anderen 'Herr', wenn er der Meinung war, das Protokoll verlange es. Gregory sah, dass der Anführer der Zulu-Gruppe Samuels Blick noch ein oder zwei Sekunden länger festhielt. Was auch immer der Gruppenführer von Samuel, der sich mit den Kolonisten überworfen hatte, dachte, Samuel bereute dies nicht. Er hielt den Kopf hoch, das Kinn vorgestreckt und forderte die Männer auf, ihm zum Wagen zu folgen.

»Meinst du, ich könnte sie fotografieren, Samuel?«, fragte Teresa.

Samuel übersetzte und weil sie von der Aussicht begeistert waren, wurden die Männer ganz aufgeregt und machten grosse Augen. Gregory lächelte darüber, dass es Teresa gelungen war, die Stimmung zu heben und jeden latenten Konflikt zu entschärfen. Die Krieger waren damit beschäftigt, sich in Pose zu werfen.

NACH DEM MITTAGESSEN überquerten sie den Buffalo River bei der Drift. Als Chelmsford im Januar des Vorjahres zum ersten Mal nach Zululand vordrang, war der Fluss durch die Sommerregen angeschwollen und der Wasserstand viel höher gewesen.

Nachdem sich die Zulu-Krieger auf den Rückweg in ihre Heimat gemacht hatten, führte Samuel die Gruppe an, gefolgt von Gregory, Teresa, Grace und dem Grafen sowie von Mathias, der den Wagen lenkte. Phillips folgte ihnen, darauf achtend, dass niemand zurückblieb. Als sie das Wasser hinter sich gelassen hatten, schloss Teresa zu Gregory auf.

»Ich habe zwar über die Schlacht von Isandlwana gelesen, Peter«, berichtete sie ihm, während ihr Pferd neben seinem trabte, »würde aber gerne von Ihnen einen Bericht aus erster Hand hören.«

Er konnte leidenschaftslos über die Kette von Ereignissen sprechen, die zu den Geschehnissen geführt hatten und während er berichtete, schwieg Teresa, womit sie ihn allerdings zum Weitermachen drängte. Gregory hielt Bullets Zügel fest in der Hand, als der Berg in Sicht kam. Der gestufte Gipfel von Isandlwana sah wie eine grobe Silhouette der Sphinx aus, des Denkmals, das die Rotröcke des 24. Regiments als Anerkennung für den Einsatz in Ägypten gegen Napoleon Bonaparte auf dem Kragenspiegel trugen. Welche Ironie des Schicksals, dass der Grossneffe genau dieses Kaisers hier an der Seite des traditionellen Feindes der Franzosen im Kampf starb.

Der Ritt führte sie auf den Berg hinauf und als er über die Ebene blickte, hielt Gregory den Atem an. Das Knallen von Gewehrschüssen und das Klirren stählerner Speerspitzen auf Gewehren narrten seinen Verstand. Zu seiner Rechten befand sich der kegelförmige Hügel und zur Linken das Ngwebeni-Tal und es schien kaum vorstellbar, dass in diesem riesigen, fast baumlosen Land zwanzigtausend Zulu wie Gespenster unentdeckt geblieben waren, die dann zur rechten Zeit auftauchten und unsagbares Unheil anrichteten.

Gregory erzählte weiter, derweil ihm Teresa verständnisvoll zuhörte. Während der Rest seines kleinen Zuges hinter ihm den Hügel hinaufstapfte, blieb Gregory im Sattel sitzen. Er hatte keine Lust, an diesem Ort zu verweilen. Samuel war etwa vierzig Meter rechts von ihnen und möglicherweise in seine eigenen Erinnerungen versunken.

Gregory schloss die Augen. In seinem Gehirn wurden die Geräusche der Schlacht immer lauter und dröhnten gegen die Innenseite seines Schädels. Es war, als passiere alles noch einmal.

»Peter?« Teresas Stimme war sanft und ihr ungewohnter amerikanischer Akzent so warm wie Honig. »Ist alles okay?«

Erst da bemerkte er, dass er zu sprechen aufgehört hatte. Er öffnete die Augen und blinzelte sie an. »Ich ...« Dann kniff er sich in den Nasenrücken und versuchte, seine Scham zu verdrängen. Er blickte zu Samuel, der auf seinem Pferd sass. 'Warum hat diese Erfahrung Samuel nicht gebrochen? Wie kann er so stark sein?', fragte er sich.

Teresa folgte seinem Blick. »Samuel war auch hier, nicht wahr?«

»Ja.«

»War er zu der Zeit bei Ihnen, bei der Polizei?«

Gregory sah zu seinem Freund, der nicht zu bemerken schien, dass die beiden ihn beobachteten. Er blickte in Richtung der Donga, des Bachbetts, wo Durnford die Zulu-Flutwelle mit geradem Rücken und hoch erhobenem Kopf, als ob es ihm nicht Leid täte, aufzuhalten versuchte.

»Er war Mitglied der Natal Native Horse. Ich kannte ihn nicht, aber er hat mir an diesem Tag das Leben gerettet.« Gregory stiess Bullet die Steigbügel in die Rippen und machte sich, dem Felsvorsprung den Rücken zugewandt, auf den Weg den Hügel hinunter.

SAMUEL SAH ZU, wie Peter auf seinem Pferd langsam den Hang hinunter trabte, weg von den anderen. Es gab Momente, in denen ein Mann für sich allein sein musste.

Die Frau beobachtete ihn ebenfalls und obwohl die anderen der Gruppe sie aufgeholt hatten und ebenfalls auf Peter herabblickten, waren die Augen der rothaarigen Frau anders. Sie sorgte sich um ihn.

Teresa lenkte ihr Pferd in Samuels Richtung und grüsste ihn. Er nickte.

»Samuel, sagen Sie mir bitte, was hier passiert ist? Ich meine natürlich nicht die Schlacht, sondern das, was mit Peter geschehen ist.«

Samuel erinnerte sich und erzählte ihr von jenem schrecklichen Tag, an dem der Mond die Sonne verschluckte – was ein schreckliches Omen war - und an dem der Mythos von der Überlegenheit des weissen Mannes zerschmettert wurde. Selbst als Mitglied der Zulu-Nation hatte sich Samuel nicht mit seinen ehemaligen Regimentsbrüdern, den Amabutho, verbünden können. Im Gegenteil, sie begehrten sein Blut noch mehr als das der Kolonisten, denn von einem Seitenwechsel in letzter Minute konnte keine Rede sein.

»Warum haben Sie sich eigentlich auf die Seite der Kolonisten geschlagen, Samuel?«, wollte Teresa wissen, während sich ihre Pferde in gemächlichem Tempo nebeneinander bewegten.

Er schaute zum Himmel, dann zu ihr. »Wegen einer Frau.«

»Erzählen Sie bitte.«

»Ich war der Sohn eines Häuptlings und unsere Familie gehörte zu König Cetshwayos treuer Anhängerschaft. Wie alle jungen Männer diente ich mit gleichaltrigen Kriegern in einem Amabutho, einem Regiment. Nach dem System des Königs durften meine Brüder und ich nicht heiraten und uns nicht auf unserem eigenen Land mit eigenem Vieh niederlassen, bevor wir nicht in der Schlacht gewesen waren. Obwohl es verboten war, ...«

»Haben Sie sich mit einem Mädchen getroffen.«

Er nickte. »Wie viele andere im ganzen Königreich wurde ich des Wartens müde, und meine Frau und ich - sie trug den Namen der Mutter des grossen Königs Shaka, ihr Name war Nandi - überquerten den Fluss nach Natal. Wissen Sie, was 'Nandi' bedeutet, Teresa?«

Sie schüttelte den Kopf. »Ich fürchte, nein.«

Er lächelte ein trauriges Lächeln. »Es bedeutet 'süss'. Wir lebten wie Mann und Frau und ich suchte Arbeit. Nandi verliebte sich in den Gott der Weissen - sie glaubte nicht mehr an den König - und ich schloss mich einer christlichen Militäreinheit an, den 'Edendale Horse'. Wenn ich nicht diente, war ich meiner Heimat näher, auf Natals Seite des Mzinyathi, des Büffelflusses, den wir gerade überquert haben. Es zog mein Herz sowohl zu einer Frau auf der einen Seite des Flusses wie auch zu meiner Heimat, auf der anderen Seite. So scheiterte ich.«

»Wie das?«

»Eines Tages«, Samuel schaute, um Teresas Blick auszuweichen, zum Horizont »als ich mein Vieh hütete, kam auf Befehl des Königs ein Überfallkommando. Eigentlich waren sie gekommen, um mich zu töten, nahmen aber stattdessen Nandi mit. Sie war mit meinem Kind schwanger, aber das zählte nicht. Sie brachten meine Frau über den Fluss ...«

»Oh, Samuel.« Teresa streckte ihren Arm aus und legte kurz eine Hand auf seinen Unterarm. Er brauchte ihr nicht zu erklären, wie schrecklich das, was geschah, war. Man hatte in seinem früheren Königreich von all dem gesprochen und es war eine klare Botschaft an alle, die sich auf die Seite des Feindes stellten.

Er atmete tief ein und seufzte. »So diente ich den weissen

Menschen. Nicht aus tiefer Liebe zur Kolonie oder zu einem neuen Gott, sondern für meine Frau und mein ungeborenes Kind.«

Er erzählte ihr von seiner Rolle in der Schlacht und von der ersten Begegnung mit Peter Gregory. Samuel stand damals kurz davor, den tapferen, törichten, grossäugigen Polizisten dem sicheren Tod zu überlassen, doch er bewunderte den Mut des Mannes, der den Trommlerjungen retten wollte.

»'Kommen Sie mit mir, Nkosi', sagte ich zu ihm«, berichtete Samuel. »Aber er sagte: 'Nein, danke, ich ... –' und dann erwischte ihn ein Schuss und er war bewusstlos.«

Teresa nickte und sie und Samuel ritten weiter: »Er wollte dort, bei Durnford und seinen Freunden bleiben, obwohl es seinen sicheren Tod bedeutet hätte.«

»Ja«, bestätigte Samuel. »Und manchmal denke ich, er sei in seinen Gedanken immer noch bei ihnen. Heute wandelt er wie ein Geist auf der Erde.«

»Sagen Sie, Samuel, wie seid ihr beide schliesslich entkommen?«

Samuel blickte von der einsam reitenden Gestalt Peter Gregorys weg, zurück zu jenem schrecklichen Pfad auf der zerklüfteten Rückseite von Isandlwana. Seine Gedanken gingen zu jenem heissen Januartag zurück und er erzählte Teresa seine Geschichte.

OBWOHL RINDER AN SAMUEL vorbei stürmten und zwischen ihnen Zulus im Staub herumrannten, drehte er sich nicht um und galoppierte davon, sondern stieg wieder ab.

Colonel Durnford und seine kleine Schar Verbliebener waren etwas weiter unten auf dem Hügel eingekesselt. Peter Gregory - den Namen seines zukünftigen Freundes kannte Samuel zu diesem Zeitpunkt noch nicht - hatte den Trommlerjungen zwar gerettet, war dann aber von einem Schuss verwundet worden. Samuel liess sich auf ein Knie nieder und untersuchte den weissen Mann. Die Kugel hatte eine Furche in die Haut seiner rechten Schläfe, direkt über dem Ohr, gerissen, war aber nicht in seinen Schädel eingedrungen. Er war bewusstlos, aber atmete.

Samuel hob Gregorys Munitionsgürtel über dessen Kopf und hob ihn auf seine Schultern. Er hatte mehr Kraft als der Polizist aus Natal und es gelang ihm, den Mann auf den Rücken seines Pferdes zu hieven und über seinen Sattel zu legen. Dann bückte sich Samuel, hob Gregorys Gewehr und den Munitionsgurt auf und legte, bevor er wieder aufstieg, eine Runde Munition ein.

Die leichtfüssigen jüngeren Männer der Flanke, des rechten Horns der Büffelkopfformation der Zulu, waren bereits abgezweigt und hatten die wahnwitzige und mörderische Verfolgung der schwarzen und weissen Flüchtlinge aufgenommen, die vom todgeweihten Schlachtfeld rannten. Sowohl die Verteidiger wie auch ihre Verfolger rannten den steilen, felsenübersäten Hang hinunter, durch den grösstenteils trockenen Wasserlauf des Manzinyama-Baches in Richtung der Grenze zu Natal, zum tiefen Tal des Buffalo River.

Jeder der Rotröcke, Fuhrleute und Verbündeten der Briten, der stolperte und stürzte, wurde sofort getötet. Samuel ritt an Engländern und Zulu gleichermassen vorbei, während sein trittsicheres Pony Felsen auswich oder über sie hinwegsprang, wobei es einen Hagel aus Schotter, Steinen und Staub aufwirbelte. Um ihn herum lagen Leichen und Verwundete, dazwischen hielten Zulu inne, um Tote auszuweiden und ihre Kleider und was sich darin versteckte zu plündern. Vor Samuel blitzte ein Speer auf und im nächsten Moment zerriss eine verirrte Kugel den flatternden Saum seines Mantels. Der Mann, der hinter ihm auf seinem Pferd lag, war bestimmt bereits tot.

Am Buffalo River verwandelte sich das Chaos in ein organisiertes Gemetzel. Ein Trupp leichtfüssiger Zulu hatte die fliehenden Truppen überflügelt und den Fluss bei einem Felsvorsprung überquert. Entgegen dem ausdrücklichen Befehl ihres Königs warteten sie nun am Ufer von Natal und nahmen sich die Zeit, alle überlebenden Flüchtlinge, die sich aus den wirbelnden Sturzbächen herausgekämpft hatten, aufzuspiessen. Auf jedem der freiliegenden Felsen zwischen den schnell fliessenden, rosa gefärbten Stromschnellen, stand ein Krieger, dazu bereit, die nächste Person, die die Brücke zu überqueren versuchte, aufzuspiessen.

Dort, am Ufer kurz vor dem Übergang, traf Samuel wieder auf

das 'Edendale Horse'-Kontingent der 'Natal Native Horse', den Rest seiner Einheit. Während andere einheimische Einheiten bereits nach den ersten Schüssen der Schlacht geflohen waren, blieben die Edendale-Soldaten diszipliniert und verliessen Isandlwana erst auf den ausdrücklichen Befehl von Durnford hin. Einer ihrer standhaftesten Anführer, Oberfeldwebel Simeon Kambula, hatte zwei Dutzend seiner Reiter in zwei Reihen aufgestellt.

Der Hauptfeldwebel zeigte auf Samuel. »Du da, Khumalo, absteigen und antreten!«

Samuel rutschte aus dem Sattel, nahm Gregorys Gewehr ab und reihte sich am rechten Ende der ersten Reihe ein. Obwohl er nicht zu denjenigen seiner Truppe gehörte, die ein Gewehr zugeteilt erhalten hatten, war er im Umgang damit geschult worden. Die Zulu am anderen Ufer schlugen ihre Assegais gegen ihre Schilde, um die einheimischen Soldaten auf der anderen Seite zu verspotten. Vielleicht dachten sie, sie könnten nicht schiessen.

»Auf fünfzig Meter«, befahl Kambula langsam und leise. »Vordere Reihe, fertig!«

Jeder der abgesessenen Reiter, auch Samuel, betätigte den Hebel unter seinem Martini-Henry und zog eine Patrone aus der Tasche oder dem Bandolier. Samuel blinzelte sich, während er die dicke Messingpatrone in den Verschluss schob und diesen zudrückte, den Schweiss aus den Augen und versuchte, langsam zu atmen.

»Vordere Reihe, fertig!«

Er war noch nicht lange bei der Edendale-Truppe, aber die Kommandoworte waren ihm eingebläut worden, genau wie die Waffenhandhabung der Zulu-Amabutho, die ihm von Kindheit an beigebracht worden war. Auf das zweite Kommando hin hob er den Gewehrkolben an die Schulter und zielte auf die Gruppe von Kriegern am fünfzig Meter entfernten anderen Ufer.

Um eine solche Salve abzufeuern, gab es keinen Befehl, sondern Samuel sagte, wie jeder Mann in seiner Reihe, zu sich selbst: 'Eins, zwei, drei' und drückte bei 'drei' den Abzug. Samuel spürte den Rückstoss an der Schulter. Während ihm eine Wolke aus verbranntem Pulver den Blick auf den Feind kurzzeitig nahm, gingen

Samuel und die anderen der ersten Reihe in die Knie, um den Männern hinter ihnen den Weg freizugeben, um zu feuern.

Als sich der Rauch verzogen hatte, sah Samuel Lücken in den Reihen der Zulu und auf dem Sand liegende Leichen. Aber die Krieger liessen sich nicht so leicht entmutigen. Ein Trommelfeuer von Speeren flog auf die Kavalleristen zu, während Samuel und die Männer seiner Reihe nachluden. Einer der Speere landete nur zwei oder drei Meter vor Samuel, aber keiner von allen fand sein Ziel.

»Hintere Reihe, fertig!«, bellte Oberfeldwebel Kambula erneut. Samuel zählte bis drei, wartete auf das Krachen der weichen, stumpfen Kugeln, die die Läufe über seinem Kopf verliessen, bevor er und seine Kameraden in der ersten Reihe wieder aufstanden.

Samuel atmete den Schmauch der letzten Salve ein und der Anblick der wenigen verbliebenen Krieger am anderen Ufer erfüllte ihn mit nichts als Freude. Er wusste, dass einige von ihnen Freunde aus seiner Kindheit hätten sein können, aber jetzt standen sie zwischen ihm, dem Mann, den er gerettet hatte und der Freiheit.

»Erste Reihe, fertig!«

Ein paar trotzige Zulu warfen Speere hinüber, worauf Samuel sich über die trockenen Lippen leckte, weil seine Gefühle in ihm hochkochten. Der Nervenkitzel war vorbei, jetzt ging es nur noch um das Töten, um zu überleben.

Drei. Er zog den Abzug erneut.

Die Soldaten von Edendale jubelten, als die Zulu auf der anderen Seite des Flusses erkannten, dass sie dem Feuer nicht standhalten konnten und die Flucht ergriffen. Diejenigen, die auf ihren Felsen im Fluss kauerten, sprangen ebenfalls auf die Natal-Seite und flohen. Der Hauptfeldwebel gab das Kommando zum Aufsitzen.

Durch ihr ruhiges, diszipliniertes Feuer hatten die uniformierten Soldaten Zeit gewonnen und hinter ihnen konnten sich weitere Flüchtlinge aus der Schlacht versammeln.

»Ihr könnt euch an unseren Steigbügeln festhalten«, rief Kambula den zu Fuss Fliehenden zu und führte die berittene Truppe zum Fluss.

Samuel ging zu seinem Pferd zurück, wobei er bemerkte, dass der

Mann, den er gerettet hatte, nun neben dem Pferd stand, obwohl er unsicher aussah. Er hielt sich die linke Hand an den blutigen Kopf und streckte die rechte Hand aus.

»Ich bin Unterinspektor Peter Gregory, aber meine Freunde nennen mich Captain - das ist ein Spitzname, kein Dienstgrad. Ngiyabonga, danke.«

Samuel nahm seine Hand und war überrascht, dass Gregory - Captain – sie mit dem afrikanischen Gruss schüttelte. »Trooper Khumalo, Samuel«, sagte er, liess los und stieg in den Sattel.

»Wie klingt Constable - Natal Mounted Police? Die Bezahlung wäre besser.«

Samuel beugte sich hinunter und half Gregory erneut auf sein Pferd, diesmal aber sitzend und hielt sich an ihm fest. »Wenn wir überleben.«

Zwei zerzaust aussehende Rotröcke gesellten sich zu ihnen und hielten sich auf beiden Seiten an den Steigbügelriemen fest, während Samuel sein Pferd anspornte, damit es in den reissenden Fluss stieg.

NACHDEM SAMUEL seine Geschichte zu Ende erzählt hatte, ritten Teresa und er noch eine Weile schweigend weiter.

Teresa schaute zu Peter Gregory auf seinem Pferd, der kaum mehr als ein einsamer Fleck am Horizont war, ganz allein. »Er muss sich für nichts schämen. Ganz im Gegenteil.«

»Da haben Sie recht«, lächelte Samuel, »aber versuchen Sie ihm das beizubringen.«

19

KWAZULU-NATAL IN DER GEGENWART

Adam fuhr den Ford Ranger, Sannie sass neben ihm und Jan-Marie Ball, die bei Bedarf Anweisungen gab, auf dem Rücksitz.

Sie fuhren von Dundee aus zurück nach Pietermaritzburg und weiter nach Helpmekaar, das aus kaum mehr als einer Polizeistation, einem Bauernhaus und ein paar verlassenen alten Steinhäusern bestand.

»Von hier aus startete Lord Chelmsford im Januar 1879 die Invasion ins Zululand«, erklärte Jan-Marie.

Adam genoss es, wieder in Sannies Nähe zu sein und wünschte, sie wären nur zu zweit. Als er sie wiedersah, wurde ihm bewusst, wie sehr er sie vermisst hatte. Unterdessen war auf sie - genau wie auf ihn - geschossen worden und sie steckte mitten in einer Ermittlung mit komplexen und gefährlichen Zusammenhängen. Trotzdem hatte Adam das Gefühl, Sannie verhalte sich ihm gegenüber frostig.

Er streckte die Hand aus und drückte ihr rechtes Knie.

Sannie warf ihm einen Blick zu, der 'nicht jetzt' sagte. Er nahm seine Hand weg. Wahrscheinlich hatte sie recht, denn Jan-Marie sass hinten und beobachtete sie. Sein Blick fand Jan-Marie im Rückspiegel. Sie lächelte. Sannie schaute nach links, aus dem Fenster.

»Wir biegen hier ab«, wies Jan-Marie an.

Adam setzte den Blinker und fuhr von der glatten Teerstrasse auf eine raue Schotterstrasse, die während der letzten Regenzeit offensichtlich gelitten hatte.

»Das ist der Knostrope-Pass«, dozierte Jan-Marie. »Er führt hinunter ins Mzinyathi-Tal, das Tal des Büffelflusses.«

Sannies Telefon piepte und als sie es herausnahm, sah sie auf den Bildschirm. »Marilyn ist bereits in Rorke's Drift und wartet dort auf uns. Sie fuhr wie eine Verrückte. Sie schreibt, es gibt kein Zeichen von Tustin.« Sannie flüsterte Adam zu: »Sie hat daran gedacht, in einen Waffenladen zu gehen und hat Munition.«

»Wahrscheinlich ist er bereits in Isandlwana«, meldete sich Jan-Marie vom Rücksitz aus.

Sie begannen abwärtszufahren. »Verdammt, ist das steil.« Adam bremste heftig, um in eine enge Kurve zu biegen. Unter ihnen breitete sich das weite Tal aus. »Was muss das früher mit den Ochsenkarren für eine Tortur gewesen sein.«

»Das war es bestimmt«, bestätigte Jan-Marie. »Der Name 'Helpmekaar' stammt von diesem Pass, wo sich die Einheimischen gegenseitig helfen mussten, um den Berg hinaufzukommen.«

»Sie sind Historikerin«, begann Sannie und schaute über ihre Schulter zu Jan-Marie, »was halten Sie von David Gregorys Sammlung von Erinnerungsstücken und Waffen aus dem Zulukrieg und so? Was ist das alles wert und was geschieht mit ihr?«

Adam blickte kurz im Spiegel zu Jan-Marie, musste sich aber wieder auf die Strasse konzentrieren. Die junge Frau schien einen Moment zu überlegen.

»Die Antwort auf Ihre erste Frage lautet: Ich bin mir nicht sicher. Für Sammler dürfte sie einiges an Geld wert sein, aber darüber muss man sich gar keine Gedanken mehr machen.«

»Weshalb?«, wollte Sannie wissen.

»David hat mir vor kurzem erzählt, er habe in seinem Testament verfügt, dass die gesamte Sammlung ans Talana Museum in Dundee gehe. Da wird es sicher ein paar verärgerte Sammler geben.

»Wie Richard Tustin?«, hakte Sannie nach.

Adam sah, dass Jan-Marie zusammenzuckte, während er selbst das Lenkrad fester umklammerte, als Sannie den Namen des Mannes aussprach. Sannie hatte ihn schon vorher gewarnt, dass sie diese Fragen bei einem Treffen stellen würde, und Adam war klar, dass dies die beste Vorgehensweise war. Aber wenn er tatsächlich der Anführer der Männer war, die Adam und seine Studentin in Bangha Nek hatten töten wollen, bedeutete dies, dass er eine persönliche Rechnung mit ihm offen hatte.

Es war eine Ironie des Schicksals, sinnierte Adam, auf einer Route zu fahren, auf der vor fast hundertfünfzig Jahren eine Invasion stattgefunden hatte, während sie selbst jetzt möglicherweise ebenfalls in eine Art Schlacht zogen.

»Erzählen Sie mir vom Handel mit Memorabilien«, sagte Sannie.

»Das ist eine grosse Sache«, sagte Jan-Marie. »David war strikt dagegen. Ja, er hatte eine grosse Sammlung, aber vieles davon war ihm geschenkt worden. Er hatte sich jahrzehntelang für die Gemeinden rund um die Schlachtfelder eingesetzt und hin und wieder schenkte ihm ein alter Madala einen Schild, einen Knobkerrie, also eine Keule, oder einen Assegai, der seinem Ururgrossvater gehört hatte. Soweit ich weiss, hat er aber nie etwas gekauft oder verkauft.«

»Obwohl er beinahe bankrott war?«, mischte sich Adam ein.

»Ja, trotzdem«, bestätigt Jan-Marie.

»Und was ist mit den anderen?«

»Ich war vor einiger Zeit in Hlobane und bin allein über das Schlachtfeld gewandert. Zumindest dachte ich das, bis ich einen wohl ungefähr sechzehnjährigen Jungen aus der Gegend sah, der einen Metalldetektor dabei hatte. Ich fragte ihn, woher er ihn habe, worauf er berichtete, ein weisser Mann habe ihn ihm gegeben und ihn angewiesen, auf dem Schlachtfeld nach Dingen zu suchen.«

»Wo ist Hlobane?«, erkundigte sich Adam. Es war seltsam, von einer jungen Frau mit australischem Akzent etwas über die Geschichte seines eigenen Landes zu erfahren, wobei er zugeben musste, dass sie die Zulu-Wörter sehr gut aussprach.

»Oben in Richtung Vryheid«, sagte Jan-Marie. »Es ist nicht so bekannt wie Isandlwana, aber dort hat sich während des Krieges für die Briten und ihre Verbündeten eine weitere Katastrophe ereignet. Die Zulu lockten sie einen verdammt schwierigen Weg auf den Hlobane-Berg hinauf und schlachteten sie dort ab. Es gibt sogar Berichte über Kolonialreitern, die beim Versuch, zu entkommen, mit ihren Pferden von der Spitze des Berges über steile Abgründe ritten und in den Tod stürzten. Das Schlachtfeld befindet sich auf Privatland, das einem Kohlebergwerk gehört und man braucht eine Erlaubnis, um es zu besuchen. Oder man schleicht sich hinein, wie der Jugendliche, den ich traf. Aufgrund seiner Lage sowie der Tatsache, dass Hlobane nicht so populär ist, wie andere Stätten, findet man dort immer noch Kugeln, Gürtelschnallen und andere Überbleibsel der Schlacht.«

»Wer hat dem Jungen den Detektor gegeben?«, fragte Sannie.

»Er wollte es mir nicht sagen und wurde ziemlich aggressiv, als ich ihn bedrängte, also liess ich ihn in Ruhe. Später erzählte ich es David und er meinte, er würde es der 'Amafa', KwaZulu-Natals Denkmalschutzbehörde, melden, aber ich habe nie erfahren, ob sie etwas unternommen haben. David erzählte, er habe von einem britischen Touristen gehört, der durch Zululand reise, Metalldetektoren abgebe und für Funde Geld bezahle.«

Am Ende des kurvenreichen Passes wurde die Strasse flacher und war in besserem Zustand, so dass Adam das Tempo erhöhen konnte. Sie fuhren durch das breite, offene, grasbewachsene Tal in Richtung Büffelfluss. Die Sonne stand hoch, der Himmel war klar und Adam versuchte, sich die Landschaft zur Zeit der Schlachten vorzustellen, die dort ausgetragen worden waren. Damals stand dieser abgelegene Winkel Zululands eine Zeit lang im Mittelpunkt der Aufmerksamkeit der gesamten englischsprachigen Welt.

Schliesslich erreichten sie den ehemaligen Handelsposten und die frühere Missionsstation Rorke's Drift, in der seit vielen Jahren ein Museum zur dort ausgetragenen Schlacht untergebracht war. Marilyn wartete an Sannies Toyota Fortuner gelehnt auf dem Parkplatz.

Adam hielt neben ihr an und sie stiegen alle aus dem Ranger und vertraten sich die Beine.

»Howzit, Marilyn«, begrüsste Sannie sie, »warst du schon auf Besichtigungstour?«

»Ja, während du bewusstlos warst«, grinste Marilyn. »Aber dieser Ort ist langweilig. Ich will das Schlachtfeld sehen, auf welchem die Zulu gewonnen haben.«

»Beim nächsten Halt«, lachte Adam und umarmte Marilyn.

»Der vermisste Herr Krüger.« Marilyn hielt ihn auf Armeslänge von sich. »Es ist schön, Sie wiederzusehen. Wenn man eine so schöne Freundin wie die Frau Oberst hat, muss man mehr zu Hause bleiben.«

»Stimmt.« Adam blickte zu Sannie hinüber, die über Marilyns Unverblümtheit nur den Kopf schüttelte.

»Keine Spur von Tustin?«, fragte Sannie.

»Aikona, Frau Oberst. Jedenfalls nicht hier«, erklärte Marilyn. »Aber ich habe, wie befohlen, auf Sie gewartet.«

Adam betrachtete die Steinhäuser mit den roten Blechdächern.

Jan-Marie zeigte auf eins. »Das war das Krankenhaus und das andere der Lagerraum. Beide Gebäude sind während der Schlacht niedergebrannt und wurden im Laufe der Jahre wieder aufgebaut. Wollen Sie einen Blick hineinwerfen?«

Als ehemaliger Soldat kannte Adam die Geschichte, war allerdings, obwohl er weniger als fünf Autostunden von diesem Ort entfernt aufgewachsen war, noch nie hier gewesen.

»Wir stecken mitten in einer Mordermittlung und es gibt noch weitere Verbrechen, die wir untersuchen müssen. Wir haben zugestimmt, Sie hierhin zu fahren, um uns bei der Suche nach Richard Tustin zu helfen, nicht um eine Reiseleiterin zu haben«, lehnte Sannie ab.

Jan-Marie strich sich mit den Händen über die Vorderseite ihres Hemdes. »Verstanden.«

Die junge Frau wirkte nervös, dachte Adam. Er fragte sich, ob ihr Angebot, sie durch das Museum zu führen, ein Versuch gewesen sei, ihr Treffen mit Tustin hinauszuzögern. War sie deswegen besorgt?

Adam dachte an die Waffen, die er bei sich trug. Er bezweifelte, dass Tustin an einem öffentlichen Ort etwas versuchen würde, irgendwo, wo Zeugen anwesend waren. Doch für Tustin schien viel auf dem Spiel zu stehen, sonst hätten sich seine Fusssoldaten an der Küste nicht auf einem öffentlichen Campingplatz in eine Schiesserei verwickeln lassen.

Während sie zu ihren Autos gingen, spürte Adam Sannies Hand auf seinem Ellbogen. »Jan-Marie, lassen Sie uns bitte einen Moment allein.« Die junge Frau nickte und stieg in den Ranger ein.

Sannie führte Adam ein paar Meter weg. »Adam, es tut mir leid, wenn ich vorhin und gerade eben so abweisend war.«

Er lächelte ihr zu. »Es ist in Ordnung. Du stehst unter Stress und bist verletzt. Ich verstehe es.«

»Es geht um mehr als das, aber darüber müssen wir später reden. Es ist auch, dass ... Adam, ich habe dich vermisst, als du weg warst. Ich wollte nicht hierherkommen. Und um die Wahrheit zu sagen, hätte ich Gita, wenn die Umstände anders gewesen wären, nein gesagt, selbst wenn es mich meinen Job gekostet hätte.«

Adam versuchte, ihre Worte zu verarbeiten. Wenn die Umstände anders gewesen wären? Bedeutete das, dass sie ihn, wenn er zu Hause in Pennington und bei ihr gewesen wäre, nicht verlassen hätte? Wollte sie von ihm, dass er ständig in ihrer Nähe war? Er wäre, als er jünger war, so gerne Meeresbiologe geworden, aber die Armee und das Leben waren ihm in die Quere gekommen und er hatte Jahre in einer lieblosen Ehe verbracht. Er bedauerte keineswegs, seine beiden Kinder Phillip und Jolene zu haben. Es fühlte sich allerdings an, als habe er, seit er mit seinem Doktortitel abschloss, gerade erst begonnen, das Leben, das er sich wünschte, zu leben. Unterdessen leitete er sein eigenes Schildkrötenforschungsprogramm und hatte Sannie gefunden. Er überlegte, was er sagen sollte.

»Es ist in Ordnung, Adam.« Sie drehte sich um und ging auf ihre Seite des Fahrzeugs.

»Sannie ...«

Sie schaute mit einem theatralischen Blick auf die Uhr. »Lass uns fahren. Ich möchte Tustin beim nächsten Halt erwischen.«

. . .

Sɪᴇ ᴋᴀᴍᴇɴ zu spät und Sannie versuchte, die in ihr aufsteigende Wut unter Kontrolle zu halten.

Auf Adams Frage, ob Tustin vor Ort sei, antwortete die junge Zulu-Frau, am Eingangstor zum Schlachtfeld von Isandlwana, die ein Amafa-Hemd trug: »Ja, ich kenne Major Tustin, aber, nein, er ist nicht mehr hier. Er ist vor etwa zwanzig Minuten gegangen.«

Sannie legte eine Hand auf ihre Stirn, denn sie hatte Kopfschmerzen. Sie sah Jan-Marie im hinteren Teil der Doppelkabine an. »Wo fährt er als nächstes hin?«

»Zum Denkmal des Kaiserlichen Prinzen in Nqutu.« Jan-Marie sprach den Namen des Ortes mit dem richtigen Klick am Anfang aus. »Das ist vielleicht eine halbe Stunde Fahrt.«

»Und wie lange, denken Sie, bleibt er dort?«

Jan-Marie zuckte mit den Schultern. »Dreissig, vierzig Minuten. Das hängt davon ab, wie sehr sich die Gäste für Louis Napoleons Geschichte interessieren.«

Adam wendete den Ford und hielt an, damit Sannie Zeit zum Nachdenken hatte.

Sie war auf dem Parkplatz schroff zu ihm gewesen und seitdem hatte er nichts mehr gesagt.

Auf der recht kurzen Fahrt nach Isandlwana hatten die beiden meist geschwiegen, während Jan-Marie darüber erzählte, dass die Vegetation in der Gegend sich gegenüber dem Jahr 1879 verändert habe, weil es jetzt viel mehr Bäume gebe als damals. Als Wissenschaftler interessierte sich Adam für ihre Theorie, warum das so sei, aber Sannie hatte das Gefühl, er flüchte sich in ein Gespräch über Dinge, die ihn interessierten, statt über ihre Beziehung nachzudenken.

Sie schlug gegen das Armaturenbrett.

»Geht es dir gut?«, fragte Adam.

»Nein, Adam, mir geht es gar nicht gut.« Sie holte tief Luft. Eigentlich wollte Sie das nicht vor einer Fremden tun, aber was zum Teufel hatte sie sich nur dabei gedacht, eine Zivilistin als Fremdenführerin zu einer polizeilichen Untersuchung mitzunehmen? Sannie hatte das Gefühl, die Kontrolle sowohl über ihr Leben wie auch über diesen Fall aus den Fingern zu verlieren.

»Es tut mir leid«, sagte Adam.

Sie schaute ihn an. Er gefiel ihr so gut, aber war er wirklich so unsensibel, dass er nicht erkannte, was für Auswirkungen seine lange Abwesenheit auf ihre Beziehung hatte? Tom Furey, ihr zweiter Mann, war in mancher Hinsicht ähnlich wie Adam gewesen. Nachdem Tom die Metropolitan Police in London verlassen hatte, um nach Südafrika und zu ihr zu ziehen, fand er keine Ruhe und Sannie vermutete, sein Ego habe unter der Aufgabe seiner Karriere gelitten. Schliesslich unterschrieb er einen Vertrag als Leibwächter, bei dem er vor allem im Irak arbeitete. Er tat dies nicht nur wegen des Geldes, das er dabei verdiente und das für südafrikanische Verhältnisse ein Vermögen bedeutete, sondern auch, um sein verlorenes Selbstwertgefühl wiederzuerlangen. Sie hatte sich über seine ständige Abwesenheit geärgert, aber nichts gesagt, weil sie wusste, dass die Arbeit für ihn wichtig war. Allerdings kostete diese Tom schliesslich das Leben.

Der Kummer und ihre Einsamkeit hatten sie fast umgebracht und eines Morgens, als sie allein im Krügerpark unterwegs war, war sie nahe dran gewesen, sich das Leben zu nehmen.

Dann hatte sie Adam gefunden. Dieser kompensierte allerdings die seiner Meinung nach vergeudeten Jahre seines Lebens ebenfalls, indem er diese neue Aufgabe als Wissenschaftler angenommen hatte, weit weg von ihr.

Adam streckte seine Hand aus, nahm ihre von ihrem Schoss und drückte sie.

Sie sah ihn an und kämpfte gegen den Drang, ihre Hand wegzuziehen, an. In diesem Moment war ihr egal, dass Jan-Marie im Auto sass. Sie schaute in seine blauen Augen.

»Ich liebe dich«, murmelte er.

Sannie nickte leicht. »In Ordnung. Lass uns losfahren.« Dann kam ihr ein Gedanke und sie schaute wieder nach hinten. »Geben Sie mir Ihr Handy, Jan-Marie.«

»Was?«, fragte diese.

»Ich sagte: Geben Sie mir Ihr Telefon, sofort.«

Jan-Marie lehnte sich nach hinten in den Sitz, von ihr weg. »Sie können mich nicht zwingen, Ihnen mein Telefon zu geben. Schliesslich bin ich nicht verhaftet, oder?«

»Nein, aber ich möchte nicht riskieren, dass Sie Ihrem Freund Tustin Nachrichten schicken und ihn über unsere Bewegungen informieren.«

»Zwischen uns läuft nichts, falls Sie das meinen«, gab Jan-Marie trotzig zurück.

»Trotzdem hat er Ihnen einen Ring mit einem keltischen Liebesknoten geschenkt?«

Jan-Marie seufzte. »Okay. Also, er ist ein bisschen in mich verknallt und als er hörte, dass ich mich von Deon getrennt habe, hat er mich gefragt, ob ich mit ihm ausgehe. Aber ich habe Nein gesagt. Er liess nicht locker und, na ja, er kann sehr charmant sein. Dann gab er mir den Ring, aber ich habe auch Gefühle für John entwickelt.«

»Und was hat Tustin dazu gesagt?«

»Tja, er war nicht gerade begeistert. Allerdings ist Richard auch alt genug, um mein Vater sein zu können und ich habe ihm gesagt, das mit dem Altersunterschied sei nichts für mich.«

»Geben Sie mir Ihr Telefon«, verlangte Sannie erneut.

»Ich sagte doch, dass es hier kein Netz gibt.«

Sannie nahm ihr eigenes Telefon heraus und schaute auf das Display. »Vier Balken und vier G.«

Jan-Marie kniff die Augen zusammen. »Das muss an den guten Wetterbedingungen liegen. Und daran, dass im Moment kein geplanter Stromunterbruch herrscht.«

Sannie streckte die Hand aus. »Geben Sie mir Ihr Telefon oder steigen Sie hier aus und schauen Sie selbst, sie Sie zurück nach Dundee kommen. Bitte halt an, Adam.«

Adam fuhr an den Strassenrand, von wo eine Kuh das Fahrzeug anglotzte.

»Ohne mich finden Sie den Weg zum Denkmal des Kaiserlichen Prinzen nie«, sagte Jan-Marie.

»Dann fragen wir jemanden von den Einheimischen«, gab Sannie zurück.

Jan-Marie lachte. »Viel Glück dabei. Jedes Jahr am Todestag von Louis Napoleon kommen Touristen aus ganz Frankreich, um diesen Ort zu besuchen. Den meisten Menschen, die in der Umgebung von Nqutu leben, ist es allerdings völlig egal, wer er war, selbst wenn sie es wissen. Sie sind zu sehr damit beschäftigt, Arbeit zu suchen, Essen zu organisieren oder Wasser aus dem Fluss zu holen.«

»Führen Sie uns auf eine sinnlose Verfolgungsjagd, Jan-Marie?«

Jan-Marie starrte sie an. »Weder schicke ich Richard eine Nachricht, noch führe ich Sie in die Irre. Ich habe Ihnen doch gesagt, er habe zwei Kunden aus Übersee - eine Frau, die Goldie heisst und aus New York kommt sowie einen Typen namens Piet, der irgendwo in Europa lebt, glaube ich. Aber in Wirklichkeit möchte ich Richard wiedersehen, denn wenn er etwas Illegales oder sonst etwas im Schilde führt, will ich das wissen. Wenn es seine verrückten Veteranen waren, die auf Sie, John und Ihren Partner geschossen haben, will ich wissen, warum. Ich werde weder meine Zeit noch meine Gefühle in einen Mann investieren, der mir nicht guttut. Deshalb habe ich zugestimmt, Ihnen heute zu helfen.«

Sannie war verblüfft. »In ihn investieren? Sie sind also doch an ihm interessiert?«

Jan-Marie runzelte die Stirn. »Nein. Vielleicht. Ich weiss es nicht. Er hat mir mehr als einmal angeboten, mir einen Flug nach London zu bezahlen, wenn er das nächste Mal nach Hause fliegt. Er sagt, er nimmt mich mit ins 'Imperial War Museum' und ins Museum des Royal Welsh Regiments, die beide eine grossartige Sammlung zum Zulukrieg haben.«

Sannie hätte fast darüber gespottet und überlegte sich, ob Jan-Marie naiv war oder ob sie umgekehrt die Männer in ihrer Umgebung manipulierte. »Und John?«

Jan-Marie atmete aus. »Er ist reizend, gutaussehend und alles, was ihn interessiert, sind wilde Tiere, Das ist cool, aber ...«

Sannie schüttelte den Kopf. »In Ordnung. Lass uns fahren, Adam.«

Adam legte den ersten Gang ein und fuhr los. Jan-Marie streckte den Arm zwischen den Vordersitzen hindurch, das Telefon lag in ihrer offenen Hand.

Sannie prüfte Jan-Maries SMS- und WhatsApp Nachrichten. Es gab nichts, was kürzlich an Tustin gesendet oder von ihm empfangen worden war. Sannie gab Jan-Marie das Telefon zurück und sie steckte es in die Tasche.

»Wie sieht die Landschaft um Nqutu und das Denkmal herum aus?«, fragte Adam, als sie Isandlwana verliessen. Marilyn folgte ihnen in ihrem Wagen.

Sannie fragte sich, ob Adam wirklich eine weitere Lektion in postkolonialer Botanik wollte, oder ob er Informationen über das Gelände zu kriegen versuchte, für den Fall, dass sie in eine Konfrontation verwickelt würden.

»Die Vegetation ist spärlich, die Landschaft offen, mit viel kurzem trockenem Gras«, beschrieb Jan-Marie. »Seit wir in der Nähe von Helpmekaar und Dundee, oben auf dem Hochland waren, hat sich die Landschaft verändert.«

»Ja.«

Auch Sannie erkannte das. Das höher gelegene Grasland war üppiger und beherbergte fette Rinder auf den Farmen, die von den Voortrekkern, ihrem Volk, gegründet worden waren. Die Engländer hatten neben Arbeitskräften aus ihrer anderen Kolonie in Indien auch Zuckerrohr von der Küste in die fruchtbaren Hügel um Pietermaritzburg gebracht.

Die Zulu trieben ihr Vieh traditionellerweise auf die höher gelegenen Weiden, aber gegen Ende des neunzehnten Jahrhunderts wurden sie eingeengt und auf Orte wie diesen beschränkt. »Sehen Sie, wie kurz das Gras und wie dünn die Schicht des Mutterbodens ist? Das hier ist hartes Land und es gibt weniger Vieh als dort weiter oben, wo wir vorher waren.«

Sannie sah, was sie meinte, als sie an den vereinzelten Kraals vorbeikamen, die über die Landschaft verstreut waren. Jeder von ihnen, Ansammlungen einiger bescheidener Gebäude aus Backsteinen und Blech, war die Basis für eine Familie. Allerdings gab es anstelle von Tierherden nur hier und da eine knochige Kuh oder ein paar Ziegen. Adam hielt an, um einen kleinen Jungen die Strasse überqueren zu lassen. Er schob eine rostige Schubkarre mit einem alten, zwanzig Liter fassenden Plastikkanister, in welchem er, wie sie vermutete, Wasser aus einem Brunnen oder einem Bach geholt hatte.

Hier lebten die Menschen, Jahrzehnte nach der von Nelson Mandela versprochenen Erfüllung von Hoffnungen und Träumen, immer noch ohne das Nötigste in grosser Armut.

»Was hat Napoleons Grossneffe überhaupt hier draussen gemacht?«, fragte Adam.

Jan-Marie verfiel in den Reiseführermodus. »Nach dem Deutsch-Französischen Krieg wurde Kaiser Louis Napoleon, der Vater des Prinzen, zusammen mit seiner Frau, Kaiserin Eugénie, ins Exil verbannt. Ironischerweise fanden sie sich in England wieder, der Heimat von Bonapartes schärfsten Gegnern. Der Kaiser hatte einige gute Dinge für Frankreich erreicht, beispielsweise den grössten Teil des modernen Paris, wie wir es heute kennen errichtet, aber er beging auch einige aussenpolitische Fehler. Weil er versuchte, den Vereinigungsprozess eines anderen europäischen Landes zu blockieren, wurde er bei einem Bombenanschlag fast ermordet. Und gegen den preussischen Herrscher Otto von Bismarck in den Krieg zu ziehen, war ein zu grosser Brocken für ihn. Sein Sohn, Prinz Napoleon Eugène Louis Jean Joseph Bonaparte, besser als Louis Napoleon bekannt, wollte wie sein Grossonkel Napoleon Bonaparte Soldat werden, weshalb er sich an der Offiziersschule der britischen Armee einschrieb.

»Dann hat sich Bonapartes Grossneffe also der britischen Armee angeschlossen?«, fragte Adam mit ungläubig klingender Stimme.

»Nicht ganz«, schüttelte Jan-Marie den Kopf, »denn als französischer Staatsbürger konnte er zwar nicht in die britische Armee eintreten, erhielt aber eine Ausbildung. Als der Zulukrieg ausbrach, wollte Louis unbedingt in den Kampf ziehen, aber seine Mutter und sogar der britische Premierminister waren strikt dagegen. Der Prinz überredete seine Mutter schliesslich und dank Königin Victoria, die mit Kaiserin Eugénie befreundet war, durfte der Prinz nach Südafrika segeln. Nach der ersten, gescheiterten Invasion Chelmsfords in Zululand sollte er beim zweiten Versuch als eine Art Beobachter fungieren.

»Das war also nach den Schlachten von Isandlwana und Rorke's Drift?«, fragte Adam nach.

Jan-Marie nickte. »Die britische Regierung stand einem Krieg gegen die Zulu zunächst zwiespältig gegenüber, doch der Feldzug wurde von Bartle Frere, dem Gouverneur von Natal, vorangetrieben. Dieser hatte den Auftrag, Zululand stärker unter britische Kontrolle zu bringen, doch nach der schrecklichen Niederlage bei Isandlwana schrie die britische Öffentlichkeit nach Blut. Chelmsford sollte von einem anderen General, Wolseley, abgelöst werden, und hatte es deshalb eilig, nach Zululand zurückzukehren, um Cetshwayo zu besiegen, bevor sein Nachfolger eintraf. Aus England wurden weitere Truppen geschickt und mit diesen kam der französische Prinz.«

»Aber wie konnte er denn getötet werden, wenn er nur ein Beobachter war?«, fragte Sannie.

»Der Prinz war, was wir heute 'übermotiviert' nennen würden. Obwohl er nicht hätte kämpfen sollen, war er heiss auf Action. Es wird erzählt, er sei, nachdem Zulu-Krieger gesichtet worden waren, allein hinter diesen her geritten und habe dabei das Schwert seines Grossonkels über dem Kopf geschwenkt.«

Adam sah einen Moment lang nicht auf die Strasse. »Er hatte das Schwert von Napoleon Bonaparte?«

Sannie lehnte sich in ihrem Sitz zurück und hörte Jan-Marie zu. Die Historikerin wippte mit dem Kopf hin und her. »Vielleicht, oder vielleicht auch nicht. Es gibt Quellen aus dieser Zeit, die besagen, er sei mit dem Schwert bewaffnet gewesen, das Bonaparte 1805 bei seinem historischen Sieg gegen die Russen und Österreicher bei Austerlitz benutzt habe. Aber diese Angaben sind verwirrend.«

»Inwiefern?«, fragte Adam.

»Das ist eine lange Geschichte, aber ich versuche, sie kurz zu machen«, sagte Jan-Marie. »Der Prinz gehörte zu Lord Chelmsfords Stab, wo man ihn angeblich im Auge behalten konnte. Er erhielt den Auftrag, vor den britischen Hauptstreitkräften her zu reiten und auszukundschaften. Bedenken Sie, dass es damals noch keine detaillierten Karten gab. Er sollte die Route, die die Kolonne nehmen würde, skizzieren. Er hielt sich in Helpmekaar und Utrecht, also nördlich von hier, auf, und war auf dem Weg nach Zululand, in Richtung Nqutu. Dann wurde er mit einer kleinen Gruppe von Reitern losgeschickt, um einen Platz für das nächste Lager der Armee zu suchen. Das Gebiet galt als frei von feindlichen Zulu und der Prinz und die anderen Männer hielten bei einem vermeintlich verlassenen Kraal an, um Kaffee zu trinken. Während sie darauf warteten, dass das Wasser kochte, tauchte aus einem nahe gelegenen Maisfeld eine Gruppe Zulus auf und griff sie an. Alle ritten los und während der Prinz aufzusteigen versuchte, galoppierte sein Pferd davon. Er hielt sich am Steigbügelriemen seines Sattels fest, doch der Riemen riss oder löste sich und er blieb allein zurück. Bereits als alle anderen weggaloppierten, waren zwei Mitglieder der britischen Eskorte und ein Zulu-Späher, der für die Briten arbeitete, getötet worden. Prinz Louis stellte sich den Zulus allein entgegen, seine Pistole in der einen und das Schwert in der anderen Hand. Er starb, wie es in einem Buch über ihn heisst, 'mit dem Gesicht zum Feind'. Der überlebende britische Offizier der Patrouille wurde, weil er nicht zurückkehrte, um den Prinzen zu retten, wegen feigen Verhaltens angeklagt und vor ein Kriegsgericht gestellt. Am Ende wurde er allerdings freigesprochen.«

»Und das Schwert?«, wollte Adam wissen.

»Genau. Der Leichnam des Prinzen wurde von den Zulu entkleidet und seine Waffen und die Uniform mitgenommen. Die meisten seiner Besitztümer wurden später von einer Patrouille, die sich auf die Suche nach ihnen machte, wiedergefunden. Sein Schwert jedoch wurde den Briten im Vorfeld der Schlacht von Ulundi, in der die Zulu schliesslich doch noch besiegt wurden, von zwei Abgesandten von Cetshwayos Hof zurückgegeben. Der Zulu-König wusste, dass das Schwert einem wichtigen Mann gehört hatte und bot es als Zeichen des guten Willens an, um die Briten zu Verhandlungen mit ihm zu bewegen. Aber um seinen Ruf zu retten war Chelmsford wild entschlossen, einen militärischen Sieg zu erringen.

»Ego«, sagte Sannie.

»Teilweise«, antwortete Jan-Marie. »Chelmsford nahm das Schwert des Prinzen später mit nach Grossbritannien und überreichte es Kaiserin Eugénie, worauf es in einem Museum in Frankreich landete. Allerdings stellte sich heraus, dass es nicht Napoleon Bonapartes Schwert, sondern ein einfacher Kavalleriesäbel der französischen Armee war. Schade, dass der alte David Gregory nicht mehr unter uns ist, denn er wusste mehr über den Kaiserlichen Prinz als jeder der örtlichen Führer. Ich selbst hatte eine Theorie ... Nun, das ist jetzt auch egal.«

»Wie lautete Ihre Theorie?«, bohrte Adam.

Sannie wusste, dass Adam sich für Schwerter interessierte, weil er die arabische Reliquie von den Männern, die ihn in Bhanga Nek zu töten versucht hatten, erobert hatte. Sie spürte das leichte Kribbeln, das manchmal durch ihre Finger lief, wenn sie bei polizeilichen Ermittlungen auf ein wichtiges oder fehlendes Beweisstück oder auf einen Hinweis stiess.

»Ich konnte die verschiedenen - zeitgenössischen - Berichte über den jungen Prinzen, der Napoleon Bonapartes Schwert in die Schlacht getragen habe, nicht mit der Tatsache in Einklang bringen, dass es die gewöhnliche Waffe eines französischen Kavalleristen wo hinter dem Wagen eine Lamgewesen sei. Ich hatte David Gregory über das Schwert ausgefragt und mehrere Diskussionen mit ihm geführt. Seiner Meinung nach war der Prinz ein Angeber, eine Art grössenwahnsinniger 'Walter Mitty'.

»Teilen Sie diese Ansicht nicht?« Adam hielt den Blick auf die Strasse gerichtet.

»Ja und nein«, sagte Jan-Marie. »Ich meine, wir haben den eindeutigen Beweis, dass den Briten ein französisches Schwert geschenkt wurde und Chelmsford dieses später der Kaiserin übergab. Dieses Schwert befindet sich heute in einem Museum in Frankreich. Aber warum sollte der Prinz über die Herkunft seines Schwertes lügen? Stellen Sie sich den Skandal und den Spott vor, wenn man seine Lüge damals aufgedeckt hätte. Aber welchen Grund hätte es für ihn überhaupt gegeben, über die Herkunft seiner Waffe zu lügen, wenn sein Name und seine Blutlinie für sich selbst sprachen? Er brauchte nicht zu beweisen, dass er Napoleon Bonapartes Erbe war, denn er war es.«

»Und wie lautet Ihre Theorie?«, fragte Sannie. »Falls der Prinz das Schwert seines Grossonkels tatsächlich bei sich trug, als er starb, was glauben Sie, ist dann damit passiert?«

Jan-Marie lächelte. »Sie sind die Detektivin, Colonel. Gerade Sie sollten wissen, wie und wozu Menschen fähig sind.«

»Glauben Sie, jemand hat es gestohlen?«, wollte Sannie wissen.

»Das ist nur eine Vermutung«, gab Jan-Marie zurück, »aber in der Hoffnung, etwas zu finden, das meine Theorie stützen könnte, habe ich viel Zeit darauf verwendet, alte Bücher, Briefe und Archivdokumente zu durchforsten.«

»Also bleibt die Frage«, fasste Sannie zusammen, »wo Bonapartes Schwert ist, falls der Prinz es tatsächlich dabei hatte und es 1879 gestohlen und gegen eine andere Waffe ausgetauscht wurde.«

Jan-Marie zuckte mit den Schultern. »Es könnte überall sein. Vielleicht wurde es nach Grossbritannien zurückgeschmuggelt und liegt jetzt auf dem Dachboden des Hauses einer Familie oder es wurde an einen privaten Sammler verkauft. Möglicherweise ist es sogar noch irgendwo hier in Südafrika.«

»Wie viel Wert haben Erinnerungsstücke aus dem Zulukrieg?« Adam verlangsamte das Tempo, um eine Kuh die Schotterstrasse überqueren zu lassen. Ein kleiner Junge in zerlumpten Shorts und einem Hemd, versuchte das Tier mit einem Stock wegzutreiben. Er winkte Adam zu und dieser erwiderte den Gruss.

»Kommt drauf an«, sagte Jan-Marie. »Einzelne Schilde, Assegais und Gewehre aus dieser Zeit können für Hunderte von Pfund verkauft werden, denn sie sind auf dem britischen Markt gesucht. Während des Krieges verliehene 'Victoria-Cross-Medaillen' für Tapferkeit, gehen in die Zehntausende oder sogar noch mehr. Das Victoria-Kreuz, das Leutnant Bromhead in Rorke's Drift verliehen wurde - er wurde im Film 'Zulu' von Michael Caine gespielt - ist schätzungsweise siebenhunderttausend Pfund wert, das sind fast eine Million US-Dollar.«

»Bliksem«, kommentierte Sannie »Unglaublich.«

»Wenn man Napoleons Schwert aus der Schlacht von Austerlitz finden würde, was wäre das dann wert?«, wollte Adam wissen.

Jan-Marie schüttelte den Kopf. »Wer weiss das schon so genau ... Aber als das letzte Mal eines von Bonapartes Schwertern versteigert wurde, erzielte ein privater Sammler einen Erlös von sechseinhalb Millionen US-Dollar.«

Sannie dachte über diesen Betrag nach. Bestimmt gab es Leute, die für diesen Betrag bereit waren, jemanden zu töten. Sie warf Adam einen Blick zu, den dieser nickend erwiderte, womit er bestätigte, dass er dasselbe dachte.

Sannie blickte über die Schulter, in den hinteren Teil der Doppelkabine. »Was haben Ihre Nachforschungen bis jetzt ergeben?«

Jan-Marie seufzte hörbar. »Nicht viel. Ich hatte gehofft, David könnte mir weiterhelfen, obwohl er der Meinung war, Louis Napoleon habe das Schwert von Austerlitz nie wirklich getragen. Davids Urgrossonkel, ein gewisser Unterinspektor Peter Gregory, war Mitglied der NMP, der Natal Mounted Police und ich habe in den Polizeiarchiven einige Hinweise auf ihn gefunden. Bei der Durchsicht alter Ermittlungsberichte stiess ich auf einen Eintrag vom Mai 1880. Peter Gregory wurde von Major Dartnell, dem Kommandeur der NMP, beauftragt, eine angebliche Adelige zu begleiten, die zur gleichen Zeit in Zululand unterwegs war, als Kaiserin Eugénie zum ersten Jahrestag des Todes ihres Sohnes, des Prinzen, das Gebiet besuchte.

»Was ist eine 'angebliche Adelige'!«, fragte Adam.

»Eine Frau namens Teresa O'Kane, eine Amerikanerin, behauptete, eine englische Aristokratin, Lady Beecham, zu sein, deren adeliger Ehemann sie verlassen hatte. In Wirklichkeit war sie allerdings die Journalistin einer New Yorker Zeitung und in Südafrika auf der Suche nach einem Knüller: Einem Foto und einem Interview mit Kaiserin Eugénie, sozusagen ein Paparazzi der alten Zeiten. 'Royal Watching' ist nichts Neues. Die Kaiserin erfuhr aber, dass Teresa im Land war, und ordnete an, diese solle von ihr ferngehalten werden. Ich glaube, Peter Gregory wurde hingeschickt, um Teresa im Auge zu behalten und sie der Kaiserin vom Leib zu halten. Aber es gab ausserdem einen zweiten Eintrag in den Archiven, in dem es etwa hiess '... untersuchen Sie auch den Bericht über angeblich wertvolles verschwundenes Eigentum'. Ich fragte mich, ob es mehr als nur ein Zufall gewesen sei, dass Gregory zur gleichen Zeit und in der gleichen Gegend, in der die Kaiserin unterwegs war, nach etwas Wertvollem suchte.«

Sannie hielt das für sehr weit hergeholt, stellte aber die nächste naheliegende Frage: »Was sagen die Polizeiprotokolle über den Ausgang von Gregorys Mission aus?«

»Mehr gibt es nicht«, erklärte Jan-Marie. »Der nächste Eintrag in den Akten besagt, dass Unterinspektor Peter Gregory am ersten Juni 1880 - übrigens auf den Tag genau ein Jahr nach Prinz Louis' Tod, beim Versuch, einen Verdächtigen festzunehmen, ums Leben kam. Ein ungenannter, mit einem Schwert bewaffneter Mann durchbohrte und tötete ihn.

20

ZULULAND, 1880

Samuel, der diesen Teil von Zululand besser kannte als Peter, führte sie zum Denkmal, das an der Stelle errichtet worden war, an der der Kaiserliche Prinz umgebracht worden war.

Es war am Tag, nachdem sie von Isandlwana gekommen waren. Gregory war den ganzen Nachmittag über still gewesen und hatte es vorgezogen, hinter Samuel, der vorausgeritten war, aber vor dem Rest der Gruppe zu reiten. Sie hatten eine kalte Nacht auf einem windge-peitschten Hügel verbracht und nicht einmal der übliche Morgen-kaffee hatte Gregorys Stimmung heben können.

An dem Ort, an dem der Erbe des französischen Königshauses den Tod gefunden hatte, gab es nichts Besonderes zu sehen.

Nqutu, eine Ansammlung von Hütten und einem grösseren Kraal, war die Bastion des Volkes der Hlubi. Diese waren Zulu, die sich auf die Seite der Weissen geschlagen hatten und deren Häupt-ling als Herrscher über diesen Teil von Zululand eingesetzt worden war. Samuel und Gregory hatten dem Häuptling, dessen vorste-hender Bauch das einzige Zeichen dafür war, dass er ein geringfügig privilegierteres Leben führte als die anderen Menschen in seinem Bezirk, ihre Aufwartung gemacht.

Der junge Mann, dessen Vater das Schwert des Prinzen eine Zeit lang besessen hatte, bestand darauf, das Schwert sei den Briten zurückgegeben worden und er habe es nie wieder gesehen. Falls der echte Degen, den Napoleon Bonaparte getragen hatte, tatsächlich gegen einen Standard-Säbel der französischen Kavallerie ausgetauscht worden war, musste dies also jemand aus Chelmsfords Armee getan haben.

Sie kamen zu einem Fluss oder einem zu dieser Jahreszeit kaum mehr als einem schmalen, an manchen Stellen nur ein oder zwei Meter breiten Bach, der durch eine Donga floss.

»Das ist der Tshotshosi«, erklärte Samuel. Weiter flussabwärts sammelte ein neun- oder zehnjähriger Junge in einem Tongefäss Wasser.

Gregory stieg ab und während er darauf wartete, dass ihn Phillips mit dem Wagen, die Frauen und der italienische Graf einholten, tränkten er und Samuel ihre Pferde. Etwas weiter entfernt waren einige Bäume gepflanzt worden, die eines Tages Schatten für das Marmorkreuz spenden sollten, das die Stelle markierte, an der der Prinz dem tödlichen Schwertstoss zum Opfer gefallen war. Dorthin würde er die anderen bringen, wenn sie ankamen.

Gregory sah sich um. Abgesehen von dem von Menschenhand geschaffenen Denkmal gab es nichts, was diesen verlassenen Ort von anderen in diesem blutgetränkten Königreich, in welchem auf beiden Seiten Tausende gestorben waren, unterschied.

Er trat gegen den Staub und das goldene Gras zu seinen Füssen. War es dies wirklich wert, dafür zu sterben?

Zusätzlich zum immer lauter werdenden Knarren der Achsen und dem Quietschen des beladenen Wagens hörte er plötzlich das Trommeln von Hufen. Er blickte aus der Donga auf einen Hügel, von dem sich mit hoher Geschwindigkeit ein Reiter näherte.

Gregory hob die Hand vor die Augen, um sie vor dem grellen Licht zu schützen. Der Mann, der das Pferd ritt, war Brite. Kavallerie. Gregory spuckte auf den Boden.

»Sie da«, rief der Mann, als er in Hörweite kam und zügelte sein Pferd. »Unterinspektor Gregory. Sie müssen diesen Ort sofort verlassen.«

Gregory stemmte die Hände in die Hüften und blickte zu Second Lieutenant Llewelyn Walters hinauf, der sein Pferd einige Meter vor ihm anhielt.

»Auf wessen Befehl?«, wollte Gregory wissen.

»Den von General Wood. Verdammt, Mann, ich habe Ihnen doch bereits gesagt, dass wir den Befehl haben, diese aufdringliche Person«, er nickte in der Richtung von Teresas nahendem Wagen, »von Kaiserin Eugénie fernzuhalten. Ihre Majestät sowie General Wood und das ganze Gefolge werden morgen hier sein.«

»Beruhigen Sie sich, Leutnant«, sagte Gregory. »Ich kenne die Wünsche der Kaiserin und brauche Sie nicht, um sie mir erneut vorzubeten.«

Walters blickte auf die zusätzlichen Reiter und Packpferde, die sich in der Ferne auf sie zu bewegten. »Und wer ist das?«

»Eine Bekannte von mir und ein befreundeter Herr aus Italien, der durch die Kolonie reist«.

Walters kniff seine Augen zusammen und starrte weiterhin auf die Ankommenden. »Warten Sie, ich kenne diese Frau. Sie ist diese indische Hure aus ...«

Mit ein paar Schritten verringerte Gregory den Abstand zwischen ihnen, griff nach oben und packte Walters am Pistolengürtel. Bevor der Uniformierte reagieren konnte, hatte ihn Gregory aus dem Sattel gezerrt und er war zu Boden gestürzt.

Als er, die Fäuste fest geballt an seiner Seite, über dem am Boden liegenden Walters stand, brachen die stille Wut, die Scham und der Schrecken, die sich seit mehr als einem Jahr in Gregory aufgestaut hatten, aus ihm heraus.

»Peter!« Samuel rannte zu ihm, aber Gregory ignorierte den Ruf seines Freundes.

»Entschuldigen Sie sich, verdammt noch mal«, befahl Gregory.

Walters sagte nichts, sondern begann, sich aufzurappeln und als Gregory einen Schritt auf ihn zumachte, holte Walters aus, schwang sein Bein quer hinüber und erwischte Peter unterhalb eines Knies, so dass er stürzte.

Mit einem Sprung war Walters bei Gregory und schlug ihm die

rechte Faust in den Kiefer. Peter, der älter war, hatte sich schon oft geprügelt. Er rammte sein Knie in Walters' Schritt und der Leutnant rollte sich am Boden und sog durch den Mund Luft ein. Gregory war nun über Walters und schlug ihm gegen Bauch und Kinn, bevor er Samuels grosse Hände auf seinen Schultern spürte, die ihn aus dem Kampf zogen.

»Genug!« sagte dieser.

Samuel hielt ihn zurück, doch Gregory kämpfte nun gegen seinen Freund, um einen Arm zu befreien und einen tödlichen Schlag gegen Walters ausführen zu können. In diesem Moment war er sich sicher, dass er den anderen Mann so lange verprügeln konnte, bis dieser starb. Seine Wut brauchte ein Ventil, ein Ziel und dieses lag direkt vor ihm.

Walters stand auf und wischte sich die aufgeplatzte Lippe ab, während Gregory nach der Pistole im Holster an seinem Gürtel zu greifen versuchte.

»Nein«, sagte Samuel mit fester, gleichmässiger Stimme in sein Ohr, die Lippen so nah wie die eines Liebhabers, »er ist es nicht wert.«

Walters hatte Gregorys Bewegung gesehen und zog seinen Dienstrevolver ebenfalls, diesen auf die beiden sich immer noch in einer Art Umarmung befindlichen Männer richtend.

In diesem Moment hörte Gregory das metallische Klicken eines Gewehrhebels und drehte den Kopf.

»Das würde ich an Ihrer Stelle nicht tun, Lieutenant«, sagte Teresa O'Kane, die den Lauf eines Martini-Henry-Gewehrs auf Walters' Kopf gerichtet hielt.

Teresas Wagen hatte angehalten und Grace und der Graf standen neben ihr. Grace sprang vom Pferd.

»Was habt ihr dummen Männer vor?«, wollte Grace, die auf Gregory und Walters zuging und sich zwischen die beiden stellte, wissen.

»Gehen Sie zurück ...«, monierte Walters, musste aber, bevor er fortfahren konnte, innehalten, um Blut zu spucken, »in die Höhle der Sünde, aus der Sie gekommen sind, Fräulein.«

»Sünde?« Grace zeigte mit dem Finger auf Walters. »Sie Heuchler. Ich kenne Sie. Sie sind derjenige, von dem Marigold erzählt hat, dass Sie gerne ihr Höschen tragen, während sie Ihnen den Hintern versohlt. Sofern Sie ihr nicht lieber wehtun wollen.«

»Was ... Wie können Sie es wagen, Sie Schlampe.« Walters' Gesicht überzog sich mit Röte. Er hob seine Pistolenhand und richtete die Waffe auf Grace.

Ein Schuss ertönte und sein Knall hallte über die karge Ebene. Gregory sah, dass vor Walters' Stiefeln Dreck aufgewirbelt wurde. Er schaute sich um und sah Teresa die verbrauchte Patrone auswerfen und eine zweite laden.

»Sie können jetzt auf Ihr Pferd steigen und weiterreiten, Leutnant«, sagte Teresa.

Gregory befreite sich aus Samuels Griff und trat an Grace vorbei. »Und vorher entschuldigen Sie sich bei der Dame.«

Walters erhob sich halb, senkte dann seine Pistole und steckte sie ins Holster zurück. Sein Gesicht blieb zinnoberrot. »Ich tue nichts dergleichen.« Er hielt einen Moment inne, drehte sich um und stieg wieder auf sein Pferd. Als er es umdrehte, zeigte er auf Gregory. »Sie kümmern sich um diese unverschämten Frauen und sorgen dafür, dass sie vor Einbruch der Nacht verschwunden sind. Die Kaiserin und ihr Gefolge werden morgen hier erwartet. Wenn jemand von Ihnen hier ist, und das gilt auch für Sie, Unterinspektor, lasse ich Sie auf Befehl von General Wood verhaften.«

Walters gab seinem Pferd die Sporen und galoppierte davon.

Gregory drehte sich wieder zu Grace um und hob eine Augenbraue. »Marigolds Höschen?«

Grace wiegte den Kopf ein wenig und lächelte. »Nun, es war ein Gerücht, das ich gehört habe.«

Gregory schritt auf Teresa zu. »Das Gewehr hat einen Rückstoss wie drei Maultiere. Sie haben Glück, dass Sie ihn nicht umgebracht haben.«

Das Gewehr lag in ihrem Schoss. »Ich würde sagen, er ist der Glückspilz, Captain. Ausserdem kenne ich mich mit Waffen gut aus, Sie brauchen mich nicht zu belehren.«

»Nun«, er erhob seine Stimme, damit ihn alle hören konnten, »obwohl wir viele Gründe haben, den jungen Leutnant Walters nicht zu mögen, kommen seine Befehle doch von einem General und einer Kaiserin. Wir lagern die Nacht über hier, damit diejenigen, die dies wünschen, Fotos machen können, aber bei Tagesanbruch werden wir von hier weg sein.« Gregory sah sich um. »Wo ist der Graf?«

Ferdinand trat etwas verlegen hinter Teresas Wagen hervor, glättete sein gewichstes Haar und richtete seine Krawatte.

»Es tut mir leid, Capitano, ich bin kein Mann der Tat.«

Grace ging zu ihm und zupfte imaginäre Staubpartikel von den Aufschlägen seiner teuren Tweedjacke und sagte: »Das ist schon in Ordnung, Ferdi. Es müssen sich nicht alle Männer wie Neandertaler benehmen.«

Gregory schüttelte den Kopf. Samuel kam zu ihm und sagte mit so leiser Stimme, dass nur sie beide es hören konnten. »Ich dachte, du bringst ihn um, Peter.«

»Das hätte ich vielleicht, wenn du mich nicht festgehalten hättest. Ich danke dir. Du hast mir möglicherweise das Kriegsgericht und den Galgen erspart.«

Sie hatten noch keine Zeit gehabt, das Denkmal zu besichtigen und nun gingen Gregory und Samuel dorthin. Im kleinen, von einer Trockenmauer eingefassten Hof, stand ein Marmorkreuz, in das die Geburts- und Todesdaten von Prinz Louis eingemeisselt waren. In den Bäumchen, die zu Ehren des Prinzen in der Nähe gepflanzt worden waren, zwitscherten Webervögel. Gregory ging am beeindruckenden Kreuz vorbei bis zum Ende des kleinen Friedhofs, wo zwei schlichte Kreuze die Ruhestätten der Soldaten markierten, die an jenem schicksalhaften Tag ebenfalls gefallen und hier begraben worden waren. Der Leichnam des Prinzen war nach Pietermaritzburg und von dort weiter nach Durban und London gebracht worden, wo man ihn schliesslich beisetzte. Gregory erinnerte sich an den Leichenzug, denn als Mitglied der Natal Mounted Police hatte er der Ehrengarde angehört.

Er blieb bei den Gräbern der Soldaten stehen.

Gregory nahm seinen Helm ab und blickte auf die kleineren,

einfacheren Kreuze hinunter. Dem Vernehmen nach wollte sich der Prinz, wie viele junge Offiziere, die ihre Ausbildung gerade abgeschlossen hatten, auf dem Schlachtfeld beweisen und der Welt seinen Stempel aufdrücken. Aber was war mit diesen beiden Männern und dem Zulu-Späher, der an diesem Tag bei ihnen war? Die Leiche des Spähers war nie gefunden, oder wenn doch, nicht anständig beerdigt worden. Die Männer waren in dieser vergessenen Ecke Zululands gewesen, weil sie für diese Aufgabe bezahlt wurden. Gregory hatte im Schatten von Isandlwana gelernt, dass ein Tod nie edel oder heldenhaft sein konnte. Durnford und andere Männer, die Gregory persönlich kannte, hatten ein letztes Mal Widerstand geleistet, aber wofür? Für das Reich oder ihre Königin? Das Verlangen von Männern wie Shepstone und Bartle Frere, eine Landkarte rot einzufärben, hatte ein mit Blut getränktes Land hinterlassen.

Auch er hätte unter einem der Steinhaufen in Isandlwana liegen können, nein, müssen. Zu sterben, weil ein General nicht in der Lage war, seine eigenen Befehle zum Bau von Verteidigungsanlagen um das Lager herum zu befolgen, oder weil ein junger König ungestüm nach Ruhm strebte, war schlimm. Aber im Wissen zu leben, dass andere - gute - Männer an seiner Stelle gestorben waren, eine endlose Qual.

Gregory schreckte auf, als ihn eine Hand an der Schulter berührte und drehte sich um.

Teresa sah in sein Gesicht und versuchte, darin zu lesen. »Kannten Sie diese Männer?«

Er schüttelte den Kopf. »Nein, diese beiden nicht, aber viele wie sie.«

»Krieg ist so sinnlos.«

War es das? Cetshwayo war eine Art Tyrann gewesen, aber er hatte den Buffalo River nicht nach Natal überquert, wie es viele befürchtet hatten. Das hatte ein waghalsiger Befehlshaber, Dabulamanzi, getan, der Rorke's Drift entgegen dem Befehl seines Königs angegriffen hatte. Indem er Chelmsford einen Sieg bescherte, verschaffte er dem britischen Befehlshaber eine Galgenfrist, machte allerdings gleichzeitigeinkaufen» jeden Verhandlungsvorteil, den Cetshwayo durch Isandlwana möglicherweise erlangt hatte, zunichte.

Auch Prinz Louis' Grossonkel war damals ein berüchtigter Tyrann gewesen, der grosse Teile Europas zu erobern versucht hatte. Wäre es nicht vernünftig gewesen, einen Mann wie Napoleon Bonaparte aufzuhalten?

»Ja, das nehme ich an«, nickte er. »Manchmal.«

»Sie sind so schweigsam, seit wir Zululand erreicht haben.«

Er schaute ihr in die Augen. Er sah die Güte darin und bemerkte, dass sie nach Antworten auf das, was ihn quälte, suchte. Weder in seinen Träumen noch in seinen Gedanken war es ruhig.

Teresa schaute sich um, ging einen Schritt auf ihn zu und schlang ihre Arme um ihn. »Komm her.«

Gregory versteifte sich. Er war im Umgang mit Frauen nicht unerfahren, aber öffentliche Liebesbekundungen waren in der Kolonie ebenso wenig die Norm wie in England. In Amerika dagegen mochten die Dinge anders sein.

Dann spürte er die Wärme ihres Körpers, roch die Seife in ihrem Haar sowie einen Hauch von Parfüm. In der Kraft ihrer Umarmung lösten sich sein Widerstand, die Schroffheit, die Ängste und seine Qualen auf.

»Oh, Peter, lass mich dir doch helfen.«

Er schloss die Augen. Wenn es nur so einfach wäre. Die anderen kämen jetzt sicher zum Denkmal, um es zu besichtigen und ihre Aufwartung zu machen. Vielleicht sahen sie sich diese... Schau sogar in diesem Moment an. Er wollte Teresa wegstossen. Er war ein gebrochener Mann, nur noch eine Schale und hatte jeden Wert verloren, den er einmal gehabt hatte. Gregory hatte sich vorgemacht, die Polizeiarbeit erfülle ihn oder könne ihm dabei helfen, Wiedergutmachung für sein Verbrechen, überlebt zu haben, während so viele bessere Männer an diesem Tag getötet worden waren, zu finden.

Er musste dieser Frau, so schön, speziell und nett sie war, sagen, sie verschwende ihre Zeit mit ihm.

Aber als er ihre Wange an seiner und den Druck ihrer Brüste durch ihre Reitkleidung hindurch spürte, war ihm das egal. Er klammerte sich an sie, als wäre sie das Letzte, was ihn daran hinderte, in den trockenen afrikanischen Staub zu rutschen und in die Hölle, die ihn erwartete, hinabzusteigen.

»Ich ...«

Sie legte den Zeigefinger auf seine Lippen. »Still jetzt. Du hast mich damals am Fluss gerettet. Wenn ich den Leoparden zuerst gesehen hätte, wäre ich weggelaufen und ich weiss, dass ich dann ums Leben gekommen wäre. Ich hatte schreckliche Angst, aber du hast mich beruhigt. Lass mich das Gleiche für dich tun.«

Er legte den Kopf zurück, um ihr Gesicht, ihre Augen und ihre vollen Lippen besser betrachten zu können. Er hätte sie gerne geküsst, aber damit hätte er die Grenzen des Anstands überschritten und ihr signalisiert, dass er sich ihrer Aufmerksamkeit für würdig hielt.

Teresa stellte sich auf die Zehenspitzen und küsste ihn auf den Mund.

In diesem Augenblick hörten sie das Knirschen eines Fusses auf trockenen Zweigen und Blättern, hielten inne und trennten sich eilig. Sie sahen sich um.

Grace trat hinter dem jungen Baum, der eines Tages die Gedenkstätte des Prinzen überschatten würde, hervor. Sie hielt sich für einen Moment eine Hand vor den Mund, raffte mit der anderen ihre Röcke, drehte sich um und lief davon.

Gregory stand verwirrt da und sah Teresa schliesslich an.

Sie schenkte ihm ein kleines, trauriges Lächeln. »Sie ist süss zu dir.«

»Sie ist ...« Er wollte Grace weder beleidigen noch die abscheulichen Dinge glauben, die Walters über sie erzählt hatte. In Wirklichkeit hatte er keine Ahnung, welche Gefühle Grace für ihn hegte, wenn überhaupt. Er war mehr als glücklich gewesen, ihr in seinem Haus Zuflucht zu gewähren, als sie sie brauchte, und hatte in ihren Armen und ihrem Körper Trost gefunden. Obwohl kein Geld zwischen ihnen geflossen war, hatte er immer noch das Gefühl, sie wolle für ihn eine Dienstleistung erbringen und auf ihre Weise etwas zurückzahlen. Als sie ihm erzählt hatte, dass sie zum Christentum konvertiert sei, um einen 'anständigen' Ehemann und damit auch Ansehen in der Kolonie zu finden, war sie natürlich schockierend ehrlich gewesen.

Er fragte sich, ob ihr wirklich etwas an ihm liege und starrte ihr nach.

»Sie ist eine Frau, Peter. Wenn ich gewusst hätte, dass ihr beide ... eine Vorgeschichte habt, wäre ich nicht so voreilig gewesen. Bitte verzeih mir.«

Er sah Teresa an. »Nein. Ja. Ich meine ... Nun, ich weiss nicht, was ich meine.« Er fuhr sich mit der Hand durchs Haar.

Sie lächelte. »Du bist ein Mann. Es ist alles in Ordnung, aber vielleicht solltest du jetzt zu Grace gehen.«

»Ich... Ich nehme an, du hast Recht.«

Er liess Teresa auf dem Gelände der Gedenkstätte zurück und ging zum Wagen, wo Samuel und Phillips das Entladen und die Vorbereitung ihres Lagerplatzes beaufsichtigten.

»Packen Sie nicht alles aus«, sagte Gregory zu Phillips, »denn wir werden

bereits im Morgengrauen aufbrechen.«

»Ja, Sir«, sagte Phillips. »Oh, Sir?«

»Ja?«, sagte Gregory fragend.

»Miss Grace ist gerade in einem ziemlich üblen Zustand vorbeigekommen. Sie hat geweint, Sir.«

»Ja, danke Phillips, ich kümmere mich um sie. Machen Sie weiter.«

Phillips legte die Finger an die Krempe seines Helms.

Gregory entdeckte Grace in einiger Entfernung. Sie war in die Steppe gegangen, in Richtung des Kraals auf der kleinen Anhöhe über dem Hochwasserstand des Flusses. Der italienische Graf beobachtete Gregory, als dieser an ihm vorbeiging. Sein Gesichtsausdruck zeigte Verwirrung und Gregory dachte, er frage sich wohl auch, was mit Grace los sei.

»Grace?«, rief er. »Geh nicht zu weit weg.«

Obwohl sich die Zulu-Nation mittlerweile, zumindest mit Grossbritannien, nominell im Frieden befand, gab es alte Rivalitäten, die ab und zu wieder aufflammten und es wurde von Kämpfen zwischen Stämmen berichtet. Gregory wollte nicht, dass sich einer seiner Schutzbefohlenen allein zu weit vom Lager entfernte.

»Grace?«

Er sah, dass sie eine Hand vor das Gesicht hob und es sah aus, als wische sie sich die Augen, doch dann ging sie mit schwingenden Armen weiter.

Grace hatte sich der kleinen Siedlung bis auf etwa zwanzig Meter genähert, als ein kleiner Junge aus einer Hütte kam und sie ansah. Sie blieb, die Hände in die Hüften gestemmt, stehen.

Gregory lief ihr nach und holte sie ein. Sie drehte sich zu ihm um.

»Grace, ich ... Ich weiss nicht, was ich sagen soll. Ich dachte, dass du weder wirklich an mir interessiert bist noch eine Zukunft für uns beide siehst.«

Sie wischte sich über die Augen und blickte ihn an. »Stimmt, es hätte nie eine Zukunft für uns gegeben, und es ist genau das, was mich wütend macht, Peter.«

»Du hast deutlich klar gemacht, dass du weder auf dem Hof bleiben noch die Frau eines Polizisten werden willst.« Er sagte das nicht im Ton eines Vorwurfs, sondern als Feststellung.

Sie wischte seine Worte wie Rauch weg. »Ich weiss, was ich gesagt habe. Aber es war mehr als das.« Sie reckte ihm ihr Kinn entgegen. »Du bist zu sehr in deine Melancholie und in dein Selbstmitleid versunken, weil du nicht wie der Rest dieser verdammten rotgekleideten Narren, die durch ein fremdes Land marschiert sind und die Eingeborenen unterjocht haben, gestorben bist.«

Gregory versuchte, eine Antwort zu formulieren, konnte es aber nicht.

»Was ist eigentlich los mit dir, Peter? Wärst du lieber gestorben? Ist das der Grund, warum du nicht zulässt, dass dich jemand liebt? Glaubst du, deine Zeit sei abgelaufen und du findest nur Frieden oder ewige Ruhe, wenn du stirbst?«

Er wandte den Blick ab, denn er wollte sich nicht mit der Wahrheit ihrer Anschuldigungen auseinandersetzen. Er wusste, dass Grace die Dinge anders sah, denn sie kam aus einer anderen, einer härteren Welt, in der Schwache, Bedauernswerte oder Gebrechliche einfach zur Seite geschoben wurden.

»Sieh mich an, Peter Gregory.«

Etwas von dem, was sie gesagt hatte, klang in ihm nach. Liebe? Hatte sie dieses Wort benutzt?

»Grace, ich habe dich gar nie richtig kennengelernt ...«

»Ja, zweifellos. Eben. Sie haben mich nie gekannt, Mister britischer Armeeoffizier, der zum erfolgreichen Polizisten und unfähigen Bauern geworden ist. Wieso solltest du einen einfachen Kuli wie mich kennenlernen wollen? Wie hättest du je auf die Idee kommen können, dass ich mehr als Geld, eine Unterkunft oder ein warmes Bett brauche? Glaubst du, dass andere Menschen keine Gefühle haben?«

»Nein, ganz und gar nicht, aber ...«

»Pah!« Sie winkte seine Worte erneut weg, dann machte sie mit beiden Händen eine abwehrende Geste. »Ich habe dein Haus verlassen, weil ich mehr brauchte, Peter. Ich brauchte mehr Geld, ja, und ich wollte die Dinge, die selbst ein weisser Mann, der vom Pech verfolgt und vom Elend geplagt ist, als Geburtsrecht hat - Status, Respekt, Klasse, Privilegien. Diejenigen von uns, die nicht als Briten geboren wurden, müssen für diese Dinge arbeiten, ihren Körper dafür verkaufen oder stehlen. Schockiere ich dich?«

Er blickte zu Boden. »Nein.« Es dauerte einen Moment, bis er ihr wieder in die Augen sehen konnte. »Was willst du, Grace?«

Sie verschränkte die Arme, umarmte sich selbst fest und blickte dann zu Teresa, die Samuel, Mathias und Phillips in der Ferne beim Aufbau ihres Zeltes half.

»Ich möchte diese dort sein und das Geld und die Mittel dafür haben, die Welt zu bereisen, wann immer ich Lust dazu verspüre. Beim Aufbau eines Zeltes helfen, weil es eine nette Geste ist, für fünf Minuten die Arbeit der Bediensteten zu teilen, anstatt im erstickenden, krankhaft süssen Rauch einer Zuckerrohrmühle zu schwitzen oder zu erdulden, dass der Herr eines Hauses, in dem ich tagsüber die Böden schrubbe und den ich nachts abwehre, mich streichelt.«

»Es tut mir leid.«

»Was, Peter? Dass du ein Mann bist und nicht denkst?«

Er zuckte mit den Schultern. »Wahrscheinlich.«

Wieder sah sie ihn mit ihren durchdringenden Augen an. »Ich sage dir, was ich nicht will, Peter Gregory.«

»Ja?«

»Dich.«

Dunkle Wolken liessen die Sonne früh untergehen und die Temperatur sank sofort.

Grace und der Graf speisten zusammen und Gregory hatte den Eindruck, Grace lache laut über jeden Witz des gutaussehenden Adligen. Teresa sass bei Phillips und Samuel ging zum Kraal, wo er mit den Hirten und Mathias Putu mit Sosse teilte.

Gregory war sowohl durch das, was Grace ihm gesagt hatte, verunsichert, als auch durch die Tatsache, dass er sich Teresa gegenüber unvorsichtig verhalten hatte. Obwohl sie ihm von ihrem Platz bei Phillips aus ein diskretes Lächeln zuwarf, schien sie intuitiv zu wissen, dass er in diesem Moment allein sein musste und winkte ihm nicht, sich zu ihnen zu gesellen. Er zog seinen schweren Mantel an, drückte etwas kaltes Rindfleisch in ein Stück knuspriges Brot, das der Fuhrmann in den Kohlen des Lagerfeuers gebacken hatte und entfernte sich vom Lagerplatz. Er setzte sich auf dieselbe Anhöhe, auf der er sich mit Grace gestritten hatte, oder besser gesagt, wo er belehrt worden war.

Er trieb sich umher, war weder bei den Zulus, wie Samuel, willkommen, noch hatte er guten Kontakt zu den Weissen, die er begleitete. Grace hatte Recht, er hatte keine richtige Vorstellung vom Leben, das sie geführt hatte. Gregory kaute auf seinem Essen herum und hörte sich die erzwungene Fröhlichkeit an.

Zu viel Zeit seines früheren Lebens beim Militär hatte er auf dem Marsch, in Abwesenheit weiblicher Gesellschaft verbracht. Er war nie ein Freund von Prostituierten gewesen, doch Grace war zufällig in sein Bett und in seine Arme gefallen. Wäre seine Seele nicht vernarbt und würden ihn nicht Schuldgefühlen plagen, weil er die Schlacht von Isandlwana überlebt hatte, hätte er ihre Bedürfnisse aufmerksamer wahrnehmen können und sich mehr Mühe gegeben, eine Zukunft für sie beide zu finden.

Trotz der Andeutungen, die sie gemacht hatte, scherte er sich keinen Deut um die Konventionen der kolonialen Gesellschaft, denn die ganze Sache schien im ohnehin ein heuchlerischer Schwindel. Während sich Buren und englische Gentlemen sonntags Predigten über die Sünden des Fleisches und die Notwendigkeit, die weisse Kultur und Vorherrschaft zu bewahren, anhörten, hatten viele dieser Männer indische oder afrikanische Mätressen oder trieben es einfach mit den Dienstmädchen.

Andere, einfachere Männer, die er kannte, Soldaten, Polizisten und Bauern, lebten mit ihren dunkelhäutigen Partnerinnen zusammen. Ihre Partnerschaften waren zwar nicht von der Kirche oder dem Gesetz anerkannt, aber ein offenes Geheimnis in der Kolonie. Es war nicht richtig, wenn Grace ihn als Rassisten oder Heuchler darstellte.

Aber in einem Punkt hatte sie recht: Sie brauchte ihn nicht. Und was konnte er ihr schon bieten? Weder den Status noch den Komfort, den sie verdiente und sich wünschte. Grace hatte ihm schon einmal gesagt, sie wolle Respekt, weshalb sie konvertiert war und einen Ehemann ins Auge gefasst hatte - zunächst den Pastor. War Grace heimlich in Gregory verliebt gewesen und hatte auf einen Heiratsantrag von ihm gewartet oder gehofft?

Vor einer Woche hätte er vielleicht noch mit dem Gedanken gespielt, aber dann Teresa getroffen. Wenn er ehrlich war, waren jedoch beide Frauen ohne ihn besser dran.

Ein kalter Wind wehte über die Savanne und liess das Gras säuseln. Gregory neigte sein Gesicht dem sternenlosen Himmel zu und roch den süssen Geruch fernen Regens, der auf die Trockenheit und den Staub Afrika prasselte. Ein Sturm war im Anmarsch, was für die Jahreszeit äusserst ungewöhnlich war.

Als er aufstand, klatschten ihm fette Tropfen auf die Stirn, Donner dröhnte wie ein Paukenschlag und irgendwo in der Nähe schlug mit lautem Krachen ein Blitz ein. Die Wolken öffneten sich, liessen die Leute in ihre Zelte rennen und Rauch aus dem schon beinahe ausgelöschten Lagerfeuer zischen.

Gregory hing sein nasser Mantel schwer über seinen Schultern, als er durch den Schlamm zum Zelt ging, das er mit Samuel teilen sollte. Eigentlich war er sich allerdings beinahe sicher, dass Samuel im Kraal bleiben würde. Anstatt das Zelt zu betreten, bog Gregory nach rechts ab, wo hinter dem Wagen eine Lampe ihren warmen Schein durch durchnässten Kattun warf. Er ging drei Schritte, dann zögerte er. Der Regen prasselte ihm auf das Gesicht und in den Kragen. Er kühlte ihn, belebte ihn aber auch, wie ein Eimer eiskalten Wassers, der auf einen bewusstlosen Betrunkenen geschüttet wurde.

Er ging mit neuer Entschlossenheit weiter. Grace, eine gute Frau, war ihm durch die Lappen gegangen, weil sie die Entscheidung getroffen hatte, die für sie am besten war. Er konnte es ihr nicht verübeln, dass sie die hohle, ausgelaugte Version seiner selbst, zu der er geworden war, nicht wollte.

Am Eingang des Zelts hielt er inne.

»Miss O'Kane?«

»Captain? Peter?«

»Ja, ich bin's.« Der Regen, der auf das Zelt prasselte, zwang ihn, etwas lauter zu rufen, aber er bezweifelte, dass irgendjemand sonst im Lager es hörte.

Der Kattun teilte sich. Sie hielt eine mit Öl gefüllte Laterne in der Hand und ihre Augen glitzerten im Schein der Flamme.

»Komm aus dem Regen, Peter. Du holst dir da draussen noch den Tod.«

Er nickte. Sie hielt ihm die Zeltklappe auf und er ging mit eingezogenem Kopf hinein.

Teresa stellte die Laterne auf dem Campingtisch neben ihrem Feldbett ab. Sie richtete sich auf und stellte sich mit ihm zugewandtem Gesicht vor ihn hin. Dann streckte sie die Hand aus, griff nach dem Revers seines schweren Wollmantels und hob diesen von seinen Schultern.

Sie trug ein schlichtes, weisses, gestärktes Nachthemd, das im

Nacken von einer geknüpften Kordel gehalten wurde. Als er die Schleife öffnete, tropfte Regenwasser von seinen Fingern. Ein Tröpfchen landete auf ihrer Brust und liess die Baumwolle an ihrer Haut kleben. Als er fertig war, strich er mit dem Rücken seiner Fingerspitzen über eine der beiden Erhebungen, die sich gegen den Stoff abhoben. Teresa erschauderte.

Gregory sah ihr in die Augen und sie nickte leicht.

Er legte einen Arm um ihren unteren Rücken, zog sie zu sich heran und küsste sie. Nachdem er sich vorher wie ein schiffbrüchiger Narr an sie geklammert hatte, nahm er sie jetzt wie ein Entdecker, der ein neu gefundenes Land für sich beansprucht.

Teresa öffnete ihm ihren Mund, suchte ihn, schmiegte ihren Körper an seinen, stellte sich wieder auf die Zehenspitzen und griff nach ihm. Er hielt inne, trat einen halben Schritt zurück, einerseits um seinen Uniformkittel aufzuknöpfen, andererseits um zu beobachten, wie sie sich bückte, nach dem Saum des langen Nachthemdes griff und es langsam über ihren Kopf hob.

Er genoss den Anblick ihrer Nacktheit, schnallte seinen Pistolengurt ab und liess ihn auf die Plane am Boden klappern. Er zog seine Stiefel und seine Jacke aus und knöpfte sein Hemd auf.

Teresa hatte sich aufs Bett gelegt und zeigte sich ihm stolz und schamlos. Das Lampenlicht färbte sie golden, wie einen Schatz, den er bestaunen konnte.

Gregory küsste ihren Mund und ihren Körper, sie wickelte ihre Finger in sein dunkles Haar und zog ihn zu sich hinunter und in sich hinein, während Gregory nach den Decken griff und sie beide einhüllte, so dass sie vor dem Wind, der die krachenden Zeltwände gegen sie drückte, und dem Regen geschützt waren.

Er streckte die Hand aus und drehte die Lampe herunter, damit ihre verschmelzende Silhouette sie nicht verriet. Die Dunkelheit verstärkte ihren Geschmack, ihre süssen Düfte, ihre Hitze und die köstlich erregende Spur ihrer Fingernägel, bis sie ihn unter der Decke fand, umschloss und in ihr feuriges Inneres führte.

Gregory, jetzt Teil ihres Körpers, hielt über ihr inne und sah auf sie herab. Sie hob die Hand, strich ihm eine Haarsträhne aus den

Augen und lächelte. Sie nickte erneut kurz und er begann sich zu bewegen.

Kein Getränk und keine Droge konnte seine Dämonen vertreiben, aber hier und jetzt verlor er sich in einer anderen Welt, in der es nichts ausser ihr und dem Gefühl gab, sie seien beide in einer Umarmung gefangen, die ewig dauern konnte oder sollte. Teresas Nägel gruben sich jetzt in sein Fleisch und sie stemmte sich jedem seiner Stösse entgegen. Sie klammerte sich mit den Beinen an ihn, wobei ihre Fersen gegen die Rückseiten seiner Beine drückten, was ihn noch mehr anspornte. Er schwelgte in der schieren, ungezügelten Lust, mit ihr zusammen zu sein und wenn er einen Blick in ihre Augen warf, sah er seine Begierde in diesen widerspiegelt.

Sie packte ihn fester und presste ihren Mund an seine Brust, um ihren Schrei darin zu ersticken, als ihr Körper unter ihm bebte.

Gregory fühlte sich, als stürze er über den Rand eines Wasserfalls und genoss das Gefühl, schwerelos zu fallen, aber zu wissen, dass jemand da war, der ihn auffing. Schliesslich lag er still neben Teresa auf dem schmalen Feldbett.

Sie drehte sich auf die Seite. küsste ihn, zog sich dann etwas zurück und grinste ihn an. »Besser?«

21

KWAZULU-NATAL IN DER GEGENWART

Jan-Marie hatte Recht gehabt, dachte Sannie, denn ohne sie hätten sie das Denkmal des Kaiserlichen Prinzen nie gefunden.

Die Stadt Nqutu bestand aus einer Ansammlung von Geschäften und Marktständen sowie einer Schule. Bei der Abzweigung von der Schotterstrasse, die sie ihnen zu fahren empfohlen hatte, gab es allerdings kein Schild, das die Richtung wies und selbst wenn sie es bis dorthin geschafft hätten, wären es noch mehrere Kilometer durch eine fast strukturlose Landschaft aus offenen, trockenen Grasebenen und niedrigen Hügeln gewesen.

Über das gesamte Gebiet waren Familien-Krale verstreut, die jeweils aus ein paar einfachen Rundhäusern oder Ziegel- und Blechbauten sowie Viehgehegen bestanden. Jan-Marie zufolge war die Anlage immer noch ähnlich wie im Jahr 1879, als die Armee einmarschierte, obwohl heute viel mehr Menschen in dem Gebiet lebten.

Die Gedenkstätte selbst war nur aus der Ferne zu erkennen und erst als Jan-Marie auf einen alten Baum wies, der sich am Ufer eines schmalen Baches irgendwie unpassend aus einem ansonsten offenen Vlei, einer weiten Ebene, die mit dem Regen jeweils zu einem See wurde, abhob.

»Das ist der Jojozi-Fluss, sagte Jan-Marie, als sie eine Betonbrücke über wenig Wasser überquerten. »In den 1800er Jahren nannte man ihn allerdings Tshotshosi.« Ein halbes Dutzend Frauen stand am Rande des Flusses und wusch Wäsche. Ein paar von ihnen warfen ihnen, als sie den Fluss überquerten, einen gelangweilten Blick zu.

Dann sahen sie ein weiteres Objekt, das in krassem Gegensatz zur Umgebung stand: Einen weissen Range Rover neueren Datums, der an einer Trockensteinmauer neben dem Baum geparkt war.

»Das«, deutete Jan-Marie, »sind die Gedenkstätte und Richards Auto.«

Sie waren noch einen halben Kilometer entfernt und näherten sich einem Kraal. »Halt hier an«, wies Sannie Adam an.

»Aber wir können doch ..,«, begann Jan-Marie.

»Wir halten hier«, wiederholte Sannie, »und Sie, Jan-Marie, warten bitte im Auto.«

Adam hielt an und Marilyn, die etwas zurückgeblieben war, um nicht den ganzen Staub abzubekommen, holte sie eine Minute später ein und hielt hinter Adams Ranger an. Sannie und Adam waren bereits aus dem Auto gestiegen.

Nun verliess auch Marilyn ihr Fahrzeug. »Was ist los, Boss?«

Sannie blickte auf die grösstenteils ausgetrocknete Donga, durch die sich der Fluss schlängelte, sowie auf die offene Ebene zu beiden Seiten davon. »Vor fast einhundertfünfzig Jahren wurde hier ein Fürst überfallen und wir wollen nicht, dass uns das Gleiche passiert. Marilyn, bitte geh und sieh dir den Kraal an. Sprich mit den Einheimischen und finde heraus, ob sich noch andere Umulungu, Weisse, hier herumtreiben. Adam, bitte begleite sie als Verstärkung, aber überlass Marilyn das Reden.«

»Und was ist mit dir?«, fragte Marilyn, die lächelte, weil Sannie das Zulu-Wort für Weisse benutzt hatte.

»Ich mache mit Jan-Marie weiter.«

»Ist das sicher?«, wollte Marilyn wissen.

»Hier ist es höher gelegen, also werden wir gleichzeitig Wache halten«, sagte Adam, Sannies Gedanken lesend. »Hier oben sind wir aus dem Weg, aber nahe genug, falls Sannie eine schnelle Eingreiftruppe braucht.«

Marilyn wedelte eine Fliege weg, die ihr Gesicht umschwirrte. »Klingt nach einer Militäroperation.«

Sannie nickte. »Wir waren alle schon in Schiessereien verwickelt. Böse Jungs machen keine halben Sachen.«

»Ich nehme meine Tauchtasche mit«, sagte Adam.

Sannie biss sich auf die Unterlippe. Sie wusste, was er meinte. In seiner Tasche befand sich die AK-47, die er den Militärs, auf die er in Bhanga Nek gestossen war, abgenommen hatte. Als Polizeibeamtin sollte sie ihm sagen, sie wolle keinen Zivilisten mit einem Sturmgewehr als Rückendeckung und es sei zwar in Ordnung, ihn als Aufpasser zu haben, aber nicht als Möchtegern-Scharfschützen, der nach Kerlen Ausschau hielt, die er erschiessen konnte.

Sie wusste jedoch, dass Adam unter Beschuss einen kühlen Kopf bewahrte, denn er hatte einmal einen bewaffneten Raubüberfall vereitelt, indem er auf einen der Diebe schoss und dabei ausserdem das Leben eines verwundeten Wachmanns rettete. Er war ein ehemaliger Fallschirmjäger und sie liebte ihn. Dieser plötzliche Gedanke, klar und frei von jedem Zweifel, ermutigte sie.

»In Ordnung«, nickte Sannie schliesslich.

Adam ging in den hinteren Teil seines Fahrzeugs und holte seine Tasche.

Marilyn begleitete ihn und schaute ihm, als er den Reissverschluss öffnete, über die Schulter. Sie pfiff leise, als er eine Granate aus seiner Kleidertasche nahm und in die Tauchtasche mit dem Sturmgewehr legte. »Jetzt verstehe ich, was Sie meinen.«

ADAM BEOBACHTETE, wie Sannie in seinen Ranger stieg und den kleinen Hügel hinunter zur Gedenkstätte fuhr. Er und Marilyn warteten, bis sie erkennen konnten, wen Sannie dort treffen wollte.

Drei Personen traten hinter der Umzäunung und aus dem Schatten des Baumes hervor.

»Der auf der rechten Seite ist Richard Tustin. Er ist der pensionierte Major der britischen Armee, der hier in der Gegend die Wild-Force-Operation leitete, bei der Militärveteranen zur Bekämpfung der Wilderei eingesetzt wurden. Haibo, ich traue ihm nicht«, erklärte Marilyn.

Sannie parkte in der Nähe der Gedenkstätte und Adam beobachtete, wie die drei sie und Jan-Marie begrüssten. Eine Person der Gruppe war, wie Adam jetzt sehen konnte, eine Frau, die kleiner war als Tustin und ausserdem stand ein weiterer weisser Mann daneben. Niemand zog irgendeine Waffe.

»Jan-Marie hat gesagt, Tustin habe zwei Ausländer, einen Mann und eine Frau, bei sich. Das passt«, sagte Adam.

»Okay. Tun wir, was die Chefin gesagt hat«, sagte Marilyn.

Die beiden legten die kurze Strecke zum Kraal zurück, wobei die Tasche mit dem Gewehr schwer an Adams Seite hing.

Marilyn grüsste eine Frau, die mit einem Baby auf der Hüfte aus einem Gebäude kam. Adam war in KwaZulu-Natal aufgewachsen und als Kind von einem Zulu-Kindermädchen betreut worden. Er beherrschte die Sprache gut und konnte dem Gespräch zwischen Marilyn und der Frau problemlos folgen.

»Hallo, Schwester, wie geht es Ihnen?« Marilyn hielt ihren Polizeiausweis hoch. »Ich bin Warrant Officer Marilyn Msani und muss Ihnen ein paar Fragen stellen.«

»Hallo, mir geht es gut«, antwortete die Frau, deren Arme und Beine dünn waren und die, obwohl sie jünger war als Marilyn, sehr müde aussah. »Wir haben hier nichts falsch gemacht.«

»Nein, nein, da bin ich mir sicher.«

Marilyn fragte die Frau, ob sie in letzter Zeit, ausser den drei, die jetzt bei der Gedenkstätte waren, irgendwelche Fremden in der Gegend gesehen habe.

»Aikona«, antwortete die Frau und schüttelte den Kopf.

Adam hatte eine Idee und sagte in Zulu: »Wir suchen nach einem Gewehr.«

Beide Frauen sahen Adam an. Das Baby jammerte und die Frau wippte ein wenig mit ihm.

Der Blick, den Marilyn ihm zuwarf, sollte ihn erschrecken, was auch funktionierte, aber dennoch fuhr Adam in stockendem Zulu fort: »Ein Skebanga, ein Dieb, hat einen Mann ausgeraubt und getötet. Wir vermuten, dass er die Waffe in den Fluss geworfen hat.«

Die Frau schüttelte den Kopf. »Davon weiss ich nichts.«

»Wir brauchen so ein Gerät«, erklärte Adam, »das Metall findet. Einen Metalldetektor.«

Marilyns presste die Lippen zusammen, aber sie verstand, worauf er hinauswollte und nickte. »Ja, Sisi«, bekräftigte Marilyn. »Ein Detektor würde uns helfen, aber wie Sie wissen, hat die Polizei natürlich kein Geld und wir wüssten nicht, wo wir einen finden könnten.«

Die Frau schaute sich um und warf einen Blick in Richtung ihres Hauses.

»Wir wissen, dass einige der Leute, die hier in der Nähe der alten Schlachtfelder leben, solche Geräte haben«, sagte Adam. »Das ist natürlich keineswegs illegal und wir würden ihn nur für eine kurze Zeit ausleihen. Ich könnte sogar fünfhundert Rand bezahlen, um einen zu mieten.«

Die Augen der jungen Mutter weiteten sich. Sie blickte wieder zu dem kleinen Haus. In der Nähe blökte eine Ziege und ein Huhn, das auf dem Boden zu Adams Füssen pickte, gackerte.

»Ich könnte vielleicht eine solche Suchmaschine für Sie finden. Mein Mann ist nicht zu Hause, sondern auf der Farm bei der Arbeit. Lassen Sie mich nachsehen.«

Die Frau ging mit dem Baby hinein und Marilyn blickte zu Adam auf, ihr Blick fragte: Was spielst du da?

Ein Hund trottete durch den zertrampelten Staub auf sie zu und schnüffelte an Adams Stiefeln. Dieser hielt ihm die Hand hin, worauf sich der Hund zuerst ängstlich duckte, dann aber von Adam streicheln liess. »Jan-Marie erzählte uns, dass jemand, ein Engländer, wie sie meinte, Metalldetektoren an die Leute verteilt hatte, die in der Nähe der Schlachtfelder leben.«

»Ah, ich verstehe«, sagte Marilyn. »Gute Idee.«

Die Frau kam zurück. Sie hatte ihr Kind drinnen abgesetzt, hielt nun aber einen Metalldetektor so in der Hand, als wäre er genauso wertvoll wie ihr Baby.

Bevor sie ihn von der Frau entgegennahm, zog Marilyn ihre Fleecejacke aus und bedeckte ihre Hände damit. »Ich passe gut darauf auf und wir geben ihn Ihnen bald zurück.«

Adam wusste, dass Marilyn keine Fingerabdrücke auf dem Gerät zu hinterlassen versuchte und allfällig vorhandene zu erhalten, denn sie würde das Gerät untersuchen lassen. »Wer hat ihn Ihnen gegeben?«, fragte Marilyn.

Die Frau zuckte mit den Schultern und sah weg.

Marilyn änderte ihren Tonfall vom guten zum bösen Bullen. »Ihr Mann hat ihn gestohlen.«

Die Frau starrte Marilyn an. »Nein! Das stimmt nicht. Ein Führer hat ihn ihm gegeben und ihn gebeten, auf den Schlachtfeldern nach Dingen aus Metall zu suchen.«

Marilyn schüttelte den Kopf. »Ai, das glaube ich Ihnen nicht. Ich muss Ihren Mann befragen. Wann kommt er nach Hause?«

»Nein, bitte, ich weiss es nicht. Er wird böse auf mich sein.«

»Wenn Sie nicht wollen, dass ich Ihren Mann nach Dundee mitnehme und ihn auf der Polizeiwache verhöre, müssen Sie mir sagen, von wem Sie das Ding haben. Wissen Sie, dass es ein Verbrechen ist, etwas Wertvolles von einer historischen Stätte, wie einem Schlachtfeld, zu nehmen?«

Die Frau sah erschrocken aus und Adam konnte nicht sagen, ob sie es vortäuschte oder nicht. »Nein. Der Führer, der uns das Gerät gegeben hat, sagte, dies sei unser Land, unsere Geschichte und wir hätten ein Recht darauf, an den Gewinnen daraus teilzuhaben.«

Plötzlich, dachte Adam, gab es viel mehr Informationen über den geheimnisvollen Mann, der Metalldetektoren verteilte.

»Kennen Sie den Namen des Führers, der Ihnen den Detektor gegeben hat?«, fragte Adam.

Marilyns Stirnrunzeln sagte ihm, er solle den Mund halten und sie die Fragen stellen lassen. Er nickte.

»Nein«, sagte die Frau.

Marilyns Tonfall war wieder milder. »Würden Sie den Führer erkennen?«

Die Frau konnte sich nicht zurückhalten und blickte in das flache Tal hinunter, wo das Denkmal des Kaiserlichen Prinzen im Schatten des Baumes stand. Und wo Richard Tustin und seine beiden Gäste mit Sannie und Jan-Marie sprachen.

»Besucht der Führer, der Ihrem Mann den Metalldetektor geschenkt hat, die Schlachtfelder oft?«, fragte Marilyn die Frau.

Diese biss sich auf die Lippe, nickte aber. »Yebo.«

»Ja«, antwortete Marilyn und zeigte auf das Denkmal. »Ist der Führer jetzt dort unten?«

Die Frau schaute zum Himmel. »Ich möchte nicht, dass mein Mann Schwierigkeiten kriegt - mit niemandem.«

»Hat Ihr Mann mit diesem Ding je etwas gefunden?« Marilyn hielt den Detektor, dessen Griff immer noch in ihrer Fleecejacke steckte, hoch. »Hat er irgendwelche Erinnerungsstücke von den Schlachtfeldern an den Mann da unten verkauft?«

Die Frau schüttelte den Kopf. »Nein. Gar nichts. Mein Mann sagt, das Ding sei nutzlos. Alles, was er findet, sind alte Schrauben, Nägel und Müll.«

»Dann hat er noch kein Verbrechen begangen«, erklärte Marilyn. »Wenn Sie mir sagen, wer Ihrem Mann den Detektor gegeben hat, und wenn ich dann herausfinde, dass Ihr Mann diesem Führer nie etwas verkauft hat, kann ich Ihnen versprechen, dass es keine Anzeige gegen Ihren Mann geben wird.«

Die Frau holte tief Luft und blickte dann wieder zu der Stelle, an der Sannie mit den anderen stand. Sie waren jetzt alle gut zu sehen. Die Frau zeigte auf sie. »Die Person dort ganz auf der Seite.« Tustin stand in der kleinen Gruppe ganz links.

»Meinem Mann wurde gesagt, alles, was er finde, werde in ein Museum in England gebracht und er werde dafür bezahlt. Man erklärte ihm, das alles sei offiziell und rechtens.«

»Danke«, sagte Marilyn, hielt einen Moment inne und reichte den Detektor an die Frau zurück. »Vielleicht brauchen wir den ja doch nicht.«

Die Frau nickte, nahm das Gerät und ging damit in ihr Haus zurück.

Adam beobachtete, dass Marilyn ihr Telefon herausnahm und Sannie eine Nachricht schickte, während Sannie unten ihr Telefon herausnahm und auf den Bildschirm schaute.

Tustin hat die Metalldetektoren verteilt. Er behauptet, für ein britisches Museum zu arbeiten, das Artefakte sammelt und dafür bezahlt.

SANNIE STECKTE ihr Telefon wieder weg.

Richard Tustin hatte ihr gerade Piet Van der Ploeg, einen Geschäftsmann aus Holland, sowie eine Amerikanerin, Goldie Faul, aus New York, vorgestellt. Jan-Marie hatte auf der Fahrt hierher mehr oder weniger dasselbe beschrieben.

»Sind Sie beide hier im Urlaub? Reisen Sie zusammen?«, fragte Sannie die Leute, die sie gerade kennengelernt hatte.

»Nein, wir reisen nicht gemeinsam, haben aber einige gemeinsame Interessen«, sagte Faul.

Sie war attraktiv, etwa Mitte dreissig, hatte schwarzes, zu einem Bob geschnittenes Haar, das unter einem breitkrempigen grünen Filzhut hervorschaute und trug teure Designer-Safari-Kleidung. Nicht die übliche Hose mit Reissverschlüssen, um die Beine zu kürzen, sondern eine gut geschnittene Khakihose, eine grüne Bluse und eine massgeschneiderte Buschjacke. Ihre goldene Halskette und ihre Armbänder waren zwar unauffällig, aber wahrscheinlich mehr wert, als eine südafrikanische Polizistin in einem Jahr verdiente.

»Und welche Interessen wären das?«, fragte Sannie.

Faul schenkte ihr ein strenges Lächeln. »Zum einen Geschichte. Ich habe einen Doktortitel in Geschichte, von der Cornell University in den USA und ein Zweitstudium in Archäologie.«

»Sind Sie das erste Mal in Südafrika?«, fragte Sannie.

»Nein, Frau Oberst. Übrigens, soll ich meinen Anwalt anrufen, damit er sich per Zoom zu uns gesellt?«, Faul zog ein Telefon aus ihrer Jackentasche und liess es in ihrer Hand wackeln.

Faul lächelte zwar, aber Sannie war sich sicher, dass sie nur halb scherzte. »Das ist nicht nötig«, sagte Sannie.

Van der Ploeg war älter und sehr distinguiert, er trug eine Chinohose und ein blaues Ralph-Lauren-Poloshirt und ausserdem thronte ein in Südafrika hergestellter Rogue-Buschhut aus Nylonnetz und Segeltuch auf seinem Kopf. Seine 'Veldskoen' Lederschnürschuhe deuteten darauf hin, dass er eine lokale Verbindung haben könnte.

»Sind Sie ursprünglich aus Südafrika, Herr Van der Ploeg?«

»Nennen Sie mich doch einfach Piet«, sagte er zu Sannie. »Ja, ich komme ursprünglich aus Johannesburg und bin 1994, als sich die Dinge änderten, von hier weggezogen.«

Sie nickte und fragte sich, warum er, als der Afrikanische Nationalkongress die Macht übernahm, plötzlich das Bedürfnis verspürt hatte, das Land zu verlassen. Er war Mitte fünfzig und hatte die aufrechte Haltung und den scharfen Haarschnitt eines früheren Militärangehörigen, was an sich nicht ungewöhnlich war, denn bis zu diesem Zeitpunkt waren fast alle weissen Männer wehrpflichtig gewesen. Auch ihr erster Mann hatte, ebenso wie Adam, in der Armee gedient. Van der Ploegs blaue Augen sahen sie unverwandt an, als wolle er sie herausfordern, eine weitere Frage zu stellen.

»Frau Oberst«, unterbrach Tustin. »Ich befinde mich mitten in einer Führung.«

»Ich weiss. Aber jetzt ist es an der Zeit, dass Sie die Präsentation unterbrechen, mitkommen und mir ein paar zusätzliche Fragen beantworten.«

Tustin schaute auf seine Rolex. »In etwa anderthalb Stunden bin ich wieder bei meinem Haus in Dundee und würde mich freuen, Sie dort zu treffen, wenn Ihnen das recht ist.«

'Verdienen britische Offiziere im Ruhestand eine solche Rente, dass sie sich einen Range Rover und eine Rolex leisten können?', fragte sich Sannie, während sie den Kopf schüttelte. »Nein, das ist es nicht. Ich bin sicher, dass Jan-Marie, die in meinem Auto sitzt, Ihren Gästen alles über Prinz Louis Napoleon erzählen kann, während Sie und ich zu meinem Fahrzeug gehen und uns unterhalten.«

Tustin hob eine Hand. »Nein Colonel, tut mir leid, ich muss wirklich darauf bestehen …«

Sannie griff hinter ihren Rücken und zog ein Paar Handschellen aus einer Tasche. Sie holte tief Luft und erinnerte sich an die Online-Recherche, die sie im Ranger, während Adam fuhr, durchgeführt hatte. »Richard Tustin, ich verhafte Sie wegen vermutetem Verstoss gegen die Paragraphen 20 und 33 des südafrikanischen Gesetzes über das nationale Kulturerbe, weil Sie bestimmte Kulturgüter aus Südafrika ausgeführt haben oder ausführen liessen. Ausserdem haben Sie das nicht über einen anerkannten Zollhafen getan und ohne die erforderlichen Genehmigungen. Dazu kommt, dass Sie ausländische Kulturgüter eingeführt haben oder einführen liessen, und zwar nicht über einen anerkannten …«

»In Ordnung.« Tustin hob die Hände. »Es reicht. Lassen Sie uns bitte reden.« Er wandte sich an seine Gäste. »Piet, Goldie, bitte entschuldigt mich, das ist alles ein schrecklicher Irrtum, wie ich dem Colonel hier gleich erklären werde. Jan-Marie kann euch alle Fragen, die ihr habt, beantworten. Ich werde in ein paar Minuten wieder bei euch sein.«

»Es wird wohl etwas länger dauern«, warf Sannie ein.

Faul, die offensichtlich eher daran gewöhnt war, Befehle zu erteilen als anzunehmen, wandte sich an Jan-Marie. »Bringen Sie uns zurück nach Dundee, sofort!«

»Ich habe mein Auto nicht hier«, sagte Jan-Marie. »Deshalb bin ich mit der Frau Oberst gekommen.«

»Das ist mir scheissegal«, murrte Faul. »Sie können Richards Range Rover fahren, oder ich tue es.«

»Goldie, warte …«, begann Tustin.

»Frau Faul, auch Sie müssen vorerst hierbleiben«, wies Sannie sie an. »Ich habe auch einige Fragen an Sie und je nach Ausgang der Gespräche mit Herrn Tustin werde ich Sie und Ihr Gepäck durchsuchen müssen.«

»Den Teufel werden Sie tun. Ich bin amerikanische Staatsbürgerin und ohne Durchsuchungsbefehl können Sie so etwas nicht tun. Ich rufe jetzt gleich meinen Anwalt in den USA an«.

Als Faul erneut ihr Telefon zückte, meldete sich Van der Ploeg zu Wort. »Colonel, Sie werden nichts gegen Goldie oder mich finden, selbst wenn Sie hier draussen im Nirgendwo einen Durchsuchungsbefehl bekommen, bevor wir nach Johannesburg zurückfliegen. Ich bezweifle, dass Sie genug - wenn überhaupt irgendwelche- Beweise haben, um zwei Ausländer zu verhaften.« Er lächelte und breitete seine Hände aus. »Aber wir warten, bis Richard dieses unglückliche Missverständnis aufgeklärt hat.«

Van der Ploeg ging los, um mit Faul zu sprechen, die sich von der Gedenkstätte entfernt hatte und ihr Telefon hoch in die Luft hielt, um nach einem Signal zu suchen. Jan-Marie lief ihnen hinterher.

»Wir wissen, dass Sie Metalldetektoren an die Einheimischen verteilt haben, um die Schlachtfelder nach Artefakten zu durchsuchen«, erklärte Sannie Tustin jetzt, wo sie allein waren.

Er starrte sie an. »Ich habe nichts dergleichen getan. Ich bin mir der Bestimmungen des Denkmalschutzgesetzes voll und ganz bewusst und lehne die Plünderung historischer Stätten, wie alle seriösen Fremdenführer, ab.«

Er machte den guten Eindruck eines empörten Unschuldigen. »Dann haben Sie in Ihrem anderen Haus in England also keine Assegais, keine Knobkerries und keine Kugeln aus dem Zulukrieg?«

»Ich ...«

Sie schwieg und sein Gesicht wurde rot.

»Ich habe hier in Südafrika von einigen Zulu-Häuptlingen Geschenke erhalten. Als ich Veteranen aus dem Vereinigten Königreich hierherbrachte, besuchten wir im Rahmen ihrer laufenden Rehabilitation von psychischen Problemen und körperlichen Verletzungen einige der örtlichen Gemeinschaften und halfen, wo wir konnten. Ich habe einen Assegai, einen Knobkerrie und zwei Schilde aus Kuhfell bekommen, ja.«

»Antiquitäten?«

»Ja. Das haben die Häuptlinge jedenfalls behauptet.« Er wischte sich den Schweiss von der Stirn. »Man weiss nie. Aber gut, ich hatte keine Ausfuhrerlaubnis für sie.«

»Ich spreche nicht von Geschenken und das wissen Sie.«

Er holte tief Luft. »Ich versichere Ihnen, Frau Oberst, dass ich nicht mit gestohlenen Gegenständen handle und ich habe ganz sicher noch nie jemandem einen Metalldetektor gegeben. Ich hasse diese verdammten Dinger - sie erinnern mich an die Sprengsätze in Afghanistan.«

Er war ein guter Lügner. Sie nickte in die Richtung des Manns und der Frau, die sie gerade kennengelernt hatte. »Und weshalb sind sie hier?«

Tustin warf einen Blick auf Van der Ploeg und Faul, dann wandte er sich wieder Sannie zu. »Das sind Touristen.«

»Eine knallharte amerikanische Akademikerin und ein südafrikanischer Geschäftsmann landen zufällig auf der gleichen Tour durch eine obskure Ecke der Schlachtfelder des Zulukrieges?«

»Sie ...«

»Wir können die Befragung gern auf dem Polizeirevier von Dundee fortsetzen«, sagte Sannie.

Tustin hob eine Hand. »Warten Sie.« Er schien im Kopf seine Worte vorzubereiten, bevor er mit leiser Stimme sagte: »Lassen Sie mich zunächst sagen, dass ich keinerlei Anhaltspunkte dafür habe, dass Piet oder Goldie in irgendetwas Illegales, ganz gleich was, verwickelt sind.«

»Fahren Sie fort.«

»Piet Van der Ploeg betreibt ein Boutique-Auktionshaus mit Sitz in den Niederlanden. Ich habe im Laufe der Jahre immer wieder Kontakt zu ihm gehabt, da er viel mit Militaria handelt. Von Zeit zu Zeit kommen Sammlungen von Erinnerungsstücken der Zulu und der britischen Armee auf den Markt. Dabei handelt es sich in der Regel um Privatsammlungen, Artefakte aus der Zeit der Kriege oder aus dem frühen zwanzigsten Jahrhundert, als es keine oder weniger Beschränkungen für die Ausfuhr von Kulturgütern gab.«

»Und was ist Ihre Rolle bei diesen Auktionen?«, fragte Sannie.

»Wenn viel zur Versteigerung kommt, schickt mir Piet per E-Mail Bilder und ich tue dann mein Bestes, um ihn, obwohl ich selbst kein Sammler bin, über das Alter und die Echtheit der Gegenstände und ihren wahrscheinlichen Wert zu beraten.«

»Ich verstehe.« Sannie betrachtete den Mann und die Frau, die mit Jan-Marie sprachen, einen Moment lang. Sie hatte sie in die niedrige Mauer geführt, die das Denkmal des Prinzen und die Gräber der Soldaten, die am selben Tag wie Louis Napoleon getötet worden waren, umgab.

»Und Goldie Faul?«, fragte Sannie.

»Sie ist genau, was sie gesagt hat, eine Expertin für afrikanische Geschichte. Allerdings arbeitet sie für einen Dot-Com-Milliardär in den USA, einen begeisterten Sammler von Kunst und historischen Artefakten - militärischem Zeug.«

Sannie hatte ihr Notizbuch gezückt. »Name?«

Tustin zuckte mit den Schultern. »Ich habe im Auto auf dem Weg hierher versucht, sie in ein bisschen Smalltalk zu verwickeln, konnte aber nicht viel aus ihr herausbekommen. Piet war hier in Südafrika, um seine Mutter zu besuchen - sie ist fünfundneunzig. Weil er im Laufe der Jahre mit Goldie zu tun gehabt hatte, bot er ihr an, sie mit meiner Hilfe herumzuführen.«

»Was macht sie hier?«

»Sie ist geschäftlich und privat hier, sagte sie«, berichtete Tustin. »Und Piet erzählte mir, Goldie sei Kuratorin des privaten Museums und der Galerie ihres reichen Chefs. Sie sagte, sie wolle, während sie hier sei, für ihren Boss« – er hob die Hände und zeichnete Anführungszeichen in die Luft - »’einkaufen’. Aber als ich sie fragte, wer ihr Boss sei, sagte sie mir, sie wolle seine Privatsphäre schützen.«

Sannie runzelte die Stirn. Ihr kam in den Sinn, was Adam an der Küste passiert war, und sie dachte an den Koran und das Schwert, die er gefunden hatte.

Sannie deutete auf die von Bäumen beschattete Gedenkstätte. »Warum haben Sie sie hierher gebracht? Ich hatte bis eben noch nie etwas von dem französischen Prinzen gehört. Das gehört doch sicher nicht zu den üblichen Touristenpfaden des Zulukriegs?«

Tustin schüttelte den Kopf. »Nein, eigentlich nicht. Die französische Botschaft hält hier jedes Jahr im Juni, am Todestag des Prinzen, einen Gedenkgottesdienst ab. Ich habe gelegentlich französische Kunden, die die Geschichte kennen und den Ort besuchen wollen.

Aber Sie haben recht, die meisten Touristen fahren nur nach Rorke's Drift und Isandlwana. Es war Goldie, die die Gedenkstätte sehen und mehr über den Prinzen erfahren wollte.«

»Hatte sie einen bestimmten Grund?«, erkundigte sich Sannie.

Tustin stemmte die Hände in die Hüften und sah sich um. »Ich habe ihr und Piet erzählt, dass der Prinz und seine Begleiter hier abgesattelt haben und am Kaffee kochen waren, als aus einem Mais-feld eine Gruppe von Zulu auftauchte. Es muss dort drüben gewesen sein. Er deutete über seine Schulter in Richtung einer Gegend näher am Fluss. Goldie interessierte sich sehr für seinen letzten Widerstand und dafür, mit welcher Waffe er sich zu verteidigen versucht hatte.«

»Und womit war er bewaffnet?«, fragte Sannie. Sie spürte ihre Neugierde wachsen und schon wieder dieses Kribbeln in ihren Fingerspitzen, das jeweils auftauchte, wenn sie kurz davor war, einen Fall zu lösen.

»Er war mit einer Pistole und einem Schwert bewaffnet, wobei Berichte aus dieser Zeit darauf hindeuten, dass er sein Schwert nicht für seine Verteidigung benutzen konnte und es fallen liess. Goldie hat mich lange darüber ausgefragt, was mit dem Schwert passiert sei.«

»Und?«, wollte Sannie wissen.

»Er wurde getötet und die Zulu nahmen sein Schwert an sich. Später wurde es den Briten von einem Abgesandten König Cetshwayos zurückgegeben. Dieser hoffte, er könnte die Briten durch die Rückgabe des Schwertes als Geste des guten Willens zu Friedens-verhandlungen mit ihm bewegen, aber diese Idee scheiterte. Lord Chelmsford brachte das Schwert schliesslich nach Grossbritannien und gab es Kaiserin Eugénie, der Mutter des Prinzen, zurück.«

Sannie warf abermals einen Blick auf das Denkmal. Es sah aus, als schildere Jan-Marie Piet und Goldie ihre eigene Version der Ereig-nisse. Sie sprach lebhaft und benutzte ihre Hände. »Jan-Marie hat offensichtlich die Theorie ...«

Tustin unterbrach sie. »Ja, ja, ich weiss. Der Kaiserliche Prinz habe das Schwert seines Grossonkels bei sich getragen, als er getötet wurde. Das ist ein schöner Gedanke, wie aus einem Roman, aber ich fürchte, er ist nicht wahr. Das Standardschwert der französischen Kavallerie des Prinzen befindet sich zusammen mit allen anderen Waffen Bonapartes in einem Napoleon Bonaparte gewidmeten Museum.«

»Trotzdem sind Ihr amerikanischer Gast und Ihr Freund, der Auktionator, hier, an diesem abgelegenen Ort, und fragen nach dem Schwert Napoleons?«

Tustin lachte ein wenig. »Und ja, Jan-Marie ist wahrscheinlich gerade dabei, ihnen ihre bizarre Theorie in den Kopf zu setzen und ihnen Hoffnungen zu machen. Jan-Marie ist ein reizendes Mädchen und kann sehr überzeugend sein. Dennoch fürchte ich, liegt nirgends in Südafrika ein Schwert von Napoleon herum.«

Jan-Marie war eine Frau, kein Mädchen, und zwar eine, die mehr als ein Herz in Dundee in Aufruhr versetzt hatte. Sannie hatte die Verbindung zwischen ihr und Tustin gesehen, doch jetzt verhielt er sich ihr gegenüber abweisend. Sie fragte sich, welche Spiele sie miteinander spielten.

»Wieso sind Sie so sicher, dass der Prinz Bonapartes Schwert nie getragen hat?«

»Weil Louis Napoleon ein Angeber war, den Selbstzweifel plagten und der an etwas ähnlichem wie Wahnvorstellungen litt. Möglicherweise erzählte er den Leuten 1879, dass er das Austerlitz-Schwert seines Grossonkels bei sich trage, aber die Fakten sprechen dagegen. Der arme alte David Gregory wusste am meisten über Louis Napoleon und sein Schwert und er versuchte, es Jan-Marie zu erklären.«

»Und wie kam es, dass er so ein Experte war?«

Nun spottete Tustin. »Oh, David hielt sich für einen Experten für alles, was mit dem Zulukrieg zu tun hatte, aber in diesem Fall wusste er wirklich mehr als wir alle. Sein Urgrossonkel war nämlich wie Sie Polizist gewesen, Unterinspektor Peter Gregory von der berittenen Polizei von Natal. David war der Ur-Ur-Enkel von Peter Gregorys jüngerem Bruder, der nach Peters Tod nach Südafrika kam.«

»Ja, ich habe von diesem Peter Gregory gehört. Aber Jan-Marie glaubt, er sei in Ausübung seiner Pflicht, auf der Suche nach Napoleons Schwert, getötet worden.«

Tustin nickte. »Ja, ja, ja. Auch das weiss ich alles. Gregory wurde von einem Verdächtigen mit einem Schwert umgebracht. Aber Jan-Marie irrt sich, wenn sie immer noch glaubt, der Verbrecher sei mit Louis Napoleons Schwert bewaffnet gewesen.«

»Wer hat denn gesagt, das Schwert habe Napoleon gehört?«, hakte Sannie nach.

»Ich habe vor ein paar Wochen mit David gesprochen. Das war, bevor wir unseren Streit im Schuppen hatten, von dem Sie ja wissen. Jan-Marie war mit einer Theorie über das angeblich verlorene Schwert von Louis Napoleon zu mir gekommen und ich wollte von David persönlich hören, was er dazu zu sagen hatte. Ich ging zu ihm nach Hause und er erzählte mir, Jan-Marie habe ihn gefragt, ob er noch weitere Briefe oder Tagebücher von Peter Gregory habe - sie hatte bereits eines von seinen Tagebüchern für ihre Doktorarbeit über die Natal Mounted Police verwendet. David sagte mir, er habe keine und dies Jan-Marie auch schon erklärt. Allerdings habe er Jan-Marie verraten, dass er das Schwert, mit welchem sein Urgrossonkel Peter getötet worden sei, besitze.«

Sannie versuchte, sich die Abstammung und das Alter der beteiligten Personen vorzustellen. »Und welche Geschichte verbarg sich hinter dem Schwert?«

»Gemäss Davids Familiengeschichte, die von Generation zu Generation mündlich überliefert worden war, wurde Peter von einem mit einem britischen Kavalleriesäbel bewaffneten Mann getötet. David berichtete, Peter habe angeblich einen Mann festzunehmen versucht und sei bei dem Gerangel getötet worden. Irgendwie - das kollektive Gedächtnis war dabei etwas verschwommen - habe ein Zulu-Polizist, der nur als 'Samuel' bekannt und offenbar ein guter Freund von Peter gewesen sein muss, den Täter vor Gericht gebracht und der Gregory-Familie das Schwert anschliessend geschenkt.«

»Wusste Jan-Marie das? »

»Ja. David hatte ihr von dem Schwert erzählt und Jan-Marie ihn gefragt, ob sie es sehen könne. Sie erzählte mir, jedes Mal, wenn sie David besucht habe, hätte er eine andere Ausrede vorgebracht, weshalb er ihr das Schwert nicht zeigen könne. Es sei in einem alten

Überseekoffer eingeschlossen und er könne den Schlüssel nicht finden, oder der Koffer sei auf dem Dachboden und er zu alt, um dort hinaufzusteigen und es herauszuholen und das Schloss zu knacken«, berichtete Tustin.

»Glauben Sie, er hatte etwas zu verbergen?«, fragte Sannie.

»Ich weiss es nicht, aber Jan-Marie war sich dessen sicher. Sie bat mich deshalb, zu David zu gehen, denn er hatte immer weniger Geduld mit ihr und wollte nicht mehr mit ihr reden. Jan-Marie ist jung und ungestüm und ihr Geschichtsbild ist von Filmen wie *Tomb Raider* und *Raiders of the Lost Ark* geprägt. Sie war auf der Suche nach Intrigen und Geheimnissen und war sich sicher, dass David Napoleons Schwert irgendwo in seinem Haus versteckt habe - vielleicht in dieser Truhe, die er erwähnt hatte. Ausserdem war sie sich sicher, dass er es bereute, dieses Schwert überhaupt zu besitzen.«

»Sie waren also bei David«, nahm Sannie diesen Faden wieder auf.

»Ja, aber als ich ihm sagte, weshalb ich gekommen war, wurde er wütend und sagte etwas wie Jan-Marie und ich sollten aufhören, ihn mit unsinnigen Theorien zu belästigen. Er ging in sein Schlafzimmer und kam mit einem britischen Kavalleriesäbel zurück. »Hier«, sagte er, »ein für alle Mal: Hier ist das Schwert, mit dem Peter Gregory getötet wurde.« Er erzählte mir, er habe John Parker gebeten, auf den Dachboden zu steigen, die Truhe aufzubrechen und das Schwert herunterzuholen. David und ich hatten uns immer wieder gestritten, aber ich glaube, das war der Anfang vom Ende der Überreste unserer einstigen Freundschaft. Unser nächstes Treffen im 'Shed' war ..., na ja, Sie wissen ja, wie dieses endete.«

Sannie nickte. »Wie hat Jan-Marie auf die Nachricht reagiert?«

Er zuckte mit den Schultern. »Sie wollte es zuerst nicht glauben und hielt daran fest, David bei einer Lüge ertappt zu haben. Später sprach sie jedoch mit John darüber und dieser bestätigte Davids Geschichte. Dennoch glaubt Jan-Marie nach wie vor, Napoleons Schwert liege irgendwo in Südafrika.«

»Und warum ist Frau Faul so an dem Schwert interessiert?«

Tustin rieb sich das Kinn. »Ich weiss es nicht. Ich glaube, Jan-

Marie hat weder sie noch Van der Ploeg je getroffen oder mit ihnen gesprochen - obwohl sie ihnen zweifellos gerade jetzt allerlei Unsinn in den Kopf setzt.«

Sannie unterbrach die Diskussion über ein vermisstes Schwert, das vielleicht noch existierte, oder auch nicht. »Was machen Ihre Militärveteranen an der Küste von KZN, unten in Bhanga Nek?«

»Woher soll ich das wissen?«, gab Tustin zurück. »Schwimmen und Fischen, wahrscheinlich. Und übrigens, es sind nicht 'meine' Veteranen.«

Sannie musste vorsichtig vorgehen. Ausser der Behauptung einer Frau, Tustin habe Metalldetektoren verteilt, hatte sie weder Beweise dafür, dass Tustin in den internationalen illegalen Handel mit Antiquitäten verwickelt war, noch wusste sie mehr über das, was mit Adam geschehen war.

Sie beschloss, eine ganz andere Frage zu stellen. »Haben Sie jemals einen Metalldetektor benutzt, um ein Schlachtfeld zu durchsuchen?«

»Nein, nie. Und ich dulde keine Amateure, die das tun, denn sie sind üble Schatzsucher. Jeder, der dies an einem geschützten Ort hier in Südafrika tut, kann und sollte verhaftet werden.«

»Das war also ein klares Nein. Erzählen Sie mir etwas über einen Mann namens Andy, einem Mitglied der Veteranengruppe, der früher im Auftrag Ihrer Organisation im Wildreservat von David Gregory gearbeitet hat.«

Tustin seufzte. »Andy ist ein Psychopath. Er wurde, nachdem er in einer Bar in eine Schlägerei geraten war und dabei einen Zivilisten krankenhausreif geprügelt hatte, aus dem britischen 'Special Boat Service' geworfen. Ausserdem gab es Anschuldigungen wegen Kriegsverbrechen aus seiner Zeit in Afghanistan. Der Rest seiner Crew schien mir ebenso rau zu sein. Sie hatten auch einen amerikanischen Special-Forces-Veteranen dabei, doch dieser ist, nachdem er im Wildreservat auf einen Einheimischen schoss, aus dem Land geflohen.«

»Überprüfen Sie die Veteranen, die in Ihrem Programm teilnehmen, nicht?«

»Sie steht allen britischen Militärveteranen und einigen wenigen aus den USA offen. Es gibt einige, nein viele, Betroffene. Aber dies scheint eine besonders schlechte Auswahl gewesen zu sein.«

»Sagen Sie mir ...« Sannies Telefon gab einen Piepton von sich. Sie nahm es heraus, schaute auf das Display und sah eine Nachricht von Marilyn.

Wir werden beobachtet.

22

ZULULAND, 1880

Teresa lag in Gregorys Arm und es fühlte sich an, als habe ihre Wärme die Verkrampfungen in seinem Kopf und seinem Herzen gelöst. Dennoch hatte er Fragen an sie.

»Und dein Ehemann?«, flüsterte er in die Dunkelheit der Morgendämmerung. »Vor dem Gesetz bist du doch immer noch verheiratet.«

»Er ist bald mein Ex. Er hat sich endlich bereit erklärt, seine Untreue zuzugeben. Damit wird es zwar für ihn in der Öffentlichkeit eine Zeit lang etwas peinlich, aber er will wieder heiraten. Diesmal ist es eine richtige englische Rose, die er entjungfern will, sie ist fünfzehn Jahre jünger als er.«

»Ich verstehe.«

»Seine Mutter war nie mit mir einverstanden«, erklärte Teresa. »Die Klatschbasen auf beiden Seiten behaupteten, ich sei hinter seinem Geld her oder eine Aufsteigerin, die sich aufspielt, aber das stimmte nicht. Es war schlimmer.«

Er streichelte ihr Haar und fuhr mit dem Fingerrücken über die glatte Haut ihrer Wange.

Er spürte ihr Lächeln in der Dunkelheit. »Ich habe mich einfach in ihn verliebt. Wir lernten uns kennen, als er dieselbe Universität besuchte, an der ich studierte.«

»Was hast du studiert?«, erkundigte er sich.

»Englische Literatur, denn ich wollte schreiben. Freddy, Lord Beecham, umwarb mich und ich verliebte mich in ihn, obwohl ich glaube, dass er mich eher als Eroberung wollte, denn als Frau. Ich habe ihn mich also erobern lassen und wäre glücklich gewesen, ein Kind von ihm zu bekommen.«

Gregory hielt sie fest, küsste sie und spürte, dass sie in seinen Armen tief einatmete.

»Aber er war mir untreu, seit wir geheiratet haben, oder vielleicht sogar schon vorher.«

Er küsste ihr die Tränen von den Wangen und sie klammerte sich an ihn.

GREGORY VERLIESS Teresas Bett noch vor dem Morgengrauen, entfachte das Feuer und wärmte sich in der Dunkelheit daran, als der Fuhrmann aufstand und das Lager aufzuräumen begann.

Samuel kam zu ihm. »Guten Morgen, Peter. Alles okay bei dir?«

Gregory lächelte, zum gefühlt ersten Mal seit langer Zeit. »Ja heute kann man das wirklich so sagen, Samuel. Alles bestens.«

Gregory schenkte Samuel eine Tasse Kaffee ein und beide standen in geselligem Schweigen beisammen.

»Was zum Teufel ...?«, hörten sie Phillips unvermittelt in der Dunkelheit fluchen.

Samuel und Gregory drehten sich gleichzeitig um, wobei Peter seine Kaffeetasse zu Boden fallen liess und instinktiv nach dem Revolver im Holster griff.

Im Halbdunkel der Morgendämmerung sah Gregory, dass eine Gestalt zwischen zwei Zelten dahin huschte und beobachtete, dass Phillips ebenfalls in Sicht kam. Mit einem Rugby-Tackle schlug er einen Mann zu Boden, der allerdings schnell wieder auf die Beine kam und Phillips, als er sich aufrichten wollte, einen heftigen Tritt gegen das Kinn versetzte.

»Halt!«, rief Gregory.

Aber der Mann verschwand schleunigst aus dem Lager und über

das Feld, in dieselbe Richtung, die die Eskorte des Kaiserlichen Prinzen genommen hatte, als sie diesen seinem Schicksal überliess.

»Halt oder ich schiesse!«, schrie Gregory.

Er bemerkte, wie die anderen aus ihren Zelten kamen und Mathias, der Fuhrmann, seine Arbeit unterbrach, um zuzusehen. Der Mann rannte weiter, zum Kamm des niedrigen Hügels über dem Tshotshosi-Fluss hinauf.

Gregory visierte ihn über den kurzen Lauf der Pistole an und feuerte. Die Waffe ruckte in seiner Hand.

Aus dieser Entfernung war es allerdings fast unmöglich, mit dem Schuss das Ziel zu treffen und Gregory verfehlte. Er zielte und drückte erneut ab. Gregory glaubte zu sehen, wie der rechte Arm des Mannes nach aussen zuckte, er aber trotzdem weiterrannte.

Phillips, der sich mit einer Hand den Kiefer rieb, machte sich auf den Weg zu den Pferden, die aber für die Nacht alle angebunden worden waren. Phillips fluchte, während er sein Pferd mit eiskalten Händen loszubinden versuchte.

Samuel lief dem Mann hinterher. Er trug sein Gewehr an der Seite und hatte das Lager verlassen. Phillips hatte sein Pferd endlich befreit und sprang ohne Sattel darauf. Gregory holte sein Martini-Henry-Gewehr dort, wo er es auf seiner Bettrolle liegen gelassen hatte, aber es war zu spät, um noch einen Schuss abzugeben.

»Los geht's«, wies Gregory Phillips an, »aber verfolge ihn nicht bis ans Ende der Welt. Wenn er hinter dem Hügel ein Pferd stehen hat, ist er längst weg.«

»Ja, Sir.« Phillips gab seinem Pferd einen Tritt in die Rippen und das Tier schoss davon.

»Was ist hier eigentlich los?« Teresa stand an ihrem Zelt und hielt sich den Mantel, dessen Knöpfe nicht verschlossen waren, zu. Ihr Haar war zerzaust und sie hatte noch nie so schön ausgesehen.«

»Ich weiss es auch nicht genau.« Gregory spürte, wie sich seine Wangen röteten. Sie hatten gerade einen Eindringling im Lager gehabt und er war mit seinen Gedanken trotzdem ganz woanders. Sie lächelte ihn an.

»Was ist denn das für ein Aufruhr?«, fragte Grace, als auch sie aus ihrem Zelt herauskam. Von dem italienischen Grafen war keine Spur zu sehen und Gregory fragte sich, ob Ferdinand immer noch in Grace' Bett lag.

»Es scheint, wir hatten einen Besucher im Lager«, erklärte Gregory.

Grace schirmte ihre Augen ab und drehte sich um. Sie konnte beobachten, dass Samuel den Kamm des Hügels erreicht hatte und Phillips zu ihm galoppierte und sein Pferd an dessen Seite lenkte. Der Reiter beugte sich hinunter, reichte Samuel die Hand und zog den anderen Mann zu sich auf den Rücken des Pferdes, das nun mit beiden Männern zurück zum Lager trabte.

Wie Teresa hatte auch Grace einen Mantel über ihr Nachthemd gezogen. Sie sah die andere Frau, hob ihre Nase in die Luft und erklärte: »Ich gehe packen.«

»Sag dem Grafen, er solle in einer Stunde zum Aufbruch bereit sein«, sagte Gregory.

Grace drehte sich um. »Er ist nicht in meinem Bett, Peter.«

Gregory spürte, dass er noch stärker errötete. »Ich bitte um Entschuldigung, ich meinte ...«

Grace winkte ihm mit dem Finger. »Ich weiss genau, was du gemeint hast.« Sie machte auf dem Absatz kehrt und stürmte zurück zu ihrem Zelt.

»Signor ...«

Gregory sah sich um und erblickte Graf Ferdinand, der vom Fluss heraufkam und aus der Donga stieg.

»Ich habe nur meine Toilette gemacht, ja?«

»Gut«, sagte Gregory. »Wir hatten einen Eindringling im Lager.«

Die Augen des Grafen weiteten sich. »Un ladro? Ein ... wie sagt man, ein Dieb?«

»Vielleicht. Haben Sie vom Fluss aus nichts gesehen?«

»Nein.« Er schüttelte den Kopf. »Ich muss gehen ... in mein Zelt schauen.«

Ferdinand dreht sich weg, um nach seinen Sachen zu sehen, während Gregory zu Mathias ging und ihn in der Dunkelheit befragte. Anscheinend hatte niemand den Mann bemerkt, der sich in ihr Lager geschlichen hatte.

Phillips und Samuel kehrten zum Lagerfeuer zurück und stiegen ab.

»Er war schon weg, Sir«, berichtete Phillips. »Er musste auf der anderen Seite des Hügels ein Pferd gehabt haben. Er war zu weit weg, als dass ich auch nur einen Schuss auf ihn hätte abgeben können.«

Gregory nickte. »Konnten Sie einen Blick auf sein Gesicht werfen?«

Phillips schüttelte den Kopf, »nicht wirklich, Sir. Er hatte eine Sturmhaube über das Gesicht gezogen, aber er war weiss. Er trug dunkle Kleidung und Reitstiefel - polierte.«

Gregory rieb sich das Kinn. »Hmm. Sein Körperbau kam mir irgendwie bekannt vor.«

»War er einer dieser Kavalleristen, Sir?«

Gregory nickte langsam. »War es Walters, dieser arrogante junge Offizier, der gekommen war, um Sie zu warnen? Spionierte er Ihnen nach, oder suchte er etwas Bestimmtes? Walters war ein Mitarbeiter des ermordeten Major Morrison, der zu den Offizieren gehörte, denen das Schwert von Prinz Louis Napoleon überreicht worden war.«

Aber warum schnüffelte er in Gregorys Lager herum? Hatte er gehört, dass Samuel in Zululand unterwegs gewesen war und sich nach dem Schwert erkundigt hatte? Dachte Walters, dass er, Gregory, irgendwie in den Besitz der fehlenden Waffe gekommen sei, und wollte er sie deshalb stehlen?

Nachdem die Zelte gepackt waren und alle gefrühstückt hatten, versammelte Gregory seine Schützlinge.

»Ich verlasse euch für eine Weile«, erklärte er ihnen und sah, dass ihm Teresa bei dieser Nachricht das Gesicht interessiert zuwandte, doch er ignorierte den fragenden Blick, den sie ihm zuwarf. »Ich habe mit dem Gefolge von Kaiserin Eugénie und General Wood etwas zu erledigen. Ich möchte, dass Sie, Phillips, das Kommando über unsere Gruppe übernehmen und sie auf demselben Weg, auf dem wir gekommen sind, über Isandlwana und Rorke's Drift sicher nach Dundee zurückbringen.«

Phillips warf sich in die Brust, als er von seinem ersten Kommando erfuhr. »Ich danke Ihnen, Sir. Ich werde Sie nicht enttäuschen.«

Gregory sah zu Samuel. »Sorge dafür, Samuel.«

Sein Zulu-Freund lächelte kurz, wurde dann aber wieder ernst. »Nach dem, was heute Morgen in der Dunkelheit passiert ist, sollte ich besser mit dir kommen, Peter.«

Gregory schüttelte den Kopf. Die Sonne ging schnell auf und bald würde es warm werden, so dass Sie ihre jeweilige Reise antreten mussten. »Nein, ich komme allein zurecht. Wichtig ist mir allerdings«, Gregory sah zu Phillips, um dessen aufgeblähtes Ego wieder zurecht zu stutzen, »dass Sie, Sergeant, dafür sorgen, dass die Befehle der Kaiserin respektiert werden und sich niemand vom Konvoi entfernt, um zu versuchen, sich mit der königlichen Gruppe zu treffen. Verstanden?«

Phillips nickte. »Ich werde dafür sorgen, dass Ihre Anweisungen befolgt werden, Sir.«

Teresa sah Gregory mit finsterem Ausdruck an. Er hatte zweifellos Gefühle für sie, aber sie dachte jetzt wahrscheinlich, er lasse sie fallen. »Ich werde bald wieder bei euch sein, hoffentlich bereits vor Einbruch der Nacht«, setzte er hinzu.

»Wenn du nicht zurück bist, werde ich dich suchen«, warf Samuel ein.

»Das wird nicht nötig sein«, sagte Gregory, ohne zu wissen, was ihn erwartete, wenn er auf General Woods Kolonne und auf eine französische Kaiserin traf.

TERESA RITT WÜTEND MIT.

Sie hatte zwar nicht mit Peter Gregory geschlafen, um ihn dazu zu bringen, ihr ein Foto der Kaiserin und hoffentlich einen weltweiten Knüller für ein Interview zu ermöglichen. Doch dass er tatsächlich weg ritt, um die königliche Gesellschaft zu treffen und sie davon ausschloss, erzürnte sie.

Der arme Sergeant Phillips beobachtete alle wie ein Schäferhund, der befürchtete, Prügel zu bekommen, wenn ihm eines seiner Lämmer verloren ging. Er bewegte sich immer wieder von der Spitze der kleinen Gruppe nach hinten, um sicherzustellen, dass niemand zurückblieb.

Grace und der Graf ritten wie immer nebeneinander und jeder Reporterinstinkt, den Teresa in den letzten Jahren als Zeitungsfrau geschärft hatte, sagte ihr, dass sie etwas aushecketen. Grace schaute sich immer wieder um, um zu sehen, wo Phillips und Samuel gerade positioniert waren. Teresa war sich sicher, dass sie vorhatten, sich davon zu schleichen.

Die Reporterin hatte einige Bilder von ihrer Reise, von den Schlachtfeldern und von der Gedenkstätte, die an der Todesstelle des Kaiserlichen Prinzen errichtet worden war. Allerdings befürchtete sie, ohne die Geschichte, die sie ihrem Redakteur versprochen hatte, nämlich das Exklusivinterview mit Kaiserin Eugénie, nach New York zurückfahren zu müssen.

Überhaupt war sie nicht glücklich über die Aussicht, ins Stadtleben der Vereinigten Staaten zurückzukehren. In kürzester Zeit hatte dieser wilde Kontinent Afrika sie irgendwie gepackt. Sie wusste nicht, ob sie von etwas gebissen worden war, etwas getrunken oder eingeatmet hatte, aber dieser Ort hatte sie in seinen Bann gezogen. Anstatt nach Hause zu gehen, wollte sie mehr von Afrika erkunden, sowie mehr über seine Einwohner und die Tierwelt erfahren.

Sie hatte Leutnant Walters nicht angelogen - sie war tatsächlich eine Amateur-Ornithologin - und jeder afrikanische Vogel, den sie bisher entdeckte, hatte ihre Leidenschaft, mehr von dem zu sehen, was die Kolonie und der ganze Kontinent zu bieten hatten, weiter angefacht. So erschreckend ihre Begegnung mit dem Leoparden gewesen war, so sehr wünschte sie sich nun, noch einen zu sehen, wenn auch vielleicht aus der Sicherheit einer Kutsche oder aus einiger Entfernung. Sie hatte einmal in einem Zirkus in Syrakus einen Elefanten gesehen, doch nun wollte sie einen oder eine ganze Herde in Freiheit erleben, richtige wilde Elefanten. In der Hoffnung, eine Antilope oder vielleicht sogar ein Zebra zu entdecken, suchte sie die weiten Ebenen und die fernen Hügel rundherum ab.

Und dann war da noch Peter.

Im Nachhinein betrachtet, schien es Freddy nur um die Jagd und die Eroberung gegangen zu sein und weniger um Liebe. Als sie ihm gesagt hatte, dass sie schwanger sei, hatte sie gewusst, dass es Ärger geben würde. Er hatte sie zwar geheiratet, aber sie wusste, dass dies nur der Form halber geschah. Seine Mutter hatte keinen Hehl daraus gemacht, dass sie es nicht guthiess, dass ihr adliger Sohn eine Bürgerliche aus Amerika heiratete - geschweige denn eine, die die Frechheit besass, an der Universität zu studieren, was sie für einer richtigen Dame nicht angemessen hielt.

Aber was war mit Peter Gregory? Es war sonnenklar, dass er ein Verhältnis mit Grace gehabt hatte und dass diese jetzt wütender als eine Klapperschlange war. Teresa wollte weder einer anderen Frau den Mann stehlen noch als gierige Intrigantin erscheinen, aber sie hatte den Eindruck, Grace habe etwas mit Graf Ferdinand am Laufen.

Sie musterte die beiden erneut. Sie ritten so dicht beieinander, dass sich ihre Stiefel berührten und Grace flüsterte ihm etwas zu.

Teresa spornte ihr Pferd an, liess den Wagen hinter sich und gesellte sich zu den Verschwörern.

»Na, hallo, ihr beide. Ist dies ein privates Gespräch oder können alle mitreden?«

»Ferdi hat mir Italienisch beigebracht und ich habe versucht, sein Englisch zu verbessern. Sie könnten auch etwas Unterricht gebrauchen«, antwortete Grace.

Teresa lachte über die Stichelei. »Was sind Ihre Pläne, wenn Sie nach Dundee kommen?«

»Nun, im Gegensatz zu Ihnen lebe ich in der Kolonie«, erklärte Grace. »Einige von uns müssen arbeiten.«

»Und was sind Sie von Beruf, Grace?«

Grace räusperte sich. »Ich bin eine Dame. Ich arbeite ehrenamtlich in der örtlichen Kirche und helfe dem Pfarrer in seinem Haushalt.«

Ein Dienstmädchen? Teresa hielt deswegen nicht weniger von Grace, obwohl es eigentlich diese war, die sich aufspielte. »Und Sie, Graf Ferdinand?«

»Ich, sì, ich fahre sehr bald nach Italien zurück.«

»Wollen Sie nicht bleiben und mehr von Afrika sehen? Ich schon«, sagte Teresa.

Grace hob die Nase. »Ich bin sicher, dass Sie das tun werden.«

»Haben Sie genug von der Landschaft und den Schlachtfeldern gesehen, Graf?«, drängte Teresa. »Vielleicht könnte ich einen Artikel über Sie schreiben. Ich finde es sehr mutig, unerschrocken und weltgewandt von einem Adligen, seine Zeit damit zu verbringen und sein Geld dafür auszugeben, die Welt zu erkunden, um für ein Buch zu recherchieren.«

»Ah, no, grazie, ich mag Zeitungen, wie Sie sie nennen, nicht. Ich möchte privat reisen, wie ein Bauer.«

Teresa konnte das Lachen nicht ganz unterdrücken.

»Bauern machen keine Schifffahrten um die Welt, Ferdi, glauben Sie mir«, fügte Grace hinzu.

»Scusa, Entschuldigung, mein Englisch ...«

»Schon in Ordnung, Graf«, sagte Teresa. »Wir scherzen nur mit Ihnen. Aber ich wette, Sie haben eine tolle Geschichte zu erzählen.«

Phillips galoppierte zu ihnen zurück und erweckte erneut den Eindruck eines Schäferhundes. »Wir werden bald für den Morgentee anhalten. Vor uns ist ein Bach, den wir bereits auf dem Weg hierher durchquert haben und dort werden wir die Pferde tränken.«

»Gut«, sagte Grace. »Ich werde heute regelrecht gekocht im Sattel und muss mich frisch machen.«

Die Sonne stand hoch am Himmel und es wurde bereits warm. Teresa hatte festgestellt, dass sie jedes Kleidungsstück, das sie mitgebracht hatte, benutzen musste, um sich sowohl in der Hitze heisser Sonnentage wie auch an den bitterkalten Abenden passend anziehen zu können. Afrika war nicht so, wie sie es sich beim Packen vorgestellt hatte.

Sie nahm aus den Augenwinkeln eine flackernde Bewegung wahr und schaute genauer hin. »Oh, Zebras!«

Grace warf ihr einen desinteressierten Blick zu, aber Ferdinand reagierte lebhafter, zeigte begeistert auf die fliehenden Tiere und sagte auf Italienisch etwas zu Grace, das diese allerdings nicht zu verstehen schien. Das Trommeln der Zebrahufe hallte über die Ebene. Als die Zebras über den Kamm eines niedrigen Hügels verschwanden, erhaschte Teresa, die stolz auf ihr ausgezeichnetes Sehvermögen war, einen kurzen Blick auf etwas anderes. Nur einen Moment lang zeichnete sich ein dunkles Pferd mit einem Reiter ab. Er war zu weit entfernt, um Einzelheiten der Person erkennen zu können und Sie fragte sich, ob es ein einsamer Zulu war. Ging er seinen Geschäften nach, oder wurden sie beschattet? Vielleicht hatte der Mann auf dem Pferd die wilden Tiere aufgeschreckt. Oder ob es der Eindringling war, der früher am Morgen geflohen war?

Teresa blickte zu Phillips und sah, dass auch er den geheimnisvollen Mann beobachtet hatte. Er nickte ihr die Stirn runzelnd zu, ein Zeichen dafür, dass er ihre Bedenken teilte.

Bald erreichten sie eine Baumreihe, die den schmalen Fluss, durch den sie am Vortag geritten waren, säumte. Sie stiegen alle ab und Samuel und Mathias stellten Stühle und zwei Tische auf, bevor Mathias ein Mittagessen mit Wurst, Brot und eingelegtem Gemüse zuzubereiten begann.

Grace wischte sich über die Stirn. »Ich gehe zum Fluss. Gestern war es mir zu kalt, um mich richtig zu waschen.«

»Möchten Sie Gesellschaft dabei?«, fragte Teresa.

»Nein, danke. Aber ich habe gehört, was Ihnen am Bach mit dem Leoparden passiert ist.« Grace sah Ferdinand eindringlich an.

»Oh, sì. Ja, ich werde die Signorina begleiten und nehme eine Pistole mit.«

Er nahm einen kurzläufigen Snider-Karabiner aus dem Behältnis, das an seinem Sattel befestigt war und machte sich bereit, Grace zu begleiten.

Phillips hatte sein Pferd nach dem Absteigen an den Wagen gebunden und schritt nun auf sie zu. »Was ist hier los?«

»Ich gehe baden und Ferdi hält für mich Wache, falls wilde Tiere oder marodierende Zulu auftauchen«, sagte Grace. »Vielleicht gehe ich auch ein bisschen fischen.«

Phillips' Wangen färbten sich rosa. »Ich sage Ihnen, Preeti«, sie warf ihm einen Blick zu, »äh, tut mir leid, Grace, das ist nicht akzeptabel. Sie wissen doch, dass ich niemanden von euch aus den Augen lassen darf. Ich denke, ich sollte eure Anstandsdame sein.«

»Nein, auf keinen Fall«, wehrte sich Grace mit dem Finger auf ihn zeigend. »Sie müssen ein Auge auf sie haben«, sie nickte in Teresas Richtung, »um sicherzustellen, dass sie nicht zu ihrem neuen Liebhaber zurückeilt.«

Phillips fiel die Kinnlade herunter und Teresa, die sich als aufgeschlossen betrachtete und nicht leicht zu schockieren war, stand fassungslos da. Samuel schüttelte den Kopf und lachte leise vor sich hin.

Grace drehte sich um. »Komm, Ferdinand.«

Der Graf, der von einer Person zur anderen geschaut und anscheinend Mühe hatte, dem Gesagten zu folgen, reagierte auf diesen direkten Befehl. »Sì, grazie.« Er schulterte sein Gewehr und marschierte hinter Grace her, die zu ihrem Packpferd ging, den Halter für die Angelrute entfernte und in Richtung des Flusses weiterging. Der Graf folgte ihr.

Phillips kam zu Teresa und Samuel, die ebenfalls abgestiegen waren.

»Ich entschuldige mich«, sagte Phillips zu Teresa, »für jede Beleidigung, die diese Frau mit ihren unbedachten Äusserungen verursacht haben könnte.«

Teresa lächelte. »Sie müssen sich nicht in ihrem Namen entschuldigen, Sergeant, Sie ist wütend. Allerdings kann ich nicht anders, als annehmen, dass der Graf etwas im Schilde führt.«

»Der Graf?«, fragte Phillips.

Sie nickte. »Ich kenne einige Zeitungsleute, die sich als jemand anderes ausgaben, um an eine gute Story zu kommen.« Die Ironie der Tatsache, dass sie sich desselben Vergehens schuldig gemacht hatte, entging ihr nicht. »Die europäischen Illustrierten und Zeitungen zahlen für ein exklusives Foto der Kaiserin am Grab ihres Sohnes genauso viel, wenn nicht sogar mehr als ein amerikanischer Redakteur.«

»Zu Fuss werden sie nicht weit kommen, wenn sie vorhaben, uns zu entkommen«, gab Samuel zu bedenken. »Sie würden es wohl eher in der Nacht versuchen.«

»Ich sorge dafür, dass die Pferde gut gesichert sind, und wir beide«, nickte Phillips zu Samuel hin, »werden von der Abenddämmerung bis zum Morgengrauen ein Sicherheitspicknick veranstalten.«

Teresa kam ein Gedanke. »Wenn er der ist, für den ich ihn halte, braucht er, wenn er versuchen will, ein Bild von der Kaiserin zu machen, seine Kamera.«

Sie ging zu Ferdis Packesel und überprüfte seine Habseligkeiten. »Da fehlt tatsächlich ein Koffer. Ich erinnerte mich daran, ihn gesehen zu haben, weil ich dachte, er habe ungefähr die gleiche Grösse wie meine Kameratasche.«

Phillips trat an ihre Seite. »Ich schliesse das Gleiche daraus.«

Samuel hatte sie beobachtet. »Die grosse Kiste des Grafen ist verschwunden. Als ich ihm mit seinen Sachen half, sagte er mir, ich solle sehr vorsichtig damit sein. Als er kam, war der Koffer an sein Packpferd gebunden.«

»Genau«, bestätigte Teresa. So verärgert sie an diesem Morgen über Peters abweisenden Ton gewesen war, so wütend war sie jetzt auf den 'Grafen', oder wer auch immer er war. Er wollte sie in ihrem eigenen Spiel schlagen und das würde sie keinem Mann durchgehen lassen.

»Hat er seine Kamera verloren?«, fragte Phillips. »Wenn das so wäre, hätte er es sicher bemerkt und einen Aufstand gemacht«, stellte Phillips fest und war wieder so düster wie eh und je. »Nein, er hat ihn nicht verloren«, schüttelte Teresa den Kopf. »Ich glaube, er hat ihn bei der Gedenkstätte des Kaiserlichen Prinzen zurückgelassen.«

»Warum sollte er so etwas Abwegiges tun?«

Samuel wandte sich an Phillips. »Weil sie schwer ist. Man kann eine Kamera nicht einfach in die Tasche stecken, also kann er besser ohne sie reiten - oder gehen. Er muss sie irgendwo bei der Gedenk-stätte versteckt haben.«

»Ja, da bin ich mir sicher«, sagte Teresa. »Möglicherweise will er sich dort irgendwo in einen fotografischen Hinterhalt legen, sich bereits nachts dort aufstellen und ein Bild von der Kaiserin machen, wenn sie am Morgen erscheint.«

»Dieser Schuft«, sagte Phillips. »Wie kann jemand so in die Privat-sphäre einer anderen Person eindringen? So etwas tut man einfach nicht.«

»Oh, das ist gar keine so schlechte Idee«, gab Teresa zu bedenken, »denn die Leute sind von königlichen Personen fasziniert. Ausserdem tun manche Zeitungen alles, um eine Geschichte zu bekommen.«

Noch während sie diese Worte aussprach, fühlte sie sich mitschuldig an solchen Unternehmungen und zum ersten Mal stellte sie ihren Wunsch, Zeitungsfrau zu sein, in Frage. Vielleicht war sie doch nicht für dieses Leben geschaffen. Um Peter dazu zu bringen, sie nach Zululand zu begleiten, hatte sie ihm vorgegaukelt, eine Freundin der Kaiserin zu sein und die Tatsache, dass er und seine Vorgesetzten ihre List durchschaut hatten, entlastete sie nicht im Geringsten.

»Eine Mutter sollte doch in Ruhe trauern dürfen«, sagte Samuel.

»Ja, da haben Sie Recht, Samuel.« Teresa blickte zum Wasserlauf, in dessen Bett Grace und Ferdinand nun verschwunden waren.

»Ich sollte hinreiten und sehen, was sie vorhaben«, sagte Phillips.

Ein weiterer Gedanke kam Teresa. Grace und Ferdinand hatten sich - aus welchen Gründen auch immer - angefreundet, weshalb auch die Möglichkeit bestand, dass Grace nicht allein badete. »Ich denke, ich sollte gehen«, gab sie zurück. »Wenn Grace badet, wäre es für sie weniger beschämend, wenn ich sie dabei sähe.«

Phillips räusperte sich erneut. »Natürlich. Aber, ähm, Miss O'Kane, geben Sie mir bitte Ihr Wort, dass Sie nicht auch noch zu fliehen versuchen?«

Sie bekreuzte ihr Herz mit einem Finger. »Ja, Sergeant, ich verspreche es.«

Teresa machte sich einen sanften Abhang hinunter auf den Weg durch« das trockene, goldene Gras zu der Stelle, an der sich beim letzten Hochwasser des Flusses eine Donga gebildet hatte, ein Abbruch des Ufers. Sie hörte Stimmen. Wenn Grace nackt war und badete, war Ferdinand ihr nahe genug, um sich mit ihr zu unterhalten. Sie spürte, wie sie beim Gedanken an das, was sie sehen könnte, errötete.

Als sie am Rande der kleinen Schlucht ankam, holte sie tief Luft und bereitete sich auf das vor, von dem sie immer stärker annahm, es gehe um ein romantisches Stelldichein. Sie erinnerte sich an Peter und es ärgerte sie erneut, dass er sie verlassen hatte.

Teresa spähte in die Donga, sah aber nichts ausser einen schmalen Bach, der sich bei einer Biegung etwa dreissig Meter links von ihr durch den Einschnitt schlängelte. Sie ging am Rande des hohen Ufers weiter und achtete, um nicht abzustürzen, auf jeden Schritt. Die Stimmen wurden lauter, waren aber immer noch nicht deutlich zu vernehmen. Es schien, als versuchten sie, möglichst leise zu sein. Sie spürte, dass ihr Herz schneller schlug.

Eine Bewegung im Gras liess sie zusammenzucken und sie blieb stehen. Ein Waran mit grünen und braunen Streifen, sicher einen Meter lang, lief vor ihr her und glitt schliesslich über den Rand des Ufers ins Wasser.

Sie atmete tief durch und ging weiter, bis nahe zur Flussbiegung.

»Ich will es, jetzt, sofort«, sagte eine Männerstimme, die vertraut britisch in der Sprechweise der Oberschicht klang.

»Sie können mich nicht herumkommandieren, hier bezahlen Sie schliesslich nicht für eine Frau«, keifte Grace. »Und unsere Abmachung können Sie nicht rückgängig machen.«

»Ich könnte mir auch einfach nehmen, was ich will«, sagte der Mann erneut.

Teresa liess sich auf die Knie fallen und kroch langsam durch das Gras vorwärts, bis sie den Rand des Abgrunds beinahe erreichte.

»Deshalb habe ich den Grafen hier, der mit einer Waffe auf Sie zielt.«

»Sì. Machen Sie keine Dummheiten, oder ich strecke sie nieder.«
Ferdinands Englisch hatte sich plötzlich stark verbessert.

»Sie brauchen mich. Ohne mich wird General Wood Sie nicht in die Nähe des königlichen Zugs lassen und selbst dann werde ich einiges zu erklären haben, um Sie nahe genug an die Kaiserin heranzubringen, damit Sie sie fotografieren können«, gab der Mann, von dem Teresa sicher war, dass er Llewellyn Walters war, zu bedenken.

»Vertrauen Sie mir«, sagte Grace. »Wenn die Kaiserin hört, was wir ihr zu sagen haben, wird sie alles tun, worum wir sie bitten. Ich habe gehört, sie sei eine grosszügige Person.«

»Ja, das ist sie tatsächlich«, bestätigte Walters. »Sie liess ihre eigene Hofdame einen meiner Männer, der krank wurde, pflegen. Und als auf dem Weg nach Hlobane an einem der Wagen ein Rad brach und ein einheimischer Bauer uns zu Hilfe kam, schenkte die Kaiserin seiner Frau eine Nähmaschine.«

Grace schüttelte den Kopf. »Ich weiss nicht, was mir absurder vorkommt: mit einer Nähmaschine zu reisen oder sie jemandem zu schenken, der ein Rad zu reparieren hilft.«

Teresa legte sich auf den Bauch und schob sich auf Zehenspitzen und mit den Ellbogen vorwärts. Sie wollte so nahe an die Donga herankommen, dass sie hineinspähen konnte. Ein Grasbüschel verdeckte ihr Gesicht vor den Leuten unten. Sie sah Walters, Grace und Ferdinand - alle vollständig bekleidet - und dass Walters die Zügel von zwei Pferden hielt.

Teresa wusste, dass sie so schnell wie möglich zu Phillips und Samuel zurückkehren musste, denn es schien ihr, als hätte sie Recht mit der Vermutung, Ferdinand sei ein Journalist und versuche, ihr bei der Story, die sie angepeilt hatte, zuvorzukommen. Nun sah es sogar aus, als würden er und Grace auf den beiden Ersatzpferden, die Walters mitgebracht hatte, aufbrechen. Wenn sie es aber selbst nicht schaffte, die Kaiserin zu interviewen und zu fotografieren, sollte ihr auch niemand zuvorkommen.

Sie hatte begonnen, sich vom Flussufer zurückzuziehen, als sie hinter sich ein Rascheln im Gras hörte. Im ersten Moment nahm sie an, es handle sich um eine weitere Eidechse oder eine Schlange, doch als sie sich umdrehte, um nachzusehen, sah sie einen Mann in einer teebefleckten britischen Armeeuniform mit einem zerbrochenen weissen Helm auf dem Kopf.

Bevor Teresa aufschreien konnte, war der Mann über ihr und presste ihr seine Hand auf den Mund.

Sie schrie in seine Handfläche und versuchte, nach ihm zu schlagen, aber er drückte mit einem Knie auf ihrem Ellbogen ihren rechten Arm auf den Boden. Der Schmerz war so heftig, dass sie dachte, er breche ihr die Knochen. Sie schlug mit der linken Hand um sich, aber ohne Erfolg und im Nu kniete er rittlings auf ihrer Brust.

»Seien Sie still, Miss. Sie wollen doch nicht, dass ich Ihnen mehr wehtue, als ich muss. Sie hätten den guten Leutnant nicht beobachten dürfen, also müssen Sie jetzt Ihre Strafe hinnehmen. Sie wissen, dass die britische Armee Spione erschiesst?«

Sie riss die Augen auf. Was zum Teufel war hier los?

Teresa wand sich unter ihm und versuchte sich zu wehren, erstarrte aber vor Furcht, als sie spürte, dass er seine Hand unter ihre Röcke schob.

»So ist es besser und jetzt sei still, Fräulein.«

Teresa O'Kane hatte allerdings nicht vor, sich stillschweigend etwas gefallen zu lassen. Mit aller Kraft rammte sie ihr Knie in den Schritt des Mannes, der wie ein sterbender Büffel brüllte und dachte, sie könne sich unter ihm wegrollen.

Doch der Uniformierte schlug wütend zu und Teresas Welt wurde schwarz.

23

KWAZULU-NATAL IN DER GEGENWART

Adam hörte das hohe Summen und schirmte seine Augen, während er den Himmel absuchte, mit einer Hand ab.

»Da«, sagte er.

Marilyn sah auf und folgte seinem Blick. Sie erblickte die Drohne, über die sie Sannie gerade eine Nachricht geschickt hatte, erneut.

Adam schaute zum Kraal und zu der jungen Mutter, die wieder aus ihrem Haus gekommen war, als sie den Metalldetektor zurückbrachten. Sie trug ihren kleinen Sohn auch diesmal auf den Hüfte.

»Ngubani umnikazi wale drone?«, fragte Adam sie.

Sie zuckte mit den Schultern, womit sie zu verstehen gab, dass sie nicht wisse, wem diese gehöre. Adam konnte sich nicht vorstellen, dass in dieser abgelegenen Ecke von Zululand jeden Tag mit so etwas geflogen wurde. Die Drohne drehte eine niedrigere Runde, diesmal über ihnen und die Mutter zeigte sie ihrem Kind, das vor Freude gluckste und seine kleinen Arme hochstreckte, wie um sie zu fangen.

»Ngena ngaphakathi«, sagte Adam zu ihr, und die Frau, die verstand, dass dies ein klarer Befehl war, ging zurück in ihr Haus.

Adam öffnete seine Tauchtasche und nahm die AK-47 heraus, die er von den Veteranen in Bhanga Nek mitgebracht hatte. Er setzte ein

360

bananenförmiges Magazin mit dreissig Schuss in die Waffe ein, zog den Spannhebel zurück und lud eine Patrone.

»Adam ...«, begann Marilyn.

Unbeirrt hob er das Gewehr an die Schulter und zielte in den Himmel, hörte aber auf, die Drohne zu verfolgen und sah zu Marilyn. Sie war die Polizeibeamtin, er nur die zusätzliche Kraft und wenn sie ihm zu schiessen verbot, musste er sich ihr fügen.

»Schiessen Sie nicht daneben und passen Sie auf, dass die Drohne nicht auf uns stürzt.« Marilyn lächelte ihn an.

Er mochte sie und hatte den Horizont bereits abgesucht, um sich zu vergewissern, dass die fliegenden Kugeln nicht auf ein Haus oder einen Kraal niedergingen. Die Landschaft hinter dem Denkmal des Kaiserlichen Prinzen war leer.

Marilyn schickte Sannie eine Nachricht. Adam liess seinen Blick von der Drohne weg und zu den Leuten unten am Hügel, in der Nähe des Denkmals, schweifen. Sannie geleitete sie gerade alle zu ihren Fahrzeugen.

Die Drohne flog in einem weiten Bogen um das Denkmal herum und kam dann wieder auf ihn zu, aber diesmal schneller und tiefer, als ob, wer sie lenkte, die Kamera auf Adam gerichtet hätte.

Gut so, es wäre das Letzte, was der Bastard sah.

Adam zielte.

»Adam, was ist das für ein Ding unter der Drohne?«, fragte Marilyn.

Adam hatte angenommen, es handle sich um eine Art Kamerakapsel, die unter der Drohne angebracht sei. Er zielte über das offene Visier des alten russischen Gewehrs und drückte den Wahlschalter mit dem rechten Zeigefinger ganz nach unten, auf Halbautomatik. So konnte er jeweils einen einzelnen Schuss abfeuern. Die Drohne war kein Modell aus dem Bastelladen; sie war gross, vielleicht einen Meter im Durchmesser und hatte vier Rotoren. Sie sah wie die aus, die er in dem Versteck in Bhanga Nek gesehen hatte. Als er den Finger an den Auslöser legte, war die Drohne näher und er konnte sie besser sehen. Sie trug keine Kamera.

»Marilyn, gehen Sie sofort in Deckung!«

Adam hatte im Internet in den Nachrichten über den Krieg in der Ukraine und die Einsatzmöglichkeiten solcher Maschinen gelesen, sich aber nie träumen lassen, dass er einmal persönlich mit einer solchen Kampfdrohne konfrontiert würde.

Er drückte den Abzug und spürte den Rückschlag des Gewehrs an seiner Schulter. Die Drohne flog weiter.

Aus den Augenwinkeln registrierte Adam, dass Marilyn in Richtung der Hütte lief, in der die junge Frau lebte.

Er schoss und verfehlte erneut. Die Drohne hatte ihn beinahe erreicht.

Er holte tief Luft und schaltete den Wahlschalter eine Stufe höher, so dass er auf Vollautomatik stand. Er zielte tief und nach links, kompensierte den zu erwartenden Flugfortschritt und drückte den Abzug. Ein Strom von Kugeln schoss aus dem Lauf des Gewehrs und Adam sah, dass mindestens eine von ihnen in die Drohne einschlug.

Als die Rotoren und Plastik- und Metallteile der Karosserie auseinanderbrachen und auf den Boden regneten, registrierte Adam die sich lösende grüne Kugel.

»Granate!«, schrie er, liess das Gewehr sinken und rannte in den spärlichen Schutz, den die niedrigen Lehmziegel- und Steinwände des Kraals boten. Falls Marilyn nicht schon geahnt hatte, was die Drohne bei sich trug - er hatte keine Zeit gehabt, es ihr zu erklären- wusste sie es jetzt.

Als er über die Mauer sprang und sich, das Gewehr noch in der Hand, zu Boden warf, hörte Adam einen Aufprall. Für ein paar Sekunden dachte er, die Granate sei vielleicht nicht scharf, aber dann hörte und spürte er ein unangenehmes 'Womm'.

Als die Handgranate explodierte, bebte der Boden und herumfliegende Trümmer begruben Adam unter sich.

»Bleiben Sie hier«, befahl Sannie Tustin.

»Wenn jemand Handgranaten wirft? Nein, ich denke nicht.«

»War es das?«, fragte Goldie Faul, »dann bringen Sie mich sofort hier weg, Richard.«

Sie waren alle überrascht, als Adam zu schiessen begann, und Van der Ploeg, ein südafrikanischer Grenzkriegsveteran, erkannte das knallende Geräusch sofort als das einer AK-47.

Sannie hatte weder die Zeit noch die Mittel, ausser wenn sie eine Waffe auf die Person richtete, und wahrscheinlich auch nicht das gesetzliche Recht, jemanden aus der Gruppe zu zwingen, zu tun, was sie wollte. Doch im Moment war alles, was sie interessierte, Adam. Weder Marilyn noch er antworteten auf ihre Rufe, also stieg sie in Adams Ranger, startete den Motor und fuhr den Hügel hinauf zum Kraal.

Die Staubwolke und der chemische Rauch der Explosion hatten sich beinahe verzogen, als sie anhielt und die Tür des Bakkies öffnete.

Sannie sah Marilyn, die auf den Knien in einem Trümmerhaufen herumkrabbelte. Hinter ihr stand eine Frau mit einem Baby und schaute zu.

»Adam!« Sannie war übel vor Angst, als sie aus dem Auto rannte. Sie hatte bereits zwei Ehemänner durch gewaltsame Tode verloren. War nun der Mann, den sie liebte, in die Luft gesprengt worden? »Nein!«

Marilyn sah auf. Über ihr staubverschmiertes Gesicht rannen Ströme von Schweiss. »Sannie, hilf mir. Er ist am Leben.«

Sannie blickte zum Himmel und sprach ein kurzes, stilles Gebet. Sie liess sich auf die Knie ins Gras gleiten. Adam bewegte sich. Sein Körper war immer noch teilweise von den Trümmern der Mauer bedeckt, die gebaut worden war, um Vieh zu schützen, aber nicht um Granatenexplosionen zu überdauern. Marilyn hob einen Stein von Adams Brust, wodurch sie ihm ermöglichte, sich aufzusetzen. Er schüttelte den Kopf.

»Adam? Kannst du mich hören?«

Er hustete, spuckte Schmutz und Staub und als er antwortete, brüllte er beinahe. »Bei mir ist alles okay.«

»Und dein Gehör?«

»Was?«, fragte er.

Sie wiederholte ihre Frage, diesmal lauter.

Er nickte. »Ich kann hören.« Dann schüttelte er lächelnd den Kopf. »Obwohl du dich anhörst, als wärst du unter Wasser.«

Nachdem die beiden Frauen alte Ziegel, Steine und Klumpen hart getrockneten Mörtels hin und her geschoben hatten, konnte Adam sich von letzten Brocken befreien. Er rollte sich schliesslich auf die Knie, stand auf und klopfte sich den Staub von den Kleidern. Seine nackten Arme und das Gesicht waren mit Kratzern, rohen Schürfwunden und kleinen Schnitten übersät, aus denen bereits Blut trat. Er schüttelte die Arme und Beine aus.

»Nichts Ernsthaftes.« Er fuhr sich mit der Hand durch das blonde Haar, das jetzt staubig braun aussah. Seine Stimme kehrte zu einem normalen Niveau zurück. »Wir müssen weiter, denn jetzt wissen sie, wer wir sind und dass ich bewaffnet bin.«

»Sie?«, fragte Marilyn.

»Die Leute, die diese Drohne geflogen haben. Ich bin sicher, es ist eine gleiche, wie ich schon in Bhanga Nek gegen sie gekämpft habe. Das sind Tustins Militärveteranen, sie hatten ein paar solcher Drohnen in ihrem Lager.«

Der weisse Range Rover raste, eine Staubwolke hinter sich herziehend, heran. Tustin drückte das Gaspedal durch und schaute Sannie an, als er mit seinen beiden Kunden und Jan-Marie Ball an ihnen vorbeifuhr.

Adam spuckte erneut. »Wohin fahren sie?«

»Deine Vermutung ist ebensogut wie meine«, gab Sannie zurück. »Tustin sagt, er habe mit all dem nichts zu tun und weder Zeit für Metalldetektoren noch für Schatzsuchen. Er sagt, Andy, der Anführer der Veteranen, sei, Zitat: ein 'Psychopath', der unehrenhaft aus dem Militär entlassen worden sei.

Adam beobachtete das wegfahrende Auto. Es war in die Richtung unterwegs, aus der sie gekommen waren, zurück nach Nqutu. »Traust du Tustin?«

»Nicht besonders«, sagte Sannie.

Marilyn wies auf die Hütte, in der sie Schutz gesucht hatte. Die junge Frau stand in der Tür und versuchte, ihr Baby, das seit der Explosion weinte, zu beruhigen.

Sannie nahm ihr Telefon heraus und wählte eine Nummer.

»Wen rufst du an?« erkundigte sich Adam.

»Ich melde Gita, was gerade passiert ist. Jetzt brauchen wir Verstärkung.«

»Sie sind der ehemalige Soldat, Adam«, sagte Marilyn. »Was tun wir als Nächstes?«

Adam hatte die niedrigen Hügel um sie herum abgesucht und über dieselbe Frage nachgedacht. Andy hatte sie dank der Drohne im Blick, aber es gab keine Spur von ihm oder einem seiner Männer. Das war das Gute an Drohnen.

»Er hat mindestens noch eine dieser Drohnen.« Adam dachte über Marilyns Frage nach. »Sind Sie bereit für einen Kampf, Marilyn?«

Sie grinste ihn an. »Yebo.«

Er nickte und kletterte auf den Rücksitz seines Wagens. Er hatte die AK-47 wieder in der Hand.

Sannie hatte ein Gespräch beendet und anschliessend ein weiteres geführt, das sie nun, während sie zu ihnen kam, abschloss. »Was machst du da?«, fragte sie Adam, »fährst du als Beifahrer mit?«

»Ja.«

Sannie sah ihn an, als wollte sie ihm sagen, dass das nicht legal sei, nickte aber stattdessen nur.

»Wir fahren den Weg, den wir gekommen sind, zurück«, erklärte Adam, »und wenn wir einen Engpass erreichen - etwa einen Einschnitt in einem Hügel oder eine Brücke -, wo sie uns auflauern könnten, steige ich aus und kundschafte aus.«

Sannie öffnete den Mund, um etwas zu sagen, aber er sah ihr in die Augen und sie verzichtete auf jeden Einwand, den sie hätte äussern wollen. »Sei einfach vorsichtig, Adam.«

Er nickte. »Ich habe zu viel, wofür es sich zu leben lohnt.«

Sannie nickte. »Ich habe die 'Dundee Farm Watch' angerufen

und Deon Meyer von 'Viking'. Ich hoffe, sie stehen, falls keine taktische Polizeieinheit zu uns kommen kann, zur Verfügung. Er hat ein paar Leute zusammengetrommelt.«

Adam lächelte. »Diese Farmwächter brauchen nicht zwei Einladungen, um ihre AR-15-Gewehre herauszuholen und sich in eine Schiesserei zu stürzen.«

»Genau das beunruhigt mich, dass wir eine Reaktion provozieren könnten. Ich weiss nicht ...« Sannie schniefte.

Er liebte sie in diesem Moment ganz besonders. Sie war nicht nur schön, klug und verlässlich, sondern konnte ausserdem ihre Verletzlichkeit zugeben und zeigen, dass sie nicht immer auf alles eine Antwort hatte. Jetzt verstand er zum ersten Mal, warum es für sie so schwierig gewesen war, dass er weggegangen war. Er hatte zwar einen neuen Sinn in seinem Leben gefunden, was gut für ihn war, musste sich aber auch bewusst sein, dass es jetzt noch jemanden anderen in seiner Welt gab. Schliesslich war es Sannie gewesen, die ihm geholfen hatte, sich aus den Tiefen der Depression heraufzuarbeiten.

Sannie wischte sich die Augen. Adam ging zu ihr und er nahm sie in die Arme.

»Hey, ihr zwei«, kommentierte Marilyn, »ich würde gern sagen, nehmt euch ein Zimmer, aber leider müssen wir böse Kerle fangen.«

Sᴀɴɴɪᴇ ꜰᴜʜʀ den Ranger und Adam stand, die AK-47 im Anschlag, auf der Ladefläche. Er suchte den Himmel nach Drohnen ab, während sie den Boden vor und neben sich im Auge behielt.

Im Rückspiegel sah Sannie, dass Marilyn, die wie besprochen Sannies Fortuner fuhr, etwas zurückblieb. Sollte das voranfahrende Fahrzeug in einen Hinterhalt geraten, würde Marilyn Verstärkung anfordern und konnte hoffentlich Hilfe leisten.

Adam klopfte auf das Dach des Bakkie und Sannie reckte ihren Kopf aus dem geöffneten Fenster auf der Fahrerseite.

»Fahrzeug vor uns!«, rief Adam.

Da er höher stand als sie, hatte er den Range Rover mit Allradantrieb zuerst gesehen. Er war auf der anderen Seite einer kleinen

Anhöhe am Strassenrand geparkt. Nun kam er auch in Sannies Blickfeld. Eine Person stand daneben und als Sannie etwas näher heranfuhr, konnte sie erkennen, dass es sich um die Amerikanerin, Goldie Faul, handelte.

Sannie verlangsamte das Tempo und kam etwa hundert Meter vor dem Ziel zum Stehen.

»Halten die für ein 'Veltie' an?«, fragte Adam halb im Scherz.

»Ich bezweifle, dass sie eine Pause machen, damit sie Pipi machen kann«, sagte Sannie. »Sie scheint mir eher der Typ zu sein, der Porzellan braucht.«

Faul kam allein auf sie zu.

Sannie öffnete ihre Tür.

»Vorsichtig.« Adam lehnte jetzt auf dem Dach des Fahrerhauses und seine Augen überflogen das Gelände um sie herum wieder und wieder.

Sannie stieg aus, richtete die Z88-Pistole an ihrem Gürtel so aus, dass sie sie leicht erreichen konnte und ging langsam die Strasse hinunter. Sie hörte das Knirschen der Reifen auf dem Boden, als Marilyn hinter ihnen bremste und schliesslich zum Stehen kam. Die Luft war warm und trocken und eine leichte Brise kräuselte das goldene Gras am Strassenrand.

Faul blieb, die Hände in die Hüften gestemmt, etwa auf halber Strecke stehen und wartete, bis Sannie näherkam, bevor sie sprach.

»Wie die Schiesserei am O.K. Corral«, sagte Faul, »nur dass der neue Sheriff in der Stadt eine Frau ist.«

Sannie blieb ein paar Meter weiter stehen. »Und was macht das aus Ihnen, Frau Faul? Das böse Mädchen?«

Sie lachte. »Nein. Ich bin der weisse Hut in diesem kleinen Drama und ich bin nicht nach Afrika gekommen, um eine Schiesserei zu veranstalten.«

»Verraten Sie mir«, sagte Sannie, »warum sind Sie wirklich hierhergekommen?«

»Wegen verschiedenen Dingen, und ich denke, bei ein paar davon könnte mir dieses gutaussehende Exemplar auf der Ladefläche des Pickups helfen.«

Sannie hob eine Augenbraue. »Sagen Sie es mir.«

»Ich spreche lieber persönlich mit ihm.«

Sannie schüttelte den Kopf. »Wir reisen als Team und alles, was Sie ihm sagen, wird er mir auf jeden Fall berichten.«

»Oh.« Ein verständnisvolles Schmunzeln huschte über ihr Gesicht. »Sie Glückspilz.«

Sannie sagte nichts, aber ihre rechte Hand ruhte weiterhin auf der Pistole. Es war kein Showdown, zumindest noch nicht, aber jemand hatte gerade versucht, ihren Partner zu töten.

»Ihr Mister Adam Krüger hat vielleicht zwei Dinge mitgebracht, die für mich bestimmt waren.«

»Einen antiken Koran und ein arabisches Schwert?«

Faul lächelte schmallippig. »Ihr zwei erzählt euch wirklich alles, ja?«

»Kommen Sie zur Sache, Frau Faul, denn ich stehe nicht gerne draussen, wenn es Leute gibt, die gerne Handgranaten aus Drohnen abwerfen.«

»Solange Sie hier, bei mir sind, sind Sie sicher.«

Sannie kniff die Augen zusammen und versuchte, ihre wachsende Wut zu unterdrücken. Ihr Land hatte auch ohne Ausländer mit militärischer Ausrüstung und Sprengstoff genug Probleme mit Kriminalität.

»Ich könnte Sie jetzt verhaften und wegen Verschwörung zum Mord anklagen.«

Faul zuckte mit den Schultern. »Es ist Ihr Land und Sie sind die Polizistin, also können Sie tun, was Sie wollen. Aber ich denke, wir wissen beide, dass ich mir, wenn Sie das täten, einen Anwalt nehmen, die US-Botschaft anrufen und morgen um diese Zeit in einem Flugzeug zurück nach New York sitzen würde.«

»Das wäre eine gute Idee, Miss Faul und Sie könnten Ihre Söldnerbande gleich mitnehmen.«

Die Amerikanerin sagt in trotzigem Ton: »Ich habe keine Ahnung, wovon Sie sprechen, denn schliesslich bin ich eine Geschäftsfrau.«

»Oh. Ich dachte, Sie wären Historikerin?«

»Ja, das bin ich auch und kann Ihnen deshalb verraten, dass ein bestimmtes Schwert, das Ihr Adam vielleicht momentan in seinem Besitz hat - es sei denn, er hat es irgendwo versteckt -, nicht irgendeine alte Antiquität ist. Es handelt sich dabei mit ziemlicher Sicherheit um das 'Zulfiqar', das verschollene Doppelspitzenschwert des Propheten Mohammed und der Koran ist angeblich eine der ältesten noch erhaltenen Ausgaben der Welt.«

Damit gab Faul so gut wie zu, dass sie in irgendeiner Weise mit dem Mann unter einer Decke steckte, der Adam bereits zweimal zu töten versucht und seine Studentin mit einer Harpune angeschossen hatte.

»Dann haben Sie im Auftrag Ihres reichen Chefs mit Kriminellen zu tun?«

Faul zuckte wieder mit den Schultern. »Die Leute verkaufen, ich kaufe. Gehen Sie zu Ihrem Freund zurück, Colonel, und sagen Sie ihm, dass ich ihm eine Million Dollar für die Klinge und das Buch biete.«

Sannie versuchte, das Gesicht zu wahren, obwohl die Zahl sie zutiefst verunsicherte. Wenn dies Fauls erstes Angebot war, mussten die Gegenstände viel mehr wert sein.

»In Ländern wie dem Jemen und der Ukraine, dort, wo Kämpfe toben, werden jeden Tag unschätzbare Altertümer zerstört«, fügte Faul hinzu. »Es ist also besser für die Weltgeschichte, wenn sie in den Händen von Menschen liegen, die sich um sie kümmern, als in denen von Barbaren, die für Geld oder ihren Gott töten.«

Sannie schüttelte den Kopf. »Versuchen Sie nicht, die Gier Ihres Chefs zu rechtfertigen.«

Faul schwieg.

»Was ist mit Napoleon Bonapartes Schwert, das er bei Austerlitz trug?«, fragte Sannie.

Ein Schatten zog über sie hinweg und Sannie warf einen Blick nach oben, weil sie befürchtete, es handle sich um eine weitere Drohne, die sie entweder ausspionieren oder angreifen wolle. Aber es war ein Adler, der in der Thermik kreiste.

»Passen Sie gut auf Ihren Finger am Abzug auf, Colonel«, sagte

Faul. »Aber um Ihre Frage zu beantworten: Was damit ist? Bonaparte hatte mehrere Schwerter, die alle in einem Museum in Frankreich aufbewahrt werden. Jan-Marie Ball hat uns ihre Theorie dargelegt, dass Prinz Louis das Schwert seines Grossonkels bei sich getragen habe, als er getötet wurde, dass aber 1879 jemand einen Tausch vorgenommen habe und das echte Schwert immer noch irgendwo hier in Südafrika liege. Ich glaube das nicht. Ausserdem möchte ich nicht beschuldigt werden, ohne Genehmigung ein Artefakt aus dem Zulukrieg aus Südafrika ausgeführt zu haben. Das wäre sehr schlecht.« Sie zog die Mundwinkel zu einer übertriebenen Grimasse nach unten.

Nun trieb Faul Spott mit ihr, weil sie wollte, dass sie Adam endlich ihr Angebot weitergab. Das arabische Schwert und der Koran stammten nicht aus Südafrika, sondern waren wohl nur auf der Durchreise gewesen. Faul und ihre Söldner-Unterstützung glaubten möglicherweise, dass die Gesetze sie nicht einholen würden, wenn sie ausserhalb des Jemen und der Vereinigten Staaten, in einem Drittland, Geschäfte machten.

»Sie fragen sich, warum ich ausgerechnet hier bin, nicht wahr?«, mutmasste Faul.

»Ja, dieser Gedanke ist mir tatsächlich durch den Kopf gegangen.«

»Piet Van der Ploeg und Richard Tustin sprechen oft miteinander und Tustin erwähnte die Theorie seiner jungen Freundin. Das hat sowohl Piet wie auch mich interessiert. Und ungelogen würde mein Arbeitgeber keine Gesetze brechen, aber wenn Napoleons Schwert hier wäre, müssten wir einen Weg finden, die Exportgesetze zu umgehen.«

»Umgehen?«, hakte Sannie nach.

»Ja, im Sinne von 'DIA', also: 'das ist Afrika', wie man so schön sagt, ja? Ich bin mir sicher, es gibt Wege, wenn jemand von den Leuten in höheren Positionen das will.«

»Wollen Sie damit sagen, alle Südafrikaner seien korrupt?«

Faul schüttelte den Kopf. »Nein, weit gefehlt. Sie sicher nicht. Aber möchten Sie denn, dass Ihr Freund getötet wird, weil er ein paar Dinge genommen hat, die ihm nicht gehören? Sie müssen die

Frage natürlich nicht beantworten, aber Morgen um diese Zeit können Sie auf einem Konto Ihrer oder seiner Wahl eine Million Dollar haben.«

Sannie musste Zeit gewinnen. »Und was ist mit Tustin?«

Faul sah ihr in die Augen. »Was sollte mit ihm sein?«

»Steht er mit Ihnen und Ihren Söldnern im Bunde?«

»Söldner?« Sie lachte erneut. »Ich habe Ihnen doch gesagt, dass ich nicht mit Hilfskräften handle.«

»Aber Van der Ploeg?«, fragte Sannie.

»Piet ist ein Mittelsmann, der viele Leute kennt. Aber was Tustin betrifft, um Ihre Frage zu beantworten: Nein, ich mache keine Geschäfte mit ihm und meine Helfer auch nicht.«

»Er handelt also nicht mit Artefakten?«, hakte Sannie nach, um eine Bestätigung zu erhalten.

»Nein. Er ist zu überheblich dafür und ich musste aufpassen, was ich in seiner Gegenwart sage.«

Sannie bemerkte die Art, wie Faul ihren Blick hielt. Sie war eindeutig eine gewiefte Geschäftsfrau, bewegte sich aber am Rande des Gesetzes. Vielleicht war sie auch nur eine sehr gute Lügnerin. Doch die Frage blieb: »Warum sind Sie gerade jetzt hier?«

»Ich habe es Ihnen gesagt. Ich habe von Jan-Maries Theorie über Napoleons Schwert gehört und wollte mit eigenen Augen sehen, was dahintersteckt. Ich bin Ihnen dankbar, dass Sie sie mitgenommen haben, denn ihr Auto hatte eine Panne und sie sollte uns auf den Schlachtfeldern treffen.«

Dass er Jan-Marie hatte mitfahren lassen, hätte Adam beinahe das Leben gekostet.

»Hören Sie, ich verstehe das«, fuhr Faul fort. »Sie sind eine südafrikanische Polizistin und wollen einen südafrikanischen Skalp für das, was passiert ist. Ihr Freund kam in eine Prügelei, bei der er aber, wenn ich das richtig verstehe, genauso viel ausgeteilt, wie eingesteckt hat. Das sind alles erwachsene Männer und sie spielen nach ihren eigenen Regeln. Adam nahm etwas, das ihm nicht gehörte und anstatt die Polizei für Altertümer zu rufen, rede ich mit Ihnen. Ich will, was er hat, und mein Boss und ich wollen in Ihrem Land nicht noch mehr Ärger verursachen.«

»Ihre 'Helfer', wie Sie sie nennen, haben gerade versucht, einen Mann zu töten, und vor ein paar Tagen ausserdem eine junge Südafrikanerin mit einem Speergewehr angeschossen.«

Faul schüttelte den Kopf. »Nein, sie haben nur versucht, den Mann, um den Sie sich offensichtlich sorgen, zu erschrecken und ihn gleichzeitig vom Himmel aus zu beobachten. Ihr Mann hat die Drohne abgeschossen und sie hat 'bumm' gemacht. Niemand hatte vor, in nächster Zeit irgendetwas auf irgendjemanden abzuwerfen. Was die Frau auf dem Boot angeht, so wurde mir gesagt, es habe sich um eine versehentliche Entladung gehandelt.« Sie zeigte auf Adam. »Es heisst aber auch, Ihrem Freund sei der Luftschlauch zu seiner Tauchflasche durchgeschnitten worden. Er hat jedenfalls erfolgreicher versucht, einen meiner Helfer zu töten, als sie es bei ihm geschafft haben. Aber das würde ich selbstverständlich alles abstreiten, falls Sie mich anzuklagen versuchten.«

Sannie gab zurück: »Ich kann Sie jetzt wegen Verschwörung zum Mord anklagen.«

Faul griff in ihre Taschen und zog deren Inneres heraus, um zu zeigen, dass sie leer waren. »Hier sind keine Granaten drin. Nehmen Sie das Geld, Colonel, denn es ist das Beste für alle.«

Fauls Angebot machte einerseits Sinn, besonders wenn es darum ging, Leben zu retten - vor allem das von Adam. Andererseits bezweifelte Sannie, dass sie Faul oder ihrer kleinen Armee von Gefolgsleuten trauen konnte und sie sich an die Abmachung halten würden.

»Sie haben mich schon einmal zu töten versucht«, gab Sannie zu bedenken.

Faul wippte ein wenig auf ihren Fersen zurück. »Was sagen Sie da?«

»Sie wissen schon, wovon ich spreche. Zwei Ihrer Schläger haben meine Kollegin und mich sowie den Leiter von David Gregorys Wildreservats überfallen.«

»Ich habe keine Ahnung, wovon Sie sprechen.« Faul blickte Sannie in die Augen.

»Erwarten Sie, dass ich das glaube?«

Faul stemmte die Hände in die Hüften und reckte ihr Kinn vor. »Ich habe Ihnen zwar mehr erzählt, als ich sollte, um Sie davon zu überzeugen, dass Sie mit mir verhandeln sollten, Colonel, aber glauben Sie mir, ich habe niemanden damit beauftragt, Sie zu überfallen. Als Ihr Freund meine Leute wie Chuck Norris behandelt hat, haben diese in gleicher Manier geantwortet, aber das war's dann auch.«

Sannie kniff die Augen zusammen. »Erzählen Sie mir von den Nashornhörnern.«

»Jetzt sprechen Sie in Rätseln, Frau Oberst. Ich bin nicht im Handel mit Wildtierprodukten tätig und der Mann, für den ich arbeite, ist es auch nicht. Er hat sogar eine beträchtliche Summe für Ranger-Projekte zur Bekämpfung der Wilderei in Afrika gespendet.«

»Wenn Sie eine Medaille dafür wollen, werden Sie diese nicht von mir bekommen«, sagte Sannie. »Dafür schlage ich Ihnen, Miss Faul, vor, Ihre Männer anzufunken oder anzurufen. Sagen Sie ihnen, sie sollen ihre Sachen packen und sich zum nächsten Flughafen begeben und mein Land verlassen.«

Die andere Frau starrte Sannie an. »Nicht ohne das, weswegen ich gekommen bin.«

Sannie hörte das Knarren der Federung eines Fahrzeugs und blickte sich um. Adam war von der Ladefläche seines Bakkie heruntergeklettert und Marilyn hatte Sannies Fortuner verlassen und stand neben dem Ranger. Adam sagte etwas zu Marilyn, dann kam er, das Gewehr halb erhoben und bereit, in die Richtung, in welcher Sannie und Faul standen.

Adam stellte sich an Sannies Seite. »Brauchst du Unterstützung?«

Sannie nickte in Richtung der Frau, die vor ihnen stand. »Adam, das ist Goldie Faul aus New York. Sie ist nach Südafrika gekommen, um nach den Gegenständen zu suchen, die du in Bhanga Nek gefunden hast. Dich brauche ich ihr nicht vorzustellen, denn sie scheint bereits bestens über dich Bescheid zu wissen. Sie bezahlt diesen Mann, Andy, und seine Gruppe von Veteranen und sie bietet dir eine Million US-Dollar für das Schwert und den Koran.«

Adam stiess einen leisen Pfiff aus und sah Sannie von der Seite an. »Mit so viel Geld könnten wir die Hälfte von Pennington kaufen.«

Sannie lächelte. »Das Stückchen, das wir haben, gefällt mir und ausserdem scheinen es unbezahlbare Antiquitäten zu sein, die aus einem Land im Krieg geraubt wurden. Ich denke, es wäre besser, wenn sie irgendwo in einem öffentlichen Museum wären.«

Adam sah von Sannie zu Faul. »Ich denke, da haben Sie Ihre Antwort.«

Faul schüttelte langsam den Kopf. »Sie beide haben gerade eine schlechte Entscheidung getroffen und ich hoffe, Sie verstehen die Konsequenzen. Schade, dass Sie sich an die Gesetze halten, Colonel.«

Sannie zog ihre Z88-Pistole aus dem Holster. »Das tue ich nicht immer.«

24

ZULULAND, 1880

Gregory ortete die Gruppe auf dem offenen Feld zwischen dem 'Alleen Koppie' und dem Prinz-Kaiser-Denkmal.

Er erklomm eine Anhöhe und sah von dort zuerst das Wahrzeichen mit dem passenden Namen 'einsamer Gipfel', dann den langen Zug, der aus einem Dutzend Wagen und zahlreichen Reitern bestand, die Teil der Karawane waren, die Kaiserin Eugénie begleitete. Er hatte gehört, es seien insgesamt nicht weniger als fünfzig Wagen, also mussten all jene, die die Zelte, Vorräte und Lebensmittel für das königliche Lager transportierten, vor diesem Zug sein und alles für die Nacht einrichten. Gregory stiess Bullet die Fersen in die Rippen.

Als Gregory sich dem Zug näherte, lösten sich zwei Männer mit dunklen Uniformjacken, die gleich aussahen wie seine, von der Prozession und galoppierten los, um ihn abzufangen.

Es waren zwei Beobachter, die zur Eskorte gehörten und als sie nahe genug waren, erkannte er sie. Einer war Taft, ein Trunkenbold von Ex-Soldat, der andere Dunphy, ein Hufschmied und Idiot, der es sogar geschafft hatte, in seinem beinahe idiotensicheren und gefragten Beruf zu scheitern und deshalb zur Polizei gegangen war.

Constable Taft hielt zuerst vor ihm an. »Sub-Inspector Gregory«. In der Art, wie Taft ihn begrüsste, lag nicht ein Hauch von Respekt.

»Taft, ich bin gekommen, um General Wood zu treffen.«

Taft spuckte auf den Boden. »Unsere Befehle lauten, dass niemand sich der Kolonne der Kaiserin nähern darf, ausser auf Einladung.«

Dunphy ritt heran und zügelte sein Pferd. »Was tust du hier?«

»Sie werden mir die Höflichkeit erweisen, meinen Rang zu respektieren«, sagte Gregory zu Dunphy, einem jüngeren Constable.

Dunphy zupfte an einem Zahn. »Ja, die Vorschriften besagen, dass ich den Rang zu respektieren habe, Sub-Inspector, ...«

Gregory kannte den unausgesprochenen Rest des Satzes, '... aber nicht den Mann'. Er hatte wenig Zeit für diese beiden Doofmänner. »Wo ist Walters, der Kavallerie-Begleitoffizier? Er wird wissen, weshalb ich hier bin, und mich treffen wollen.«

Die Constables sahen sich an, dann ergriff Taft das Wort. »Leutnant Walters ist unterwegs, um den Weg zu erkunden.«

»Nun gut, ich werde mich der Kolonne anschliessen, General Wood meine Aufwartung machen und auf die Rückkehr von Walters warten.«

»Die Befehle sagen ...«

Gregory öffnete die Klappe seines Holsters, zog seinen Revolver und richtete ihn auf Dunphy, dessen Protest auf seinen Lippen erstarb. »Halten Sie die Klappe, Dunphy.«

Taft lachte leise vor sich hin. »Mach dir keine Sorgen wegen ihm, Dunphy, er wird nicht schiessen. Seine Nerven sind zu schwach. Deshalb hat er Isandlwana überlebt - er ist weggelaufen.«

Gregory stiess Bullet in die Rippen und lenkte ihn mit seinem Knie, bis das Pferd neben dem von Taft stand. »Haben Sie im Krieg viele Zulu getötet, Taft? Wie ich höre, waren Sie im Garnisonsdienst und litten unter etwas Schlimmem, das Sie in der 'roten Laterne' aufgegabelt hatten.«

Taft grinste. Er verdiente den Spitznamen 'Schnupfer', denn Gregory konnte seinen Körpergeruch und abgestandenen Schnaps in seinem Atem riechen.

»Und wenn, dann hatte ich es von Ihrer indischen Freundin.«

Gregory hob die rechte Hand, drehte sie und rammte Taft den Kolben seiner Pistole in die Nase. Blut spritzte, der Constable schrie auf und legte seine Hände auf den zertrümmerten Knorpel. Tafts Pferd erschrak von dem Lärm und bockte, so dass Taft rückwärts stürzte und vor Schreck noch lauter schrie, als er schwer auf den Boden prallte.

»Das können Sie nicht tun«, sagte Dunphy.

Gregory wandte sich dem anderen Mann zu und spornte Bullet zu einem Angriff auf diesen an, doch Dunphy wendete sein Pferd und trieb es an, um Abstand zwischen sich und Gregory zu bringen.

»Feigling«, sagte Gregory zu Dunphys Rücken.

Bevor Taft zu Atem kommen konnte oder Dunphy sich entschloss, zurückzukehren, gab Gregory Bullet einen weiteren Tritt und galoppierte über die Ebene zum Wagenzug.

Als er sich diesem näherte, kam ein anderes Mitglied der Natal Mounted Police, Brian Grace, ein Kollege des Unterinspektors, auf ihn zu geritten.

»Peter? Was zum Teufel machen Sie hier?«

Brians Gesicht war rötlich und sein Haar ergraut, aber sein Ton war freundlich. Er war ein guter Mann, älter als Gregory, aber auch ein ehemaliger Armeeoffizier. Da er bei Kriegen auf der Krim und in Indien dabei war, hatte er Gregorys Flucht aus Isandlwana nicht verurteilt. Die beiden hatten sich nach der Schlacht über die Ereignisse ausgetauscht und Brian auch mit Samuel über Peter gesprochen, als Brian Samuels Rekrutierung für die NMP bearbeitete.

»Ich muss General Wood meine Aufwartung machen und ihn über eine Angelegenheit informieren, die ein Mitglied Ihrer Kavallerieeskorte, Leutnant Walters, betrifft.«

Brian schüttelte den Kopf. »Wie jemand in diesem Stadium seines Lebens so ein unausstehlicher kleiner Wichtigtuer werden kann, ist mir unbegreiflich. Er ist allerdings im Moment auf irgendeiner selbsternannten Aufklärungsmission unterwegs.«

»Das habe ich gehört.« Gregory blickte zurück auf die Ebene, wo Taft wieder aufgestiegen war und, Dunphy an seiner Seite, langsam zur Kolonne zurückritt. »Es tut mir leid, Brian, aber ich musste Taft und Dunphy einfach disziplinieren. Sie wollten mich nicht an die Kolonne heranlassen.«

Brian seufzte. »Kein bisschen gesunder Menschenverstand bei den beiden. Sie sind doch einer von uns, um Himmels willen. Dieser Walters, von dem Sie sprechen, hat ständig versucht, mein Kommando zu untergraben und meinen Männern zu sagen, was sie tun dürfen und was nicht. Was hat Taft zu Ihnen gesagt, Peter?«

»Taft hat sowohl meine Ehre wie auch die einer Dame, die ich kenne, angegriffen, also musste ich handgreiflich werden.« Gregory liess den Teil mit dem Pistolengriff vorerst weg.

Brian nickte. »Ich weiss, was einige der Männer über Sie sagen, Peter, und erkläre immer wieder irgendjemandem die Realität Ihrer Situation in Isandlwana. Wenn Taft einen vorgesetzten Offizier beleidigt hat, hat er bekommen, was er verdient hat.«

»Ich danke Ihnen.«

»Ich werde Sie zu General Wood bringen. Er ist ein guter Kerl.« Dann sprach Brian konspirativ leise, »und unter uns gesagt, ist er, glaube ich, ganz vernarrt in die Kaiserin. Sie ist übrigens eine wunderbare Person, Peter, einfach wundervoll. Grosszügig bis zum Gehtnichtmehr, aber die arme Frau wird, je näher wir dem Todestag ihres Sohnes kommen, von Tag zu Tag melancholischer.«

Gregory nickte. Er wusste, wie sie sich fühlte. »Morgen?«

»Ja. Wir schlagen unser Lager später bei der Gedenkstätte auf.«

Brian führte Gregory der Kolonne entlang. Hier und da bemerkte er ein NMP-Mitglied, das er kannte und erwiderte den Gruss derjenigen, die ihm die Ehre erwiesen. Eine der beiden Damen, die auf einer Kutsche mitfuhren, lächelte ihm zu und er grüsste Zulu-Diener und Fuhrleute in ihrer Sprache, wenn er an ihnen vorbeiritt.

Als sie sich seiner Spitze näherten, wich Brian weiter weg vom Zug. »Wir haben alle den Befehl, die Kaiserin in Ruhe zu lassen, vor allem, weil der grosse Tag bevorsteht«, sagte Brian aus dem Sattel und lenkte Gregory weiter von der Flanke entfernt entlang.

Aus der Ferne erblickte Gregory das Profil der Kaiserin. Alle in der Kolonie hatten Bilder von ihr in den Zeitungen gesehen und selbst aus dieser Entfernung konnte er erkennen, dass sie in aufrechter Haltung und königlicher Schönheit im Sattel sass.

»An manchen Tagen fährt der General selbst ihre Kutsche«, berichtete Brian, »aber heute reitet er voraus, was es für Sie einfacher machen sollte, mit ihm zu sprechen.«

Brian spornte sein Pferd an und Gregory tat es ihm gleich, doch er zügelte Bullet, als Brian neben General Wood ritt. Dieser befand sich in geringer Entfernung hinter seinem Spähtrupp, der aus zwei Kavalleristen und zwei berittenen NMP-Polizisten bestand. Sie wechselten ein paar Worte, dann drehte sich Brian im Sattel um und winkte Gregory vorwärts.

»Sub-Inspector Peter Gregory, Sir«, meldete ihn Brian an. Er schaute sich um und sah, dass Taft und Dunphy die Kolonne fast wieder erreicht hatten. »Ich kümmere mich um meine Männer«, sagte er und ritt davon.

»Guten Morgen, Sir«, sagte Gregory, als Bullet neben dem Pferd des Generals in Schritt fiel.

Wood war Anfang vierzig und sein zurückweichender Haaransatz wurde durch einen üppigen, hängenden Schnurrbart ausgeglichen. »Gregory. Sie wissen, dass ich den Befehl gegeben habe, dass sich der Kolonne keine Aussenstehenden nähern dürfen, erst recht nicht diese lästige amerikanische Reporterin. Man hat mir gesagt, Sie hätten die Aufgabe, sie zu eskortieren.«

»Das habe ich auch getan, Sir, aber was ich Ihnen zu sagen habe, ist von grösster Wichtigkeit.« Gregory war beeindruckt davon, dass Wood wusste, wer er war und dass er den Auftrag erhalten hatte, Teresa zu begleiten.

Der General nickte kurz. »Dann legen Sie los.« Wood hielt seinen Blick auf den Horizont gerichtet. Als alter Soldat, der für seinen Dienst in Indien mit dem Victoria-Kreuz ausgezeichnet worden war und im Krieg mit den Zulu sowohl einen Sieg als auch eine Beinahe-Niederlage erlebt hatte, achtete er auf jedes Anzeichen einer unvorhergesehenen Gefahr.

»In Major Dartnells Auftrag führe ich zusätzlich eine Untersuchung über den möglichen Diebstahl des Schwertes des verstorbenen Kaiserlichen Prinzen durch, Sir.«

Wood drehte den Kopf herum. »Was? Warum wurde ich nicht darüber informiert? Soweit ich weiss, hat Lord Chelmsford Prinz Louis Schwert letztes Jahr an seine Mutter zurückgegeben. Die Kaiserin hat mir gegenüber nichts davon erwähnt.«

Gregory wusste nicht, wie sehr er ins Detail gehen sollte. »Ich möchte nichts Vertrauliches verraten, Sir, aber es scheint, dass das Schwert des Prinzen irgendwann, bevor es Afrika mit Lord Chelmsford verliess, durch ein Ersatzschwert ausgetauscht wurde.«

»Von wem?«

»Das ist der Inhalt meiner Untersuchung, Sir. Unter den Offizieren, denen das Schwert ursprünglich während Lord Chelmsfords Marsch auf Ulundi von den Zulu zurückgegeben wurde, war ein Major namens Morrison von den 17. Lancers. Er verliess die Armee und wurde kürzlich auf seiner Farm ausserhalb von Pietermaritzburg tot aufgefunden. Er war ermordet worden und einige der festgestellten Merkmale deuteten auf einen Zulu-Angriff, etwa dass sein Körper aufgeschlitzt war.«

»Glauben Sie, er könnte in diesen Betrug verwickelt gewesen sein?«

»Ich war der ermittelnde Offizier, Sir und Major Morrison war ein Mann von äusserst unliebsamem Charakter. Er war im Einsatz wegen sexueller Vergehen diszipliniert worden und stand im Ruf, ein Päderast zu sein.«

Wood zog eine Grimasse. »Ekelhaft.«

»Sir, ich bin zu Ihnen gekommen, weil ich einen der Offiziere, die derzeit unter Ihrem Kommando stehen, befragen muss, einen Leutnant Walters.«

»Den jungen Llewellyn?«

Gregory nickte. »Ja, Sir.«

»Hm. Es war Walters, der mir berichtete, dass Sie die Amerikanerin begleiten. Er ist ein Eigenbrötler - er ist freiwillig ausgeritten, um Ihre Gruppe abzufangen und Ihre Bewegungen zu überwachen. Was hat er mit dieser Sache zu tun?«

Gregory stellte fest, dass Walters 'freiwillig' zu ihm gekommen war, hielt sich aber bezüglich dieser Tatsache vorerst zurück. »Meine Ermittlungen ergaben, dass Walters ein Partner von Morrison war. Beide waren miteinander bekannt und besuchten ein verrufenes Haus in Pietermaritzburg.«

Der General sah überrascht aus. »Walters war nicht ...«

»Für einen Mann seines Alters, Sir, hat Walters angeblich eine gewisse Erfahrung im Umgang mit Fleisch. Aber nein, Sir, ich habe nichts erfahren, was darauf hindeutet, dass er verbrecherische Absichten, wie etwa die Verführung von Minderjährigen, hat.«

»Wenigstens etwas«, sagte Wood. »Reden Sie weiter, Mann. Warum müssen Sie Walters verhören? Nur weil er und dieser in Ungnade gefallene Major dasselbe Bordell aufsuchten?«

Gregory schüttelte den Kopf. »Zusätzlich zu seinen vielen Vergehen war Morrison ein Trunkenbold und ein Bankrotteur, dessen Farm im Niedergang begriffen war.« Noch während er das sagte, kam Gregory sich wie ein Heuchler vor. Auch er trank zu viel und taugte nicht als Landwirt, aber wenigstens war er nicht zum Verbrecher geworden. »Er brauchte Geld und bei meinen Nachforschungen stiess ich auf einen anderen Zeugen, der zwar ebenfalls einen zweifelhaften Charakter hat, aber glaubhaft erzählte, Morrison stecke mitten in einem grossen Geschäft. Er habe etwas angeblich sehr Wertvolles, das er verkaufen wolle und das Leutnant Walters, der aus einer wohlhabenden Familie stamme, zu kaufen beabsichtige.«

»Das verschwundene Schwert?«, kam General Wood zu demselben Schluss.

»Ich bin mir nicht sicher, Sir, weshalb ich den Offizier befragen muss.«

Wood ritt schweigend weiter und Gregory fragte sich, ob er die gleichen Hypothesen durchspielte. Hatte jemand Morrison ermordet, um das Schwert zu stehlen? Hatte Walters Morrison getötet, und wenn ja, warum? Hatte Morrison die Abmachung nicht eingehalten oder an einen anderen Bieter verkauft? Hatte Walters ihn in einem Wutanfall getötet, oder hatte er ihn zuvor gefoltert, um Informationen zu erhalten? Es gab viele Möglichkeiten, aber Gregory hütete sich davor, der Versuchung zu erliegen, eine Theorie mit den wenigen Beweisen, die er hatte, in Einklang zu bringen, statt andersherum.

Wood räusperte sich. »Walters untersteht meinem Kommando und wenn er von seiner Patrouille zurückkehrt, sorge ich dafür, dass Sie Zugang zu ihm erhalten. Wenn Walters in irgendeine Angelegenheit verwickelt ist, die die Kaiserin betreffen könnte, will ich das wissen. Selbst wenn er, sagen wir mal, versucht, das Richtige zu tun, indem er das Schwert ihres Sohnes zurückholt.«

Wood schien einen ihm unterstellten Offizier in Schutz zu nehmen, was verständlich war und Gregory tat sein Bestes, um versöhnlich zu klingen. »Ja, selbstverständlich ist es möglich, dass der Leutnant das Schwert finden wollte, um es der Kaiserin zu überreichen.«

»Das sind auch meine Gedanken.« Wood strich sich über den Schnurrbart. »Walters ist ein ehrgeiziger junger Mann und ich kann mir vorstellen, dass er denkt, eine solche Geste könnte seine Karriere voranbringen. Aber ich setze hier eine strikte Befehlskette durch, Gregory.«

»Natürlich, Sir.«

Wood warf ihm einen weiteren Blick zu. »Das bedeutet, dass Sie sich, sobald Ihre Geschäfte mit Walters abgeschlossen sind, von meinem Standort entfernen werden. Ausserdem bleibt meine Anweisung, dass sich niemand ohne offiziellen Auftrag unserer Kolonne nähern darf, bestehen.«

Gregory nickte. »Ich hatte gehofft, die Kaiserin befragen zu können, um eine bessere Beschreibung des Schwertes des Prinzen zu erhalten, Sir.«

Wood kniff die Augen zusammen. »Das kommt nicht in Frage. Falls, und ich betone, falls es notwendig ist, die Kaiserin in diese Angelegenheit zu verwickeln, dann geschieht das über mich. Wie Sie sicher verstehen, befand sich Ihre Majestät in den letzten Tagen in einem sehr ... empfindlichen Zustand. Morgen ist der Todestag ihres Sohnes und in diesem Moment der Besinnung sollen ihr Privatsphäre und Rücksichtnahme gewährt werden.«

Gregory hatte gewusst, dass seine Chancen, mit der Kaiserin zu sprechen, gering wären. »Natürlich, Sir.«

Gregory hatte nur wenige Anhaltspunkte, die Walters mit dem Tatort des Mordes an Morrison in Verbindung brachten: Die Worte einer Prostituierten und eines anderen Heruntergekommenen, Walters und Morrison hätten irgendeinen Deal ausgeheckt, sowie die Tatsache, dass er im Schlamm vor dem Haus des Toten die Stiefelabdrücke des Kavallerieoffiziers bemerkt hatte. Er hatte sich die Grösse der Abdrücke notiert und das war eine Sache, die er überprüfen konnte. Als Letztes war da noch die Kugel, die er in Morrisons Haus gefunden hatte und von der er sicher war, dass sie aus einem britischen Dienstrevolver stammte.

Als er merkte, dass seine Zeit mit dem General abgelaufen war, salutierte Gregory und liess sein Pferd zurückfallen. Er machte einen grossen Bogen um die Kutsche der Kaiserin und trieb Bullet mit Tritten in die Flanke vorbei, obwohl er ihre aufrechte Silhouette wieder erblickte.

Er kehrte am richtigen Ort zum Zug zurück, um an einer anderen Kutsche mit zwei Zofen an Bord vorbeizukommen. Er tippte sich mit den Fingern an den Helm, worauf ihn die eine anlächelte und sich dann kokett eine Hand vor den Mund legte. Er dachte an Teresa und ritt weiter.

Warum nur? Warum hatte er sich erlaubt, wieder zu fühlen? Sein Leben in der Armee hatte ihn zölibatär gehalten, oder zumindest beinahe, und das einzige andere Mal, dass er eine echte romantische Verbindung zu einer Frau gespürt hatte, war mit Grace gewesen.

Aber jetzt war da Teresa. Schön, offen, intelligent - und leidenschaftlich. Irgendwie fühlte es sich falsch an, respektlos gegenüber seinen Kameraden, die in ihrer Blütezeit gefallen waren, dass er überhaupt ein gewisses Mass an Glück erleben durfte oder an so etwas wie eine Zukunft mit ihr dachte. Aber er konnte sie nicht lange aus den Augen lassen.

Gregory hob die Hand an die Krempe seines Tropenhelms und sah sich um. General Wood, neben dem Sub-Inspector Brian Grace an der Spitze der Kolonne ritt, deutete nach links. Gregory kannte die

Gegend inzwischen gut, und während sie sich der Gedenkstätte des Kaiserlichen Prinzen näherten, schien General Wood dem Gefolge der Kaiserin den Befehl gegeben zu haben, auf einer Tangente zu fahren.

Gregory dachte, er hätte sich vielleicht geirrt und trieb sein Pferd an. Doch gleichzeitig wendete Brian sein Pferd und kam ihm, bevor Gregory den General erreichen konnte, entgegen.

»Wenn Sie hochreiten wollen, um dem General zu sagen, dass er in die falsche Richtung reite, Peter, dann ersparen Sie sich Ihren Atem und seinen Zorn.«

Gregory nickte. »Warum dann die Richtungsänderung?«

Brian drehte sich wieder um, bis er neben Gregory ritt. »Wie Sie wahrscheinlich wissen, stechen das weisse Marmorkreuz und der Sockel, den sie errichtet haben, wie ein roter Mantel in einem Schneefeld hervor. Der General gab den Befehl, unseren Kurs zu ändern, sodass wir der breiten Donga dort drüben entlangreiten.«

Gregory schaute in die Richtung, in die Brian gezeigt hatte. Es war zwar ein Umweg, aber Woods verrückte Idee hatte Methode, denn die neue Route würde sie unter einer niedrigen Erhebung in der scheinbar eintönigen, kurzgrasigen Ebene führen. »Wenn wir den direkten Weg nähmen, könnte sie das Kreuz aus meilenweiter Entfernung sehen.«

Brian nickte. »Ganz genau. Den grössten Teil des Tages mit Sicht auf das Kreuz, das an den Tod ihres Sohnes erinnert, zu verbringen, wäre für die Kaiserin zu viel, befürchtet der General.«

Gregory kam ein weiterer Gedanke. »Das bedeutet aber gleichzeitig, dass jemand, der die Kaiserin überraschen wollte, am Denkmal oder in dessen Nähe warten könnte und bis zum letzten Moment, wenn der General diese Anhöhe überquert und beim Kreuz ankommt, nicht gesehen würde.«

Brian lächelte. »Nun ja, er ist nicht umsonst ein General. Daran hat er schon gedacht. Er befahl Walters gestern, auszureiten und die örtlichen Zulu-Häuptlinge zu einer 'Indaba' zu ihm zu bringen. Sie trafen sich und General Wood überzeugte sie mit dem Versprechen einiger Decken und anderer Kleinigkeiten, einen Kordon in den Vleis und Hügeln rund um das Denkmal zu errichten. Wenn sie also jemanden sehen, der sich dem Denkmal nähert, werden die Zulus ihn abfangen und abwehren.«

Gregory hatte General Wood unterschätzt. Er hatte zwar die Schlacht am Hlobane Mountain verloren und war nur von der Demütigung, seines Kommandos enthoben zu werden, verschont geblieben, weil das Debakel bei Isandlwana seine Niederlage überschattet hatte, aber bei Kambula hatte er einen soliden Sieg errungen. Er hatte wahrscheinlich mehr als viele andere Befehlshaber gelernt, wie wichtig die Wahl des Geländes ist.

»Walters sollte nach seiner aktuellen Aufklärungsmission vor unserer Kolonne herreiten und die Gedenkstätte sichern, aber er ist mittlerweile überfällig«, sagte Brian.

Gregory sah auf seine Uhr. Selbst wenn er sich jetzt zurückmeldete und wieder aufbrach, würde er es kaum schaffen, den Tshotshosi-Fluss und das Kreuz zu erreichen.

»Wahrscheinlich ist er von dem, was ihn heute aufgehalten hat, direkt zur Gedenkstätte geritten.«

Gregory traf eine schnelle Entscheidung. »Ich glaube, Sie haben recht, Brian. Ich danke Ihnen für Ihre Hilfe. Ich denke, ich verabschiede mich jetzt und reite zur Gedenkstätte, denn vielleicht finde ich Walters dort. Bitte richten Sie General Wood meine Grüsse aus.«

Brian hob einen Finger an den Helm, um einen Gruss zu parodieren. »'Hamba kahle', Peter, reisen Sie gut.«

»Danke, ich werde gut reisen und Sie, Brian, 'sala kahle', bleiben Sie gut.« Gregory zerrte Bullet an den Zügeln nach rechts, gab ihm wieder die Sporen und galoppierte davon, direkt auf das Denkmal zu.

Beim letzten Blick über seine Schulter auf die Kaiserin und ihr Gefolge, erinnerte ihn der Anblick an einen Leichenzug. Gregory blickte wieder nach vorne, was in solchen Momenten das Beste war, was man tun konnte.

Die weite Ebene dehnte sich vor ihm aus und er liess Bullet die Zügel frei.

. . .

GRACE RITT hinter Leutnant Walters und seinem Sergeanten und beobachtete den Rücken und die Hände des Offiziers auf jedes Anzeichen einer unerwarteten Bewegung. Sie war froh, dass sie darauf bestanden hatte, dass Walters die beiden Ersatzpferde mitbrachte.

Grace hatte Walters, bevor sie Pietermaritzburg verliess, durch einen anderen früheren Kunden, der ebenfalls ein Mitglied der 17. Lancers war, ausrichten lassen, sie reite zu Peter Gregorys Gruppe und wolle sich dort diskret mit dem Leutnant treffen. Walters' Kamerad hatte geschmunzelt, weil er dachte, Grace spreche von einer anderen Art von Verabredung. Als sich Walters in den frühen Morgenstunden ins Lager geschlichen hatte, brachte Grace ihre Forderungen zu Ende, obwohl der Plan beinahe aufgeflogen wäre, weil Walters entdeckt wurde.

Ferdi ritt an ihrer Seite.

Der italienische Graf war reich und gutaussehend und wusste, im Gegensatz zu vielen weissen Männern, mit denen sie geschlafen hatte, was man unter der Bettdecke machen sollte. Er hatte ihr in der Nacht zuvor 'gestanden', dass er, genau wie Teresa O'Kane dies vermutete, ein Zeitungsreporter von der 'Gazzetta di Mantova' sei.

»Es wird eine sehr historische Veröffentlichung«, hatte er ihr ins Ohr geflüstert. »Die Gazetta wird seit mehr als hundert Jahren gedruckt und es wäre eine grosse Ehre für mich und meinen Herausgeber, wenn ich ein Foto der Kaiserin und ein Interview mit ihr bekommen könnte. Sind Sie sicher, dass sie Sie empfangen wird?«

»Ja, ganz sicher«, hatte Grace im Dunkeln geantwortet.

Sie hatte sich am Vortag in der Donga, in der sie angeblich in Ferdis Begleitung baden wollte, mit Walters getroffen. Eigentlich hätte sie sich beim Treffen mit dem britischen Offizier wohler gefühlt, wenn Samuel bei ihr gewesen wäre, aber dieser war wahrscheinlich zu ehrenhaft, um sich auf ihren Plan einzulassen. Sie mochte Samuel sehr und sie wusste aus den Informationen, die sie von Gregory - der jedoch nie hatte über den Krieg sprechen wollen - erhalten hatte, dass Samuel ein harter Kämpfer war.

Ferdi hatte sie jedoch überrascht.

Als Walters und sein Sergeant auf dem Pferderücken durch das Wasser und die schmale Donga hinaufgeritten waren, war Walters ihr gegenüber, obwohl sie verabredet waren und sie auf ihn gewartet hatte, ausfällig geworden.

»Du kommst mit mir, aber allein«, hatte er ihr befohlen, obwohl er, wie geplant, ein zweites Pferd mitgebracht hatte. Sie war gewarnt, denn er hatte sie schon einmal zu hintergehen versucht.

In diesem Moment war Ferdi hinter einem Felsen hervorgetreten, hatte seinen Snider-Karabiner an die Schulter gehoben und ihn auf Walters gerichtet.

»Signor, so spricht man nicht mit einer Dame.«

Walters hatte eine Grimasse gezogen, aber Ferdi schaute ihm mit einem harten Blick in die Augen. »Miss Naidoo«, er räusperte sich. »Wenn Sie mich allein begleiten würden, wäre ich Ihnen sehr verbunden.«

»Ferdi kommt mit mir«, hatte Grace geantwortet. »Er wird mein Treffen mit der Kaiserin für die Nachwelt festhalten, in Wort und Bild.«

»Nein, das wird nicht passieren, Miss Naidoo«, hatte Walters protestiert. »Wir haben eine Abmachung.«

»Ja, die besagt, dass Sie zwei Pferde mitbringen, mich zur Kaiserin bringen und sich in ihrer Gunst sonnen können, weil Sie mich an Ihre Majestät ausgeliefert haben. Und wie wir vereinbart haben, teilen wir beide die Belohnung, die die Kaiserin danach jemandem von uns beiden zukommen lassen wird«, hatte Grace erklärt. »Und der Grund, warum ich um zwei Pferde gebeten habe, war, dass ich immer vorhatte, einen Begleiter mitzunehmen, um sicherzustellen, dass ich heil und sicher ankomme.«

»Sie sollten dankbar sein, dass ich mich gestern Abend überhaupt mit Ihnen getroffen habe«, hatte Walters erwidert.

Grace hatte auf den Riss am rechten Ärmel seines Mantels gezeigt. »Sie sollten dem lieben Gott danken, dass Peter Gregorys Kugel Sie nicht in den Rücken getroffen hat, statt nur ein Loch in Ihren Mantel zu stanzen.«

Walters hatte bereits den Mund geöffnet, um noch einmal etwas zu sagen, aber in diesem Moment regneten vom hohen Ufer der Donga links von Grace und rechts von Walters Steine herab. Sie schauten alle auf.

»Sergeant, gehen Sie sofort da rauf. Finden Sie heraus, wer uns ausspioniert.«

Walters warf ihr einen strengen Blick zu, aber Grace streckte ihr Kinn vor und schwieg. Auch sie fragte sich, ob jemand über ihnen stand und beobachtete, was vor sich ging. Falls es Samuel war, würde ihre Abmachung mit Walters hier und jetzt enden, weil dieser sie und Ferdi nacheinander zurück zum Lager und zu Sergeant Phillips bringen würde. Vielleicht war es aber nur ein Tier, eine kleine Antilope, die zum Trinken an den Fluss gekommen war. Im Moment begnügte sie sich damit, Walters für den Fall, dass er eine List versuchte, im Glauben zu lassen, sie hätten vielleicht ein weiteres Augenpaar, das ihn beobachtete. Sie kannte Walters aus dem Haus des schlechten Rufes, und obwohl sie nie mit ihm geschlafen hatte, wusste sie, dass der junge Mann zu denen gehörte, die einem Mädchen Schmerzen zufügen mussten, um Erfüllung zu finden - obwohl er manchmal selbst den Hintern versohlt bekommen wollte. Er jagte ihr eine Gänsehaut über den Rücken, wie die Kobras damals, die sie als junges Mädchen in den Zuckerrohrfeldern erschreckt hatten.

Während sie, Walters immer noch im Auge, aufstieg, dachte sie an seinen brutalen Sergeanten, der einige Minuten später von seiner Erkundung zur Donga zurückkehrte.

»Es war die andere Frau, Sir«, berichtete der Feldwebel. »Die Amerikanerin.«

»Und?«, fragte Walters ihn.

»Sie wird uns weder belästigen, Sir, noch uns folgen.«

Was der uniformierte Schläger wohl damit meinte? Hatte er Teresa umgebracht? Grace hatte die neugierige Amerikanerin schon als sie sich zum ersten Mal trafen, nicht gemocht. Die Frau spielte sich auf, war aber letztendlich nur eine weitere schmutzige Journalistin, wie Ferdi einer war. Grace hatte Peter im Glauben gelassen, Teresas - für alle ausser ihn selbst offensichtliche – Anziehungskraft auf ihn sei ihr unter die Haut gegangen. In Wirklichkeit duldete sie Peter jedoch nicht in ihrer Nähe, damit er nicht zufällig etwas über ihre Pläne mit Leutnant Walters herausfand. Es hatte eine Zeit gegeben, in der sie sich hätte vorstellen können, arm, aber glücklich in Peters Farmhaus zu wohnen, aber jetzt wartete eine grössere Welt auf sie, denn vielleicht würde sie bald mit Ferdi an Bord eines Schiffes gehen und nach Italien segeln.

Walters führte sie von der Stelle weg, an der der arme junge Phillips unterdessen auf niemanden mehr ausser Samuel aufpasste.

Was immer der Sergeant mit Teresa getan hatte, es verunsicherte Grace. Sie gab ihrem Pferd die Sporen, so dass es zu galoppieren begann. Als sie neben Walters ankam, zügelte sie ihr Pferd.

»Ja?«, fragte er und wandte sich ihr zu.

»Ich will Geld. Jetzt, sofort.«

Walters schüttelte den Kopf. »Nein. Ich habe Ihnen gesagt, dass wir unsere Geschäfte, nachdem wir uns mit Ihrer Majestät getroffen haben, an einem Ort meiner Wahl abwickeln werden.«

Sie spuckte auf den Boden, worauf Walters eine Grimasse schnitt. »Ja, und an diesem Ort Ihrer Wahl werden mir ein halbes Dutzend Ihrer Soldaten auflauern und mir alles nehmen, was ich habe.«

Walters sagte mit leiser Stimme: »Ich versichere Ihnen, Miss, dass ich ein Gentleman bin. Ich würde nie mein Wort brechen. Ausserdem habe ich, für den Fall, dass Sie und Ihre Kohorte mir auflauern wollten, kein Geld mitgebracht.«

Es gab auch hier keine Ehre unter Dieben. Grace hatte immer noch das Gefühl, sie könne Walters nicht trauen, hatte sich aber selbst in die Enge getrieben. Er war ihre einzige Chance, die Kaiserin zu treffen, bevor diese die Kolonie verliess. So frustrierend es war, gab es sonst niemanden, mit dem sie verhandeln konnte.

Sie seufzte. »Und Sie stehen zu Ihrem Versprechen, die Zuwendung der Kaiserin mit mir zu teilen, nachdem Sie ihr übergeben, was sie will?«

»Sie haben mein Wort als Offizier und Gentleman«, bestätigte Walters.

Sie spürte, dass ihr, ausgelöst von einer Mischung aus Nervosität und Abscheu, Galle in den Hals stieg, denn solche Worte hatte sie von diesem sogenannte Gentlemen schon zu oft in ihrem Leben gehört. »Ich werde sicherstellen, dass ich lange genug hierbleibe, um herauszufinden, wie grosszügig ihre Entschädigung ist.«

Walters zuckte mit den Schultern. »Sofern General Wood und Ihre Majestät Ihnen zu verweilen erlauben, ist das Ihre Sache.«

Grace seufzte tief und überlegte sich, was sie sonst noch tun könne. Sie drehte sich zu Ferdi um und sah, dass der Kavallerie-Sergeant sein Pferd, während sie mit Walters gesprochen hatte, neben das des Grafen geritten hatte, und sich die beiden ebenfalls unterhielten.

»Wir machen Pause!«, rief Walters.

Die beiden anderen Reiter hielten an und der Kavallerie-Sergeant griff in seinen Uniformrock, was Grace in Panik versetzte, weil sie vermutete, er ziehe ein verstecktes Messer oder eine Pistole hervor. Als er eine weisse Tabakpfeife herausnahm und sie Ferdi reichte, spürte sie Erleichterung. Der Graf lächelte, steckte das Gewehr zurück in den Behälter, der an der Seite seines Pferdes befestigt war und nahm die Pfeife.

Als Ferdi diese näher vor die Augen hielt, um eine Schnitzerei oder etwas auf dem Pfeifenkopf genauer zu betrachten, merkte Grace, wie durstig sie war und dass sie etwas trinken musste. Sie schaute nach unten, um die Wasserflasche, die an ihrem Sattel hing, zu nehmen, doch in diesem Moment liess eine blitzartige Bewegung sie aufblicken. Die freie Hand des Feldwebels war zu einer Faust geballt, die er Ferdi mitten ins Gesicht schlug. Der Graf flog aus dem Sattel.

Mit weit aufgerissenem Mund sah Grace sich erneut um und im selben Moment, in dem sie in den Lauf von Llewellyn Walters' Pistole blickte, hörte sie ein Klicken.

25

KWAZULU-NATAL IN DER GEGENWART

Andy hatte seine Truppe in einem klassischen L-förmigen Hinterhalt aufgestellt. Dies nicht, weil er ein Feuergefecht erwartete, sondern weil er nicht noch einmal so überrascht werden wollte, wie am Strand. Sie befanden sich im Busch, auf der Isandlwana-Seite des Buffalo-Flusses, auf beiden Seiten der Zufahrt zur Brücke.

Er hatte gelächelt, als Adam Krüger die Drohne vom Himmel schoss und einen Moment lang gedacht, der ehemalige südafrikanische Fallschirmjäger hätte sich vielleicht mit der daran befestigten Granate in die Luft gesprengt.

Andy war angewiesen worden, Adam Krüger und die Polizistinnen zu erschrecken, aber nicht zu töten. Allerdings sagte ihm sein Bauchgefühl, dass der Befehl auf die zweite Option hätte lauten müssen. Vor allem aber musste er sich und sein Team, was auch immer geschah, so schnell wie möglich aus Südafrika herausbringen.

Er schaute auf sein Handy und las die WhatsApp-Nachricht von Goldie Faul.

Halten Sie sich zurück. Wir kommen zu Ihnen. Die Polizei hat Verstärkung angefordert, um den Drohnenabsturz zu untersuchen. Wir ziehen uns nach Dundee zurück.

Das war typisch Faul. Sie hatte in früheren Nachrichten von 'Cops' gesprochen und ihm gesagt, er solle das Ersatzfahrzeug überwachen. Als müsste man ihm sagen, wie er seinen Job zu machen habe.

Tustins Range Rover kam ihnen auf der Schotterstrasse entgegen.

Die Bedeutsamkeit ihres Standorts war Andy nicht entgangen, denn er hatte über die Schlachten, die in diesem Gebiet stattgefunden hatten, gelesen und die Lektion daraus, dass Chelmsford seine Truppen aufgeteilt und seinen Feind unterschätzt hatte, gelernt. Sowohl Adam Krüger als auch Sannie van Rensburg waren würdige Gegner.

»Sieh dir das verdammte Auto an«, sagte Andy zu Willis.

»Bin schon dabei, Boss.«

Willis beobachtete den nahenden Geländewagen durch ein verstärktes Fernglas mit hoher Vergrösserung und meldete laufend, was er sah.

»Tustin fährt. Der Holländer sitzt neben ihm. Ich erkenne Faul an ihrem Safari-Hut auf dem Rücksitz. Eine andere Frau neben Faul.«

Andy klopfte Willis auf die Schulter und der ehemalige Sergeant reichte ihm das Fernglas. Er schaute hindurch und passte es für sich an.

»Das ist Jan-Marie Ball«, erklärte Andy.

Andy schwenkte das Fernglas nach oben und die Strasse entlang, doch es waren keine anderen Fahrzeuge zu sehen. Er entdeckte auch keine Staubwolken über dem Hügel, die auf einen Verfolger hinwiesen.

»Bleiben Sie in Position, bis sie uns erreicht haben«, wies er Willis an und gab ihm das Fernglas zurück.

SANNIE HOB die Krempe von Goldie Fauls Hut leicht an, damit sie einen Blick auf den Mann werfen konnte, der am Strassenrand stand und eine AK-47 bereithielt.

»Nicht sehr gross - vielleicht ein Meter siebzig, schwarze Haare und Bart, ziemlichen Bizeps und viele Tattoos«, beschrieb ihn Sannie.

»Das ist Andy - ihr Boss«, erklärte Adam aus dem Kofferraum des Range Rovers, wo er mit seinem russischen Sturmgewehr sass.

»Sind Sie sicher, dass Sie sich mit diesen Typen anlegen wollen?«, fragte Van der Ploeg vom Beifahrersitz aus mit einem Lächeln.

»Überlassen Sie das Reden mir «, wies Sannie ihn an.

Van der Ploeg hob die Hände. »Ich will nicht mit Ihnen streiten, Frau Oberst, ich möchte nur nicht ins Kreuzfeuer geraten.«

Tustins Fingerknöchel hoben sich weiss vom Lenkrad ab. »Dieser Mann ist gefährlich und unberechenbar.«

Sannie nickte. Sie unterschätzte den ehemaligen Special Forces-Soldaten nicht. »Ich gehe davon aus, dass er keinen von Ihnen beiden töten will.«

»Seien Sie sich da nicht so sicher«, gab Tustin zurück.

Sannie bewahrte diese Bemerkung für die Zukunft auf.

»Ihr bleibt alle im Auto«, ordnete Sannie an.

»Sannie ...«, begann Adam.

»Du auch. Halten Sie hier, Mister Tustin.«

Tustin hielt zwanzig Meter vor Andy an, liess den Motor aber laufen, wodurch Sannie der Gedanke durch den Kopf jagte, ob Tustin sich aus dem Staub machen wolle. Sie stieg aus dem Fahrzeug und zeigte sich.

»Colonel van Rensburg, nehme ich an«, sagte Andy mit einem Afrikaans-Akzent, der sich nicht wirklich nach einem solchen anhörte. »Sie haben mich reingelegt.«

»Wie soll ich Sie ansprechen?«, fragte Sannie.

Er grinste. »Was immer Sie anmacht.«

Sie straffte die Schultern und legte die Hand an ihre Z88-Pistole an der Hüfte. »Sagen Sie Ihren Männern, sie sollen sich zurückziehen und geben Sie Ihre Waffen, für die Sie die erforderlichen Genehmigungen bestimmt nicht haben, ab. Oh, und verlassen Sie Südafrika mit dem nächsten Flug.«

Er weitete seine Augen in gespielter Überraschung. »Was? Sie wollen mir nicht einmal meine Rechte vorlesen und mich zu verhaften versuchen?«

»Ich mache Ihnen ein gutes Angebot, Andy und es wäre sehr unklug, wenn Sie es nicht annehmen würden.«

Er schüttelte langsam den Kopf. »Nicht ohne mein Eigentum, das Ihr Freund gestohlen hat. Er hat ein Schwert und einen Koran, für die ich bezahlt habe. Jetzt muss ich sie an jemanden verkaufen.«

»Ich bezweifle sehr, dass Sie die erforderlichen Genehmigungen hatten, um die Waren aus dem Jemen oder wo auch immer sie herkamen, auszuführen.«

Er grinste. »Da hat aber jemand gute Detektivarbeit erledigt. Sie versuchen nur mit mir zu verhandeln, weil Adam Krüger jetzt im Besitz des Schwertes und des Buches ist. Das macht ihn in Ihren Augen auch zu einem Verbrecher, oder?«

»Diese Sachen werden zu gegebener Zeit zurückgeführt, doch jetzt ist es an der Zeit, dass Sie das Klügste tun, Andy.«

»Wo ist Goldie?«, wollte Andy wissen.

Sannie liess ihren Blick auf ihm ruhen. »Sie unterstützt den südafrikanischen Polizeidienst bei den Ermittlungen, während wir miteinander sprechen.«

Er lachte. »Sie werden, bevor Sie es merken, mit Anwälten überflutet werden, Colonel.«

Sie zuckte mit den Schultern. »Das ist mir egal. Ich will Antworten auf einige Fragen.«

Andy wiegte den Kopf von einer Seite zur anderen. »Vielleicht können wir reden. Fragen Sie ruhig, denn wenn ich Ihnen sage, was Sie wissen wollen, geben Sie mir vielleicht meine Schätze zurück.«

Sannie dachte einen Moment nach. Sie hatte nichts zu verlieren. »Wer hat die sechzehn Nashörner in der Boma auf David Gregorys Farm getötet?«

Er hielt ihren Blick fest. »Ich nicht und auch keiner meiner Männer, das kann ich Ihnen versichern.«

»Und warum sollte ich Ihnen glauben?«

Er behielt die rechte Hand am Pistolengriff seines Gewehrs, fuhr sich aber mit der linken durch die dichte Haarmähne. Für einen

Moment brach er den Blickkontakt ab, dann blickte er sie erneut an. »Ich weiss nicht, ob Sie das verstehen, aber ich werde es zu erklären versuchen. Meine Jungs und ich haben getötet - für unser Land und als militärische Auftragnehmer und Ausführende für Geld. In Afghanistan und im Irak, ja, auch im Jemen und an einigen anderen Orten. Aber weder einer meiner Jungs noch ich würden einem wehrlosen Tier auch nur ein Haar krümmen. Ob Sie es glauben oder nicht, die Jungs haben die Zeit draussen im Wildreservat des alten David wirklich genossen.«

»Und was ist mit den Hörnern der Nashörner?«

Er zuckte mit den Schultern, wobei sich seine Mundwinkel ein wenig nach oben zogen. »Was sollte mit ihnen sein?«

»Soweit ich weiss, sind sie im Jemen wieder äusserst wertvoll.«

»Das mag sein, Frau Oberst, aber ich verstehe nicht, worauf Sie hinauswollen.«

Sannie kniff die Augen zusammen. Falls er ein Lügner war, dann war er, wie Goldie, ein guter Lügner. Sie wusste jedoch, dass Soldaten der Special Forces darauf trainiert waren, Verhöre durchzustehen. »Soweit ich weiss, wurden die Nashörner kurz nachdem Sie und Ihre Männer aufgefordert wurden, David Gregorys Reservat, das Sie angeblich vor Wilderei schützten, zu verlassen, getötet.«

»Daran war nichts 'angeblich'. Wir bildeten Davids bisherige Ranger und ein paar andere Einheimische aus. Als er sie entlassen musste, weil er es sich nicht mehr leisten konnte, 'Viking Security' zu bezahlen, hielten wir durch, bis der schrullige alte Bastard uns rauswarf. Wir haben einen guten Job gemacht und ich kann Ihnen hier und jetzt versichern, dass die Nashörner nicht getötet worden wären, wenn wir noch dort auf Patrouille gewesen wären.«

»Sie haben meine Frage nach den Hörnern nicht beantwortet.«

Andy grinste. »Sie haben nicht danach gefragt.«

»In Ordnung«, sagte Sannie. »Wenn Sie diese Nashörner nicht getötet haben, wussten Sie, dass jemand die Hörner verkaufen wollte? Vielleicht an Sie? Haben Sie einen Plan, um die Hörner aus Südafrika herauszuschaffen?«

Andy schaute sich um, und Sannie dachte, er prüfe vielleicht die

Position seiner Leute und frage sich, wie viele von ihnen in Hörweite seien. Als er sprach, war seine Stimme leiser.

»Dort, wo ich aufgewachsen bin, in Liverpool, verpetzen wir andere Leute nicht, aber ich bin ja auch das, was man einen Unternehmer nennen könnte. Und wie ich schon sagte, meine Jungs und ich stehen nicht auf das Töten von Tieren. Wobei ich natürlich schon versucht wäre, als Zwischenhändler aufzutreten, wenn mir jemand eine Ladung von vielleicht dreissig oder vierzig Kilogramm anbieten würde und ich mir ausrechnen könnte, dass fünfzig bis sechzig Riesen pro Kilo zu verdienen wären.«

Die Summe, von der er sprach, zeigte, dass er, auch wenn er kein Wilderer war, einiges über den Handel mit Rhinozeros-Horn wusste. Die Tatsache, dass er angedeutet hatte, etwas über Nashornhörner zu wissen, verriet ihr, dass er an einem Geschäft interessiert war. Ausserdem waren das Schwert und der Koran, die Adam mitgenommen hatte, von grösserer Bedeutung - und wahrscheinlich von erheblichem Wert. War das Geschäft mit den Nashornhörnern ein nachträglicher Einfall gewesen? Sie schwieg und wartete, in der Absicht, dass er die Lücke füllte.

»Wenn ich mich nicht irre, arbeiten Sie in der Abteilung für Viehdiebstahl und gefährdete Arten«, fuhr Andy fort.

»Sie haben sich gut informiert.«

Er lächelte. »Wie Sun Tzu in 'Die Kunst des Krieges' sagte, ist Zeit, welche man mit Vorbereitung und Recherche verbringt, selten verschwendet. Aber wie auch immer, ich weiss, dass Ihre Einheit für die Bekämpfung der Wilderei zuständig ist und ich denke, es wäre ein grosser Erfolg für Sie, wenn Sie, sagen wir, sechzehn Nashornhörner beschlagnahmen könnten.«

Sannie sah, dass Andys Blick, sein Sturmgewehr im Anschlag, zum Range Rover wanderte.

»Lassen Sie mich einen Vorschlag machen«, sagte sie. »Sie sagen mir, wer die Nashörner getötet hat und im Besitz der Hörner ist, wenn ich Ihnen Ihr Schwert und den Koran besorge.«

»Und ich werde morgen Abend mit dem Flug von British Airways nach London aus Südafrika abreisen.«

Sannie biss sich auf die Unterlippen. Mit einem Kriminellen wie diesem zu verhandeln, ging gegen alles, wofür sie stand. Aber Adam, der ebenso ungestüm wie einnehmend war, war in einen internationalen Schmugglerring gestolpert und befand sich im Besitz von Eigentum, das, wenn nicht gestohlen, so doch illegal gehandelt worden war.

»Goldie Faul wird Ihnen das Leben zur Hölle machen«, stachelte Andy an, was sie wütend machte. »Ich bin eine Beamtin der südafrikanischen Polizei und niemand schüchtert mich ein, schon gar nicht irgendeine New Yorker Touristin oder Anwältin.«

»Ich gebe Ihnen und Ihrem Freund einen Anteil von dem, was ich von Faul bekomme. Zehn Prozent.«

Jetzt war es an Sannie, zu lächeln. »Ihre Chefin, Faul, die Sie und Ihre Männer übrigens als 'die Helfer' bezeichnet, hat Adam und mir bereits eine Million Dollar angeboten, wenn wir ihr das Schwert und das Buch geben.«

Andys Pokerface hielt seiner Abscheu nicht stand.

Sannie hob die Augenbrauen. »Keine Ehre unter Dieben?«

»Ich musste für diese Reliquien bezahlen, Colonel, als ich sie von einem Vertreter der Regierung des Landes, aus dem sie stammen, gekauft habe«, erklärte Andy. »Ich habe also eine beträchtliche Summe Geld verloren.«

Sannie hätte am liebsten vor ihm auf den Boden gespuckt. »Und ich bin mir sicher, dass Sie Frau Faul das Doppelte oder mehr für Ihre Mühen in Rechnung stellen. Es ist mir egal, was Ihnen zusteht. Wenn ich mich direkt an Frau Faul wende, bekommen Sie gar nichts.«

Andy hob die AK leicht an und seine rechte Hand legte sich um den Gewehrgriff.

Sannie erkannte die unausgesprochene Drohung. »Vorsicht, eine taktische Polizeieinheit, die Dundee Farm Watch und 'Viking Security' sind auf dem Weg hierher, und werden gleich eintreffen.«

Andy entspannte sich ein wenig und grinste. »Das ist ja lustig. Mit was drohen Sie mir als Nächstes? Ich fange keine Schiesserei an, Colonel, gehe hier aber auch nicht ohne mein Eigentum weg.«

Sannie schaute über ihre Schulter zum Range Rover und dann wieder zu Andy. »Erzählen Sie mir von Napoleon Bonapartes Schwert.«

»Das war dieser kleine französische Kerl, richtig?«

Sannie legte die Hand auf ihre Pistole. »Spielen Sie keine Spielchen mit mir.«

Andy nickte leicht. »Ich bin ein Händler, Colonel und gebe nichts umsonst. Ich verlange eine Gegenleistung.«

Sannie ignorierte dies. »Glauben Sie, dass es wirklich existiert?«

»Im Geiste des guten Willens bin ich ehrlich zu Ihnen, Colonel. Ich weiss es nicht. Jan-Marie Ball glaubt, das echte Bonaparte-Schwert sei 1879 von einem korrupten britischen Armeeoffizier gegen eine Fälschung ausgetauscht worden. Ich wurde von einigen Leuten dafür bezahlt, mich in diesem Teil Südafrikas umzuschauen, um herauszufinden, ob jemand konkrete Beweise für die Theorie des Mädchens hat.«

»Und Sie mussten zur gleichen Zeit in Südafrika sein, um das Schwert des Propheten Mohammed und einen alten Koran in Empfang zu nehmen, die illegal an der südafrikanischen Küste bei Bhanga Nek aus - lassen Sie mich raten - dem Jemen angelandet wurden?«

Er lächelte wieder. »Kein Kommentar.«

»Und diese 'bestimmten Personen' sind Piet Van der Ploeg und Goldie Faul.«

Er zuckte ein wenig mit den Schultern. »Wieder kein Kommentar.«

»Was haben Sie bei Ihrer 'gründlichen Untersuchung' über das Schwert herausgefunden?«

»Nicht viel. Wie ich schon sagte, will Jan-Marie ihre Theorie unbedingt beweisen, und hätte vom alten David Gregory am meisten Informationen bekommen können. Ich habe Jan-Marie, Tustin und David eines Tages, als sie sich darüber unterhielten, belauscht. David war der festen Überzeugung, der Prinz hätte, als er in Afrika war, niemals das Schwert seines Grossonkels bei sich getragen und dass die historischen Berichte aus jener Zeit, die dies behaupteten, nur

Vermutungen gewesen seien. David war der Meinung, der Prinz sei wahrscheinlich ein Angeber gewesen, der die Leute dazu gebracht habe, ihn für wichtiger zu halten, als er wirklich war.«

»Ich verstehe«, nickte Sannie. »Jan-Marie sagte, sie habe Archivdokumente gefunden, aus denen hervorginge, dass Davids Vorfahre, ein Polizist, in einem Fall von verschwundenem Eigentum ermittelt habe. Sie dachte, es gehe um das Schwert.«

»Ja.« Andy nickte. »Die drei haben auch darüber gesprochen.«

»Ich frage Sie nicht, wie Sie das alles mitbekommen haben.«

Andy lächelte. »Technologie ist eine wunderbare Sache. Aber nein, David sagte, dass, was auch immer sein Ur-Ur-Ur-Onkel zur Zeit des Besuchs der französischen Kaiserin geplant hatte, ihn umgebracht habe. Da war jedenfalls kein Schwert auf Davids Dachboden oder sonst wo versteckt. Wobei das mit dem ‘Dachboden’ übrigens Davids Worte waren.«

Sannie warf erneut einen Blick auf den Range Rover und dann auf Andy. »Warum ist Jan-Marie heute hergekommen?«

»Da bin ich überfragt. Ich bin nur ein alter Unterhund, der Befehle befolgt. Vielleicht hoffte Jan-Marie, Goldie und Piet würden ihr bei ihrer Suche helfen. Wenn die beiden in der Nähe sind, riecht es immer nach Geld. So, genug geplaudert, Colonel. Wird mir Ihr Freund, wenn ich Ihnen den Namen der Person, die mich angesprochen hat, um mir sechzehn Nashornhörner zu verkaufen, nenne ...«

In diesem Moment war ein Geräusch wie das Knacken eines Astes zu hören und Andy kippte nach hinten.

Sannie duckte sich instinktiv und als sie zu Andy hinübersah, lag dessen AK-47 im Gras und er hielt sich die Brust. Durch seine Finger floss Blut.

Er starrte sie mit weit aufgerissenen Augen an und sein Gesicht wurde blass. Was zum Teufel?

Sannie kroch zum gefallenen Mann hin und legte ihre linke Hand auf seine, um ihm zu helfen, den Blutfluss zu stoppen. Gleichzeitig zog sie ihre Z88-Pistole.

Nur wenige Meter von ihr entfernt ertönten aus dem Busch heraus Schüsse und als Kugeln eine Reihe heller Löcher in die Seite des Range Rover stanzten, hörte man das Geräusch von Metall auf Metall.

Sannie schaute sich um und sah, dass Adam die Heckklappe des Fahrzeugs aufgerissen hatte. »Adam, nein!«

Im Moment, als Richard Tustin den Motor des Range Rover anschmiss und mit hoher Geschwindigkeit in einer Staubwolke davonfuhr, sprang Adam heraus und landete mit einer Fallschirmsprungrolle auf dem Boden. Dabei hielt er sein Gewehr an seiner Seite.

Sannie sah entsetzt zu, wie jemand anderes - einer von Andys Männern, wie sie vermutete - von hinter den Bäumen am Strassenrand schoss. Eine Reihe von Einschlägen stoben neben Adam in den Staub.

»Feuer einstellen!«, schrie Sannie, »Er war es nicht.«

Adam lag auf dem Bauch in der Mitte der Schotterstrasse und drehte sich so, dass er die Stelle, aus der die Schüsse gekommen waren, überblicken konnte.

Ein Mann tauchte aus der Deckung auf. »Du hast sie gehört, Jones, du Idiot. Stellt das Feuer ein!«, rief der Mann, während er zu Andy und Sannie rannte und sich dort auf ein Knie niederliess.

Die Schüsse hörten auf. Adam hob den Kopf und als Sannie ihm zunickte, stand er auf und ging zu ihr. »Sannie, geh hinter einen Baum. Wir müssen Deckung suchen.«

Der andere Mann packte Andy am Kragen und zerrte ihn, auf dem Rücken, tiefer in den Busch, weg von der Strasse. Adam und Sannie folgten ihm. Der Mann, der ein khakifarbenes Buschhemd und eine Cargohose trug, nahm einen wüstenbraunen Wanderrucksack ab, öffnete ihn und zog einen Wundverband heraus. »Ich übernehme das hier. Ich bin Sanitäter.«

Sannie sah sofort, dass der Mann wusste, was er tat. Er nahm einen blutstillenden Verband aus einem Beutel, löste ihn aus der Verpackung und drückte ihn auf Andys Brustwunde. Die Chemikalien, mit denen der Verband imprägniert war, würden die Blutung stoppen. Andy stöhnte. Dann spritzte der Mann eine kleine Spritze, von der Sannie vermutete, es könnte sich um Morphium handeln, in Andys Arm.

»Woher kam der Schuss?«, fragte Adam.

Sannie suchte die felsige Anhöhe auf der anderen Strassenseite ab, wo sie und Andy ihre Diskussion geführt hatten und zeigte auf einen Bergrücken. »Von irgendwo da oben.«

Während er die Felsen absuchte, hob Adam den Lauf seines Gewehrs.

»Vorsichtig«, sagte Sannie. »Wir wollen nicht, dass der Schütze von vorher nun auf dich schiesst.«

Nachdem er den Verband um Andys Brust gelegt, eine Infusion in seinen Arm gestochen und einen Salztropf angeschlossen hatte, schaute der Mann, der Andy behandelte, Sannie an. »Wir brauchen einen Rettungshubschrauber. Andy muss in ein Krankenhaus, sofort.«

»Von hier draussen?«, frage Adam zweifelnd.

»Wir sind militärische Auftragnehmer und haben eine Reiseversicherung, wie Sie sie sich nicht vorstellen können, Kumpel. Der Mann öffnete ein weiteres Fach seines Rucksacks, nahm ein klobiges Satellitentelefon heraus, wählte eine Nummer aus dem Speicher des Telefons und wartete, bis die Verbindung hergestellt war.

»Wie ist Ihr Name?«, fragte ihn Sannie.

»Ich bin Willis. Ex-Sergeant der Royal Marines.«

Adam kniff die Augen zusammen, als er ihn ansah, aber dann dämmerte ihm die Erkenntnis und er zog ein Gesicht. »Du hättest mich beinahe umgebracht.«

Willis schnaubte. »Aye, und du mich, Kumpel. Ich denke, damit sind wir quitt.« Sein Anruf wurde durchgestellt und er begann, Einzelheiten über ihren Standort und Andys Zustand zu nennen, dann wurde er in die Warteschleife gelegt.

»Wer hat auf uns - meine Arbeitspartnerin und einen Wildhüter - geschossen, als wir in David Gregorys Wildreservat waren?«, fragte Sannie Willis, während dieser wartete. Es war die Frage, die sie auch Andy hatte stellen wollen.

»Wir nicht, Ma'am, wirklich nicht«, sagte Willis. »Unser ganzes Kommando war unten am Meer.«

»Es waren Männer in Tarnanzügen. Einer von ihnen war ein Schwarzer oder Dunkelhäutiger.«

Willis schüttelte den Kopf. »Unsere Jungs sind alle in England oder Wales geboren, Ma'am und in unserer Mannschaft gibt es nicht viel Vielfalt. Alle sind weiss.«

Sannie schloss für einen Moment die Augen. Gerade jetzt, wo sie dachte, der Lösung dieses Falls näher zu kommen, gab es eine erneute Wendung.

»Warten Sie«, sagte Willis. »Sie sagen, es war ein Schwarzer, der Tarnkleidung trug?«

»Ja«, bestätigte Sannie.

»Die Ranger, die der alten David beschäftigte, bevor er in Konkurs ging, trugen alle einfache grüne Uniformen, und wie ich schon sagte, bildeten wir auch einige einheimische Jungs aus. Es war eine Art Arbeitsbeschaffungsprogramm, das arbeitslose Jugendliche aus dem Township 'Sibongile', in der Nähe von Dundee, aufnahm und ihnen grundlegende Fähigkeiten als Ranger vermittelte. Es wurde von WildForce sowie von einem örtlichen Geschäftsmann, der gleichzeitig Politiker war, gefördert. Tustin organisierte Uniformen aus dem Vereinigten Königreich für sie. Ehemalige Soldaten schickten ihre alte Ausrüstung hierher, welche alle ein Tarnmuster hatten.«

»Wie war der Name dieses Geschäftsmannes?«, fragte Sannie, die spürte, dass sich ihr Puls beschleunigte.

»George irgendwas. Schick aussehender Kerl mit Designer-Labels und viel Klunker. Shaba-shaba oder so ähnlich.«

»George Tshabalala«, nickte Sannie. »Ein ANC-Ratsmitglied und Geschäftsmann.«

»Ja, genau, so hiess der Kerl«, sagte Willis. »Tustin erzählte, er wolle den Reichen das Land wegnehmen und es an die Armen verteilen.«

Sannie nickte. Wenn Tshabalala über eine Gruppe junger Männer verfügte, die ausgebildet, bewaffnet und in Tarnuniformen gekleidet waren, dann war es durchaus möglich, dass sie in Davids Wildreservat und auf seiner Farm ihr Unwesen trieben. »Könnte Tshabalala Davids Nashörner getötet haben? Hat Andy Ihnen gegenüber jemals so etwas gesagt?«

Willis schüttelte den Kopf und sah zu seinem Kommandanten hinunter, der zwar atmete, aber nicht bei Bewusstsein war. »Nicht, dass er es mir gesagt hätte. Der Skipper hält die Dinge auf der Basis von 'nur das Notwendigste wissen'.«

Es war nicht viel, aber wenn sie sich aus ihrer misslichen Lage befreien konnten, würde Sannie mehr Fragen stellen können. Sie wusste, dass Marilyn bereits einen Verdacht gegen Tshabalala hegte. Sobald sie die Männer, die auf sie geschossen hatten, identifiziert hätten, würden sie sie vielleicht mit dem Politiker und Unternehmer in Verbindung bringen können.

Adam hatte eine Frage an Willis. »Wer waren die beiden Typen, die ums Leben kamen, als ihr Boot vor Bhanga Nek sank?«

»Omanische Araber. Schmuggler. Keine sehr netten Leute. Sie schmuggeln alles Mögliche vom Horn von Afrika der Küste entlang bis nach Mosambik hinauf und hinunter. Es ist die alte Sklavenroute, aber heute benutzen sie sie, um Heroin aus Afghanistan zu transportieren. Sie bringen Gold, das sie aus den Minen in Südafrika gestohlen haben, in den Nahen Osten und nach Indien und sogar Frauen und Kinder. Es sind Bastarde.«

»Trotzdem haben Sie und Ihr Chef sie benutzt.«

Willis überprüfte Andys Puls. »Nur dieses eine Mal. Die Lieferung, auf die wir unten an der Küste warteten, kam aus dem Jemen, so dass wir die Ausrüstung nicht selbst besorgen konnten. Die Araber waren einen Tag zu spät dran, weshalb wir vermuteten, sie hätten in dem grossen Sturm Schiffbruch erlitten.«

Dieses Geschäft stank und Sannie wollte weder mit diesen Leuten noch mit den Artefakten, mit denen sie handelten, etwas zu tun haben. Es handelte sich um mit dem Blut des Bürgerkriegs getränkte Schätze. Aber vor allem wollte sie sicherstellen, dass Adam in Sicherheit war.

Ein weiterer Schuss knallte.

Adam hob den Kopf und blickte zu den Felsen hinauf. »Er ist bestimmt irgendwo da oben.«

Dann hörten sie zwei Schüsse von ihrer Seite der Strasse.

»Dieser Bastard hat gerade auf mich geschossen«, rief ein dritter Mann mit walisischem Akzent, von dem Sannie annahm, er handle sich um Jones, mit dem Willis zuvor gesprochen hatte.

»Dann halte deinen Kopf unten oder schalte ihn verdammt noch mal aus«, erwiderte Willis. Er blickte zu Adam. »Wenn der Notfallhubschrauber kommt, brauchen wir eine sichere Landezone.«

»Ich soll helfen, den Mann zu retten, der mich umbringen lassen wollte?«, fragte Adam.

Sannie versuchte, Marilyn anzurufen, die sich absichtlich in Sannies Fortuner zurückgehalten hatte, aber das Signal war zu schwach und das Telefon piepte nur in ihrem Ohr. Es gab nur einen Balken, also tippte sie eine WhatsApp-Nachricht. *Wir sind unter Beschuss. Einzelner Schütze. Sag der taktischen Einheit, sie soll sich beeilen. Bleibt vorerst wo ihr seid.*

»Wer zum Teufel schiesst auf uns?«, fragte Sannie Willis. »Wer möchte Ihren Boss und Ihre Männer tot sehen?«

Willis schnaubte. »In einigen Teilen der Welt ist die Liste lang. Aber hier in Südafrika, wüsste ich es nicht. Um die Wahrheit zu sagen, Colonel, gefällt mir Ihr Plan, den ich mitgehört habe, dass wir das nächste Flugzeug aus diesem Land nehmen. Aber wenn Andy überlebt, bringt er mich um, wenn ich ohne unsere Ausrüstung abhaue.«

Sannie sah Adam an und war sich sicher, dass er die Frage in ihrem Blick lesen könne: Sollen wir diesen Männern das Schwert und den Koran einfach geben und von hier verschwinden?

»Welche Bedingungen wurden für den Kauf des Schwerts und des Buches vereinbart?«, fragte Adam Willis.

»Andy zahlte seinem Kontaktmann im Jemen die Hälfte des geforderten Preises und wollte die andere Hälfte überweisen, sobald die Kerle auf dem Schiff die Ware geliefert hätten. Zusätzlich sollte die arabische Besatzung eine Verschiffungsgebühr erhalten, in bar.«

Sannie stellte sich das Geschäft und die Situation vor. »Aber laut

Adam warteten Sie und Ihr Boss mit einem Schlauchboot, Tauchausrüstung, Sturmgewehren und Handgranaten.«

Willis wandte seinen Blick wieder Andy zu und machte eine Show daraus, dessen Puls und Atmung zu überprüfen. Er wich ihrem Blick aus. »Wir reisen nicht mit leichtem Gepäck.« Willis liess seinen Blick wieder auf den Hang gegenüber von ihnen wandern. »Ich sitze nicht weiter hier und warte darauf, dass ein Scharfschütze uns einen nach dem anderen abknallt, wenn er uns sieht.«

Unvermittelt stand Adam auf und begann zu rennen.

»Adam!« Sannie konnte nicht glauben, was sie sah. Adam sprintete vom Ort, an dem sie Schutz gesucht hatten, über die Strasse in die Baumreihe, wobei seine Füsse Staub aufwirbelten. Dann tauchte er ab und rutschte auf der anderen Seite in einen Abflussgraben.

»Sie haben es nicht nur auf Andys Leute abgesehen«, rief Adam und grinste sie aus seiner neuen Deckung heraus an.

Sannie dachte, ihr Herz explodiere gleich. »Mach das nicht noch einmal!«

»Ihr Freund hat Recht«, bemerkte Willis. Er lehnte sich über Andy und näher zum Gesicht seines Kommandanten. »Halten Sie durch, Skip. Wir bringen dieses Durcheinander in Ordnung und dann ist der Weg frei für den Hubschrauber, der Sie abholt.«

Sannie hielt die Heldentaten der Männer – die von Adam eingeschlossen - für tollkühn, doch dass es für einen Hubschrauber unglaublich riskant wäre, mitten in einer Schiesserei zu landen, stimmte.

»Krüger, haben Sie gesehen, woher der Schuss kam?«, wollte Willis von Adam wissen.

»Ja.«.

»Geben Sie mir in fünfzehn Sekunden Deckungsfeuer.«

»Wird gemacht«, rief Adam zurück.

»Jones, machen Sie sich bereit«, bellte Willis, »dann stossen Sie über die linke Flanke vor.«

Wie Adam zählte Sannie im Geiste die Sekunden. Bei fünfzehn hob Adam den Kopf über den Rand des Grabens und eröffnete das Feuer mit seiner AK-47. Er schoss drei Serien, bis Willis und Jones, die weiter hinten aus der Baumreihe auftauchten, aufsprangen und angriffen.

Sannie beobachtete, wie die Männer den Hügel hinaufstürmten. Adam feuerte weiter von der rechten Flanke, während Jones, wie befohlen, nach links wich.

Von der Klippe ertönte ein Schuss. Willis hielt inne, um das Feuer zu erwidern, während Jones vorwärtslief und den Hügel vor ihnen erklomm. Nachdem Jones ein gutes Stück nach oben gekommen war, liess er sich auf den Bauch fallen und feuerte, während Willis das Deckungsfeuer von Jones und Adam nutzte, um vorwärtszustürmen.

Sannies Telefon klingelte. »Van Rensburg.«

»Colonel, hier ist Richard Tustin.« Er klang aufgeregt und sie hörte einen Motor aufheulen. »Tut mir leid, dass ich Sie in diesem Chaos im Stich lassen musste. Es geht um Jan-Marie ...« Das Sprechen schien ihm schwer zu fallen.

»Was ist mit ihr?«

»Sie ist ... sie wurde angeschossen und hat eine Kopfwunde. Piet Van der Ploeg kümmert sich um sie, aber es sieht nicht gut aus. Ich bringe sie nach Dundee. Ich dachte, Sie sollten das wissen.«

26

ZULULAND, 1880

Teresa, Samuel und Sergeant Phillips ritten schnell.

Die Hufe ihrer Pferde warfen Erdklumpen und gelbes Gras in die Luft, als sie über die Steppe donnerten. Die Sonne ging unter - Teresa hatte sich immer noch nicht daran gewöhnt, wie schnell der Tag so weit südlich des Äquators zur Nacht wurde - und die Luft wurde kühl.

Teresas Hinterkopf und ihr Haar waren vom Schlag, den der Sergeant ihr versetzt hatte, blutverkrustet und sie verspürte einen dumpfen Schmerz. Sie war sich immer noch nicht sicher, wie lange sie bewusstlos gewesen war, bevor Samuel sie fand. Der Kavallerist hatte sie nicht vergewaltigt, aber sie hätte ihn trotzdem am liebsten umgebracht.

Genau wie Walters.

Und Grace. Die hatte nämlich irgendeinen Deal mit Walters gemacht - so viel hatte Teresa mitbekommen - und der italienische Graf war ebenfalls eingeweiht. So wütend sie auch war, mittlerweile klopfte Teresas Herz nicht mehr vor Angst, sondern vor Aufregung. Irgendetwas war im Gange und jede Faser ihres journalistischen Instinkts sagte ihr, dass es eine grosse Geschichte sei, vielleicht sogar die wichtigste ihres Lebens.

Samuel ritt voraus und Teresa beobachtete, dass er sich ab und zu seitlich über den Hals seines Pferdes beugte, um nach den Spuren derer, die sie verfolgten, zu suchen. Ein Gedanke kam ihr und sie spornte ihr Pferd an, um ihn einzuholen.

»Samuel«, rief sie, als sie neben ihm her ritt, »warten Sie!«

Er zügelte sein Pferd. »Was gibt es?«

»Ich habe nachgedacht.« Teresa verlangsamte den Galopp ihres Pferdes. »Grace hat etwas, das zuerst Walters will und danach die Kaiserin, richtig?«

Samuel runzelte die Stirn, nickte aber nach ein paar Sekunden leicht.

»Walters scheint mir jedoch vor allem ein Aufschneider zu sein«, fuhr sie fort, »ein richtiger Angeber. Es ergibt für mich keinen Sinn, dass er das Rampenlicht mit Grace teilen würde, wenn er für sich allein einen grossen Auftritt haben könnte.«

»Vielleicht«, hielt sich Samuel bedeckt.

»Vielleicht? Kommen Sie schon, Samuel, was soll das alles?«

Samuel schaute hinter sich. Phillips war ziemlich weit hinter ihnen und Teresa vermutete, er wisse nicht, was Samuel wusste.

»Peter - Unterinspektor Gregory - ist auf der Suche nach einem wertvollen Schwert, das dem Sohn der Kaiserin gehörte. Sein Grossonkel, Napoleon Bonaparte, hat es in einer Schlacht getragen. Ich vermute, Grace könnte es haben und planen, es der Kaiserin, in der Hoffnung, dafür von ihr belohnt zu werden, zurückzugeben.«

»Wie kommen Sie darauf?«, bohrte Teresa.

»Nun ja, Grace ...« Samuel sah kurz hoch, dann wieder zu ihr, »kannte viele Männer, aber nicht alle von ihnen waren gut. Sie erzählte Peter gewisse Dinge über einen Mann, den Walters kannte, einen Major Morrison. Dieser wurde umgebracht. Er, also Major Morrison, hatte Napoleons Schwert angeblich an sich genommen, aber es wurde nie an Frankreich zurückgegeben. Nun hat irgendjemand, vielleicht die Person, die Morrison getötet hat, das Schwert.«

»Grace?«, fragte Teresa, die Grace zwar für eine Manipulatorin, aber nicht für eine Mörderin gehalten hatte.

Samuel zuckte mit den Schultern.

Teresa blickte auf die grosse orange Sonne, die direkt vor ihnen, in der Richtung, in die sie ritten, unterging. Dann blickte sie auf den Boden und betrachtete die Hufspuren im Gras, denen Samuel gefolgt war. »Irgendetwas stimmt hier nicht, Samuel.«

Samuel verlangsamte sein Pferd, fiel in Schritt und blickte zu Teresa hinüber. Dann dämmerte die Erkenntnis in seinem Gesicht. »Walters ... Grace. Die Spuren führen nach Westen, aber Nqutu, wo die Kaiserin lagern wird, liegt im Norden.«

»Steig ab«, befahl Leutnant Walters Grace.

Sie verzog trotzig das Gesicht, aber als Walters den Hahn seiner Pistole spannte, rutschte sie aus dem Sattel. »Ich kann nicht glauben, dass Sie ein doppeltes Spiel mit mir treiben.«

Er lachte. »Glaubst du, ich lasse zu, dass eine Hure einer Kaiserin ein unbezahlbar wertvolles Familienerbstück übergibt?«

Grace schaute zuerst ihn an und blickte dann zu Ferdi hinüber. Er lag mit dem Gesicht nach unten auf dem Boden und bewegte sich nicht. Sie war allein und unbewaffnet und Walters zielte auf sie. Sie starrte in den Lauf seines Revolvers. Sollte ihr Leben nach allem, was sie durchgemacht und überlebt hatte, tatsächlich so enden?

»Schnall deinen Angelkoffer ab und nimm Napoleon Bonapartes Schwert heraus. Und zwar langsam und ohne Tricks.«

Grace biss die Zähne zusammen und wartete ab.

»Sehr gut«, sagte Walters. »Dann mache ich jetzt kurzen Prozess mit dir und lasse meinen Sergeant es holen.«

»Und was machen Sie mit mir, wenn ich es Ihnen gebe?«, wollte Grace wissen, » vermutlich bringen Sie mich doch trotzdem um.«

»Was auch immer du von mir denkst, kleine Madame, ich bin kein kaltblütiger Mörder. Aber schnall jetzt langsam deinen Angelrutenhalter ab und zieh das Schwert heraus.«

»Sie sind ein Lügner. Sie haben Morrison umgebracht«, sagte Grace und sah mit Genugtuung, dass der Sergeant, der immer noch auf seinem Pferd sass, sich umdrehte und seinen Offizier anstarrte. »Nicht, dass ich es Ihnen verübeln würde, wohlgemerkt. Er war zweifellos ein abscheuliches Exemplar von Mensch.«

»Ich ...« Walters' Worte wurden durch den Knall eines Schusses unterbrochen, worauf er zur Seite kippte und aus dem Sattel stürzte.

Grace drehte sich um und sah, dass Ferdi sich aufgerichtet hatte und eine Pistole in der Hand hielt. Sie hatte nicht einmal gewusst, dass er eine Waffe besass. Walters' Sergeant holte einen Martini-Henry aus dem Behälter neben seinem Sattel, aber er war zu langsam, denn Ferdi feuerte bereits erneut.

Grace schlug eine Hand vor den Mund, als sie einen roten Fleck auf der Stirn des Sergeants sah, dessen Pferd sich aufbäumte und durchging. Der Reiter stürzte aus dem Sattel und wurde, kopfüber an einem Steigbügeln hängend, mehrere Schritte lang über den Boden geschleift, bis sich sein Stiefel löste.

Ferdi stand auf und fuhr sich mit der freien Hand durch das schwarze Haar, um es zu glätten.

Grace wandte sich ihm zu. »Ferdi, Sie haben sie beide umgebracht!«

Er bürstete Gras und Schmutz von seiner Tweedjacke. »Nun ja, sie waren dabei, das Gleiche mit uns zu tun.«

Grace betrachtete die beiden britischen Kavalleristen, die reglos im Gras lagen. Sie konnte gar nicht glauben, dass sie gerade Zeugin davon geworden war, dass zwei Männer getötet wurden. »Wie ... Ferdi, ich dachte, Sie sind Journalist.«

Er steckte die Pistole in den Bund seiner Hose. »Die Zeitungswelt in Italien ist, wie man so schön sagt, ziemlich konkurrenzfähig. Aber nun müssen wir hier weg, und zwar schnell.«

Allerdings schwang sich Ferdi nicht sofort wieder auf sein Pferd. Stattdessen ging er zum Kavallerie-Sergeanten, dem er gerade in den Kopf geschossen hatte, kniete nieder und begann, dem Mann die Bandoliere, den Gürtel und das Schwert abzunehmen und seinen Waffenrock aufzuknöpfen.

»Was ... was machen Sie denn da, Ferdi?« Grace fühlte sich schwindelig. Walters war ein Bastard und sein Sergeant ein gewöhnlicher Verbrecher, aber Ferdi hatte gerade beide erschossen und schien sich nicht im Geringsten daran zu stören.

»Dieser hier ist etwa so gross wie ich.«

»Ja, aber worum geht es denn jetzt?«

Ferdi zerrte dem toten Feldwebel die Uniform vom Leib und zog sie anstelle seiner eigenen Jacke an. Dann stand er auf, zog den Waffenrock des Feldwebels über und schnallte dessen Schwertgürtel um. »Ich denke, die Gefahr, dass uns die Wachen aufhalten, wenn wir uns dem Lager der Kaiserin nähern, ist geringer, wenn sie sehen, dass Sie mit einer uniformierten Wache hineinreiten.«

»Sie sind verrückt, Ferdi. Wir müssen uns jetzt einen anderen Plan ausdenken. Walters war den Briten bekannt. Sowohl dem General, der die Kaiserin eskortiert und wahrscheinlich sogar dieser selbst. Sobald wir in ihre Nähe kommen, wird ihnen auffallen, dass Sie weder Walters noch dessen Sergeant sind.«

Ferdi schlang sich das Bandolier mit der Munition um Hals und Arm und nahm den Karabiner des Sergeants aus dem Behälter an seinem Sattel. Er öffnete den Verschluss, nahm eine Patrone aus einer Patronentasche am Bandolier und steckte sie hinein. »Wir müssen nur nahe genug herankommen, damit ich mein Foto machen kann, dann gehe ich. Sie können bleiben und sich ins Lager hineinreden. Ich weiss, dass die Kaiserin mich nicht persönlich treffen wird, aber das ist kein Problem. Wenn Sie ihr erklären, dass Sie das Schwert ihres toten Sohnes in Ihrem Angelbehälter haben, wird sie Sie sehen wollen.«

Grace war sich nicht sicher, stand aber immer noch unter Schock und konnte sich keinen besseren Plan ausdenken. Ferdis Beispiel folgend, stieg sie wieder auf ihr Pferd und warf einen letzten Blick auf die beiden toten Männer. Dann gab sie ihrem Pferd die Sporen und ritt weiter in die zunehmende Dunkelheit hinein.

Als Peter Gregory am Tshotshosi-Fluss und beim neu errichteten Denkmal des Kaiserlichen Prinzen ankam, stellte er fest, dass das Lager der Kaiserin vorbereitet worden war. In der Mitte des Wagenlagers brannte ein einladendes Feuer und es roch und klang nach auf einem Spiess brutzelnden Fleisch.

Ein paar Schnupfer, die er kannte, grüssten, als er ins Lager ritt. Als er zu einem Kavalleristen kam, der ein Bündel Feuerholz trug, zügelte er Bullet.

»Wo finde ich Leutnant Walters?«, fragte er ohne Vorrede.

Der Kavallerist musterte ihn von oben bis unten und versuchte, seinen Rang zu bestimmen. »Er ist immer noch auf Patrouille ... Sir. War vorhin mit dem Sergeant unterwegs und ist noch nicht zurückgekommen.«

»Danke«, sagte Gregory und dachte einen Moment nach. »Wo ist Leutnant Walters' Unterkunft? Ich muss ihm eine persönliche Nachricht hinterlassen.«

Der Soldat zeigte auf ein Lager auf einer niedrigen Anhöhe über dem Fluss. »Das Zelt des Leutnants ist das dritte von links, Sir.«

»Ich danke Ihnen.«

Er ritt zur Reihe von Zelten und stieg vor dem Zelt, das der Mann angegeben hatte, ab. Vor einem anderen Zelt sassen ein paar Soldaten auf Kisten. Der eine säuberte sein Gewehr, während der andere von der Tasse Tee, die er gerade trank, zu Gregory aufsah. »Guten Abend, Sir.«

»Guten Abend«, Gregory öffnete demonstrativ seine Satteltasche, nahm sein Notizbuch und einen Bleistift heraus, kritzelte etwas Kauderwelsch auf eine Seite und riss sie heraus. Er faltete das Blatt zusammen und hielt es den Männern vor die Nase. »Persönliche Nachricht für Leutnant Walters.« Er schob die Kattun-Klappe von Walters' Zelt zur Seite und ging hinein.

Es gab ein Feldbett, einen Packsack und eine Ersatzuniform, die über eine Kiste drapiert war. Gregory sah unter das Bett, auf dem Walters schlief. Er fand ein Paar handgefertigte Ledersandalen, vielleicht ein praktisches Souvenir von den Feldzügen des Offiziers in Afrika. Er nahm eine heraus und betrachtete sie. Für einen Mann von durchschnittlicher Grösse hatte Walters sehr grosse Füsse. Gregory nickte sich selbst zu, stellte die Sandale wieder zurück und trat aus dem Zelt.

Er fragte sich, wo Walters jetzt war. Er bezweifelte, dass Walters ihn umrundet und sich mit General Wood und der Kaiserin, die wahrscheinlich rund eine Stunde hinter ihm waren, getroffen hatte. Die Landschaft war so offen, dass Gregory Walters und seinen Mann schon von weitem gesehen hätte. Er sann darüber nach, was der gerissene junge Offizier wohl vorhatte.

»Ich muss Ihre Wachposten überprüfen«, sagte Gregory zu dem Soldaten, der seinen Tee trank und versuchte, dabei so überzeugend wie möglich zu klingen.

Der Mann nickte in Richtung eines Hügels. »Ein Pikett ist dort oben, Sir«, dann schaute er nach links, in die entgegengesetzte Richtung. »Und irgendwo da draussen gibt es eine Kette freundlicher Zulu, die den Befehl haben, alle aufzuhalten, die sich nähern. Das heisst, sofern man sie überhaupt als freundlich bezeichnen kann.«

»Danke«, sagte Gregory und stieg auf sein Pferd.

»Wer, soll ich sagen, war der Überbringer der Nachricht, Sir?«

Gregory stiess Bullet in die Rippen und ritt davon. Auf dem Hügel, den der Kavallerist angegeben hatte, traf er auf zwei weitere Schnupfer, Dolahenty und Davidson, die ein kleines Feuer gemacht hatten, um Tee zu kochen. Dolahenty legte seine Pfeife weg und stand auf, als Gregory heranritt. Davidson hockte sich hin und blies auf die heissen Kohlen.

»Mister Gregory, Sir. Schön, Sie hier zu sehen«, sagte Dolahenty in seinem irischen Brogue.

»Guten Abend, Dola«, grüsste Peter den kleinen, stämmigen Polizisten. »Alles ruhig?«

»Aye, Sir, wie das Grab.«

»Leutnant Walters?«

Dolahenty grinste. »Seit gestern keine Spur von ihm.«

»Gestern?« Das war Gregory neu.

»Ja, er und dieser ... nun, dieser Sergeant, haben die Kolonne gestern spät abends verlassen. Der liebe Gott allein weiss, was sie letzte Nacht in der Dunkelheit gesucht haben. Seitdem habe ich sie nicht mehr gesehen.«

Damit wurde Gregorys Verdacht, es sei Walters gewesen, der in der Morgendämmerung aus seinem Lager geflohen sei, plötzlich wahrscheinlicher. Irgendwie musste er in all das verwickelt sein.

Der andere Wachtmeister stand mit zwei dampfenden Bechern in der Hand da. »Kaffee, Sir?« Davidson sprach mit amerikanischem Akzent, denn er war erst vor ein paar Jahren aus Kalifornien nach Südafrika gekommen, um sein Glück in Barberton bei der Goldsuche zu versuchen. Das hatte nicht geklappt und er war in Natal bei der Polizei gelandet.

»Danke, aber nein danke, Davidson. Wie lauten Ihre Befehle, Männer?«

»Wir dürfen niemanden an das Lager heranlassen, schon gar nicht eine gewisse Dame aus Amerika«, erklärte Davidson. »Aber, verdammt, Sir, wenn ich einer Stute aus meiner alten Heimat begegnen würde, käme sie sowieso nicht an mir vorbei.«

Gregory runzelte die Stirn. »Es gibt neue Befehle, denn ich wurde beauftragt, die Verantwortung für die Sicherheit des Lagers zu übernehmen. Wenn Sie jemanden sehen, der sich nähert - und ich meine irgendjemanden - müssen Sie mich sofort benachrichtigen!«

»Irgendjemand, Sir?«, sagte Dolahenty. »Auch wenn Leutnant Walters und der Sergeant auftauchen?«

»Alle.«

»Ja, Sir«, sagten die beiden Wachtmeister unisono.

Samuel entdeckte in der nahen Dunkelheit ein reiterloses Pferd und als sie zu ihm ritten, stellte Phillips anhand des Sattels und der Ausrüstung fest, dass es sich um ein britisches Kavalleriepferd handelte.

Teresa spürte, wie sich ihre Sinne schärften, als Samuel den Spuren des Pferdes folgte, die bei dem schlechten Licht für ihre eigenen Augen unsichtbar waren. Sie stiessen auf zwei im Gras liegende Leichen und stiegen alle drei ab.

»Das ist der Kavalleriesergeant, der uns besucht hat. Sie haben ein Foto von ihm, seinen Leuten und ihrem widerwärtigen Leutnant gemacht«, rief Phillips. »Er ist tot.«

Teresa kniete neben dem anderen Mann. Obwohl es der verhasste Leutnant Walters war, empfand sie jetzt nur Mitleid mit ihm. Er hatte einen Schuss in die Schulter erhalten und war bewusstlos, atmete aber. Zuerst nahm sie an, er habe eine Kugel in den Kopf bekommen, denn seine Stirn und Schläfe waren mit getrocknetem Blut verkrustet. Als sie aber nachsah, stellte sie fest, dass es sich um eine klaffende Wunde handelte und fragte sich, ob er wegen des Sturzes vom Pferd bewusstlos geworden sei. Er schien allerdings durch die Schusswunde viel Blut verloren zu haben, denn das Gras unter ihm war durchnässt. »Helfen Sie mir.«

Samuel kniete sich neben Teresa, wickelte den roten Schal von seinem Hals, rollte ihn zu einem Knäuel zusammen und drückte ihn auf Walters' Wunde.

Der Verwundete öffnete die Augen und spitzte die Lippen, als wolle er sprechen.

»Was hatten Sie vor?«, fragte Teresa.

»Der ...«, begann er, »der Italiener ...«

»Der Italiener soll verdammt sein«, sagte Teresa. »Ihr Sergeant hat mich angegriffen. Was haben Sie und Grace gemacht, Walters?«

Er blinzelte sie an, als bemühe er sich, sie zu verstehen. »Der Italiener«, sagte er wieder, »ist gefährlich.«

Ferdi? Dieser scheinbar harmlose italienische Aristokrat? Gefährlich? Teresa versuchte sich vorzustellen, wie Ferdi das Gewehr gezogen und Walters niedergestreckt hatte. Er hatte etwas Entschlossenes an sich. Weil sie glaubte, ihn schon einmal irgendwo gesehen zu haben, nahm sie an, er sei ein Zeitungsmann.

»Mörder ...«, murmelte Walters.

Teresa erstarrte. Sie sah Samuel an, der Walters' Wunde mit einem Leinenverband zu verbinden begonnen hatte. »Was ist los, Teresa?«, erkundigte sich Samuel.

»Mir ist gerade eingefallen, wo ich Ferdi schon einmal gesehen habe«, erklärte Teresa. »Wir müssen uns beeilen und sofort zur Kaiserin reiten.«

»Sie wissen, dass es Ihnen verboten ist, sich der Kaiserin zu nähern«, erinnerte sie Phillips.

»Das ist mir egal, denn ihr Leben steht auf dem Spiel.«

»Was?« Phillips sah schockiert aus.

»Kommt mit, alle beide«, forderte sie sie auf. »Wir müssen gehen.«

»Und was ist mit dem Verwundeten?« Phillips sah zu Walters hinunter, der die Hand ausstreckte und ihn am Ärmel zupfte. »Er ist zwar vielleicht kein sehr netter Kerl, aber immerhin ein britischer Offizier.«

Teresa musste sofort Meldung erstatten und es blieb keine Zeit, sich hinzusetzen und alles, einschliesslich der Vermutung über den Reporter, zu erklären. »Er hat schon so lange überlebt, er wird es auch noch ein bisschen länger schaffen. Man sagt, nur die Guten sterben jung. Wir können später zurückkommen und ihn holen. Aber kommt schon, wir müssen uns beeilen.«

»Aber ...«, protestierte Phillips.

Samuel brachte ihn mit einem Blick zum Schweigen und fügte dann hinzu: »Wir werden alle von uns brauchen.«

Phillips nickte. »Genau.«

GRACE WAR BEINAHE ERLEICHTERT, als sich im aufgehenden Mond zwei Zulukrieger aus ihrem Versteck im Gras erhoben, wobei sie die Pferde erschreckten. Ihr Pferd erhob sich auf die Hinterbeine und als sein Pferd dasselbe tat, musste sich Ferdi festhalten, um nicht herunterzustürzen.

Der ältere der beiden befahl ihnen in Zulu, das Grace verstand, anzuhalten. Dann befahl er dem jüngeren Mann, der Polizei eine Nachricht zu überbringen, worauf sich der junge Krieger im Laufschritt auf den Weg machte. Der ältere Mann sprach Ferdi an, aber dieser verstand kein Wort.

Grace dolmetschte: »Er sagt, wir sollen hierbleiben und auf die berittene Polizei warten. Niemand darf sich dem Denkmal nähern.«

»Aus dem Weg, Mann«, bellte Ferdi in seinem besten Englisch.

Wenn sie nicht so besorgt darüber gewesen wäre, wie sich der italienische Graf auf einmal verhielt, hätte Grace gelacht.

»Ferdi, bitte« plädierte sie. »Ich glaube nicht, dass wir weitermachen können. Ich versuche, Peter eine Nachricht zukommen zu lassen. Vielleicht kann er uns nahe genug an das Lager heranführen, damit Sie ein Foto machen können. Jetzt ist es sowieso dunkel. Braucht Ihre Kameravorrichtung nicht Tageslicht, um Fotos machen zu können?«

Er wandte sich ihr zu. »Haben Sie noch nie gesehen, wie Magnesium verbrannt wird, um künstliches Licht für ein Foto zu erzeugen?«

»Reden Sie nicht mit mir, als wäre ich eine Idiotin. Dennoch habe ich noch nie eine Kamera gesehen, die nach Einbruch der Dunkelheit funktionierte.«

»Sie da«, wandte sich Ferdi an den Zulu-Mann, »kümmern Sie sich um diese Frau. Ich muss dem General Bericht erstatten. Haben Sie verstanden? Zum Ge-ne-ral!«

Der Zulu lächelte. »Ich verstehe Sie sehr gut«, sagte er auf Englisch. »Aber ich habe meine Befehle. Sie warten hier mit mir auf die Polizei.«

»Ich ...« Ferdi wollte nach der Pistole des Kavallerie-Sergeants in seinem Gürtel greifen, aber der Zulu trat vor und stiess einen langen Speer nach vorn, bis dessen Spitze Ferdis Bauch berührte. Dieser bewegte seine Hand langsam von der Waffe weg. »Verdammt noch mal, Mann.«

Der Zulu schwieg und stand mehrere Minuten lang wie eine Statue einfach nur da, bis sie das Trommeln von Hufen hörten.

Ein Polizist der berittenen Polizei Natals galoppierte auf sie zu und zügelte sein Pferd.

»Wer sind Sie beide?«, wollte der Wachtmeister, der mit irischem Akzent sprach, wissen.

»Sergeant Cortez, 17. Lancers«, gab Ferdi mit seinem theatralischen Oberschicht-Akzent zurück.

Der Wachtmeister verzog den Mund. »Ausländer?«

»Ich komme aus Gibraltar und bin genauso britisch wie Sie«, sagte Ferdi.

»Naja, in Wirklichkeit bin ich Ire. Bis auf die Knochen. Dolahenty aus der Grafschaft Cork. Und was wollen Sie hier, Sergeant?«

»Ich habe den Befehl, mich bei General Wood zu melden. Leutnant Walters ist bei einem Reitunfall schwer verletzt worden. Ich muss eine Rettungsmission auslösen.«

»Rettungsmission? Sprechen die auf Gibraltar denn nicht das Englisch der Königin? Ich glaube, Sie bleiben besser hier, Kumpel, während ich meinen Unterinspektor hole.«

Der ältere Zulu-Krieger war bei Dolahentys Ankunft zurückgetreten und Grace hätte gerne das Wort ergriffen, wusste aber nicht, was sie sagen sollte, ohne ihren persönlichen Grund für ihre Anwesenheit zu verraten. »Bitte, Constable«, mischte sie sich ein, »der Sergeant hat recht. Leutnant Walters geht es wirklich sehr schlecht.«

»Und was ist mit dem Feldwebel, der mit Walters ausgeritten ist?«, fragte Dolahenty.

»Er kümmert sich um den Leutnant«, improvisierte Grace. »Allerdings ist die Zeit von entscheidender Bedeutung. Leutnant Walters hat eine Schädelfraktur. Wir brauchen einen Chirurgen.«

Dolahenty rieb sich den Kiefer. »Nun, Ihre Majestät reist mit allem, vom Koch bis zum Dienstmädchen, also habe ich keinen Zweifel, dass sich irgendwo im Gepäckzug auch ein Arzt versteckt. Lassen Sie mich nur den Unterinspektor holen. Und jetzt steigen Sie bitte ab, beide!«

Grace sah zu Ferdi, der kurz nickte, worauf sich beide aus ihren Sätteln schwangen.

Constable Dolahenty blickte auf den Zulu herab. »Gute Arbeit, Mann. Behalten Sie die beiden im Auge und ich komme gleich mit Sub-Inspector Gregory zurück. Es ist nicht nötig, sie zu fesseln oder so etwas, zumal der Sergeant sagt, er gehöre zu den Lancers. Es wird nicht lange dauern, bis ich das überprüft habe.«

»Beeilt euch bitte«, sagte Ferdi, als Dolahenty sein Reittier wendete und losritt.

»Sehr gut«, sagte der Zulu-Mann. »Es scheint, wir sollen gemeinsam warten.«

Ferdi nickte. »Wollen Sie eine Zigarette mit mir rauchen?«

Der Zulu lächelte. »Natürlich gern.«

Ferdi griff in den Waffenrock des toten Unteroffiziers, zog aber statt einer Pfeife oder Tabakdose ein langes Stilett mit schmaler

Klinge heraus. Er hob das Messer über seine rechte Schulter zurück und warf es. Der Zulu-Mann klammerte beide Hände an sein Herz, das soeben durchbohrt worden war und fiel rückwärts um.

»Ferdi, nein!« Grace machte zwei Schritte auf ihn zu, doch ein wilder Schlag mit der Rückhand auf ihre Wange liess auch sie zu Boden gehen.

27

——————

KWAZULU-NATAL IN DER GEGENWART

Adam und die beiden britischen Glücksritter Willis und Jones zogen sich dorthin zurück, wo Sannie bereits mit dem verwundeten Kommandanten Andy wartete.

»Der Schütze ist entkommen«, sagte Adam. »Wir haben irgendwo in den Hügeln einen Quad gehört. Das ist gar nicht schlecht, denn ich habe keine Munition mehr.«

Marilyn fuhr mit Sannies Fortuner neben ihnen vor und stieg mit gezogener Pistole aus.

»Ist schon gut, Marilyn, die Gefahr ist gebannt - vorerst. Kannst du Adam vielleicht zurückbringen, damit er seinen Ranger holen kann?«

Marilyn steckte ihre Schusswaffe ins Holster. »Sicher.«

Adam sah Sannie an, als wolle er sich vergewissern, dass sie einverstanden war. Sie nickte und Adam stieg zu Marilyn ins Auto, die wendete und davonfuhr.

Willis kniete nieder und sah nach Andy, dann schaute er auf das Display seines Handys. »Verdammt, ich habe, während wir den Scharfschützen gejagt haben, eine Nachricht verpasst. Das Unternehmen für unsere medizinische Evakuierung schickt ein Starrflügler-Flugzeug nach Dundee, weil kein Hubschrauber verfügbar ist. Sie

420

haben vorgeschlagen, einen Krankenwagen zu rufen, aber ich denke, es wäre besser, wenn wir Andy nach Dundee fahren würden.«

Sannie nickte. »Ja, ich bin gleicher Meinung. Jan-Marie Ball wurde ebenfalls bei einem Schusswechsel getroffen und Tustin und die anderen bringen sie nach Dundee ins Krankenhaus.« Marilyn war wie eine Verrückte losgefahren und schon bald sahen sie eine Staubwolke auf sich zukommen.

Die beiden Fahrzeuge kamen an und gemeinsam hoben sie Andy auf den Rücksitz von Adams Ranger.

Marilyn hielt ihr Telefon hoch. »Ich habe Neuigkeiten.«

»In einer Minute«, antwortete Sannie. »Adam, du fährst den Ranger und nimmst Willis und Jones mit. Ich folge mit Marilyn im Fortuner. Hoffen wir, dass ihr den Scharfschützen abgeschreckt habt.«

Adam nickte, holte seine Tauchtasche aus dem Heck des Rangers und legte sie auf die Ladefläche von Sannies Fortuner. Sie wusste, dass er darin eine Granate hatte und nahm an, er denke, diese wäre jetzt, wo die unmittelbare Gefahr vorüber zu sein schien, in ihrem Fahrzeug sicherer. »Ich liebe dich«, sagte Adam zu ihr, als er fertig war.

Sannie nickte. »Lass uns fahren.«

Adam lächelte sie an und stieg dann in sein Fahrzeug, während Sannie neben Marilyn, die gerne fuhr, ins Auto kletterte. Nun musste sie selbst ein paar Anrufe tätigen, denn ihr Telefon hatte während der Schiesserei ständig von Nachrichten gepiept.

»Sag mir, was du Neues weisst, Marilyn«, bat Sannie, als Marilyn das Gaspedal durchtrat, um mit Adam auf der Schotterstrasse Schritt zu halten. Sie fuhren denselben Weg zurück, den sie gekommen waren, durch Rorke's Drift, dann hinauf nach Helpmekaar und weiter nach Dundee.

»Ich habe einen Rückruf von den Hawks erhalten. Sie haben alle Nummernschilder auf der Liste, die mir George Tshabalalas persönliche Assistentin gegeben hat, auf Fahrzeuge überprüft, die ihm gehören. Ausserdem habe ich mir die Bilder der Lastwagen auf seinem Gelände in Dundee angesehen und sie mit der Liste verglichen.

Natürlich waren einige der Lkws im Einsatz. Allerdings stand auch ein Transporter auf dem Hof, der nicht auf der Liste fungiert.

»Meinst du, sie haben ihn absichtlich weggelassen?«

»Ich weiss es nicht«, sagte Marilyn, »aber es ist dieser hier.« Sie reichte Sannie ihr Handy. »Öffne das erste Bild - es ist zufällig das letzte, das ich aufgenommen habe.«

Sannie sah sich das Bild eines Iveco-Lastwagens mit einem grossen Anhänger an. »Ja?«

»Schau dir das Nummernschild und die Delle am rechten vorderen Kotflügel an.«

»Okay«, sagte Sannie und studierte das Bild.

»Jetzt blätterst du etwa zehn Bilder zurück. Dort sind einige Fotos, die ich von den Informationen und Bildern an der Pinnwand in Derick le Roux's Besprechungsraum gemacht habe.«

»Ja, ich erinnere mich daran.« Sannie blätterte durch die Bilder, bis sie das eine fand, das Marilyn ihr zeigen wollte. »Es ist das Foto des Lastwagens, den diese Schwarzen in Militäruniformen mitgenommen haben. Das Viehtransportfahrzeug, von dem Derick dachte, es sei von den Viehdieben, den Cheetahs, benutzt worden. Das Nummernschild ist unleserlich, aber ...«

»Aber die Marke, das Modell und die Delle sind identisch«, stellte Marilyn fest.

»Ja, das stimmt. Danke, Marilyn, gute Arbeit. Ich rufe Tshabalala an.«

»Nimm mein Telefon«, schlug Marilyn vor, dort findest du seine Nummer in meinen Notizen.«

Sannie fand die Nummer und wählte sie. Sie stellte das Gespräch auf Lautsprecher, damit Marilyn mithören konnte.

»Stabsfeldwebel Msani, welch ein Vergnügen«, antwortete Tshabalala. »Können wir uns auf einen Kaffee oder etwas Stärkeres treffen, oder ...«

»Hier ist Oberstleutnant Susan van Rensburg, Herr Tshabalala.«

»Ah, ja, ich habe gehört, es gebe einen neuen Sheriff in der Stadt.« Er lachte. »Wie kann ich Ihnen helfen? Ihre Kollegin hat sich bereits mit meinem Büro und mit mir in Verbindung gesetzt.«

»Ich weiss. Ich rufe an, weil auf Ihrem Hof ein Fahrzeug steht, das nicht auf der Liste der Lastwagen steht, die Ihr Büro an Warrant Officer Msani geschickt hat.« Sie nannte das Nummernschild auf dem Bild.

»Der Iveco? Mit dem Viehtransportanhänger?«

»Ja, genau«, bestätigte Sannie.

»Der gehört nicht mir«, antwortete Tshabalala.

»Was macht er dann auf Ihrem Grundstück?«, fragte Sannie.

»Es tut mir leid, wenn Sie gehofft haben, dies sei Ihr grosser Durchbruch in einem Fall, in dem Sie beide ermitteln, Colonel. Dieses Fahrzeug steht nur auf meinem Hof, weil mein Unternehmen auch Lastkraftwagen wartet und meine Mechaniker daran gearbeitet haben.«

Sannie sah zu Marilyn, die mit den Schultern zuckte.

»Und wer ist der Besitzer?«, wollte Sannie wissen.

»Ich müsste nachsehen, oder noch besser rufen Sie meine Sekretärin noch einmal an und fragen sie.«

»Danke, das tue ich.«

Sannie wollte das Gespräch gerade beenden, als ihr ein Gedanke durch den Kopf schoss. »Herr Tshabalala, warum haben Sie Ihr Vieh in David Gregory's Wildreservat getrieben?«

Tshabalala lachte. »uBhejane gehört den Menschen hier, aber wir werden es, sobald wir den rechtmässigen Besitz erlangt haben, weiterhin als Ziel für Safaris betreiben. Aber im Unterschied zu früher wird das Geld an zuvor benachteiligte Menschen aus der lokalen Gemeinschaft gehen. Allerdings würde ich niemals eines meiner Rinder auf dieses Land schicken, denn es gibt dort zu viele Löwen und andere Raubtiere.«

Obwohl sie bezweifelte, dass die Absichten des Mannes so altruistisch waren, wie er behauptete, war seine Antwort genau wie Sannie vermutet hatte. Sie bedankte sich bei ihm, beendete das Gespräch und überprüfte noch einmal die letzten Nummern. Sie zeigte Marilyn den Bildschirm, die ihr die Nummer von Tshabalalas persönlicher Assistentin zeigte. Als Sannie anrief, ging das Gespräch auf die Mailbox und sie hinterliess eine Nachricht, in der sie nach den Daten des Besitzers des Lastwagens fragte. Sie teilte der Assistentin mit, ihr Chef habe sie ermächtigt, die Informationen weiterzugeben.

Sannie lehnte sich auf dem Beifahrersitz zurück und prüfte ihre E-Mails. Sie las eine von Hudson Brand.

»Weisst du«, sagte Sannie zu Marilyn, »ich habe das Gefühl, wir kennen den Besitzer dieses Lastwagens bereits.«

»An wen denkst du?«

Bevor Sannie antworten konnte, klingelte ihr Telefon. Es war Adam. Als sie den Anruf entgegennahm, sah sie, dass Adam, der vor ihr fuhr, die Warnblinkanlage seines Ranger eingeschaltet hatte und verlangsamte.

»Du wirst es nicht glauben«, sagte Adam, »aber da vorne landet ein Hubschrauber. Auf der rechten Seite, auf dem Feld eines Bauern.«

Marilyn verlangsamte das Tempo und schloss zu Adam auf, der nach rechts durch ein Hoftor abbog. Richard Tustins Range Rover war im Gras geparkt und ein weisser Rettungshubschrauber senkte sich langsam herab, während der Pilot und die Besatzung sich nach möglichen Gefahren umsahen.

Sobald der Hubschrauber gelandet war, zogen zwei Sanitäter in orangefarbenen Overalls eine zusammenklappbare Trage auf Rädern aus dem Hubschrauber und gingen damit zum Range Rover. Als Sannie und Marilyn hinter Adam's Ranger anhielten und ausstiegen, sah Sannie Piet Van der Ploeg und Goldie Faul neben der Trage hergehen.

»Bringt Andy auch in den Hubschrauber«, rief Tustin Willis und Jones zu. »So wenig ich euch alle auch leiden kann, ist er doch ein ehemaliger Armeeangehöriger und ich will nicht, dass er verblutet.«

Adam half ihnen und zu dritt trugen sie Andy zum Hubschrauber. Kurz bevor sich die hintere Tür des Flugzeugs schloss, kletterte Goldie Faul hinein.

»Ich dachte, es seien keine Hubschrauber verfügbar«, sagte Marilyn, als das Motorengeräusch des Hubschraubers in der Ferne verhallte.

Als der Hubschrauber ausser Sichtweite war, wandte sich Tustin ihnen wieder zu. »Geld regiert bekanntlich die Welt. Goldie hat mit den Leuten von der Versicherung telefoniert und ihnen erklärt, dass sie für den Transport von Jan-Marie und Andy aufkomme. Sie sagte, es gehe um Leben und Tod.«

»War das so?«, fragte Sannie.

»Ich bin mir nicht sicher«, sagte Tustin. »Jan-Maries Wunde ist nicht so schlimm, wie ich dachte, als ich Sie das erste Mal anrief. Die Kugel hat die Seite ihres Schädels gestreift, die Verletzung ist aber nur oberflächlich. Sie verlor immer wieder das Bewusstsein. Natürlich steht sie unter Schock und muss so schnell wie möglich in fachkundige Hände kommen. Aber, nun ja, es gab ausserdem eine neue Dringlichkeit.«

»Inwiefern?«

Tustin holte tief Luft.

»Sagen Sie es mir«, drängte Sannie.

»Jan-Marie hat Goldie Faul erzählt, sie habe Napoleon Bonapartes Schwert.«

»Was?«, staunte Sannie. »Und sie will es an Goldie verkaufen?«

Tustin nickte. »Jan-Marie sagte, wenn sie zustimme, sich irgendwo in Dundee mit ihr zu treffen, an einem öffentlichen Ort und auf neutralem Boden, den Jan-Marie bestimme, bringe sie es ihr.«

»Sie hat Angst, dass jemand anderes es will und sie dafür umbringen würde.« Marilyn sah zu Jones und Willis, die neben Adams Ford Ranger standen. »Jemand wie sie.«

»Oder jemand anderes«, nickte Tustin. »Kurz nachdem Jan-Marie bestätigt hatte, dass sie das Schwert hat, wurde auf sie geschossen.«

»Und wo hat Jan-Marie das Schwert gefunden?«, wollte Marilyn wissen.

Tustin zuckte mit den Schultern. »David Gregory beharrte darauf, das Schwert existierte nicht. Ich kannte sein Haus sehr gut und habe ein paar Mal dort übernachtet. Ich habe nie einen Hinweis auf ein Schwert oder ein besonderes Versteck gefunden.«

»Sie haben herumgeschnüffelt, während Sie dort waren?«, fragte Sannie.

Tustin zog eine Grimasse. »Ich bin kein Dieb, aber bei meiner, ähm, flüchtigen Suche sah ich nichts, wo er es hätte aufbewahren können.«

Sannie hatte in ihrer Anfangszeit bei der Polizei genug Hausdurchsuchungen durchgeführt, um zu wissen, dass Menschen alles Mögliche - Drogen, Waffen, Geld - an den fantasievollsten Orten versteckten. »In einem Hohlraum in der Wand?«

Tustin schüttelte den Kopf. »Das Haus ist über hundert Jahre alt. Ein paar der Wände stammen noch von der ursprünglichen Behausung, die Davids Vorfahre gebaut hat, der bei Natals berittener Polizei war. Die Wände sind solide.«

Sannie schloss für einen Moment die Augen. Sie zwang sich, sich an das zu erinnern, was sie bei ihrem kurzen Besuch in Davids Haus und im blutbespritzten Wohnzimmer gesehen hatte.

Sie öffnete ihre Augen wieder und schnippte mit den Fingern. »Der Fernseher.«

Tustin hob die Augenbrauen. »Wie bitte?«

Die militärischen Auftragnehmer standen jetzt, da ihr Anführer nicht mehr da war, allein an einer Seite. Vielleicht waren sie unsicher, was sie tun sollten. Adam kam zu Sannie und Marilyn.

Sannie nickte zu sich selbst und wandte sich dann an Tustin. »Hat David Gregory viel ferngesehen, als Sie bei ihm waren?«

Tustin schüttelte den Kopf. »Ganz und gar nicht. Er sagte, er verabscheue das Fernsehen und habe es nur, um Rugbyspiele zu verfolgen. Als die Zeiten härter und das Geld knapper wurden, sagte er, das Satellitenabonnement lohne sich nicht und kündigte sein DStv.«

»Soweit ich mich erinnere, war Davids Wohnzimmer wie ein Museum, voll mit Antiquitäten, die ein kleines Vermögen wert gewesen sein könnten«, sagte Sannie.

»Ja«, stimmte Tustin zu.

»Und über seinem Kamin, das in jedem Haus einen prominenten Platz einnimmt, stand was, flankiert von Fahnen und Speeren? Ein

Flachbildfernseher, in einem Holzschrank mit einem Vorhängeschloss, aber nicht einmal an einen Satelliten angeschlossen.«

»Natürlich.« Tustin sah auf, als schlage er sich gedanklich an die Stirn. »Er muss das Schwert, gesichert, hinter Schloss und Riegel, da drin aufbewahrt haben.«

Sannie nickte. »Und in dem leeren Fernsehschrank, so erinnere ich mich jetzt, standen zwei Gestelle. Ich wusste, dass mit dieser Installation etwas nicht stimmte, denn es schien nicht zu passen, daran nur den Fernseher aufzuhängen. Eine der Halterungen muss für das Schwert gewesen sein.«

»Der alte Mistkerl«, sagte Tustin. »Wahrscheinlich öffnete er, wenn niemand da war, den Schrank, nahm den Fernseher ab und betrachtete sein Schwert, obwohl er allen, die danach fragten, erzählte, dass es nie existiert habe. Sie haben Recht, es wäre wirklich das Herzstück seiner Sammlung gewesen. Aber warum wollte er es nicht verkaufen, vor allem, wenn es ein Vermögen wert war und er wohl auf dem besten Weg war, seine Farm und sein Wildreservat zu verlieren?«

«Das ist eine gute Frage«, sagte Sannie. »Und ich muss mit der Person sprechen, die das Schwert jetzt hat.«

»Jan-Marie«, mischte sich Adam ein.

Sannie nickte. »Die andere Frage bleibt: Wie und wann ist Jan-Marie in den Besitz des Schwertes gekommen?«

»Vielleicht hat David es ihr gegeben, weil er wollte, dass sie als Vermittlerin für ihn auftritt«, sagte Tustin.

Sannie sah ihn an. Er hatte offensichtlich immer noch eine gewisse Schwäche für Jan-Marie. Ausserdem hatte bisher nur Tustin gesagt, dass Jan-Marie das Schwert habe. Noch war nichts gesichert, aber in ihrem Kopf begannen sich die Dinge zusammenzufügen.

»Oder Jan-Marie hat es gestohlen«, sagte Marilyn.

Sannie und Adam sahen sie an.

»Jan-Marie ist keine Diebin«, sagte Tustin.

Plötzlich hielt sich Marilyn eine Hand vor den Mund.

»Was ist los?«, fragte Sannie.

Marilyn blickte Adam an. »Erinnern Sie sich noch an das

Gespräch, das wir mit der jungen Mutter im Kraal mit Blick auf das Denkmal des Kaiserlichen Prinzen geführt haben?«

Adam nickte. »Ja, was ist damit?«

»Wir schauten auf die Leute beim Denkmal und fragten sie, wer ihrem Mann den Metalldetektor gegeben habe.«

Tustin unterbrach sie: »Ich habe Colonel van Rensburg gesagt, dass ich noch nie etwas mit Metalldetektoren zu tun hatte.«

Marilyn hob eine Hand. »Adam, diese Frau sagte uns, die Person am Ende der Gruppe habe ihr den Detektor gegeben ...«

Adam zeigte auf Tustin. »Dort stand er.«

»Und auf der anderen Seite, am anderen Ende, stand Jan-Marie«, erklärte Marilyn Sannie. »Wir dachten an die falsche Person. Jan-Marie gab den Einheimischen Metalldetektoren ab, um nach archäologischen Funden zu suchen, die sie dann illegal an Sammler verkaufen konnte.«

Tustin schüttelte den Kopf, sagte aber nichts mehr dazu. Er und Piet Van der Ploeg waren zur Seite gegangen und unterhielten sich miteinander.

»Was jetzt?«, fragte Adam.

Sannie wollte gerade antworten, als Adams Telefon klingelte. Er zog es aus seiner Tasche und schaute zuerst auf das Display, dann zu Sannie. »Es ist Jenny. Ich sollte rangehen.«

Sannie fühlte sich schuldig, weil sie fast vergessen hatte, dass Jenny verletzt war. »Natürlich - grüsse sie von mir.«

Adam ging ein paar Schritte weg, um den Ruf zu beantworten und Sannie sah zu Willis, dem Söldner. »Adam sagt, Sie haben eine Drohne.«

Willis nickte. »Ja, zum Glück haben wir einen Ersatz, denn Ihr Freund hat unsere erste bereits zerstört.«

»Ich werde die Tatsache zu ignorieren versuchen, dass Sie illegalen Sprengstoff unter Ihrer Drohne mitgeführt haben«, sagte Sannie. »Aber ich brauche sie. Jetzt sofort.«

Willis klappte das Kinn herunter. »Hilft sie Ihnen, herauszufinden, wer unseren Skipper angeschossen hat?«

»Ja, ich glaube schon.«

»In Ordnung, Ma'am. Sagen Sie mir nur wo und wann.« Willis grinste. »Wollen Sie eine Granate unten dran haben?«

Sannie wusste, dass er scherzte, aber sie dachte an all das Gemetzel, das bei diesen Ermittlungen bisher bereits angerichtet worden war. »Wer weiss.«

Adam beendete sein Gespräch und kam zu ihr zurück. »Jenny geht es gut.«

»Das freut mich.«

»Sannie, sie kennt Jan-Marie Ball. Anscheinend sind sie beste Freundinnen.«

Sannie war verblüfft. »Was?«

Adam zuckte mit den Schultern. »Das ist kein grosser Zufall, nehme ich an, denn sie sind etwa gleich alt und studierten beide an der Universität von KwaZulu-Natal. Ausserdem promovieren sie gerade beide. Jan-Maries Mutter hat eben eine Nachricht von ihrer Tochter bekommen und hat Jenny eine SMS geschickt. Die Mutter ist in Australien und wusste, dass Jenny in KwaZulu-Natal arbeitet - wenn Bhanga Nek auch Hunderte von Kilometern entfernt ist. Sie hat Jenny gefragt, ob sie vielleicht zum Krankenhaus fahren könnte, in das Jan-Marie geflogen wird.«

»Dafür braucht sie einen ganzen Tag«, sagte Sannie.

»Ähm«, Adam sah auf und dann wieder zu Sannie, »Jenny hat sich bereits selbst aus dem Krankenhaus entlassen und ist auf dem Weg hierher. Sie will Jan-Marie besuchen und dann zu mir kommen, wenn sie in der Gegend ist. Sie ist nur noch etwa eine Stunde entfernt.«

Sannie stemmte die Hände in die Hüften und blickte Adam an. »Ich will nicht, dass noch mehr Zivilisten involviert werden. Ausserdem ist sie schon einmal verletzt worden und hätte dabei sterben können. Und dies unter deiner Verantwortung, Adam. Du bist leichtsinnig.«

Adam hob eine Hand und hielt sie vor sie hin. »Sannie, warte. Vielleicht können wir diese Verbindung zwischen Jenny und Jan-Marie nutzen, denn wenn wir Glück haben, weiss Jan-Marie nichts von der Verbindung zwischen mir und Jenny.«

Sannie stimmte zögernd zu, wollte dies aber nicht offen zeigen. »Nun, wenn etwas schief geht, trägst du dafür die Verantwortung.« Sie drehte sich wieder zu Willis um. »Lassen Sie uns zu David Gregorys Farm gehen und zwar sofort. Sie beide können mit Adam fahren.«

»Ich werde unsere Verstärkung bitten, die Drohne und unsere Ausrüstung dorthin zu bringen«, schlug Willis vor.

Sannie nickte und sah sich um. Als sie Tustin sah, rief sie: »Folgen Sie uns zur Gregory-Farm, Major. Ich bin noch nicht fertig mit Ihnen.«

Tustin atmete aus. »Sehr gut.«

»Sannie ...«, begann Adam in einem versöhnlichen Ton.

»Du fährst jetzt auch. Wir sprechen uns auf dem Hof. Sag deinem Schützling Jenny, dass sie uns dort treffen soll.«

Diesmal fuhr Sannie, während Marilyn mit verschränkten Armen neben ihr sass und nichts sagte.

Sannie blickte von der Strasse weg. »Was ist los?«

Marilyn runzelte die Stirn. »Es ist nicht meine Aufgabe, dir Beziehungsratschläge zu erteilen.«

»Aber du tust es doch.« Sannie bremste wegen einer Ziege.

»Ich habe dir doch gesagt, dass Ziegen wegrennen.«

»Marilyn weiss alles.«

»Haibo, nein, aber in manchen Dingen ist Marilyn weise, vor allem in Bezug auf die Menschen.«

»Obwohl du weder verheiratet bist noch einen Freund hast.«

Marilyn beugte sich vor, damit Sannie ihre hochgezogenen Augenbrauen sehen konnte. »Da siehst du, wie klug ich bin! Meine Mutter war alleinerziehend und hat ihr ganzes Leben lang als Haushälterin gearbeitet. Es war hart für sie und sie wollte unbedingt verhindern, dass ich jung schwanger werde, wie es ihr damals passierte. Sie begleitete mich, als ich die Verhütungsspritze erhielt, obwohl sie sich sowieso keine Sorgen zu machen brauchte, denn ich war schon immer vorsichtig, nicht nur was Sex angeht. Ich werde einen Mann heiraten, der mich wirklich für das liebt, was ich bin und nicht nur meines fabelhaften Körpers wegen.«

Sannie lachte ein wenig.

»Ich meine es ernst«, sagte Marilyn. »Aber du hast ein Problem.«

Sannie blickte wieder hinüber. »Bin ich das Problem?«

Marilyn schüttelte den Kopf. »Du verdrehst mir die Wörter im Mund oder projizierst etwas. Nein, du bist nicht das Problem, sondern du hast eines. Da hast du einen wirklich guten Mann gefunden, aber du hast zu viel Angst, dich an ihn zu binden.«

»Was?« Das war ungeheuerlich. »Kaum bin ich bei ihm eingezogen hat er seine Billabong-Strandtasche gepackt und ist nach Bhanga Nek gefahren, um mit seinen jugendlichen Gefolgsleuten am Strand abzuhängen, Marilyn!«

»Nein, meine Liebe«, wedelte Marilyn mit dem Finger, »so wie ich die Geschichte verstanden habe, folgt Adam seinem Traum und kann endlich den Job machen, den er schon immer wollte. Als ich dich vor sechs Monaten kennenlernte, bist du beinahe geplatzt vor Stolz über deinen Freund, der sein Leben umgekrempelt hat, Hilfe für seine PTBS bekam und Universitätsprofessor wurde. Jetzt ist er einen Monat lang weg und du denkst, er lasse dich im Stich. Und vergessen wir nicht, dass auch dein Job dich manchmal wegführt, so wie jetzt. Ausserdem hast du ziemlich verrückte Arbeitszeiten, oder nicht?«

Sannie schürzte die Lippen. Marilyn war so jung, dass sie beinahe ihre Tochter hätte sein können und gab Sannie trotzdem Beziehungstipps. Was Sannie jedoch am meisten ärgerte, war, dass an dem, was Marilyn sagte, möglicherweise etwas dran war. »Ja, Marilyn, natürlich stimmt das.«

Marilyn nickte zufrieden.

Sie kamen zum Hoftor. Betrüblicherweise war es für Sannie einfacher, sich auf einen Mordfall zu konzentrieren als auf ihr eigenes Liebesleben. »Reden wir später weiter.«

»Warum genau sind wir wieder hier?«, fragte Marilyn.

»Ich sage es dir, wenn ich es weiss. In der Zwischenzeit rufst du bitte John Parker an und bittest ihn, hierher zu kommen. Vielleicht brauchen wir einen erfahrenen Fährtenleser.«

Marilyn zückte ihr Handy, während Sannie die unbefestigte Einfahrt zu David Gregorys Haus entlangfuhr. Sie hielt nicht an, sondern fuhr um das Haus herum weiter, dorthin, wo die geschäftliche Seite der Farm lag. Sie fuhr an den mit einem Stahlrohrzaun umgebenen Ställen vorbei, bremste vor einer robusten Boma aus dicken, behandelten Kiefernstämmen, hielt den Wagen an und stieg aus.

Adam und Willis waren ihr gefolgt und Adam hielt seinen Ranger hinter Sannies Fortuner an, während zuhinterst ein WildForce Geländewagen die Einfahrt hochfuhr.

»Was willst du nun tun?«, fragte Adam, als er die Tür seines Rangers schloss.

Sie ignorierte die Frage, öffnete den Riegel am Tor und ging in die Boma. Das rechteckige Gehege hatte die Grösse eines Fussballfeldes und war in sechzehn einzelne Felder unterteilt.

»Hier waren die Nashörner gehalten worden«, erklärte Willis, der gerade einen grossen Pelikan-Koffer aus dem Heck des Fahrzeugs, das gerade vorgefahren war, hob.

»Aber Sie haben die Kadaver nie gesehen?«, fragte Sannie Willis, wobei die Frage wie eine Feststellung klang.

»Nein. Da waren wir schon weg. Wenn wir hier gewesen wären … Der alte Bastard …«

»Sparen Sie sich die Wut«, sagte Sannie. Sie schnupperte. Es roch immer noch nach Dung. Aus ihrer Zeit im Krügerpark kannte sie die ausgetrockneten Haufen alten Breitmaulnashornmists, die in einem Hügel abgelegt worden waren. Sie suchte mit den Augen den Boden ab und verliess dann die Boma.

Etwa hundert Meter weiter südlich endete der landwirtschaftliche Betrieb und ein drei Meter hoher elektrifizierter Zaun markierte die Grenze zum angrenzenden uBhejane-Wildreservat. Ein grosses Doppeltor war in den Zaun eingelassen, aber wie beim Haupteingang zum Reservat waren auch hier der Zaun und das Tor in schlechtem Zustand. Das Tor selbst war verbogen und es sah aus, als könnte sich, selbst wenn es geschlossen und wie jetzt mit einem Vorhängeschloss versehen war, selbst ein ziemlich grosses Tier durch den Spalt quetschen. Sannie ging auf einem unbefestigten Weg darauf zu und konzentrierte sich dabei auf den Boden.

»Sie wollten die Drohne, Ma'am?«, rief Willis ihr zu.

Sie blieb stehen, drehte sich um und nickte. »Ja. Machen Sie sie bitte fertig und schicken Sie sie hoch.«

Willis öffnete den Koffer und nahm das grosse unbemannte Fluggerät vorsichtig heraus. Jones holte derweil einen Klappstuhl und einen Tisch aus dem hinteren Teil des WildForce-Fahrzeugs und baute sie auf.

»Sannie ...«, begann Adam.

Sie hielt ihre Hand vor Adam hin. »Ich möchte etwas sagen.«

»Sicher.«

»Ich liebe dich, Adam. Ich weiss, dass ich es vielleicht nicht oft genug sage. Und mit unseren Arbeitsplänen und deiner Zeit, in der du deine Studenten betreust, hatten wir vielleicht einfach zu wenig Zeit nur zu zweit, damit es funktioniert.«

Ein ängstlicher Ausdruck glitt über sein Gesicht. »Du willst unsere Beziehung nicht etwa beenden, oder? Und schon gar nicht auf diese Weise?«

Sie schüttelte den Kopf. »Nein, nein. Es ist nur ... es muss sich etwas ändern, Adam, und ich ...«

Als ein Auto hupte, drehten sie sich beide um. Ein weisser Ford EcoSport kam die Zufahrtsstrasse hinuntergebraust, zu schnell für die Riffelungen und Erosionen. Das Auto hielt an und eine junge und hübsche rothaarige Frau stieg aus. Sie trug den linken Arm in einer Schlinge.

Adam und Sannie gingen zu ihr.

»Sannie, das ist Jenny Ellis, meine Studentin«, sagte Adam. »Jenny, das ist meine Partnerin, Oberstleutnant Sannie van Rensburg.«

Sannie lächelte und reichte der jungen Frau die Hand. Sie fand, dass das Wort 'Partner' eine unvertraute, aber schöne Art war, zu beschreiben, was sie einander bedeuteten. Passender als 'Freund' und 'Freundin'.

Adam begrüsste Jenny mit einer kurzen Umarmung, dann trat er von ihr zurück.

»Sannie, es ist schön, Sie persönlich kennenzulernen«, begrüsste Jenny sie, »Adam - der Professor - hat in Bhanga Nek viel von Ihnen gesprochen.«

Sannie sah Adam an, der verlegen lächelte und mit den Schultern zuckte.

Das Brummen einer startenden vierrotorigen Drohne unterbrach ihr Gespräch.

Willis' Helfer, Jones, sass auf einem aufgeklappten Campingstuhl und blickte auf einen Laptop auf dem tragbaren Tisch. Die Steuerung der Drohne steckte in einer Tasche vor seiner Brust.

»Beweg deinen Hintern und mach Platz«, sagte Willis zu Jones, der zu Sannie blickte. »Colonel, hierher, bitte.«

»Entschuldigen Sie mich, Jenny.« Sannie ging zu den Männern, setzte sich auf den Stuhl, den Jones gerade freigemacht hatte und blickte auf den Bildschirm. Willis, der hinter ihr stand, zeigte ihr, wo sie die Höhe und den Kurs der Drohne ablesen konnte.

»Jones hat einen Bildschirm an seiner Steuereinheit auf der Brust, kann also alles sehen und dorthin fliegen, wo Sie wollen. Sie können die Übertragung auf dem Bildschirm verfolgen.«

»Fliegen Sie bitte über das Wildschutzgebiet. Können Sie die Drohne höher bringen?«

Jones tat, worum sie ihn gebeten hatte, und Sannie beobachtete, wie sich der Blick auf das Reservat vergrösserte. Eine Mischung aus offenem Grasland und Reihen dichter Vegetation schmiegte sich an Flüsse und Bäche, die durch uBhejane flossen. Die Drohne flog über einen hohen Granitgipfel, den Sannie von der Farm aus sehen konnte, dann kam ein breites Tal in Sicht.

»Da wir hier im Einsatz waren, sind wir mit dem Layout des Reservats ziemlich vertraut«, erklärte Willis.

»Wird die Strasse, die von der Farm ins Naturschutzgebiet führt, viel befahren?«

Willis schüttelte den Kopf. »Nein, ganz und gar nicht, Ma'am. Da sie hierhin, zum Haus des alten David führt, wurde uns gesagt, werde sie nie von Safarifahrzeugen zur Wildbeobachtung benutzt. Es war eher eine private Zufahrtsstrasse und eine Abkürzung für David, John Parker und andere Angestellte, wenn sie aus irgendeinem Grund von der Lodge zur Farm gelangen mussten oder umgekehrt.«

»Was liegt an der Strasse? Irgendwelche Behausungen, Aussenlager, irgendetwas in der Art?«

»Nein«, sagte Willis. »Wir sind sie ein paar Mal gefahren. Wie ich schon sagte, um von der Farm zur Lodge zu kommen, wenn es nötig war.«

»Folgen Sie bitte der Strasse und gehen Sie ein wenig tiefer«, wies Sannie den Drohnenpiloten an.

»Ja, Ma'am«, sagte Jones.

Sannie hatte das Gefühl, die Drohne rase im Sturzflug über die Landschaft. Sie tippte auf den Bildschirm, während Willis ihr über die Schulter schaute. »Was ist das für eine Strasse, die nach links abzweigt, tiefer ins Reservat hinein?«

Willis kratzte sich am Kinn. »Oh, ja. Ich erinnere mich. Eine Sackgasse. David sagte, dort unten seien die Überreste eines anderen alten Bauernhauses. Seine Familie hat in den letzten hundert Jahren oder so Land aufgekauft und ein paar weitere alte Rinderfarmen in das Reservat integriert. Ich erinnere mich, dass er sagte, die Strasse sei weggespült und nicht befahrbar, also haben wir sie nie ausprobiert.«

»Folgen Sie ihr«, sagte Sannie dem Steuermann.

Die Drohne schwenkte nach links, so dass sich die Nebenstrasse, der sie folgten, nun in der Mitte des Bildschirms befand. Sannie tippte erneut auf den Bildschirm. »Da ist eine Brücke. Sieht aus, als sei alles in gutem Zustand.«

Willis lehnte sich näher heran. »Ja, tatsächlich.«

»Weiter runter«, rief Sannie dem Steuernden zu.

Die Drohne sank auf vielleicht fünf oder zehn Meter über dem Boden. »Diese Strasse sieht sauber aus«, stellte Sannie fest, »benutzt. Weder von Bäumen überwuchert, noch liegen Äste oder Dung auf dem Boden. Bringen Sie die Drohne wieder hoch.«

»Was ist das?«, fragte Willis.

Sannie sah es ebenfalls. In der Ferne, weit vor der Kamera, befand sich eine grosse kreisförmige, gerodete Fläche, welche von einem Zaun umgeben war. In dieser bewegte sich etwas.

»Tiere«, sagte Sannie. »Es ist sieht wie eine weitere grosse Boma aus. Und schauen Sie, da sind ein paar Zelte und ein Fahrzeug.« Im oberen rechten Quadranten des Bildschirms war ein Bakkie zu sehen und Sannie sah eine Person, die rannte. Die Boma war noch weit entfernt, aber in der Umzäunung tummelten sich mit Sicherheit ein paar hundert Stück Wild oder eine Art von Vieh. Sannie schaute über ihre Schulter zu Willis. »Hatte David noch anderes Vieh oder Wild da draussen?«

Er schüttelte den Kopf. »Nicht, dass ich wüsste.«

»Scheisse«, schrie Jones plötzlich. »Da ist ein Typ mit einer Waffe.«

Der Kamerabildschirm wurde für eine Sekunde durch den Anblick von etwas, das von der Drohne herunterfiel, verdeckt. Daraufhin begann das Bild von einer Seite zur anderen zu schwanken, bis es unvermittelt schwarz wurde.

»Abgeschossen, schon wieder«, sagte Jones angewidert.

Sannies Telefon klingelte und sie schaute auf den Bildschirm. Es war ihre Chefin von den Hawks, Colonel Gita Kapahi.

»Frau Oberst?«, meldete sich Sannie.

»Sannie, wie geht's? Ich habe ein kleines Wunder für dich vollbracht. Eine taktische Polizeieinheit aus Durban, hat ein Hubschraubertraining mit der 15. Staffel absolviert. Ich konnte ein Team in einem Oryx-Hubschrauber organisieren, sie sind auf dem Weg zu dir. Steckst du immer noch in Schwierigkeiten?«

Sannie dachte einen Moment nach. »Die Situation hat sich geändert. Der Kontakt, an dem ich beteiligt war, ist vorbei, und zwei Verletzte mit Schusswunden sind auf dem Weg ins Krankenhaus. Aber wir haben eine neue Bedrohung, Gita: Bewaffnete Wilderer oder vielleicht Viehdiebe, die sich mitten in David Gregorys Wildreservat, östlich von Dundee, verschanzen. Ich hatte gerade Sichtkontakt mit mindestens einem Mann mit einem Gewehr.«

»In Ordnung, Sannie. Es ist deine Entscheidung«, sagte Gita. »Der

Hubschrauber ist in der Luft. Ich schicke dir die Nummer des Kommandanten der taktischen Einheit per WhatsApp, dann kannst du ihn über die Änderung der Mission informieren. Ich vertraue dir, dass du das durchziehst.«

»Danke«, sagte Sannie. »Ich glaube, es hängt alles zusammen - die Nashörner, die Rinder, das Schwert, aber ich setze es gerade erst zusammen.«

»Schwert?« Gita klang überrascht. »Was für ein Schwert?«

»Ich erkläre es dir später.«

Sie verabschiedeten sich und Sannies Telefon piepte, als die angekündigte Nummer eintraf. Kommandeur der taktischen Einheit war ein Captain Brian Shozi, den Sannie bereits aus einer früheren Zusammenarbeitet kannte. Er war jung, klug und hart. Sannie schickte ihm einen Pin mit dem Standort der Farm. Sein sechsköpfiges Team würde hier, wo sie sich gerade befand, landen und von hier aus einen Angriff starten.

Adam kam zu Sannie herüber. Als Sannie sich umschaute, sah sie, wie seine Studentin, Jenny Ellis, wieder in ihren EcoSport stieg, den Motor anliess und die Zufahrtsstrasse zur Farm hinauffuhr.

»Jenny fährt ins Krankenhaus, um Jan-Marie zu besuchen und mit ihr zu reden«, sagte Adam.

Sannie nickte, dann informierte sie Adam darüber, dass die Drohne abgeschossen worden war und bald ein Oryx-Hubschrauber der South African National Defence Force mit einer Ladung von Elitepolizisten ankommen werde.

»Ich habe Jenny gebeten, zu sehen, was sie aus Jan-Marie herausholen kann. Falls Jan-Marie etwas versteckt hat, zum Beispiel das Schwert, könnte sie Jenny sagen, wo es ist. Sie wird wissen, dass andere Leute, wie vielleicht die Person, die auf sie und Andy geschossen hat, versuchen, es in ihre Hände zu bekommen.«

Sannie fragte sich, wer der Schütze gewesen und was sein Motiv sei. Wie sie gerade zu Gita gesagt hatte, hing alles zusammen. Aber da lagen noch ein paar Teile des Puzzles am Rande herum. Sie versuchte sich zu konzentrieren.

»Sannie?« Marilyn wich ungeschickt einem Stück Mist aus und kam zu Sannie.

Eigentlich hätte Sannie etwas Zeit zum Nachdenken gebraucht, aber alle sahen sie an und stellten ihr Fragen. Sie schloss für einen Moment die Augen und atmete tief durch, um sich zu beruhigen. »Ja, Marilyn?«

»Ich kann John Parker nicht erreichen - er geht nicht ans Telefon - aber ich habe gerade einen Anruf von Sergeant Nyathi von der Abteilung für Viehdiebstahl erhalten.«

»Ja, gut und was wollte sie?«

»Sie haben den Funkverkehr von 'Farm Watch' und 'Viking Security' aufgeschnappt und es scheint, als seien alle auf dem Weg hierher. Sie sagt, sie schickt einen Bakkie mit zwei zusätzlichen Beamten als Verstärkung.«

Sannie wedelte mit einer Hand in der Luft. »Gut. Klar. Wenn alle mitmachen wollen, umso besser.«

»Sergeant Nyathi fragt, ob ich den Bakkie auf der Hauptstrasse treffen und hineinführen kann.«

Sannie musste jetzt wirklich nachdenken und das waren Details, die sie eigentlich nicht zu entscheiden brauchte. »Mach nur, Marilyn, geh, und wenn die Jungs von 'Farm Watch' mit ihren Waffen auftauchen, übernimm auch sie, bring sie zusammen mit der Verstärkung her und behalte sie im Auge. Ich will nicht, dass die Leute losziehen und ihre eigenen Sachen machen. Wir werden hier ein gemeinsames Briefing abhalten. Ausserdem ist ein taktisches Team mit dem Hubschrauber auf dem Weg.« Sannie griff in die Tasche und gab Marilyn ihre Autoschlüssel. »Nimm meinen Fortuner.«

»Eisch, diese Sache wird grösser als die Rugby-Weltmeisterschaft«, kommentierte Marilyn und wandte sich zum Gehen.

»Bleib in Kontakt mit mir, Marilyn«, wies Sannie sie an.

»Ja, mache ich und ... haibo, Mist!« Marilyn zuckte zusammen und hob ihren Schuh. »Jetzt bin ich hineingetreten.«

Sannie lächelte, aber sie musste jetzt an andere Dinge denken. Marilyn ging, sich den Dreck im Gras von ihrem schmutzigen Stiefel wischend, zum Fahrzeug.

»Wo sollen wir hin, Colonel?«, fragte Willis.

Tustin und Van der Ploeg hatten die Anweisung von Sannie befolgt, waren ebenfalls auf dem Hof eingetroffen und hatten ihr Bericht erstattet.

»Und was ist mit uns?«, fügte Tustin hinzu.

Sannie wollte ihnen gerade sagen, dass sie sich aus dem Staub machen sollten, doch dann fiel ihr Blick dort, wo Marilyn gerade hingetreten war, auf den Boden.

Adam beobachtete sie. »Was ist los, Sannie?«

»Scheisse!«

28

ZULULAND, 1880

Gregory, der auf Bullet galoppierte, blieb so dicht an Constable Dolahenty kleben, dass ihm Steine und Staub, die dessen Pferd aufwirbelte, ins Gesicht flogen.

Er hatte das Lager in der Dämmerung weit genug entfernt umrundet, um nicht mit General Wood zusammenzustossen. Er wollte nicht erklären müssen, dass er sich aufgrund einer Vermutung in der Nähe des Lagers der Kaiserin aufhielt. Walters war in der Nacht zu Gregorys kleiner Reisegruppe gekommen, um etwas zu holen - Gregory vermutete, es handle sich um das Schwert, das Napoleon Bonaparte in der Schlacht von Austerlitz und sein Grossneffe im letzten Jahr hier in Zululand getragen hatten.

Für Gregory gab es nur zwei Personen, die wissen konnten, wer das Schwert besass und er war sich sicher, am Ende der Nacht zu wissen, wer das Schwert bei Morrison gestohlen und den verachtenswerten Major bei diesem Diebstahl getötet hatte. Gregory war Polizist und Offizier und so sehr ihm das Opfer auch missfallen mochte, konnte er doch nicht zulassen, dass ein Mörder - oder ein Dieb - von den Gerichten unbestraft davonkam.

Und es gab noch weitere Gefahren. Er konnte sie spüren.

Dolahenty hatte berichtet, der Mann und die Frau, denen er

begegnet sei, hätten ihm erzählt, dass Walters verletzt sei. Das mochte durchaus der Fall sein, aber trotzdem traute Gregory weder Walters noch seinem brutalen Sergeanten.

Dolahenty zügelte sein Pferd. »Ich könnte schwören, Sir, dass sie hier in der Nähe waren.«

Gregory zügelte Bullet, so dass er in den Schritt fiel, ritt neben dem Soldaten her und beide suchten die Ebene rundherum ab. Es war dunkel, der Mond noch nicht aufgegangen und es war kühl in Zululand.

»Sir!« Dolahenty schwang sich aus dem Sattel, rannte eine kurze Strecke und liess sich neben etwas nieder, das Gregory jetzt als Mann erkennen konnte. »Das ist der Zulu, dem ich die Verantwortung für die Gefangenen übergeben habe. Er ist ... er ist tot, Sir. So wie es aussieht wurde er erstochen. Als ich ging, waren da nur diese Frau, eine hübsche mit brauner Haut, und so ein Rum-Typ, der behauptete, ein Kavallerist aus Gibraltar zu sein.«

»Geglättetes Haar, olivfarbene Haut, etwa 1,70 m gross und gutaussehend?«

»Ja, das passt zu dem Mann, Sir.«

Ferdinand. Irgendetwas an ihm war von Anfang an merkwürdig gewesen, und Teresa hatte als Erste erkannt, dass er vielleicht nicht das war, was er zu sein vorgab. Aber falls er tatsächlich ein Journalist war, war er auch bereit, für eine Geschichte oder ein Foto zu töten? Das schien ihm unwahrscheinlich.

Das Trommeln von Hufen drang ihm in die Ohren und sowohl Dolahenty als auch Gregory drehten sich um. Gregory griff nach dem Revolver an seinem Gürtel, der Soldat nach seinem Gewehr.

»Peter!« Teresa galoppierte vor den beiden anderen Reitern, Samuel und Phillips, her.

»Teresa, hier ist es gefährlich.« Gregory war verärgert, aber gleichzeitig froh, ihr Gesicht wiederzusehen. Er blickte an ihr vorbei zu Phillips. »Ich habe Ihnen gesagt ...«

»Es hat sich einiges ereignet, Sir«, sagte Phillips. »Wir - das heisst, Miss O'Kane, Samuel und ich - hielten es für das Beste, zu Ihnen zu kommen. Ausserdem haben sich Grace und der Italiener aus dem Staub gemacht.«

Samuel zeigte auf die Leiche am Boden. »Hat der Graf das getan?«

Gregory nickte. »Scheint so.«

»Peter«, Teresa holte tief Luft, »ich bin sicher, dass Ferdi gekommen ist, um die Kaiserin umzubringen.«

GRACE RANNTE DURCH DIE NACHT, stolperte ein paar Mal und rappelte sich jeweils wieder auf. Sie versuchte, Ferdi einzuholen, der ihre Pferde genommen und sie, nach dem Töten des Zulus, im Stich gelassen hatte. Der Behälter für die Angelrute, in welchem das Schwert steckte, hüpfte auf ihrem Rücken.

Ab und zu erhaschte sie einen Blick auf Ferdi auf seinem Pferd, ihr Reittier rannte hinter ihm her. Sie dachte, sie könne ihn nie einholen, aber dann verlangsamte er sein Tempo und stieg neben einem der wenigen Bäume ab, die das offene Feld in unregelmässigem Abstand unterbrachen.

Auch Grace lief langsamer, ging schliesslich in die Hocke und beobachtete Ferdi, der sich umschaute, aber zufrieden schien, dass ihm niemand folgte. Hinter Ferdi konnte Grace den Schein von Laternen und das Flackern eines Feuers erkennen, was darauf hindeutete, dass sie sich in der Nähe des Lagers der Kaiserin befanden.

Nachdem Ferdi die ersten Menschen tötete, hatte Grace vermutet, Ferdi sei hinter ihrem Schwert her und würde sich jeden Moment gegen sie wenden, um es ihr abzunehmen. Aber er hatte es nicht einmal erwähnt. Sie kannte einige Journalisten und obwohl diese aufdringlich und arrogant sein konnten, hatte sie noch nie einen getroffen, der für eine Geschichte oder ein Foto jemanden umbringen würde. Wenn es nicht das Schwert war, was trieb ihn dann an?

Was ihr Schwert betraf, hatte dieses Schwein Morrison es gestohlen, aber Grace hatte es von ihm 'befreit' und war nun entschlossen, es der Mutter seines früheren Besitzers zurückzugeben. Grace war zu einer Expertin darin geworden, durch die Rote Laterne zu schweben und Männer mit einem Augenzwinkern und einem Lächeln oder indem sie ihnen einem flüchtigen Blick auf ihre Haut gewährte, in ihren Bann zu ziehen. Narren wie Morrison und seine Freunde machten sich allerdings kaum die Mühe, wegen ihr leiser zu sprechen, selbst wenn es um den Handel mit gestohlenen Waren - oder Menschen - ging.

Sie war zu Morrisons schmutzigem Bauernhaus gegangen und hatte so getan, als biete sie ihm ein Kind an, wenn er ihr genug Geld dafür gebe. Während dieser degenerierte Typ Tee für sie kochte, verhandelte er mit ihr über den Preis für ein junges Leben.

»Was für eine wunderbare Sammlung von Schwertern Sie haben«, hatte Grace zu ihm gesagt und als Morrison zu den Regalen an der Wand gegangen war und eine der Klingen streichelte, als wäre es sein mickriges Glied, hatte Grace ein kleines Fläschchen Laudanum hervorgeholt und einige Tropfen in seinen Tee gekippt. Als Morrison unter dem betäubenden Bann des Mohns stand, hatte sie seine Wohnung durchsucht, bis sie das kunstvoll gravierte Kaiserschwert unter seinem Bett fand. Dann hatte sie es an sich genommen und war geflohen.

Morrison wurde später tot aufgefunden und in Grace's Augen verdiente er sein gewaltsames Ende.

Nach allem, was Grace über die Kaiserin gehört hatte, war sie sicher, dass die Adlige sie für die Rückgabe des Schwertes ihres Sohnes, das davor dem grossen Napoleon Bonaparte gehört hatte, reichlich belohnen würde. Aber was in aller Welt hatte dieser verrückte Ferdi vor?

Ferdi, der mit dem Gewehr des Sergeants bewaffnet war, entriss dem Zulu-Mann, nachdem er ihn getötet hatte, dessen gefährlich aussehendes Messer. Grace dagegen hatte nur eine Sache, um sich zu schützen - eine unbezahlbare Antiquität.

Nun sah sie die zwei an einem Baum angebundenen Pferde vor sich. Sie kauerte sich tiefer hinunter, schnallte ihre Ledertasche ab, griff hinein und zog das Schwert heraus. Es war lang und schwer und obwohl sie keine Expertin im Umgang damit war - sie hatte noch nie in ihrem Leben eine solche Klinge geführt - war sie sich sicher, damit einigen Schaden anrichten zu können.

Sie blickte an den Pferden vorbei und sah Ferdi, der sich nun, nach vorne gebeugt, zu Fuss durch das Gras vorwärtsbewegte. Er hielt den Revolver des Wachtmeisters vor sich. Grace beschloss, ihm zu folgen.

»Was willst du damit sagen?«, fragte Gregory Teresa. »Warum sollte Ferdinand die Kaiserin töten wollen? Und wie?«

Teresa griff in ihre Jacke, zog einige Papierblätter heraus und hielt sie hoch. Sie sahen wie aus einem Buch herausgerissene Seiten aus, aber das Licht war zu schwach, um etwas lesen zu können.

»Im Rahmen meiner Recherchen über die Kaiserin habe ich alles über sie gelesen, was ich finden konnte«, erklärte Teresa. »Dieses Buch hier habe ich in den USA gefunden. Es handelt sich um einen Bericht über ein Attentat auf Kaiser Ludwig Napoleon III und seine Frau, Kaiserin Eugénie, im Jahr 1858 in Paris.

Es war zwar zweiundzwanzig Jahre her, aber Gregory konnte sich vage daran erinnern. »Das war ein Bombenanschlag, ja?«

Teresa nickte, lenkte ihr Pferd mit den Knien, blätterte währenddessen in den Seiten und fand das Gesuchte schliesslich. Sie reichte Gregory eines der Blätter. »Der Kaiser hat sich damals gegen die italienische Einigung ausgesprochen und dieser Mann, Felice Orsini, sowie einige britische Radikale, schmiedeten einen Plan, um ihn mit einer Bombe umzubringen. Orsini schaffte es beim Anschlag nicht, das Königspaar zu verletzen, aber zehn Menschen kamen ums Leben.

Gregory hielt das Bild in der Hand und als er den Schnitt von Orsinis Gesicht betrachtete, bemerkte er eine eindeutige Ähnlichkeit mit dem von 'Ferdinand Rosini'. »Ist er ein Verwandter?«

Teresa nickte. »Ja, das denke ich auch und mache mir Sorgen, dass Ferdi hier ist, weil er auf Rache sinnt, denn dieser Orsini wurde damals auf der Guillotine hingerichtet.«

Ferdinand hatte ein Gewehr. »Meinst du, er will die Kaiserin erschiessen?«

»Ich könnte mir vorstellen, dass er etwas ... Dramatischeres vorhat.« Teresa hielt eine weitere Seite hoch und vermittelte ihm den Inhalt in Kürze. »Orsinis Bombe war eine mit Zacken versehene Metallkugel, deren Zünder aus einer Substanz namens Quecksilber-fulminat hergestellt war. Wenn eine dieser kleinen Spitzen auf einen Widerstand stiess, also auf eine Kutsche, eine Person oder was auch immer traf, wurde sie zusammengedrückt, was den Sprengstoff im Inneren der Kugel zur Explosion brachte. Nachdem du uns verlies-sest und Grace und Ferdi ein Zelt geteilt hatten, machten Phillips und ich eine Bestandsaufnahme seines Gepäcks. Eine Schachtel fehlte und ich nahm an, es sei seine Kamera und er hätte sie in der Nähe des Denkmals des Kaiserlichen Prinzen versteckt. Ich vermutete, er schleiche zurück, um ein Foto von der Kaiserin zu machen.«

»Aber jetzt glaubst du, sie enthalte eine Bombe. Also kommt schnell«, sagte Gregory, »verteilen wir uns und reiten nebeneinander zum Lager.«

Gregory lenkte Bullet herum und gab ihm einen Tritt in die Rippen. Phillips verschob sich nach ganz rechts, Samuel ritt links von Gregory und Teresa und Dolahenty galoppierten rechts von ihm den Hügel hinunter, den Lichtern des Lagers über dem Tshotshosi entgegen.

Das Gedenkkreuz kam in Sicht, im blassen Licht des aufge-henden Mondes kahl und weiss. Gregory suchte die niedrige Mauer um das Kreuz herum nach Verstecken ab.

»Da drüben rennt jemand«, rief Teresa.

Gregory sah in die Richtung, in die sie zeigte und wo eine einsame Gestalt auf die erste Reihe der weissen Zelte zurannte. Es war eine Frau, die mit einer Hand ihre Röcke hochhielt. In der anderen Hand trug sie ein Schwert. Grace.

»Hah!«, rief Gregory und gab Bullet die Sporen.

· · ·

GRACES BRUSTKORB HOB und senkte sich heftig und sie wünschte sich einen Moment lang, sie trüge Reithosen. Das Schwert wog schwer in ihrer rechten Hand und als ihre Armmuskeln ermüdeten, klirrte seine Spitze auf Felsen und Erde.

Vor ihr, zu ihrer Linken, erkannte sie ein Zelt, das sich von den anderen abhob. Eine Gestalt trat daraus hervor. Es war eine Frau, deren Silhouette sich gross, schlank und in aufrechter Haltung von der beleuchteten Zeltplane abzeichnete.

Zu ihrer Rechten bemerkte Grace, ebenfalls noch in weiter Ferne, eine Bewegung. Es war Ferdi. Nachdem er sich hingehockt hatte, als bereite er etwas vor, war er jetzt aufgestanden und schien in seiner rechten Hand eine Art Ball zu halten. Er liess sich erneut in die Hocke nieder, lief dann aber in Richtung der Kaiserin und ihres Zeltes, die noch etwa hundert Meter von ihm entfernt waren.

Grace verglich die Entfernungen. Sie konnte es unmöglich schaffen. In diesem Moment hörte sie ein Wiehern und schaute nach links. Dort standen zwei an in den Boden getriebenen Metalldornen angebundene Pferde und eine Kutsche für zwei Personen.

Grace ging zu dem Buggy, band die Pferde los und kletterte auf den Kutschbock. Durch ihre Eile wurden die Pferde aufgeschreckt und eines bäumte sich ein wenig auf.

»Hey, ganz ruhig!« Grace war keine erfahrene Reiterin, ergriff aber die Zügel und schlug sie fest auf die Hinterteile der Pferde. Diese setzten sich in Bewegung und als die Räder der Kutsche über den unebenen Boden rutschten und holperten, hielt Grace sich fest. »Schneller!« Sie fand eine Peitsche und trieb ihre Pferde damit an. Das Schwert hatte sie über ihr rechtes Bein gelegt, aber nun drohte es, beim holpernden Weiterfahren hinunterzufallen. Sie wusste immer noch nicht, was Ferdi vorhatte, aber jeder Instinkt sagte ihr, sie müsse ihn daran hindern, sich der Kaiserin zu nähern.

»Eure Majestät!«, rief Grace.

Obwohl sie noch weit entfernt war, schien die Kaiserin etwas zu hören und schaute sich um, als wisse sie nicht, woher der Ruf komme. Während dieser ganzen Zeit konnte sich ihr Ferdi weiter nähern.

· · ·

BULLET GALOPPIERTE über die Ebene und Gregory wusste, dass er die anderen weit hinter sich gelassen hatte. Er hatte beobachtet, wie Grace in den Wagen gestiegen war und es war ihm klar, dass sie sich aufmachte, um Ferdi abzufangen, bevor dieser die Kaiserin, die aus ihrem Zelt gekommen war, erreichte.

Aus den Augenwinkeln nahm Gregory weitere Bewegungen im Lager wahr: Leute, die an den Lagerfeuern vorbeieilten, Stimmen, die schrien, aber es war klar, dass Grace die Kaiserin und den Möchtegern-Attentäter vor allen anderen erreichen würde.

Mit der linken Hand hielt er Bullets Zügel, mit der rechten zog er seine Pistole und zielte, während er ritt, auf Ferdi. Gregory schoss, aber er wusste, dass er bei einer Entfernung von mehr als zweihundert Metern wenig bis gar keine Chance hatte, den Italiener zu treffen. Es schien, als hätte Ferdi den Schuss nicht einmal bemerkt, denn er bewegte sich, die gezähnte Kugel hoch in der rechten Hand haltend, unbeirrt in seiner halb schleichenden, halb kauernden Gangart weiter. Teresa hatte Recht, ging ihm durch den Kopf, es ist eine Bombe.

Gregory und die anderen donnerten den Hügel hinunter und einen Augenblick später galoppierte Bullet plätschernd durch das seichte Wasser des Baches und auf das Ufer zu, wo den Kaiserlichen Prinz ein Jahr zuvor sein Schicksal ereilt hatte. Gregory feuerte erneut, aber obwohl er glaubte, in der Nähe von Ferdis Füssen das Aufwirbeln von Erde zu sehen, verlangsamte der Italiener nicht.

Die Kutsche mit Grace stürmte auf Gregory zu und er musste die Pistole wegnehmen, um sie nicht zu erschiessen.

»Laufen Sie, Majestät, er will Sie töten!«, schrie Grace.

Die Kaiserin blickte von Grace, die sie nun als die Quelle der Warnungen identifiziert hatte, zu Ferdi und schlug eine Hand vor den Mund.

Ferdi war nun nicht mehr weiter als dreissig Schritte von der Kaiserin entfernt. Er blieb stehen, hob seinen Arm über den Kopf zurück und warf den Gegenstand.

Gregory ritt unbeeindruckt weiter, genau wie Grace, die völlig furchtlos zu sein schien.

Gregory beobachtete, wie Grace' Buggy zwischen Ferdi und der Kaiserin hindurchfuhr. Als wäre die Zeit stehen geblieben, schaute er zu, wie die gefährliche, mit Stacheln versehene Kugel einen Bogen über den Nachthimmel schlug. Sie musste aus Messing oder einer ähnlichen Legierung bestehen, denn für einen Moment glitzerte sie im reflektierenden Licht eines Lagerfeuers.

Die sich drehende Kugel traf das Heck der Kutsche und obwohl sie dieses nur streifte, reichte das, um die Bombe von ihrer geplanten Flugbahn abzulenken.

Ein Geräusch wie ein Kanonenschuss zerriss die Nacht und Gregorys Sicht wurde durch einen Blitz, der hell genug war, um das Lager jenseits der Steppe auf hundert Meter oder mehr zu erhellen, irritiert. Selbst Bullet, kampferprobt und an Gewehrschüsse gewöhnt, wieherte vor Angst und verlangsamte seinen Schritt, so dass Gregory beinahe über seinen Kopf geflogen wäre. Während er darum kämpfte, im Sattel zu bleiben, sah Gregory, wie die Kutsche, als die verängstigten Pferde weiterstürmten, zur Seite kippte und sich ihr linkes Rad in den Boden grub. Er spornte Bullet an und sah, dass Grace, die zunächst vom blendenden Licht und den Flammen der Explosion verdeckt gewesen war, wie eine weggeworfene Kinderpuppe durch die Luft segelte und schwer auf dem Boden landete.

Als Gregory wieder nach vorne schaute, sah er, dass er schon beinahe über Ferdi war, der seine Pistole gezogen hatte, nachdem ihm klar geworden war, dass seine Bombe vorzeitig explodierte. Er liess sich auf ein Knie nieder, zielte und schoss auf Gregory.

Dieser hörte das Pfeifen einer Kugel, die irgendwo unter ihm einschlug und im selben Moment wurde ihm klar, dass sein Pferd, nein, sein Freund, getroffen worden war. Bullet lief weiter, verlor aber an Schwung. Gregory sah den Boden auf sich zufliegen und rutschte aus dem Sattel, als sein Pferd zu Boden ging.

Er schlug hart auf dem Boden auf, rollte sich herum und blieb kurz vor Grace liegen. Sie lag regungslos und blutend im Gras. Er musste sich um sie kümmern, aber als er aufblickte, sah er Ferdi mit der Waffe in der Hand zum Zelt der Kaiserin rennen. Gregory tastete nach seiner Waffe, spürte, dass sein Holster leer war und sah sich um, sah allerdings seine Pistole nicht. Er rappelte sich auf und stolperte zu Bullet. Das Pferd lag wiehernd und sich windend am Boden, allerdings auf der Seite, auf der Gregory sein Gewehr aufbewahrte. Er schaffte es nicht, seine Waffe zu befreien.

Neben Grace lag ein Schwert und er nahm an, es sei das von Napoleon Bonaparte. Er ging zu ihr und nahm die Waffe in die Hand. »Ich bin gleich wieder da, Grace.«

Obwohl sein rechter Knöchel vor Schmerz protestierte, rannte er, das Schwert fest in seiner rechten Hand, so schnell wie möglich.

Gregory sah sich um. Während Phillips nirgends zu sehen war, waren Teresa, Samuel und Dolahenty vor Ort. Gregory hob den Arm mit dem Schwert und deutete in Richtung des Zelts der Kaiserin. »Da hin!«

Die Kutsche stand in Flammen und die Pferde, die sie gezogen hatten, waren zum Stillstand gekommen. Sie waren möglicherweise verletzt und bäumten sich in Panik auf. Der Geruch von verbranntem Kordit und Blut lag in der Luft. Bullet war wieder auf den Beinen, hatte sich aber verirrt und war aus Gregorys unmittelbarer Reichweite entschwunden – immerhin schien er nicht ernsthaft verletzt zu sein.

Gregory kämpfte sich den Hang vom Fluss zum Zelt der Adligen hinauf. Er konnte nicht zulassen, dass Grace' Tapferkeit und ihre Opfer umsonst waren, also stürmte er, aus voller Kehle einen ungelenken Kriegsschrei brüllend, vorwärts.

Ferdi stand nun, die Pistole im Anschlag, vor dem Eingang des weissen Zeltes. Er drehte sich um und zielte auf Gregory, der sich kopfüber auf ihn zustürzte. Die Pistole ruckte in Ferdis Hand und Gregory spürte, dass eine Kugel irgendwo in seinen Oberkörper eindrang. Als Ferdi aber ein zweites Mal abdrückte, klickte der Hahn in der leeren Kammer.

Gregory hob den Arm und schlug, während er auf Ferdi zusteuerte, mit dem Schwert zu. Der jüngere, schmächtige Mann war allerdings schnell auf den Beinen. Er drehte sich, um dem Hieb nach unten auszuweichen und zog Gregory in eine heftige Umarmung. Gregory hob die rechte Hand, um seinem Gegner den Knauf des Schwertes auf den Kopf zu schlagen, erinnerte sich aber im letzten Moment an das Loch im Herzen des toten Zulu-Wächters. Er schob eilig eine Hand zwischen sie, legte diese auf Ferdis Brust und stiess sich von diesem weg.

Er konnte dem Aufblitzen des spitzen Stiletts gerade noch rechtzeitig ausweichen, denn bereits schwang Ferdi seine rechte Hand in einem Bogen. Gregory schlug erneut zu, aber auch diesmal wich Ferdi aus und rettete sich aus seiner Reichweite.

»Geben Sie auf, Ferdi. Die anderen werden bald mit Gewehren hier sein«, sagte Gregory.

Ferdi lächelte ihn an, nahm die Pose eines Strassenkämpfers ein: Breitbeinig, auf den Fussballen balancierend, das Messer in der ausgestreckten rechten Hand, stellte er sich vor Gregory auf. »Das mag so sein, aber Sie bekommen mich nicht lebendig. Warum beschützen Sie eine ausländische und noch dazu gescheiterte Aristokratin?«

Gregory hob die Augenbrauen. »Warum reisen Sie um die halbe Welt, um eine Frau zu töten, die, wie Sie sagen, nicht einmal wirklich Macht hat?«

Er spuckte in den Staub. »Kennen Sie das italienische Wort ‘vendetta’?«

Gregory nickte. »Ja, ich weiss, Blutrache. Trotzdem, Ferdi, geben Sie auf, es ist vorbei.«

Aus den Augenwinkeln sah Gregory eine Frau aus dem Zelt laufen: Die Kaiserin. Ferdi, der sich mit der Grazie eines Balletttänzers bewegte, drehte sich auf einem Fuss, warf das Stilett mit der einen Hand auf und fing es an der Klinge mit der anderen. Dann hob er den Arm.

»Nein, Ferdi! Lassen Sie es fallen.«

Der Italiener hatte sich von Gregory abgewandt und stellte keine unmittelbare Bedrohung mehr für ihn dar. Aber wenn er das Messer warf ... Gregory stürzte sich auf ihn und rammte die Schwertspitze von hinten durch Ferdis Brustkorb bis ins Herz.

Das Stilett fiel Ferdi aus den Händen.

Gregory zog das Schwert aus Ferdis Körper. Die Waffe fühlte sich jetzt so schwer an, dass er sie kaum noch halten konnte und seine Sicht trübte sich.

»Peter, nein!« Teresa rannte zu ihm und hielt ihn in den Armen, als seine Knie nachgaben.

Er sah ihr in die Augen, bemerkte den alarmierten Blick in ihnen und sah das frische Blut auf der glatten weissen Haut ihrer Hand. Sie weinte.

Er konzentrierte sich auf ihre grünen, von Tränen glitzernden, aber trotzdem wunderschönen Augen. Die anderen trafen ein. Er spürte Samuels grosse Hand, die ihn an der Schulter packte.

»Bleib bei uns, mein Bruder«, sagte er.

Gregory konnte kaum noch etwas hören - seine Ohren fühlten sich an, als wären sie mit Watte vollgestopft, aber er nahm vage wahr, wie sich andere Menschen um ihn scharten, als er, während Teresa ihn immer noch festhielt, zu Boden sank. Da war General Wood, der ein Gesicht machte, als wäre er vom Donnerschlag getroffen worden, sowie eine ältere dunkelhaarige, aber immer noch schöne Frau, die den Stoff eines feinen Nachthemdes an ihren Busen drückte.

»Eure Majestät«, krächzte Gregory, streckte seine Finger aus und krallte sie ins Gras neben sich. »Das Schwert. Das Schwert ... Ihres Sohnes ...«

Samuel hob das Schwert vom Boden auf, fiel auf ein Knie und hielt es der Kaiserin mit gesenktem Kopf entgegen.

Gregory sah sie an. Sie nahm das Schwert, betrachtete es, schüttelte aber den Kopf und reichte es Samuel zurück. Sie lächelte Gregory mit einem kleinen, traurigen Lächeln an. »Bedauerlicherweise ist dies nicht Kaiser Napoleon Bonapartes Schwert, aber ich möchte mich bei Ihnen bedanken, Sir, dass Sie mein Leben gerettet haben.«

»Das war Grace«, stellte er richtig, weil er sie alle wissen lassen wollte, dass Grace der Kaiserin das Leben gerettet hatte, indem sie sich und die Kutsche zwischen Ferdi und das Zelt manövrierte, nachdem dieser die Bombe warf.

Gregory blickte über all die Gesichter hinweg hinauf zu den Sternen. Er lächelte. Auch die anderen hatten gesehen, was Grace getan hatte. Er hoffte, dass sie noch am Leben war, aber sie war eine Überlebenskünstlerin, zäher als er. Auch die Kaiserin war am Leben, also hatte er seine Pflicht erfüllt. Er würde Teresa vermissen, aber für ihn war es Zeit.

Zeit zu sterben.

29

KWAZULU-NATAL IN DER GEGENWART

W ährend Adam mit seinem Ford Ranger ins uBhejane-Wildreservat fuhr, spielte Sannies Telefon verrückt. Nach dem Motto: 'je mehr Augen, desto besser' hatte sie Richard Tustin und Piet Van der Ploeg gebeten, sie zu begleiten.

Nachrichten von Hudson Brand und Marilyn halfen ihr dabei, die letzten Teile des Puzzles zusammenzufügen.

Du wirst nie glauben, wem der Lastwagen gehört, mit dem das gestohlene Vieh transportiert wurde, hatte Marilyn getippt, aber Sannie dachte, sie könne es erraten. Sie wartete auf den zweiten Teil der Nachricht, aber bevor es so weit war, berührte Adam sie am Arm.

»Da!«

Sannie blickte von ihrem Telefon auf. Auf einer sonnigen Lichtung fünfzig Meter rechts von ihr graste ruhig die grosse, graue, Masse eines Breitmaulnashorns ohne Horn.

»Verdammte Scheisse«, entfuhr es Tustin, »da ist ein Nashorn!« Das Tier hob seinen riesigen Kopf und zwirbelte seine Ohren wie Antennen, um das ungewohnte Geräusch des sprechenden Menschen zu erfassen.

Piet Van der Ploeg sass auf der Ladefläche des Bakkie. Er beugte

453

sich vor, um sie durch die Fenster der Doppelkabine auf sich aufmerksam zu machen. »Da sind noch zwei«, flüsterte er.

Adam drehte sich ein wenig zur Seite, so dass sie alle das Trio der riesigen Kreaturen sehen konnten.

»Haben Sie Ohrmarken?«, wollte Sannie wissen.

»Bei einem von ihnen kann ich ein Etikett sehen«, sagte Adam, »aber die anderen sind nicht markiert.«

»Sie haben nicht alle ein Etikett«, murmelte Sannie zu sich selbst.

»Nein«, unterbrach Tustin. »Acht von Davids sechzehn Nashörnern wurden vor ein paar Jahren mit GPS-Trackern versehen, aber das restliche Geld, um alle zu markieren, hat er nie erhalten.«

Sannie schaute zu Tustin. »Und David hatte nur sechzehn Nashörner - es gab nicht vielleicht zusätzliche wilde Nashörner, von denen er selbst nichts wusste?«

Tustin schüttelte den Kopf. »Nein, da war er sich sicher. Aber was machen sie hier? Sie wurden doch angeblich alle erschossen, verbrannt und die Reste vergraben.«

Sannie hatte den frischen Nashornmist bei der Boma gesehen und daraus geschlossen, dass die Nashörner, oder zumindest einige von ihnen, noch lebten. Das Tor zum Reservat stand schief und sie war sich sicher, dass ein Nashorn, das es gewohnt war, gefüttert zu werden, auf der Suche nach einer Futterquelle dorthin zurückwandern würde. Sie hatte mit ihrer Vermutung, sie würden die Tiere im Reservat, in der Nähe der Farm, finden, also Recht gehabt.

»Was nun?«, fragte Adam.

»Fahr bitte zur Farm zurück, Adam.« Ihr Kopf raste vor lauter Aufgaben, die sie erledigen musste. In der Hoffnung, den Rest von Marilyns Nachricht über den Lastwagen lesen zu können, schaute sie wieder auf ihr Handy, aber da war nichts.

Sannie rief Marilyn an.

»Sie haben die Nummer von Oberstabsfeldwebel Marilyn Msani angerufen. Ich kann gerade nicht ans Telefon gehen, aber ...«

Sannie legte auf. »Fahr bitte zur Hauptstrasse, Adam.« Sie tippte eine kurze Nachricht an Marilyn: 'Ruf mich so schnell wie möglich an'.

Adam schien ihren Gesichtsausdruck gelesen zu haben und nickte, denn er gab Gas und die anderen im Fahrzeug mussten sich festhalten, als er die Zufahrtsstrasse von der Farm zum Haupttor entlangraste. Als sie dort ankamen, war allerdings niemand am Tor.

»Marilyn ist weg«, sagte Sannie, »dabei sollte sie hier einige Beamte aus Dundee treffen und sie zum Farmhaus bringen.«

Sie rief auf dem Polizeirevier von Dundee an und als ein Beamter ans Telefon ging, bat sie darum, mit Sergeant Nyathi von der Einheit für Viehdiebstahl in Glencoe zu sprechen.

»Tut mir leid, Sergeant Nyathi ist heute nicht im Dienst, Frau Oberst, es ist ihr freier Tag«, beschied ihr der Polizist.

»Kak«, entfuhr es Sannie, dann sagte sie: »Besten Dank.« Angst stieg in ihr auf und lähmte sie beinahe. Mit Schrecken stellte sie fest, dass sie zu beschäftigt gewesen war, um die Falle zu erkennen, in die Marilyn gelockt worden war. Man hatte sie gebeten, zur Hauptstrasse zu fahren, um die örtliche Polizei zu einer gut ausgeschilderten Farm zu führen, obwohl sie diese aufgrund der Geschichte höchstwahrscheinlich schon besucht hatte. Sie brauchte Unterstützung. Sannie durchsuchte ihr Telefon und wählte eine andere Nummer.

»Meyer«, antwortete die Stimme des Mannes und im Hintergrund hörte Sannie das Dröhnen eines Automotors.

»Deon... Matteo ..., wie auch immer«, sagte Sannie, »hier ist Oberst Sannie van Rensburg.«

»Hallo, Frau Oberst, kann ich helfen?«

»Ja. Ich muss John Parker finden und zwar sofort. Er antwortet nicht auf meine Anrufe.«

»Ich habe seinen alten Land Rover gerade eben in der Stadt gesehen. Wollen Sie, dass ich ihn festnehme oder so?«

Es war nicht die Zeit für eine komplizierte Diskussion, aber Deon war ein kräftiger Kerl. Zwischen ihm und Parker gab es bestimmt keine enge Verbindung, nur schon, weil der Lodgemanager jetzt mit Deons ehemaliger Freundin zusammen war. »Finden Sie ihn für mich, Deon und setzen Sie sich, wenn es sein muss, auf ihn, um ihn festzuhalten. Rufen Sie mich an, wenn Sie bei ihm sind. Er weicht mir aus, aber ich habe den Verdacht, dass er in ein Verbrechen verwickelt ist.«

»Jawohl, Frau Oberst, Sie können sich auf mich verlassen. Ich suche nach ihm.«

»Deon, warten Sie!«

»Ja, Frau Oberst?«

»Deon, Jan-Marie Ball wurde angeschossen und musste ins Krankenhaus gebracht werden«, berichtete Sannie.

»Bliksem! Ich bringe denjenigen, der das getan hat, um.«

»Beruhigen Sie sich, Deon. Aber vielleicht sollten Sie im Krankenhaus nachsehen, denn Parker könnte versuchen, zu ihr zu gehen.«

»Gut, Frau Oberst.«

»Und wenn Sie schon mal da sind, sehen Sie bitte auch nach dem britischen Veteranen, Andy, dem Kommandanten der WildForce-Jungs. Er hat ebenfalls eine Schussverletzung erlitten.«

»Mache ich.«

Sannie beendete das Gespräch.

»Parker?«, fragte Adam.

Sannie nickte. »Er muss eingeweiht sein. In das mit den Nashörnern, den Viehdiebstahl und all das. Ich bin sicher, dass es sich bei den Tieren, die wir in der Boma und auf der Kamera der Drohne im Wildreservat sehen konnten, um Rinder handelt, die von anderen Farmen in der Gegend gestohlen wurden. Ich glaube, John wollte, dass Marilyn und ich dieses Vieh, als wir ihn im uBhejane Wildreservat trafen, finden würden. Er erzählte mehrmals, dass das Reservat kein Geld habe und er den grössten Teil nicht einmal patrouillieren könne, weil er keinen Treibstoff für sein Fahrzeug habe. Dennoch nahm er uns auf eine lange Pirschfahrt tief ins Reservat hinein mit und jetzt, da ich den Grundriss kenne, bin ich mir sicher, dass er uns zu den alten Bomas führen wollte, in denen die Rinder jetzt sind.

»Und dann hat jemand auf euch geschossen«, sagte Adam.

Sannie nickte. »Ganz genau. Ich kann mir vorstellen, dass sich Parker aus der Sache, in die er verwickelt war, herauswinden wollte.

Vielleicht sollten wir zufällig auf die Boma, in der das gestohlene Vieh gehalten wurde, stossen. Allerdings waren da sein oder seine Geschäftspartner und diese hatten andere Vorstellungen und überfielen uns deshalb. Ich bin sicher, dass sie, Parker, Marilyn und mich zu töten versuchten, um ihr Geheimnis zu wahren.«

»Glaubst du nicht, dass Parker euch in einen Hinterhalt gelockt hat?«

Sannie schüttelte den Kopf. »Nein, denn die Bewaffneten wollten ihn eindeutig genauso umbringen wie uns. Aber im Moment mache ich mir vor allem um Marilyn Sorgen.« Sannies Telefon klingelte und sie starrte auf das Display.

»Was ist los, Sannie?«, fragte Adam, trat näher an sie heran und schaute ihr über die Schulter.

Die Nachricht stammte von Marilyns Handy und beinhaltete ein Video, das sie aber nicht selbst gefilmt hatte. Es zeigte Marilyn, die in Seitenlage und mit hinter dem Rücken gefesselten Händen im Fond von Sannies Fortuner lag. Unter ihrem Kopf sah man Adams zusammengeknüllte grüne Tauchtasche. Marilyn machte vor Angst grosse Augen, denn die Person, die das Video drehte, hielt ihr mit einer behandschuhten Hand eine Pistole an den Kopf.

Der kurze Clip endete und das Telefon piepte erneut, diesmal mit einer getippten Nachricht. *Sie haben das Vieh gefunden.*

Sannie tippte die Antwort: *Ja. Und die Nashörner. Lassen Sie Warrant Officer Msani frei.*

Rufen Sie sofort die taktische Einheit zurück, denn Ihre Untersuchung ist beendet. Verschwinden Sie zurück nach Port Shepstone, wo Sie herkommen. Erst dann lasse ich sie frei.

Sannie dachte einen Moment nach. *Wer hat David Gregory getötet?*

Die Antwort kam ihr fast sofort in den Sinn: Tsotsis, Verbrecher, die für den kriminellen Politiker Tshabalala arbeiten. Es ist sein Lastwagen, mit dem das Vieh gestohlen wurde und er ist der Anführer der Cheetahs.

Wer sind Sie? Lassen Sie uns reden. Sannie dachte, sie kenne die Antwort auf ihre Frage. Der Absender der Nachrichten und Marilyns Entführer musste der eigentliche Kopf der Viehdiebstahlbande sein.

Ein Farmer, der das Töten satt hat.

David wollte, wie alle anderen Farmer auch, mit seinen Nashörnern nur etwas Geld verdienen. Die Regierung wollte ihn überprüfen und DNA-Proben von seiner Herde nehmen, um sie mit in Vietnam beschlagnahmten Hörnern abzugleichen. Er hat den Tieren nichts getan, musste aber, um sich vor dem Gefängnis zu retten, den Anschein erwecken, sie seien gewildert worden. Er verkaufte auf dem Schwarzmarkt Nashorn-Horn. Diesen Markt sollte diese Regierung endlich legalisieren! Aber die gleichen Kriminellen, die uns Farmer bestehlen, haben ihn in seinem Haus umgebracht.

Sannie verfasste ihre nächste Nachricht sorgfältig. *Mit einem guten Anwalt kann man eine Gefängnisstrafe für Viehdiebstahl vermeiden. Für die Entführung einer Polizeibeamtin aber nicht. Wir sollten uns treffen.*

Rufen Sie Ihre Offiziere zurück, das ist Ihre letzte Chance.

Sannie holte tief Luft. *Wir müssen miteinander reden.*

Sie beobachtete den Bildschirm und sah, dass die andere Person tippte. Sie hoffte, der Mann käme zur Vernunft. *Ich habe Ihnen eine Chance gegeben. Tut mir leid, ich werde sie jetzt töten.*

ANDY KAM im Krankenhaus wieder zu sich. Er blinzelte gegen das helle Licht, das ihm in den Augen wehtat. Sein Hals schmerzte - er hing an einem Beatmungsgerät.

Er hörte leises Piepen von einem Überwachungsgerät und versuchte, sich in seinem Zimmer umzusehen, doch sein Hals war eingeklemmt. Dann verdunkelte sich das Licht über ihm.

Andy brauchte einen Moment und musste sich gut konzentrieren, dann sah er, dass die Ursache für die Dunkelheit ein Mann war, der über ihm stand. Er trug einen Kittel, eine OP-Mütze und eine Maske. Andy blickte in die Augen des Mannes. Obwohl er den Mund des Mannes nicht sehen konnte, erkannte er, dass der Mann lächelte. Es war derselbe Mann, der ihn gebeten hatte, die Hörner von sechzehn Nashornhörnern aus Südafrika in den Jemen zu schmuggeln. Andy hatte Sannie van Rensburg gerade den Namen dieses Mannes nennen wollen, als auf ihn geschossen wurde. Hier stand also der Schütze.

Der Mann hob seine Hände von der Seite hoch, worauf das Licht vollständig ausging, weil der Mann ein Kissen auf Andys Gesicht legte.

Deon Meyers Kampfstiefel mit Gummisohlen quietschten auf dem Linoleumboden des Krankenhausflurs.

Glücklicherweise war er mit Colleen, der diensthabenden Krankenschwester, zur Schule gegangen und sie hatte ihm die Informationen gegeben, um die er gebeten hatte: Jan-Maries Zimmernummer und den Namen einer Pflegerin, mit der er auf der Intensivstation sprechen und die ihn über Andys Zustand informieren konnte. John Parkers Land Rover Safarifahrzeug stand auf dem Parkplatz des Krankenhauses und wenn er diesen kleinen englischsprachigen Mistkerl sah, würde er ihn in Gewahrsam nehmen. Wie genau, wusste Deon noch nicht sicher.

Die Intensivstation lag näher, also folgte Deon dem Schild an der Wand und kämpfte sich durch eine Reihe von Schwingtüren. Vor ihm, weiter unten im Korridor, hörte er einen Alarm schrillen. Aus einem Raum zu seiner Rechten kam eine Krankenpflegerin angestürmt, drängte sich an ihm vorbei und lief dorthin, wo das Schrillen herkam.

Als sie durch die nächste Tür ging, stiess sie beinahe mit einem Arzt zusammen, der in Deons Richtung kam. Der Mann war gross, trug einen grünen OP-Kittel, eine Maske und eine Kappe.

»Doktor, kommen Sie bitte, der Patient auf der Intensivstation hat einen Zusammenbruch«, erklärte die Krankenschwester dem Arzt auf Afrikaans.

»Ich muss zu einem anderen Notfall«, wehrte der Arzt zu ihr gewandt ab und ging in Deons Richtung weiter. Anderswo schrien Leute und die Krankenschwester schüttelte sichtlich genervt den Kopf, fluchte auf Afrikaans und lief weiter.

Der Arzt bemerkte Deon zum ersten Mal und hob die Augenbrauen.

Deon blieb stehen und sah in die Augen des anderen Mannes.

»Hey ...«

Der Arzt schob eine Hand unter sein Hemd und griff in den Bund seiner Hose. Jetzt erkannte Deon, dass er unter dem Kittel eine Jeans trug und an den Füssen keine chirurgischen Überschuhe, oder wie sie auch immer hiessen, sondern Wanderschuhe.

Deon griff nach der Neun-Millimeter-Pistole im Holster vor seiner Brust, aber der Mann im Arztkittel war schneller. Er zog eine kleinkalibrige Pistole, vielleicht eine 38er, mit einem langen, ans Ende des Laufs geschraubten Schalldämpfer.

Deon hatte das Ziehen seiner Waffe so oft vor dem Spiegel geübt, dass er sicher war, jeden zu übertreffen, aber er hatte sich geirrt.

Der Arzt feuerte ein erstes, ein zweites und ein drittes Mal und während die Alarmglocken schrillten und medizinisches Personal auf die Intensivstation strömte, hörte und sah niemand, dass Deon hintenüberstürzte und der Wand des Korridors entlang hinunterrutschte. Blut strömte aus seinem Hals, rann über seinen Arm, tropfte von seinen Fingerspitzen auf die Waffe in seiner Hand und schliesslich auf den Boden.

JOHN PARKER und Jenny Ellis hielten Jan-Marie zwischen sich fest, während sie sich durch ein Labyrinth von Gängen zur Krankenhausküche vorarbeiteten.

Eine Köchin schrie sie auf Zulu an, sie hätten hier nichts zu suchen, aber John winkte der Frau entschuldigend zu und sie führten Jan-Marie in die Sonne hinaus. Hinter ihnen, irgendwo tiefer im Krankenhaus, hörten sie, Alarme, die losgingen.

»Sind Sie sicher, dass wir das tun sollten?«, fragte Jenny. »Ich finde, Jan-Marie sieht nicht gut aus.«

»Doch, Jenny, bitte bringt mich in meine Wohnung«, bat Jan-Marie, »denn wenn ich hierbleibe, habe ich Angst, man bringt mich um.«

Jenny war klar, dass sie es jemandem sagen sollte und als sie zum Land Rover kamen, fragte sie John: »Wohin fahren wir eigentlich nun?«

Er schaute sie an. »Das wirst du herausfinden, wenn wir dort sind. Hör zu, du bist vielleicht eine von Jan-Maries Uni-Freundinnen, aber ich kann im Moment niemandem trauen. Hilf mir, sie reinzubringen.«

»Ich folge Ihnen in meinem Auto«, sagte Jenny.

Parker schürzte seine Lippen. »Nein, Sie kommen mit uns. Sie müssen auf sie aufpassen, während ich fahre.«

Jenny zögerte. Parker sah verzweifelt aus und ihr gefiel nicht, dass er, während er mit ihr sprach, seine rechte Hand lässig auf die Waffe legte, die in einem Holster an seiner rechten Hüfte hing. Aber Adam hatte ihr die Anweisung gegeben, bei Jan-Marie zu bleiben und so viel wie möglich darüber herausfinden, was sie vorhatte. Es hatte etwas mit einem Schwert zu tun. »Okay«, willigte Jenny ein.

Sie hoben Jan-Marie auf den Platz hinter dem Fahrersitz, wobei Jenny zusammenzuckte. Die Wunde von der Speerpistole schmerzte immer noch und auf dem Verband an ihrer Schulter erschien frisches Blut. Jan-Maries Augäpfel rollten nach hinten und sie sackte gegen Jenny.

Parker startete den Wagen und schaute zurück. »Oh nein! Wie geht es ihr?«

Jenny tastete nach dem Puls. »Sie ist noch bei Bewusstsein, aber schon wieder halb ohnmächtig, glaube ich. Sie hat einen Schuss in den Kopf bekommen, wissen Sie?«

»Ja, ich weiss, ich weiss«, gab er zurück und schlug genervt auf das Lenkrad. Er startete den Motor, der Rauch hustete, dann fuhr er aus dem Parkhaus. Mit gesenkter Hand zog Jenny ihr Handy heraus und wählte WhatsApp. Sie fand Adams Nummer und startete einen Videoanruf. Sie hielt das Telefon ausser Sichtweite, neigte es aber so, dass die Kamera den Weg, den sie fuhren, aufnahm.

· · ·

DREI PICK-UPS mit schwer bewaffneten Farmern hielten vor David Gregorys Haus und im gleichen Moment landete ein getarnter Oryx-Hubschrauber der South African National Defence Force auf einem Feld neben dem Farmhaus.

»Ihr 'Farm Watch'-Leute, hier rüber«, begann Sannie, als sie aus ihren Fahrzeugen stiegen und sprach sie als Gruppe an. Sie trugen Kleider in einer Mischung aus Tarnfarben und Khaki und waren mit Sturmgewehren und Pistolen bewaffnet. »Fünf Kilometer die Strasse hinauf, durch ein Tor, befinden sich in alten Pferchen ein paar hundert gestohlene Rinder und ausserdem ein paar Typen mit AK-47. Ich möchte, dass Ihr dorthin vorrückt und im Busch einen Kordon um die Bomas errichtet. Dann haltet Ihr die Verbrecher in Schach, bis wir mit mehr Polizeikräften zurückkehren. Möchte jemand jetzt noch gehen?«

Sie schaute alle nacheinander an, doch sie lächelten, nickten einander zu und ein paar klopften die Fäuste gegeneinander. »Nein, nie im Leben, Colonel«, sagte ein stämmiger Mann mit Bart zu ihr.

»Gut.« Sie nickte in Richtung Willis und Jones. »Diese Ex-Militärs haben eine Aufzeichnung von Drohnenbildern des Ziels und können Sie über das Terrain und die besten Wege, sich anzunähern, informieren. Denken Sie daran, ich sagte 'in Schach halten', nicht 'eliminieren'.«

Die Männer lachten. Sannie hoffte, dass sie sich an den Auftrag halten würden, wusste aber, dass diese Farmer alles geben würden, falls die Viehdiebe etwas versuchen wollten. Sie hoffte fast ein wenig, dass die Fusssoldaten der Viehdiebe die Drohne als Vorbote des Unheils gesehen und das Reservat bereits verlassen hatten.

Sie wandte sich an Captain Brian Shozi und seine schwer bewaffneten und Schutzwesten und Helme tragenden vier Männer und zwei Frauen von der taktischen Einheit der Polizei. »Wir fliegen zu einer nicht weit von hier entfernten Farm. Ich glaube, dort wird Warrant Officer Msani, meine Kollegin bei diesem Fall, gefangen gehalten.«

Brian sah verblüfft aus. »Marilyn?«

»Kennen Sie sie?«, fragte Sannie.

»Ja, sie ist ...«, er lächelte, »... nun, sie ist Marilyn.« Sein Gesicht wurde grimmig. »Wenn ihr etwas zugestossen ist ...«

»Hoffen wir nicht. Los geht's. Ich werde Ihnen mehr Informationen geben, wenn Sie in der Luft sind.«

Sannie wandte sich an Adam. Sie hätte ihn gern als Begleitung dabeigehabt, konnte aber keine Zivilisten auf eine solche Razzia mitnehmen, nicht einmal einen ehemaligen Parabat, also Fallschirmjäger. Adam starrte auf sein Handy. »Was ist los?«, fragte Sannie

»Es ist Jenny.« Er blickte vom Bildschirm auf. »Sie fährt in einem offenen Safari-Fahrzeug und Jan-Marie Ball ist bei ihr.«

Sannie schaute sich die Live-Videoübertragung an. »Und das am Steuer ist John Parker. Sobald wir Marilyn gefunden haben, muss ich als Nächstes sie erwischen. Marilyn hat allerdings oberste Priorität.«

Adam schaute erneut auf den Bildschirm. »Lass mich versuchen, ihnen über dieses Video auf der Spur zu bleiben. Ich bleibe über WhatsApp in Kontakt.«

Sannie seufzte tief. Bei dieser Operation gab es viel zu viele bewegliche Teile und waren zu viele Menschen, die ihr wichtig waren, in Gefahr. Sie zog Adam in eine Umarmung und küsste ihn. »Sei vorsichtig und mach keine Dummheiten. Halte dich zurück und rufe, genau wie alle anderen, Verstärkung.«

»Verstanden«, sagte Adam.

Sie nickte. »Bevor du gehst, muss ich dir sagen, wer hinter all dem steckt, damit du weisst, in welcher Gefahr du, nein, wir alle, schweben«, sagte Sannie zu ihm und sie küssten sich erneut.

Ein paar der Offiziere der taktischen Einheit johlten und pfiffen, aber Brian Shozi brachte sie mit einem strengen: »Einsteigen!« zum Verstummen.

Sannie ging mit den Offizieren und bestieg den Oryx. Der Pilot der 15. Staffel, ein südasiatischer, gutaussehender Mann mit Gel in den Haaren setzte seinen Flughelm auf, grinste sie an und legte dann die Schalter um, um die Motoren des Hubschraubers zu starten. Als sie abhoben, sah Sannie, dass Adams Ranger davonraste und gleichzeitig ein Konvoi von HiLuxes und Land Cruisern der Farmer ins uBhejane-Wildreservat vordrang.

Sie fühlte sich, als ziehe sie in den Krieg.

ALS JOHN PARKER bei einem Haus auf einem kleinen Grundstück ausserhalb von Dundee anhielt, musste Jenny zu filmen aufhören und ihr Handy verstecken. Immerhin war es ihr aber gelungen, ein Strassenschild und das Eingangstor zum Anwesen zu filmen. Es schien niemand zu Hause zu sein.

»Jan-Marie wohnt in einer Wohnung im hinteren Teil des Hauses«, erklärte Parker, als er ausstieg und Jan-Marie die Hand reichte.

Jenny half Jan-Marie auszusteigen und kletterte hinter ihr aus dem Land Rover. Die Verletzte schien wieder bei klarem Verstand zu sein und konnte mit ein wenig Unterstützung der anderen beiden gehen. Sie folgten einem schmalen Weg zu einem kleinen Anbau auf der Rückseite des grösseren Hauses. John hob eine Topfpflanze neben der Tür etwas an und angelte einen Schlüssel darunter hervor.

Kaum waren sie drinnen, stürzte John in Richtung seiner Freundin. »Wo ist es, Jan-Marie?«, fragte er. Diese starrte ihn nur mit grossen Augen an. »Das Schwert - sag mir, wo du es versteckt hast. Wir müssen es holen und dann sofort verschwinden. Deshalb sind wir doch hier, oder? Deshalb wolltest du doch, dass wir dich aus dem Krankenhaus holen, ja? Später, wenn sich die Lage beruhigt hat, können wir einen Termin mit der Amerikanerin vereinbaren und es ihr verkaufen.«

Jan-Marie schüttelte den Kopf. »Nein, John. Wir sind nicht deshalb hier, aber wir werden es holen. Es ist in der Decke. Aber es gibt etwas noch Wichtigeres, das ich dir zeigen muss.«

»Wichtiger als sechseinhalb Millionen US-Dollar?«, fragte er. »Du hast mir gesagt, wir würden uns das Geld teilen und uBhejane damit retten können. Ich weiss, dass David mir das Reservat überlassen hat. Wir können es schaffen.«

Sie schien ihn nicht zu hören und ging stattdessen zu ihrer kleinen Küchenzeile, wo sie den Deckel einer zylindrischen Dose, auf der 'Zwieback' stand, abschraubte. Aus dieser fischte sie einen USB-

Stick. »Du musst dir das ansehen, John, denn es ist das Einzige, was uns retten kann.« Jan-Marie drehte sich zu Jenny um. »Tut mir leid, Jen, du musst dir das als Zeugin ansehen. Aber ich muss dich warnen, es ist kein schöner Anblick.«

Jan-Marie humpelte zum Fernseher, der auf einer Kommode stand und ging langsam auf die Knie hinunter. Sie griff auf die Hinterseite des Fernsehers und steckte den USB-Stick in einen Anschluss, bevor sie sich auf ein zerschlissenes Sofa fallen liess. Sie gab John und Jenny ein Zeichen, sich ebenfalls zu setzen, nahm eine Fernbedienung und schaltete den Fernseher ein.

»Ich bin nicht gerade stolz auf mich, aber so habe ich wenigstens herausgefunden, wo David Napoleons Schwert versteckt hat.«

Auf dem Bildschirm begann ein Video, das mit einer offensichtlich hoch oben in einem Wohnzimmer versteckten Kamera mit Weitwinkelobjektiv aufgenommen worden war. An den Wänden des Raums waren antiken Möbel und einer Reihe von Zulu-Schilden, Speeren, alten Militäruniformen und Gewehren aufgehängt und in der Mitte des Bildes war ein Kamin mit einem Fernsehschrank darüber zu sehen.

»Das ist David Gregorys Haus«, kommentierte John Parker für Jenny. »Er wurde getötet und ich war am Tag des Geschehens dort.«

Jan-Marie spulte das Video vorwärts, bis ein älterer Mann ins Bild kam, den John als David bezeichnete. Jenny beobachtete, wie David zum Kamin ging, sich bückte und unter einer Kohleklappe aus Messing einen versteckten Schlüssel herausholte. Mit diesem schloss er den Schrank über dem Kamin auf und hob dann einen Fernseher herunter, der anscheinend nicht an ein Kabel angeschlossen war. Hinter dem Fernseher befand sich das Metallgestell, an dem er gehangen hatte und darunter ein weiteres Gestell, auf dem ein Schwert lag.

»Napoleon Bonapartes Schwert?«, fragte Jenny.

Jan-Marie nickte.

David nahm die Waffe herunter, wischte sie mit einem Poliertuch ab und schien sie einige Augenblicke lang liebevoll anzuschauen, bevor er sie wieder zurück auf das Gestell legte. Jan-Marie spulte das

Video vor, um zu zeigen, wie er den Fernseher wieder aufstellte und den Schrank schloss, bevor er den Schlüssel für das Vorhängeschloss in sein Versteck zurücklegte und den Raum verliess.

Kurze Zeit später kam Jan-Marie selbst, die Sportkleidung trug, ins Wohnzimmer und auch David kehrte, mit zwei Tassen Tee oder Kaffee, auf den Bildschirm zurück.

»Es geht noch weiter.«

Jan-Marie spielte das Video weiter ab. Es zeigte, wie sie den Schlüssel für den Fernsehschrank im leeren Wohnzimmer an sich nahm. Jenny und John sahen zu, wie Jan-Marie, oft über die Schulter blickend, die Türen öffnete, den Fernseher entfernte und dann das Schwert herausnahm. Danach hob sie den Fernseher wieder hinauf, schloss den Schrank, ging zu einem nahen Fenster und schob das Schwert nach draussen.

»Nachdem ich mit David Tee getrunken hatte, holte ich das Schwert und brachte es am selben Morgen zu dir, John«, sagte Jan-Marie in dessen Richtung. »Ich habe dir doch erzählt, dass ich joggen gegangen bin.«

Er nickte. »Du hast eine versteckte Kamera angebracht, mit der du schliesslich beweisen konntest, dass er das Schwert hat und wo er es aufbewahrte. Sie blieb die ganze Zeit über unbemerkt.«

»Ja«, sagte Jan-Marie. »Ich bin kein bisschen stolz auf mich.« Sie sah auf ihre Hände und die Fernbedienung in ihrem Schoss hinunter. »Ich bin zwar eine Diebin, aber jemand anderes war viel schlimmer.«

Sie alle sahen zu, wie Jan-Marie den Rest der Ereignisse dieses Morgens abspielte. Ein Mann, den Jenny nicht erkannte, betrat zuerst das Haus, dann das Wohnzimmer. Obwohl die Kamera keinen Ton aufzeichnete, war klar zu erkennen, dass sich der Mann und David Gregory stritten. Der Mann war zwar jünger als David, aber auch schon reiferen Alters. Der Besucher packte David an den Schultern und schüttelte ihn. David wich zur Seite und nahm einen Schür-haken vom Kamin, doch der Mann war grösser und stärker. Er wehrte Davids Schlag ab, holte dann mit der Faust aus und schlug sie dem älteren Mann ins Gesicht.

Der Mann nahm den stählernen Schürhaken und brach das Schloss des Fernsehschranks damit auf. Er riss diesen auf, hob den Fernseher herunter und zeigte dann auf die Stelle, an der das Schwert gelegen hatte. David hob ungläubig oder wütend die Hände an den Kopf. Der Mann stand einen Moment lang da, als warte er darauf, dass das Schwert wieder auftauche. Schweigend beobachteten John, Jan-Marie und Jenny, wie David zu einer Seitenwand des Wohnzimmers ging und nach einem Militärbajonett griff, das an einem Haken hing. Er zog die Klinge aus der Scheide, ging auf den grösseren Mann zu und stürzte sich auf ihn.

Vielleicht machte David ein Geräusch, oder ein sechster Sinn alarmierte den Mann, denn er drehte sich im letzten Moment und wich zur Seite aus, um der Spitze des Bajonetts zu entgehen. Der Besucher griff nach seinem Gürtel, zog eine Pistole und hielt sie hoch. Obwohl kein Geräusch zu hören war, war die Wirkung des einzelnen Schusses deutlich erkennbar.

Jan-Marie hielt das Video an. »Ich erspare dir den Horror, Jenny. David stirbt und der Mörder fesselt ihn an einen Stuhl. Dann benutzt er das Bajonett, um ...« Jan-Marie sah einen Moment lang aus, als werde ihr übel, »David aufzuschneiden und die Kugel aus seinem Inneren herauszufischen, damit sie nicht gefunden und als Beweismittel verwendet werden kann. Ihn so aufzuschneiden, war auch ein dilettantischer Versuch, es aussehen zu lassen, als wäre David von einem Zulu-Krieger rituell ausgeweidet worden. Dann telefoniert er, wahrscheinlich mit ein paar von ihm angeheuerten Schlägern, um ihnen mitzuteilen, dass Davids Haus unverschlossen sei und sie kommen könnten, um das Haus auszurauben und sich zu nehmen, was sie wollen.«

Johns Gesicht wurde blass. »Ich ... ich trage die Schuld an seinem Tod.«

Jan-Marie nickte. »Ich wollte, dass du an diesem Morgen nicht weggehst, damit du auf Davids Alarm hättest reagieren können, John. So hast du Davids Mörder unabsichtlich geholfen, sein Verbrechen zu vertuschen. Nachdem all die Plünderer vom Tatort weg waren, habe ich mich zurückgeschlichen, um meine Kamera zu holen, die niemand entdeckt hat - ich habe sie zu gut versteckt.«

»Wer ...«, begann Jenny, die unter Schock stand, weil sie gerade den Mord an einem Mann miterlebt hatte. »Wer war dieser Mann?«

In diesem Moment knarrte die Tür zu Jan-Maries Schlafzimmer und alle sahen sich um.

Ein Mann in einem Arztkittel betrat das kleine Wohnzimmer und richtete eine Waffe auf sie. In der linken Hand hielt er ein Schwert, das er auf Jenny richtete. »Ich bin Captain Derick le Roux und ich wünschte wirklich, Sie hätten diese Frage nicht gestellt, junge Dame.«

ADAM HIELT den Ford Ranger auf der Strasse vor dem Haus, vor dem das Safarifahrzeug geparkt war, an. Er war schon einmal vorbeigefahren und war sich sicher, dass es sich um die Einfahrt zu dem Grundstück handelte, das er auf Jennys Video gesehen hatte und das gleich hinter dem Strassenschild lag, das sie ebenfalls aufgenommen hatte.

Er beugte sich in den hinteren Teil seines Fahrzeugs und suchte nach einer Waffe, doch alles, was er hatte, war das antike Schwert, das er Andy und den anderen Söldnern an der Küste abgenommen hatte.

Adam verfluchte die Tatsache, dass er sowohl seine Tauchtasche mit der Handgranate in Sannies Fortuner gelegt und ausserdem keinen der Veteranen um mehr Munition für seine leere AK-47 gebeten hatte.

Er packte das antike Schwert aus und nahm es in seine rechte Hand. Es war lang, schwer und eine bissig aussehende Doppelspitze bildete das Ende seiner Klinge. Obwohl es eine tödliche Waffe war, würde es in einer Schiesserei nicht viel nützen.

Er rückte in Richtung der kleinen Farm vor, bewegte sich von Deckung zu Deckung, sprang zwischen den Bäumen hindurch und schliesslich hinter den Land Rover. Er sah ein Motorrad, eine auf dem Ständer abgestellte Geländemaschine, die allerdings so zwischen einige Büsche geschoben war, dass es den Anschein machte, als wolle der Fahrer sie verbergen. Er ging in die Hocke und drückte sich an der Seite des Land Rovers entlang vorwärts. Das Haupthaus sah geschlossen und verriegelt aus, aber die Eingangstür zum Anbau auf der Rückseite stand halb offen. Er ging zu dem kleineren Gebäude und bahnte sich seinen Weg einer Seite entlang.

Als er ein Fenster erreichte, richtete er sich langsam ein wenig auf, um einen Blick ins Wohnzimmer werfen zu können. Seine Augen schwebten knapp über der Fensterbank und er erkannte sofort, dass Sannie recht gehabt hatte.

»Derick le Roux steckt hinter dem allem«, hatte sie ihm, kurz bevor er die Farm verliess, erklärt. »Er und seine Unteroffizierin, Eva Nyathi, sind in einer Reihe von fragwürdigen Versicherungsansprüchen wegen Viehdiebstahls als ermittelnde Beamte aufgeführt. Ausserdem habe ich seine Ermittlungsfotos von der angeblichen Tötung von David Gregorys Nashörnern gesehen. Die Nashörner auf den Fotos hatten alle Ohrmarken, aber erinnerst du dich, dass Tustin sagte, Davids Geld habe nur für das Markieren einiger seiner Nashörner gereicht? Le Roux' Besprechungsraum war ausserdem voll mit Bildern und Postern auf denen Kreuzungen von halb Mensch, halb Nashorn zu sehen waren und ausserdem ein Gepard mit einem Gewehr. Auf meine Frage hin erklärte er mir, seine Frau sei ein Genie mit Photoshop. Ich glaube, er hat David geholfen, den Tod seiner Nashörner vorzutäuschen, indem seine Frau Tatortfotos von toten Nashörnern fälschte. Es gibt so viele solcher Bilder im Internet, dass es für sie ein Leichtes gewesen sein muss, eins oder mehrere davon auszuschneiden und vor dem Hintergrund von Davids Farm einzufügen.«

»Ein weiterer Versicherungsbetrug?«, hatte Adam gefragt.

»Wahrscheinlicher ist, dass es sich um Schall und Rauch handelt. Wir haben schon lange den Verdacht, dass einige der privaten Nashornbesitzer in Südafrika illegal Hörner auf dem Schwarzmarkt verkaufen. Sie glauben, sie seien im Recht und das Gesetz liege falsch, und sie würden niemandem schaden. Die Behörden hatten es auf David abgesehen und er musste seine Nashornherde für eine

Weile verschwinden lassen, so wie Derick und sein Sergeant in uBhe-jane, wann immer es ihnen passte, gestohlenes Vieh verschwinden liessen. Ich glaube, das Vorgehen war, den Versicherungen angeblich von Farmen in der Gegend gestohlene Rinder zu melden, sie aber in Pferchen im Reservat zu verstecken. Le Roux sieht sich wahrschein-lich als eine Art Robin Hood für die Landwirte. Aber auf lange Sicht zahlen alle. Auch das Verhalten von John Parker, der versuchte, Marilyn und mir zu zeigen, was passiert war, lassen mich vermuten, dass mehr dahintersteckt und David nicht von gewöhnlichen Verbre-chern, die einen weiteren Farmüberfall begingen, umgebracht wurde. Ich vermute eher, dass sich Le Roux, David und John viel-leicht zerstritten haben und David deswegen ermordet worden ist.«

Adam sah sich die Szene in der Wohnung an. Jan-Marie Ball, Jenny Ellis und John Parker lagen, die Hände mit Handschellen auf den Rücken gefesselt, auf dem Boden. Derick le Roux spritzte aus einem roten Kanister Flüssigkeit in der Wohnung herum und Adam war klar, dass rot bei Kanistern immer Benzin bedeutet.

Die Gefahr war eindeutig und wortwörtlich brandaktuell. Adam fluchte. Hätte er die geladene AK-47 gehabt, hätte er Derick jetzt erschossen und die Konsequenzen in Kauf genommen. Er sah, dass auf einem Couchtisch in Dericks Reichweite zwei Pistolen und ein Schwert lagen.

Adam beugte sich wieder unter das Fenster und ging zur Eingangstür. Sie war nur angelehnt und während er auf den richtigen Moment wartete, um zuzuschlagen, konnte er sehen und hören, was drinnen vor sich ging. Er schickte Sannie eine kurze WhatsApp-Nachricht, in der er ihr mitteilte, wo er war und was er vorhatte.

»Die Polizei weiss jetzt, was passiert ist. Sie sind gerade auf der Farm, wo der Mord geschehen ist«, erklärte Jenny.

»Das ist mir egal«, gab Le Roux zurück.

»Derick«, sagte Jan-Marie, »es gibt weitere Kopien des Videos, das ich habe und auf dem zu sehen ist, wie Sie David erschiessen.«

Le Roux lachte. »Ja und? Ist das andere Exemplar in einer weiteren Zwiebackdose versteckt? Ich nehme das Risiko in Kauf. Pech, du hättest den armen alten David nicht ausspionieren und sein

Schwert nicht stehlen sollen. Wir hatten ein gutes Verhältnis, er, ich und sogar du, was, junger John? Und dann haben du und David, nur weil ein paar Sesselfurzer auf Facebook David zu kritisieren anfingen und behaupteten, er hätte seine Nashörner getötet, kalte Füsse gekriegt.«

»Captain, bitte«, sagte John. »Können wir nicht noch miteinander reden und einen Plan machen?«

Le Roux lachte erneut. »Ich habe meinen Plan gemacht und fliege nach Neuseeland. Mein Flug hat sich dank meiner übereifrigen Vertretung schon einmal verzögert, aber jetzt ist es so weit. Ich wünschte nur, diese einheimischen Clowns, die ich das Vieh bewachen liess, hätten dich, Sannie und ihre Kollegin endgültig erwischt, als du, John, ihnen einen Tipp zu geben versuchtest, wo wir die Kühe verstecken. Du warst dumm, denn du hättest Sannie einfach eine anonyme Nachricht über das Vieh schicken können. Dann wäre mir Van Rensburg vielleicht früher auf die Schliche gekommen. Dein kleines Theater hat dich was gekostet, aber du wolltest sicher so tun, als wäre es für dich eine grosse Überraschung, das fehlende Vieh zu entdecken.«

Le Roux warf den leeren Benzinkanister beiseite, wischte sich die Hände an seinem Kittel ab und zog schliesslich die gestohlene Operations-Hose und den weissen Kittel aus. »Gut, jetzt ist es Zeit für mich, zu gehen.«

Diesen Moment nutzte Adam und rannte durch die Vordertür herein. Er sprang über Jenny, die auf dem Boden des Wohnzimmers lag und stürzte sich auf Le Roux. Der Polizeihauptmann fiel nach hinten und Adam hob seine freie Faust und schlug sie dem anderen Mann ins Gesicht. Le Roux war überrumpelt, aber wie Adam, hatte er schon in zahllosen Kämpfen Erfahrung gesammelt. Er rammte sein Knie in Adams Schritt und Adam spürte, wie ihm der Atem stockte.

Le Roux rollte sich unter Adam hervor, griff um ihn herum und fasste das Bein eines Beistelltisches. Er schwang es hoch über Adams Rücken und das wackelige Möbelstück zerbrach. Adam rutschte zur Seite, drehte sich in den Hüften und kam wieder auf die

Beine. Er war ein aktiver Surfer, weshalb seine Beine extrem kraftvoll waren.

Le Roux hatte sich jedoch ebenfalls erholt. Er hob das Schwert, von dem Adam annahm, es sei das von Napoleon Bonaparte, auf und konnte gerade noch rechtzeitig einen bogenförmigen Hieb von Adams muslimischer Waffe abwehren. Stahl klirrte auf Stahl.

Adam passte auf, wo er hintrat, um nicht auf jemanden der Gefangenen zu treten, die sich wegzurollen versuchten. Er sah die beiden Pistolen auf dem Beistelltisch, doch Le Roux folgte seinem Blick. Adam holte mit dem Schwert aus, aber Le Roux parierte den Schlag.

Adams Schwertstoss hatte gereicht, um Le Roux von den Pistolen abzulenken und nun trat Jenny, die das Geschehen beobachtet hatte, gegen den Beistelltisch. Die beiden Schusswaffen fielen zu Boden, aber keiner der drei mit Handschellen gefesselten Gefangenen konnte eine der Waffen erreichen. Da Adam ihn in Trab hielt, konnte es Le Roux nicht riskieren, nach einer Pistole zu greifen.

Nun ging Le Roux zum Angriff über, stiess seinerseits nach Adam und trat einen Schritt näher an ihn heran. Die Schläge prallten von ihren Waffen ab, als sich die beiden über die drei am Boden liegenden jungen Leute hinweg und um sie herum bewegten. Adam erwiderte Schlag auf Schlag und rückte ebenfalls näher, bis die beiden sich Auge in Auge gegenüberstanden und die Klingen Hieb um Hieb gegeneinanderschlugen.

Adam holte mit der linken Hand aus und versuchte, Le Roux ins Gesicht zu schlagen, aber der Polizist duckte sich und trat gegen Adams Schienbein. Adam hielt den Schlag und den Schmerz aus, zog dann den Kopf zurück und stiess ihn heftig nach vorne, wobei er Le Roux einen Kopfstoss auf die Nase versetzte. Er spürte, wie der Knorpel zerbrach. Le Roux taumelte nach dem bösartigen Treffer benommen, was für Adam ausreichte, um aus der Sackgasse zu entweichen. Er zog seinen Schwertarm zurück und schwang ihn in einem weiteren wilden Schlag. Die Klinge traf Le Roux' linken Bizeps und schlitzte die Haut auf.

Adam versuchte, den Vorteil auszunutzen. Der verletzte Le Roux trat einen Schritt zurück, stolperte dabei aber beinahe über John Parker. Dadurch geriet er ausser Reichweite von Adams nächstem Schlag, was ihn vor einer weiteren Verletzung bewahrte. Um nicht zu stürzen, musste Adam ausweichen, was Le Roux Gelegenheit gab, sowohl sein Gleichgewicht wie auch seine Fassung zurückzugewinnen. Er schwang den Arm im Kampf hart und schnell, womit er Adam einen Schritt zurückzutreten zwang.

Benzingestank stieg Adam in die Nase und er befürchtete, ein Funke ihrer aufeinanderprallenden Schwerter könnte die Wohnung in Brand setzen. Jan-Marie krümmte sich auf dem Boden und Adam vermutete, sie versuche, auf die Beine zu kommen, was mit auf dem Rücken gefesselten Händen ein schwieriges Unterfangen war.

»Bleiben Sie unten!«, befahl ihr Adam.

»Ja, geh mir aus dem Weg«, schloss sich John an.

Le Roux stürzte sich, seine offensichtlichen Schmerzen und das Blut, das aus seiner Nase floss, ignorierend, erneut auf Adam. Sein Arm schwang wie eine Maschine und jede von Adams Paraden schien härter und schwieriger. Le Roux griff mit seiner freien Hand nach unten, packte eine von Jan-Maries Topfpflanzen und schleuderte sie Adam ins Gesicht. Adam machte einen ungelenken Schritt nach hinten, dann verlor er den Halt. Mit seinem nächsten Schlag traf Le Roux' unter Adams Abwehrbewegung hindurch und die Spitze von Bonapartes Schwert ritzte eine tiefe Furche in Adams Bauch, aus der sofort Blut strömte.

Adam spürte, wie sich seine Haut öffnete und dass der Schock ihn schwächte. Er versuchte sich wieder bereit zu machen, aber als er einen Schritt nach hinten machte, trat sein Fuss auf den weggeworfenen Blumentopf aus Ton und er stürzte zu Boden.

Le Roux hob das Schwert hoch über den Kopf und grinste, als er zum tödlichen Schlag ausholte. Adam hatte seinen Sturz mit der freien Hand abzufangen versucht, doch dabei verheddterte sich sein Schwert in der Armlehne eines Stuhls. Er dachte an Sannie und seine Kinder, die weit weg in Australien waren.

In diesem Moment stellte sich Jan-Marie zwischen sie.

»Nein!«, schrie Adam, der nicht wollte, dass sein Fehler jemanden das Leben kostete.

Le Roux führte jedoch seinen schwungvollen Hieb weiter, bei dem das Gewicht von Bonapartes Schwert viel Schwung entwickelte.

Die Klinge sauste herunter und hackte oberhalb von Jan-Maries linker Schulter in ihre Halsbeuge.

Während ihre Brusthöhle vom Schlüsselbein abwärts bis über das Herz geöffnet wurde, starrte sie mit grossen Augen zu Le Roux hinauf.

Als Jan-Marie wie in Zeitlupe nach hinten zu fallen begann, rollte sich Adam aus dem Weg. Er schwang sein Schwert in weitem Bogen und es schlug schwungvoll in Le Roux' Brustkorb.

Während ihres Falls versuchte sich Jan-Marie vergeblich irgendwo festzuhalten, stiess dabei jedoch mit der Hand eine Lampe vom Tisch. Der Lampenschirm fiel herunter und als die Glühbirne zersprang verursachte dies einen Funken, der das Wohnzimmer in Flammen aufgehen liess.

MARILYN LAG, mit Handschellen gefesselt, im Kofferraum von Sannies Fortuner und beobachtete bei geöffneter Heckklappe, wie Lettie Pienaar auf einer Werkbank in ihrer Scheune ein ganzes Arsenal an Waffen auslegte. Ein halbautomatisches AR-15-Gewehr, zwei Pistolen, ein schweres Jagdgewehr, eine Armbrust und zwei Schrotflinten gehörten dazu.

»Lettie, ich denke, wir sollten einfach gehen«, sagte Feldwebel Eva Nyathi.

Marilyn hätte am liebsten gelacht, schien Nyathi doch endlich ein Licht aufzugehen.

»Eva hat Recht«, mischte sich Marilyn ein, »denn für Viehdiebstahl kommt man wahrscheinlich nicht ins Gefängnis, aber für den Mord an einer Polizistin mit Bestimmtheit.«

Lettie spottete. »Eure Frau Oberst van Rensburg hat mir in einer Nachricht das Gleiche geschrieben. Aber die Polizei tut ja nichts, nur Hauptmann Le Roux kümmerte sich um uns Farmer. Er hat uns

beschützt und uns gezeigt, wie wir in dieser schrecklichen Zeit, in der
alle ... alle Einheimischen uns unser Land wegnehmen und uns
wegen unserer Waffen umbringen wollen, unseren Lebensunterhalt
verdienen können.«

»Nun, eigentlich waren wir zuerst hier«, sagte Marilyn.

Lettie nahm eine Pistole in die Hand und richtete sie auf Marilyn.
»Du sei still. Bis du kamst, war alles gut ... Jedenfalls bis der Captain
beschloss, nach Neuseeland zu gehen, wie alle anderen auch.«

Marilyn hatte ihre Position im Fortuner seit einiger Zeit allmäh-
lich verlagert. Diesen hatte Eva auf Anweisung von Lettie in der
Scheune geparkt, um sicherzustellen, dass er weder von der Strasse
noch aus der Luft zu sehen war. Marilyn hatte sich ganz langsam
verschoben, bis sie ihre gefesselten Hände in die Falten von Adams
Tauchtasche stecken konnte. Das war an ihren Entführerinnen
vorbeigegangen. Endlich hatte sie geschafft, was sie erreichen
wollte.

»Lettie?«, fragte Marilyn mit flehender Stimme.

»Was?«

»Ich muss pinkeln.«

Lettie verzog das Gesicht. »Na und?«

»Also, ich will es nicht im Liegen auf dem Rücksitz eines Autos
machen. Und schon gar nicht im Auto meiner Chefin.«

Lettie runzelte die Stirn. Sie schaute zu Eva, deren Gesicht, wie
Marilyn fand, einen sehr unruhigen Ausdruck zeigte, als bereue sie
einige Entscheidungen, die sie in letzter Zeit getroffen hatte.

»Sisi«, sagte Marilyn auf isiZulu zu Eva, »hilf mir runter und dreh
dich dann um, okay?«

Eva starrte sie an.

»Sprich Englisch oder Afrikaans«, bellte Lettie. »Eva, hilf ihr auf
die Toilette.«

Eva ging zum Heck des Fortuners und griff hinein. Sie packte
Marilyn grob am Arm und zog und zerrte sie zum offenen Koffer-
raumdeckel.

»Danke«, sagte Marilyn zu Eva. »Und jetzt, meine Damen ...«

Dann schauten alle in den Himmel, denn die Luft über ihnen war plötzlich vom sich steigernden Crescendo von Hubschrauberrotoren und einem brüllenden Motor erfüllt.

»Jetzt«, sagte Marilyn mit lauter Stimme, »ist es an der Zeit für mich, das Gebäude zu verlassen.«

Marilyn machte eine geschickte Kehrtwendung, so dass Lettie und Eva sehen konnten, dass sie eine soeben gezündete Granate in der Hand hielt. Sie liess die Granate fallen und rannte zum Scheunentor.

Lettie überlegte kurz, ob sie die Pistole holen und Marilyn erschiessen sollte, aber der Anblick der Handgranate auf dem Boden veranlasste sie und Eva, ebenfalls davon zu rennen.

Die drei Frauen traten genau in dem Moment ins Sonnenlicht, in welchem der Oryx-Hubschrauber landete. Aus seiner Tür stürmten bewaffnete Polizisten und mit ihnen Oberst Sannie van Rensburg.

»In Deckung!« schrie Marilyn. »Runter!«

Dann flog die Scheune mit einem Knall in die Luft.

EPILOG

N atal, 1880

»Um einen Mann aufzuspüren, muss man mehr tun, als seinen Fussspuren im Schlamm zu folgen.« Samuel schob den breitkrempigen Strohhut zurück, so dass Teresa und Grace sein lächelndes Gesicht sehen konnten.

Die Pfeife eines Dampfers ertönte, Möwen kreisten und kreischten über dem Wasser und der Geruch des Meeres drang Teresa in die Nase.

»Ja natürlich«, sagte Teresa, »aber dank Grace kennen wir seine Gewohnheiten und Schwächen.«

Grace lächelte. »Er ging, wie alle anderen - ausser Peter natürlich - in die Rote Laterne. Er benahm sich wie ein unschuldiger Bursche und dachte, die Mädchen fänden das charmant. Aber er fragte immer, hörte zu und suchte nach jeder Information. Für den Krieg war er zu spät dran und für den Ruhm zu jung, also suchte er sein Glück mit allen Mitteln, die er finden konnte. Seine Gier ist seine Schwäche.«

Teresa nickte. »Wir wissen, dass er kommt. Er muss aus der Kolonie raus und heute ist die nächste Abfahrt.«

»Es ist eine Ironie des Schicksals« sagte Grace, »dass er auf demselben Schiff fährt wie Sie und die Kaiserin.«

»Ja«, stimmte Teresa zu. »Vielleicht ist das eine Art Nervenkitzel für ihn.«

Samuel hatte seine Schnupfer-Uniform gegen das fleckige, gebrochen-weisse Hemd und die zerlumpte Hose eines Hafenträgers getauscht, während Grace sich in einen kunstvoll gemusterten grünen Sari gewickelt hatte. Teresa trug ein enganliegendes Kleid mit tiefem Ausschnitt, der die Aufmerksamkeit der Männer von ihrem Gesicht auf ihren Busen lenkte. Ihr breitkrempiger Hut verbarg ihre Gesichtszüge. Mit dieser Kleidung fühlte sie sich mutig, denn sie wollte sich unter die Frauen mischen, die ihre Arbeit am Wasser ausübten.

»Wer weiss, ob er überhaupt kommt - oder vielleicht auch nicht«, gab Teresa zu bedenken.

Samuel nickte langsam. »Doch, er wird kommen, denn er muss die Küsten Afrikas verlassen. Die Nachricht von Peters Tod ermutigt ihn, denn er glaubt, dass niemand seine Abwesenheit bemerkt hat und er mit seinem Verbrechen davonkommt.«

Sie nahmen ihre Plätze wieder ein - Samuel im Gedränge von Trägern und Hafenarbeitern, Grace im Säulengang indischer Händlerläden und Teresa im Schatten der Lagerhäuser, die den Hafen säumten. Andere Frauen verhielten sich ebenso lässig wie sie, wobei sie wie Raubvögel mit scharfen Augen nach Beute Ausschau hielten.

Erst weniger als eine halbe Stunde vor der Abfahrt tauchte er endlich auf.

In einem neuen Anzug und mit Zylinder schritt er über den Steg, trug wie ein Dandy einen Stock, mit dem er im Takt der Absätze seiner neuen Stiefel auf den Stein unter ihm klopfte. In der linken Hand hielt er einen ungewöhnlich langen Teppichbeutel.

»Boss, Boss, kann ich Ihnen mit Ihrer Tasche helfen?«, fragte ihn Samuel.

Der junge Mann wandte kaum den Kopf. »Nein, danke.«

Samuel ging weiter hinter ihm und hielt mit ihm Schritt. »Bitte, Boss.«

»Nein, danke.« Den Blick nach vorne gerichtet und das Kinn erhoben, blickte er noch immer nicht zurück.

Samuel schloss die Lücke zwischen ihnen, griff in die Hosentasche, zog den Revolver daraus hervor und stiess ihn in den Rücken des jungen Mannes. »Hier entlang, bitte, Mister Phillips.«

»Was?« Phillips drehte sich um und erblickte zum ersten Mal den Mann, der ihn angesprochen hatte. »Samuel?«

Teresa trat aus dem feuchten Schatten eines Lagerhauses, ging auf die beiden zu und hakte sich mit einem Arm bei Phillips ein. »Hier entlang, Darling«, sagte sie zuckersüss und mit einem Cockney-Akzent, »wir haben etwas zu erledigen.«

Phillips begann sich zu wehren, aber Samuel drückte den Pistolenlauf fester gegen ihn, so dass er nachgeben musste. Die drei trafen in einer engen Gasse am Hafen auf Grace, deren rechter Arm von der Verletzung, die sie sich bei der Explosion der Bombe und dem Überschlagen des Wagens zugezogen hatte, immer noch bandagiert war.

»Gavin, Sie verdammter Schurke, Sie haben mein Schwert«, sagte Grace.

»Es ist nicht Ihr ...« Er sah von einem zum anderen. »Verdammt.«

Samuel hatte sich vor Phillips' gestellt, den Revolver an dessen Brust gehoben und stiess ihn damit an. »Am besten geben Sie mir, was Ihnen nicht gehört, Gavin.«

Phillips schaute finster drein. »Wie können Sie es wagen?«

Grace stürzte sich auf ihn. »Nein, umgekehrt, wie können Sie es wagen! Sie haben mir das Schwert gestohlen und wollten uns, während Ferdi, dieser Wahnsinnige, die Kaiserin zu töten versuchte, dem Tod überlassen.«

Phillips' Adamsapfel wippte und er spreizte seine Hände weit. »Ich ... nun, es ist für jeden von euch anders.«

Samuel hob die Augenbrauen. »Wollen Sie das erklären?«

Phillips runzelte die Stirn. »Samuel, Sie sind mutig wie ein Löwe.« Er blickte zu Grace: »Und Sie sind gefitzt wie eine Peitsche und ausserdem schön und einfallsreich.« Schliesslich wandte er sich an Teresa. »Und Sie, Miss O'Kane, nun, Sie sind ... Amerikanerin.«

»Oh, danke.« Teresa konnte ihren Sarkasmus nicht verbergen.

»Der Punkt ist, dass es euch allen, im Gegensatz zu mir, prächtig geht. Dieses Schwert war somit meine Chance, mein Glück zu machen.«

»Meine auch«, mischte sich Grace ein.

»Ja, aber sehen Sie sich an, Grace, in Ihrem schönen Kleid. Ich weiss, dass die Kaiserin Ihnen genug Geld gegeben hat, um Ihr eigenes Geschäft zu eröffnen und Kleider für wohlhabende indische Damen zu verkaufen. Ich hatte mich in der Nähe versteckt und es beobachtet. Und Samuel, ich habe gehört, Sie sind für einen weiteren Auftrag bereit.«

Samuel nickte leicht. »Sie haben einen Mann getötet, Mister Phillips. Einen britischen Offizier.«

Grace spuckte auf den Boden. »Der aber gleichzeitig ein Schwein war.«

Phillips sah Samuel an und nickte. »Ich habe im Hauptquartier gearbeitet und musste die Korrespondenz von Hellfire Jack öffnen. Dabei sah ich den Brief von Lord Chelmsford über Napoleons verschwundenes Schwert und den Hinweis, dass Morrison es in seinen Besitz gebracht hatte. Ich kannte ihn von der ‚roten Laterne'.« Phillips sah Grace an. »Ich wusste, was für ein Mensch er war.«

Grace zitterte.

»Als ich zu ihm ging, um ihm das Schwert abzukaufen, war er sehr aufgebracht. Er berichtete mir, dass Sie, Grace, ihn besucht und ihm - nun ja, und ihm etwas angeboten hätten, was er wollte. Dann erzählte er mir, Sie hätten ihn betäubt und ausgeraubt. Er bat mich, ihm zu helfen, Sie zu finden, Grace, und Sie umzubringen. Aber das konnte ich nicht. Wir stritten uns, Morrison und ich, und, nun ja ... Es kam zu einem Kampf, bei dem sich ein Schuss aus meiner Schusswaffe löste und Morrison tödlich traf. Das ist alles, was ich zu dieser Angelegenheit sagen werde, ob vor Gericht oder anderswo.«

Samuel nickte. »Mit anderen Worten: Sie haben das Schwein kaltblütig erschossen.«

Phillips schwieg.

»Der Captain vermutete, dass Sie es waren«, sagte Samuel.

Phillips hob die Augenbrauen. »Wirklich?«

»Er sagte mir, Sie seien zu clever gewesen, als Sie den Stiefelab-
druck des Kavalleristen vor Morrisons Farmhaus entdeckten. Sie
hätten versucht, unsere Aufmerksamkeit abzulenken und wollten
uns glauben machen, dass möglicherweise Leutnant Walters
Morrison getötet habe. Wir wussten, dass Walters und Morrison sich
von der 'roten Laterne' her kannten und Walters sich bei der Kaiserin
einschmeicheln wollte.«

»Woher ...?«

Samuel lächelte. »Captain Gregory sah sich das Schuhwerk von
Leutnant Walters genauer an. Seine Füsse sind sehr gross, Ihre
dagegen sehr klein.«

Phillips runzelte die Stirn. Er wandte sich zuerst an Teresa, dann
an Samuel. »Der Captain ... Es tut mir so leid, dass er ...«

»Sie haben gehört, dass er gestorben ist«, sagte Teresa.

Phillips nickte. »Ja, im 'Natal Witness' wurde darüber berichtet,
dass Sub-Inspector Gregory bei der Festnahme eines Mörders getötet
worden sei. Von einem Attentat auf die Kaiserin war dagegen nichts
erwähnt, das habt ihr alle brav verschwiegen.«

»Ja«, nickte Samuel. »Aber in Wirklichkeit ist der Captain am
Leben. Peter wurde zwar von Ferdi ziemlich schwer verwundet, aber
es war seine Idee, in der Folgezeit die Geschichte zu verbreiten, dass
er beim Versuch, seine Pflicht zu erledigen und einen gewöhnlichen
Verbrecher zu fassen, ums Leben gekommen sei. Wie ich schon sagte,
dachte Peter, dass Sie in den Mord an Morrison und den Diebstahl
des echten Schwertes verwickelt waren und Ihr Verschwinden in der
Nacht des Angriffs bestätigte dies. Er wollte, dass Sie glauben, Sie
seien entkommen, ohne dass jemand die Wahrheit über Sie erfahre.
Er meinte auch, es wäre leichter, Sie zu fassen, wenn Sie glaubten, er
sei tot, denn dadurch würden Sie Ihre Wachsamkeit fallen lassen.«

Phillips runzelte die Stirn. »Und jetzt seid ihr alle hier und er
hatte recht. Trotzdem bin ich wirklich sehr froh, dass er nicht
gestorben ist.«

»Wir haben die Nachricht von dem Attentat auch aus Respekt vor
der Kaiserin verschwiegen«, sagte Teresa. »Und aus demselben
Grund nehmen wir Ihnen jetzt das Schwert ab.«

Phillips öffnete den Mund, als wolle er protestieren, besann sich aber eines Besseren. Samuel nahm ihm den Teppichbeutel aus der Hand, stellte ihn ab, öffnete ihn und nickte.

»Ich sollte Sie jetzt verhaften, Gavin«, sagte Samuel.

Phillips reckte sein Kinn vor. »Aber?«

»Aber Ihre Majestät besteht darauf, dass das, was passiert ist, nicht publik gemacht wird«, sagte Samuel.

»Und was soll ich nun tun?«, fragte Phillips.

Samuel sah ihn von oben bis unten an. »Für den Krieg sind Sie zu spät gekommen, aber in dieser Kolonie wird es noch mehr Ärger geben. Sie können den eingeschlagenen Weg des Verbrechens weitergehen, Mister Phillips, oder neuanfangen. Sie wären nicht der erste arbeitslose Gauner, der sich bessern will und sich den 'Snuffs', den Schnupfern, anschliesst. Falls Sie das ebenfalls wollen, können Sie als Constable zur Natal Mounted Police zurückkehren und wenn Sie dazu bereit sind, unter mir zu dienen, können wir von vorne anfangen.«

Phillips begann zu sprechen und einen Moment lang dachte Teresa, er sage nein, er könne nicht mit Samuel arbeiten. Stattdessen lächelte er jedoch und streckte die Hand aus.

TERESA UMARMTE ZUERST SAMUEL, dann Grace und schüttelte Phillips die Hand. Dann ging sie an Bord des Leichters, mit dem sie die kurze, aber nervenaufreibende und raue Fahrt über die Sandbank hinaus aufs Meer hinter sich bringen musste, um dort den Dampfer zu besteigen. Dieser würde sie zum Kap der Guten Hoffnung bringen, wo sie ein anderes Schiff nach New York nehmen würde.

An Bord machte sie sich auf den Weg zum Deck der ersten Klasse, wo sie an eine Tür klopfte.

»Kommen Sie herein«, sagte Kaiserin Eugénie.

In kürzester Zeit hatten die beiden Frauen eine Art Beziehung, wenn nicht gar eine Freundschaft aufgebaut. Natürlich vertraute die Kaiserin einer Journalistin, obwohl diese versprochen hatte, nichts von der vielleicht aufregendsten Nachricht des Jahrzehnts, wenn nicht gar des Jahrhunderts, zu veröffentlichen, immer noch nicht ganz.

Teresa betrat die Kabine mit dem Teppichbeutel, knickste, setzte den Beutel ab und öffnete ihn. Sie griff hinein, zog das Schwert heraus und reichte es der Kaiserin mit beiden Händen.

Eugénie legte eine Hand auf ihren Mund. »Oh, Mon Dieu … Ich …«

Teresa sah die Tränen in den Augen der anderen Frau. Hier, in Teresas Händen, befand sich die letzte Verbindung zwischen dieser trauernden Mutter und ihrem geliebten Sohn. Für Teresa gab es keinen Zweifel daran, dass dies das Schwert war, das der Kaiserliche Prinz bei sich getragen hatte, und das einst seinem berühmten Vorfahren, dem grössten Herrscher, den Frankreich je kannte, gehört hatte.

Die Kaiserin streckte eine Hand aus, schien sich aber beinahe davor zu fürchten, die Waffe zu berühren. Schliesslich legte sie eine Fingerspitze auf die kunstvoll beschriftete Klinge. Sie blickte vom polierten Stahl auf und sah in Teresas Augen.

»Oui, ja, das ist es.« Sie blinzelte mehrmals und eine Träne kullerte ihr über die Wange. »Aber nicht einmal dieses Ding, vielleicht das letzte Objekt, das er in der Hand hielt, bevor er starb, kann mir meinen Sohn zurückgeben.« Sie schniefte.

»Es gehört Ihnen, Ihre Majestät«, sagte Teresa.

Eugénie streckte die Hand aus, legte sie auf Teresas linkes Handgelenk, das das Schwert hielt und umschloss es sanft.

»Schwören Sie, meine Privatsphäre zu respektieren, damit ich in Ruhe trauern kann, ohne dass die Welt erfährt, was hier passiert ist?«

Teresa nickte. »Ja, ich verspreche es.« Eigentlich war sie auf der Suche nach einer Geschichte nach Afrika gekommen, aber nun war sie in ein Ereigniss von enormer Tragweite eingeweiht, das in der ganzen Welt für Aufsehen gesorgt hätte. Gleichzeitig hatte sie aber eine Frau kennengelernt, die ihren einzigen Sohn im Krieg verloren hatte und nichts anderes wollte, als ihn auf ihre eigene Art und Weise zu ehren. Ganz für sich allein. Eugénie hatte sich sogar mitfühlend über Ferdi geäussert, dessen Seele fast sein ganzes Leben lang von bösen Geistern und der schrecklichen Erinnerung an einen geliebten Onkel gequält worden war, der durch die Guillotine hingerichtet wurde.

»Vielleicht, Teresa«, hatte Eugénie bei ihrem letzten Treffen angedeutet, »könnten Sie, anstatt über die Traurigkeit und die Tragödien im Leben anderer zu berichten, etwas Eigenes schreiben. Anstatt Dramen oder Skandal etwas, das Freude oder Staunen auslöst.«

»Ich wollte schon immer einen Roman schreiben, Ihre Majestät«, hatte Teresa zugegeben.

»Dann haben Sie jetzt vielleicht ein paar Ideen.«

Sie hatten beide gelacht.

»Teresa«, sagte Eugénie jetzt und holte sie in die Gegenwart zurück. »Bringen Sie dieses Schwert zu Monsieur Gregory und sagen Sie ihm, dass er es als Dank dafür, dass er mir das Leben gerettet hat, behalten könne. Ich habe Fräulein Naidoo belohnt, also ist es nur angemessen, dass auch er eine Belohnung erhält. Aber ich mache dies nur unter einer Bedingung.«

Teresa nickte. »Und welche ist das, Ihre Majestät?«

»Das Schwert meines Sohnes muss auf ewig in seiner Familie bleiben und es darf niemals mit Gewinn verkauft werden. Sollte ich von etwas anderem hören, werde ich es zurückfordern.«

»Ich verstehe, Ihre Majestät.«

Die Kaiserin lächelte. »Sie stehen ihm nahe, das sehe ich, wenn Sie ihn ansehen.«

Sie nickte. »Ja, das stimmt.«

»Dann hoffe ich, dass es in Ihrer Familie bleibt, Teresa.«

Teresa verliess die Kabine der Kaiserin, trug die Tasche zwei Decks tiefer und ging in das Zimmer, in welchem Peter ruhte.

Er öffnete die Augen. Durch ein Bullauge strömte Sonnenlicht herein und beleuchtete sein Gesicht. Er war immer noch blass, aber immerhin hatten seine Wangen wieder einen Hauch von Farbe. Er lächelte sie an. Obwohl sie vereinbart hatten, irgendwann nach Natal zurückzukehren, brachte sie ihn vorerst von Afrika weg, nach Amerika, wo er sich erholen konnte.

»Die Kaiserin hat dir ein Geschenk gemacht, Peter.« Sie stellte die

Tasche auf sein Bett und öffnete sie. Er hob mühsam den Kopf und betrachtete das Schwert.

»Ich dachte, ich würde sterben und war dazu bereit«, sagte er.

Teresa nickte. »Ja, aber du bist nicht gestorben, das heisst, du bist jedenfalls nicht tot.«

»Nein.« Er lächelte und streckte seine Arme aus. Sie kam zu ihm. »Vielleicht bin ich doch noch nicht ganz bereit dazu.«

KwaZulu-Natal **in der Gegenwart**

NACHDEM SANNIE und die taktische Einheit Lettie Pienaar und Sergeant Eva Nyathi verhaftet hatten, flogen sie direkt zu der kleinen Farm, auf der Jan-Marie Ball lebte.

Adam hatte es geschafft, Jenny und John Parker aus dem brennenden Gebäude zu ziehen, aber Jan-Marie und Captain Derick le Roux starben im Feuer.

Drei Tage später standen Sannie und Adam, dessen Bauchwunde genäht und verbunden war, im Krankenhaus an einem Bett, über dem auf einer Karte der Name 'Meyer, Matteo' stand. Sannie griff nach oben und zog die Karte aus ihrer Halterung. Dann holte sie einen Stift aus ihrer Handtasche, strich 'Matteo' durch und schrieb stattdessen 'Deon'.

In diesem Moment öffnete der Patient, der geschlafen hatte, die Augen.

»Colonel, wie geht's?«

Sannie steckte den Stift wieder ein. »So, jetzt kann ich all meinen Freunden erzählen, dass ich Deon Meyer kenne.«

Er lächelte zu ihr hoch. »Es tut mir leid, dass ich angeschossen wurde.«

»Der Gerichtsmediziner sagt, Andy wurde erstickt. Derick le Roux hat ihn umgebracht und wenn Sie ihn nicht unterbrochen hätten, Deon, hätte er auch noch Zeit gehabt, John Parker und eine unschuldige Frau, Jenny Ellis, zu töten, die ebenfalls hier im Krankenhaus waren. So aber musste er ihnen zu Jan-Maries Haus folgen, was uns Zeit gab, ihn aufzuhalten. Das haben Sie gut gemacht.«

Er lächelte ein wenig. »Baie dankie, Colonel. Aber ich bin immer noch traurig darüber, was mit Jan-Marie passiert ist.«

Sannie nickte.

»Oh, hallo.«

Alle blickten hinüber, als Jenny Ellis in einem Krankenhauskittel in der Tür erschien.

»Die Schwester verriet mir, dass ich Sie hier finden würde, Prof und Frau Oberst«, sagte Jenny zu Adam und Sannie.

»Howzit, Jenny«, sagte Sannie. »Können wir kurz unter vier Augen sprechen?«

»Sicher.«

Sannie und Adam führten Jenny in den Krankenhauskorridor, denn Sannie musste noch eine Sache klären.

»Ich habe John Parker verhaftet und ihn wegen Verschwörung zu einer Straftat - Viehdiebstahl - angeklagt. Ich bezweifle allerdings, dass er ins Gefängnis muss«, erklärte Sannie. »Er fragte mich nach dem Bonaparte-Schwert und da er David Gregorys Farm, das Wildgehege und alle seine Besitztümer geerbt hat, dachte ich, er würde verlangen, dass wir es ihm geben.«

»Aber er hat es nicht getan?«, fragte Jenny.

»Nein«, sagte Sannie, »er glaubt, das Schwert sei verflucht und sagt, er wolle trotz seines enormen Wertes nichts mehr damit zu tun haben. Ich habe ihm gesagt, es werde somit, wie andere nicht abgeholte polizeiliche Beweismittel, irgendwann entsorgt.«

Jenny nickte. »Das klingt nach einer guten Idee. Nachdem ich gesehen habe, was dieses Ding Jan-Marie angetan hat, möchte ich nie wieder ein Schwert sehen. Sie hat zwar Unrecht getan, aber sie war meine Freundin.«

»Es wäre gut, wenn die Geschichte des Schwertes dort bliebe, wo sie bis anhin war«, sagte Adam zu Jenny, »in den Geschichtsbüchern gilt es als verschwunden.«

Jenny lächelte ihn an. »Sie können sich auf mich verlassen, Professor. Ich will nur zurück zu den Meeresschildkröten.«

Sannie reichte Jenny die Hand und umarmte sie.

»Danke, Jenny«, sagte Adam, »für alles, was Sie getan haben.«

»Ich freue mich, dass ich helfen konnte, Professor.« Jenny blickte erneut zu Sannie. »Colonel?«

»Ja?«

»Wenn ich sehe, was für eine Person und wie mutig und klug Sie sind, kann ich verstehen, warum der Professor so verliebt in Sie ist.«

»Oh.« Sannie wusste nicht, was sie sagen sollte.

»Ich hoffe, dass ich eines Tages auch so eine Liebe finde.«

»Das hoffe ich auch für Sie«, lächelte Sannie und führte sie zurück in Deons Zimmer, wo sie sich von ihm verabschieden wollte.

Jenny schaute auf Deon in seinem Bett hinunter. »Hi, ich bin Jenny.«

Deon lächelte. »Man nennt mich Deon Meyer.«

»Sicher nicht«, schmunzelte sie.

»Doch.« Er lachte.

»Also nehme ich an«, sagte Deon zu Jenny, »dass Sie Krimis mögen?«

Jenny lächelte. »Ja, sehr.«

»Wir müssen gehen, ihr beide, aber wir kommen morgen noch einmal zu Besuch, Deon«, sagte Adam.

Jenny setzte sich neben Deons Bett. »Kein Problem, Herr Professor, amüsieren Sie beide sich gut.«

Sannie und Adam verliessen Deon und Jenny und gingen aus dem Krankenhaus hinaus ins Freie. Adam atmete tief durch. »Bist du bereit?«

Sannie sah ihn an. »Ja, bin ich.«

Sie stiegen in Adams Ranger - Sannies Fortuner war bei der Granatenexplosion zerstört worden - und fuhren aus der Stadt. Brian Shozi hatte vorgeschlagen, Marilyn mit dem Hubschrauber nach Durban zurückzufliegen und diese hatte das Angebot angenommen. Sannie wies Adam den Weg zu David Gregorys Farm.

»Du sagtest, du wollest mir etwas zeigen, Sannie?«

Sie nickte. »Ja, da oben hinter der Boma. Als ich gestern zur Farm zurückkehrte, bin ich ein wenig herumgelaufen. Dabei habe ich einen kleinen Friedhof gefunden, mit nur zwei Gräbern. Die der ursprünglichen Bewohner der Farm.«

Sannie wies ihm den Weg und Adam fuhr um das Bauernhaus herum und an den Gehegen, in denen Davids Nashörner eine Zeit lang gehalten worden waren, vorbei.

»Die Tatorttechniker haben Davids Haus durchsucht. Dabei haben sie im Fernsehschrank, in welchem das hinter dem Fernseher versteckte Schwert hing, ein Geheimfach gefunden«, berichtete Sannie.

»Ein Geheimnis in einem Geheimnis«, lächelte Adam. »Wann wolltest du mir das erzählen?«

»Heute«, sagte Sannie, »wegen des dramatischen Effekts.«

Adam hielt in Sichtweite eines von langem Gras umgebenen schmiedeeisernen Zauns an und sie stiegen aus dem Bakkie aus.

»Du hast doch einen Spaten, oder?«, fragte Sannie.

Adam ging zum Heck des Rangers, wo er seine Bergungsausrüstung aufbewahrte, holte einen kleinen, ausklappbaren Spaten heraus und setzte ihn zusammen. »Wo muss ich graben?«

»Komm mit mir«, bat ihn Sannie.

Sie ging durch das hüfthohe Gras und schob ein rostiges Tor im Eisenzaun auf. Im Inneren der kleinen Einfriedung befanden sich zwei Gräber.

»Hier ruhen Peter Gregory und Teresa Gregory«, las Sannie laut vor. »Im Leben und in der Ewigkeit in treuer Liebe verbunden.«

»Schön«, sagte Adam. »Hier?«

Sannie nickte. »Gib mir bitte den Spaten.«

»Aber ich ...«

»Du musst auf dich aufpassen. Ich will nicht, dass die Wunde in deinem Bauch aufbricht.«

»Okay, Oberst«, willigte er ein und reichte ihr das Werkzeug.

Sannie lächelte und begann zu graben. »Die Ermittler fanden in dem versteckten Fach einen alten Umschlag mit einem auf Pergament geschriebenen Brief. Er ist von Peter Gregory geschrieben und unterzeichnet.« Sannie hielt inne, um durchzuatmen und zeigte auf das Grab. »Darin stand, dass Napoleons Schwert niemals verkauft oder ausserhalb der Familie Gregory verschenkt werden dürfe, denn so hatte es Kaiserin Eugénie bestimmt, als sie ihm das Schwert als 'Belohnung für geleistete Dienste', was auch immer das heissen mag, überreichte. Es scheint, dass die Familienlinie mit David ausstarb und dieser fest entschlossen war, die Vorgaben seiner Vorfahren einzuhalten. Als Jan-Marie Ball einige alte Polizeiberichte entdeckte, die Peter Gregory mit den Ermittlungen zum Verlust von Napoleon Bonapartes Schwert in Verbindung brachten, versuchte David, sie auf eine falsche Fährte zu locken, indem er sie auf einen Artikel im 'Natal Witness' verwies. In diesem wurde berichtet, dass Peter in Ausübung seiner Pflicht getötet worden sei. Aus den Daten auf diesem Grabstein geht jedoch eindeutig hervor, dass Peter damals nicht gestorben ist, sondern noch fünfundvierzig Jahre gelebt hat. Es muss sich damals also um eine List gehandelt haben.

»Verstehe. Und wenn man sich diese Daten ansieht, scheint seine Frau Teresa nur wenige Wochen nach ihm gestorben zu sein. Willst du das arabische Schwert und den antiken Koran nicht auch vergraben?«

Sannie hatte ihre Arbeit wieder aufgenommen, machte aber eine weitere Pause, um den Rücken zu strecken. Sie schüttelte den Kopf. »Nein. Ich denke, jetzt, wo dein Freund, der Geschichtsprofessor, die Herkunft der beiden Antiquitäten bestätigt hat, ist dein Plan besser. Lass sie dir von Goldie Faul bezahlen und steck das Geld in eine gemeinnützige Stiftung, die der Erforschung von Wildtieren und Anti-Wilderei-Projekten zugutekommt. Die Ausbildung einiger richtiger, ehrlicher Ranger zum Schutz der Nashörner auf uBhejane ist ein guter Anfang dafür.«

Adam nickte. »Gut. Ich mag es, wenn du mir zustimmst.«

Sannie lachte. »Ich auch.« Sannie hatte erneut mit Faul gesprochen und von ihr erfahren, dass Andy Waise war und nie geheiratet hatte. Das Militär und später seine Söldnerbande waren seine einzige Familie gewesen. Er hatte seinen Kontaktmann im Jemen für die Schätze bezahlt, aber durch seinen Tod verlor niemand Geld. Faul hatte Sannie gesagt, sie komme für den Lohn auf, den Andy seinen Männern versprochen hatte und Sannie fragte sich, ob die Amerikanerin irgendwelche Zukunftspläne für diese habe.

Sannie grub weiter, während Adam zum Fahrzeug ging und die hintere Tür der Doppelkabine öffnete. Er nahm Napoleon Bonapartes Schwert heraus und hielt es Sannie mit beiden Händen hin.

Sie setzte ihren Spaten ab, nahm es und liess es in den langen, tiefen Graben gleiten, den sie neben Peter und Teresa Gregorys gemeinsamem Grab ausgehoben hatte.

Adam sah ihr zu, als sie Erde in das Loch zu schaufeln begann, um die Waffe zu bedecken. »Du weisst, dass das Ding ein Vermögen wert ist, oder?«

Sie sah zu ihm auf. »Ja, aber es ist richtig, das zu tun, Adam.«

Er lächelte, blickte auf den Grabstein hinunter und las laut die gleichen Worte, die Sannie schon vorgelesen hatte. 'Im Leben und in der Ewigkeit in treuer Liebe verbunden'. Adam sah Sannie in die Augen. Da gibt es noch etwas anderes, das wir richtig machen sollten …

»Was?«, fragte Sannie.

Adam kniete sich hin, griff nach oben und nahm Sannies Hand in seine.

DANKSAGUNG UND HISTORISCHE ANMERKUNG

Wie viel von dieser Geschichte ist denn nun Fiktion und wie viel historische Tatsache?

Die Antwort auf die erste Frage lautet: das Meiste und die auf die zweite Frage: überraschend viel.

So unglaublich es klingt: Prinz Louis Napoleon, Sohn von Kaiser Napoleon III. und Grossneffe von Napoleon Bonaparte, lebte im Vereinigten Königreich im Exil, studierte an einer britischen Militärakademie und verschaffte sich während des Zulukriegs eine Stellung in Lord Chelmsfords Armee in Südafrika.

Louis Napoleon, der, vielleicht um sich als würdiger Nachfolger seines Grossonkels zu erweisen, nach Taten dürstete, wurde 1879 tatsächlich in einer einsamen Ecke Zululands vom in dieser Geschichte beschriebenen Schicksal ereilt. Bei einer zufälligen Begegnung während eines Kaffeehalts wurden der verbannte Thronfolger, zwei britische Soldaten und ein Zulu-Scout getötet, was weltweites Aufsehen erregte.

Über diesen Vorfall ist viel geschrieben worden, aber bei der Recherche für diesen Roman habe ich festgestellt, dass das wohl aussagekräftigste Buch über Louis Napoleons Tod und dessen Folgen *With His Face to the Foe, (Mit seinem Gesicht zum Feind), The Life and*

Death of Louis Napoleon, The Prince Imperial Zululand 1879 ist, welches vom hoch angesehenen Historiker des Zulukriegs, Ian Knight, verfasst wurde. Ich habe mich stark auf dieses Buch abgestützt.

Nach dem Angriff und bei den anschliessenden Ermittlungen wurden Louis Napoleons Uniform und seine Pistole gefunden, aber sein Schwert nicht. Wie in diesem Roman beschrieben, wurde sein Schwert den britischen Truppen im Vorfeld der Schlacht von Ulundi überreicht. Zulu-König Cetshwayo wollte damit eine Geste des guten Willens statuieren, mit der er Lord Chelmsford an den Verhandlungstisch zu bringen hoffte, was allerdings scheiterte.

Aber war es wirklich sein Schwert?

Ich hatte bereits vor vielen Jahren über Louis Napoleon gelesen und wollte schon lange ein Buch schreiben, das zumindest teilweise in oder um die Zeit der bedeutenden Schlachten von Rorke's Drift und Isandlwana spielt. Bei meinen Recherchen zu *Das Schwert* fiel mir etwas Seltsames auf: In mehreren Berichten aus der Zeit des Todes des Prinzen, wurde erwähnt, er habe Napoleon Bonapartes 'Austerlitz'-Schwert getragen.

Später stiess ich im Internet auf eine interessante Website und einen Blog namens www.ageofrevolution.org, auf dem ich einen Beitrag über das Schwert fand. In einem Artikel wurde die Frage gestellt, wo sich das Schwert jetzt befinde und ob es die gleiche Waffe gewesen sei, die Bonaparte in der Schlacht von Austerlitz getragen hatte. Die Schlussfolgerung, die mit Beweisen aus dem Napoleonmuseum im Schloss Fontainebleau in Frankreich untermauert wurde, lautet, dass sich das Schwert des jungen Louis Napoleon in der Sammlung des Museums befindet und es sich dabei nicht um die verzierte Klinge seines Grossonkels, sondern um ein normales französisches Dienstschwert handelt.

Warum, fragte ich mich, gab es denn so viele Berichte aus der Zeit des Prinzen in Zululand, in denen nicht nur ausdrücklich erwähnt wurde, dass er Bonapartes Schwert trug, sondern auch dass es eine bestimmte Waffe aus einer bestimmten Schlacht sei? Das schien ziemlich passend zu sein, und warum sollte ein Prinz über so etwas lügen? Diese Frage stellt sich auch eine der Figuren in *Das Schwert*.

Es war genau diese Frage, die reichte, um mich auf diesen Roman einzulassen.

Knights ausgezeichnetes Buch *With His Face to the Foe* befasst sich einerseits dem Tod des Prinzen, andererseits mit der Kontroverse, die auf diesen folgte, sowie mit dem Besuch Südafrikas, den seine Mutter, Kaiserin Eugénie, ein Jahr später unternahm, um ihren gefallenen Sohn zu ehren.

Vieles von dem, was ich geschrieben habe, basiert auf den wahren Ereignissen rund um Eugénies Gedenkreise. General Evelyn Wood und Major 'Hellfire Jack' Darnell sind reale historische Personen, und ich habe auf der Grundlage von Knights Werk und anderen zeitgenössischen Quellen, darunter *Natal Past and Present* von Major Arthur A. Wood (die Geschichte der Natal Mounted Police), versucht, sie so realistisch wie möglich darzustellen. Falls ich dieses Ziel nicht erreicht habe, entschuldige ich mich bei ihren Nachkommen, aber ich denke, sie gehen immerhin beide als ziemlich anständige Kerle aus dieser Geschichte hervor.

Und was ist mit der temperamentvollen amerikanischen Journalistin, dem Prototyp eines Paparazzi, die sich einen zweifelhaften Titel zulegt und behauptet, eine Freundin von Kaiserin Eugénie zu sein, um ein Interview mit einer trauernden Kaiserin zu führen und so den Knüller des Jahrzehnts zu bekommen? Selbstverständlich, liebe Leserin, lieber Leser, könnte man meinen, diese Figur und ihr Vorhaben seien meiner Fantasie entsprungen.

Dem ist aber nicht so.

Eugénies Wohnwagen wurde von einer gewissen Theresa (mit h) Longworth verfolgt, einer verdeckten Korrespondentin einer amerikanischen Zeitung, die die Natal Mounted Police davon überzeugt hatte, ihr zwei Polizisten zuzuweisen, um ihre 'Freundin', die Kaiserin, abfangen zu können. Theresa benutzte den Titel 'Lady Avonmore', den sie, wie Teresa O'Kane in *'Das Schwert'*, für sich beanspruchte, nachdem sie von einem miesen Lord verführt worden war und ihn geheiratet hatte, der sie aber später sitzen liess.

Wie ich zu sagen pflege, ist in Afrika - selbst bereits im Jahr 1880 - die Wahrheit seltsamer als jegliche Vorstellungskraft.

Auf Kaiserin Eugénie und Louis Vater, Napoleon III., wurde 1858 in Paris wirklich ein beinahe erfolgreiches Attentat verübt, bei welchem der italienische Revolutionär Felice Orsini versuchte, sie mit einem frühen Modell einer Handgranate auszuschalten. Die 'Orsini-Bombe', wie sie in meinem Buch beschrieben wird und die der fiktive Ferdi bei sich trug, wurde für einige Zeit zur bevorzugten Waffe der Anarchisten.

Allerdings wurde 1880 in Zululand kein Attentat auf die Kaiserin verübt, jedenfalls wäre mir nichts solches bekannt!

Die Schlachten von Isandlwana und Rorke's Drift sind im Laufe der Jahrzehnte zum Gegenstand vieler Bücher und Filme geworden und die nützlichste Quelle für die Recherche war für mich ein weiterer Band von Ian Knight: *Zulu Rising, The Epic story of Isandlwana and Rorke's Drift (Die epische Geschichte von Isandlwana und Rorke's Drift)*.

Auch bestimmte Ereignisse in *Das Schwert* basieren auf tatsächlichen Begebenheiten, darunter Colonel Durnfords letztes Gefecht, sein Befehl an die 'Edendale-Horses', die berittenen Soldaten, sich zurückzuziehen und Sergeant Simeon Kambulas heldenhafter Entschluss, seine Männer am Buffalo River anzuhalten und ihnen zu befehlen, geordnetes, diszipliniertes Feuer abzugeben, um den sonst unorganisierten Rückzug zu decken.

Mein Dank gilt dem Führer für die Schlachtfelder des Zulukriegs, Tony Coleman aus Dundee, Südafrika, der meine Frau und mich auf eine Tour zu den wichtigsten Erinnerungsstätten mitnahm, einschliesslich des Prinz-Kaiser-Denkmals (versuchen Sie nicht, es ohne Führer zu finden - Sie werden sich verirren!).

Vielen Dank auch an Vincent Nixon von der Reenactment-Gruppe 'Dundee Diehards' für die Erlaubnis, das Bild auf dem Cover der US/UK-Version von *Die by the Sword* zu verwenden, das einen Rotrock und einen Zulu im Nahkampf zeigt.

Bezüglich der 'modernen' Ära möchte ich Andy Coetzee dafür danken, dass er sein umfangreiches Wissen über gefährdete Meeresschildkröten mit mir teilte und mich zum Strand von Bhanga Nek führte, wo meine Frau und ich Hunderte winziger Jungtiere auf dem Weg ins Meer beobachten konnten.

Viehdiebstahl ist in Südafrika ein echtes Problem, aber ich möchte darauf hinweisen, dass ich keine konkreten Beweise für Versicherungsbetrug im Zusammenhang mit dem Diebstahl von Nutztieren hatte - das habe ich mir ausgedacht. Vielen Dank an Farmerin Hendy Davis aus Swartberg, die mich auf die Idee gebracht hat, Viehdiebstahl als Thema für einen Roman zu verwenden (obwohl ich sicher bin, dass sie nicht erwartet hat, dass der Farmer irgendetwas Krummes anstellt - ich entschuldige mich dafür).

General Johan Jooste (Retd), mit dem ich gemeinsam die Memoiren *Rhino War* verfasst habe, gab mir wertvolle Einblicke in die Herausforderungen, mit denen private Nashornbesitzer in Südafrika heute konfrontiert sind, und er hat das Manuskript für mich gelesen und geprüft. Herzlichen Dank, Herr General.

Es ist keinesfalls meine Absicht, in diesem Buch die privaten Besitzer von Nashörnern in Südafrika zu diskreditieren. Tatsächlich habe ich im Laufe der Jahre einige von ihnen kennengelernt, und zwar alles gute Menschen, die das Herz am rechten Fleck haben. Private Nashornhalter sind für das Überleben dieser Tierart von entscheidender Bedeutung und sie verdienen den Dank aller Südafrikaner und aller, die ein Interesse an der Erhaltung dieser grossartigen Tiere haben. Die Haltung von Nashörnern ist ein teures, weitgehend unrentables Geschäft und die Debatte darüber, ob der Verkauf von Nashornhorn legalisiert werden sollte, ist komplex und emotional. Ich habe in diesem rein fiktiven Werk versucht, beide Seiten kurz zu beleuchten.

Wie bei vielen meiner früheren Bücher war ich auch diesmal froh, die Namensgebung für die Charaktere an verschiedene Wohltätigkeitsorganisationen und gute Menschen auszulagern, die Geld für wohltätige Zwecke zahlten. Dafür erwarben sie das Recht, ihren Namen oder den eines geliebten Menschen einer Figur zuzuordnen. Sie konnten nicht alle 'gute 'Jungs oder Mädels sein, sind aber alle Helden und Heldinnen.

Falls Sie es für seltsam halten, dass ich eine Figur nach

Südafrikas meistverkauftem Krimiautor, Deon Meyer, benannt habe, kann ich sie beruhigen: das ist kein Zufall sondern Absicht. Deon (ein durch und durch netter Kerl und brillanter Autor) hat mich kontaktiert und mir mitgeteilt, er lasse dem Cape Leopard Trust eine Spende zukommen, damit sein Name verwendet werden könne. Vielen Dank, Deon.

Dank auch an die folgenden Personen und die von ihnen unterstützten Wohltätigkeitsorganisationen: Peter Gregory, in seinem Namen und dem von David Gregory; Teresa O'Kane; Audrey Uren, im Namen von John Parker; Jenny Ellis und Richard Tustin (die alle an Painted Dog Conservation Inc. gespendet haben). Dank an: Jan-Marie Ball (Aussie Hero Quilts); Derick le Roux (SANParks Honorary Rangers K9 Antiwildereihundeprojekt); Heike und Andrew Millar im Namen von Schalk Smit (SANParks Honorary Rangers); Deon Van der Ploeg im Namen von Piet Van der Ploeg (Nourish NPO); Gavin Phillips (PROVET Pangolin conservation, Hoedspruit); und Danni Faul, im Namen von Goldie Faul (The Koala Hospital, Port Macquarie).

Wenn Ihnen der Name des Schurken Llewellyn Walters bekannt vorkommt, liegt das daran, dass Llew Geld an eine Wohltätigkeitsorganisation gezahlt hat, damit sein Name in einem früheren Buch, *Geister der Vergangenheit*, verwendet wird. In *Das Schwert* taucht er dank seiner Spende an das Schuppentier-Rettungszentrum Umoya Khulula als sein Alter Ego, sein jüngeres Ich auf.

Wie immer danke ich meiner 'Verlagsfamilie' bei Pan Macmillan Australien und Südafrika - insbesondere Alex Lloyd, Danielle Walker, Terry Morris, Andrea Nattrass, Gill Spain und Nkanyezi Tshabalala. Sie ermöglichen es, dass Sie diese Ausgabe in Händen halten können.

Sollen Sie dieses Buch in Deutsch lesen oder hören, ist dies nur dank der sorgfältigen Arbeit meiner Übersetzerin Maya von Dach und ihres Teams mit Lektorin Luzia Wyss-Gassner und den Lektoren Andreas Gisler und Manfred Suter, der auch die deutsche Umschlaggestaltung jeweils übernimmt, möglich. Es ist bereits der zehnte meiner Afrikakrimis, die von ihnen auf Deutsch bearbeitet wird und eine besondere Freude für mich, dass auch *Das Schwert* gleichzeitig mit der englischen Originalfassung in der deutschen Übersetzung veröffentlicht werden kann.

Zu guter Letzt möchte ich mich bei Ihnen bedanken. Ganz gleich, ob Sie gedruckte Bücher oder E-Books lesen oder Hörbücher hören. In der Welt des Verlagswesens sind Sie die wichtigste Person von allen!

Wenn Ihnen dieses Buch gefallen hat, finden Sie mehr von meinen afrikanischen Abenteuern unter www.tonypark.net.

www.ingramcontent.com/pod-product-compliance
Lightning Source LLC
Chambersburg PA
CBHW050601170726
48283CB00001B/55